U0724421

大鱼

有爱的青春陪伴者

瓷话 / 著

错位告白 上

四川文艺出版社

图书在版编目（CIP）数据

错位告白：全二册／瓷话著．－－成都：四川文艺
出版社，2023.5
ISBN 978-7-5411-6626-6

Ⅰ．①错… Ⅱ．①瓷… Ⅲ．①长篇小说－中国－当代
Ⅳ．① I247.5

中国国家版本馆 CIP 数据核字 (2023) 第 065602 号

CUOWEIGAOBAI:QUANERCE

错位告白：全二册

瓷话 著

出 品 人	谭清洁
责任编辑	邓 敏
特约编辑	雪 人
装帧设计	Insect 孙欣瑞
责任校对	段 敏

出版发行　四川文艺出版社（成都市锦江区三色路 238 号）
网　　址　www.scwys.com
电　　话　0731-89743446（发行部）　028-86361781（编辑部）

排　　版　长沙大鱼文化传媒有限公司
印　　刷　长沙鸿发印务实业有限公司
成品尺寸　145mm×210mm　　开　本　32 开
印　　张　20　　　　　　　　字　数　800 千字
版　　次　2023 年 5 月第一版　印　次　2023 年 5 月第一次印刷
书　　号　ISBN 978-7-5411-6626-6
定　　价　65.80 元　（全二册）

目录 MULU

Contents

上册

CUOWEIGAOBAI

目录
MULU

Contents

CUOWEIGAOBAI

第一章

- 段凛跟我领证了

"啊，昊昊——"

"临昊宝贝看这里！看看我啊！"

"纪临昊！看我！"

京城工人体育馆内，当红唱跳偶像纪临昊的巡回演唱会正进行到高潮。台上的灯光炫彩夺目，准备了足足三个月的舞美可谓壮观，气氛被带动到最顶端，在场数万粉丝声嘶力竭地喊着台上男人的名字。

内场草坪上，阮软艰难地举着硕大的灯牌，激动得早就把嗓子喊哑了，在人群中目不转睛地仰视前方。

台上，纪临昊随意脱下外套，坐回钢琴前，修长的食指抵住唇，微笑地对着镜头做了一个嘘声的动作。

又是一阵激烈的尖叫声响起。

粉丝默契十足，短暂激动后纷纷安静下来，看着偶像钢琴弹唱。

唱了半场的歌，男人的声音早已泛起一丝丝哑意，应和着低慢舒缓的曲调，异常性感。

阮软举着灯牌的手指在抖。

整整四年了。

台上的人，阮软喜欢了四年，终于在今年下定决心，来看一场偶像的演唱会。

可纪临昊红透了娱乐圈的小半边天，每场演唱会的票都是一秒售罄，黄牛价直接炒到了五位数。

阮软刚大学毕业，工作也才稳定下来，房租还靠家里垫钱，不好意思再问家里要钱。她只好省吃俭用，存了三个月的钱，终于买到今晚的演唱会门票，还是买的内场站票，鬼知道她这三个月为省钱吃空了多少箱泡面。

"接下来的这首歌，是一首我写的新歌。"台上，纪临昊从钢琴前起身，手轻轻一撑，跳上了最中央的升降舞台，"今晚第一次唱这首歌，送给爱我的你们。"

这下不光是阮软，周围的人瞬间炸开了。

内场区，汹涌的人群不断往前挤，阮软被挤得呼吸不畅，忽略胸口处传来的异样，跟着举起灯牌高喊偶像的名字——呜呜呜！是新歌啊！今天来得太值了！

纪临昊调整耳麦，轻笑着说："歌名叫《摘星》，今晚的星星就像你们的眼睛，谢谢你们曾给予我的所有光芒。"

歌声响起，众人屏气凝神地跟着旋律摇晃灯牌和荧光棒。阮软总算能喘上一口气，她眼睛一眨不眨地盯着台上的偶像，感动得热泪盈眶，只是不知怎的，头忽然一阵阵地犯晕。

肯定是刚才喊得太激烈，还没缓过来。

阮软没太在意，全身心沉浸在偶像的新作品中。

一曲完毕，纪临昊摘下耳返，对着台下深鞠一躬，起身后抛了个飞吻。

一瞬间，尖叫声此起彼伏，响彻工人体育馆的观众席。

靠近舞台的内场区就更疯了，阮软顿时被热情汹涌的人群挤得直往前扑。

一列保安在前方死死拦着，阮软被夹在安保层与粉丝群中间，连口气都喘不上来。刹那间，阮软吃了数日泡面的胃猝然抽痛了下，她眼前一黑，腿脚顿时软了。

此时，保安的防线也被狂热的粉丝冲破，阮软被推搡着向前，直直倒下——

世界黑透的那个瞬间，阮软不甘心地想：

自己难道就要这样死了？

她还这么年轻，还有好多心愿没去完成。

下辈子她一定要赚到足够的钱，包下整场演唱会，"迎娶"偶像，走上人生巅峰。

她不甘心。

再醒来时，阮软耳边安静得落针可闻。

她在床上翻了个身，一睁开眼，就看见床前站着一个战战兢兢的胖男人。

阮软看着这人非常眼熟，可一时半会儿没想起来是谁。她刚想坐起身，胖子忙不迭地给她塞了个靠枕："醒啦？"

阮软坐起身蒙了三秒，开口问："演唱会结束了吗？"

"什么演唱会？"胖子也被问蒙了，小心翼翼道，"你还有哪里不舒服吗？要不要我帮你叫护工进来？"

阮软这才发现自己正在病房里。

她环顾四周，偌大的病房内设施齐全，休息室连带着娱乐区，连会客区都配备了，俨然赶得上一间精致的单人公寓。

"这是哪里？"

胖子报了医院名称，是市内非常出名的一家医院，挂号难出了名，心脑外科治疗出了名，贵也出了名。

半晌，阮软依旧感觉不可置信，颤声问道："你……你们怎么送我来这么贵的医院？"

想起自己银行卡里那点可怜巴巴的余额，阮软两眼泛黑，几乎想再晕一次。

"阮小姐，你忽然晕倒，我们还以为你是旧病又犯了，就慌忙把你送了过来。"胖子摸不清这位大小姐又在想什么，只好小心说话，"我已经给凛哥发过消息了，他很快就来了，你再等等。"

"谁是凛哥？"阮软一愣。

话刚出口，她总算发现哪儿不对了。

刚才她还以为自己是在演唱会上把嗓子喊哑了，说话的声音听起来才有些不同，可对话到现在，她都没觉得嗓子不舒服。

自己的声音怎么变了？

阮软正要去摸自己的喉咙，手指一动，才察觉到手里还捏着东西。

胖子看向她手里死死捏着的结婚证，暗暗叹气："结婚证要不要我帮你收起来？"

阮软僵硬地抬起手："这是谁的结婚证？"

"你的啊。"

我的？谁结婚了啊？

"我是谁？"阮软难掩惊愕。

胖子心想：完了，这次又开始闹失忆了，这招数怎么还没玩腻呢？等凛哥过来，有他头疼的。

胖子无奈地陪着阮软装傻，拣好听的说："你是阮瑜，商影传媒的董事长千金，凛哥的妻子。"

阮软打开结婚证的手都在颤抖，证件展开，照片上的男女皆长相出挑，如一对璧人。女孩乌黑长发如瀑，目若点漆，五官精致漂亮，满脸羞怯笑意，像是极为爱慕身旁的男人。

阮软再看向照片里的男人。

与此同时，病房的门被人冷静地推开了。

照片里的男人模样极其英俊，深邃的黑眸里冷淡无笑意，称得上"姣若寒星，明如冰凌"。

别问阮软怎么能想出这句的，因为这是段凛家的粉丝常用来形容自家偶像的一句话。

作为纪临昊的死忠战斗粉，阮软跟段凛家的粉丝明争暗斗了这么多年，早就将对家粉摸得一清二楚，并能举一反三，反手就对着段凛的粉丝嘲一句"沉若黑洞，暗如死鱼"。

阮软盯着结婚证上那男人的脸，目光定在旁边"段凛"的名字上，如遭晴天霹雳。

"凛哥，你可算来了！"胖子松了口气，默默退出病房。

听见声响，阮软捏着结婚证，机械地循声往病房门口望去。

进来的男人裹着黑色长风衣，戴着黑帽子黑口罩，待走进温暖的病房后，他随手除下大衣和帽子。

男人的身材比例极好，肩宽腰窄，包裹在裤子中的腿笔直而修长。

阮软望着他颀长挺拔的身形，忽然涌上一股不祥的熟悉感。

"我听邵立说，你不认识我了？"

连声音都熟悉得要命。

病床前的男人摘了口罩，露出出挑如画的容颜。他漫不经心的眸光扫过阮软手里的结婚证，语气微嘲："只是结个婚而已，怎么就晕了？"

阮软几乎一眼就认出了眼前的人，脱口而出："段凛？！"

"还记得我。"段凛似乎对她装失忆博关注的手段习以为常，神色淡淡的，"既然你醒了，那也不用我陪着了。明天我要出去拍戏，一个月内不会回京城，有事就联系邵立，别想着让我回来哄你，知道吗？"

"还有我们结婚的事，"段凛语气平静，"本来就是一纸婚约做戏给老人家看的，也别当真。"

阮软仍旧没说话。

按往常，她不是声嘶力竭哭闹一番，就是要死要活地找长辈了，今天却格外安静。

段凛不由得皱了皱眉："怎么了？"

阮软依然震惊得一个字都答不上来。

阮软以前看过不少小说，但看文是一回事，轮到自己亲身经历又是翻天覆地的另一回事。

她还没从自己成为豪门千金的狗血桥段里爬出来，又陷入与对家领证结婚的晴天霹雳中。

黑了段凛这么多年，阮软对他的娱乐圈履历熟悉到信手拈来。

这两年娱乐圈出了两位现象级流量明星，一位是阮软捧在手心犯花痴的心肝宝贝纪临昊，另一位则是段凛。两位当红偶像各自占了娱乐圈流量的半边天，红得几乎家喻户晓。

但相比起从选秀节目出道、一路慢慢努力红上来的纪临昊，段凛的大红大紫却来得毫无征兆。

段凛是靠演了一部电影的二番出名的。

电影是好电影，由知名的导演和编剧操刀。但在那部演职员表上腕儿随处可见的电影里，初出茅庐的段凛居然拿下了二番的角色，由此一炮而红。

自那以后，段凛接连不断拿到大制作影视剧本，也上了几期大火的娱乐综艺，凭借无可挑剔的颜值与业务能力，火得十分迅速，堪称圈内紫微星。

明眼人都看出来了，段凛有背景有后台。

按理来说，阮软家的纪临昊是唱跳型爱豆，和混迹演艺圈的段凛走的路线不同，应该没太多交集，但偏偏两人年纪相仿，而且从前年开始，段凛甚至还在歌坛里掺了一脚，接连发行两张个人专辑。段凛的粉丝对自家哥哥发歌的事异常兴奋，当下在粉圈内部号召集体打榜，毫无预兆地在几个歌曲榜上压了纪临昊一头。

这样一来，两家粉丝算是起了摩擦，从互相忌惮到怒起互杠，而阮软正是"战斗"在最前线，手里早就攒满了无数关于段凛的黑料。

但现在，段凛那些似是而非的黑点算什么？

阮软精神振奋，神情恍惚。

段凛他——隐婚啊！！

这才是实打实的惊天黑料好不好！

圈内有一句话，"爱豆恋爱要杀头"，虽然言语上属实过激，但也可见偶像谈恋爱对于粉丝的杀伤力，遑论还是隐婚。

而且看样子，段凛还是让豪门千金给逼婚了。

望着昔日自己口诛笔伐黑过无数次的对家，阮软心情复杂："你真的结婚了？"

"应该说，是我们结婚了。"段凛不甚在意，眼尾染了浅淡的笑意，像是轻嘲，"跟我结婚有这么开心吗？至于拿到结婚证就晕倒了，到现在还捏着它不放？"

阮软猛地想起什么，摸过放在床头的手机，借着黑色屏幕里的倒影，终于艰难地确认了一件事实。

眼前她的脸与结婚证上女孩的容貌无二。

她现在，是阮瑜。

她刚才还觉得自己是先前的那个能在网上甩对家黑料的追星女孩，却没想自己成了段凛的隐婚对象。

而且是公布隐婚消息后，能被段凛家千千万万的粉丝生吞活剥了的那个隐婚对象！！

阮软忽然觉得呼吸困难。

段凛没管她的异样，重新戴上口罩："我还有事，出院手续邵立会帮你办，你好自为之。"

等阮软缓过神来，段凛已经离开，病房里，先前的胖子进来帮她削了个苹果。

阮软总算认出胖子，他是段凛团队里那个看起来凶神恶煞的生活助理，邵立。

以前对立的时候，阮软还讥讽过对家粉："段凛身边的工作人员成天板着张脸，背靠的后台其实不正规吧？建议段凛也别给自己立淡泊名利的人设了，我看这人设迟早要崩塌呢。"而如今，往日看起来凶得能吓哭路边小孩的邵立正站在自己病床边，小心地觑着她的脸色。

这也太玄幻了。

床头柜上的手机应该是阮家千金留下的，锁屏是段凛的高清精修图。

阮软顿了顿，默默念叨了句抱歉，刷脸开了锁。

手机显示今天是十月五日，下午三点。

阮软愣住了。

她记得很清楚，纪临昊的演唱会是十月五日的晚上七点开始，离现在还有四个小时。

也就是说，她现在处在演唱会还没开始的时候。

阮软点进微博的"纪临昊个人超话"里，果然，粉丝们还在激烈讨论晚上演唱会的事。

【四季们看过来！！到时候 A 入口处有手幅和透扇发放，记得来领哦。】

【啊，哥哥晚上的演出服有几套啊？会不会穿黑礼服？上次那套星光礼服我好爱。】

【呜呜呜，别说了，我真的紧张了！！！】

阮软又在搜索框输入自己以前的追星号，提示查无此人。

她回忆着爸妈的手机号，抖着手尝试拨号。

都是空号。

阮软彻底愣在床上，从头到脚都泛起丝丝冷意。

先前的阮软在这个世界上消失了？

替阮瑜办完出院手续，邵立将她带进医院的地下停车场，发动车子。

邵立打开导航，问道："凛哥让我送你回家，回去前你要不要先吃点东西？"

说实话，邵立不是想伺候这位大小姐。

要知道在他的印象里，阮瑜根本就是作精。仗着自己是商影传媒董事长阮正平的千金，她三天两头就动些小手段接近段凛，偏偏阮正平又极宠这个患有先天性心脏病的女儿，对阮瑜的行为非常纵容。

而今，阮瑜又仗着段阮两家是世家，也不知道做了什么，居然跟段凛结了婚。

现在工作室上下知情的人都快疯了，段凛正是事业上升期，要是结婚的事传出去，后果不堪设想。

思及此，邵立叹了口气。

"算了，还是先送你回家吧。"见阮瑜杵在副驾处发呆，邵立报了几处名字，耐心地问，"你想回哪个地方？"

他报的这些住宅名阮瑜都认识，都是京城极有名的豪宅，隔三岔五就跟着明星富豪一起上热搜，其中一处还是纪临昊所在的住处，是她以前完全没有机会靠近的地方。

"我不想回去，那都不是我的家。"阮瑜泪痕未干，苍白着脸。

"那你想去哪里？"邵立解释，"凛哥今天会很忙，他最近在忙成立个人工作室的事，再加上今天还抽时间跟你领了……就更忙了。"

谁知道阮瑜第一时间不是闹，而是脱口问："段凛不准备和冬影娱乐续签了？"

邵立回道："毕竟是他哥的公司，你也知道的，他喜欢更有挑战的新环境。"

阮瑜瞪着眼睛，心想：不啊，我不知道啊！

段凛红了这么多年，大家都在猜他到底是什么背景，流传的版本一天一换，谁能想到娱乐圈巨头公司之一居然是段凛家的产业啊？！

怪不得，营销太子实锤了。

她现在手握对家两大爆料，换以前她都要准备长文发微博发论坛了，现在却一筹莫展。

她再也回不去了。

在刚才缓神的当口，阮瑜试过联系所有与自己有关的人，甚至连以往在粉圈认识的"基友们"都试了，然而一无所获。

与阮软相关的人或事，都诡异般消失得一干二净，如同世上根本没有过阮软这个人，这一切不过是她的人格分裂，或根本就是做了场梦。

可那些事无巨细的回忆、那些喜怒哀乐、那些真诚炙热的喜欢，感觉都是真实存在过的。

在一切都还没变样前，阮软曾省吃俭用买了偶像演唱会的票，满怀欣喜地看着喜欢多年的人出现在光芒四射的舞台上。

邵立还想再说什么，见阮瑜抬起头，那双泛红的眼里散着星星点点的微光，令他微微一震。

阮瑜吸了吸鼻子，打定主意："你送我去工人体育馆吧，现在赶去看演唱会还来得及。"

邵立回忆了下段凛今天的行程，确认老板不会去那儿后，开始查工人体育馆今晚的活动，顿时愣了："你要去看纪临昊的演唱会？"

语气满是震惊。

"嗯，你能帮我买到门票吗？"

"能是能……"

"那就帮我买一张看台票吧，谢谢你。"阮瑜耷拉着睫毛，摸出手机要给邵立转账。

之前在医院熟悉身份时，阮瑜潦草翻过手机，发现阮家千金在备忘录里记了一些账号，银行卡号、支付宝号、微博号一应俱全，但没记密码。

谢天谢地，世界上还有指纹支付和刷脸支付这种东西。

震惊归震惊，邵立不敢拂逆这位作精大小姐，连忙联系圈内好友，忙活一圈，还真帮她搞到了一张靠前的看台票。

完成转账后，阮瑜下意识点开微博，结果在看清自己的用户名时，彻底怔住了——

南有嘉鱼。

是个粉丝数达两百万的娱乐博主。

这名字阮瑜可太熟悉了。

不过这份"熟悉"毫无善意，而是令她咬牙切齿的那种熟悉。

对纪临昊的粉丝来说，这个"南有嘉鱼"不仅是臭名昭著的对家粉，还是自家的路人黑。

起因还要从去年的一场颁奖盛典说起。

去年年底的颁奖盛典邀请了各路名流巨星，其中就包括纪临昊和段凛。两家粉丝线上矛盾已久，线下共处一场，当然要暗暗比较，一时间，你挥舞你的灯牌，我喊我的应援口号，不相上下。

结果好巧不巧，内场混乱差点引发踩踏事件，从而掀起了两家更热烈的争吵，起因就是这个南有嘉鱼。

只因这个事件后，"南有嘉鱼"在微博上发了一小段视频，视频中拍进了正拥挤推搡的粉丝，她表示自己只是参加盛典，却没想到自己限量的铂金包都被热情的粉丝挤变形了。

有眼尖的人看出来视频里粉丝举的灯牌，在评论区留言：【看视频里粉丝拿的灯牌，应该是纪临昊的粉丝？】

得，路人无心的一句话，纪临昊的粉丝们不干了。

【怎么脏水都往我家泼啊？视频里最旁边挤人的那位还戴着段凛的应援手环呢，你们怎么不说了？】

段凛的粉丝也冷笑：【要不是你家先挤人，我家会被挤得反抗吗？我家惨就一个字。】

于是，新一轮"战斗"又起。

其实阮瑜相信，最初南有嘉鱼可能只是想秀一下她那款全球限量的铂金包，没想到却落得一地鸡毛。

而更气人的还在后面。

等两家吵得差不多了，南有嘉鱼又发了条微博：【我了解段凛的为人，他的粉丝不会做这种事。】

纪临昊的粉丝已经气到内伤了。

这话的意思是反讽我家爱豆不会做人、没素质？

谁家爱豆不是宝贝？自此以后，"四季"（纪临昊粉丝名）齐齐拉黑这朵白莲。

追星会遭报应。

追星真的会遭报应。

阮瑜望着眼前"南有嘉鱼"四个字，点开私信的手微微颤抖。

未关注人私信已经被挤满了，阮瑜随手点开几条，有问她接不接合作推广的邀约，有日常打卡骂她的四季，还有……

凛凛的小女友发来一个视频:【我的鱼!在吗?给你分享今日的快乐。】

阮瑜点开视频,是一段鬼畜剪辑,纪临昊的综艺出糗片段被黑粉剪成了鬼畜视频,在黑粉间肆意流传。

居然有黑粉给她发纪临昊的恶搞鬼畜视频?!

南有嘉鱼:【?】

凛凛的小女友:【哇!你居然回我了!!】

凛凛的小女友:【看完视频了吗?看完快看看我们哥哥的杂志踩点剪辑洗眼睛,帅翻了。】

对方随即发了段凛的粉丝"舔屏向"视频过来。

阮瑜冷笑一声,点开这位的主页,果然是对家粉。

凛凛的小女友?

呵。

不好意思,你们的心肝凛凛隐婚了,对象还是他的死忠黑粉。

南有嘉鱼:【段凛跟我领证了。】

凛凛的小女友:【?】

说什么鬼话呢?才几个菜啊就醉成这样?

阮瑜发完后,通身舒畅地退出微博,又点开微信。

熟悉了一圈,阮瑜总算了解得差不多了。

阮瑜……也就是现在的她,是位含着金汤匙出生的豪门大小姐。母亲在她小时候就因突发心脏病早逝,父亲阮正平是商影传媒的董事长,自小对她纵容有加,最明显的体现就在隔三岔五汇到她卡里的一笔笔巨款。

只是这位名媛大小姐,似乎人缘不太好。

阮瑜翻遍了微信朋友圈与相册,发现自己的合影不多,平时的联系人也都是一些私人营养师、形体教练、奢侈品代购等人,连发个朋友圈炫富都没见有多少点赞。

相册里充斥着段凛参加各种活动的照片,微信聊天界面的置顶也是他,但大部分都是她在强行找话聊,对方仅回复寥寥几个字,有时甚至不回复。

看来她是真的很喜欢段凛啊。

邵立将阮瑜送到工人体育馆门口,联系上了赶来送门票的助理,临行前想起这位大小姐有心脏病,又对阮瑜叮嘱几句,这才放心离开。

还没到检票时间,门口人群熙攘,应援摆得如火如荼,阮瑜来到检票口排队时,被旁边的女孩叫住了。

"姐妹,你要不要手幅啊?我刚才多领了一份。"

"谢谢。"阮瑜看着手幅上爱豆熟悉的俊颜,眼睛亮了,"这张图是昊昊在《Vogue》七月刊的封面吧?"

闻言,女孩更热情了:"对啊对啊!那次封面拍得绝了!哎,姐妹你也是本地人吗?我们微博互关一下吧,以后我们四季有什么活动都叫上你。"

阮瑜忙拒绝："不用了……我不怎么用微博。"

她怕亮出微博号后，被在场成千上万的四季碾成肉泥啊！！

女孩可惜："那这样吧，我们加个微信呗。"

周围谈笑声此起彼伏，阮瑜环顾一圈身边朝气蓬勃的笑颜，想起几个小时前，她也同样在人群中，无比忐忑地捏着门票，期待与自己偶像近距离见面的那一刻。

而此时心境已经截然不同。

演唱会前四十分钟，正式检票入场。阮瑜跟着人群往里走，找到自己的位置坐下。

直到场地四周的大灯纷纷暗下，舞台上亮起一束聚光灯，自己喜欢了四年的人遥遥站在灯下，沐浴着万千星辉。

大屏幕上，纪临昊的脸出现，一双桃花眼微微上挑，笑得温柔俏皮："小四季们，晚上好。"

一阵阵的尖叫声骤然爆发，此时阮瑜才有了一些真实感。

歌一首接一首，舒缓的、激烈的、空灵的，阮瑜全身心地沉浸在这场梦幻般的演出中。

许久，台上的纪临昊一曲终了，在收尾处对着粉丝们 wink（眨眼）了一下。

"谁教他 wink 的？我死了啊——"

"啊啊啊，宝贝学坏了，妈妈不准你这样！！！"

"我不活了我不活了，这男人撩我不娶我！！！"

……

纪临昊声音微喘，笑说："接下来这首，是我写的新歌。

"歌名叫《摘星》，今晚的星星就像你们的眼睛，谢谢你们曾给予我的所有光芒。"

阮瑜早已泪流满面，妆容花得一塌糊涂，她在熟悉的歌声中一遍遍拨打阮软记忆里亲人朋友的电话，无一例外，都是空号。

歌曲结束，在一片安可声中，阮瑜放声哭得泪眼模糊，她抹着眼泪，蒙蒙胧胧地看向远处舞台上的人。

不知道为什么，我的父母家人、朋友，那些曾经离我很近的人都消失不见了，但你还在。

虽然我们之间遥远得像隔着浩渺星海，但你身上有太多太多我的回忆。

谢谢你向我展现了你所有的光芒。

阮瑜悲从心起，哼唧着抹掉眼泪，将双手呈喇叭状放在嘴边，深吸一口气。

四季的呐喊声如潮水，忽然，人群中爆发出一声："呜呜，纪——临——昊——"

阮瑜接着大喊："宝——贝——你——娶——我——吧——"

阮瑜身旁的女孩被她吓了一跳，随即不甘示弱地喊："纪临昊——你别——听她的——你——娶——我！！！"

远在升降台上的纪临昊当然没听到，但周围的人却拍了视频。

演唱会结束，阮瑜不舍地跟着人群往外撤，查看手机时，接到一个电话，来自"安姐"。

"小瑜，明天你有空来商影吗？"安卓茜在电话那头喝了一口咖啡，声音温和，"你爸松口同意你签约了，我们约个时间把合同签了。当然，给你签的肯定是甲级约，以后就由我来带你。"

阮瑜听得一知半解，顺着对方的话问："甲级约？"

"嗯，这已经是最好的一版合同了，既然你决定要做艺人，流程还是要走一下的。这样，明天你过来看下合同，有什么不合适的，到时候我们再商量着改。"

顿了顿，安卓茜又接了句："但是小瑜，我还是要提醒两句，即便你以后跟段凛是同行，也不代表你们平时就有经常碰面的机会。你知道的，他现在有自己的资源人脉网，有些资源商影也没法拿到合作权……"

挂了电话，阮瑜已经差不多猜明白了。

阮大小姐居然想靠着她爸的关系进娱乐圈做艺人，目的是为了能更接近段凛一步。

段凛？

阮瑜一脸的一言难尽，在心底给这个名字画了个血红的叉。

她对段凛本人倒是没什么意见，但在她和"菱角"（段凛粉丝名）"厮杀"的这些年里，早就手握段凛黑料无数，不管那些黑料是不是真的，反正两家粉丝掐架的第一秒，各自都能甩出一箩筐对家的黑料来。

你黑我宝贝，我骂你心肝。

久而久之，她早已迁怒正主，将段凛本人划入永久黑名单中。

虽然不知道以前的阮大小姐为什么会深深喜欢上段凛，但显然这位养尊处优的千金眼光很有问题啊。

我很好你不配，赶紧离婚下一位。

以上，才是现在阮瑜面对段凛的真实内心写照。

工人体育馆门口人群拥挤，四季们抱着灯牌小声交谈，都在翘首等自家哥哥的商务车出来，怀着满满的雀跃，看一眼车尾气都觉得幸福。

邵立人没到场，却贴心地叫了司机过来，送阮瑜回家。

坐上车，阮瑜望着车窗外翘首以盼的四季们，忽然冒出一个大逆不道的念头来。

她当了艺人以后，是不是……就能离爱豆更近一些？

飞蛾要扑火，孤单的旅人要抬头看星星，她也想离这颗星星更近一点。

不带任何僭越之心，哪怕只是在他身边看上一眼。

司机将阮瑜送到最近的一处住所。

偌大的高级公寓顶层冷冷清清，开门的刹那间，阮瑜被脚边忽然传来的触碰感给吓得叫出了声。

什么东西？！

"喵呜——"

她开了灯，一只通体雪白的猫正围着她的脚撒欢，见她惊恐万分地看过来，猫咪扫着尾巴，高贵冷艳地转头进了客厅。

见是只猫，阮瑜这才放下心来。

眼前的公寓极为宽敞，四室两厅，布置奢华舒适，看得出主人是个非常懂得享受生活的人。

阮瑜翻出猫粮和宠物零食喂猫后，里里外外逛了一圈。卧室和书房都有段凛的海报，海报贴满了整面墙，书房里摆满了段凛这些年出过的杂志与影碟。

阮瑜叹服："这也太夸张了……敢情我还是段凛的死忠粉啊？"

此时此刻，阮瑜站在巨大的磨砂海报前，捂着自己黑过多年段凛的良心，觉得有点窒息。

对家的海报贴满床头是种什么感受？

多看一眼都有种自己背着爱豆出轨的心虚感好吗！！

不过，不得不说，段凛长得确实好看，也怪不得菱角们天天吹嘘自家哥哥"人间无完人，段凛有完颜"。

盯着海报看了一会儿，阮瑜恍然回神。

什么"完颜"啊，都是整的！整的！

段凛整过容的小道黑料还在她之前的手机相册里存着呢，这仅仅是段凛的百大黑点之一，要让她细数段凛的黑料，花三天三夜都数不过来。

阮瑜用了十分钟，将卧室墙上的海报完整揭下，正想找个海报筒收起来，翻抽屉时忽然发现一本笔记本。

笔记本前面被人撕了好几页，剩下就写了两三页的纸，看得出来写日记的人情绪非常焦躁，涂涂画画得堪称鬼画符。

阮瑜念叨了句抱歉，这才开始仔细辨认日记本上的字。

"我已经撑不下去了……什么鬼？"阮瑜咕哝着念了两句。

日记上的字迹很乱。

【我已经撑不下去了。】

【我确实是这世界上最卑鄙无耻的自私鬼。】

【就让我任性一次吧，最后一次了。】

不出意外，纪临昊的演唱会上了热搜，直冲首位。

与此同时，杂志摄影棚后台的化妆间内。

段凛的经纪人郭彬看着手里的平板电脑，闲聊："纪临昊这次演唱会办得很成功啊，灯光舞美包给了哪个团队？"

"好像是找了上次凛哥在东京演出的那个团队吧。"妆发师小群接了一句，转而问邵立，"对了，我听说你下午还到处人要纪临昊的演唱会门票呢，怎么没去？"

邵立说："我替阮瑜小姐要的，是她想看。"

听到阮瑜的名字，在场几人纷纷沉默，没再聊下去，因为提起这名字就头疼。

郭彬点开热搜里的视频，演唱会上热闹喧哗的呐喊声随即冲出，紧接着扬起突兀的一声：

"你——娶——我——吧——"

邵立闻言抬头："我听这声音……"

怎么这么像阮瑜呢？

身旁，一直没出声的段凛睁开双眼，抬手捏了捏眉心。

"吵醒你啦？"郭彬连忙关了视频，道歉，"你再睡会儿吧，棚里还在布景呢，下一场拍摄至少还要等十五分钟。"

段凛摇头，嗓音还带着小睡的磁哑，低沉得性感："睡不着了，你们在看什么？"

于是，郭彬把平板递给他。

镜头摇摇晃晃，对着沸反盈天的观众席，荧光棒的光芒隐约照亮了视频里女孩的半张模糊侧脸。

段凛扫了一眼，停住。

他的已婚妻子，今日中午还满脸欢喜爱慕地同他领证的已婚妻子，阮瑜，在别人的演唱会现场，眼里盛满亮晶晶的星光，感动得泪如雨下。

她精致的侧脸白皙透粉，睫毛卷翘扑闪，对着舞台中央的男人高喊：

"宝——贝——你——娶——我——吧——"

"宝——贝——啊！！！"

阮瑜对自己阴错阳差上了热搜一无所知。

这天发生了太多事，本来她还以为自己肯定会失眠，没想到一觉睡到天亮。

翌日醒来，阮瑜如一条死鱼般躺在床上，盯着手里跃动的阳光出神。阳光下，她的手指白嫩如瓷雕，根本就不是她原来那双写过十几年卷子、打过几年游戏的劳动人民的手。

一切都没有回归正轨，她还是养尊处优、人缘奇差的阮大小姐。

随便解决掉早饭后，阮瑜翻出猫粮喂了猫，临近出门，还在包包里发现了几枚车钥匙。

地下车库的阮瑜专属停车位里停了几辆玛莎拉蒂和法拉利，不是限量红就是钻石蓝，炫亮的外观晃得她无声泪流。

太奢靡了，这些该死的有钱人。

这要是卖了去给纪临昊搞应援，能买多少张专辑啊？

等阮瑜到商影传媒时，安卓茜已经在楼下等着了，她大波浪小香风，收拾得利落干净。

安卓茜在商影传媒工作十几年，连见了阮正平都无须鞠躬招呼，见到阮瑜也只是熟稔一笑："好久没见你了，跟我上去吧。"

商影传媒大厦坐落在京城商区中心，一路电梯上楼，阮瑜与数位面熟的艺人匆匆擦肩而过。

以前阮软在追纪临昊的活动时，也曾现场见过一些明星，但这么近距离见到这么多明星还是第一次。

"安姐要带新人了？"电梯里，一位栗发女人言笑晏晏地搭腔。

阮瑜认得对方，她叫沈若薇，最近靠主演的一部青春校园网剧小有名气，走的清纯甜美风。

安卓茜并非认识公司里每一位小艺人，不咸不淡地应了一声。

虽然阮大小姐以前性格张扬，但说到底，上流名媛圈与娱乐圈还是不相融，阮瑜没来商影露过面，圈内人只知道商影老总有个千金，却不知道叫什么名字。

沈若薇并没有认出阮瑜，只惊讶安卓茜居然要亲自带新人，艳羡地多看了两眼阮瑜，暗自眼红。

提到安卓茜，阮瑜也是知道的，娱乐圈的"双煞"之一。

双煞说的是两位知名的经纪人，冬影娱乐的郭彬和商影传媒的安卓茜。两人都是圈内出了名的眼光毒辣，造星手段了得，带过的艺人就没有不火的。

不过，阮瑜的爱豆纪临昊的经纪人并不是双煞之一。

纪临昊作为当红流量之一，前公司显然把他当成最大的摇钱树，经纪人也来者不拒，将他的工作通告排得满满当当。

当时的阮软看着瘦了一圈的纪临昊，心疼得恨不得手刃黑作坊公司和经纪人。后来又发生过一起纪临昊在演唱会晕倒的事故，当晚公司连带经纪人就被愤怒的粉丝闹上了热搜第一。

也因此，纪临昊后来与公司解约，找到了不错的东家。

那时呼声最高的一句是："哥哥，我们解约好不好？看看某家吧，跟着好公司和好经纪人太重要了！"

某家自然是指段凛。

众所周知，段凛的经纪人是赫赫有名的郭彬。看着对家一路高歌猛进，阮瑜说不酸是假的，关于段凛的后台都猜了好几个版本。

但她那会儿怎么知道段凛其实是冬影娱乐的少东家，郭彬的半个老板啊？

啧，粉这种走后门的爱豆和打游戏开挂又有什么区别？还是她心肝宝贝昊昊好，一步一个脚印，走得多踏实。

想起公寓里那本鲜红鲜红的结婚证，阮瑜心口隐隐作疼。

眼盲心瞎，嫁给对家。

阮大小姐到底是爱上段凛哪一点了，非要跟他结婚？

安卓茜将阮瑜带到办公室，递给她两份合同："你看一下，一份签约正本，一份保密协议，如果确认没问题的话，签完合同我就能开始为你量身设计艺人方案了。"

"合同内容都已经经过你爸爸的审批，不可能会有问题。"见阮瑜犹疑，安卓茜了然一笑。

商影的老总是阮正平，总不会有人坑自己的亲女儿，阮瑜倒不是担心合同的问题，只是——

"这是什么？"

【合同第十三条：在合同有效期及顺延期，甲方保证乙方工作安排与段凛合作率达 20% 及以上。】

见阮瑜震惊，安卓茜以为她是不知足："我知道你上次提出的期望是80%，但这已经是我们能保证的最高合作率了。小瑜，我已经说过了，虽然商影在圈内有一定的话语权，但不见得是万能的。"

"而且段凛他的后台背景……你也知道的，就算是你爸也不能勉强他什么。"安卓茜对着眼前的任性千金软硬并施，"而且，你既然决定以后要踏足这个圈子，要当艺人，那么在公众场合与他过分亲近对你来说不见得是件好事。"

阮瑜艰难地说："我知道……"

她怎么可能不知道？

合作率百分之二十是什么概念？意味着以后她接的五个通告，至少有一个会跟段凛撞上。

她有受虐症？

"既然你明白，就把合同签了吧。"

眼下的情况，忽然提出废除条约显然太引人怀疑，阮瑜维持镇定，签了字。

阮大小姐的笔迹不难仿，来之前她就已经学了签名。

安卓茜看了一眼，满意地收起来："这两天我会把你的艺人方案拟好，助理和商务车也会尽快配备给你，你还有什么问题，都可以问我。"

阮瑜还是没有真实感："不会一上来就让我接戏拍节目什么的吧？"

"当然不会。"安卓茜笑了，说话很直接，"你还没达到上镜的要求，你的形体老师和表演老师也会尽快安排跟你见面，这两个月有你忙的。跟着我，前期免不了要吃点苦，做好准备吧。"

第二章

- 你到底有几个老公?

安卓茜的工作效率很高,两天后的清晨七点,阮瑜的公寓门铃准时被人按响。

站在门口的短发女孩戴着眼镜,圆圆的脸带了点婴儿肥,还贴心地给阮瑜带了早餐,笑容灿烂:"阮小姐,你好,我是你的生活助理叶萌萌,我来接你去上课。"

没错,上课。

阮瑜没想到这辈子她还要被拉回课堂和考场回炉重造。

安卓茜给她安排了形体老师和表演老师,授课地点就在商影传媒大厦,一对一教学,一周无休。

形体这方面阮瑜倒是不用怎么教,她身体协调性不错,外在条件也极好,比例线条优越,巴掌大的瓜子脸衬着一双盈盈杏眼,眼底缀着一颗细小的泪痣,鼻尖小巧挺翘,唇形精致,天生上镜的骨相脸。

头疼的是教阮瑜表演的钟旭海。

钟旭海是安卓茜特地请过来的,他和安卓茜当年有同窗之谊,在电影学院教了二十几年的学生,桃李满天下。

问题是,以前钟旭海带的学生无一不是慢慢打根基教起来的,轮到阮瑜,却要求短期速成,这哪里可能?

只好加强力度。

安卓茜时常会来探询进度,顺便安排手里一两个科班出身的艺人过来,跟阮瑜搭对手戏。

钟旭海频繁地丢给阮瑜表演任务与小品剧本,不厌其烦地给她讲戏,要求颇高:"你可能听过,表演分为三大派,表现派、体验派、方法派,我希望我教出来的学生不仅仅是浮于表面的表现派，记住台词不是你的语言，镜头才是你的语言。"

阮瑜在大学时曾参加过戏剧社，好在能听懂，也有过一些经验，偶尔给出的小反应居然还不错。

在教她之前，钟旭海早知道阮瑜是商影老总的女儿，是吃不了苦的大小姐，本就有些不抱希望，不承想朽木是块璞玉，还能雕一雕。

阮瑜绝望，别雕了，她是块玉也快碎了！！

她起得比鸡早，睡得比狗晚，一天要演三四个短剧本，还要时不时被老师训得狗血淋头。

这一切的源头，只因为阮大小姐之前"为爱进娱乐圈"，想离段凛更近一点。

段凛？

别开玩笑了，见过哪个死忠黑粉想离自己的对家近一点的？为了给段凛撰写一本黑料编年史？

这什么魔幻现实主义笑话啊？哈哈。

阮瑜笑不出来。

自己简直比隔壁那群练习生过得还惨。

同楼层的还有公司同期的艺人练习生，练习房正巧在阮瑜隔壁，都是一群不过十五六岁的少年。

"那是公司培养的练习生，听说明年年初就会挑五个人直接组团出道，剩下的挑一些送进公司的选秀节目。"叶萌萌可惜地说，"一百多个人，最后留下来十个都难，能出头就很了不起了。"

阮瑜看着手机屏保，捧着脸，星星眼："当然了不起了，纪临昊也是选秀出道的，他曾经是最棒的那个。"

"哇，原来小瑜姐你喜欢纪临昊啊？"叶萌萌看到她屏保上纪临昊的精修图了。

阮瑜不打算太暴露，咳了一声，模棱两可地回道："还好，我就是觉得这张图挺好看，就拿来做屏保了。"

"纪临昊是很帅，"叶萌萌跟她一起花痴了会儿，补充，"不过我觉得段凛更好，其他他每一部作品我都看了两三遍。他的外形就是吃演戏这碗饭的啊！！呜呜，那脸那身材……小瑜姐，你觉没觉得？"

她在心里翻了个白眼。

叶萌萌，你工资没了。

沉默一秒，面对助理询问期待的目光，阮瑜非常自然地点点头："段凛是挺……帅的。"

这一刻，她的演技达到了人生巅峰。

钟老？钟老在吗？她觉得自己毕业了，甚至可以冲一下今年的小金人！！

魔鬼式训练的一个月很快过去，安卓茜总算大发善心，放了阮瑜三天假。

阮瑜手机微信里的联系人不多，这一个月来除了父亲阮正平打来的几个嘘寒问暖的电话，竟然没有主动联系她的朋友。

她以前的人缘是有多差……有点同情自己了。

好在阮瑜一点都不觉得寂寞，她自得其乐地在高级公寓里宅了三天，撸猫刷剧打游戏，还新注册了一个微博小号，将追星提上日程。

纪临昊的各地巡回演唱会还在持续，微博更新得也频繁。阮瑜边转发前线的饭拍图边幸福号叫，满腔爱意无处发泄，一口气买了两千张爱豆的电子专辑。

三日后，叶萌萌上门时，身边跟着一个瘦高的年轻男人。

"小瑜姐，我叫林青，以后我就是你的工作助理。"年轻男人笑容和善，简单做过自我介绍，将带来的剧本递给阮瑜，"这是安姐让我给你的，公司给你接了一部戏，已经和导演沟通过了，安排你下周去试戏。"

终于要开始了。

阮瑜看着递过来的剧本，心里一跳，翻开："我要试哪个角色的戏？"

"电影已经开拍了，现在临时有两个配角的空缺，"林青道，"安姐看中了盲女的角色，想让小瑜姐你去试试。"

阮瑜手里的剧本并不全，只有涵盖了两个配角戏份的那部分，她翻回封皮又看了一眼，剧本名是《成名无望》。

名字好熟，她心中逐渐涌起一股不祥的预感："你刚才说电影拍了一半了？官宣的男主角是谁？"

"段凛。"

她被赶鸭子上架，上的还是烧烤架？！

"你猜怎么着？"横店影视城的片场，上一场戏拍完，段凛刚靠进休息椅里小憩，就接到经纪人郭彬的电话，"我刚刚才知道，安卓茜最近带了个新人。"

"不感兴趣。"段凛声音淡淡，"这也值得你特地打电话来告诉我？"

"别急，你听我说完啊，你猜她带的谁？"

"谁？"

郭彬无奈："阮瑜！"

段凛一愣。

"最近她好像也没再来片场缠你了吧？我说她怎么最近没动静呢，原来是谋划这事去了！她忽然想当艺人，百分百是奔着你来的，我看你最近防着点吧。"

段凛靠着椅背，想起一个月前阮瑜在演唱会上喊"纪临昊娶我"的场景，一时没回话。

他以为她转性了。

看来阮瑜还是那个阮瑜。

男人漆黑的瞳眸里淡漠无情绪，像冷静旁观的局外人，轻嘲："由她去。"

如果阮瑜的人生是通关游戏，那段凛必然是她在第一关就要踹翻打倒的大 boss（终极怪兽）。

让她去跟段凛演对手戏？

不如让她再死一次。

商影传媒，高层办公室，安卓茜见阮瑜生不如死的模样，叹气："别不知足了，这个机会是我好不容易才为你争取来的，以你现在白得像纸的资历，能和段凛有两三场对手戏已经很不错了。"

误会，都是误会。

阮瑜委婉地说："也不是一定要有对手戏……"

"行了，你肯体谅我的辛苦就好。"安卓茜和阮正平是职场战友，也是多年朋友，早知道他这个女儿从小有多爱慕段凛，"《成名无望》是关保年的电影，冲着拿奖去的，如果能抓紧这个机会，哪怕只是露个脸都好。"

"其实我……"

安卓茜打断她的话："试戏我就不陪你去了，好好准备一下，等你的好消息。"

阮瑜一个字都没解释出来，她隐忍着闭了闭眼，微笑着鞠了一躬："谢谢安姐，我会努力争取的。"

离开商影后，安卓茜安排的工作助理林青已经等在楼下，阮瑜坐进商务车里，又把自己试戏的戏份翻了一遍。

她手里没有完整剧本，但安卓茜给过她剧本大纲，《成名无望》是部讲述民国底层小人物挣扎着往上爬的电影。当初知道段凛要出演男主角时，阮软一边围观对家粉敲锣打鼓过新年，一边暗暗羡慕嫉妒对家的资源。

其实纪临昊近年来也有转型当演员的意思，陆陆续续拍了几部偶像剧。

阮瑜理解，毕竟纪临昊已经二十七岁了，不能当一辈子的唱跳爱豆，转型是早晚的事。

但比起出道就能拍上好电影的段凛，纪临昊既非科班出身，又欠缺人脉，影视资源显然不如对家。

当初的阮软咬着小手帕哭着祈求上苍把幸运分给哥哥的时候，怎么都没想到有天她居然会跟对家段凛一起演戏，演的还是对方的初恋！！

副驾驶座上，林青排好行程表，刚想回头说两句，就见后座的阮瑜合上剧本，毫无形象地瘫在座位上，生无可恋地朝他伸手："青儿——"

林青一蒙。

阮瑜动情道："快快替我除去法海那妖僧，救我脱困雷峰塔下，好让我能早日见到官人！"

林青虚心请教："谁是法海？"

"段凛。"

"官人呢？"

阮瑜点亮手机屏保，将纪临昊的美图贴在胸口，故意说："不告诉你。"

林青默然：安姐到底在担心个什么劲？这祖宗明明戏很足啊。

　

试戏的行程很赶，林青买了翌日上午飞横店的机票，叶萌萌不陪同，而是留下来照顾阮瑜公寓里的那只猫。

公寓客厅，叶萌萌蹲下来想摸白色布偶猫的脑袋，猫却昂着脑袋躲开，高贵冷艳地"喵"了一声。

"小瑜姐，你的猫有名字吗？"

阮瑜推着行李箱从卧室出来："还没起名字。"

先前的阮大小姐没给这猫挂牌，她养了它一个月也不知道叫什么，好在猫很聪明，每次不叫名字都能自己跑到猫碗前进食。

叶萌萌吃惊："这么可爱，怎么能连个名字都没有？"

阮瑜跟着蹲下，伸手挠了挠猫咪的下巴，思忖道："那就叫泡芙吧。"

"听着有点耳熟……段凛好像有只猫也叫泡芙，还上过热搜。"

阮瑜迷茫地问："是吗？真的呀？不知道啊。"

废话，她当然知道。

作为段凛的对家粉，以前的阮软密切关注着对家的一举一动，也知道段凛的工作室曾发过一张段凛的生活照。

照片里段凛正蹲下注视着一只脏兮兮的小流浪猫，工作室配文：【老板出外景时捡到一只小可爱，取名叫泡芙，以后泡芙就有家啦。】

评论里的菱角被萌得心肝颤，炸了一窝少女心，当晚话题直冲各平台的热搜榜。

"算了，你就叫泡芙吧。"阮瑜结束回忆，不情愿地啧了一声，小声咕哝，"虽然不知道你以前叫什么，但以前的我应该会给你起这种名字吧。"

临走前，阮瑜拍了两张泡芙的萌照，想了想，还是发在了南有嘉鱼的微博号上。

"小瑜姐，这是你的个人微博吗？"车内，林青注意到阮瑜的手机界面。

"嗯。"

"你没有在微博上发过自拍吧？"

阮瑜感觉奇怪："没有，怎么了？"

南有嘉鱼坐拥两百万粉丝，平时日常炫富，偶尔转发一些与段凛相关的微博，但阮大小姐显然知道保留隐私，从没发过个人的自拍。

"那就好。"林青舒了口气，"过两天我会以你的名义开通微博，公司以后也会帮着打理……对了，小瑜姐，你这个号平时都在刷什么？"

呵，就这个号还能刷什么？

阮瑜也不避讳，面无表情地当着林青的面刷新了一下首页，立即跳出来关注人的新消息，一名驻扎在横店的黄牛刚发了微博。

【@段凛驻横店侦察员：拍到了你们家的@段凛，涉及剧透，只有背影。】

区区一个背影，底下粉丝哭号得像近距离见到了本人。

【怎么会这样？！哥哥连头发丝都帅到我窒息倒立！】

【啊，凛凛的背影都好好看！】

【剧组缺群演吗？我可以！】

……

阮瑜点开背影图，观摩半晌，开始黑粉发言："啧，这腿修过了吧？"

林青心情复杂。

横店影视城外，里三圈外三圈围满了翘首张望的粉丝们。

阮瑜下了飞机直奔横店，今天这一片的梦外滩外景都被剧组租用了，片场工作人员忙碌不停，阮瑜一行人被助理带进去，副导演张忠正在临时搭建的棚里挑群演。

张忠看着不过四十岁，却留着两撇老气横秋的小胡子，他打量着阮瑜，说："外形挺好的，我看过你的模卡，是商影新签的艺人？"

"是，刚签没多久。"林青赔笑接过话，"小瑜是安姐新带的艺人，您多担待。"

张忠与助理耳语几句，清场后，画了一段戏出来："行了，那开始吧。"

阮瑜紧张得连头发丝都在颤抖。

张忠没讲戏，上来就直接让她试一段哭戏。

阮瑜要试的这个角色是民国时期的一位舞女，有着倾国倾城的好姿色，可惜是个盲人。不过她实在太漂亮，舞场不介意捧一位盲人上台，于是前线炮火连天，舞场歌舞升平，盲女的名气很快传遍上海滩。

美名多，骂名也多，最后暴乱的民众一把火烧了舞场，没来得及逃出来的盲女成了时代的牺牲品。

阮瑜要试男主角在后台见盲女的一段戏。

片场这么大，段凛当然不会亲自过来陪一个名不见经传的配角试戏，阮瑜在脑海中过了一遍台词，准备无实物表演。

一场戏看得张忠直皱眉头。

安卓茜给他推荐这个艺人时，特意提了两句，让他多照顾些。

本来一个全片戏份不过十分钟的配角，他放点水也就过了，但眼下看来，阮瑜漂亮是漂亮，演技却太显僵硬，可惜了。

"可以了。"张忠打断阮瑜，对助理道，"去叫下一个吧。"

阮瑜愣了一下。

林青最先反应过来，知道八成没戏，勉力挽救："张导，小瑜是第一次见到您这样的大导演，试戏难免紧张，您要不再给一次机会？"

"就这样吧。"张忠有些不耐烦，却在下一秒望向远处时喜笑颜开，"哎哟！阿凛你们怎么来了！"

一听这名字，阮瑜下意识转头望去，进棚的果然是段凛。

上次见面还是一个月前在医院，那时候她慌得找不着北，还没来得及仔细看她这个便宜老公，两人就分开了。

段凛和总导演关保年并肩走进棚内，他身上的戏服都没来得及脱。

男人的黑发梳成了干净利落的背头，修挺的鼻梁上架着一副金丝边眼镜，五官英俊深邃，将一身长衫撑得落拓拔拔。

能把一身正气的长衫穿得这么斯文败类也是挺离谱的。

阮瑜内心的吐槽弹幕滚了满屏，她刚想打声招呼拉着林青撤退，张忠却聊上了："你们那边的戏拍完了？"

"上半场拍完了，我让阿凛休息息会儿。"关保年长了张严肃的国字脸，却笑容爽朗，拍拍段凛的肩臂，"你这里不是在选他的初恋吗，我就跟他过来看看。"

关保年注意到旁边被晾着的阮瑜，问道："你刚试完戏？"

阮瑜谦逊地鞠了一躬："导演你好，我叫阮瑜。"

段凛跟着扫了一眼阮瑜，神色平静无波澜，半丝惊讶也没有，像是陌生人的冷淡一瞥。

"她试过戏了，还是再看看吧。"张忠不甚在意，让助理送阮瑜两人出去，转向段凛，"听说是钟旭海教过的学生，没想到戏不太行。老钟最近都是教一些速成小鲜肉，像跟你差不多红的那个纪临昊，以前也跟着他学了一阵子……"

阮瑜人都走到棚口了，脚步顿时停了下来。

钟老居然教过纪临昊？

什么叫速成小鲜肉？

什么叫戏不太行？

他可以看不起她，但不能看不起纪临昊。

对家在场，丢什么都不能给爱豆的老师丢脸，那可是教过爱豆的老师！

阮瑜的胜负欲猛地蹿了上来，杀气腾腾地折了回去。

林青眼看着阮瑜转身折返，在导演面前刹住车，人都傻了。

众目睽睽下，阮瑜深深鞠躬，礼貌道："对不起，张导，刚才是我状态不好，请您再给我一次机会。"

张忠没回答，段凛仍旧是那副生人勿近的冷淡脸。旁边的工作人员面面相觑，无人接话。

"还挺执着。"半晌，关保年先笑了，"行，那你就再来一次。"

关保年有些欣赏阮瑜的勇气，又给她讲了几句戏："这段戏是姜平之最后见到苏婉的一幕，她受万人爱慕，但一直是孤独的。她知道她是这个时代娱乐的傀儡，但万幸的是还能遇到像姜平之这样值得拿真心去爱的人，她渴望却又害怕——听说钟旭海教过你，你听过体验派吗？"

阮瑜点头。

关保年问："你有没有爱而不得的人，或者没挽留住的前任？"

阮瑜迟疑："有……吧？"

有个迎娶爱豆的伟大人生目标，却连爱豆的面都见不到算不算？

一直没说话的段凛忽然侧眸看了她一眼。

"就代入那种感觉去演。"关保年点头，"开始吧。"

周围寂静无声，林青都替阮瑜紧张得头皮发麻。

段凛倏然出了声："我打算明天离开上海。"

剧本里的台词。

林青愣了愣，去看阮瑜。

阮瑜也难掩惊诧，不过很快找回状态，入了戏。

她闭着眼睛想，自己现在的状况，跟苏婉也太像了。

她现在是别人羡慕都羡慕不来的名媛千金，坐拥豪宅豪车，看似什么都有了。

却没有一个人知道她的过去。

不对，其实是有的。

纪临昊——

他贯穿了她的整个青春期，承载着她所有平凡却幸福的回忆。

家庭群的背景照片是他，卧室里最显眼的海报是他，和闺密聊天时输入法蹦出的是他，连他妈妈看电视看到他时都要喊一句"又是他"。

可她现在什么都没有了，只有纪临昊了。

阮瑜和段凛对着戏，哽咽了："我是瞎了，可我看得清。"

关保年没漏掉她丝毫的情绪变化。

从陷入回忆的甜蜜，到面临变故的茫然与痛楚，阮瑜把内心的挣扎与眷恋演得真实透彻。

她下意识伸手，想抓住些什么，却在意识到两人离太远后茫然睁眼，目光无焦距，眼泪却唰地落下："我什么都有，但我最舍不得你。"

关保年率先鼓起了掌。

"不错！很不错！"他像是很满意，评价中肯，"感情到位了，就是台词还要再练一练。"

关保年问段凛："你觉得怎么样？"

对戏结束，段凛仍盯着阮瑜没收回目光，她显然还没走出情绪，哭得鼻子都红红的，漂亮的杏眼里像是汪着粼粼动人的水。

就是这双眼，刚才睁开看他的瞬间，盛满了滚烫炽热的爱慕。

阮瑜接过林青递来的餐巾纸擦鼻子，满脑子都是她的心肝宝贝小爱豆，正想嚷一句"我怎么这么棒"，就听段凛冷冷淡淡地回："她不合适。"

从横店试完戏回京城，阮瑜在家宅了几天，一周后接到安卓茜的电话。

"好消息，你的试戏通过了，安排后天进组，关保年亲自给我打电话夸你，说你有演戏天赋。"安卓茜也没想到会这么顺利，庆幸自己误打误撞捡了个宝，"不过去之前还是要好好感谢一下钟旭海，今晚我办了谢师宴，等会儿让林青来接你。"

林青敲开阮瑜公寓的门时，阮瑜正在打游戏，还是叶萌萌给他开的门。

他刚知道阮瑜试戏通过的事，惊喜又疑惑："小瑜姐，那天你试戏的时候，段凛当众说了你不合适，怎么关导没听他的，反而让你过了？"

"谁知道呢，可能是习惯了吧。"阮瑜头也不抬。

说实话，那天她被段凛猝不及防泼了一桶冷水，是挺生气，不过后来想想，也就释然了。

段凛是谁？

那可是在她手上留有无数黑料的男人！

什么片场耍大牌、强行加戏份、临时换演员，她印象里这种小道传言可太多了，反倒是他一开始帮她搭戏有点让人意外。

林青看着阮瑜专注打游戏的美好侧脸，心生感慨。

安卓茜早在私底下提醒过他，阮瑜是阮总的独生女，商影传媒的明珠千金，要好好伺候，只是没想到相处下来，阮瑜非但没大小姐那些骄纵做派，还很平易近人。

游戏开局三十分钟，眼看着自家被一路推上高地，平易近人的阮瑜终于忍不住了："我这几个笨队友在打友谊联赛？"

林青一愣。

"打野从上路游走到下路一个人头没拿，在峡谷刷微信步数健身呢？

"这上单打算当出家人？Q空W空E空R空，四大皆空？"

阮瑜冷笑，嘲讽道："撒把米在键盘上，鸡都打得比他好！！"

输了一局，阮瑜气还没消，看到林青忽然想起什么，顿时云消雨霁，阳光明媚："林青！你帮我个忙吧？"

阮瑜转给林青一个链接，手把手教他操作，等到林青点进那个小程序，才知道她是让他给纪临昊打榜。

想起阮瑜的手机壁纸，林青好奇地问："小瑜姐，你喜欢纪临昊？"

"喜欢啊。"

现在纪临昊是大红大紫的少女偶像，有人喜欢不奇怪，奇怪的是娱乐公司老总的女儿居然也追星，于是林青追问："为什么？"

阮瑜想了想，看着电脑屏幕上的游戏界面："我喜欢打游戏。

"我打游戏，是喜欢那种一路推高地的成就感，就像纪临昊当年从选秀节目中脱颖而出，一路努力，一步一个脚印才有了现在的成就，所以他值得我喜欢。"

阮瑜谈起爱豆，眼里迸着细碎的光芒，林青晃了晃神。

当然，她还有句话没说。

所以像段凛那种靠背景在娱乐圈一路金手指开挂的人，她这辈子都不可能转粉的。

当晚，安卓茜挑了家环境清雅的私人会所，说是谢师宴，其实就是三人吃顿饭。安卓茜和钟旭海是老同学了，阮瑜偶尔参与两人的聊天，幸福得直冒粉色泡泡。

钟老教过纪临昊。

一日为师，终身为父，四舍五入，她也算见过爱豆家长了！

次日，林青给阮瑜订了飞横店的票，提前一天进组。

这次真正确定出演后，阮瑜才收到了《成名无望》的完整剧本。她在下榻的酒店翻完了剧本，虽然电影是讲述小人物逆袭，但该有的宏大场景一幕没少，甚至连演员身上的旗袍长衫都是为求精致请人手工绣制的，光电影前期筹备就花了一整年。

要不是原来签下演苏婉的女演员有孕养胎，这个角色还轮不到阮瑜。

进组当天下午，阮瑜见过几位导演，随即被叫去摄影棚内拍定妆照。

配角没有自己的化妆间，更没有专属化妆师，阮瑜在人来人往的共用化妆间被晾了五分钟，也不生气。

她现在简直比化妆师还忙——

忙着打榜。

打榜，是粉丝为自家爱豆投票支持的一种应援方式。

今天是本月最后一天，各大月度榜单都将截止。一般在榜单结束后，发起方会按名次划分对应的奖励，有应援金奖励，也有线下应援大屏等，最终奖励将发放给明星对应的后援打投站或数据站。

这时候通常是对家粉存在感最高的时候。

没错，四季又和菱角在同一榜单死磕上了。

纪临昊与段凛各自红了娱乐圈的半边天，连粉丝都不遑多让，上一秒纪临昊还是榜首，一刷新就换成了段凛。

榜单第一有五万块钱的应援金奖励，不允许粉丝氪金冲榜，就只能靠一个个人头投上去。

争不争？争！！

这是五万应援金的事吗？不！这是自家哥哥的尊严和排面！

阮瑜正忙着在超话里呼吁四季打榜，忽然被叫了名字。

一抬头，眼前的女演员她居然认识。

上回在公司电梯里见过面的沈若薇，她这次拿到了另一个配角的空缺，和阮瑜同一天入组。

两人聊了会儿，沈若薇主动加了阮瑜的微信，一眼扫到她的列表置顶，稍愣："这是段凛的微信号吗？"

忘记取消置顶了，备注着"段凛"的微信号还高高置顶在对话框里，阮瑜现在见到这个名字就战斗力爆棚，二话不说卸下了他的置顶。

阮瑜露出一个纯良无辜的笑："是我刚才遇到他，顺便就加了。"

"我听说他不随便加人微信的。上回我跟他在综艺大赏的后台碰到，想要个微信，被他助理挡回来了。"沈若薇狐疑。

"可能我今天运气好吧。"

这时，阮瑜被化妆师叫到名字，随即被带到一旁设计妆发。她的皮肤底子极好，上妆省事不少，造型师笑眯眯地看她化完妆，挑了一条旗袍让她去换。

阮瑜换完衣服进摄影棚时，摄影师吹了声口哨，全场人的目光随之投过来，纷纷交头接耳。

"她谁啊？"

"新进组演苏婉的那个，叫阮什么……哦对对，阮瑜。"

"没见过，是新人？钟导的选角牛啊，能把旗袍撑得这么好看的人太少了！"

……

穿旗袍，瘦一分显孱弱，胖一分显丰腴，而阮瑜的身材婀娜多姿，单薄的绸缎丝料勾勒出她几近完美的曲线，造型师用两个夹子别住她后腰宽松的衣料，更衬得腰际盈盈一握。

沈若薇心情复杂。

她在商影两年，到现在才能在关保年拍的电影里演一个平平无奇的小角色，而阮瑜初来乍到，就能跟着安卓茜，还有机会和爆红流量搭对手戏，也不知道用了什么手段。

现在看来，阮瑜这长相……借什么手段上位，不言而喻。

定妆照不难拍，拍摄顺利结束，买咖啡回来的林青拦住要去换装的阮瑜，给她拍了几张日常工作照，发在了她的微博号上。

阮瑜的新微博号是林青才帮忙申请开通的，还没来得及申V（微博认证），一组日常照发出去十分钟，只有一个赞，还是来自一个专卖粉丝的机器号。

阮瑜十分同情："这也太凄凉了，不如删了吧。"

林青瞪她："不行！人气得慢慢攒起来，哪有一夜爆红的？"

这不是她本人的微博号吗？这大小姐怎么一副置身事外吃瓜看戏的样子？

林青刷了会儿微博，一愣："纪临昊上热搜了。"

"什么？"

"他的车在下高架的时候被'私生饭'围堵了，现在是热搜第一。"

阮瑜明显愣怔，刹那间脸都白了，当即没忍住："我——"

幸好化妆间人声喧哗，不然林青都想捂死这位祖宗的嘴了："冷静点，姑奶奶！"

这让她怎么冷静？！！

阮瑜慌忙点开微博，"纪临昊被'私生饭'追车"果然高高挂在热搜第一，浏览量已破亿。

纪临昊这两天在上海巡演，今天下午到了机场，没想到接机的车在下高架时遭遇"私生饭"围追，硬生生地在高架下被逼停，万幸人没事。

评论区一片心疼讨伐声，怒火攻心的阮瑜加入战场，带着"抵制'私生饭'”的话题连发十几条微博，又是心疼又是盛怒。

即使她在知道钟旭海教过纪临昊之后，也没有想过借着这层关系问钟老要爱豆的私人联系方式。她想着来日方长，总能靠自己的努力当面认识爱豆。

而"私生饭"的爱自私自利，今天敢别车，明天指不定就敢破车窗，这种不顾爱豆人身安危的物种连人都不配当，还配当粉丝？

愤怒归愤怒，阮瑜评论的内容还算理智：【他的善良宽容绝不是你们借机伤害的理由，请理智追星，在过好自己生活的前提下为他应援。】

这条评论被赞上热评，多出数百跟评。

【没错，有闲工夫花钱追私，不如抽时间线上打榜，我们家某个榜单和第一名咬这么紧，努把力就追上了好吗！！】

【我们能做的只有为哥哥应援了。】

【心疼宝贝就给他打榜！！！】

……

这话一出，效果显著，转眼间，纪临昊的票数就超了段凛一小截。

今天阮瑜只被安排了拍定妆照，正式拍她的戏要等明天。这里远离市区，除了横店外并无商业区，结束拍摄后，阮瑜打算先回酒店房间看看剧本。

经过正在拍摄的外景组时，阮瑜摇下车窗，一眼就看到了人群中的段凛。

他拍完一场戏，正和关保年一起在监视器前看镜头回放，远处景区隔离带后的粉丝们神情一个比一个激动，却理智地没尖叫出声，更没偷拍。

说起来，段凛的"私生饭"确实比较少。一个当红流量"私生饭"这么少，简直是奇迹。

早年段凛刚红的时候，也传过被"私生饭"围堵的新闻，但他本人对"私生饭"态度一向冰冷，身边跟的助理邵立也看起来凶神恶煞，几乎没人敢近身。

归根究底，还是人凶管用。

像她家昊昊这种天使般的好脾气，可怎么办才好？

远处，段凛似有所感地抬起眼，就见阮瑜撑着脸趴在商务车窗边，脸上妆容未卸，颊若桃花，轻蹙眉头，一脸忧愁哀婉地望着他出神，一副林黛玉为爱煎熬成望夫石的模样。

榜单战况激烈。

下午纪临昊还领先段凛一筹，而菱角很快反应过来，等晚上九点半，段凛的票数已经超了。

阮瑜刚洗完澡出来，连长发都没顾得上擦干，就抱着手机刷新实时战况。

两家较劲到现在，已经不是五万应援金的事了。

还有看热闹的吃瓜路人将打榜情况截图到了某吃瓜论坛里：【买定离

手！！今晚聚星榜上演顶流之争，榜单今晚十点截止，猜猜谁才是最后的超级顶流！】

猜你个鬼。

阮瑜紧张地盯着手机，登上自己的追星小号，该呼吁的都呼吁了个遍，回到榜单界面一刷新，卡了。

这么关键的时候怎么能卡？

她在房间里的每个角落都试过刷新，还是卡。

九点五十分，阮瑜怒而出门。

走廊很安静，酒店的安保做得极好，并不见粉丝浑水摸鱼溜上来，阮瑜在房间门外刷新三分钟，终于刷出了实况。

段凛仍在第一，纪临昊紧随其后，只差一票。

"你在这里干什么？"

男人的音色微冷，声线低沉又有磁性，来自隔壁。

阮瑜倏地抬起头，见隔壁的房间门不知什么时候打开了。段凛刚洗完澡，黑色衬衣解开两颗扣子，下颌至锁骨的弧度流畅而紧绷。

"这时候让我看见这人，是存心想气死我吗……"阮瑜低声咕哝。

段凛皱眉："什么？"

阮瑜心中五味杂陈："没什么，我就住隔壁，房间里网不太好。"

垂眼盯着她片刻，段凛勾唇，如画的眉眼染上笑意，笑意却不达眼底："阮瑜，这么久了，你怎么还是不知道收敛？"

"啊？"

愣了一秒，阮瑜立即反应过来。

他以为她是故意住他隔壁，借机接近他？！

打榜争不过对家粉就已经够气了，还要被对家亲口污蔑，士可杀不可辱！！

她接近他有什么好处？呵，借他手机打榜吗？

阮瑜正想高贵冷艳地怼回去——

嗯？

接下来，场面静默了足有三十秒。

段凛似乎觉得不耐烦，正想关门，却被一只手抵住了门框。

三十秒前还满脸一言难尽的阮瑜此刻默默望着他，神色挣扎。

士可辱，不可输。

男人可以"为了部落""为了联盟"赢下游戏，女人怎么不能"为了爱豆"赢下打榜？

深吸口气，阮瑜壮士断腕，小声说："段凛……"

段凛对上她羞怯的视线。

此刻她的卷翘长睫因紧张而微颤，与下午瞥见的神情相差无几，似乎在茫茫人海中，她一直在情深意笃地凝视他。

阮瑜指着手机屏幕上的纪临昊，不假思索地问："能给我老公打个榜吗?"

一时沉寂无声。

见段凛没应,阮瑜颇为殷勤地高高举着屏幕,送到他面前,耐心解释:"这是'亚洲聚星榜',一个粉丝为自己偶像投票的榜单,排名越靠前,奖励越高,新注册用户一次性能投十票呢。"

榜单的数据正在实时刷新,段凛的视线从排名第二的纪临昊上瞥过,定在第一名上。

第一名是他自己。

"你要我给纪临昊投票?"

"可以吗?"阮瑜望眼欲穿。

又是片刻缄默,段凛屈指点了点屏幕上纪临昊的头像,不答反问:"你叫他什么?"

纪临昊在她这里的昵称可多了。

昊昊、心肝、宝贝、老公……他想问哪个?

刹那间,阮瑜才反应过来刚才自己的嘴快:"没叫什么,你肯定是听错了。"她忍辱负重,又重复一遍,"可以请你给纪临昊投票吗?"

她扑睫眨眼,眸光真挚恳切。

段凛也跟着眨了下眼:"你想要他拿第一?"

天啊,他这是什么天真无邪的小表情?

阮瑜故作镇定:"是、是啊,怎么?"

"没怎么。"段凛神情无辜,乌黑的长睫温柔垂落,落在她身上的视线却淡漠,"只是我的粉丝在替我投票,我却另投他人,为什么?"

"因为……我听说纪临昊今天差点出了车祸,正好这个榜单第一有五万的奖金,所以我想支援他,就当爱心众筹。"

段凛腹诽:纪临昊需要这点奖金?

离榜单截止只有五分钟,阮瑜站在世界中心呼唤爱:"话说助人为乐永垂不朽,救人一命胜造七级浮屠,君子贵人贱己,先人而后己啊。"

段凛没说话。

阮瑜又说:"我相信你也是个有爱心的人,对吧?"

两人对视良久。

段凛终于打开了自己的手机,冷淡地问:"怎么投?"

这一刻!

这一刻值得被载入史册!

阮瑜在这一刻姑且原谅对家三秒,表面冷静内心雀跃地教段凛怎么进入界面,怎么注册,怎么给第二名投上珍贵的十票,好让纪临昊有机会超过他自己。

菱角一定不知道他们当中出了个叛徒,这个叛徒居然还是他们的爱豆。

段凛投完票,阮瑜意犹未尽:"既然你都注册了,隔壁有个十佳人物榜单,能不能再请你给第六名投个票?"

段凛点开相邻的那个"十佳人物榜",榜单上都是来自各圈的名人,第六名是个陌生男人,介绍语:【英雄联盟 SOS 战队打野,阎王。】

"他是谁?"

"他是我老公,"阮瑜迷妹脸,"一名打职业的选手,打游戏特别厉害。"

段凛没再顺着她的话投票,而是关了手机,眉宇微挑,突然问道:"阮瑜,你到底有几个老公?"

阮瑜一愣:三百六十行,行行出老公啊,有问题吗?

她差点忘了,现在站在她面前的段凛,才是她真正意义上的正牌老公,领过证的。

见阮瑜没吭声,段凛笑了。

他的眉梢眼角随之漾起笑意,半湿的黑发衬着瓷白的脖颈,细细的水痕沿着男人的锁骨往黑衬衫里淌,疏淡懒散中带点儿勾人。

阮瑜脑海里蹦出一句对家粉夸段凛的彩虹屁:他笑起来,眼睛里像舀了一池星辰河汉,细碎晃荡的全是我的心动。

这男人笑起来确实……挺好看。

啧,整过的脸就是不一样,跟她家昊昊阳光自然的笑容一比,简直仙魔有别。

"你今晚找我,提了这么多声'老公',是想暗示我什么?"段凛扣上锁骨处的衬衫衣扣,笑意不减,低含着气音,"你是想提醒我们之间名存实亡的关系,还是我们那本毫无价值的结婚证?"

看在这人帮她投了十票的分上,阮瑜含恨忍辱。

阮瑜刚想甩头走人,就见段凛的视线掠过她看向身后,忽然微微一沉,皱眉叫住她:"先别走。"

"不走,难道还留下来陪你继续脑补吗?"阮瑜憋屈地停住。

段凛拨号码的动作一顿:"什么?"

阮瑜没好气地说:"没什么。"

段凛给助理拨了个电话。

五分钟后,住在楼下的邵立满头大汗地赶上来,将手里的剧本给段凛:"给,前二十场的剧本,我刚刚问编剧组要的。奇怪,我们回酒店的时候你的剧本还带着,怎么丢了呢?"

"不是我,是她丢了,剧本给她。"段凛把剧本给阮瑜,"现在可以走了。"

段凛没再分眼神给阮瑜,当面打电话给了关保年,应该是约一起吃夜宵,随后他进房间套了件大衣,带着邵立离开。

阮瑜莫名其妙地收了一本崭新的剧本,回房再翻了翻,满头雾水。

她没丢剧本啊,段凛给她干什么?

难不成是警示她好好做人,戏别这么多?

戏多的明明是他啊!

她只是让段凛帮忙投个票,他就觉得她在套路他,谁能有他戏多?

想到投票,阮瑜忙点开打榜界面,一看投票结果,蔫了。

榜单已经截止，冠军席上亮着两个招人嫌的字：段凛。

还是输了。

这一晚，阮瑜睡得并不好，整晚翻来覆去，梦到被黑袍青焰的大魔王追了十条街，追近了一看，这杀千刀的大魔王有着和段凛一模一样的脸。

被手机铃声吵醒时，天还没亮，阮瑜低气压到想杀人："谁？"

"别睡了，小瑜姐！出事了！！"林青声音惶急，"我在你门口，开门开门，快快快！！"

早上七点不到，阮瑜手机里就有十几个未接来电，一半来自林青，另一半来自安卓茜。

林青急得连眼镜都戴歪了，冲进阮瑜房间的第一件事就是把亮着的平板给她看，气喘吁吁的："小瑜姐，你现在热、热——"

阮瑜没睡醒，声音凉飕飕的："我一点都不热。"

林青非常焦急："你现在在热搜第一，深夜酒店私会段凛被拍，已经被段凛的粉丝骂了上万条评论了！！"

啊？！

阮瑜捧着平板看，天还没亮，各大平台的新闻就已推送得沸沸扬扬，微博尤甚。

新闻刚曝半小时，热搜第一挂着"段凛酒店私会神秘女子"，热搜第二"段凛疑似恋情曝光"。

点进热搜，无一例外都是一段偷拍视频，是昨夜阮瑜出现在段凛酒店房间门口的一幕，紧接着段凛开门，只见两人交谈几句后，段凛忽然微微一笑。视频只有短短三十秒，却令人浮想联翩。

女孩虽背对着镜头，但林青一看就知道是阮瑜："幸好现在还没人知道是你，安姐还在想办法。小瑜姐，你和段凛怎么会被拍到的？"

阮瑜捧着平板，一瞬间大脑都是空白的："我只是在走廊蹭了个网，就碰到了。"

阮瑜怎么都没想到，有天她和对家的绯闻会成为热搜第一！

舆情激沸。

这条新闻底下的评论呈几何速度在增长，而段凛的粉丝训练有素，反应过来后迅速控评，压住了谩骂的不理智粉，现在被点赞上前排的评论都是"不信谣不传谣，静待官方回应""期待哥哥的新电影《成名无望》"云云。

然而再怎么控评，都敌不过新闻的文案颇具指向性。

比如"两人深夜偷偷私会，女方似在撒娇"。

阮瑜难以置信："撒个鬼的娇啊？！画面那么糊，连我正脸都没拍到，这也能脑补？"

还有"段凛深情注视女方，不时宠溺一笑"。

阮瑜无力："他那是在嘲笑，嘲笑！"

以及"两人彼此对视，默契十足"。

阮瑜累了……

林青看了一圈热搜上的评论，抚着胸口："还好还好，现在热搜都被段凛的粉丝控住了，暂时没人骂光，多亏段凛粉丝理智。"

傻孩子，看评论区有什么用。

阮瑜向林青投去怜悯的一眼，经验十足地在他面前刷起了转发区。

路人难以注意到的实时转发区里，段凛的粉丝骂出了一片腥风血雨。

【笑死，什么人都敢来蹭我心肝的热度了？只是在门口说两句话而已，这也能被当成恋情曝光？】

【上一次这么借凛凛炒作的大姐已经查无此人了，我劝这位十八线糊咖不要"糊作非为"。】

【哪儿来的糊咖？大家别给眼神了，不想扶贫。】

林青不忍再看下去，小心观察阮瑜的脸色："小瑜姐，你……没事吧？"

"这有什么。"阮瑜撕了一袋牛奶边喝边看，将心比心，"要是今天传绯闻的是我爱豆和陌生女人，换我我也想骂人。"

当初她可是和对家粉大战七天七夜的人，怎么可能看到这些就玻璃心。

只是被对家粉骂上热搜第一，她确实有些心慌，还有种背着爱豆在外偷情被抓的心虚感……

阮瑜登上追星小号，刷新首页。

对家被传绯闻，她关注的四季正在其乐融融地吃瓜。

【哈哈哈，这就是某家淡泊名利绝情寡欲人设的好哥哥吗？】

【今天是个好日子，祝天下每一对有情人早日领证，三年抱两，白头偕老，退隐娱乐圈。】

【怪不得昨天小菱角们这么努力给你家哥哥打榜夺冠，原来是想赚应援金给未来嫂子随份子，好无私，我感动了，你们呢？】

多衷心的祝福语，多熟悉的嘲讽感。

即使被嘲讽的是她本人。

但，只要能打击到对家粉，她做这点牺牲，根本算不了什么。

自我安慰两分钟后，阮瑜流着血泪，心怀舍我其谁的大爱，给这些微博挨个点了赞。

片场休息区，段凛正与经纪人郭彬通话。

"这件事应该不是安卓茜的手笔，我熟悉她的工作风格，她很少干反向炒作的事。"郭彬道，"今天过后，阮瑜虽然在大众面前露了脸，却也被你的粉丝记恨上了，不值当。"

"嗯。"

"不过也奇怪，你们住的这家酒店保密性一向很好，按理说只接待剧组人员，来横店追星的媒体和粉丝基本连电梯间都进不来，你俩怎么就被拍到了？"

段凛喝了口咖啡："我心里有数。"

"等舆论暂时平息了，我再查查这事。对了，阮瑜她没缠着你吧？需不需要我再派个生活助理过来？"

不怪郭彬跟防狼似的防阮瑜，任谁手里的艺人摊上这么个作精大小姐，都会护犊心切。

段凛冷淡地说："不用，她还翻不出什么浪来。"

第三章

– 命运和她开了一个玩笑

　　这次阮瑜意外捅了娄子，安卓茜那边连着公关部一起兵荒马乱了半天，等公关方案出得差不多后，她给阮瑜打来电话："我这边和段凛的团队沟通过，酒店监控也调出来了，马上会给出澄清。"

　　阮瑜知道安卓茜肯定没少头疼："谢谢安姐，辛苦您了。"

　　"这倒没什么，只要不是真有把柄，捕风捉影的骂声不一定是坏事，有时公众的注意力反而会带来人气。"

　　"我懂，炒作就是这么来的。"

　　"你懂就好。"安卓茜叹气，声音严肃，"我知道你喜欢段凛，但炒绯闻也得分时间对象，以后在发生这种事前，必须要跟我商量。"

　　阮瑜屈辱应声。

　　不！这种绯闻她此生不想被传第二次了！

　　两家团队的工作效率很高，半小时后，热搜该撤的撤下，工作室该澄清的澄清，电影《成名无望》的官博放出了近五分钟的监控录像，影像里两人并无任何肢体接触，而后段凛的助理邵立拿了剧本给阮瑜，就此各自回了房间。

　　就连不常用微博的关保年都难得发文，调侃：【今早有人跟我说阿凛昨晚被曝恋情了，我还想他怎么连我也瞒着，没想到是假新闻，白气一场。】

　　知名导演发微博佯怒，评论区有不少跟着留言附和的艺人，话里话外都在为段凛澄清。

　　紧接着，官博又放出阮瑜的定妆照，声明视频中的女方是剧组的配角，又指路了阮瑜刚开通不过两天的个人微博。

　　定妆照高清精修，照片里的阮瑜穿着一身勾勒得身形凹凸有致的旗袍，五官精致，眼下的泪痣盈盈动人，美得特点鲜明。

安卓茜手段高明，借着假绯闻的余热，顺势将阮瑜推到了大众面前。

吃瓜路人明白了，这本来是一个剧组配角问段凛借剧本的小插曲，却被无良狗仔拍下来大做文章。

前有受害者身份，后有精修图美照，众人的视线逐渐转移到了阮瑜本人身上。

【晕，这颜值是真实存在的吗？转粉了！】

【商影新签的艺人？从哪儿挖出来的小仙女啊？十年老粉不请自来。】

【这明显就是误会吧，心疼一波漂亮妹妹。】

【刚才段凛粉丝骂人家骂得狗血淋头，这时候出来道个歉呗？】

【凭什么道歉？我服了见色忘智的蠢直男了，这次她借段凛炒作一番，根本不亏。】

阮瑜想起被她随手扔床头的那本新剧本，总算反应过来，昨晚段凛为什么让邵立来送剧本了。

他早察觉到有人偷拍他们。

阮瑜震惊，那他不会以为是她故意让人拍了传绯闻的吧？

热搜已经一改面貌，林青登上阮瑜的微博转发了澄清，并委婉地表示阮瑜和段凛只是合作的同事，阮瑜非常尊敬前辈的工作态度与业务能力，以后会多加学习。

此条微博一发，评论转发倒还好，但私信就有些不堪入目了。

短短一分钟，阮瑜的微博被菱角私信骂了上千条。

林青以前跟的艺人都是德高望重的老演员，没怎么接触过流量粉，他当即被骂蒙："我说什么了就骂我？"

"作，太做作了。"阮瑜凑过来看了一眼，"什么'以后会多加学习'啊，我要是段凛粉丝就巴不得这女的跟他此生不再同框，你这种行为吧，粉圈一般称之为，倒贴。"

怎么会有她这种自己骂自己的活祖宗？

阮瑜心态很好，反正她如今要钱有钱、要颜有颜，除了多了个便宜老公让她有点窒息，只要不是再死一次，什么都黑不倒她。

阮瑜正想看剧本，沉寂已久的微信接连振出来两条消息。

阮瑜点开。

一条来自心理咨询高医生：【什么时候来复诊？】

另一条是心外科陈主任：【阮小姐，考虑好何时动手术了吗？】

阮瑜一惊：我这是什么乌鸦属性的预言家？

当晚，阮瑜有一场棚内戏。

在此之前，阮瑜已经把自己拿到的剧本翻了好几遍。她饰演的盲女戏份不多，每天的场次安排得也散，林林总总拍两周就能杀青。

阮瑜刚弄完妆发等在一旁，捏着小手帕，为自己拭了一把并不存在的坚强眼泪。

只要坚持两周，至少在短期内都不用再见到段凛了！

夫妻不是同林鸟，人生有梦各自飞。

林青拎着几袋咖啡进来："小瑜姐，咖啡到了。"

"我就不喝了，你帮我分给大家吧。"阮瑜应声。

早上的热搜风波才刚过去，此时人来人往的拍摄棚内，阮瑜成了众人目光的焦点。在场所有人本着八卦的心情观察阮瑜，可她非但没半点被段凛粉丝骂得狗血淋头的难堪，还友好地让助理给工作人员买咖啡，众人端着咖啡面面相觑，议论声消减不少。

林青露出老妈子般的欣慰笑容，他没想到，娇生惯养的大小姐还挺会做人。

布景完毕，副导演张忠朝对讲机说了几句，十分钟后，关保年与段凛从棚外进来。

确认完现场，关保年招呼阮瑜："阮瑜，你准备好了没？来，等下你先跟阿凛走走戏，找下感觉。"

一想到等下的戏份，阮瑜就有点想死。

早上副导演助理来通知阮瑜，说她的戏份被临时挪动，亲密戏提到了第一场。

关保年笑着说："正好，趁着大家八卦的劲头还没过，你们先把戏中戏演了，省得他们看个假绯闻还等不到后续。"

在场众人一愣，纷纷善意地哄笑起来。

这话听着像是调侃，却明里暗里在替段凛澄清绯闻，也在提醒在场的人，看个热闹也就算了。

阮瑜听出来了，腹诽：段凛不愧是资本的亲儿子，片场耍大牌的黑料传言攒了一箩筐，导演还能把他当个宝。

此时，段凛从化妆间出来，瞥向阮瑜的眸光冷淡无情绪："开始吧。"

棚内早已布置成了戏班后台的模样，灯光摄影准备就绪。

这一幕，阮瑜饰演的舞女苏婉向男主角告白，两人还有一场背后抱的亲密戏——还是阮瑜主动的。

众目睽睽下，阮瑜念完前面的台词，硬着头皮从背后搂住了段凛。

双手刚刚环上去，阮瑜头皮就要炸了。

手上的触感肌理分明，还带着些许温热。隔着段凛身上薄薄的一件长衫，她似乎，好像，是摸到了他紧韧的腹肌。

看不见段凛的脸，只能听他声音沉哑，含着痛苦与隐忍："我们以后……还是不要再见面了。"

念台词时，手掌下的肌理线条隐隐紧绷，阮瑜慢半拍地意识到，眼前这个不单单是被她记在黑名单上的对家，还是个身材好到爆的男人。

紧接着，段凛修长分明的手指搭上阮瑜抱住他的双手，微微拢住。

阮瑜这会儿快要炸毛了。

问：当你孜孜不倦黑了几年的对家忽然摸上你的手，此时此刻你本人的想法是？

废话，她一点都不觉得暧昧好吗？她只觉得下一秒段凛该捏碎她平时敲键盘打字黑他的手指骨了啊！

"停一下。"远处，坐在监视器后的关保年拿着对讲机，出声喊停，"感觉不对，阮瑜，你这时候应该是非常动情的，太僵了，调整一下再试试。"

段凛很自然地收了戏，恢复淡漠神情，扫了一眼阮瑜，回了休息座。

接下来几次走戏，效果都不尽如人意。

关保年喊了几次停后，一旁的张忠也看不下去了：

"表情不对，你的身体语言呢？搂这么松是想给他量腰围？给我抱紧了！

"脖子梗在那儿是落枕了？用你的脸去贴背，对，给我像块锅贴一样贴住了！

"别尴尬，我知道一上来就演亲密戏是为难你了，但段凛现在是你深爱着的人，你看看你这样还能爱吗？！"

度过了最初的尴尬期，阮瑜在休息间隙让林青去给片场工作人员买了夜宵，诚恳地挨个致歉，这才重新开拍。

她走完台词，眼一闭心一横，直接从背后搂着段凛就贴了上去。

不停给自己催眠。

风雨彩虹铿锵玫瑰再多忧伤再多痛苦自己去背再苦再难都要坚持面对！！

她现在搂着的是她喜欢的人。

摸到的腹肌人鱼线是她的心肝宝贝纪临昊的，她正搂着她的爱豆演《泰坦尼克号》！

催眠意外地有效果，阮瑜逐渐入了戏。

监视器里，舞女自背后抱住英俊颓唐的男人，虽双眸失神，动作却极尽缠绵不舍，手指轻轻绞住他的长衫，还在他的腰腹处爱不释手般流连滑过，含了欲色。

关保年总算满意地点了头："可以，这条过了。休息五分钟，再保一条。"

阮瑜飞快地撒回了手。

助理邵立紧跟过来，拿了瓶水给段凛："凛哥，你没事吧？"一副自家白菜被猪拱了的忧心样子。

段凛接过水，转身看阮瑜，平日冷漠的眸底带上一丝意味不明。

"摸够了？"

敢情他以为她 NG（失误）这么多次，是为了借机对他上下其手？

阮瑜忍了忍，还是没忍住："你的自……恋病还能抢救吗？"

"你太在意镜头了。"段凛打断。

"什么？"

"拍戏和拍照不一样。镜头表现如何，分镜角度如何，是摄影师该在意的事，抓不住感觉是他的能力问题，而演不出感觉，就是你个人的问题。"

阮瑜一愣。

段凛居然在教她怎么演戏？不会是被她抱怕了吧？

然而阮瑜心情复杂还没多久，正想憋一句场面上的谢语，就听段凛用仅能两人间听到的声音继续说："你不适合进圈，我们之间也不可能有任何关系，只是几张纸的交集，别太当真。"

阮瑜饰演的舞女只活在男主角闪回的记忆片段里，因此戏份少得可怜，戏量也很轻松。她在剧组待了三天，趁着之后两天没戏份，离开横店飞回了京城。

她第一时间去了京城最好的心外医院。

约阮瑜见面的，是前几日给她发微信的"心外科陈主任"。

两人聊了片刻，阮瑜才知道阮大小姐居然有非常严重的先天性心脏病，命悬一线，一直都在定期做治疗。

陈主任把报告拿给阮瑜："按照之前的检查来看，你先天有很大的室间隔缺损，左右室分流严重，治愈后又复发，已经到了不得不做手术的地步。不过我很高兴能看到你现在还健康着。"

"什么意思？"

陈主任叹了口气，没接话。

"是说我以后很危险吗？那、那我还能活多久？"阮瑜如遭晴天霹雳，难以置信地消化信息，"可我这段时间没感觉有哪里不舒服……"

陈主任又叹了口气："先去做检查吧，我会尽快把治疗方案给你。"

从医院出来，阮瑜提了一袋药，脸色苍白，脚步有些虚浮。

这次林青没和阮瑜一起回来，留在京城的叶萌萌等在医院门口，见状吃惊道："小瑜姐，你怎么了？"

"我……暂时还没事。"

阮瑜靠着商务车座椅背，模样虚弱异常，忽然惊坐起："先别回公寓，还要去见一个人。"

还有一个，是阮大小姐以前的心理医生。

车停在市中心某家昂贵的心理诊所前。

阮瑜有预约，医师助理带着她穿过幽静的长廊，敲了敲心理咨询室的门。

"高医生，阮小姐来了。"

"进来。"

阮瑜进门，温暖的咨询室内，一位温文尔雅的白衬衣男人坐在沙发里，抬眸，笑意温柔地推了一下眼镜，指了指面前的沙发位："小瑜，坐，最近状态怎么样？"

这句话要是放在她进心外医院前问，阮瑜可能会毫不犹豫地回"挺好"两个字。

然而现在她不确定了：“不知道，我心态有点崩。”

高逸涵又问：“让你感到害怕的那个女人，她最近还有再找过你吗？”

当阮瑜再次出现在心理诊所的门口时，叶萌萌赶忙上前接人：“小瑜姐，你真的没事吗？”

“萌萌，快，扶我一下。”阮瑜伸出的手，微微颤抖。

叶萌萌像搀老佛爷似的把人送上车。

阮瑜脸色苍白，眼圈有些红，紧接着，她摸出手机，对着屏保上笑容灿烂的纪临昊的美图响亮地“啵”了一口，这才感觉好点。

阮瑜是真没想到，表面看着光鲜亮丽的阮大小姐之前过得这么惨。

在和高逸涵的谈话中，她得知阮大小姐以前有非常严重的双向情感障碍症。

简单来说，既有抑郁症的症状，又有狂躁症的表现。

“你说你小时候遭遇过绑架，但没跟我提过细节，只说这些年一直有人在威胁你，让你感到很压抑很痛苦。从你的描述来看，应该是个女人。”高逸涵替阮瑜回忆，“你的状态很不好，前段时间你甚至擅自停了药，拒绝治疗，这些你都记不起来了吗？”

阮瑜只好胡扯：“我前段时间出了点事，很多事情都记不起来了。”

“之前我看到网上对你的骂声了，也知道你压力很大，你这种情况，很有可能是双向情感障碍导致的短暂性失忆，我建议你积极就诊。”

临走之前，高逸涵将几页纸交给阮瑜：“这是你以前留下的，希望对你恢复记忆有帮助。”

这几张纸上是阮大小姐的笔迹。

阮瑜回公寓翻出她见过的笔记本，对比了下，果然是从日记里撕下来的。

也没写什么，满页满页的都在重复一句话，力透纸背。

【我不想再撑了。】

【我不想再撑了。】

【我不想再撑了。】

阮瑜没在公寓里找到任何治疗心脏病或抗抑郁的药，多半是被阮大小姐扔了。她翻了翻微信，也没发现有什么备注可疑的女人。

之前的阮软自问是一只生活态度积极、游戏喷人更积极的阳光追星狗。

她捏着日记纸，自暴自弃安慰自己：“行吧，如果明天我就要死了，我就开全球直播去向纪临昊表白。”

在京城留了一天，翌日阮瑜坐飞机回到横店，进剧组继续拍戏。

林青发现，自从阮瑜请假回了一趟京城，不知道是去灵光寺还是雍和宫拜了拜，整个人都超然脱俗了不少。

她在剧组里的戏份轻松，闲下来时逢人就要拉着嘘寒问暖两句，上到导演制片，下到服装组道具组后勤剧务人员，拍晨戏送咖啡，中午主动掏腰包加餐，赶夜戏还送夜宵，无微不至。

几天下来，阮瑜很快和剧组的人打成了一片，其间她还忍辱负重地帮某群演的女儿去问段凛要了一个签名。

如今搬道具的后勤大哥在片场看到阮瑜，都喜笑颜开地主动招呼："小瑜来啦。

"今天只有一场戏吧？拍完有空一起玩狼人杀啊。"

那边饰演一个小配角的女演员陈戈插话道："加我一个呗，我逻辑鬼才，拿预言家超牛的。"

阮瑜有求必应："好的宝贝，风里雨里，拍完等你。"

次日，陈戈杀青，在微博发了杀青结束语，从导演夸到主角，还配上剧组合照图：

【很荣幸能有机会拍关导的戏，我们组男主角 @段凛 也很敬业，演技非常好，近距离看他真人，皮肤居然完全没有瑕疵……这个剧组的氛围是我待过最好的一个了，很舍不得大家，最舍不得小瑜，她人真的很好！！】

闻讯赶来的段凛粉丝在评论区留言：

【谢谢夸我们哥哥，凛凛真的超棒的。】

【呜呜呜，是新鲜的段凛啊！酷哥你真的忍心一直活在别人的微博里吗？一个多月没发微博了，发条微博吧，段凛啊！！！ @段凛】

【感谢姐姐夸我老公！啊，一眼认出合照里的凛哥。】

只是当看到最后一句时，菱角们蓦然想起"小瑜"是谁，在屏幕后纷纷翻白眼：【这喜欢借人炒作的阮瑜怎么无孔不入？呕，讨厌精。】

林青在助理群里冒了个头：【小瑜姐怎么跟变了个人似的？】

叶萌萌：【啊？什么？】

林青：【就跟菩萨下凡心怀大爱似的。】

从来不冒头的安卓茜忽然出现，发话：【很好，让她继续奋斗。】

旁边，阮瑜合上剧本，给林青转账："林青，等下你帮我去买些果盘分给大家吧，两百份就行，多了你就看着分。"

林青说道："小瑜姐，不知道的以为你是来探班全剧组的，不是来拍戏的。"他就没跟过拍个戏连带着片酬都花了还倒贴钱的艺人。

阮瑜幽幽地说："你不懂，如果明天是世界末日，当然要赶在今天结束前把钱都花掉。"

说完，她有感而发，迅速又给纪临昊冲了两千张数字专辑的销量。

林青一时竟不知道说什么。

张忠在那边喊着开拍，阮瑜放下剧本，过去走戏。

这是她在《成名无望》剧组里的最后一场戏，也是当初她试镜时的哭戏片段。

走戏完毕，正式开拍。关保年盯着监视器，时不时和旁边的监制耳语几句，没喊停，一条过了。

短短半个月，阮瑜进步很明显。

现在她很少需要关保平反复讲戏，只要被段凛带入了戏，就和苏婉那种凄婉忧愁的气质非常契合。

关保平满意地喊了"咔"。

林青正好派人推了一辆果盘车过来，先招呼导演组："感谢这半个月大家对我们小瑜的照顾，她请大家吃水果，希望以后有缘再见也能多加照拂，辛苦了辛苦了！感谢关导张导……"

在场众人纷纷过来领水果。

"恭喜恭喜，杀青快乐哦！"

"杀青快乐，以后有机会回京城一起吃饭啊。"

阮瑜还没从哭戏中走出来，擦着眼泪一一谢过，她瞄了眼旁边的段凛，大发慈悲地问："那个，你要不要吃水果？"

段凛正要离开，闻言驻足，瞥她一眼，音色冷淡："不用。"

"哦。"

感谢天，感谢地，感谢杀青，拜拜了你。

"等下，"阮瑜试探着问，"拍完这部戏，你下个通告是什么？"

段凛没回答。

阮瑜语气卑微："不方便透露的话，能不能给个大概的方向？比如是拍电视剧还是拍电影啊，录综艺还是做真人秀什么的。"

太卑微了，阮瑜流着泪唾弃自己。

她还不是为了让自己心里有底，以后接通告的时候能避开点他吗？

天知道这半个月她是怎么过来的，只能在拍戏的时候幻想深爱着的对象是她的心肝昊昊。

阮瑜的眼圈还是红的，双眸泛着盈盈的泪光在等待段凛的回答，目若点漆，似婉转含情。

周围人都没注意到这边，段凛缄默片刻，稍眯起黑眸，笑了。

阮瑜看着他的笑，忽然想起在某个菱角的主页看到一句形容段凛笑容的彩虹屁——"万物难及笑颜，韶华不负少年"。

不得不承认，段凛确实有那么一点点好看。

她又要问了，他到底在哪家医院整的容啊？还挺人模人样的。

而段凛的笑意未达眼底，含着几分疏冷，淡淡地说道："阮瑜，别在我身上白费心思了。"

阮瑜翻了个白眼：算了，人面兽心罢了。

片场人来人往，拍完这场，阮瑜被摄影师叫去录了一个杀青 VCR。

两人正聊着天，生活制片过来吼了一嗓子："大家记得看群里，今晚谢姿羽的戏杀青，咱们有聚餐预算，去吃顿好的！"

谢姿羽是《成名无望》的女主角，三十出头，演话剧出身的实力派，也是拿过重量级奖的影后。只是关保年的这部电影是民国男人群像戏，对情爱着墨不多，谢姿羽虽然身为主角，但并未分到特别多的戏份，入组两个月就到了杀青的时候。

刚巧也是今天。

阮瑜是个小配角，没有进主角群，也只跟谢姿羽聊过两次。她功成身退，刚打算让林青订飞机票，就被叫住了。

"阮瑜，你下午也别急着走，晚上一起来啊。"

阮瑜指了指自己："我也一起？"

这几天阮瑜自掏腰包，替剧组省了一些预算，省下的预算不消说，都知道去了哪里。生活制片乐得从中捞油水，卖了阮瑜一个面子："是啊，怎么？你不愿意来？"

"当然愿意，肯定来。"林青赔笑，替她应了。

远处，沈若薇将阮瑜这边的情形尽收眼底，垂首翻了翻自己台词少得可怜的剧本，暗暗眼红。

同是一个公司出来的艺人，怎么阮瑜明明是她的后辈，却眼见着就要有起色了？

晚上，谢姿羽的戏份杀青，导演制片带着几位主角，捎上阮瑜，坐车去二十公里外的私人会所聚餐。

关保年的电影向来在选角上傲气十足，除了段凛，主角都是几位有资历的大腕影帝，几位主角自成一圈，阮瑜只是被加了个座，也没什么插话的机会。

在场就谢姿羽和阮瑜两个女人。阮瑜见谢姿羽表情不对，看了一圈在场吞云吐雾的几个男人，低声问："你对二手烟过敏吗？"

"最近支气管不好，闻着有点不太舒服，没事。"谢姿羽摆摆手。

阮瑜脑袋里的健康警报"叮"的一下就响了。

她立即叫服务生："我们包间加个小梨盅，来份清炒木耳，哦对，绿豆汤也来一份。快一点，谢谢了。"

都是顺气清肺的菜。

谢姿羽投来诧异的目光，看着阮瑜关切难忍的清澈眸光，忽然想起自己刚进圈那会儿，有些动容。

"谢谢。"

阮瑜嗯嗯点头："身体是本钱，健康最重要啊！"

谢姿羽觉得这小姑娘还挺可爱。

阮瑜确实也没资格叫停现场男人抽烟，她环顾桌上聊得兴起的男人们，发现就段凛手指间没夹着烟。

周围有男演员给段凛递了几回烟，都被他淡淡拒了。心高气傲的几位男演员居然也没尴尬，还说说笑笑地跟段凛聊着天。

想起段凛片场耍大牌用烟头烫人的黑料传闻，阮瑜感觉有些魔幻。

他不抽烟？难不成她吃到假料了？

制片人问道："段凛老师，我看你都不怎么动筷，是不是没爱吃的？

服务员，再点两个菜。"

服务生匆忙开门进来，等着段凛发话。

段凛推辞："不用。"

"哎呀！哪能不用呢？要的要的！服务员，把菜单拿过来。"制片人笑着说。

有完没完，相亲呢？

阮瑜坐在包厢门口附近，被廊道的风吹得有点冷，受不了段凛的磨磨叽叽，想也不想地指着菜单对服务生道："他爱吃酿豆腐、马蹄虾仁，这个，还有这个，这个不要豌豆。没了。"

饭桌上寂静了三秒。

一位男演员笑着问："看不出来啊，阮瑜，你对段凛的口味这么了解？"

段凛盯着阮瑜，眉眼深邃，眸色莫测。

不对啊，让她嘴快！

阮瑜后悔到想死的心都有了，打着哈哈："我看平时大家挑盒饭的喜好，就随便猜的。"

在场众人也没追究，剧组里对段凛感兴趣的女演员实在太多了，阮瑜刚好只是其中一个罢了。

阮瑜面上从容微笑，在桌下狠掐了一把自己的大腿。

怪她，都怪她！

黑到深处，连对家的黑料和喜好都记得清清楚楚。

还不是为了方便在两家对抗的时候从各个角度切入吗！

吃到一半，阮瑜的手机响了，跳出一条"心外科陈主任"的微信。

对方发来一份 PDF 格式的治疗方案书。

陈主任：【阮小姐，有时间来医院一趟吧，顺便也找个时间跟你家人商量一下。】

真是怕什么来什么。

阮瑜攥着手机，离席打电话。

半小时后，等在附近商务车里的林青接到阮瑜的电话，他赶到会所门口时，被蹲在门口哭得泪流满面的阮瑜吓得魂飞魄散。

"怎么了这是？不是，谁为难你了？"林青手忙脚乱，倒吸一口冷气，"里边几个制片不会对你……"

阮瑜还是哭，没气儿理他。

林青被吓崩了。

剧组里除了副导演张忠，谁都不知道阮瑜是商影传媒的明珠千金，难不成真有人以为阮瑜只是个小艺人，在会所里对她干了什么坏事？

"等等，等等！我马上给安姐打个电话！小瑜姐你冷静一下！"

"不用打了，我没事，呜呜呜……"阮瑜哭着拦住。

她现在满脑子都是陈主任的那句——"按你现在的身体状况，乐观估计，只能撑两年"。

原来阮大小姐本没有几年可活，再加上前段时间作死断药，医生原以为她撑不过今年，而检查结果出来，奇迹般地，阮瑜的身体还有苟活的余地。

可也只是苟活罢了，区区两年，太短暂了。

阮瑜原本以为是命运给她开的金手指，没想到命运只是和她开了一个玩笑。

原本她心里还存有一丝侥幸。

总以为自己有天会回归正轨，说不定某天醒来，就回到了自己原来的人生，所以她并没有刻意改变阮大小姐之前的习惯。

没毁婚约，没扔公寓里有关段凛的海报，也没中断进娱乐圈的步伐，就连给猫起名字都按着阮大小姐的喜好走。

可现在，她短暂的人生都是向命运借来的。

她不能再让自己留下遗憾了。

阮瑜哭了半天，想明白了，红着眼站起来，给安卓茜发了一条信息。

【我杀青了，接下来有什么通告？】

既然这样，她就要做自己的金手指。她要自由自在，要随心所欲。

安卓茜：【行，等你回来细谈。】

阮瑜坐上车，脸色苍白，退出和安卓茜的聊天框，蓦然看到了底下的"段凛"两字。

心情不好，越看对家越不顺眼。想到两人还办理了结婚证，阮瑜就觉得心脏有点隐隐作痛。

啧。

金手指第一步，挥别过去，展望未来，从拉黑对家开始。

人生有梦，各自精彩，拜拜了。

会所包间，餐桌上只剩残局，关保年注意到消失已久的阮瑜："阮瑜呢？"

谢姿羽说："她接了个电话人就没回来了，外套还留在这里，你们谁有她的联系方式？问问看什么情况。"

段凛终于搁下酒杯，垂眸拿起手机，点开微信，动了动尊指给阮瑜发去几个字。

段凛：【在哪儿？】

消息刚发出去，旁边就迅速多出一个红色的感叹号，底下还有一行灰色小字——

【消息已发出，但被对方拒收了。】

阮瑜拉黑了他。

阮瑜哭得妆都花了大半，也没心思再回到包间里吸二手烟。平复心绪后，她给关保年打去电话，诚恳道歉，扯了个身体抱恙的理由，让林青帮忙回去拿了外套。

包间内，关保年挂了电话："阮瑜说她胃疼，先回酒店去了。"

段凛搁下手机的动作一顿。

旁边的男演员掸了掸烟灰，评价道："现在的新人，长相是好，但身体这么娇气，以后怕是吃不了苦，难出头。"

谢姿羽有些不满："人家挺好一女孩，别这么早下定论。"

"哎哟，难得啊，姿羽会替新人说话了？"男演员挑眉，"阿凛，你觉得呢？"

男演员知道段凛向来不耐烦那些主动贴着他的女星们，连对某当红影后的主动都冷淡拒绝，更别提小小一个新人。

这是想拉段凛统一战线。

段凛顿时蹙起眉，瞥过男演员："我觉得？"

他是对阮瑜没兴趣，倒也轮不到别人拿他当枪使。

段凛往后一靠，笑了笑："我觉得她不错。"

翌日清晨，阮瑜和林青坐最早的航班回到京城。

《成名无望》的戏份杀青后，休息一天，安卓茜给阮瑜打来电话，说已经安排了林青过来接她回公司。

"你刚入圈，资源太差不行，但太好的资源给你也吃不下，我这里替你筛了四个通告，你看看。"说着，安卓茜将几份文件给阮瑜，"一个青春恋爱向的网剧本子，导演正在挑女主角，班底还算靠谱；还有一部喜剧片，黄顺秋导演的片子，有口碑保障，可以争一争电影的女四号；另外有两档综艺，一档户外挑战类的，一档室内音乐类的。"

阮瑜快速翻完了："我都有兴趣，看起来是电影最好。"

安卓茜点点头："电影是好，但要跟组三个月，后期制作至少大半年，上院线又要等，对你短期内积攒人气帮助不大。你现在需要的是人气，流量换资源才是如今圈内的规则，我其实不建议你马上拍电影。"

"那安姐你觉得呢？"

"我个人建议你选网剧或综艺，其实这档综艺是我最看好的，户外综艺，人设立好了很能吸粉，但可能会有难度，节目播出的收视也不确定。"安卓茜点了点户外综艺。

的确很难。

阮瑜刚刚看了节目概要，这是一档全新的户外挑战类综艺，由黄桃卫视举办，三大网络平台合作播出，叫《职业伪装》。

节目组预备请五位明星艺人，抽签决定职业，并伪装进行为期两周的工作体验。

简单来说，就是明星要入职一份全新的工作，混进素人中间，还得坚持两周不能被人发现身份。

这怎么可能？

具体的规则上面并没细说，这回阮瑜认真看了看方案，忽然在节目的既定嘉宾中发现了小墙头的名字。

江星淳，唱跳型爱豆，当红男团 WindWin 组合中年纪最小的一位，今年才十八岁。

她众多墙头之一。

妈妈的奶糖小宝贝！

阮瑜眼睛亮得快赶上镭射眼了，指着名字问："这是已经确定的嘉宾名单吗？"

"是，本来五位嘉宾早就确定了，节目下周就要开拍，可有位女艺人临时毁约，节目组导演才紧急找上了我。

"节目总导演跟我很熟，所以我正好手里有名额。不过他以前拍过几档综艺，都不爱写剧本，所以你要是觉得难……"

阮瑜马上说："不难，一点都不难！"

安卓茜不解："嗯？"

阮瑜神色端肃："安姐，我想过了，艰难险阻不怕苦，吃得苦中苦，方为人上人，我想试试参加《职业伪装》，谢谢您肯给我这个机会。"

安卓茜难得笑了："还挺有魄力。行，明天我带你去签合同。"

跟着安卓茜见完《职业伪装》的总导演，双方敲定好档期，阮瑜在公寓里休息了一周，养精蓄锐。

她不在的这段时间里，叶萌萌把她的猫养得毛色水滑，珠圆玉润，足足肥了一圈。

阮瑜在公寓里撸猫追星打游戏，这肥猫跳上桌，屁股往她键盘上一坐，直接让她闪现进团战里送了人头。阮瑜流泪："我看你也别叫泡芙了，叫胖芙算了！"

泡芙似乎听懂了，凄厉地长"喵"一声，二大爷似的睨她一眼，竖着尾巴高冷地踩着猫步走了。

歇了两天，阮瑜独自去心外医院见陈主任。

陈主任和两位阮瑜的主治医师待在会议室里，和她谈了一下午："治疗方案你也看过了，如果确定要动手术，最好是马上预约。即使我们为你破格提前，也要等半年后才能安排上手术。"

"还有，你的情况……你最好还是先跟家人提一提，也让他们做好心理准备。"

阮瑜全程说好，签了诊疗书，拿着医生给她开的一堆药离开了。

她还没打算跟阮正平说这事。

一来，阮正平整天忙得不见人影，再者，按他以往疼女儿的程度，要是知道阮瑜只剩两年生命，八成会放下手里的所有工作来陪她，最后还得白发人送黑发人。

阮瑜有点难过。

还是别有羁绊了，可别让她再尝一次得到亲情又失去的滋味了。

她现在只想给自己的余生来一次潇洒的谢幕。

阮瑜在公寓里刷微博，见林青早就登上她的微博发布了最新动态，配图是她在《成名无望》剧组里捧花的杀青照，半素颜妆，笑靥明媚，精修十级，绝美到连她自己都忍不住放大图片舔了十分钟的屏。

【@阮瑜：杀青啦，舍不得大家！】

自从上次和段凛的热搜后，阮瑜的微博已经攒了两百多万的粉，除了平台给塞的假粉，剩下大多是吃瓜顺手关注的路人和新晋颜粉。

但娱乐圈瞬息万变，热度来得快散得更快，再加上阮瑜压根儿没出作品，就谈不上有死忠粉，于是绯闻澄清后，吃瓜众人一哄而散，很快淡忘了阮瑜的存在。

杀青微博下只有四百多条评论，前排基本是打广告的营销号。

还有一些来自上次绯闻风波时摸过来骂人的菱角。

连对家粉丝熟悉的骂声都骤减。

她真的——

好，糊，啊！！

星途不易，糊鱼叹气。

呜，只有宝贝爱豆能治愈她心里的创伤。

当晚，纪临昊刚结束了在三亚场的演唱会，也代表今年的整场巡演完美收官。随后，纪临昊在微博上发出自拍，同时他在演唱会上的唱跳直拍上了热搜第一，又飒又燃，四季直接炸穿，尖叫讨论声激沸。

阮瑜切换追星小号，第一时间补完了所有的物料，边抱着屏幕打榜，边呜呜哭泣。

"心肝你到底是从哪本《圣经》里飞出来的？原来这就是天使的神降吗？我不活了——

"我有心脏病的啊，宝贝！我心律不齐你要对我负责的啊，呜呜——"

刷完本命，再刷墙头，整座公寓都回荡着阮瑜对"老公们"泣不成声的赞歌。

泡芙冷眼看了两分钟，忽然轻轻跳上桌，高抬贵爪，一巴掌把阮瑜的平板电脑拍倒在了桌上，然后懒懒地"喵"一声，走了。

阮瑜手上的动作戛然而止，心中疑惑：这猫高冷得二五八万的样子，真的好眼熟。

第四章

- 雄起吧，刘大雄！

　　休整一周，林青和叶萌萌敲开了公寓的门，接阮瑜去参加《职业伪装》的前期录制。

　　商务车停在黄桃广播电视大楼的地下停车场，工作人员领着阮瑜一行人进电梯，来到某层，走廊里处处都挂着《职业伪装》的招商海报。

　　刚进走廊，两位摄像就对准了阮瑜，开始跟拍，一点征兆都没有。

　　工作人员引路："我先带你们去化妆间。"

　　阮瑜表面淡定："谢谢啊。"

　　其实她心里超忐忑。

　　怎么这就开始了？！！

　　她是看过不少综艺，但真正录综艺却是人生第一次。更何况《职业伪装》是一档全新的综艺，她根本没有能补的材料，其实快紧张吐了啊！

　　嘉宾都被安排在同一个化妆间，门上贴着节目 logo（标志），工作人员推开门，已经到场了三位。

　　一个正听歌的漂亮少年抬起头，他穿着件白色卫衣，摘下耳机，稍显无辜的奶狗眼渐渐眯起，笑出两个酒窝，明眸皓齿："又到了一个？你好，我是江星淳，W&W 的成员。"

　　好，阮瑜一点都不紧张了。

　　小墙头真的好！帅！啊！

　　"哇，江星淳呢！我有个朋友迷他迷疯了。"叶萌萌悄声凑近阮瑜。

　　江星淳介绍完自己，旁边两个男人也友好地自我介绍。

　　阮瑜一眼认出，戴眼镜的俊朗男人是黄桃台的当家男主持，叫贺常原。他旁边身材颇胖的，是相声圈里特别出名的腕儿，叫吕翰，两人都是节目嘉宾。

在场几人其实对阮瑜不熟，再加上她是临时替换的嘉宾，就更陌生了。

阮瑜也不尴尬，礼貌鞠躬："你们好，我是商影传媒新签的艺人阮瑜，演过《成名无望》里的一个小配角，就，前段时间因为假绯闻上过热搜的那个。"

旁边正在喝水的林青差点被呛死。

他的姑奶奶啊！要不要这么实诚？

吕翰快笑死了："你厉害！那边摄影大哥拍进去没？她这段必须不能剪啊，自我介绍第一人！"

等阮瑜介绍完，贺常原点了点："咱们到了四个人，还有一个，我记得是秋曦？"

刚说完，门口传来一道轻软的声音："不好意思，我来迟了。"

秋曦带着助理，推开了化妆间的门。

秋曦都不用自我介绍了，当下圈内最火的四小花旦之一，素人时期靠一张大学毕业照里的纯情初恋脸被网友疯传，进圈后也陆陆续续拍了几部偶像剧，一直走的盐系恬淡少女风。

五位嘉宾到齐，工作人员将几人带到了节目录制厅。

棚内搭成了古希腊竞技场的风格，灯光打下来，还真有几分恢宏堂皇的气势。

阮瑜被别上了麦，跟着江星淳他们来到场中央。

灯光摄像一一就位。

一位身披黑色斗兽铠甲的神秘男人站在前面，手执长剑与圆盾，开口："我是《职业伪装》节目组的总导演管海，大家应该都已经互相认识过了，下面由我来宣布节目规则。"

怎么这么"中二"？

但很快阮瑜就吐槽不出来了。

"在我面前的火炬石像里一共有五支签，每支签上分别写着一位虚拟人物的相关信息及其职业，抽到相对应人物卡的嘉宾，必须完成为期两周的伪装挑战。

"在抽完签后，你们会接受为期一周的职业培训。而正式入职后，你们将扮演人物卡上的角色，进入一个全新的工作与生活环境，除了三件允许的初始道具，其他一概禁止携带。

"初始道具分别是节目组派发的手机、必要的换洗衣物、五百元现金，至于下班后的住处和一日三餐的用度，这些都由你们自己想办法。"

听到这里，已经有人开始躁动了。

吕翰低声说："没人通知我会这么遭罪啊？常原，你是台里的，你事先知道这规则吗？"

贺常原苦笑摇头。

节目组连自家电视台的金牌主持人都舍得坑？！

管海继续说："你们的任务是扮演相应角色，完成两周的职业挑战。其间被身边任何人发现真实身份的嘉宾，将被判定为淘汰出局。"

在场都是小有名气的明星艺人，走在街上第一眼就被认出的可能性极大，现在居然要坚持两周，怎么可能？！

吕翰发问："如果第一天就出局，会怎么样？"

"中途被淘汰的嘉宾，将会收到搬砖卡一张，去往指定工地，"管海顿了顿，"搬砖，直到两周的工作期结束。"

也就是说，在第一天出局的人，剩下的十三天都会被派遣到工地搬砖，还是在寒冬腊月的室外搬砖……

江星淳举手，眼里充满好奇："海哥，录制期间应该会有摄像跟拍我们吧？这不会引起别人注意吗？"

"这个你们不用担心，我们摄像老师会非常隐蔽，到时候你们身上也将佩戴微型麦克风，不用担心影响节目效果。"

谁担心影响节目效果了？

"如果摄像被人发现，也算我们出局吗？"秋曦问。

"你们放心，摄像老师受过专门的培训，携带的也是较小机器，到时候会看情况跟你们保持一定距离，不会被发现。"

众人都忧心忡忡，唯有阮瑜心态还没崩。

前几天她还在感叹自己糊，没想到糊有糊的好处，现在看来她是最有可能坚持到最后的。

贺常原问道："实在没地方住的时候，能不能找其他嘉宾同住？"

"不允许。嘉宾之间不得相互收留同住，你们是竞争关系。"管海无情地说，"工作期间，你们的手机上能显示其他队员的位置定位，你们每人都有一次找到对方并揭穿对方的机会，但当众揭穿队员，也会有被对方反揭穿的风险，这就要看你们自己权衡了。

"两周后，如果出现有两人及以上未淘汰出局的情况，所有嘉宾将加时一周——

"搬砖。"

也就是说，只能有一人伪装到最后。

阮瑜心想：这不是在逼我和小墙头未相爱先相杀吗？

哈哈，她心态崩啦。

宣布完节目规则，录制现场弥漫着一股生无可恋的气息。

管海注意到一直没发问的阮瑜："阮瑜，你有什么问题没？"

阮瑜举手："坚持到最后的人，会得到什么奖励？"

"最后获胜的嘉宾，节目组将会以他的名义，为国家创业就业基金会捐出八十万元。同时，他也会获得一份神秘奖品。"

至于神秘奖品是什么，管海卖了个关子没说。接下来，众人挨个去面前的火炬筒里抽签。

阮瑜打开黑色人物卡，里面简单写着三行字。

【姓名：刘大雄。】

【职业：化妆师助理。】

【内容：协助化妆师完成日常工作。】

阮瑜瞳孔地震：刘大雄是谁？！

"得，我抽到房产中介员了，这工作整天要跟人打交道，还让我怎么伪装？"吕翰嚷起来，"你们都抽到什么了？"

贺常原说："我的是街头魔术师，星淳你呢？"

"外卖员。"江星淳扬了扬人物卡，一双奶狗眼萌萌的，"就是名字有点怪，叫朵小静。"

贺常原忍不住笑："看来我们都差不多，我叫徐老根。"

这节目组取名的风格，是从《乡村爱情》里汲取的灵感吧？

阮瑜暗暗叹气，问一言不发的秋曦："秋曦，你的是什么？"

秋曦的表情管理还算成功，抿唇恬淡一笑："网约车司机，方小美。"

阮瑜算是知道了，节目组在人物卡上写的所有职业，都属于高强度抛头露面的工作，跟献宝似的，生怕他们被素人发现得晚了。

太狠了，简直一点余地都不留。

黑心 boss 管海很满意这样的节目效果，以两句话作为今日的录制结语："每一份职业都有不为人知的辛苦之处，竞技精神，也是职业精神。《职业伪装》，为梦起航，祝你们好运！"

拍完前期录制，阮瑜几人被工作人员带往隔壁的摄影棚，打理妆发，换上相应的职业制服，拍了一组宣传照。

阮瑜换完衣服出来，正好赶上江星淳在拍照。

江星淳抽到的是外卖员，此时他身穿制服，拎着头盔，肩宽腿长，奶白的皮肤在闪光灯下几乎能反光。

阮瑜默默看着，缓缓捂心口，泪眼慈爱。

妈妈的"鹅子"长大了，穿什么制服都又飒又帅！

那边，江星淳刚拍完照走出来，撞见阮瑜的视线，愣了下，露出两个小酒窝："阮瑜，你换完啦？"

"嗯。"阮瑜秒收表情，淡定点头。

江星淳说："感觉你不一样了。"

阮瑜的头发被喷成了灰蓝色，化着精致浓妆，原本就漂亮的五官更显立体。她摸了把被梳成马尾的长发，顾影自怜："这可能就是不一样的造型，一样的美丽吧。"

江星淳被逗得笑出了声。

吕翰闻声回头，惊艳了一把："哟，不错不错，有化妆师的味道了。"

是真不错。

造型师给阮瑜换上了露腰的黑色短毛衣，搭配一条阔腿牛仔裤，衬得她腰际的马甲线若隐若现，干净利落，美出了气质。摄影师边拍边赞，快门按得咔咔响。

搞定了宣传照，几人凑一起互相加了微信，阮瑜收起手机，面上不显，实则心里群魔乱舞波涛汹涌。

她有小墙头的微信了！

临走前，阮瑜被正录 VCR 的摄像抓住："阮瑜，面对接下来的挑战，说两句话给自己加油鼓劲吧。"

阮瑜顶着那张天仙般的脸，手指比心，对着镜头笑得感染人心，紧接着来了一句——

"雄起吧，刘大雄！"

节目组给几位嘉宾安排了专门的职业培训，阮瑜跟着一位节目组请来的明星化妆师，苦练起化妆风格与技巧。

倒也不算临时抱佛脚，大学那会儿，阮瑜曾在学校戏剧社里待过三年，每次社团有表演时，演员的妆容都是互相帮忙化的，她还算有点经验。

嘉宾培训的地点不一，平时碰不到一起，闲下来就在新建的群里聊天。

吕翰：【各位给出出主意啊，你们打算怎么伪装？】

江星淳：【戴头盔，戴口罩。】

江星淳说完还发了一个狗狗胜利比耶的表情包。

秋曦：【嗯，戴口罩 +1。】

吕翰：【你们一个外卖小哥一个司机戴口罩很正常，我一房产中介总不能戴口罩吧？得，没戏唱了。常原你怎么说？ @贺常原】

贺常原：【不方便透露。】

吕翰：【还没正式开拍呢，就这么防着我们了？！一点儿不靠谱！阮瑜你呢？】

阮瑜窥了半天的屏，慢吞吞打字：【人在国外，正在整容。】

群里哈声一片，吕翰甘拜下风：【我服了。】

正在跟拍阮瑜的摄像师也没忍住笑，问道："所以你想好怎么伪装了没？"

"大雄有很多小秘密，大雄不说。"阮瑜已经进入角色，对镜头神秘一笑，继续培训去了。

经过一周的培训，终于到了《职业伪装》开拍日期。

初始地在京城的 CBD 酒店顶楼，阮瑜在楼下告别林青，拉着行李箱来到露天天台。

导演组和摄影组已经在顶楼等待多时。

阮瑜第一个到，她为了不让人认出，口罩围巾全副武装。接着，陆续到场的江星淳和贺常原也是同样的装束。

三个人边聊边等，工作人员又拉开天台的门，上来一个戴着墨镜口罩的长发女人，身材包裹在羽绒服里，看着格外高大臃肿。

贺常原一愣："秋曦？她去增肥了？"

"是我！"这人一开口就是男人嗓音，摘下装束，居然是长发的吕翰，"我去接了头发，怎么样？是不是没认出来？"

在场工作人员笑翻一大片。

吕翰自己也笑了："我能怎么办？！我也不能一周换脸啊！哎，你们别说，接完长发，我感觉我脸还显小了。"

弱小，可怜，又无助。

要怪只能怪节目组不做人！

等秋曦到后，工作人员挨个收走了嘉宾的手机和现金，接着检查几人的行李箱。

管海举着扩音器："除了必要的换洗衣物与日常用品，其他一律禁止携带。节目组会给每个人发五百元现金，以及一部新手机，仅仅用于联络与定位，你们能聊天，也能互相检索到彼此的位置——阮瑜，你箱子里那几瓶是什么？"

众人的目光投向阮瑜开着的行李箱。

工作人员正从里面拿出几罐白色药瓶，包装全被撕了，打开一看是花花绿绿的药片，也不知道是什么。

这是她治疗心脏病一天不吃就续不了命的药。

然而，阮瑜瞎扯："算是保健品，强身健体的，我有预感，参加这个节目会让我寝食难安，心律不齐。"说完就作势要往旁边秋曦身上虚弱靠去。

秋曦抿嘴笑："你还不如带静心口服液。"

"行，这个可以带。"管海通过了。

其他几位嘉宾的行李箱没什么毛病，最多就是多塞了一打口罩。检查完毕，工作人员又开始分发物品。

每个人除了收到新手机和现金外，还收到了一张任务卡。

"节目组还为你们准备了助力道具，任务卡上写的地址，是你们领取道具的地方，会对你们接下来的工作有帮助。"

顿了顿，管海宣布："比赛正式开始，祝你们好运。"

阮瑜看了下，每个人分到的任务卡地址不一，因此离开酒店后，他们就该分道扬镳了。

阮瑜看向江星淳，少年修挺的鼻梁被冻得微红，她看得母爱泛滥，妈粉之心顿起，忍不住开口："朵小静，加油啊！"

江星淳反应了会儿才发现是在叫自己，看阮瑜弯成月牙的双眸，出了下神。

接着，他笑出尖尖的虎牙，说："我会的，你也要加油……刘大雄！"

阮瑜腹诽：后面三个字大可不必念出来。

一个小时后，阮瑜戴着口罩，裹紧围巾大衣，走在人流密集的商业步行街。

每个嘉宾除了身上别着的微型麦克风，身边还跟了两个摄像，一个在稍近处随行跟拍，一个在远处跟拍摄像，然而阮瑜出酒店十五分钟后，两个摄像就像人间蒸发了一样找不见踪影。

阮瑜嘟哝："我在拍碟中谍中谍？"

走出步行街，阮瑜警敏地仔细环顾十分钟，总算在身后二十米远的地方发现一辆车，副驾车窗摇下一小截，里面的跟拍摄像正举着摄像机对准自己的方向，藏匿得特别好。

这是拍综艺还是做狗仔？

行了，阮瑜也懒得找另一个摄像在哪儿了，她按照任务卡上的地址，找到一处小超市里的行李寄存柜。

她输入密码，其中一个铁柜应声而开，里面躺着一个黑色工装包，还有点沉。

她打开，里面是一个物品齐全的化妆提包、一份她的简历，以及一张名片。名片上印着一位明星化妆师的名字，以及这位化妆师所在的工作室地址和联系方式。这人应该就是阮瑜要跟着的那位化妆师了。

"叮"的一声，阮瑜的新手机忽然响起短信提示音。

【阮瑜已经找到助力道具，请尽快办理入职。】

【贺常原已经找到助力道具，请尽快办理入职。】

……

阮瑜点开仅有的一个群聊。

这手机里登的微信并不是她本人的号，好友列表里就只有节目组工作人员和其他四位嘉宾，跟闹着玩儿似的。

管海在群聊里同步宣告了进度。

阮瑜是化妆师助理，节目组给她的道具是化妆包，那么以此类推，贺常原应该收到了魔术需要的道具，秋曦那边收到的是一辆车……

但她跟吕翰与其他三人不同，她是化妆师助理，吕翰是房产中介，剩下江星淳、贺常原、秋曦三人依次是外卖员、街头魔术师和司机，这三人很容易伪装自己，而她和吕翰因为职业需要，平时不可能戴任何遮掩脸部的东西。

因此她的处境很危险。

超市外，隐匿着的摄像见阮瑜背着工装包出来，并没有直接前往下一个目的地，反而在街道小巷间七拐八绕，最终钻进了一条小胡同。

姑奶奶，干吗去？！

阮瑜进了一家发廊。

摄像在外左等右等，半天没等到人出来，只能听见从监听器里传来阮瑜与老板娘的简短交流声。

"人呢？"

司机不确定："田哥，你看那个是不是阮瑜？看鞋子是同一双。"

摄像看过去，人都傻了。

如果那真是阮瑜的话，她狠心把一头海藻长发剪成了齐耳超短发，还弄了个极具时尚感的狗啃刘海，一副香槟色细框眼镜，蜜色的脸上化着欧美浓妆，还戴着那种很夸张的银圈耳环。

剪头发，还抹了黑粉底。

阮瑜苦学的化妆术小有成效，遮住了她特点鲜明的泪痣，微调了五官，导致她此时看起来给人感觉大变。如果不是特别熟悉的人，基本一时难认出来。

司机抽了一口气："她换头了？"

此时，阮瑜正摸着兜里仅剩的四百四十块钱，泪流成河。

六十！

在这种无人问津的小发廊里剪头发居然收她六十！

一场意外，让原本并不富裕的她，雪上加霜。

阮瑜含泪群聊：【@管海导演，节目组允许我卖血赚外快吗？】

其他人纷纷冒头。

吕翰：【@管海导演，节目组允许我卖血赚外快吗？】

贺常原：【@管海导演，节目组允许我卖血赚外快吗？】

……

这一排排复制粘贴的背后，有说不清道不尽的血泪故事。

管海：【……】

车里的摄像和司机眼睁睁地看着阮瑜搜寻半晌，锁定他们的车，径直走过来。

阮瑜扒着车窗："摄像大哥，能不能请你们捎我一程？就这一次。"

"不行，节目组……"

"节目组只说嘉宾间不能互相收留，没说摄影和嘉宾之间不能帮忙吧？"阮瑜眨眨眼。

摄像大哥竟无言以对。

阮瑜变脸犹如翻书，又拭着泪："坐地铁真的太贵了，我坐不起。如果能活着拍完节目，你的大恩大德我一定永生铭记。"

摄像虽然知道她在演戏，但，还真有点可爱。

不就是几块钱的地铁票吗？！不知道的还以为她剪了一个五百块钱的头呢！！

黄桃广播电视大楼，《职业伪装》总监控室内，导演组盯着大屏幕里阮瑜戏精卖惨的直播，纷纷陷入沉默。

"阮瑜这脑袋瓜转得挺灵活啊？贺常原他们恨不得离摄像越远越好，她倒好，直接想蹭车？"

"这还是阮瑜吗？我刚刚差点没认出来！"

最终，管海打了摄像的电话，咬咬牙："不行，她不坐地铁就让她走着去！我看她坐不坐！"

阮瑜没坐。

阮瑜徒步走了八公里，近两个小时的路程，走到目的地时，两条腿都快走断了。

导演组震惊了。

名片上给的地址在 SOHO 区，附近一圈都是首都的商业区，阮瑜顶着浓妆一路走来，回头率几乎百分百，甚至还碰上几个拉她去做网红的星探。

阮瑜一开始很慌，盯着侃侃而谈的网红星探，满脸都写着出师未捷身先死、工地搬砖十四天的绝望。

但没想到她变妆效果非常好，星探把她撞脸的女星提了个遍，都没发现他拉扯的阮瑜自己就是明星。

阮瑜累得在 SOHO 大厦前扶膝喘气，感动自夸："这难道就是一颗冉冉升起的化妆师新星吗？"

飘了两秒，她又自言自语："噫，因为糊罢了。"

虽然声音很轻，但还是被她领口内价值上万的微型麦捕捉到了。

导演组沉思：我们到底请了一个什么品种的戏精？

工作室在二十七楼。

节目组给阮瑜安排的公司全称是"陈德轩造型设计工作室"。

她听说过陈德轩，一位娱乐圈里特别有名的影视造型师，与数不清的名导剧组和一流影星合作过，拿化妆金像奖拿到手软，后来他从原签约公司独立出来开了工作室，也签了不少知名化妆师。

阮瑜被一个助理带进去，往后看了看。

一个摄像也没有，那大概是拍不到吧。

助理说："是不是觉得冷清？哎呀，我们工作室平时都没什么人的啦，老师们都在出差，不是在跟艺人通告就是在跑剧组，今天就沈老师在，喏，他在里面，以后你就跟着他了，进去吧。"

进门，里面的男人正靠着落地窗打电话，及肩的长发被漂成金黄色，长相很中性。

等他打完电话，阮瑜把背包摘了，将简历递过去："沈老师，我是新来的化妆师助理。"

"知道知道，你是陈老师亲自指给我的嘛，我懂。"沈芳飞看完简历，打量她，"刘大雄对吧？以后我叫你大雄了哟。"

阮瑜听见这个名字一次，就想自戳双耳一次。

到底谁起的这破名字？！

不过沈芳飞好像知道她是在拍节目？

阮瑜问道："原来您知道啊？"

"知道啊。"

阮瑜松了口气："那就好，我以为……"

"你是陈老师的亲戚吧？还是朋友？"沈芳飞问道。

敢情沈芳飞不知道她在拍节目，还以为她是老板塞给他带的关系户。这么看来，跟节目组接头的应该是陈德轩，而沈芳飞是不知道实情的。

也就是说，接下来阮瑜还要防备让沈芳飞发现身份。

沈芳飞给阮瑜讲了一堆工作事项，以及接下来的安排："明天你跟我去一趟浙江，那边影视城有个剧组跟我们有合作，具体等我们到那里我再跟你说。今天就这样，你有什么问题要问没？"

阮瑜虔诚地问："老师，我订机票住宿这些，工作室能当场报销吗？"

沈芳飞回道："报！"

正聊着，门又被敲了敲。

沈芳飞突然想起什么来："哦，对，这次咱们还有一位老师。"

阮瑜回头看，这一看如遭雷劈，差点没当场犯心脏病。

这不是她苦苦搜寻未果的随行跟拍摄像吗？

摄像大哥手里握着一个小型摄影机，已经在拍了，镜头里阮瑜的表情如同开裂。

"别紧张啊，介绍一下，这是跟着我们的摄影师郑益，也是陈老师请来的，我们工作室接下来要拍一个对外宣传的纪录片，他会跟我们一段时间，拍拍平时的日常之类。"

《职业伪装》，真有你的，连工作人员都已经打入内部了。

介绍几句后，沈芳飞忽然盯着阮瑜的脖子："你……"

他发现她别在衣领里的麦了？

阮瑜觉得自己的演技从来没这么好过，淡定回视："怎么了？"

沈芳飞在阮瑜毛衣领口点了点："妆有点花哦。"

阮瑜低头，原来是她脖子上的蜜色粉底蹭脏了白色毛衣领。

她暗自松了一大口气。

接下来，沈芳飞安排完工作事宜，交代了明早的登机时间，就放阮瑜下班了。

阮瑜也没心思去管摄像在哪儿，她回到之前的行李寄存店，把存在那儿的行李箱给取了，又花十块钱买了一桶泡面和一瓶水，接着开始盘算口袋里的四百三十块还能用多久。

已近黄昏。

阮瑜叹气："今晚睡在哪里还是个大问题……导演你在看吗？你们真的忍心看一个弱小单薄的小女孩露宿街头吗？"

当然没人回她。

没办法了，阮瑜打开手机，正想找个胶囊旅馆或者青旅什么的住一晚，忽生一计。

她点开群聊，群里消息已经爆了。

阮瑜把历史消息翻完，发现今天其他人也状况百出，节目效果爆棚，惨得彼此彼此。

吕翰发了一条语音："我今天带客户去看一套别墅，真的，当年我在京城开的第一场单口相声都没这么卖命过，结果等人家想签合同了，我才发现我进错了地儿！

"那小姑娘还说，怪不得我戴一墨镜，原来是瞎！惨不惨我？"

惨，太惨了。

吕翰被群里的"哈哈哈"刷了屏。

阮瑜接着往下看，贺常原穿着节目组给的小丑服，化着妆，在人流旺盛的商业步行街卖力表演了一天，出错多次不说，还遭惨素人魔术师踢馆；江星淳和秋曦倒还好，全副"捂"装工作一天，还赚了一笔小钱。

阮瑜：【@秋曦 你今晚睡在哪里？】

秋曦：【我找了一家快捷酒店，两百一晚，我把链接发你。】

阮瑜：【我不住酒店，酒店太贵了！！】

管海看到这句话就觉得不妙，眉头跳了跳，果然阮瑜还有后招。

阮瑜：【晚上你不开车的话，车能借我睡一晚吗？】

秋曦：【节目组不让吧？】

阮瑜抱着手机哼哼，游刃有余：【导演说，嘉宾之间不得互相收留同住，但是我们没住一起。】

吕翰：【还能这样？】

江星淳：【还能这样？】

监视全程的导演组：还能这样？！

其实节目组也不是真想为难嘉宾，不会真让嘉宾露宿街头，如果阮瑜实在没地方住，导演组将适时抛出一个任务，完成任务的嘉宾将获得额外的金钱奖励。

但谁都没想到，阮瑜这人就是一个节目规则bug（漏洞）测试机。

阮瑜钻了空子，对秋曦保证不趁机拆穿她，两人达成意见统一，阮瑜跨越小半个城市，最后借到了秋曦的车。

导演组目瞪口呆！

秋曦的车就停在街边，阮瑜借用附近商场的洗手间，草草卸妆洗漱，就缩进了车里。

摄像全程跟着阮瑜，此时在不远处的车内瞠目结舌，跟导演通话："导演，今晚还真让阮瑜睡在车里啊？"

"都这样了，她敢睡就让她睡吧，节目效果好就行。"

管海庆幸。

好在阮瑜没什么人气，要是那些流量小花的真爱粉看到自家爱豆为了拍综艺被虐待成这样，早踏平他们的电视台大楼了。

阮瑜放下座椅眯了一会儿，忽然坐起身，摸索到领口的微型麦，摘了。接着，她在车里找了一圈，终于发现后视镜旁边隐匿的摄像头，一张白皙精致的素颜脸缓缓凑近。

导演组都蒙了：这姑奶奶又想干吗？！

下一秒，镜头黑了。

导演组无语。

阮瑜关掉所有设备，长舒一口气："这才第一天，我怎么感觉我死去活来了八千次啊——"

节目组发的手机里虽然空空如也，但好在有流量。阮瑜一口气下了几个软件，循环播放纪临昊的专辑新歌，开始刷微博。

纪临昊刚从西雅图拍完新曲 MV 回国，今天就马不停蹄地参加了某代言品牌的见面会，拍的图一张比一张好看，连生图都十二分绝美，其中一张活动结束的回眸照，简直就是西施眼里出情人，我为哥哥敞心门。

阮瑜补完所有物料，呜呜地哭。

呜呜呜，果然昊昊宝贝才是她回血的红药！！

第二天一大早，阮瑜跟着沈芳飞离开京城，目的地象山影视城。

阮瑜昨晚束手束脚地在车里窝了一觉，没睡好，过安检时又跟防贼似的防止沈芳飞看到她本人的身份证，一路斗智斗勇，心力交瘁，导致在去影视城的大巴上彻底昏睡。

几人下午才到下榻的酒店，阮瑜点开手机，发现又来一条短信。

【吕翰伪装失败，节目组将注销吕翰的原职业身份，并发配搬砖卡一张。其余嘉宾竞争继续。】

微信群聊已经炸了。

几人正连着群通话，阮瑜刚加入进去，就听见吕翰的哭求。

"这怎么玩？我真要被发配去工地搬砖了！连着搬砖十二天，认真的吗，导演——哎，阮瑜进来了，正好人齐了，我们写一封联名血书抗议怎么样？"

阮瑜语气沉重："谢邀，刚下飞机，吕翰老师你怎么出局了？透露两句让我开心一下吧。"

吕翰说："导演！那个一人一次的揭穿机会我现在还能用吗？！让我去收了阮瑜！"

旁听了半天的管海终于发话："嘉宾出局后，揭穿卡将作废，所以请各位及时使用。"

这话说完，众人声音沉默，不约而同地感受到了紧迫感。

江星淳向阮瑜解释："他昨天戴墨镜见客户被投诉了，所以今天什么都没准备，结果一眼就被认出来了。"

吕翰不解："怎么能叫什么都没准备呢？我接了这么一头长发，这也认得出来？"

江星淳低笑道："吕哥，你的粉丝太多了，认出来也不奇怪吧。"

阮瑜听得春心荡漾，不由自主姨母笑。

小墙头的声音真的好好哦，不愧是当红男团里的 vocal（主唱）担当，连说话都能好听到让人酥耳朵。

贺常原想起什么来："阮瑜，你昨晚真睡在秋曦的车里了？"

阮瑜心情超好："对啊，豪华汽车旅馆，免费住一晚，我省下了一个亿。"

秋曦被逗乐："说得连我都信了。"

阮瑜的声音松快含笑，尾音轻扬，像暖春三月拂过平静湖面的软嫩杨柳枝。

京城街道边，江星淳摸了摸后脖颈，低头，唇边也不受控染上一丝笑。

好像，真的挺可爱的。

吕翰在群通话里鬼哭狼嚎半小时，导演组不为所动，最终没法，他只好长发飘飘地去搬砖。

节目组给每个嘉宾的手机上安装了定位共享软件，阮瑜在酒店房间里收拾完行李，点开软件一看，属于吕翰的那个小绿点已经出现在了京城市郊，周围是一片鸡不生蛋的施工地盘。

沈芳飞来敲阮瑜的门："六点跟我去剧组哦，现在还有一个小时，我要下去吃饭，你一起吗？"

阮瑜当着沈芳飞的面，迅速打开行李箱，只见半个行李箱都塞满了各色泡面，吓得沈芳飞一哆嗦。

阮瑜大手一挥："不用，我吃泡面就够了。"

"今晚我们得跟夜戏，你只吃泡面能行吗？"

"不是还没进剧组吗，等下这顿剧组肯定不给包，我还是省着点用钱。"

沈芳飞服了："雄啊，你怎么过得这么抠搜啊？"

废话。

阮瑜瞥了眼门口跟过来拍摄的摄像，露出一个含蓄不失礼貌的微笑，万千凄楚在心头。

你问他！你问他们嘛！！

解决完晚饭，阮瑜仔细补了妆，跟着沈芳飞去剧组拍摄的地点。

影视城占地极广，常年驻扎着拍古装戏、民国戏的剧组，阮瑜跟的组在春秋战国城区那一片，拍的是一部架空朝代的古偶剧。

到了才知道，一开始剧组的造型团队签了陈德轩工作室的几位化妆师，原本人手刚好，但编剧临时加了一段男主角为救女主角强行逼宫的戏，群演多了，大场面给足了，导致化妆师们根本忙不过来，就快累猝死了。

沈芳飞和阮瑜是来救场的。

剧组正在行宫外拍夜戏，片场忙成一锅粥。主角都在殿内的单间里换装补妆，而演士兵和宫女的群演们只有在露天补妆的份，数百人挤着挨着，连个坐的地方都没有。

不久前阮瑜在《成名无望》当配角，就在组里待了半个月，没碰上战争的大场景，现在见到这一幕，当即蒙住。

沈芳飞拉她："别傻站着，你是第一回跟剧组吧？今天我带着你一起化群演，从明天起，我就得去帮着化主角了，等会儿你好好学着点。"

"行。"

"当年我刚跟剧组的时候，也是这么苦过来的，不能怕吃苦。"

阮瑜哪里是怕吃苦，她是怕现场这么多人，说不定就有人认出她来。

但现在箭在弦上，不发也得发，阮瑜咬咬牙，跟了上去。

沈芳飞带着阮瑜去见现场副导演。

聊了几句，副导演咬着烟，点点阮瑜身后的摄像："你们工作室带的这个摄像老师，跟拍你们倒是没问题，但不能拍到演员演戏，否则我们的保密协议就白签了。"

沈芳飞笑着说："这个您放心，我们有分寸。"

阮瑜看了一眼摄像，背着众人对镜头瘪嘴，小幅度抹了一下脖子，脸上写满一行字：

不，节目组没有心，也没有分寸。

正看直播的导演组又无语了。

阮瑜跟着沈芳飞去化妆组，拿到了群演的妆效图。

一场戏开拍前，所有演员的妆容已经提前敲定好了，阮瑜要做的就是按照方案里的妆效，给群演上妆。

今晚她总共就化三幅妆容，普通嫔妃的、宫女的，以及士兵的。

阮瑜试了几位群演，一开始手生，简单的一套妆她要仔细化四五遍，熟练之后，速度逐渐快起来。

这不就跟填色游戏一样简单？不愧是她！

但很快阮瑜就被打肿了脸。

万万没想到，片场群演里也有耍大牌的，还不少。

耍大牌，本来是指大牌演员给导演编剧脸色看，但如今有些身份地位的明星都不会在公众场合干这种事了，毕竟片场人多眼杂，有谁拍了视频传出去，当晚就能送明星上热搜，一个不慎，明星精心立起来的人设尽碎。

现在反倒是小演员耍大牌的比较多。以前阮瑜在追星时也听过一些边角料，这些人平时不敢对导演主角撒气，就只能针对无名无分的工作人员。

其中首当其冲的，就是像阮瑜这种看着好脾气能拿捏的小助理。

阮瑜站着给群演化妆，忙到腿断，水都没来得及喝一口，一位刚化完妆的嫔妃折回来，叫了她一声。

"哎，你。"

阮瑜抬头："怎么了？"

嫔妃模样的女人睨了阮瑜一眼："我的妆有点淡啊，额头上的这朵桃花颜色是不是暗了？"

阮瑜起初还认真端详了会儿："有吗？可妆容早就定好了，我感觉效果很好啊，你想要什么颜色的？"

女人照镜子："还有没有更艳一点的颜色？还有，我怎么觉得你没给我打高光？鼻梁这儿，眉骨这儿，还有这儿，都不够明显。"

啧。

怎么，她还想上天当夜空里最亮的星？

阮瑜耐着性子，忍了，按照女人的要求给她重新上了一遍妆。

"行了吗？"

女人不满意："怎么说呢，感觉还是不行，眼妆不够精致，眼影层次感不够，等会儿镜头扫到我一点效果都没有。"

阮瑜再次照做。

女人依旧提意见。

后面还有一堆群演等着，阮瑜耐心告罄，指了指旁边的上妆工具："那你自己试试。"

"你不是化妆的吗？你让我自己来？"女人脸色顿时难看起来。

阮瑜"哦"了一声："原来我才是化妆师啊。"

女人气噎："你什么意思？！"

女人本来是个小网红，费尽心思挤进这部大制作的古偶剧，却只拿到了一个充当背景板的嫔妃角色。只有几句台词不说，化妆还要跟普通群演抢位置，现在一个小助理都敢对她不耐烦。

想到这里，女人气极："你知道我是谁吗？"

阮瑜心里翻了个白眼，礼貌询问："你是皇后？"

这句话正戳中女人死穴。

女人气得嘴唇发抖，抬手想推阮瑜："你！"

阮瑜一把攥住女人的手腕。

她声音温柔，手上的力道却分毫没减："来，你想要镜头是吗？我们工作室正好拍宣传片呢，介绍一下，这是我们工作室的摄像大哥，来，对镜头笑一下啊，打声招呼——"

女人这才注意到镜头，霎时慌乱分神了，硬是被阮瑜抓着手腕，被迫跟阮瑜身边的摄像挥了挥手。

阮瑜就皮这一下，很快松手，对群演喊："好啦，下一个。"

女人被晾在一旁，揉着手腕脸色变了变，最终挤出三个字："神经病！"

骂完就悻悻走人。

趁着此刻沈芳飞不在，从不开口的摄像出声缓解气氛："不错啊，手劲这么大。"

阮瑜嘟囔："对啊，反正都成这样了，不帅一下怎么行？"

另一端，观看全程直播的导演组鸦雀无声。

总监控室内的大屏上一共有十个窗口，每位嘉宾对应两个机位，但阮瑜就是有这种魔力，能让所有人的目光集中到她那块屏幕上。

"那女的是个网红，还有点名气，这段到时候要剪掉吗？"

管海有经验："送上来的话题度，不要白不要，等剪正片的时候把她的脸后期马赛克掉就行了。"

这边导演组还在闲聊，那边阮瑜已经感觉快死了。

她和几位化妆师几乎一刻没停，为现场乌压压的一众群演上妆、补妆。

阮瑜全程站在露天冬夜里，起初还要提心吊胆自己会不会被认出来，后来已经完全麻木了。

她感觉眼前的脸已经不是脸，她的手也不是自己的手。

收工已近十二点。

阮瑜累得像条狗，一句话都不想说，沉默地跟着沈芳飞回酒店。

场记助理过来送通告单："请明早五点准时到片场，辛苦几位老师了。"

沈芳飞叹气，问阮瑜："那得四点就起床了，你能起来吗？"

"能啊。"阮瑜揉了揉脸，妆花了。

沈芳飞忽然瞧她："你原来的皮肤挺白啊，特意把自己抹黑干什么？"

阮瑜自然回答："是这样，其实我的偶像是包拯，刚正不阿，工作敬业，肤色还性感。"

呜呜呜，妈妈，她觉得她拍完这个综艺就能拿小金人了！真的！！

沈芳飞腹诽：我信了你的邪。

第五章

- 孽缘，妙不可言

接下来三天，阮瑜都跟着剧组，几乎每晚十二点收工，凌晨四五点开工。

第一天沈芳飞还与阮瑜同甘共苦，第二天就转进了主角化妆组，回归了正常作息。摄像进不了主角的化妆间，于是顺理成章地继续跟着阮瑜。

休息时，阮瑜对着镜头假笑："参加这部综艺的第一天，我以为我是《碟中谍》的女主角，现在我才明白过来，原来我是感动中国十大劳模的竞选人呢！希望大家为我投出宝贵一票，今天大雄也会继续努力哦！"

导演组集体腹诽：又来了，久违的戏精发言。

其他几位嘉宾的进展也算顺利，除了吕翰，暂时没有人暴露出局。

阮瑜看了看，其他嘉宾好像都接到了节目组的任务，内容五花八门。

秋曦接到节目组的任务，一天内成功逗笑十名乘客并成功要到小费，失败则扣除当天所有收入；江星淳必须在送到外卖后为顾客跳一段网红舞，差点被粉丝发现；贺常原更夸张，一位素人女孩每天按时来看他的街头魔术，屡屡试图表白，吓得贺常原装起了聋哑魔术师，结果女孩越挫越勇，节目效果爆棚。

至于吕翰……还在工地卖命，也不怎么出现在群聊里了，可能生死未卜吧。

贺常原：【我们都接到了任务，怎么阮瑜没有？】

阮瑜：【因为我已经够惨。】

阮瑜：【且穷。】

江星淳：【哈哈哈。】

节目第五天，阮瑜数着自己兜里的二百五十块钱，泪流满面。

她不像其他三个人，每天有即时收入，她身上总共只有节目组一开始发的五百元现金，只能省吃俭用。

盒饭是蹭剧组的，夜宵吃泡面，就连给纪临昊的新杂志冲销量时，她都死死按住了氪金的手，只颤颤巍巍买了一本。

她都这么抠了，还是敌不过影视城里物价太高，花钱如流水。

阮瑜穷得喵喵叫。

算了，活一天算一天吧。

令人吃惊的是，阮瑜的抗压能力一级棒，都惨成这样了，没喊过一句累。

节目导演组看得津津有味。

"要不要给她发布几个任务，趁机给她一点资金？"

"行，等明天吧，让跟拍摄像给她发任务，内容简单一点就行，比如骑行影视城之类的。"

不仅是导演组，连沈芳飞也开始同情阮瑜。

当晚收工早，阮瑜和沈芳飞一起回酒店。

进了大厅，沈芳飞忍不住问："陈老师跟你签合同的时候，应该是开了工资的吧？"一个正常人怎么能抠搜成这样子？

"嗯，我到月底才能发工资，现在省着点用吧。"阮瑜有苦难言。

说实话，她也想知道自己的工资是多少。

但这辈子她大概是见不到这份工作的工资啦，哈哈。

沈芳飞和阮瑜进了电梯间，刚好遇上一间电梯门即将关闭，沈芳飞手疾眼快地按了按钮，嘴上没停。

"不过助理一开始薪水都有点低，能坚持就好了。"

电梯门重新缓缓打开。

阮瑜抬头，一眼就看到了电梯里那个熟悉的胖子身影，吓得差点魂飞魄散。

这不是段凛身边的生活助理邵立吗？！

她再机械地看向旁边。

果然，段凛裹着黑色长风衣，官方身高近一米九的颀长身材立在电梯里，长身玉立，气场全开。他黑眸如寒星，正盯着她看。

阮瑜惊了。

她就说怎么刚才酒店外面围着的"私生饭"都比平时多了三倍。

沈芳飞继续说："我们这职业，坚持下来都是因为爱……"

爱就像蓝天白云晴空万里忽然下起了暴风雨。

无处躲避总是让人始料不及！

阮瑜脑子里突然就只有这么一首 BGM（背景音）。

在拉黑对家的第不知道多少天，她在录制伪装真人秀节目途中又撞上了对家，命悬一线。

孽缘，妙不可言。

"我问过彬哥了，他说阮瑜在录挑战类的户外综艺，吓我一跳，我以为她又要缠上你了。"

酒店房间内,邵立正和段凛的经纪人通电话,转头朝着浴室解释。

浴室门打开,段凛裹着黑色浴袍,边擦头发边走出来。

"手机给我。"

段凛接过手机,问道:"她在拍节目?"

另一边,郭彬回道:"对,阮瑜参加了一个综艺,叫《职业伪装》,就前段时间黄桃台造势过的那个节目,可惜本来拟邀的黄芷岚嫌钱给得少,临时不去了,我猜阮瑜是临时顶上去的。"

"《职业伪装》?"

"就是一个时长两周的伪装挑战,刚才节目组总导演联系我,说是摄像把你录进去了,想问这一段能不能放出来,他们可以补签合同。放心,我帮你拒了。"

其实节目出场费给得还可以,但郭彬对阮瑜避如蛇蝎,也知道段凛向来厌烦这位阮大小姐。

"你们见面的时候周围有粉丝吗?没被拍到同框照吧?"

"没有。"段凛扔了浴巾,冷淡靠进沙发,"也没拍到什么,他们想放就让他们放。"

郭彬愣了愣:"那也行。"

即使拍到,也认不出那是阮瑜。

段凛翻着剧本,忽然回想起在电梯间的一幕——

她剪了细碎的短发,也不知道从哪里搞来的绝版粉底色号,裸露在外的皮肤都是深蜜色,欧美浓妆透着野性风,就一双杏眸还像原来一样黑白分明。

她看起来很累,见到他时,震惊中透着两三分被命运安排的小绝望。

怕他?

段凛合上剧本,眸底意味不明。

阮瑜回到房间,立即登上了南有嘉鱼的微博号。

这段时间,她仅剩的一点时间都拿来刷爱豆墙头了,居然忘记关注对家的动态了!

刚才她在电梯口碰到段凛,差点儿没魂飞魄散,羽化升仙。

幸好对家还是对家,段凛挂着他那熟悉又久违的冷漠脸,只淡漠地扫了一眼阮瑜,没搭理她半个字。

啧。

这种意外中带着几分理所当然,庆幸中又带了一丝颜面尽失的感觉是怎么回事?

微博首页在欢欢喜喜过大年。

阮瑜这才知道段凛在《成名无望》的戏份刚杀青,就无缝进了新剧组,在拍一部大制作的宫廷权谋剧,正巧在象山影视城。剧组筹备两年,不仅卡司（演员阵容）豪华，甚至特地在影视城内新建了还原盛唐时期的行宫建筑。

这种日常羡慕资源咖对家的牙痒感觉又回来了。

菱角们敲锣打鼓。

【导演是王乃安啊！！当我以为段凛已经给我足够惊喜的时候，他告诉我他还能给！！】

【宣传的时候不要说错了！我们哥哥是特邀出演哦，主角都是戏骨前辈，不要给哥哥招黑。】

【是不是拍半个月就出来了啊？呜呜呜，这次演员凛的营业时间也太长了，想念歌手凛了。】

【无缝进剧组还不好？我快开心死了好吗！死忠演技粉何德何能可以遇到段凛这种神仙啊！！】

【极品神颜＋毫无黑点＋科班演技好，我躺平了，呜呜呜。】

……

阮瑜心说：对家粉丝的滤镜果然有八米厚，为段凛哐哐撞大墙这种行为就离谱。

她知道的关于段凛的黑料都能编成册子全球畅销了啊！

反倒是真正的无黑点爱豆纪临昊，虽然光芒万丈，却敌不过资本咖。

阮瑜捧着她心肝昊昊的屏保，爱意爆棚。

总有一天，她会见到她的这颗星。

翌日一早，阮瑜收到了节目组的任务——

【绕影视城骑行一小时，其间不被认出，可获得节能减排奖励金200元。】

两百块！

中午，影视城内飘起大雪，剧组暂停外景戏，拍了两场棚内戏就收工了。沈芳飞跟着几位化妆师去城外汤池泡温泉，阮瑜借口在酒店房间补觉，没去。

半小时后，阮瑜裹着围巾，租了一辆影视城内的自行车，在雪虐风饕中哼哧骑行。

摄像艰难赶上她："你要不要休息一会儿？"

阮瑜睫毛都糊着雪，潇洒地回道："不用，为钱逆行，我能行。"

摄像在心里呐喊：导演，我快不行了！！

雪下得太大，游客少，连带拍外景的剧组也少。阮瑜骑行经过一片景区时，发现这里居然还有剧组在拍外景戏，而且围的人还不少。

远远的隔离带后，里三层外三层地围满了游客和粉丝，各个高举着手机，还有举长焦相机的，像在看红毯秀现场。

剧组封锁了现场，隔离带离拍摄现场有数百米远，这能看到什么？

阮瑜好奇，骑过去："你们在看什么？"

"嘘——你轻点声,里面在拍戏呢。"

阮瑜不解:"隔这么远,一个人影都看不到啊。"

"你不知道,就算看不到他的背影,呼吸同一片城市的空气也好,呜呜。"

"今天还下雪了,四舍五入我和段凛共白头了!"女生压抑着兴奋。

阮瑜汗毛都要竖起来了,转头就想拜拜。

救命,原来这些人都是菱角!

口罩,她的口罩呢?

一女生看见阮瑜胸前挂着的工作人员牌,惊喜拉住她:"你是剧组的工作人员?"

"我不是这个剧组的,我是东区那边剧组的化妆师。"阮瑜把半张脸埋进围巾,堪堪露出眉眼。

周围菱角一下子热络起来,小声激动讨论。

"小姐姐,那你能进去对吧?你能不能帮我带一份礼物给段凛?"

女生立即被同伴扯了一把:"哥哥从来不收粉丝礼物的,别乱来,到时候给营销号知道又要乱写。"

"姐姐,如果你能见到他,可不可以帮我要一个签名啊?"

"啊,我也要我也要,姐姐看看我!"

阮瑜捂着围巾解释:"每个剧组的通行证都长得不一样,我就算戴了工作牌也进不去。"

让她去帮对家粉要对家签名,可能吗?

更何况她早就拉黑段凛了,怎么可能又当又立,巴巴地凑到段凛眼前?她是那种心智毫不坚定的人吗?

"钱不是问题,能要到签名,出几千我都愿意啊!"

几千?!

"我试试。"阮瑜肃然。

——不对,这是在录节目啊,拉黑段凛的是阮瑜,和她刘大雄有什么关系?

菱角们兴奋地围了上来,开始翻包里的照片、明信片、写真集,争先恐后地递给阮瑜,轻压着声音道谢。

阮瑜根本接不过来,有些后悔了。

其实在粉圈里,这些跟剧组行程的粉丝一直都饱受争议,因为拍戏并不是明星艺人的公开行程,如果粉丝没拿到官方的探班名额,而是自行在片场外围观,就很容易干扰到剧组正常拍戏,从而被打入"私生饭"一列。

但阮瑜看着眼前一张张笑意雀跃的脸,愣怔了一瞬。

这些女生跟她一样,是心里藏着一颗星星的人。

聊起爱豆时,也会眉眼弯弯,也会为了这份喜欢小心又谨慎。她们就杵在游客公共活动区里,一点没吵没闹,也没强求见到真人,等在漫天大雪中只为远远看一眼,堪称温柔写意、和风细雨。

什么啊！

这还是在网上跟她骂战三天三夜不重样的对家粉吗？

阮瑜叹气："我只收你们的卡片或者明信片，一共只帮你们带五张。"

阮瑜收了五张明信片，离开重重包围的对家圈。

她绕着隔离带骑了一圈，才发现片场入口，刚靠近就看见一个熟人。

"你好！"

不远处，手上提着咖啡的邵立闻言回头看去，浑身一激灵，影视城这么大，怎么又看见阮瑜这作精大小姐了？

阮瑜在镜头下真情开演，拉着邵立套近乎半晌，说明来意："有段凛的粉丝在外面等了很久，特别想要几个段凛的签名，不知道可不可以……"

导演组心说：这都可以就有鬼了。

对外凶神恶煞的邵立愣了愣："哦……好，你跟我来吧。"

导演组蒙了。

跟拍的摄像被工作人员拦在了隔离区外，阮瑜跟着邵立进片场，穿过城门，来到殿前。

剧组就驻扎在正殿外的空地上，下一场还没开拍，片场比外面还要热闹嘈杂，演员和工作人员来来往往，邵立领着阮瑜来到段凛的商务车前。

"等我一下。"

阮瑜在外等着，想了想，悄悄把领口里的麦给关了。

虽然节目组现在看不到她，但能听到声音，万一等下段凛直呼她名字还露出他那副似笑非笑的经典嘲讽脸，她怕自己控制不住会撑回去。

"好了，那个你……进去吧，别太久。"邵立从车里出来。

商务车内空间宽敞，布置得像一个化妆休息间，阮瑜刚进去，就看见段凛从车内的单人床上坐起身，手指还勾着刚摘下来的眼罩。

段凛正穿着唐朝的绛色官服。

可能是刚休息完，他的假发发髻未束，乌黑长发披散在绯袍上，深邃五官衬着冷白皮肤，整个人都蕴着浓墨重彩的古意，连声音都很慵懒："你想要我给粉丝签名？"

阮瑜点头，摊开明信片："这些都是你的粉丝给我的，她们在外面等了很久，想要一些你的签名。"

意外地，段凛瞥她一眼，居然没拒绝。

他接过明信片签了名，又从化妆台抽屉里抽出数张写真照，签完，一并给阮瑜。

不对啊，这人今天转性了？

阮瑜捏着厚厚一沓签名照，感觉很玄幻。

段凛又问："胃，好了？"

喂什么喂？

果然对家还是熟悉的对家，阮瑜为钱低头："好了，好了，那我走了。"

她拿着签名照，如同摸着百元大钞，双眸亮晶晶，想想还是憋了一句，"那个，谢谢你了。"

赚钱爽，赚对家的钱更爽，自古真理诚不欺我。

段凛目光落在阮瑜脸上，她还是化着奇怪的浓妆，杏眼里却跳跃着欢喜，像揉碎一把星星。

要到他的签名，有这么开心？

段凛漫不经心地问："我是问，那天杀青以后，你的胃好了？"

阮瑜这才听懂："啊，好了。"

"为什么拉黑我？"

阮瑜装聋："什么？"

"杀青那天，我给你发微信，被拒收了，你拉黑了我？"段凛搁下签名笔，帮她回忆。

刚刚才向他要过签名，现在直接说因为不想见他也太过河拆桥了，阮瑜尽量委婉："可能因为我杀青了，反正我们以后没什么机会见面，拉黑一下有助于身心健康？"

段凛顿了顿："如果你是不想见到我，有比拉黑微信更直接的办法。"

"什么办法？"阮瑜有点蒙。

段凛平静地反问："你说呢？"

好的，她懂了，段凛又以为她在欲擒故纵，删他微信只是想引起他注意。

阮瑜磨牙："你是觉得，如果我真的是不想见到你，就应该退出娱乐圈？"

虽然段凛没说话，但阮瑜却从他那张漠然平静的脸上品出了那么一丝"他就知道"的意味。

看来之前阮大小姐的纠缠已经在段凛心中根深蒂固，他的自恋病是这辈子都治不好了。阮瑜内心滚了满屏的吐槽，索性回道："对，其实我就是想看到你。

"所以我是不会退圈的。我非但不退圈，还要每天烦死你，并且死都不跟你离婚。"

这下段凛蒙了。

阮瑜冷呵："从此以后，你的每个通告都会有我的影子，哪个女明星敢跟你炒绯闻我就做掉她，你这辈子都别想甩掉我。满意了吧？"

来啊，互相硌硬啊。

呵，《霸道名媛小顶流》《豪门强制爱之圈养大明星》，总有一款是能恶心到段凛的吧。

狠话放完，阮瑜自己都起了一身鸡皮疙瘩，转身就走。

邵立见阮瑜气势汹汹地冲出来，商务车内半晌没听见动静，忙进去看情况。

车内，段凛正靠着椅背翻剧本，神色难辨。

"凛哥，阮瑜她又哭闹过了？"邵立小心翼翼地问。

"没有。"

段凛回忆阮瑜刚才放的那番狠话，又联想到她最近的种种言行举止，都让他觉得与以前的她不太一样。

似乎不像从前一样惹他反感。

不过……却比原来更缠人了。

另一边，阮瑜把签名照给菱角的时候，居然都有点同情对家粉。

能粉上段凛这种全宇宙傲慢自恋排第一的爱豆，她们的眼光也太另辟蹊径了。

目送阮瑜离开的菱角丝毫不知道她的内心活动，满怀感恩。

"啊，哥哥还给多签了好几张！我天，怎么这么好啊！"

"小姐姐每张签名照才收我们十块钱，她也太善良了。"

"我看她有点眼熟，死活想不起来在哪里见过。"

"嘻，可能人美心善的姐姐们都长这样吧。"

……

接下来两天，阮瑜依旧过着忙成陀螺的苦日子，剧组里相安无事。

第九天，她的手机跳出节目组发来的提示。

【秋曦伪装失败，节目组将注销秋曦的原职业身份，并发配搬砖卡一张。其余嘉宾竞争继续。】

【幸存嘉宾：贺常原，江星淳，阮瑜。】

秋曦遇上了死忠粉，还是一位高龄七十的老大爷，爷爷隔着口罩墨镜一眼认出了秋曦，激动得跟见到亲闺女似的拉着秋曦，硬是要给她介绍自己的孙子。这段视频被路人拍下发到网上，当晚"秋曦——国民孙媳妇"的话题还火上了热搜第一。

《职业伪装》借此走到了聚光灯下，节目宣发组齐齐开工，联动营销号造势，节目未播，已经吊足了观众胃口。

全民娱乐的时代，消息传得飞快，一时间，所有人都在猜其他几位嘉宾是谁，走到街上看到谁戴口罩墨镜都要仔细瞅两眼。

节目组笑开了花，嘉宾快哭了。

还没被发现伪装的三个人风声鹤唳。

片场，阮瑜刷着微博上的讨论，看来看去，觉得还是待在影视城里最安全。

再坚持五天就是胜利，她一定要坚持下去！

这时，沈芳飞拿着手机走过来："大雄，我们马上得回京城一趟，临时有个活。"

阮瑜一愣："今天就回去？"

"是，陈老师他女儿在国外出了点事，他得立刻赶过去，但跟他长期合作的一位艺人明晚就要走红毯，到时候就由我负责他的妆发。时间紧迫，我们马上就要走。"

当晚剧组正好拍完了男主角逼宫的戏，阮瑜和沈芳飞一刻没停，直接订最早的航班回京城。

飞机上，沈芳飞给阮瑜看了红毯妆容的效果图。

阮瑜知道现在稍微有点名气的艺人平时都有固定合作的妆发师，他们平时出席活动的妆发都是提前就定好的，而那些大牌的艺人对于妆发更是谨慎，不会轻易换妆发师。现在陈德轩突然把活交给沈芳飞，应该确实有急事。

阮瑜看着图片里的男模特，问道："这就是要出席活动的艺人？"

"当然不是，这只是试妆的模特，这个妆在一个月前就定了，至于艺人……你见面就知道了。"沈芳飞神秘地说。

也对，能和陈德轩合作的全是一线大牌明星，阮瑜想，到时候她应该没资格插手，最多也就是在旁边递一递化妆刷。

阮瑜又问："他要出席什么活动？"

"《星动盛典》。"

这个活动阮瑜可太熟了。

《星动盛典》是由三大媒体平台联名举办的综合颁奖典礼，历年来众星大咖云集，而她对这个活动简直爱恨交织。

因为去年那场引起四季和菱角两家争执的事件，就发生在《星动盛典》的现场。

当时的事件一再发酵，两家吵得难舍难分，当晚就被盛典的主办方带上"星动盛典"的关键词，推波助澜地送上了热搜，为活动又引了一波流量。

主办方的操作令人无语，虽然热搜下的控评是粉丝清一水的"抱走不约""独美勿cue（提到）"等冷静发言，但两家粉丝转头就把《星动盛典》拉入了黑名单，发誓见一次这个节目骂一次。

可万万没想到，今年情景重现，《星动盛典》居然又邀请到了段凛和纪临昊这两大顶流。

没办法，宝贝爱豆接下的通告，粉丝再怄气也要给足排面。于是，粉丝在背地里骂了经纪人一万遍，转头还是该买票的买票。

今年的盛典在水立方举办，一票难求。阮瑜刷着追星号，看见首页的四季在到处求票，而黄牛已经把票价炒到了天价。

明星化妆师一定会跟着明星一起出席活动，那是不是意味着，明天她能跟着沈芳飞去现场？

四舍五入，她能见到纪临昊了？

阮瑜心跳快得像在打军体拳。

算了，感觉好不真实，她连想都不敢想。

阮瑜和沈芳飞抵达京城时，已经是凌晨。两人分开后，阮瑜跟幽魂似的在街上逛了会儿，打算寻找住处。

秋曦已经出局，那她的车肯定也不能睡了。幸好阮瑜现在手里攒了一点钱，她最终找了一家便宜的青年旅舍，八十块钱一晚，付钱的时候满脸不舍，凄婉的眼神犹如痛失爱人。

管海都被逗乐了："我看等节目录完以后，应该加一个颁奖环节，给阮瑜颁一个最佳抠门奖。"

旁边编导接话："不，我觉得是最佳戏精奖。"

阮瑜对导演组的评价浑然不知，她在旅舍的小单间里凑合睡了四个小时。

第二天早上七点，她准时被闹钟叫醒。

下午就是《星动盛典》的走红毯环节，她和沈芳飞一大早就得赶去那名艺人所在的酒店，为他弄妆发。

盛典的主办方在场馆附近为艺人统一安排了酒店，供艺人休息和化妆。阮瑜到的时候，酒店门口已经被闻讯赶来的各家粉丝给围堵得水泄不通，她还在漫天的应援物中看到了四季的应援手幅。

呜呜呜，手幅上的纪临昊也太好看了，这张图怎么选得这么好！

阮瑜都跟着沈芳飞穿过警戒线了，还是忍不住回头再看一眼。

这一看，忽然发现从人群中挤出来的那个外卖小哥怎么看怎么眼熟。

这不是……

江星淳戴着口罩，套着头盔，正全副伪装地拎着外卖从人群中挤出来。他刚接到某个客人的外卖订单，目的地正是这家酒店，没办法，只能硬着头皮从万粉丛中过，试图片叶不沾身。

然而，江星淳不经意抬头，扫见不远处的阮瑜，傻了。

这是阮瑜？

她剪了及耳的短发，妆容浓到第一眼压根儿认不出来，浑身还戴满了夸张的首饰，全身上下就只有眉眼笑容还是熟悉的感觉，而原来那种精致中带点儿仙气的模样荡然无存。

万物就此静止。

江星淳眨了眨眼。

阮瑜也眨了眨眼。

江星淳震惊到难以自控："阮……"

"咦，那个不是江星淳吗？！"阮瑜惊讶，先发制人。

人群顿时炸开了，尖叫声四起。

"啊，哪里有江星淳？"

"我天，真的是江星淳？！"

"星淳，你怎么穿着外卖小哥的制服啊？是在录节目吗？"

"淳淳，你给我签个名吧，我好喜欢你的——"

江星淳这个名字就像巨石落水，瞬间激起千层浪，很快他被蜂拥而上的各家粉丝团团围住，连句完整的话都没说出来。根本没有人注意到阮瑜这个发动骚乱的始作俑者，她向江星淳的方向投以怜爱的一眼，跟着沈芳飞进了酒店，深藏功与名。

小墙头，对不起了，在生死存亡关头，母爱是会变质的！

很快，节目组发来通知。

【江星淳已使用揭穿卡。】

【阮瑜已使用揭穿卡。】

【江星淳伪装失败，节目组将注销江星淳的原职业身份，并发配搬砖卡一张。其余嘉宾竞争继续。】

【幸存嘉宾：贺常原，阮瑜。】

贺常原在群里冒头：【你们俩都用了揭穿卡，阮瑜怎么没被发现？】

阮瑜发了一个"友谊干杯"的中老年专用表情：【糊，是我的保护色。】

吕翰：【哈哈哈。】

贺常原：【哈哈哈，真有你的。】

吕翰幸灾乐祸：【@江星淳，欢迎加入搬砖！】

秋曦紧跟着发了一张海豹拍手的表情，表示欢迎。

江星淳已经出局，不远处的跟拍摄像也不掩藏了，连忙过来将粉丝隔开。江星淳被护送上节目组的大巴车后，总算能喘上一口气，也出现在群聊里。

江星淳：【阮瑜变了好多，我刚才以为自己看错人了。】

秋曦：【她变成什么样了？】

阮瑜接话：【我，刘大雄，变成了一朵颜色不一样的烟火。】

大巴车里，江星淳认真看手机屏幕，没懊恼，反而低首，露齿笑出两个小酒窝。

酒店门口围堵着的各家粉丝实在太多，手里几乎都举着长枪短炮，再不济也举着手机。很快，江星淳穿着外卖工作制服的照片就被粉丝发到了网上。

阮瑜和沈芳飞在等电梯的时候，"江星淳送外卖"的话题已经爬上了热搜榜，速度快到令人咋舌。

粉丝和路人都炸了，江星淳好歹也是当红男团中的人气担当，什么节目居然丧心病狂到要让他去做外卖小哥？

这么一来，《职业伪装》官微的粉丝又翻了一倍。

前有秋曦，后有江星淳，《职业伪装》的节目热度已经完全被带起来了。

上了电梯，沈芳飞叮嘱："《星动盛典》算是最近圈内最大的活动了，今天参加盛典的大部分明星都在这个酒店，等下你见到谁都不要太惊讶，免得被保镖当成粉丝轰出去。"

阮瑜点点头："放心吧，我不会。"

沈芳飞这才领着阮瑜往里走。

走廊里很静谧，沈芳飞走到某房间外，敲了敲门。等了两分钟，门被打开了，门后的瘦高男人长着一张令阮瑜熟悉到怀疑自己在做梦的脸。

阮瑜瞪大双眸，手机差点没抓稳。

这不是纪临昊身边的助理小全吗？！

小全笑道："来啦？临昊他要到下午五点左右才走红毯，其实沈老师你不用这么早过来，来得及。"

"没事，我还担心来得晚了，介绍一下，这是我的助理大雄。走吧。"沈芳飞回头拉了一下愣成棒槌的阮瑜。

"哦……好。"

跟拍两人的摄像没跟着进房间，兀自下去酒店的休息厅等着了。阮瑜一进就闻到一股说不上来的清香，不知道是香水还是空气清新剂，闻得她心跳加速。

客厅里开着亮如白昼的打光灯，几个人在沙发边围着一人，阮瑜认出来，纪临昊的经纪人在，造型师在，助理也在。

阮瑜屏气凝神。

助理忽然往旁边挪动了两步，露出被挡着的男人。阮瑜的视线终于不再受阻，她神情无比紧绷地看过去，这一看，差点就要看哭了。

仿佛有人拿榔头与铁凿，在她心上狠狠地凿了一下。

纪临昊穿着浅灰的居家休闲服坐在那里，一双桃花眼深邃而温柔，素颜比阮瑜印象里的所有模样都要好看。他的视线在阮瑜身上停了一瞬，掠过阮瑜，看向沈芳飞，勾唇笑："沈老师，那今天就交给你了。"

沈芳飞忙说："应该的。"

纪临昊问道："你们吃早餐了吗？正好小全他要去买，帮你们也带一份吧。"

"哎呀，那就谢谢了。"

阮瑜面上平静无比，低声问沈芳飞："老师，我能去一趟卫生间吗？"

谁料，纪临昊听见了，含笑回她："卫生间在前面第一个房间里，拐过去就是。"

阮瑜埋着头："啊好，谢谢。"

她步伐僵硬地窜进了卫生间，迅速锁上门。

卫生间在主卧内，洗漱台前的水杯里还插着男人用过的一支搪瓷柄牙刷，阮瑜盯着牙刷看了两秒，终于整段垮掉。

啊！

纪临昊！她见到纪临昊了！活的！会动的！他怎么这么温柔！还对着她笑！

阮瑜无声尖叫了十几秒，快在卫生间里蹦起来了，她回忆起刚才纪临昊的笑容，有种在做梦的不真实感，连呼吸都是甜的。

纪临昊是真的。

她也是真实存在过的。

那些因为纪临昊而哭笑雀跃的日子、那些彻夜和朋友疯狂讨论纪临昊的日子、那些把纪临昊唱过的歌设成起床闹铃的日子，还有笑骂她每天追星追傻了的父母、看到纪临昊的消息会第一时间截图给她的好友，真的，是真实存在过的。

直到刚才看到纪临昊的那瞬间，阮瑜发现，她的青春，现在也只剩下纪临昊了。

阮瑜亲眼见到纪临昊本人,狂喜过后,是铺天盖地涌上来的难过。

她红着眼睛,真的快哭了。

"哭什么哭,要是妆花了被人发现,今晚就得去搬砖。"阮瑜哑声咕哝。

既然已经过起了现在的人生,就要过好每一天,最起码要珍惜见到爱豆的每一秒!

很快调整好情绪,阮瑜从卫生间出来。

小全买了一堆早餐回来,阮瑜吃了几个虾饺,就开始给沈芳飞打下手。

今晚纪临昊既要走红毯又要领奖,所以妆容造型要比以往的舞台妆更正式一些。整个过程都是造型团队和沈芳飞在忙,阮瑜不需要真的上手,只要在旁边递一递化妆刷修容粉之类的,所以她全程安静如一块背景板。

只是表面安静罢了,阮瑜心里已经号成了一只尖叫鸡。

他皮肤怎么这么好!这睫毛这鼻梁这下颌线是真实存在的吗?这是什么神仙颜值啊!

眼睛也太漂亮了啊!什么叫作我花开后百花杀,三千男星无颜色?这就是啊,这就是啊!

纪临昊注意到一手举着打光板,一手递化妆工具的阮瑜:"你举着这个会累吗?"

阮瑜一愣:"我吗?"

"嗯,已经开了打光灯了,举不举打光板都无所谓。化妆还要很久,你一直举着挺累的。"纪临昊轻笑。

小全也说:"确实挺累的,还是我来举吧。"

阮瑜摇头,眼睛亮亮的:"不累不累,我现在一点都不累,你们忙你们的,不用管我。"

纪临昊应了声,又转回头去了。

阮瑜心动爆表,心里呜呜爆哭,她真的没粉错人,她的宝贝昊昊简直宇宙第一温柔!

做造型妆发持续了近五个小时,阮瑜就在旁边看着。纪临昊今天穿的礼服由一家蓝血高奢品牌赞助,一袭白西装,非常修身,搭配黑领结,再加上刻意抓成微卷的头发,他简直就是从童话里走出来的小王子。

为维持造型,中午纪临昊没吃东西,连水都没喝上几口,阮瑜心疼得要死,趁着工作人员都在吃外卖,走过去悄悄问:"我这里有几块巧克力,你要不要先垫一垫?"

纪临昊有些惊讶,笑着接过:"好啊,谢谢你。"

"不客气不客气。"阮瑜心里尖叫鸡起舞,塞完巧克力,又一下窜走了。

吓死了!她刚才差点忍不住对着他表白!

下午到时间后,一行人乘电梯下地下停车场,去往活动现场。

《星动盛典》的红毯早就已经开始,水立方周围都被封锁了起来,隔离带后乌压压一片全是粉丝。红毯两边聚满了媒体摄像和代拍，阮瑜和纪临昊不坐一辆车，远远地看见他的车停在红毯迎接处，人刚一下车，粉丝此起彼伏的尖叫声刹那间燃爆全场！

阮瑜也看得心神激荡，她的星星注定就应该被捧上塔尖，光芒万丈。

不同以往的是，她好像离这颗星更近了一点。

沈芳飞拉了下阮瑜："走吧，我们先去后台。"

阮瑜说："好。"

两人往工作人员通道走，没走多久，身后传来了更为激烈的尖叫声，一阵高过一阵，她忍不住往后看。

一辆黑色加长帕拉梅拉停在红毯源头，段凛一袭黑西装，正走上红毯。他近一米九的身高几乎压了全场，阮瑜想看不到都难。

她就知道，能在这种场合和四季比拼尖叫声的，除了对家粉，还能有谁？

"呵。"阮瑜秒变棺材脸。

沈芳飞啧啧感叹："哎哟，段凛是真帅啊，像我这种见惯了男星的人都觉得他好看，难怪他粉丝多。"

阮瑜一愣："啊？"

沈芳飞问道："你没觉得？像他这种身材气场，别说女人喜欢了，男人也喜欢。"

说了几句，沈芳飞发现阮瑜双手合十，闭上了眼睛。

"你在干什么？"

阮瑜神情凝重："我在祈祷。"

眼光是个好东西，她衷心祈祷每个人都能拥有。

每届《星动盛典》邀请的一线明星数不胜数，各界名流大咖也纷纷到场。自活动开始，关于盛典的新闻能霸屏各大平台的热搜榜一整天，别说各家粉丝了，就连圈内人自己都在吃瓜。

《职业伪装》节目组的群聊很热闹，吕翰转发了一组明星在盛典红毯秀上的照片。

吕翰：【我应该在这里，不应该在工地。】

秋曦和江星淳调侃着跟队形。

阮瑜在后台忙里偷闲，看完群聊，又爬上微博论坛看了一圈。

像这种大活动，往往是粉丝最忙的时候。更何况纪临昊和段凛两家粉丝本来就不对盘，今天活动撞车，更是在明里暗里地较劲，四季纷纷在转发活动链接，而菱角也不遑多让，光盛典官微发布的那条节目单下，最热评论的点赞很快就破了十万。

阮瑜和沈芳飞进不了内场，一直等在后台，只有等纪临昊上台领奖或者表演前经过后台，才能见到他本人，帮他补一补妆。

好在后台的休息室里有大屏幕，红毯和内场的场景来回切换，阮瑜边盯着屏幕，边低头悄悄刷前线站姐发出来的纪临昊生图，拼命压嘴角。

不敢太明显，毕竟节目组的摄像也跟过来了，正对着她拍呢。

晚上七点，内场活动正式开始。

观众席上的灯牌一浪亮过一浪，冰蓝色是段凛的应援色，而纪临昊则是杏黄色，两家的应援灯牌汇成星海，几乎霸占了整片观众席。

后台比观众席还热闹，有补妆区域，还有明星的群访专访区，而再往里是盛宴结束后的酒会区，此时正人来人往。

沈芳飞拍了拍阮瑜："等下纪临昊要上台，得过来补一下妆，我们现在去接他。"

"走吧。"阮瑜立即起身。

此刻内场的台上正在颁奖，下一场应该是纪临昊的中场表演，一想到又能见到爱豆的唱跳舞台，阮瑜就幸福得直冒粉色泡泡。

这时，纪临昊穿过后台通道走来，沈芳飞观察纪临昊："临昊，你没怎么脱妆，稍微补一下就好了，来吧，我们去休息室。"

纪临昊笑了："好。"

"你什么意思？！"

几人经过走廊，旁边采访间内忽然传来一道尖声诘问。

房间内，一位女星正怒瞪着采访她的一名记者，不知道被戳到了什么痛处，连身边的助理都没拉住她，她直接将手包扔向记者："你刚才那话问的什么意思？！"

人群一阵骚乱，记者被推得往后跟跄了两步，撞到身后其他记者，有人随之被挤出了门，直接撞在了正巧经过走廊的工作人员身上。

那位工作人员是去布置酒会的，正推着一车香槟，这下连人带车都被狠狠撞了一下，正要倒向沈芳飞几人！

一切都发生在瞬息之间。

眼看着那堆高高垒起的香槟塔要轰然砸向纪临昊，阮瑜想也没想，直接一把推开他——

下一秒，阮瑜被兜头浇了一身冰凉的酒，下意识抬手挡了挡，小臂蓦然尖锐一疼。

玻璃碎地的声音稀里哗啦炸开！

她在剧痛中脑海空白了一刹那。

太疼了。

此时人来人往的后台，郭彬正跟着段凛一起往休息区走，蓦然听见前方一阵惊呼喧哗，郭彬皱眉："什么声音？"

段凛见他的妆发师小群正从休息区那边赶过来，直接问："出什么事了？"

小群回道："是采访间出了点事！秦舒在那里动手打记者呢！都闹到走廊上了，现在那里乱得很，好像还有人受伤了。"

等中场表演结束后，段凛就要上台领奖了，郭彬怕出意外，说道："秦舒她疯了？我们别往那边走了，随便找个清静点的地方补妆吧。"

段凛目光掠过前方，看到了一道眼熟的身影。

他直截了当地说："过去看看。"

站在事故现场中央的人果然是阮瑜，她正低垂着头揉眼睛，从头到脚都被酒淋湿了，玻璃酒杯在她脚边碎了一地，地上的香槟酒液冒着细小白沫，还淌着丝缕血色。

郭彬看清了，惊愕地问："这是……她不是在拍综艺吗？怎么跑这里来了？"

周围围满了从采访间奔出来的记者，邵立在人群中一眼认出当初在影视城见到的跟拍摄像，吓了一跳，忙拦住将欲往前的段凛。

"凛哥，众目睽睽的……咱不能过去。"邵立悄声道。

郭彬也注意到了摄像："她还在录那个伪装综艺？这是真录出事故了啊，按她的脾气，事后节目组够呛收场。"

阮瑜感觉自己快疼得灵魂出窍了，手臂疼，眼睛也疼，周围嘈杂成一片，不知道谁给她递了几张餐巾纸，她埋头接过纸擦了擦被酒溅到的眼睛，总算能睁开眼。

一直跟拍阮瑜的摄像已经吓蒙了，他举着设备在人群里呆杵着，不知道该不该帮她。

旁边，沈芳飞拿着一包抽纸："你还要纸吗？要不要紧？天啊，你……"

阮瑜暂时没理他，第一反应是回头找纪临昊。

见纪临昊被她推到了一旁，毫发无损，她松了口气，这才低头看自己。原来她的小臂被碎玻璃划出一道血口，酒精混着血水在伤口上交融得不分彼此，她就说怎么能疼成这样。

纪临昊紧皱着眉，走过来："你怎么样？你的手臂在流血。"

"你、你别过来！"阮瑜浑身多毛，连忙往后退了几步。

纪临昊一愣："什么？"

阮瑜担心得要命："你小心别踩到玻璃了！"

纪临昊怔住。

"等下你不是还要上台吗？我现在可脏了，你就别凑过来了，赶紧去准备吧。"阮瑜托着她那只受伤的手臂，面上装得一派不痛不痒，小声催他，"我没什么事，你快去吧。"

阮瑜疼得眼睛都泛红了，眸光却晶亮含笑，还忍疼对他鼓励："你的粉丝都在等着，今晚的舞台是你的，加油啊。"

"那我先带临昊走了，你撑一撑，我马上回来。"沈芳飞事急从权。

阮瑜忽然说："等等。"

沈芳飞以为她撑不住，担忧地回头："怎么了？"

阮瑜更担忧："这个能算工伤吗？可不可以报销医疗费啊？"

沈芳飞真是服了。

"算！费用全报销！完事了我还自掏腰包请你吃饭！"

阮瑜瞑目了，眼睛弯弯："去吧去吧。"

不远处，段凛将这一幕尽收眼底，蹙眉，神色莫测。

她和纪临昊，很熟？

"咦，那是阮瑜？"

人群渐渐散去，身旁传来一声轻呼。

段凛往旁边瞥，一位穿纯白礼裙的女人正诧异地盯着阮瑜的方向，看着眼熟，似乎在《成名无望》的剧组里见过。

沈若薇本来是想去后台酒会厅，没想到看了一场闹剧，越看越觉得受伤的那人像阮瑜，正想上前确认，却被旁边一道声音叫住。

"我们认识？"

沈若薇循声看去，眼里闪过惊喜。

她居然碰上了段凛，他这是和她说话？

沈若薇受宠若惊："我吗？认识的，认识的。我在《成名无望》里演一个配角，您可能不太记得我了，我叫沈若薇，在剧组的时候我还跟您说过几句话，不过被您的助理挡了……"

郭彬见段凛破天荒主动和女艺人搭话，有些搞不清楚状况，什么情况？

段凛淡淡道："是吗？"

沈若薇柔声："是呀，之前我们没说几句话，到杀青了也没有你的联系方式，不知道能不能……"

今晚沈若薇的经纪人费尽心思替她拿到盛典的出席名额，就是想让她能拓展人脉。而段凛对她来说，可是再好不过的香饽饽，一想到他居然主动和自己搭话，她那点虚荣心瞬间得到了莫大的满足。

那边，阮瑜草草擦了下脸，刚想走，一抬头，吓得直接转身。

怎么段凛和沈若薇都在？！她现在妆脱得七七八八，遇见肯定会被认出来，要不要这么走廊惊魂！

幸好这两人忙着聊天，还没发现她。

阮瑜转身就溜。

啧。

对家粉估计这辈子都想不到，他们爱豆是一个跟豪门千金隐婚了还到处勾搭女明星的渣男，贵圈真乱。

段凛余光一扫，阮瑜早已溜得不见人影。

沈若薇小声问："方便的话……能加一下你的微信吗？"

"不方便。"段凛收回视线。

沈若薇的神色刹那僵住，邵立松了口气，三两句将她打发走了，几人这才继续往休息室走。

邵立凑向郭彬："刚才凛哥不会是在替阮瑜解围吧？"

郭彬嘴上回："怎么可能。"

心里想的却是，他哪猜得到这少爷心里在想什么！

远处，沈若薇的脸色难堪，心有不甘。

她没记错的话，阮瑜曾要到过段凛的私人微信号。

凭什么阮瑜可以，她不行？

第六章

- 不可告人的关系?

晚上九点半的黄金时段,《星动盛典》现场,纪临昊的中场表演结束后,紧接着是段凛的领奖环节。今年盛典的"年度人气奖"颁给了段凛,现场粉丝的尖叫应援声高居不下,给足了排面。

两大顶流的出场将盛典推向了高潮,直接拉足了话题度,当晚各大平台的热搜榜一半都是与盛典相关,气氛犹如过年。

但阮瑜忙着在后台处理满身的狼藉,没能感受到内场的火热气氛,她问盛典的工作人员借了一套换洗衣物,换完就直接去了医院,只能抽时间在车里补完了纪临昊的舞台。

纪临昊今晚拿到了"年度实力音乐人",又演唱了新专辑的主打歌,阮瑜捧着手机无声嗷嗷叫,瞬间感觉伤口一点都不疼了。

到了医院,急诊科医生开了单子。

"你这个伤口不需要缝针,但要打破伤风,恢复两周就好了。"

打针?!

阮瑜脸色惨白,顿时蔫了,生无可恋地排队等打针。

盛典的工作人员送她过来以后就走了,阮瑜身边只有跟拍摄像,今晚来急诊科的人还不少,摄像只能远远地拍。她没人说话,又疼又凄凉,无聊得要死不活,刚低头打算刷微博,手机蓦然跳出来几条消息。

【阮瑜伪装失败,节目组将注销阮瑜的原职业身份,因情况特殊,暂时不予发搬砖卡。其余嘉宾竞争继续。】

【幸存嘉宾:贺常原。】

阮瑜蒙了。

此时,沈芳飞的电话打来了。

沈芳飞还在盛典后台，背景音吵得很："我这边已经结束了，马上就赶过来哦，你现在怎么样？"

"我刚做完皮试，医生说再打一针破伤风就好了，没什么事。"阮瑜回道。

"好好，那我们一会儿见，大……不对，阮瑜。"

阮瑜被喊得浑身一颤，灵魂惨遭重创。

沉默，诡异的沉默。

阮瑜心中一惊："你什么时候知道的？！"

"刚刚，就五分钟前。"沈芳飞的心情比她更魔幻，一字一顿，"你看热搜了吗？你上热搜了，宝贝。"

沈芳飞的语气如深宫怨妇："十天！我数了数，我被蒙在鼓里整整十天啊！你和陈老师，你们俩骗得我好苦啊！"

热搜瞬息万变，阮瑜硬着头皮点开，发现此时的热搜第三居然是"阮瑜"。

这条没有前缀后缀，没有绯闻八卦，只有她的大名。

热门第一是一张图，配文——

一个追昊的小号：【今晚有幸在后台，刚好拍到救哥哥的人，应该是这位小姐姐。@阮瑜 没错吧？】

点开大图，正好拍到阮瑜阻止纪临昊上前查看她情况的一幕，她浑身狼狈，带着伤，发梢鼻尖下颌都滴着酒液，妆也花了，但眼里喜忧参半，像有光。

这张抓拍，这个角度，居然有种惨到深处的美感。

短短十五分钟，竟然已经转发过万了。

【她还好吗……看起来伤得好重啊，为了拍综艺也太拼了点。】

【谢谢，真的谢谢！我完全不敢想象那些酒杯砸到纪临昊身上会有什么后果，希望她快点好起来！！】

【漂亮妹妹的眼睛好像玻璃球，美绝了，我说这张可以被列入美强惨出圈神图无人有意见吧？】

【这是阮瑜？！！她怎么换造型了？！】

【路人都被虐到了，什么叫人美心善啊（战术后仰）？】

【被圈粉了，她有什么作品可以补吗？】

……

阮瑜看得一脸蒙，逛了一圈热搜，才弄清楚事情原委。

今晚在后台和记者闹矛盾的那位女歌手秦舒被拍了视频，很快在网上传遍，"秦舒殴打记者"的话题高高挂在热搜第一，舆论激沸。

阮瑜最近忙着拍综艺，身在圈内却两耳不闻圈内事，现在才知道秦舒最近出了艳照曝光事件，她的圈外前夫在离婚后将她的私密照传给了好友，不知怎么就在网上流传开来，轰动一时。而今天遭到秦舒砸包的那个记者，八成是问了什么不该问的，才激怒了秦舒。

秦舒在后台砸人的视频被周围记者拍下来，连带着之后一系列的连锁反应也被拍了，因此阮瑜推开纪临昊去挡香槟塔的那一幕入了镜，跟着一起上了热搜。

起初网友只是感叹两句纪临昊身边的工作人员保护艺人及时，后来有眼尖的认出那竟是前段时间上过热搜的阮瑜，众人的重点这才逐渐转移。

而后现场有纪临昊的粉丝抓拍到那张照片，网友确定了，这真的就是阮瑜！

如果说一个工作人员保护艺人是职责所在，那么同为艺人，阮瑜居然能想也不想地挡在别人面前，丝毫没顾及自己会不会受伤毁容，这就不是什么职责了，这完完全全就是人美心善啊！

阮瑜那张抓拍神图顿时出了圈，转瞬之间，以一种意想不到的方式圈粉无数，微博下的评论顿时暴涨几倍。

很快，有网友扒出她是在拍《职业伪装》，随后，《职业伪装》也上了热搜。

今夜热搜神仙打架，吃瓜的吃瓜，转粉的转粉，好不热闹。

阮瑜翻自己微博，还没意识到自己有多圈粉，被评论夸得一愣一愣的，咕哝："什么人美心善啊……"

这都是爱！爱！！

这都是来自一个死忠粉对爱豆无私而炙热的爱啊！

手机又响起来。

一个陌生号码，阮瑜接起："喂？"

"阮瑜？"一道温柔低哑的声音。

纪临昊！阮瑜一秒听出，噌地站起来："啊……对，是我。"

"我是纪临昊，刚才问沈老师要到了你的号码。"纪临昊问，"听说你去医院了，伤口还好吗？"

阮瑜超紧张："我都是小伤，不要紧的，那个，你演出还顺利吗？"

"嗯，很顺利，今天谢谢你。抱歉，之前没认出来是你，你是在拍综艺？"

阮瑜承认："因为节目需要，所以一直没告诉你我不是化妆师，不好意思啊……虽然我好像还是碟中谍失败了。"

然后她就听到纪临昊似乎是笑了，很善意的那种轻笑，他刚唱完的嗓子还带着哑，酥得她小命都快没了。

纪临昊说："我现在不方便来医院，但还是要谢谢你。"

"没事的，我知道我知道，你来了就乱套了，可千万别来！"

纪临昊又和阮瑜聊了两句，虽然他言语客气，但阮瑜浑身冒着粉色泡泡，拼命压下止不住上扬的嘴角。如果这会儿节目组摄像没在拍她，她估计已经开始在医院蹦迪了。

呜呜呜，她的昊昊怎么这么好！大明星爱豆特地打电话来关心她，她一个十八线小糊咖何德何能有这种待遇？

挂了电话，阮瑜又回了节目组导演和其他嘉宾发来的关怀微信，继续等打针。

没等到打针，却等到了匆匆赶来医院的林青和叶萌萌。

叶萌萌吓得眼圈都红了，飞扑过来："小瑜姐！你怎么样？！"

已经有病人注意这边了，阮瑜把两人拉到僻静角落，神情惊愕："我没什么事啊，你们怎么来了？"

林青说："你一受伤节目组就通知安姐了，但安姐今晚不在京城，就让我们先赶过来了。节目组怎么搞的，事先没考虑到有这么大的安全隐患？万一你真有个好歹怎么办？"

林青和叶萌萌显然吓得不轻，安卓茜那边也有火气，跟节目组导演一商量，想直接省了阮瑜后面的搬砖惩罚，让她在医院休养几天。

阮瑜拒绝："不用，小伤而已，反正还剩四天就录完节目了。"

林青迟早要被这姑奶奶噎死，苦口婆心地说："要是不好好休养，万一留疤了怎么办？等以后小瑜姐你火了，这个疤的罪过可就大了。"

叶萌萌点头："而且我有预感，小瑜姐你马上就要人气大涨了。本来今晚的事情一出，安姐就打算安排公司的营销号下场给你带热度，但后来发现今晚你的热度都不用带，就嗖嗖往上涨，特别夸张。"

阮瑜刚想说什么，手机又振动了。

发来通知的是一个追踪明星微博动态的追星软件，绑定着阮瑜的追星小号。

【你的小宝贝纪临昊微博冒泡了】

【你的小宝贝纪临昊关注了 @阮瑜。】

阮瑜呆滞。

林青关切地问："小瑜姐，你怎么了？是伤口疼吗？"

阮瑜心说不，她心口疼，她现在心跳得发疼。

啊，纪临昊关注她了？！她是在做梦吗？！

阮瑜登录追星小号，点进纪临昊的关注列表，最新关注里明晃晃地躺着她的大号。呆了两秒，她抬头："林青，我的微博一直都是你在打理对吧？"

"是啊，怎么了？"

阮瑜深呼吸："很好，以后就由我来接管了。"

阮瑜终于登录大号，激动的心，颤抖的手，缓缓点开纪临昊的微博，点下"回粉"那两个字以后，屏着呼吸看到她和纪临昊的微博关系变成了"相互关注"。

相互关注。

这是她以前，连做梦都不敢想的事。

阮瑜像梦游似的盯着这个界面看了良久，而后排到了打破伤风的号，又像梦游似的去打针。

打完针回来，她的伤口被仔细处理过，擦了碘伏，绑了一小圈绷带。阮瑜满腔蓬勃的精力无处发散，举起缠着绷带的手做了一个竖拇指点赞的姿势,自拍了一张。

她也不修图,直接发了。

阮瑜:【谢谢大家的关心,小伤已无恙。】

林青刷出来阮瑜的微博,发现这大小姐居然直接发了一张素颜无修图,拍之前也没好好梳理头发,齐耳的短发凌乱交错着,看得他窒息了一秒钟。

这祖宗能不能别仗着自己好看就搞这种操作吓他?!

评论区热闹成一片。

【啊,新粉来报到了!!】

【妈妈啊,笑得太灵了,我好爱!怎么素颜也这么美!!要快点好起来!!】

【哈哈哈,这就是仗着颜好可以随便拍吗?学到了。】

【热搜过来的,人美心善老婆嫁我。】

【有和我一样在等《职业伪装》开播的吗?】

……

阮瑜压根儿没想到评论会有这么多,一刷新,评论噌噌地涨,她才注意到,这会儿她的微博粉丝数都已经快涨到三百万了。

她好像,是真的,开始有人气了。

当晚《星动盛典》的爆点层出不穷,收视直接飙上了新高,全网也热议不断。

但从盛典热议中脱颖而出的不是在红毯上精心打扮凹造型的各个女星,也不是在后台气极殴打记者的秦舒,而是签约成艺人不过两个月的阮瑜。

安卓茜不愧是金牌经纪人,第一时间联系营销部,一晚上出了好几套营销文案,推波助澜地拱了一把阮瑜的热度。

"阮瑜"这个名字在热搜上维持了一整晚。

不过阮瑜还是没听安卓茜的话,当晚她从医院出来,找了家小旅馆凑合一夜。翌日一早,她坐上了节目组去往工地的大巴车。

临走前,林青不放心:"去工地不知道又要被节目组怎么折腾,那边环境肯定不好,万一伤口发炎怎么办?"

阮瑜摆手:"没事。"

林青劝道:"你这次受伤也是节目事故,不然让安姐跟节目组说一声,休息两天再去吧,到时候后期剪辑掉就行,观众看不出来。"

"我不。就跟玩MOBA(一种竞技游戏)一样,既然开局了我就不会投降,只要不被推掉水晶,就要战斗到游戏结束的最后一秒。"阮瑜趴在车窗上,"可我要是中场休息这算什么?"

林青被突如其来的鸡汤泼了一脸,讷讷地问:"算、算什么?"

"这算挂机。挂机狗天打雷劈!"她显然怨念深重。

林青蒙了。

阮瑜挥挥手:"走啦,录完节目见。"

　　大巴车离开京城市区，往燕郊开，越往郊外路越颠簸，三个小时后车停在目的地。

　　周围真的是一片寸草不生的工地，钢筋水泥的建筑楼群拔地而起，工人施工的噪音不断，阮瑜刚进去就被发了一个安全帽。

　　大巴车带阮瑜到地点后就走了，只留下两个跟拍摄像。阮瑜点开嘉宾定位软件，打算先去找江星淳他们。

　　阮瑜盯着定位上凑在一起的三个绿点："他们怎么都在一起？"定位显示在工地里的一座办公楼。

　　阮瑜到楼下，发了群聊：【我来搬砖了，不过你们怎么都在办公楼里？】

　　江星淳回得很快，迅速发了办公室的房间号。

　　上楼，敲门进去，阮瑜人傻了。

　　江星淳他们三个正挤在一间办公室里——搓麻将？！

　　办公室中央摆着一张麻将桌，江星淳、吕翰和秋曦各占一个座位，他们甚至还拉了一名摄像小哥来填位。

　　吕翰见阮瑜进来，大喜过望："来来，阮瑜快来！我们三缺一，等你半天了！"

　　江星淳站起来问："你的伤口怎么样了？"

　　"我的伤口都处理过了，没什么事。"阮瑜觉得有点玄幻，"我们不是要搬砖吗？怎么还能打麻将？"

　　秋曦说："麻将桌是吕翰做任务得来的，现在是午休时间，他就非要拉我们打一会儿。"

　　聊了几句，阮瑜明白了。在工地的日子里，每位嘉宾每天除了做完既定的活，还会不定期接到节目组发出的任务，完成任务的人可以向节目组提出一个不过分的要求，例如额外休息两小时，要一支护手霜、防晒霜什么的。

　　结果吕翰要了一台麻将桌。

　　一台麻将桌，造福全组人。

　　阮瑜兴致勃勃地加入麻将三人组，跟着打了半个小时的麻将。他们也不赌钱，输的人就曝一件录节目以来的糗事，阮瑜输得最多，只好分享了自己的抠门发家史，连旁边摄像都被逗得差点扛不稳设备。

　　打完麻将，几人去工地食堂领盒饭，吃完后，就准备开始干活了。

　　监工在一片空地上给他们分配任务："今天下午，江星淳和吕翰跟着扛楼组工作，阮瑜和秋曦跟着涂料组。"

　　所谓扛楼，就是将一些装修材料人工搬运上楼，像免漆板之类的材料，一块就有二十斤重，明显是个力气活。而阮瑜还没心疼自己的小墙头三秒，就被带到了涂料组的工作点。

　　她和秋曦跟着涂料组，要和水泥，还要抹墙。

　　秋曦已经熟悉流程了，擦完护手霜，戴上手套护具，拿起工具开始慢慢抹墙。

　　毕竟艺人不是真的工人，节目组提前和监工打过招呼，因此工人很照顾她们，不用她们来和水泥，一下午只需要抹完一小面墙就行，抹得不好，还有别的工人替她们处理。

　　但阮瑜一点都不安分。

　　秋曦慢吞吞地抹了一会儿墙，回头一看，阮瑜正认真跟着工人学习怎么和水泥。

　　秋曦心情有些复杂。

　　像《职业伪装》这种户外挑战类的综艺，好的人设和话题度往往是节目的卖点，而占据卖点最多的那个嘉宾，节目在后期剪辑的时候通常也会给他更多的镜头。

　　秋曦承认，阮瑜是很有综艺天分，人也有趣，可先前她毫无名气，即使在节目中人设讨喜，节目组也不一定会给她太多镜头。但昨晚过后，阮瑜话题度飙升，此刻再有人设加持，镜头只会多不会少。

　　阮瑜现在这么认真，是想为自己争取更多镜头？

　　秋曦不是傻白甜，她来拍综艺是为了吸粉，不是来衬托其他女嘉宾的。她深吸口气，也扮演起认真尽责的角色，放下工具，走过去想学习和水泥。

　　走近了，她却听见阮瑜在问："和一次水泥给二十块？"

　　工人点头："嗯。"

　　阮瑜又确认："那我们刷完一面墙就给一百？"

　　"对，但是如果你没刷好，那只能拿到三十。"

　　"也就是说，如果我能好好刷完三面墙，一下午就能赚三百？"阮瑜眼里亮着对暴富的渴望。

　　秋曦觉得自己想太多了，阮瑜根本不是想要镜头，而是想要钱。

　　一整个下午，阮瑜工作得无比卖力，还真的抹完了整整三面墙。到黄昏收工的时候，她的右手酸疼得宛如残废了，一根手指都抬不起来。好在阮瑜昨晚伤在左臂，干了一下午的活对她的伤口倒没什么影响。

　　监工过来验收，点点头，给阮瑜发了三百块钱，她分了秋曦一百块。

　　晚上，几人接到节目组的任务：
　　【为辛勤劳动了一天的工人们开一场演唱会。】
　　"演唱会？"吕翰崩溃，"但我唱歌不好听啊，说单口相声行吗？"
　　阮瑜说："没事，你可以当主持人。"
　　江星淳笑出两个酒窝："我能唱跳，这个我在行。"
　　秋曦有些发愁："可是要办在哪里呢？"
　　阮瑜想起来："工人宿舍楼前面是不是搭了一个台子？下午我路过的时候好像看见了，就在那里办好了！"
　　节目组提供了音箱和麦克风等一系列设备，虽然比不上演唱会的配置，但上台唱歌是绰绰有余了。等工人吃完晚饭，夜幕降临，一场根本没彩排过的演唱会正式开场。

工人们搬来塑料椅，聚在台下，还没等人唱就排山倒海似的鼓起了掌。阮瑜看着，有种大学开文艺晚会的熟悉感，顿时一点都不紧张了。

吕翰当主持人："大家打开你们手机的照明电筒，举起手机，来跟着我一起摇摆——"

阮瑜接话："我们就是工地 F4，先给大家拜个早年了。"

气氛热烈，秋曦第一个上台，唱了一首柔美舒缓的小情歌，她声音甜，唱功也不错，唱完又是一阵轰鸣掌声，工人们都高喊着再来一首。

阮瑜在台下盼星星盼月亮，盼来了江星淳的唱跳。

小墙头在舞台上的模样和平时完全不同，帅得她这一颗当妈妈粉的心差点母爱变质，幸福感叹，她到底录了一个什么神仙综艺啊！又见到爱豆又见到墙头，此生死而无憾了，呜呜呜。

可甜可盐江星淳！唱跳俱佳江星淳！心动狙击江星淳！

阮瑜在镜头里很收敛，但心里已经为小墙头摇旗呐喊了一百遍。

可惜这是在录综艺，不然阮瑜能当场自娱自嗨起来。轮到阮瑜，她忍着没唱纪临昊的歌，矜持接麦："那我就唱一首《向天再借五百年吧》。"

刚下场的江星淳正在喝水，一口呛了出来。

阮瑜挥手："音响老师，来！放伴奏。"

江星淳睫毛上挂着汗珠，没顾得上擦，握着水瓶，仰头注视阮瑜唱歌。

她还真开始唱《向天再借五百年》，没跑调，唱得认认真真，最后那句"我真的还想再活五百年"居然唱出了声情并茂的感觉。

台上就亮着一盏大灯，阮瑜纯靠素颜撑起了台面，虽然她唱歌谈不上什么唱功，但声音清澈干净，听着非常舒服，很元气，也很可爱。

江星淳舔了舔唇，垂睫，又喝了一口水。

唱嗨了，阮瑜意犹未尽："再来一首《精忠报国》送给大家！"

气氛被完全带动起来，最后吕翰也跳上台唱了一小段太平歌词。

这个只有四个人的演唱会持续了一小时，节目效果爆棚，能剪的素材实在太多了，导演组心满意足。

被发配来搬砖的嘉宾和工人一起住在宿舍楼里，单人单间。几人收工回去的路上，吕翰笑着说："阮瑜，你今晚太搞笑了。"

"我唱得很认真好不好？"阮瑜心情超好，又轻哼哼，"我真的还想——再活五百年——"

她就是，真的想再活得久一点。

自演唱会后，工地 F4 在这片工地声名远扬，本来不敢和明星聊天的工人们也变得大胆起来，平时会拿着本子请阮瑜几人给他们签名。

几人乐在其中，每天聊天搬砖做任务，吃饭睡觉打麻将。

四天后，《职业伪装》的伪装期限结束，节目组宣布，只有贺常原伪装成功。

当天下午，节目组的大巴车停在工地入口，将工地 F4 接回了电视台。

吕翰在化妆间见到贺常原，太佩服了："常原，你可以啊，我们五个里只有你挺过来了！"

"你们不知道我这两周都是怎么过的，每天提心吊胆，心脏病都快吓出来了。"贺常原打量他们，"你和星淳都晒黑了，秋曦还没怎么变，对了，阮瑜你什么时候剪的头发？我看到热搜还以为看错了。"

阮瑜回道："第一天就剪了。"

五人寒暄片刻，做好了造型，去节目录制厅，录最后的部分。

管海还是刚见面时的铠甲装束，但这回他手里没拿长剑和盾，而是捧着一顶皇冠。

管海说："每一份职业都非常不容易，过去十四天里，在场的所有人苦过，也累过，感谢你们的坚持，让我们把象征最高荣誉的皇冠献给最后的胜利者，一位合格的街头魔术师——徐老根先生，也就是，贺常原先生！"

这名字取得……这么庄重的场合，所有人都在笑。

"节目组将会以贺常原先生的名义，为国家创业就业基金会捐出八十万元。此外，节目播出后，贺常原将会收到他这十四天魔术师职业生涯的全部未剪辑花絮，留作纪念。"

吕翰恍然："原来这就是节目组一开始说的神秘奖品。"

"挺好的啊，我也想要。"江星淳说。

管海一鞠躬："谢谢大家，《职业伪装》在此完美收官，辛苦了！"

在场工作人员顿时欢呼起来，全场鼓掌。

录完收官部分，阮瑜被工作人员叫到一旁，又录了一段幕后 VCR。导演组过来，邀请每位嘉宾参加晚上的收官宴。

节目组在市中心的酒店订了包房，晚上一行人聚在一起吃饭聊天，差不多到时间了，各家助理陆续来接人，就该散了。

吕翰第一个离开，挺舍不得："希望以后还能一起录节目啊！那我先走了，有事我们微信聊。"

贺常原赶他："快走，记得把长发剪了。"

吕翰乐了："得，明天就剪。"

不久后，阮瑜也收到林青到酒店门口的信息，她起身跟众人打招呼离开，刚走出包间，就在走廊上被江星淳叫住。

"阮瑜。"

"嗯？"阮瑜回头。

江星淳对阮瑜笑出小虎牙："明年年初我们团会在上海开演唱会，你要不要来？"

小墙头居然邀请她去看他的演唱会！她双眸一亮："好啊，如果那时候我没有行程就一定来。"

江星淳问道："你最近还有别的通告吗？"

"我还不知道，如果没行程，可能会休息一段时间吧，就，宅家看剧打游戏什么的。"阮瑜没说，还有给她心肝昊昊打榜、氪金什么的。

江星淳弯起奶狗眼："那，有空可以一起打游戏。"

阮瑜一见他笑就想跟着姨母笑，一口应下："行啊，那你也加油呀。"

"我会……加油的。"江星淳看着她，一字一顿道。

回公寓的路上，阮瑜接到安卓茜的电话。

安卓茜很惊喜自己签了个宝贝："当初接《职业伪装》真是接对了，这两天找你的邀约很多，都是冲着你的话题度来的。不过质量参差不齐，明天你先休息一天，后天来公司细谈。"

阮瑜答应得爽快："好。"

《职业伪装》收官当晚，节目官博放出了当初的定妆照。

五位嘉宾造型各异，让人眼前一亮，节目还没播，讨论度只增不减，很快又上了一波热搜。

阮瑜在家休息一天，第三天一早，去商影传媒见了安卓茜。

安卓茜手里来找阮瑜的邀约确实挺多，但也很杂，什么狗血偶像剧女N号，一看就没水花的小成本综艺，甚至还有微商推广，这些安卓茜通通都替阮瑜推了，最后只剩下两个。

一部青春竞技偶像剧的女二号，一档还在筹备中的真人秀。

"两份合约，这份，《世界予你乘风》的女二号，剧组班底还不错，剧本也还可以，不是完全讨人嫌的女配角，签下周就进组。还有一份是沉浸式剧本真人秀，二十四小时直播，形式很新颖，签的是常驻嘉宾，但节目还在筹备中，要等开年才录制。你看看你想选哪个？"

阮瑜看完，说："我都想选。"

小孩子才做选择，她成年人全都要！

"想好了？"安卓茜出乎意料，"这么一来，你之后就只有过年那几天空闲，再没什么时间休息了。"在她的印象里，阮瑜还是那个娇生惯养的千金，如果不是为了段凛，恐怕还不会进娱乐圈来吃这种苦。

"想好了。"阮瑜肯定地说。

还剩下不到两年的时间。

现在对她来说，时间就是最奢侈的东西。

她没有时间，她必须步履不停，一步一步往上，直到能走到她爱豆纪临昊面前，离他更近一点。

签完合约，阮瑜拿了偶像剧的剧本回去看，她在剧里饰演一个骄纵大小姐，为了设定需要，阮瑜重新去接回了一头长发。接下来几天，她在公寓撸猫追星看剧本，有时候和江星淳双排打游戏。

江星淳显然不太会打游戏，阮瑜好几次被坑得欲言又止，但一想到小墙头又奶又酷的舞台，默念了三遍他还是个刚成年的孩子，心里擦着眼泪，将下意识喷人的垃圾话通通咽回了肚子里。

一周后，《职业伪装》官博放出节目先导片。

阮瑜还打着游戏，被手机不断跳出来的消息振疯了，等打完一盘，上微博一看，《职业伪装》的相关话题已经冲进了热搜前三。

先导片开头，是古希腊竞技场的取景，配上背景音、节目规则介绍，冷漠而无情。

"为期十四天的伪装挑战，全新陌生的工作环境，弱肉强食的竞争关系。"

"穷困潦倒，风餐露宿。"

"每个淘汰出局的嘉宾，都将遭受最严酷的惩罚。"

……

介绍规则的男声带着机械般的冰冷感，背景音乐格外紧张，同时，画面中接连闪回过几位嘉宾的镜头：吕翰累得跪地喘气；江星淳不知为何在街巷中狂奔逃跑；贺常原一把将小丑帽摔在地上愠怒喊了句"别拍了"；秋曦哭得别过脸去；阮瑜托着鲜血淋漓的手臂，面露痛色。

画面不断闪回，紧张到一触即发的气氛也攀到高潮，紧接着音乐骤停，画面一黑，传来阮瑜的一句——

"我在拍碟中谍中碟？"

接下来，画风三百六十度大转弯，欢快的交响乐声陡然响起。

出现阮瑜被段凛粉丝拉住的一幕："你是剧组的工作人员？"

画面定格，敲出一个盖红章的特效：【化妆师助理，刘大雄（阮瑜）。】

紧接着，其他四位嘉宾的介绍镜头也依次轮过，笑料片段一幕接一幕，令吃瓜群众咋舌的是，画面里除了纪临昊，居然还出现了段凛！两大顶流在同一节目中露脸，最后是阮瑜在工地舞台上朝气蓬勃的一鞠躬："我们工地 F4 先给大家拜个早年了！"

音乐刚好在高潮停止，画面彻底黑下来，逐渐浮起一张烫金的面具。

【一月二十日晚八点，《职业伪装》与你不见不散。】

短短两分钟的先导片，因为各种因素加成，播放量很快破了千万，直接爆上了各网的热搜榜。

全网热议。

与此同时，段凛刚结束一场杂志的棚内拍摄，靠在商务车后座，闭眸小憩。

助理邵立坐在副驾驶看手机，惊讶："《职业伪装》居然这么快就出先导片了？"

邵立的声音很轻，段凛却睁了眼："什么？"

邵立回头："凛哥，《职业伪装》的先导片放出来了，现在网上讨论度很高，还把你的镜头剪进去了。"

段凛接过邵立递来的平板，重播视频，一秒没快进地看完了。

最后进度条往回拉，停在阮瑜手臂受伤的那一幕，不知怎么，他淡淡地盯着她的伤臂看了片刻。

"我看《职业伪装》是要爆了，有你出镜，再加一个纪临昊，节目组这时候不知道高兴成什么样。"

官博下的评论极其热闹，各嘉宾的粉丝争相控评，路人也纷纷吃瓜。

【啊，现在！立刻！马上！我要看到第一期！！】

【我没看错吧？段凛和纪临昊？节目组的经费还好吗？】

【SOS！两家粉丝还有三十秒到达战场！我捧起了我手里的瓜。】

【不撕不黑不粉说一句，节目本身就很有意思！】

……

不过意外地，这次纪临昊的粉丝和段凛的粉丝都没出现在评论区里。

四季压根儿没想到自家哥哥会和对家在同一节目里出镜，硌硬得不行。而菱角就更呕了，哥哥居然还和之前借他炒作的那个阮瑜同框了。两家粉丝虽在心里唾骂了一万遍节目组，但都安静装死，不想给热度。

平板上登录的是段凛工作室的账号，段凛看了会儿阮瑜忍疼的那幕，缩小视频，顿了顿，点了转发键。

段凛工作室转发了《职业伪装》的先导片！

没办法，菱角再怎么呕对家，为了哥哥也忍了，后援团纷纷指挥，大批大批的粉丝立即训练有素地拥入官博下控评。

四季在旁边冷眼看着，心说正好，反正也是我家哥哥露过脸的节目，对家粉给热度就是给自家热度，他们乐得当甩手掌柜。

但没过多久，粉丝发现纪临昊居然也微博上线了，心里咯噔一下，果然，下一秒纪临昊也转发宣传了先导片。

兜兜转转，两家粉重聚一堂，在官微评论区互不相让，掀起一片"腥风血雨"。

《职业伪装》的热度又创新高。

段凛关上平板，对司机淡声道："今晚不住酒店了，我回金台国际的那套公寓住。"

到公寓已近晚上十点。

这片高级公寓的住户大都是富豪和明星，私密性极好，段凛不怕娱记拍到，在电梯里就摘了口罩。

来到顶层，他输入密码进门。

公寓里亮着灯，段凛在玄关处换鞋，垂眸看见丝绸地毯上有几双女士高跟鞋，一顿，倒也没多惊讶。

四室两厅的公寓近三百平方米，装潢极尽奢华。段凛往里走，开始蹙眉。

果然，还真是她一贯的品位。

他神色有些冷淡了。

还没蹙眉多久，段凛就听见从书房里传来的动静，门没关紧，里面人敲击键盘的声音和嘟哝声听得一清二楚——

"我到底在期待什么？我早该知道这盲僧是个笨蛋！"

闻言，段凛一愣。

然而里面的人毫无所觉，还在继续。

"哈哈，我们辛德拉闪现迁坟，我看吐啦。"

"这刀妹在玩锤子？千里送人头礼轻情意重，我是对面我就给这波外卖五星好评。"

"算了，何必要跟残疾人过不去，不生气，不生气。"

一个人，硬是自言自语出了一个团的热闹气氛。

段凛朝半掩的书房走去。

书房里，阮瑜正聚精会神地打着游戏，趴在桌旁打瞌睡的泡芙忽然动了动耳朵，"喵"了一声，扭头就跳下了桌。

"小胖芙，又怎么了？"

破天荒地，泡芙没被阮瑜这个黑称气得喵喵叫，连看都没看她。阮瑜疑惑地看它，发现泡芙挤开了书房门出去了，腻着嗓子又连"喵"几声，阮瑜居然从中听出了撒娇讨好的意味。

怎么，客厅有成了精的小鱼干在跳钢管舞？

阮瑜探脑袋。

书房门被人推开了。

下一秒，她愕然地看见泡芙化身腿部挂件，正用爪子死死扒拉住一个男人的裤腿，跟随男人的脚步，像一块麻薯似的心甘情愿被拖着进来。

高冷肥猫，在线媚主。

再往上看，阮瑜一怔，随即全身炸毛，这不是段凛吗？！

手一抖，游戏里按了闪现，直接冲进团战死了。

眼前的男人一袭黑色系带长风衣，戴着黑色棒球帽，帽檐下掩着一双深邃又冷漠的眸子，肤色冷白，薄唇轻抿。这不是段凛是谁？

他脚上还穿着她刚买不久的粉色小兔绒拖鞋！

双目相对，漫长的死寂。

还是段凛先开口："你一直住在这里？"

"啊，那……那不然呢？"阮瑜停止思考了，僵硬地反问，"你怎么能进我家？"

"你家？"段凛淡漠的神色微动，微靠着书房门框，风衣上的金属扣带磕在门框上叮当作响，气质有点儿懒，活像一位夜访的吸血鬼，似笑非笑，"猫是我的，公寓也是我的。"

阮瑜愣神的空当，游戏界面里已经被对面一路推上高地，随着自家水晶裂开，屏幕上跳出"失败"两个大字。

"什么叫你的？"她也裂开了，指着段凛穿的嫩粉色绒拖鞋，反问，"难不成这也是你的？"

段凛蹙了下眉："你是在转移话题？"

"当初是老人家相信你生活不能自理的借口，让你搬过来和我一起住，但是阮瑜，我不是我爷爷，也不可能迁就你的任性。让你在这里住了三个月，戏也该演完了。"

阮瑜听明白了。

三个月前，阮大小姐千方百计地想嫁给段凛不说，居然还拿自己的身体状况向两家长辈卖惨，死皮赖脸地住进了段凛的公寓，睡他的床，霸占他的猫，说不定还大改了装潢。

而段凛十有八九因为嫌恶她，在她住进来后再也没回来过。

没住上一个月，阮大小姐就在跟段凛领证的当天，突发心脏病晕倒。

怪不得她刚醒过来的那天，段凛在病床前用那种冷嘲十级的目光打量她！阮大小姐仗着家里长辈威压逼婚不说，还鸠占鹊巢啊，这换了谁不嫌恶啊？

阮瑜窒息了。

她就说泡芙怎么和段凛捡的那只流浪猫这么像，她就说这猫一副二大爷的样子怎么这么眼熟，原来还真是段凛的猫！

问：在对家的公寓里住了两个月，用着他的网，撕他的粉丝，转发他的黑料，被本人发现会被当场捶死吗？

她在楼顶"风很大"，她很冷，性命攸关在线等。

"我以后肯定不缠着你，明天就搬出去。"阮瑜越想越想死。

没想到她这么干脆，段凛一顿。

"你的手伤好了？"

"啊？哦，好了。"阮瑜莫名，忽然想到她还霸占着段凛的电脑，三两下退了游戏，站起来，"你放心，我手伤好了也不碰你的电脑，给你玩。啊对，我还帮你下了那个什么，《英雄联盟》，你没事可以玩一玩。

"但今天这么晚了，我一点准备没有，你能不能，让我再留一晚……睡沙发也行！"

段凛看着阮瑜，像是第一天认识她："你在说什么？"

"好吧好吧，我不废话了，我现在就走。"阮瑜以为他这是赶人的质问，当即改口。

"没说让你今晚走。"段凛盯着她，又蹙眉。

阮瑜双眸亮起："那？"

"今晚我不赶你，明天以后，你自己解决住处，别再来找我。"段凛淡淡地说道。

谢天谢地，对家还留有一丝人性。她巴不得，点点头，真心实意地竖起三指发誓："我发誓，从明天起，再赖在这里不走就让我秃头！"

段凛愣了愣。

莫名地，她的这句保证并没有让他眉头舒展多少。

段凛垂睫瞥了眼脚上小几号的拖鞋，鞋上粉色的小兔耷拉着双耳，亮晶晶的眼里仿佛全是"别赶我走"的可怜意味。

当晚阮瑜还是继续睡主卧，段凛在客房收拾出新床单被套，睡客房。

与对家兼便宜老公同在屋檐下的感觉实在太魔幻了，阮瑜一晚上没睡好。

第二天一早，被手机来电吵醒时，她气若游丝："喂？"

"小瑜姐，我和萌萌在楼下了，等下就送你去机场，你准备一下。"是林青。

阮瑜梦中惊坐起，她怎么忘了今天是她进新剧组的日子！林青要过来跟她一起去上海！

她连滚带爬地跑出卧室，发现段凛正从客房出来，他刚洗完澡，裹着黑色浴袍，漆黑的发梢淌着水痕，漠然抬眼，恰巧和长发蓬乱的阮瑜四目相对。

阮瑜猛地僵住，话都说不利索了："你……你洗澡干什么？"

片刻，段凛语气疏淡："我有晨起健身的习惯。"

"哦……那你有早起冥想的习惯吗？"阮瑜试探着补充，"就，在房间里冥想的习惯。"

"什么意思？"

阮瑜刚想解释，门铃声忽然响起。

来不及了！

阮瑜立马说："我生活助理和工作助理都在门口，今天他们要送我去剧组，你放心，我再也不回来了，但你现在能进房间躲一躲吗？"

阮瑜趿拉着拖鞋嗒嗒嗒跑到玄关处，拿起段凛换下的黑色皮鞋，像捧烫手山芋似的塞给他："给！"

没等段凛反应，阮瑜双手推着他的背脊往客房里一送，将人塞回了客房，迅速关门。

两分钟后，林青和叶萌萌进了公寓。

林青看了看行程："两小时后的飞机，我们要抓紧了，你行李整理好了吗？"

"马上就好！"阮瑜在主卧整理行李。

叶萌萌在客厅逗猫："对了，小瑜姐，你在剧组这段时间，还是我来帮你养泡芙对吧？"

阮瑜头皮一紧："不用！"

"不用我养？难道你要把它带去剧组？"叶萌萌奇怪。

阮瑜瞎扯："我准备把它送给朋友养一段时间，今天下午我朋友会来这里接它，不用你养了。"

"好吧，可我在京城也没事干，那就平时过来帮你打扫一下公寓吧。"

"也不用！"阮瑜一口回绝。

叶萌萌，你知不知道你这是在玩火！

阮瑜这也不让那也不让，叶萌萌委屈瘪嘴，开始无聊刷微博，忽然倒吸一口气，刷到了天大的新闻："我的天，段凛和冬影娱乐解约了……"

五分钟前，段凛工作室发出公告，段凛已经正式解除和原经纪公司的合约，和平解约，自此段凛的工作室完全独立运营。

从受制于经纪公司的艺人蜕变成自己当老板，本来已经是够稀罕的新闻了。而随后，冬影娱乐的金字招牌、段凛的经纪人郭彬跟着发文，意思大概是他与冬影娱乐解约，正式加入段凛的新公司。

郭彬是谁？是冬影的顶梁柱，圈内的金牌经纪人，手里不知道有多少人脉资源！就这么跟着段凛走了？

林青惊了："走了一个王牌经纪人和一个摇钱树，冬影能这么轻松就放人了？"

"能啊，你看，冬影娱乐的官博还转发送祝福了。"叶萌萌也难以置信。

林青愣住了。

阮瑜默然。

废话，冬影的老总是段凛的亲哥哥，都是一家人，当然放得轻松了。

比发现对家是个资源咖更让人绝望的是什么？是发现对家原来是个资本咖啊！阮瑜不用看都知道，对家粉这会儿肯定在满世界敲锣打鼓庆祝。

叶萌萌迷妹星星眼："段凛拿的是什么娱乐圈爽文男主角的剧本啊？这以后，他资源好，业务能力好，还有自己的公司，不是要红遍娱乐圈？"

"人家早就大红大紫了，羡慕不来。"林青转头安慰阮瑜，"小瑜姐，有生之年，你也有一丝希望的。"

阮瑜表情复杂："谢谢你哦。"

怕林青他们发现公寓里还有人，阮瑜收拾得很快，像末日逃生似的要离开这儿。

拉着行李箱刚想走，林青奇怪回头："你的猫怎么一直在挠门？"

泡芙一直在挠客房的门，想进去找段凛，成功引起林青和叶萌萌的注意。

阮瑜面上滴水不漏："可能它的鱼罐头被我放房间里了，等我一下。"说完就一把捞起肥猫，动作敏捷地闪进了客房。

林青和叶萌萌面面相觑，一头雾水：猫和鱼的心思你别猜。

客房内，窗帘大开，阳光遍洒，段凛虚虚倚着书桌边沿看手机，抬头，看着进门的阮瑜。

眼神突出一个"冷"字。

要是让菱角知道，他们捧在心上怕磕着碰着的哥哥现在被阮瑜锁在客房里，估计能手撕了她。

阮瑜无声地把在她怀里疯狂扭动的猫团子塞给段凛，刚要走，蓦然被段凛攥住了手腕，他沉声道："聊聊。"

"嘘——"阮瑜被碰到手腕，头皮发麻，用气音问，"聊什么？"

"你不想让你的助理发现我在这里？"段凛松开她。

阮瑜一愣，反问："难道你想吗？"

段凛的眸底多了几分探究："你……"

这不像她。

"我马上去上海拍戏了，反正以后也见不到，我的助理也不知道我们有、有不可告人的关系，你放心。"阮瑜想说她都懂。

段凛眯了眯眼："不可告人的关系？"

他怎么这么计较！阮瑜以为段凛嫌她话说得暧昧，马上澄清："不可告人的表面关系，做戏给长辈看的一纸婚约，约等于没关系，行了吧？我真要走了，再见。"

阮瑜想走，却被段凛平静叫住："你想继续住在这里，也不是不行。"

阮瑜抬头，刚想开口撑回去，却一愣。

等等……

刚才光顾着紧张，没仔细看他，现在看，段凛裹着黑色浴袍沐浴在阳光下，素颜五官深邃，肩宽腰窄，居然暂时粉碎了她的对家黑滤镜，直击灵魂地在她脑海中敲出了"好看"两个字。

近距离观察，这人肤白眸黑，眼下有一颗深红色的小痣，是桃花痣，平时拍戏都用遮瑕遮住。对家粉还曾吹过这颗痣是"上帝的眼泪"，写了几千字的彩虹屁赞它是"超绝 A 苏气质中的一抹欲色"。

不过……

阮瑜诚恳地问："我想问，你整过容吗？"

段凛蹙眉。

"没有。"

他气笑了。

他笑起来如霜雪初融，声色却冷："你认识我这么多年，我有没有整容，你不清楚？"

段凛居然没整过容？她又吃到假料了？

阮瑜还在分辨真伪，段凛停顿片刻，淡声说："下次想引起别人注意，就别问这么拙劣的问题。"

还能有下次？

阮瑜转身就走，拜拜！

第七章

– 谁说她耍大牌？

当晚，阮瑜带着林青抵达上海，很快进了新剧组。

《世界予你乘风》是一部青春竞技偶像剧，开拍已经有一段日子了，阮瑜看过剧本，讲的是马术运动员和小杂志编辑的爱情，反正是个关于青春与梦想的热血故事。

男主角是奚伦，一名因伤退役的马术运动员，才二十出头的年纪，因为颜值好顺利转行进击演艺圈，已经演过不少青春偶像剧的男主角，凭借隽秀的脸和八块腹肌收获了一票迷妹。

而女主角阮瑜就很熟了，是和她同公司的沈若薇，在《成名无望》剧组里就见过。

阮瑜回忆，心说上次她还在盛典的后台撞见沈若薇和段凛聊得火热呢。

不过沈若薇似乎不待见阮瑜，不是刚好借口喊走阮瑜的化妆师，就是在和阮瑜搭戏的时候反复 NG。

"我哪里得罪过她？"阮瑜奇了怪了。

林青息事宁人："你最近人气上升，安姐说了，公共场合不到必要时候不能起争执，我们拍一个月就杀青了，消消气。"

阮瑜拿到的是女配角色，喜欢男主角多年的青梅，骄纵的富家千金，专挑男女主角感情稳步上升的时候跳出来棒打鸳鸯。

不过这青梅也不是完全扁平的恶毒女配角色，后期编剧给她安排了洗白情节，演得好很能加分。

刚进组，阮瑜的戏份不多，无非是在女主角面前炫炫富，在男主角面前宣誓主权，顺带出丑招人嫌之类的，人设比较肤浅。

阮瑜以前在戏剧社的经历帮了大忙，演出了导演想要的矫揉造作效果，一般 NG 两三次就给过了。

跟沈若薇搭戏的时候除外。

进组两天后，阮瑜有一场在马场的戏。

男主角在马场教女主角骑马，而阮瑜扮演的青梅也在场，见到这一幕妒火中烧，对着女主角一顿冷嘲热讽，甚至还推了女主角一把，结果女主角没摔下来，反而是青梅骑着的马受了惊吓，把青梅从马上摔了下来。

拍这幕时，驯马师就在旁边，一声令下，马就能跟着指令倒地假摔，骑马的演员也跟着摔。

阮瑜没用替身，是真摔。

虽然底下有软垫接着，马也是小马，但摔那一下让人看了都疼。

阮瑜一摔下去，沈若薇的台词就卡了壳。

"咔！不对，重来来！"导演在远处吼。

沈若薇道歉："不好意思啊，忘词了。"

"……没事。"阮瑜回道。

阮瑜拍了拍身上的土，化妆师冲上来给她补完妆，重新来。

第二遍，沈若薇台词顺了，表情却木着。

"你俩表情不对！远景保留，近景机位再来一次！"导演又喊。

导演没让过，阮瑜就一遍遍摔。

林青赔笑："导演，再 NG 下去天快黑了，我看小瑜她冻得嘴唇都紫了，不然今天就缓缓？"

"我是导演你是导演？拖一天要耗多少成本，剧组缓得起吗？"导演不悦。

阮瑜爬起来，看了眼沈若薇，对导演说道："我没事，重来吧。"

"给你们添麻烦了。"沈若薇柔声道。

"行了，也不是若薇的问题，再来一遍。"导演语气缓和。

第九次 NG，阮瑜的马累得不行，假摔的时候没收住力，直接将阮瑜狠狠甩了出去！

阮瑜整个人摔出去，没摔到接她的软垫上，而是在粗糙的草皮上滚了一大圈，这一下，肩膀和手臂摔得剧疼。

剧本背景是夏天，阮瑜本来就只穿着薄薄的长袖，她坐起身一看，衣袖已经被碎石擦破了，手肘在渗血，伤口还蹭着泥沙。

"没事吧？！"林青忙过来扶她，吓疯了。

阮瑜没憋住火，眼神瞬间就冷了。

"小瑜姐，还有十天就拍完了，忍忍吧。"林青见阮瑜神色不对劲，拉住她低劝。

阮瑜半晌没吭声，被林青扶去休息棚里处理了下伤口，换了衣服，补完妆，片场各机位就绪。

第十次开拍。

"明旭没说过你也会来……"沈若薇说台词。

阮瑜冷哼："他凭什么要告诉你？你是他的谁？"

"我……"

不远处，奚伦骑马过来，温柔地对沈若薇笑："清清，走，我带你去那边逛逛。"

"好啊。"沈若薇甜甜一笑。

阮瑜被两人当成空气，气得咬牙，见到被奚伦护着的沈若薇就掩不住妒意，骑马横在她面前，十成十地冷嘲热讽了一番。

很快，沈若薇双眸泛红，盈盈惹人怜。

接下来的一幕，应该是阮瑜推沈若薇未遂，反而自己摔下马，观众痛快叫好。

沈若薇见阮瑜伸手过来推她，神色如受惊无措的小兔，心里却不慌不忙，因为大家心知肚明阮瑜不会真推，那只是一个借位的假动作而已。

然而，阮瑜的手抵上她肩膀，随即施力。沈若薇错愕，瞬间失声尖叫起来。

半秒都没犹豫，阮瑜冷着脸，直接把沈若薇推下了马！

旁边奚伦下意识拉了一把，没拉住，好在缓冲了一下，沈若薇没摔出什么大事。

导演忙喊了停。

"你！"沈若薇的马下没软垫，这一下她摔得尾椎骨钝痛，手掌也擦破一道血口，惊魂未定。

阮瑜学着沈若薇不久前的语气："不好意思啊，失手了。"

沈若薇简直一口血堵在心口。

"你故意的？！"她咬牙低声说。

阮瑜俯身垂眼："哪能啊，就 NG 几次的事情，怎么能说故意呢？"她眼神很冷，"不过，我是不介意 NG 一整天，但不知道是我先摔进医院，还是你先被我推进火葬场，不划算吧？"

阮瑜面无表情，语气却嚣张跋扈到没边了。

沈若薇压根儿没想到阮瑜敢跟她硬碰硬，脸色青一阵白一阵，还没说什么，就见众人围过来。阮瑜还当众神色担忧地问了一句："没事吧？"

沈若薇气疯了，却不好当众撕破脸。

"怎么搞的？"导演面色不悦。

阮瑜诚恳地说："是我不小心用过劲了，没收住。"

话虽这么说，她脸上却没半点歉意。

导演看沈若薇泫然欲泣的表情，皱了皱眉。

两人毕竟关系熟络，而阮瑜不过就是个小艺人，平时沈若薇刻意刁难阮瑜，他也睁一只眼闭一只眼。

他刚想说些什么，奚伦开口："刚才阮瑜确实是不小心，也怪我，没扶住沈若薇。"

沈若薇难以置信地看向奚伦，他睁眼说瞎话？

"我也有错，前面 NG 摔太多次了，刚才在马背上没力气坐稳，不小心栽到她身上了。"阮瑜揽错。

沈若薇气得吐血。

这哪里是揽错？这分明就是在卖惨！

这话一出，周围工作人员也交换着眼神，确实，要不是沈若薇前面出错那么多回，阮瑜哪能摔得连骑马都没力气？明眼人都能看出来沈若薇对阮瑜是故意的，别人摔的时候轻描淡写，自己摔了就恨不得漫天喊疼。

沈若薇注意到周围人一言难尽的打量，气得骨头都疼："你……"

"好了！"导演不耐烦道，"一点小伤而已，去处理一下，休息十五分钟继续拍。"

导演再护着人就太明显了，只得当众板着脸，劈头盖脸训了沈若薇一顿。

没想到连导演也变了脸，沈若薇太阳穴一抽一抽地疼。

"怎么还愣着？去处理伤口吧。"阮瑜催她，"去晚了耽误下一场开拍，我有点等不及。"

阮瑜脸上明明白白写着"没推够"三个大字。

这句话简直火上浇油，沈若薇一句话都憋不出来，看阮瑜的目光能杀人。

阮瑜才不管沈若薇有没有被自己气出心脏病，径直走向奚伦，弯眼笑："刚才谢谢你呀。"

"没事，就是看不过眼。"奚伦浅笑。

片场休息，该处理伤口的处理伤口，该补妆的补妆。

接下来几次对戏，沈若薇都没再作妖，NG 很少，剧组赶在黄昏前顺利收工。

"今天居然这么顺利。"林青感慨。

阮瑜嘟哝："这说明，慈母多败儿，棍棒底下才出孝子。"

林青腹诽：祖宗真行。

当天，组里的男主角奚伦过生日，剧组收工后，副导演喊几位主角去聚餐。

阮瑜下午摔伤的地方疼得厉害，林青一看，她的伤口肿得青紫可怕，吓得赶紧送阮瑜去医院，两人没跟着去聚餐。

天完全黑了，车驶出片场，阮瑜往车窗外看了一眼，忙喊道："等下。"

林青不解："怎么了？"

马场的隔离带外围着一圈粉丝，举着奚伦的应援手幅，旁边居然还停了一辆甜品车，粉丝们在一月份的寒冬夜里呵着白气。

"剧组都收工了，你们快回去吧。"阮瑜摇下车窗喊。

有女生认出她："啊！你是阮瑜！我们是奚伦后援会的，在这里等他好久了。"

阮瑜疑惑："你们没能和他的工作室联系上吗？"

"我们不是官方后援会，只是自发组织来给哥哥庆生的。"

粉丝们终于找到说话的人了，纷纷围上来，七嘴八舌地问。

"哥哥真的下班了啊？"

"他不往这边走吗？我们一直都没等到他。"

"啊，那我们给剧组准备的蛋糕不是也送不进去了？"

阮瑜说："蛋糕你们自己吃掉吧，反正剧组今晚会给奚伦过生日的，天这么冷，你们赶紧回去。"

粉丝你看看我，我看看你，有点拿不定主意，最后一群人小声讨论了会儿，为首的女生站出来。

"小瑜，这是我们群里所有粉丝写给奚伦的信，能请你帮我们把信转交给他吗？顺便跟他说一声生日快乐，让他好好照顾自己，可以吗？"女生捧着纸袋，里面装满了粉嫩的信封。

又来了，别家粉的跑腿务工人员，刘大雄。

想了想，阮瑜答应："行吧，那你们早点回去，也别等了。"

"啊，阮瑜你太好了！"

"谢谢你！你要吃蛋糕吗？我们也吃不完。"

阮瑜摇摇头拒绝，从车里伸出手接纸袋。

"呀，你的手怎么了？"女生被吓到了。

阮瑜一看，自己在车里只穿了件白色薄毛衣，右手手肘处正渗着血，已经染红了一小半袖子，看着触目惊心，八成是伤口又开裂了。

"没事，下午拍戏的时候摔的。"

女生忙道："那你快去医院吧，你也要照顾好自己呀！"

"好，你们也是。"阮瑜眉眼弯弯，挥了挥手。

正要关上车窗，阮瑜又被叫住，人群里，有一位圆脸女生挤上前。

"小瑜小瑜，可以请你给我签个名吗？"

"啊？我？"阮瑜诧异地指着自己，"我吗？"

那女生拼命点头："对对，我好喜欢你的！我不是奚伦的粉丝，我是专门为你来的，等在这里是想送你下班。"她脸红红的，小声地夸，"你真的长得好好看啊，真人比视频照片里还要好看！"

阮瑜猝不及防。

她的粉丝？

她有粉丝了？！活的？

她和她在地球上的唯一一个粉丝历史性会晤了！

"能不能给我签个名？我真的可喜欢你了！"女生眼里饱含期待和惊喜。

阮瑜居然磕巴了："哦，那……那好吧。"

她僵硬地签完名，又嘱咐："下次不是剧组开放探班的时候，就别等我下班了，不然你过来也很难看到我。"

"好好！"女生一个劲儿点头，"我会一直支持你的！《职业伪装》我也会看的！你一定要好好吃饭好好休息啊，别再让自己受伤了！加油加油！"

阮瑜回道："哦，好，那什么，那我走了啊。"

她刚才还淡定如松，现在看着局促无比，居然脸红了。

车开了一段距离，女生又踮脚喊："阮瑜，我爱你！！"

片刻，阮瑜在车里也喊着："知道了！"

她的手飞快地从车里钻出去挥了挥，又马上缩了回来。

看得一群奚伦的粉丝在旁边不由自主姨母笑。

天哪，这两个人是什么相亲现场啊！阮瑜也太可爱了吧！有爬墙的冲动！！

阮瑜在剧组闭关拍戏的第三周，《职业伪装》第一期正式开播。

开播当晚，林青慌得眼皮直跳，在助理群里和叶萌萌抱团紧张了半天。这毕竟算是阮瑜第一个正儿八经的作品，还是上星综艺，他们也不知道节目组会剪成什么样，播完后能起多少水花。

叶萌萌打来电话："你说等下会有人看这综艺吗？"

"有没有人看倒还好，只要不被抓住什么把柄黑她，我就安心了。"林青期望很小。

"小瑜姐呢？"

林青回道："她估计在房间里睡觉呢，昨晚拍大夜戏，今天白天又拍一天的戏，从下午收工开始睡到现在了，让她睡吧。"真是皇帝不急太监急。

八点整，黄桃卫视直播《职业伪装》第一期，播完后，三大网络平台在线上同步更新。

阮瑜睡到晚上十点，被敲门声砸醒。

她迷迷糊糊开门，看到林青在门外止不住地笑，开心得像个自家女儿高考满分的老父亲。

"你醒啦！野榜破2了！单台破2！一档综艺野榜单台破2！差一点就破3了！"

阮瑜有些蒙："什么？"

林青大喊："《职业伪装》！"

阮瑜还没睡醒，被林青一把拉到座椅上，他将手里的平板往她面前一竖，屏幕上是《职业伪装》第一期的平台播放，他气势恢宏地说："给我看！"

别凶了，看看看，马上看。

阮瑜点开播放。

弹幕没关，铺天盖地从屏幕上涌过。

阮瑜吓了一跳，电视直播完了，平台上才开播没多久，居然有这么多弹幕。

【妆妹们集合，二刷伪装团日常走起。】

【妆妹们好！我来品细节了！】

【哈哈哈，妆妹这个名儿好听哦，一点都不符合节目组的审美。】

妆妹……装妹？伪装姐妹？这才播多久，连节目的粉丝名都取上了？

阮瑜看了几分钟，捋清了弹幕的成分。

一半来自真节目粉，另一半则来自明星自带的流量，其中冲着段凛和纪临昊来的粉丝不在少数，对家相见分外眼红，还没播几分钟，四季和菱角已经在弹幕里阴阳怪气地内涵了起来。

有菱角在，连带着阮瑜也被针对。

嘉宾刚见面，在化妆间里做自我介绍，正巧是阮瑜自黑"前段时间因为假绯闻上过热搜"的一幕，弹幕飘过：

【呕，生怕全世界不知道她是靠段凛炒作火起来的吗？】

但很快被刷下去。

【当初阮瑜是被人偷拍歪曲事实，也成了她炒作？】

【我寻思阮瑜这句话不是在变相澄清假绯闻？段凛粉丝积点口德吧，当初不澄清要骂，澄清了也要骂，怜爱了。】

【要吵出去吵，各家粉籍都收一收，我只想好好看个综艺。】

过了前十分钟的自我介绍和角色分配，闹成一团的弹幕才逐渐和平下来，甚至在五位嘉宾领到人物卡的时候，看到节目组给起的土味名字，满屏都是极其统一的"哈哈哈"。

第一期的时长近两个小时，从五位嘉宾分头行动开始，被剪为平行的五个部分。

前面两部分依次是江星淳和吕翰，一个是外卖员的苦逼躲粉日常，另一个是房产中介的乌龙日常，梗多得层出不穷，笑料百出，弹幕里除了粉丝表白，就是"哈哈哈"，剩下一部分在激烈讨论他们什么时候会出局。

阮瑜自己都看得津津有味，笑出声好几回。

第三部分，轮到阮瑜。

刚开始，弹幕就炸了：

【她一个人占了三十分钟？皇族无误了。】

【前面的在阴阳怪气啥呢，看过直播的说一句，就是因为她全场最好笑，梗最多啊，这也能黑？】

【总有黑子逼我当鱼粉。】

【总有黑子逼我当鱼粉。+1】

"鱼粉是什么？"阮瑜茫然。

林青说："你的粉丝名啊！你知不知道你现在有粉丝了？还不少！"

连林青看直播的时候都愕然，他没想到，阮瑜在《职业伪装》里的表现实在太能圈粉了，从毫不犹豫地剪头换装，到为省钱睡在车里，一块钱掰成三瓣用，再到片场回怼耍大牌的网红配角，每个点都在暴风吸粉！

弹幕也疯得可以。

【天啊，她真的剪头了？！好敢！】

【有一说一，女明星为综艺做到这一步牺牲太大了，我服了。】

【怎么连几块钱都要省啊？哈哈哈，门哭着说它要被抠破了。】

【节目组做个人吧，还真让她睡车里？】

【这就是没粉的下场吗？被虐到了。】

【不要仗糊卖惨了好吗，睡车里不是她自愿？越卖越惨嘻嘻。】

【黑子滚啊，不爱看就跳过。】

【看节目前我以为她是精致气质妹，没想到这么"沙雕"可爱！】

【鱼粉报数！】

【鱼粉。+1】

【鱼粉。+1】

……

阮瑜看着满屏满屏的弹幕，蒙了。

她什么时候多了这么多粉丝？

她怎么记得，上周她还只有一个粉丝吧？？

弹幕数量在阮瑜跟着沈芳飞进剧组、给群演化妆时达到了巅峰。在阮瑜被耍大牌群演骂"神经病"时，弹幕收不住了。

节目组给群演的打码根本不管用，很快有人扒出骂阮瑜的是个女网红，气汹汹地在弹幕指路。

最后，阮瑜的部分停在她在电梯间里迎面撞上段凛的一幕，弹幕里消匿已久的菱角纷纷冒头，屏幕上又是一片刀光剑影。

她没再看了，转去微博，发现《职业伪装》霸占了好几条热搜，高居第一的竟然是"阮瑜被骂不男不女"。

当初对阮瑜耍大牌的网红被愤怒的粉丝扒了出来，连带着这人的整容史小三史一并被扒出，众人讨伐的骂声踏平了网红的评论区，网红第一时间删微博，可根本就删不完。

删一条，骂一条。

装死了两个小时，网红终于发文道歉。

发文不过一分钟，评论早已过万，阮瑜草草翻下，全是在替她抱不平，顺带痛骂那网红的。

林青拍拍阮瑜："宝啊，你要火了。"

别问，问就是宝贝，问就是圈粉。

《职业伪装》播出第一期，收视大爆，反响热烈。

播出前，观众知道这节目拍得有趣，但没想到能这么硬核。嘉宾不是做做样子，居然是真枪实弹地在工作！每天除了要苦巴巴地赚工资养活自己，还得随时防着被粉丝认出来。

明星跌落神坛，伪装隐身粉丝群中，风餐露宿过日子，这也太刺激了！谁不爱看？

节目梗足笑点多，话题度直接爆了。

而且阮瑜显然是节目里最吸粉的那个。

接下来几天，林青时不时通知阮瑜，不是她的网络搜索指数又创新高，就是哪个明星居然也转发了她的搞笑剪辑视频。

安卓茜也打来电话："给你接了一个快消代言，等你杀青了就过来签合同。在剧组待得怎么样？"

"挺好的。"阮瑜回道。

阮瑜在剧组里，对自己人气直线上涨这件事没太大实质感受，每天该拍戏该追星一样不落。月底了，各大榜单又要截止了，她给自己心肝爱豆打榜打得不亦乐乎。

戏份杀青前一天晚上，阮瑜在酒店房间看剧本，忽然响起一阵敲门声。

"小瑜姐！开门！有急事！"林青急得团团转。

她开门："什么事？"

林青一路跑上来的，气都喘不匀："耍大牌的事，上热搜了！"

"我知道啊，不是上过了吗？"阮瑜莫名。

林青很着急："不是那个网红！这次是你！你耍大牌！"

"我什么？"

"沈若薇点赞了你耍大牌的微博，这事已经上热搜了！网友都猜你在剧组里耍大牌，还跟女主角闹不和！"

阮瑜服气了："她是猪八戒转世吧？喜欢倒打一耙？"

可别侮辱猪八戒了。

阮瑜点进热搜，原来上周沈若薇工作室更新了一条剧组日常，配图是沈若薇擦着碘伏的手掌：【今天也是若薇辛苦拍戏的一天哦。】

评论底下的粉丝留言都在喊心疼，而当天凌晨，沈若薇点赞了粉丝发的一条微博：

【忽然想到，《世界予你乘风》的女二是 ry？最近她的存在感好强啊，有点担心导演会给女二加戏了，我们薇薇拍戏这么辛苦，在剧组会不会受委屈啊？】

本来只是粉丝的猜测，但沈若薇这一点赞，就等于亲口承认阮瑜让她在剧组受了委屈，粉丝再一联想，阮瑜在剧组加戏耍大牌的十几个版本都想出来了。

但这都是两周前的事了，沈若薇粉丝不多，这事压根儿就没出圈。

"给，安姐的电话！"林青忙把手机给阮瑜。

安卓茜在那头忙公关忙得要死，但情绪听起来还行："到底怎么回事？"

阮瑜长话短说，把摔马当天的事转述了一遍。

"事情一出来我就联系网站工作人员要撤热搜，但那边跟我说有人买了话题，没过时效，撤不掉。这事不能让你亲自澄清，我来想办法。"安卓茜一顿，又说道，"沈若薇在两周前点赞，今天才上热搜，你知道为什么吗？"

"难道不是沈若薇买的热搜？"阮瑜立即反应过来。

"当然不是，她跟你一个公司，她经纪人不会蠢到给我手底下的艺人买黑热搜。我查过带话题发文的那几个营销号，跟他们长期合作的公司里有海马娱乐。"

"这谁？"

安卓茜说："签约秋曦的公司。"

混粉圈这么多年不是白混的，安卓茜一点拨，阮瑜恍然明白。

两周前《职业伪装》还没开播，而现在阮瑜因为节目播出人气大涨，隔三岔五带梗上热搜，风头甚至一时间盖过了四小花旦之一的秋曦。如果她是秋曦的签约公司，肯定也不会放任自家女艺人给别人当陪衬。

所以不管动用什么手段，都要压死阮瑜的热度。

正好沈若薇递了这把刀，秋曦公司顺水推舟，将阮瑜送进舆论，自己却撇得一干二净。

阮瑜心惊，她这是被提前防爆了？

安卓茜严肃叮嘱："不光是秋曦公司，最近盯着你的人很多，你自己在公众场合要多注意言行。"

昨天秋曦还在节目组的群里给阮瑜分享精彩剪辑，今天她的公司转头就送阮瑜上了黑热搜。这事秋曦不可能不知道。

阮瑜一直以来过得挺没心没肺，现在才真正有了身在娱乐圈的实感。

贵圈是真的乱。

阮瑜耍大牌的话题持续发酵，以迅雷之势窜进热搜前五。

底下有将信将疑等实锤的路人，还有借题发挥的黑粉，阮瑜的新粉虽多，但没有大粉组织，支持阮瑜的言论很快被湮没。

安卓茜行动迅速，截取阮瑜在拍节目时的吸粉片段，带话题洗热搜，同时动用手里的营销号，放出阮瑜在《成名无望》剧组时，配角和工作人员夸她的杀青语截图：【跟阮瑜合作过的演员和工作人员都曾夸她好相处，给剧组人员买咖啡带点心，还一起开黑打游戏，你们怎么看？】

还能怎么看？

这些可都是发生在阮瑜有人气之前，要锤有锤，一点都没作假。而沈若薇光点个赞就咬定阮瑜耍大牌，锤呢？

吃瓜网友松动了。

但黑子嗤笑：【这能说明什么，万一是她人气上来了就飘了呢？】

千里之外，京城，段凛刚结束一场广告拍摄。

经纪人郭彬在车里感慨："安卓茜就是安卓茜，阮瑜的负面新闻一上热搜，她动作快得连我都想给她点赞，艺人公关的黄金两小时里，一秒都没浪费。"

段凛侧眸："什么负面新闻？"

"阮瑜剧组里的女主角暗示她耍大牌，现在舆论沸沸扬扬的。"郭彬一点没惊讶，"要我说，就她那个作天作地的脾气，哪天不闹出这种新闻我才奇怪。"

段凛没接话，沉吟片刻，忽然问："谁说她耍大牌？"

"沈若薇，跟她同公司的艺人，上回在盛典后台还跟你搭讪过。"

突然，郭彬刷到微博，诧异地"咦"了一声："这事居然还有反转？"

阮瑜的黑热搜风风雨雨地挂了两个小时，悄然间，一条刚发不久的微博引起了网友注意。

瑜你共此生：【会哭的孩子有糖吃？反正自家女儿自家疼，我也懒得多说了，大家直接看视频吧。】

视频里是阮瑜在片场外碰上奚伦粉丝的那天。

一开始是阮瑜摇下车窗催奚伦的粉丝别等了的一幕，郭彬看傻了，他这辈子都没见过这大小姐那么平易近人的样子，然而视频明明白白告诉他，他没看错，阮瑜不仅在担忧奚伦粉丝的安全，还答应帮粉丝转交写给奚伦的信。

画面里，阮瑜伸手去接纸袋，郭彬看见她染血的毛衣袖子，着实吓了一跳。

视频声音嘈杂，但能听清。

"呀，你的手怎么了？"

"没事，下午拍戏摔了。"

血都浸染了一片袖子了，还是毛衣！拍什么戏能摔成这样？！

发视频的人又在这条微博下评论：

【我是鱼粉，那天在片场外等小瑜下班，没想到等来的却是她拍戏受伤去医院。她帮奚伦粉丝转交粉丝的信，还叮嘱我们回去路上注意安全，那刻起，我从颜粉怒转人品粉。我想问问某沈姓女艺人，你暗指的耍大牌是这个吗？】

很快，有当天在场的奚伦粉丝也出来做证。

视频里，阮瑜乌发顺肩，鼻尖被冻得红红的，笑靥干净而温暖，被粉丝表白居然还会不好意思，网友被萌了一脸。

舆论急转而上。

【伤得这么严重，这是在剧组耍大牌？我看这是在剧组耍大刀吧。】

【真就会哭的孩子有糖吃呗，阮瑜拍戏伤成这样一声不吭，某女演员受一点小伤粉丝就内涵阮瑜耍大牌？】

【吃瓜等真相。】

【刚才还到处蹦跶的黑子呢？继续杠啊。】

……

黑子齐齐闭麦，无话可说。

"拍戏受伤，阮瑜居然没把剧组给掀了？根本不像她啊。"郭彬都快不认识这阮大小姐了。

助理邵立接话："说不定已经掀过……"

无意瞄到段凛的神色，邵立怔了下，后半句没说了。

段凛垂眼看平板，神情很淡，但不知怎么，气场似乎比以往更冷。

"我记得上次在酒店把偷拍视频给媒体的，也是这个沈若薇吧？"段凛忽然问。

郭彬一愣，想起来："对，怎么了？"

经段凛提醒，他才想起来这回事。

当初在拍《成名无望》的时候，段凛和阮瑜在酒店房间门口说话的一幕被人拍了视频，传到网上，差点闹出绯闻。事后郭彬查出来，把偷拍视频曝光给媒体的是当时同剧组的女演员，沈若薇。

再仔细一查，沈若薇和阮瑜是同公司的艺人，郭彬一下子明白了，那段视频多半是沈若薇拍下来想针对阮瑜的。

后来郭彬只是把情况跟段凛提了几句，后续也没做些什么。

反正绯闻澄清了，人也不是冲着段凛来的，郭彬就放过去了。

"你去问问，阮瑜的伤到底怎么回事。"段凛关了平板。

郭彬呆了呆："阿凛，你不会是想管这事吧？"

段凛没应。

郭彬又问："如果查出来，沈若薇跟阮瑜的伤有关系……那然后呢？"

段凛说："接下来要做什么，你比我有经验。"

郭彬傻了，合着段凛这意思，是想跟沈若薇算账？

段凛刚红那会儿，不知道被多少方人防爆，造谣他耍大牌，捏造黑料，那时候他也没什么反应啊？更何况他不是一向嫌恶阮瑜吗？什么时候开始对她的事上心了？

郭彬有些迟疑："我觉得不用管，这事安卓茜都解决得差不多了，沈若薇还是阮正平公司签的艺人，要摆平难道不容易？跟我们没多大关系。"

段凛不理人了，闭眸靠着车座，神色还是一贯的疏冷。

不知怎么，他还在想阮瑜衣袖染血的那一幕。

从前他确实嫌恶阮瑜一贯的任性作风，但她现在，却为了他，将脾气收敛到这种地步。

他又想起那天想将阮瑜赶出公寓的一幕，她的眸光柔软无措，像那双粉色拖鞋上的垂耳兔。

他按了按眉骨，声音冰冷："谁说没关系？"

阮瑜拍戏受伤的视频紧接着上了热搜，随后，安卓茜给阮瑜打来电话。

"我跟沈若薇的经纪人聊过了，之后的事，让沈若薇自己看着办。"安卓茜冷笑，"点赞内涵这种小伎俩，多少年都没人玩了，还是太年轻。"

"谢谢安姐。"阮瑜知道安卓茜今天肯定为这事忙翻了。

"跟我客气什么，倒是你，受伤这么大的事，你怎么没让林青跟我说？"

"其实也不是大事，闹太大对我没什么好处，当初忍一忍，现在不就一报还一报了吗？"阮瑜心态超好，"更何况，当时我也替自己出过气了，不亏。"

安卓茜有点惊讶，心里对阮瑜改观不少。

这大小姐还挺聪明。她费心带一带，说不定将来真能将人捧红。

舆论喧腾了一整晚，近十点，沈若薇上线发了一篇致歉长文。

大意是，自己点赞纯属手滑，阮瑜跟剧组的人相处得都很好，自己和阮瑜的关系也不错。因为自己的手滑让阮瑜深陷舆论，深感抱歉。

网友捧瓜四顾心茫然。

道歉长文一发出来，三方都不满意。

鱼粉：你的一个点赞给阮瑜招来这么多人身攻击，轻飘飘道歉就完事了？

黑子：被逼道歉你就眨眨眼。

路人：搞了半天是场闹剧，散了散了。

阮瑜懒得看沈若薇那篇假惺惺的长文，她在房间里背完明天的剧本台词，被子一卷，睡了。

半夜一点，她被手机铃声吵醒。

电话接通，那边女人的声音气得颤抖："阮瑜，有必要把事情做得这么绝吗？"

"谁？"阮瑜一开口就带着浓重的睡意。

她居然还睡得这么香？！！

"我是沈若薇。"沈若薇深呼吸，强逼自己冷静下来，"歉也道了，也澄清了，好歹我们是同公司的艺人，你到底想怎么样？"

阮瑜揉着眼睛坐起，听笑了："你也知道我们是同公司的艺人啊？之前为难我的时候你怎么不知道呢？"

电话那头一阵长久的沉默。

沈若薇又开口，态度低到了尘埃里："之前的事是我做错了，真的对不起。但是阮瑜，算我求求你，你能不能让安卓茜帮我这一回？我知道她手段厉害，就算事情闹得再大，她也总有办法……"

"安姐是我的经纪人，你觉得她凭什么帮你？"阮瑜打断。

虽然不知道沈若薇大半夜打电话来求什么，但她才不想管。

她睚眦必报，她小心眼，她就是全世界最记仇的。

腹诽完，阮瑜道："我要睡了，拜拜。"

"等等！"

又怎么了？

沈若薇知道自己是求不动阮瑜了，恨声咬牙："你把我的事公之于众，你自己难道就清白？"

"什么意思？"

"你以为我猜不到你的丑事？你刚跟公司签约就被分到了安卓茜手底下，钟旭海亲自教你表演，接的第一部电影就能跟段凛搭戏……为了拿到这些资源，你付出了不少吧？"沈若薇的语气逼近恶毒了，"谁知道你认识多少商影的高层呢？"

这嘴也太脏了，阮瑜皱了下眉。

她声音冷了几度，承认得无比坦然："我是认识啊。"

"你……"

"商影的高层我就认识一个，你肯定也听说过他，商影的老总，阮正平。"

阮正平……阮……

沈若薇愣住，心里逐渐浮起一个荒谬的猜测。

难道……

只听阮瑜声甜音软，一字一顿：

"我从出生开始就认识他了，喊他一声爸爸。"

电话不知道什么时候被挂断了。

沈若薇死死捏着手机，前一秒狠厉的怨毒荡然无存，脸上只残留惊愕和空白。

阮正平……阮瑜……阮瑜是阮正平的女儿？！

阮瑜是商影传媒的当家千金！

房间里，平板电脑亮着幽光，停在沈若薇打电话前的界面，凌晨一点，还在疯狂弹出推送通知。

【《世界予你乘风》导演陈海帆与女主角沈若薇深夜共处一室，网友：心疼阮瑜。】

半小时前，有人在匿名论坛发了一组偷拍照。

照片里是陈海帆搂着沈若薇进他酒店房间的一幕，时间就发生在一周前，本来这组照片已经被沈若薇的经纪人买下了，但谁也没想到，那狗仔出尔反尔，不知怎么又泄露了照片。

陈海帆最近在闹离婚，尽人皆知，现在又爆出沈若薇和他共处一夜，大半夜爬起来吃瓜的网友彻底沸腾了。

热搜里骂声一片，骂沈若薇不要脸，骂她装纯情人设，还有网友翻出她先前的点赞事件，冷嘲热讽：

【沈若薇在那委屈啥呢？白天受伤有粉丝疼，晚上酒店有导演疼，闹了半天最惨的只有阮瑜一个。】

鱼粉一听，对啊，立即不干了：【从今以后，小瑜我们罩了！谁敢欺负小瑜我们第一个撕碎她！】

沈若薇的微博很快被愤怒的网友攻陷，评论铺天盖地，什么难听话都有。

手机不停地进来新消息、新来电，沈若薇惶然地挂断，给陈海帆发消息：【你醒着吗？看到新闻了没？我们的事情被曝光了，帮帮我。】

沈若薇自己知道，陈海帆最近闹离婚不是因为她，只是原配再也忍不了他的到处风流罢了。

她当初也是掐准这一点，反正不谈感情，权色两清，也没有后顾之忧。

现在她却侥幸希望陈海帆是对她动了真感情。

在他离婚之后，她说不定还能……

新消息跳出。

陈海帆：【拍完这部戏，以后不要再联系我了。】

沈若薇彻底瘫坐在床上，脸色惨白。

她完了。

另一边，阮瑜刚翻完热搜。

闹了这一出，即使她没给她爸打小报告，沈若薇也彻底身败名裂了。

电视剧的投资方是知名影视公司，虽然剧组闹出丑闻，但到最后说不定还会播出。反正阮瑜只是小配角，她懒得管后续，于是吃完瓜又睡了。

模糊中，阮瑜又被手机铃声吵醒。

阮瑜看也没看，挣扎接起："大半夜你最好真的有什么事，不然你以后走夜路小心一点，我做梦都不会放过你！"

她没睡醒，全是黏黏糊糊的鼻音，怎么听都不凶，反而像很委屈。

沉默片刻。

"在睡觉？"声线清清冷冷，是段凛。

这个时间她不在睡觉难道在拯救地球？

阮瑜隐忍："段凛？你有什么事吗？"

段凛一顿，淡声反问："在片场拍戏的时候，也在睡觉？"

阮瑜有些蒙："什么意思？"

"拍戏有一条没过，你就真的一遍又一遍真摔？以往跟我搭戏，怎么没见你这么听话？"段凛蹙了蹙眉，平静地说，"在圈里跟人打交道要带脑子，清醒点。"

阮瑜顿觉她心脏不太好，深呼吸："你凌晨一点十五分三十一秒给我打电话就是为了来嘲讽我没脑子？"

段凛缄默须臾，问："看到热搜了吗？"

"啊，看到了。"她茫然。

"嗯。"

这个"嗯"是什么意思？

男人心，海底针，反正阮瑜是猜不透对家在想什么，见他没挂电话的意思，她只好点评两句："沈若薇被曝小三的事不是我干的，这只能说明善恶终有报，天道好轮回。"

行了吧？挂了，拜拜。

但段凛没放过她："还有呢？"

有完没完了？！

"还有……以前跟你拍戏那会儿，我是不熟练才反复卡住的，不是故意NG。"阮瑜想起这人似乎教过她演戏，忍他两秒，不能在爱豆对家面前丢脸，"但是这次，是沈若薇故意让我NG，不是我的问题，你之前的嘲讽不成立。"

"知道她故意，还忍着？"

"谁忍了？我让她摔下了马，还当众羞辱她来着，做得可狠了。"阮瑜微笑磨牙，意有所指，"你不是也知道，我脾气很差的。"

尤其是被人大半夜吵醒的时候！

段凛果然一时没接话。

阮瑜正要挂电话，段凛的声音传来："嗯，做得好。"

他的音色舒展，像碎冰融化在夜色里，仔细一听，好像压了点笑意。阮瑜听得有点魔幻，一看，电话已经被挂了。

阮瑜愣了愣：这在夸我还是嘲讽我？

莫名其妙。

京城公寓里，段凛挂断阮瑜的电话不久，接到郭彬打来的电话。

"我跟那个记者谈妥了，他不会说出来是我让他泄露的照片。"

"嗯。"

"刚才我打不通你的电话，这么晚了，还有人打你电话？"郭彬神色一凛，"又是'私生饭'？"

"是阮瑜。"

闻言，郭彬松了口气，随即脑中又响起警报。

段凛前脚让他去揭沈若薇的老底，后脚就给阮瑜打了电话，这什么意思？

难不成是在暗暗向她邀功？

郭彬迅速甩了甩头：不可能，肯定是我想多了。

第八章

- 快把你们哥哥抬走

阮瑜在《世界予你乘风》里的戏份不多，前后进组一个月，眼看着就要杀青了。

杀青当天，她在片场见到沈若薇，对方的脸色非常差，惨白着脸接受片场众人打量的目光，显然已经知道自己的星途可能到此为止了。

阮瑜没理她，自己该干什么就干什么。

最后一场戏拍完，林青给她拍了一张杀青照，长发及腰，抱着花束歪头笑得明媚灿烂，眼下的小泪痣美丽动人，少女感十足。

照片一发上微博，阮瑜的评论区顿时像炸了的养鸡场，一片"啊啊啊"号叫声，都是在喊着等剧出来只看阮瑜单人cut版（单人镜头合集）的鱼粉。

林青翻了翻评论区，前排居然涌出几个令他意想不到的名字。

【阮瑜全球粉丝后援会。】

【阮瑜打投护卫组。】

【阮瑜反黑净化站。】

【失重幻想鱼_阮瑜图博。】

······

这些新号成立没几天，虽然粉丝不多，但都是民间自发组织的，从粉丝后援会到拍图的站子，如雨后春笋般冒了出来。

近期几次风波，不仅没压垮阮瑜，反而结结实实地替她吸了一拨粉。

当天下午杀青，阮瑜离开上海，傍晚回到京城。

原来的公寓是段凛的，她肯定是回不去了，好在阮大小姐在京城另有房子，她按照备忘录里的另一住址找过去。

是市中心的一片高级公寓区。

林青把阮瑜送到地下车库，离开前叮嘱："小瑜姐，今晚别忘了看《职业伪装》第二期的直播！"

"好好好，知道啦。"阮瑜挥手。

上楼，输密码进门。

刚打开灯，阮瑜就摸了一手的灰，抬头打量，顿时蒙了。

到处都是灰，这是多久没人来过了啊？！

公寓很大，四室两厅，装潢也是阮瑜在段凛公寓看到的夸张奢华风格，墙上还到处挂着段凛的海报。这扑面而来的熟悉感，看来阮大小姐以前还真的改造了段凛的公寓。

但阮瑜没工夫想七想八了，公寓太脏，她今晚想住，就得打扫。

进门第一件事，洗抹布，干活。

阮瑜放着纪临昊的新专辑主打曲，在宝贝爱豆的歌声里，把墙上的对家海报一张一张撕下来，怎么做都有种出轨的刺激感。

呜呜呜，撕遍海报终不悔，此生爬墙打断腿！昊昊，你相信我，我和段凛过去一清二白，此生只想与你有染！

阮瑜整理着房间，一看时间，快八点了。

《职业伪装》第二期要开播了！

电视在客厅，阮瑜翻了半天没翻到遥控器，拉开电视柜下的抽屉，愣住了。

抽屉里还有一个小隔层，上了锁，要密码才能打开。

试了几次不对，阮瑜上网搜到段凛的生日，输进去，果然开了。

里面是两本写满了的日记本。

对啊，想起来了，阮大小姐有写日记的习惯。不过当初她在段凛公寓里发现的那本日记没什么信息量，通篇只有一些碎片化的无意义发泄。

这两本显然不是。

第一本写有些年头了，纸张泛黄，阮瑜小声咕哝了句抱歉，翻开。

她心跳莫名加快，还涌上一丝难以名状的难过感。

"我记得很清楚，第一次见他是我十二岁的时候，在香港……是写她遇见段凛的事？"阮瑜不太想看了，"这不会是一本单恋日记吧？"

她一点都不想代入单恋对家的情境里，谢谢！

继续往下看，阮瑜蹙眉，神色逐渐冷下来了。

阮大小姐的日记里写着，段阮两家的长辈有故交，她十二岁在段宅遇见段凛，就陷入了少女怀春的苦情单恋。

前半本没什么好看的，无非就是写段凛多优秀，对她多拒之千里，她单恋得多痛苦。在阮大小姐的单恋滤镜下，段凛宛如言情小说里的完美男主角，要不是阮瑜手里攒了无数他的小道黑料，她差点就信了。

后半本，画风突变。

阮大小姐在中学时期遇到一个女生，那女生和段凛的关系很不一般。

日记写得太碎，视角又主观得要命，阮瑜勉强在脑海里重现了场景。

那女生和段凛关系不一般，而阮大小姐又恰好和那女生是同班同学，所以她刻意和那女生成了朋友，想借机从这女生身上多了解段凛。

而那女生一开始还会帮阮大小姐和段凛创造独处机会，但后来却仗着阮大小姐不敢得罪她，居然开始在背地里霸凌阮大小姐。

冷嘲热讽的言语欺辱算小的，后来直接上升成了行为欺凌。

阮大小姐发现不对的时候，已经来不及了。那女生似乎是拍下了阮大小姐的什么视频，抓住了她的把柄，翻脸如翻书，不仅借视频威胁她离段凛远一点，还开始变本加厉地霸凌她。

这种欺凌持续了十年。

一个家世优渥的作精大小姐，背地里被人校园霸凌了十年。

还连吭都不敢吭一声？！

"什么鬼？"阮瑜瞳孔地震了。

【她在践踏我的自尊，可我什么都做不了。】

【我不敢反抗，也不想。】

【她又把那些视频发给我看了，威胁我离他远一点，不要抱有奢望。】

【事情怎么会变成现在这样，死了是不是就能一了百了？】

【可是我连死都不敢，多可笑。】

看到这里，阮瑜气得太阳穴的血管在线蹦迪，差点没手撕日记本。

她可算知道阮大小姐的重度双向情感障碍是怎么来的了！

日记里没写明那女生是谁，很多都是阮大小姐绝望压抑的情绪发泄。

翻完整整两本日记，阮瑜坐在地毯上发呆，大脑放空。

她感觉脸颊冰凉，抬手一摸，满脸的泪水。

自己居然哭了。

这时候还看什么综艺啊！阮瑜深吸口气，迅速爬起来翻找阮大小姐剩下的私人物品，试图搜到更多的信息。

四室两厅的高级公寓里到处都是昂贵摆设，衣帽间里的高定私服和大牌包包琳琅满目，阮瑜连每一双高跟鞋里都仔细看过了，再没发现别的遗留信息。

她又打开手机里的社交软件，沿着通讯录一个个找过去，没发现有什么可疑的人。

阮瑜推测，阮大小姐八成是删掉了那个女生所有的联系方式。

并且，在得知自己的生命所剩无几以后，顶着被那女生以视频威胁的压力，硬是死缠烂打地和段凛结了婚。

对了，段凛肯定知道那女生是谁！

阮瑜早八百年前就拉黑了段凛的微信，只能打电话，刚想拨过去，停住了。

就算她知道了霸凌阮大小姐的人是谁，也没证据啊！就只有两本日记做证，又不能让人牢底坐穿。

她只好重新封存好日记本。

"既然我现在接管了你的人生，就一定会过得很好。"阮瑜认真上锁，"我有仇必报的，要是再有下次，人若犯我我必犯人，你放心吧。"

手机忽然响起。

是安卓茜打来的，她饱含笑意："看《职业伪装》第二期了吗？节目效果太棒了，今晚我们又破了首播的收视纪录！我看了，野榜的收视峰值停在了你的那部分。"

阮瑜打开微博，一看热搜榜，惊了。

"居然上了这么多个热搜？"

安卓茜回道："正常，今天段凛和纪临昊都在节目里出镜了，怎么可能缺话题度？"

事实上，今晚阮瑜的话题度也完全不低。

热搜第三是"阮瑜笑点制造机"。

热门微博第一条，全是感叹号和哈哈哈。

【哈哈哈，阮瑜也太好笑了！我笑吐了！闺女啊，咱也不必为钱抠到这个地步吧！！还有揭穿江星淳的时候，自嘲"糊是我的保护色"真的又辛酸又搞笑，今晚我的腹肌全是看《职业伪装》笑出来的！】

评论区也彻底沸腾。

【她真的好可爱！小瑜小瑜，你就算糊到无人问津，我也是你全世界最后一个粉！】

【阮瑜一副被生活压弯腰的样子，像极了每一个"社畜"，看着看着我流下猪泪。】

【她还帮段凛粉丝要签名，我惊呆了，我记得人家粉丝之前还骂过她吧？人美心善仙女无疑了。】

【我命令全世界都去看《职业伪装》！这群宝贝又有梗又努力！每个部分都超搞笑！】

......

阮瑜现在的吸粉速度，连安卓茜都倍感意外，再次感慨，真是捡到宝了。

"对了，明天你来公司一趟，上次我替你接的那个快消代言要筹备了，我带你去跟品牌方见个面。"

"行。"阮瑜问，"是什么快消产品？"

安卓茜报了一串英文："一个彩妆品牌，老牌子了，在本土的国民度还不错，这次签你当亚太区的唇妆代言人。哦对，他们还签了一个底妆代言人，你们一人代言一条支线，到时候他会跟你一起拍彩妆系列的广告。"

"谁？"

"江星淳。"

闻言，阮瑜眼睛一亮。

又能见到奶糖味的小墙头了！

《职业伪装》首播大爆带来的红利已经初见成效，这次对阮瑜抛出橄榄枝的彩妆品牌，就是冲着节目的热度来的。

阮瑜跟着安卓茜去见了品牌方，签了合同，定下档期。一周后，广告开拍。

当天，阮瑜早早就到了摄影棚。

工作人员领着她往化妆间走，一推门，里面穿白色棒球服的少年正在低头看剧本。

"阮瑜！"江星淳抬头，笑出一对小酒窝。

阮瑜也眼睛弯弯："你居然到得比我还早。"

"我刚才就在附近录音棚录我们团新曲的 DEMO（样本唱片），录完就过来了。"江星淳问，"你上次拍戏受的伤，怎么样了？"

"已经好了，其实没视频里那么严重，小伤而已。"

江星淳低声说："下次再被人欺负，可以告诉我啊。"

"啊？什么欺负？"阮瑜没听清。

江星淳一顿，弯起奶狗眼："算啦，没什么。"

聊了一会儿，造型师过来给两人拿要换的衣服，阮瑜是一套白衬衫搭配黑色 A 字裙，属于规规矩矩的白领职业装。

阮瑜换完出来，见江星淳也换上了差不多风格的职业套装，白衬衫，黑西裤。

穿衬衫的小墙头又奶又酷，不愧是男团身材，腰是腰，腿是腿，看得阮瑜心情指数一级好。

化完淡妆，导演和摄影团队过来，给两人看早就定下的广告分镜脚本。

导演说："我们的拍摄分成两部分，前一部分，小瑜你和星淳是职场上的竞争对手，这个场景在会议室里，我们想拍出剑拔弩张的感觉，你们可以先酝酿酝酿。"

阮瑜觉得有些难："哈？"

她见到小墙头就只有姆母笑，这怎么酝酿啊！

然而还没完呢，导演继续说："第二部分，你和星淳碰巧在共同朋友的聚会上遇到，换掉职业装的你是最放松的时候，还化着平时工作不会化的妆，你们一对视，火花带闪电，暧昧气氛一触即燃！"

摄影师在旁边直点头："对对对！"

阮瑜已经听傻了。

导演越说越激动，双手一拍："两种不同的情境，两款妆容，劲敌与情人，这就是我们想要表达的效果！

"你们觉得怎么样？"

江星淳摸了下后脖颈，抿笑："我喜欢这个创意。"

阮瑜没说话。

不是，这品牌方是在乱拉 CP（情侣）啊！

什么劲敌与情人？她"鹅子"才刚成年啊！

没办法，合同都签了，拍吧。

第一幕，阮瑜和江星淳在搭好的会议室场景里，准备吵架。

导演提示："整段广告都没有台词，你们自由发挥，吵什么都行，反正后期不会配音，只会拍到你们吵架的口型。"

群演就位，阮瑜跟江星淳提前对暗号。

"等下我们吵什么？"

江星淳想了想："很简单的，你就随便骂我两句。"

简单个啥啊，她骂不出口！

开拍。

阮瑜吸气，摔文件："江星淳，你好看成这样让别人怎么活？！"

江星淳一愣，很快反应过来，冷脸："谢谢你夸我！"

绝了，两个活宝。

导演大喊："咔！停停停！你俩愤怒的表情还不够，要剑拔弩张！你俩气到想杀人！杀人懂吗！"

阮瑜丧着脸："不懂啊，导演，我要是懂就该进监狱了。"

导演说："重来！"

重拍十几次，还是没过。

导演喊停都喊累了，喝了口水，直接道："你们换一套台词，有谁这么吵架的？换套凶的，真正骂人的。"

行吧。

阮瑜不忍："江星淳，我真要凶你了啊。"

"嗯，你随便凶。"江星淳对她笑出小虎牙。

补完妆，重新开拍。

阮瑜神色一变，直接站起身摔文件，啪的一声："江星淳，你下次别玩《英雄联盟》了！你超菜的！"

江星淳随机应变，愠怒："你说什么！"

"你的韦鲁斯给我菜吐啦！下路韦鲁斯能被女枪打爆，撒把米在键盘上鸡都打得比你好！"

"可我们双排的每一把都赢了！"

"那是我在一打九，其中五个是对面的猪，还有四个是我的笨蛋队友啊！"

这次，效果拔群。

阮瑜终于回忆起她被小墙头坑过游戏的日日夜夜，凶得真情实感，凶出了演技，凶出了气势。

就是吵架内容实在太人间真实了。

"那个群演，怎么笑场了！重来。"导演自己也憋着笑。

重拍两次，这一段终于过了。

阮瑜迅速找到江星淳，诚恳找补："江星淳，其实你不菜。"

"没关系，我知道。"江星淳眨眨眼，"就算我玩得不好，你也肯一直带我打游戏，我菜，但你很好。"

接着换装，拍第二部分。

阮瑜换了一身墨绿色丝绸长裙，露出雪白颈背，长发红唇，泪痣盈盈勾人，美得现场工作人员直夸赞。

江星淳穿黑色丝绸衬衫，松垮地打了一条墨绿色领带，情侣装。

江星淳看向阮瑜，目光定了好一会儿。

布景是酒吧。

灯光群演就位，开拍。

导演引导："你们在吧台旁碰到，小瑜点了一杯酒，你们对视，小瑜挑出酒杯里的树莓，咬住，两个人凑近。"

阮瑜照做，牙齿轻咬着树莓，汁水从柔软的红唇处细细溢下，凑近江星淳，无声对视。

导演提示："星淳，你现在已经完全被她的唇吸引住了，对，就盯着她的唇看，很好。小瑜，你伸手抚摸他的脸，没错，感受到他清透完美的底妆了没？"

灯光很暗。

江星淳盯着阮瑜，平时澄澈的奶狗眼此刻暗得不分明，酝着波澜，轻声说："阮瑜，我……"

"好！很好！一次过了！"导演喊。

阮瑜大松口气。

"啊……对，你刚刚想说什么？"

江星淳摇头："没什么。"

接下来，导演又补拍了几幕，等最后收工的时候，已经是晚上八点。

江星淳脸上带妆，乍一看看不出来什么，但仔细一看，他没上粉底的耳朵已经全红了。

看看，看看孩子都被逼成什么样了啊！

阮瑜看导演的目光饱含道德伦理的谴责。

导演对拍摄成果满意得很："今天我们只拍 TVC（电视广告）的部分，剩下的物料还要等你们接下来的档期安排，你俩太搭了，我现在就在期待下次拍摄了。"

阮瑜跟众人告别，又朝江星淳挥挥手："那我走了，有空微信聊。"

江星淳叫住她："等过完年，记得来看我们团的演唱会。"

阮瑜回头，展颜笑开："好啊。"

《职业伪装》的热度居高不下，随着第三期的播出，节目组每位嘉宾的人气都蹿上了新高，阮瑜尤甚。

她在第三期里帮纪临昊挡玻璃酒杯的一幕又上了热搜，但这次与上次不同，热评里心疼阮瑜的粉丝足足翻了几倍，还有不少在骂节目组没做好保护措施的鱼粉。

安卓茜给阮瑜打来电话。

"准备一下，《戏游记》的节目组筹备得差不多了，明天我让林青接你去拍官宣照。"

阮瑜想起来："就是之前签的那个直播真人秀？"

"对。"

阮瑜记起来，当时在签《世界予你乘风》的本子时，她还签了一档真人秀，叫《戏游记》。

她看过《戏游记》的节目本，节目组对外宣传的是"沉浸式剧本真人秀"，是全新的题材。

每一期都会拍一个完整的故事。节目组将搭建起特定的场景，五位嘉宾进入场景，分别扮演自己拿到的故事角色，在指定时间内完成节目组发布的任务。

嘉宾只有角色人设，没有剧本，没有 NG，只要最终能完成任务，剧情走向如何，全凭五位嘉宾自由发挥。

录制过程将二十四小时直播，拍完后会剪出一个最终精华版，在三大影视平台上同步播出。

这不就是为戏精而生的节目吗？

阮瑜爱了。

"这节目年前官宣，年后才开始录制，现在是预热阶段。"安卓茜一顿，"刚才我和节目组总导演聊过天，知道了一件事，对你来说是好消息。"

"什么好消息？"阮瑜疑惑。

安卓茜卖关子："先不说了，给你一个惊喜。"

翌日，阮瑜揣着未知的惊喜去拍《戏游记》的官宣照，一头雾水。

当天摄影棚里就来了她一个，估计其他嘉宾档期不一，不是同一天拍官宣照。

这能有什么惊喜？

拍完官宣照没两天，《戏游记》的官博掐在周六晚七点的黄金时段，开始陆续官宣节目的嘉宾。

先是三位常驻嘉宾。

一位阮瑜，一位人气男星，还有一位粉雕玉琢的男童星。

再官宣第一期邀请的飞行嘉宾。

知名影后黄芷岚、红了娱乐圈半边天的顶流段凛。

阮瑜差点把手机掰了：段？什么？？

她回忆安卓茜说"一个惊喜"时的语气，确实有点暧昧，还带了那么点"哎，我知道你肯定会喜欢"的感慨。

喜！欢！个！鬼！啊！！

看都不用看，论坛炸了，微博炸了，对家粉也炸了。

阮瑜登录南有嘉鱼的微博号，一刷首页刷出几十条菱角的新微博，都在磨刀霍霍想宰鱼。

本来菱角就硌硬当初差点和自家哥哥传绯闻的阮瑜，而阮瑜又在金牌经纪人安卓茜的手底下，很难不让人怀疑当初的假绯闻就是她们在故意炒作。

而现在阮瑜的人气步步上涨，菱角就更加确定了。

虽然在《职业伪装》里，阮瑜帮菱角向段凛要了签名，可段凛的出现无疑为节目的话题度又添一把火，阴谋论一下，她很有可能是在借段凛给自己凹人美心善的人设啊！

菱角越想越硌硬，都在祈求哥哥快躲，千万不要给阮瑜贴上来吸血的机会！！

总之，梁子结大了。

阮瑜翻着菱角一片骂声的微博，头一回这么赞同对家粉，每一条都想点赞。

她也不想跟段凛一起录真人秀啊！还是二十四小时直播的，难道要她全程对着段凛假笑吗？！

救命，快把你们哥哥抬走！！

阮瑜躺在床上思考人生，落花人独立，微雨燕双飞，她仅剩不到两年的寿命到底要因对家心伤多少回。

正想着，手机突然一振。

收到一条短信。

阮瑜捞起一看，来自一个完全陌生的号码：

【不是告诉过你，离段凛远一点？】

号码是一长串的乱码，阮瑜回拨过去，被提示是空号。

估计对方是借用第三方平台给她发的短信。至于为什么不直接用自己的手机号发……阮瑜想，以前阮大小姐八成是拉黑了这人，对方用自己号码发短信发不过来。

看这语气，除了霸凌阮大小姐多年的那个女变态，她想不出来还有别人了。

也没管对方收不收得到，阮瑜面无表情，打字回复：【威胁我，你也配？】

最简单的嘴臭，最极致的享受。

她又贴合霸道千金人设地补一条，故意说：【段凛在我怀里睡着了，勿扰。】

呵，气死最好。

阮瑜自己都抖了一身鸡皮疙瘩，刚想关手机，一个电话打了进来，是段凛。

他属曹操的？

"这两天有空吗？"段凛淡声问。

上一秒才在背后诽谤过对家，阮瑜有点心虚："啊，怎么了？"

段凛一顿："有空就来我这里一趟，你的车还没开走。"

阮瑜倏然想起，是啊，上回从段凛公寓里搬出来，地库里停着的那几辆豪车却忘记开走了。

"那我明天就过来。"

段凛低应："嗯。"

阮瑜难得发善心地等着他挂电话，十秒后一看，还没挂。

阮瑜不解："嗯？"

段凛也"嗯"了一声。

又来了，对家的心思你别猜，她只好问："那什么，你还有事吗？"

"就没有什么想问的？"他出声。

阮瑜茫然："问什么？"难不成那个霸凌女变态这么快就把她发的短信内容告诉他了？

酒店房间里，段凛靠进沙发，捏了捏眉心，提醒："综艺。"

对了，全网还在为刚官宣嘉宾的《戏游记》闹得沸反盈天！

阮瑜腹诽，按他以往的脑回路，肯定以为她又故意接近他。她毫无感情道："哈，这不是巧了吗，居然又要跟你录同一档综艺。"

挂完电话，段凛盯着黑下去的手机屏幕，一双疏淡的眸敛下来，蹙眉。

知道要跟他录综艺，她似乎并没有想象中的喜悦。

隔天，阮瑜叫上林青和叶萌萌，重回之前住的公寓，到了直奔地库，去取她留在那里的三辆车。

两辆法拉利，一辆玛莎拉蒂，颜色炫到阮瑜见一次被闪瞎一次双眼。

叶萌萌之前没来过地下车库，不知道阮瑜还有这么多辆豪车，当即傻掉："小瑜姐，你家里是有矿啊？"

旁边，林青也听傻了："安姐之前让你给她当生活助理的时候，没跟你提过？"

叶萌萌一愣："什么？"

"我一直以为你知道啊，小瑜姐是我们大老板阮总的女儿，"林青指着坐进车里的阮瑜，"我们商影的明珠千金，你不知道？"

叶萌萌直接疯了，风中凌乱半天，咽着口水，战战兢兢地凑近阮瑜的车，说："小瑜姐，你……"还没说完呢，一见驾驶座里阮瑜的表情，顿住了。

阮瑜捏着手机，不知道刚收到谁的消息，正生无可恋地扒拉车窗。

"小瑜姐，你怎么了？"

阮瑜太委屈了："安姐刚才给我发微信，过年只给我放三天假，我不活了。"

下周纪临昊要出席纽约时装周，她本来还想趁着过年放假去现场追爱豆的行程，结果就放三天假，她追梦吧？

呜呜呜，商影的明珠千金有什么用，压根儿没有半点讨价还价的余地！

心肝爱豆在国外看秀的前线美图频频上热搜，与此同时，阮瑜也放了假，收拾收拾行李，回到阮家的老别墅。

阮宅就在京城市郊的富人别墅区里，家里侍奉多年的阿姨见到她，不叫她小姐，而是温柔地叫她"瑜瑜"，和蔼笑起来的模样像她半个姥姥。

等到年三十，阮正平也回家了。

商影传媒不是阮正平名下唯一的公司，他还有很多其他的产业投资，所以平时忙得不见人影，以往阮瑜和她这个爸爸只有通话联系。

阮正平带了大包小包的礼物回来，全是精致的奢侈品。

他一样样拿给阮瑜："怎么样，小瑜喜不喜欢？"

这些阮大小姐肯定喜欢，阮瑜愣在那儿，不知道该怎么回。

没愣多久，她被阮正平摸了摸脑袋，男人的手掌宽厚，笑纹刻着温情纵容。

"怎么今天一直发愣？是不是太久没见，看我白发变多了不习惯，不肯叫爸爸啦？"

阮瑜看着他的笑容，忽然鼻尖一酸，摇头："爸爸。"

阮正平忧心："怎么了？最近身体怎么样？定期去医院做检查了吗？心脏有没有不舒服？"

"没有没有，我都很好。"

"要是在外面受了什么委屈，一定跟爸爸说。当初你硬要当艺人，我又拗不过你，把你交给安卓茜我才放心一点，她比别人靠谱，出了什么事都能解决。"

"我没受委屈，您就放心吧。"阮瑜点点头。

她以为自己再难融入另一个家庭了，但回到阮宅后才发现，她在这里，也不是全然无依无靠。

这么一想，她就更不准备把自己还剩一年多寿命的事告诉阮正平了，不想让他殚精竭虑。

振作起来，阮小瑜！过好剩下的每一天，从舔屏宝贝昊昊看秀的绝美神图开始！！

年夜饭桌上，阮正平看阮瑜时不时要低头看手机，问道："是在跟段凛聊天吧？"

阮瑜迅速点掉纪临昊的美图："我不是，我没有。"

阮正平觉得她就是，了然笑了："我还不知道你啊？每年过年都吵着要见段凛，怎么今年都领证了，反倒害羞了？正好，明天我们上段家拜年，顺便看看你段爷爷，他应该一直都很想你妈妈。"

阮瑜心里苦，不，她一点都不想在正月初一这种新年新气象的大喜日子里见到对家啊！

她冷静下来，算了，去就去吧，结婚了还不能离？她明天就去提退婚。

子曰，正月初一，宜上门退婚。

翌日一早，阮瑜跟着阮正平去段家。

高门的世界她想象不到。之前阮瑜以为阮宅已经够贵气逼人，但等到车开进段家，阮瑜觉得自己心脏病快要犯了。

东安街首，运河畔，独栋的国宅大院，她一查，每套还配备了两千平方米的中式私家园林。

能住这里，可见段家家世有多显赫。

那，段凛到底为什么能让阮大小姐逼婚成功啊？

老管家见到阮瑜，笑着说："少夫人来了，新年好。"

"别别，你叫我阮瑜吧。"阮瑜差点没被这个上世纪的称呼送走。

管家鞠躬："好的，阮少夫人。二少爷刚才出门了，说不准要等晚饭时才回来，我先带您和阮先生进去。"

穿过重重园林庭院，进入中式别墅内。

一楼茶厅，一老一少正在品茶下棋，老人家看见阮瑜，顿时笑了，不停招手："小瑜来啦，快来，坐爷爷身边。"

阮瑜心里有了猜测："段爷爷好。"

"还叫什么段爷爷，该改口叫爷爷了。"段爷爷果然笑着回应。

阮正平也笑了："老爷子，您最近身体好吗？"

"好得很，小酒都能喝两盅！"

段爷爷哐摸着要去拿酒杯，被旁边的男人一把拍掉："您前两天才检查出来的肝硬化，喝什么酒，喝茶。"

"大年初一，你连酒都不让我喝啦？不孝孙！"段爷爷讪讪缩手，直接骂。

几人坐下聊天，阮瑜才知道，旁边这个看着眼熟的男人是段家的长孙段谨成，巧了，就是冬影娱乐的老总。段爷爷段京生，就连她是阮软时都听过这个名字，一个在年轻时就缔造了商业帝国的男人。

阮软的爷爷就特别爱看 CCTV 的财经频道，她那时也陪爷爷看，"段京生"这个名字都不知道在节目里被提及几回了，他在九十年代成立了京生集团，起初靠开发地产起家，一本万利，现在集团的产业早就覆盖了方方面面。

别问，问就是传奇。

段爷爷就一个独子，在老人家退休后肩负家族产业，整天忙得神龙不见尾。

还好平时有两个孙子常来看望他，大孙子段谨成，小孙子段谨昭。

阮瑜这才知道段凛的原名叫段谨昭，是入圈后才改的名。

她魔幻了。

对家这一波已经超越资本咖的范畴了，资本宠儿摇身一变成豪门皇太子，典型的不红就要回来继承家业。

怎么，大家都是人，女娲捏段凛的时候良心不会痛吗？

"你跟你妈妈一样，心脏不好，身体也不好。"段爷爷握着阮瑜的手，将一串佛珠塞给她，"这个给你戴在身边，保佑你健健康康，一生平安。"

阮正平大惊，忙推辞："这不是您戴了二十多年的吗？就这么给小瑜，太贵重了。"

"我说给就给。你们一个两个，酒不让喝，东西也不让给，要气死我！"段爷爷吹胡子瞪眼。

老人的双手颤巍，像晚秋的树皮一样枯皱，掌心却温暖异常，阮瑜没来由地一阵难过，差点要哭。

"谢谢爷爷。"她轻声说。

"谢什么？你妈是我的义女，我当年看着你妈妈长大，结婚，生下你没两年就因为心脏病走了，现在又看着你长大。"段爷爷低叹，"岁月不饶人啊，我就希望你们能好好的。"

"嗯，您放心。"

她不忍提退婚的事了。

现在看来，当初阮大小姐能逼婚成功，段爷爷肯定从中助了不少力。阮大小姐的妈妈是他的义女，女儿长得像妈妈，段爷爷爱屋及乌，当然也想亲上加亲。

"爷爷。"

正聊着，有人进来。

阮瑜一看，眼前的年轻女人不过二十出头的年纪，肤白貌美，五官深邃，看着太眼熟了。

"家里有客人？"段菡笑眼盈盈，扫到阮瑜，猝然顿住了。

想起来了，她是那个特别有名的服装设计师 Hanna！年纪轻轻就创办了自己的品牌，国际闻名，不少大牌明星都穿过她的设计，中文名叫什么来着——

"段菡？"阮瑜脱口而出。

段菡目光复杂，笑意勉强："小瑜，你也来了。"

以前只知道段菡会说中文，是自小被中国家庭收养的缘故，她也在采访中多次提到，当年她出生在保加利亚的某所孤儿院，很幸运能被现在的家庭收养，家人对她非常好，一路培养才促成她现在的成就。

但阮瑜压根儿没想到段菡和段凛是一家人，这谁能想到啊？

娱记在吗？她今天知道的几件大新闻能让全网瘫痪！！

阮瑜从聊天中知道，段爷爷当年想要个孙女，可儿媳生完段凛后身体一直不太好，才领养了段菡。他一直把段菡当亲孙女养，全家人都宠着，段菡也活成了真正的精致名媛。

晚上，阮瑜被留下吃饭，她上楼，进卫生间洗手。

"你怎么过来了？"

背后传来段菡的声音，却无笑意。

阮瑜转头，礼貌回道："啊，你好，我来拜年。"总不能说原本想来退婚吧。

"你来拜年？以什么身份？"段菡走过来，并排洗手，"你不会以为你逼着段凛和你领了证，你就能进我们家的门吧？"

"你什么意思？"阮瑜皱眉。

段菡擦干净手指，转脸，蓝绿色的一双眼盯着阮瑜，双眸美得似猫瞳，吐出的字句却很冷："我的意思是，被我拍下不雅视频的你，还有什么资格站在他身边，嫁给他呢？"

阮瑜震惊了。

原来是你？！

电光石火间，什么都明白了。

为什么阮大小姐一开始那么讨好那个霸凌变态女，为什么她被霸凌多年从来不敢说，又为什么没在日记里写明到底被拍了什么视频……因为对方不仅拍了她的不雅视频！那人还是段家的宝贝孙女！

"表情这么难看干什么，不会又要哭吧？"段菡终于笑了。

阮瑜气得每一寸神经末梢都在颤抖，盯着她，眼神冷得想杀人。

段菡愣了下。

阮瑜冷笑一声，随后骂了句脏话。

段菡脸色一变，简直怀疑自己听错了："你说什么？"

"听不懂我骂你啊？还是你想再听一遍？"明明气得血液上涌，阮瑜仍克制着。

"阮瑜，你是不是有病？！"段菡不敢相信，认识阮瑜这么多年，她见到自己从来唯唯诺诺，连屁都不敢放一个，她怎么敢？

"你疯了？"

"比起你对我干过的那些事，我骂你一两句算得了什么？"阮瑜的目光丝毫没躲闪，"以后再敢拿视频来威胁我，我不止骂你，还会动手，你试试？"

听到视频，段菡气得煞白的脸色奇异般缓和了些。

"怎么，不想我提吗？是不是太久没重温视频了，脾气才这么大？"

阮瑜目光骤冷，没吭声。

见她紧张，段菡忽然就不气了，摆出一个笑脸："要不要我帮你回忆一下，你在视频里是怎么被灌醉的，又是怎么被那几个人压着脱裙子……

"你不会没感觉吧？对了，你喝醉了，当然不知道，可我拍得很清楚，你身上的每一寸，都拍得清清楚楚。"

冷静，一定要冷静。

阮瑜胃里翻涌想吐，想杀人，忍得双眸红了一圈，生生忍住了。

她必须弄明白，这些年在阮大小姐身上到底发生了什么事。

"你拍这种视频，是为了报复我？"阮瑜声音有些沙哑。

"谁让你不自量力呢？"段菡对镜补妆，举止恢复名媛的优雅，"当年你在学校里凑上来讨好我，不就是有求于我，想借我的关系接近段凛？可他怎么可能看得上你这种骄纵的暴发户小姐。"

阮瑜缄默，极力克制。

"外人都觉得你阮家是豪门，但别忘了，你家能跻身名流，全靠当初我爷爷对你家的帮持。当年你妈就只是我们家司机的女儿罢了，是爷爷好心才收她当义女，才资助你爸，一路让你家坐到了现在的位置。"

两家居然还有这层关系，阮瑜一愣，怪不得阮正平对段爷爷态度这么恭敬。

"我说要帮你跟段凛创造机会，你还真信，也不看看你自己是什么货色。"段菡摇头一笑，"什么气焰嚣张的富家千金，到了我这里，你就是条任我拿捏的虫而已，骂不还口，打不还手，被拍了视频只敢躲着哭，这才是你。"

阮瑜听着她的凌辱，垂下视线，一言不发。

段菡越说越兴奋了："对了，你还不知道吧？你高二遇到的那场绑架，也和我有关。"

"你说你小时候遭遇过绑架，但没跟我提过细节，只说这些年一直有人在威胁你，让你感到很压抑很痛苦。"心理医生的话在脑中闪过。

结合阮大小姐留下的那本日记，阮瑜终于理清了这场长达数年的噩梦的始末。

段菡虽是养女，却受段家人的宠爱，段菡表面上答应促成阮大小姐和段凛的关系，心里却瞧不起她，而且仗着她不敢得罪自己，一次又一次地实施霸凌。终于，在拍下她的不雅视频以后，段菡原形毕露，开始借此威胁她远离段凛。

"怎么眼睛红成这样？你该不会真以为自己是什么柔弱受害者吧？"段菡失笑，"当年被你使性子撒过气的同学可不少，要不是为段凛，你怎么能乖乖听我话？苦情戏别演太过了。"

补完妆，段菡心情愉悦，要走。

"你喜欢段凛啊？"阮瑜忽然问。

段菡脸色一沉："你说什么？"

阮瑜抬眼："我跟你到底谁才是冒牌货？谁不配进这个家门？"

"你……"

"段家好心收养你，辛苦养你长大，就为了让你喜欢上自己哥哥？还下这么狠的手断他的桃花，你是不是变态啊？"阮瑜冷嗤。

"你……"

阮瑜直接攥住段菡挥过来的手腕，目光冰冷，盛气凌人："被我说中了？大姐，以前乖乖被你霸凌是我蠢，我说过了，以后你敢动我一次，我十倍还给你，动手前照照镜子，先看看你自己是什么货色。"

段菡猛然被戳中了心事，手又动弹不得，快气疯了。

没想到阮瑜根本不放开她，将她拖拽到洗手台前，按着后脖颈强迫她看镜子。

"阮瑜你有毛病？！放开我！"

段菡是真的慌了。

平时当惯了优雅名媛，背后阴人在行，但当面根本干不出这种扯头花的掉价事。

她拼了命地挣脱开，脖颈和手腕一阵阵疼，浑身发抖，一半是气，一半是怕。

她刚想发作，视线一瞥，猝然僵住了："哥……哥哥。"

段凛刚回来，不知什么时候出现在了卫生间门口。

"怎么回事？"他蹙眉。

段菡心里想生剥活撕了阮瑜，但这时候也只能勉强一笑，楚楚温柔："没、没什么事，刚才我和小瑜闹了一点误会，现在已经解决了。"

换成以前的阮大小姐，这时候看见段凛，肯定就息事宁人了。

阮瑜也笑了，段菡对上她笑如春水的眸光，心里咯噔一下。

送佛送到西，恶人做到底，懂不懂啊?

"谁说是误会？"阮瑜没管段凛，逼近段菡，"看来你还不太清楚，我今天是以你二嫂的身份上门拜年，虽然没办婚礼，但既然我和段凛领了证，那你这辈子都不可能看到我们离婚了，你作为小辈，以后见了我，更要喊我一声，二、嫂。"

字字诛心，字字往段菡快绷断的神经上割。

"喊啊。"阮瑜笑眯眯的。

神经刹那间断了，段菡扬手——

"啪"的一声，响亮而清脆！

被打的却是段菡。

阮瑜攥住她的手腕，直接干脆利落地反手给了她一巴掌！

段菡捂住脸，被打蒙了。

"不是说，我是你二嫂吗？"阮瑜敛笑，面无表情，"你打我不行，我打你可以，这叫管教。"

打完，阮瑜爽了，也后悔了。

呜呜呜，说什么二嫂都是我口嗨！昊昊宝贝，我的心里只有你没有他，你要相信我的情意并不假！

她没法看段凛是什么表情，正准备目不斜视地离开，擦肩时，却被段凛握住了手臂。

"干什么？"阮瑜莫名有点气弱。

不会准备冲冠一怒为妹妹吧?

段凛低眼看她，神色霜冷，眉宇还紧锁着，黑眸如沉墨，隐含微诧。

她方才扬着下颌，嚣张得像只指爪全张的护食小兽，说这辈子都不打算离婚。

看来，打算得很久远。

近了看，阮瑜的眼圈泛红，手臂和手腕那一片皮肤上有不少血痕，估计是刚才和段菡拉扯的时候被抓的。

等了半天，阮瑜没等来对家的一顿揍，却感觉手臂上被轻轻抚摸了一下。

阮瑜浑身奓毛。

段凛温热的指腹在她的伤口旁边蹭了下，一触即收，很轻，不疼，就是痒。

"伤口，去处理一下。"他沉声说。

"哦。"

阮瑜走后，段菡才逐渐回过神。

见到刚才那幕，她心里一阵没来由地慌乱。

段凛怎么会这么关心阮瑜？他什么时候来的？听到了多少？

她仰视段凛，漂亮的绿眸里蓄满了泪，委屈得像只乖驯的猫："哥哥，她打我，你怎么还……"

人走了，段凛平静地看着他这个妹妹，眉眼丝毫未舒展，神情很淡，气场如浸寒霜："你到底拍了什么视频？"

第九章

– 身份认，霸凌不认

三天假期一过，阮瑜回公司被大大小小的通告砸了一脸。

安卓茜也没闲着："我这边还在替你谈几个推广代言，过两天我带你去跟品牌方吃顿饭，还有，最近准备选角的本子太杂了，这块我再看看。"

"谢谢安姐，辛苦您了。"阮瑜由衷地说。

安卓茜笑了笑，很直接："跟我就别说客套话了，你现在人气起来了，正好是流量变资源的好时候，我还指望你长成公司的摇钱树呢。"

当经纪人多年，安卓茜比任何人都知道艺人上升期的重要性，红不红就全看这段时间的经营。

安卓茜找时间把林青和叶萌萌都叫到了公司，拉阮瑜一起开了个会，耳提面命，一再叮嘱整个团队在新的一年里要谨慎再谨慎，千万别出幺蛾子。

开完会，安卓茜笑着说："新的一年大家会很辛苦，我刚在助理群里发了红包，你们记得领一下。"

阮瑜问："你们还建了助理群？我怎么不在里面？快拉我，我也要领红包。"

叶萌萌迅速领完红包，笑嘻嘻的，把手机屏给她看。

"小瑜姐，你在啊，看，这不就是你吗？"

微信群聊里就三个人，安卓茜、林青和叶萌萌，没拉阮瑜。

但群聊名称很醒目：今天小鱼跃龙门了吗。

阮瑜腹诽：你们平时到底背着我在聊什么！

聊天记录。

林青：【早，没跃。】

叶萌萌：【睡了，没跃。】

安卓茜：【没跃。阮瑜三月的行程表再发一次。】

……

这什么？他们这是在玩养成打卡小游戏吗？

林青说："我拉你进来？"

"不了吧。"阮瑜拒绝。

灵魂拷问：整个团队都是我的事业粉，而我只想当一条追爱豆的咸鱼怎么办？

过完年，《职业伪装》第四期继续播出，热度不减年前。

新的一期，除了贺常原还坚挺在街头魔术师的岗位上，其余四人都被派往工地。连观众都没料到，四人同框后的笑点更密集了。

【哈哈哈"工地 F4"到底是什么鬼啊！打麻将能打出黑帮电影的气氛就真的离谱！导演，我们有充分理由怀疑他们偷偷在外面报了造梗班！这几个人还能再有梗一点吗！！】

但阮瑜万万没想到，同框后，几家粉丝的弹幕共聚一屏的同时，还碰撞出了别的火花。

摄影棚内，休息期间，她正在看节目第四期的回放，屏幕上忽然飘过一条红色弹幕。

【啊，"春雨 CP"甜得我心儿怦怦怦！我嗑了，妆妹们把"般配"打在公屏上！！】

这条弹幕被点了一千多个赞，飘红了。

阮瑜兴致勃勃想看热闹，要知道，爆火的综艺节目里几乎都会有嗑 CP 的粉丝，快让她看看"春雨 CP"是哪……一……对……

等等。

【我用量角器量了，我发誓每次江星淳对阮瑜笑的时候，嘴角上扬都比对别人要高 65°。】

【众所周知，春天快到了，所以"春雨 CP"是真的。】

春雨……淳瑜？她和江星淳？

阮瑜人傻了。

当然，那几条 CP 粉的言论很快就被两家粉丝"我家独美抱走不约"的弹幕大军压了过去，但阮瑜作为 CP 当事人兼小墙头的妈妈粉，如遭雷劈。

江星淳才十八岁啊！这也嗑得下去？举报你们啊！

"在看什么？"

旁边，已经化完妆的江星淳弯腰凑下来，看阮瑜的平板屏幕。

"没什么！"她迅速关视频，不放心地叮嘱，"你以后看《职业伪装》回放的时候，记得不要开弹幕。"

江星淳歪了下脑袋："为什么？"

阮瑜一本正经地说："黑粉特别多。"

说得跟真的一样。

江星淳长睫扑闪，盯着她看了一会儿，忽然笑出小虎牙："好，走吧，导演在喊我们。"

今天阮瑜要拍代言产品的广告大片，还是上次的彩妆品牌，和江星淳一起。

这次的拍摄内容少，一下午就能拍完，一群人赶在黄昏降临前顺利收工，阮瑜和江星淳被叫到一旁，又录了一段幕后小采访。

前几个问题，问的都是品牌相关的内容，最后，采访的工作人员翻了翻问题清单，问："星淳，在我们品牌所有彩妆产品里，如果要挑一样送给你以后的女朋友，你会挑哪样？"

江星淳想了想："挑不出来，应该都想送吧。"

这话一出，"哇"声一片。

阮瑜不由自主姨母笑，天啦，小墙头好甜哦！有种我家"鹅子"初长成的自豪感！

"那你喜欢什么类型的女生？"

江星淳回答："喜欢爱笑的，性格可爱的，嗯……打游戏也好的，能带我赢的。"

周围的工作人员纷纷善意哄笑，居然还会把赢游戏放进恋爱标准里，果然还是十八岁的男孩子。

"那小瑜你呢，喜欢的类型是什么样的？"

江星淳转头看向阮瑜，神情有些认真。

阮瑜其实想说她喜欢纪临昊那种类型的，但这段放出后她十有八九会被同担手撕了，想了想，打了个擦边球："我喜欢唱歌好听的男生。"

江星淳一怔，笑出两个浅浅的酒窝。

拍摄结束。

临走前，阮瑜和众人挥挥手，被江星淳叫住："你下周要拍直播综艺吧？"

"对啊，我还是常驻嘉宾呢，到时候你记得看直播啊，帮我的节目涨人气。"阮瑜弯眼打广告。

江星淳点头："嗯，我一定。"一顿，"加油……小瑜。"

阮瑜笑着挥挥手。

从前期筹备到节目预热，《戏游记》历经数月，终于在三月初迎来第一期的直播录制。

录制前一天，阮瑜和其他几位嘉宾提前到达苏州，当晚入住影视基地附近的宾馆。

阮瑜正在房间里收拾行李，出门转了一圈的林青回来了，手上拿了一页纸，是节目总导演给的台本。

一张纸，就几行字。

【流程：早上4:00，嘉宾化妆。】

阮瑜

3月4日 10：08

请先生多多照顾！ @段凛

段凛

3月4日　10：08

祝太太新婚快乐。@ 阮瑜

【直播规则：剧本真人秀。五位嘉宾进入节目组搭建的场景，分别扮演自己拿到的故事角色，在指定时间内完成节目组发布的任务。】

【直播内容：在不崩人设的前提下，只要最终完成任务即可，剧情走向全凭五位嘉宾自由发挥。】

【注意事项：此次节目直播录制预计四十八小时，直播开始后将封闭场景，无场外援助，也不得向摄像老师请求援助。】

林青就没见过这么抠的台本："怎么连一点剧情都不透露啊？明天可是直播，要是出直播事故了怎么办？"

叶萌萌瞪了他一眼："呸呸呸，就你话多！"

"自由发挥挺好的啊，我看综艺的时候最讨厌有剧本了。"阮瑜心态超好。

林青问："我看其他几位嘉宾都到自己房间了，要不要过去打个招呼，提前熟悉一下？"

"不去！"

阮瑜一脸坚定。

她可没忘记段凛也是这次的飞行嘉宾，打什么招呼啊，她过年的时候刚把人家妹妹打了，他见面不打她就不错了好吗？

阮瑜扑进被子，开始赶人："明天四点起床，我现在立刻马上就睡，晚安！"

翌日清晨，林青和叶萌萌目送阮瑜进影视基地。

节目组包下了附近一部分的影视城，直播地点就在基地内，全封闭的环境，连助理都不让跟，也不知道几位嘉宾拿的都是什么人设，阮瑜会被装扮成什么样子。

中午十二点将准时启动直播，三大视频平台已经开始提前预热。

六点，林青和叶萌萌吃完早餐，各自回酒店房间，补觉的补觉，等直播的等直播。

林青眯了半小时，然后就被震天响的拍门声吵醒了。

"林青！开门，别睡了！出事了快开门！"

林青心脏狂跳，连滚带爬地去开门："怎么了？！"

叶萌萌直接把手机一递，急得要哭。

"你看看这个视频！两分钟前有人发在匿名论坛里的！现在已经被传到微博上了！"

一个娱乐大V在微博上发了条视频，配文：

【清晨暴击，阮瑜的瓜有人吃吗？？她以前的高中同学在匿名论坛上带锤爆料，说她是商影传媒老总的女儿？在学生时代还经常仗势欺凌女同学？！我惊呆了啊，这位人美心善的人设彻底崩了吧？】

视频开头是在教室，阮瑜穿着高中校服，及腰长发染成淡金色，精致漂亮的脸上却毫无笑意，正面无表情地往教室门口走。

快走到门口时，她被一个女生拦住。女生的声音细如蚊蚋，显然很怕她：

"阮瑜，数学课快开始了，你不上课吗？"

"关你什么事？"阮瑜不耐烦。

"可、可你还没交作业……"

阮瑜理都没理，推开她，头也不回地吐出一个字："滚。"

视频结束。

微博才发出两分钟，转发评论就暴涨，并且以惊人的速度在全网传播开来。

不可能会有人认错，那就是阮瑜。

"让你昨晚乌鸦嘴！怎么办啊？怎么办啊！"叶萌萌已经哭了。

安卓茜的手机怎么也打不通，发消息也不回，阮瑜也提前被节目组收了手机，根本联系不上。

林青和叶萌萌在房间里急成了热锅上的蚂蚁，眼睁睁地看着那段视频被转发上万，而且转发和评论数还在成倍成倍地往上翻。

"怎么回事，安姐一直不接电话？"叶萌萌捏紧手机。

林青猛然想起，昨天是安卓茜手底下一位知名影帝的婚礼日，她昨晚还在马尔代夫参加婚礼："别打了，她肯定刚从廖平的婚礼上回来，现在八成还在飞机上，打不通的。"

"那现在我们怎么办啊？！"

林青竭力冷静下来："你现在就联系公司的公关部，我马上去找节目组导演，看能不能让小瑜姐亲自出来解释，快！"

周六，清晨七点，全国人民瞄一眼手机还打算睡个回笼觉的当口，被满屏各网的推送砸了个当头蒙。

【惊天爆料！阮瑜是商影传媒董事长阮正平的掌上明珠！含着金汤匙出生的千金大小姐！】

最初的爆料人在匿名论坛里发帖，爆料阮瑜是商影老总的千金，当年在中国香港某贵族私立中学就读，自己和她正巧是同学。

然而网友还没从震惊中回神，爆料人又猛砸下一记重锤，原来阮瑜当年在学校里风评极差，藐视校规染发不说，还经常在学校里公然仗势欺凌女同学！

校园霸凌可不是小事，原本压根儿没人信，因为最近阮瑜人气大涨，吸粉多，黑粉也多，而在匿名论坛里造谣全凭一张嘴，谁知道这是不是黑粉在故意搞事。

一时间，底下的回复都在质疑爆料的真实性，鱼粉也气得直骂。紧接着，爆料人甩出一张高中毕业合照。

网友放大图片仔细一看，毕业照上阮瑜那张五官精致的脸有颗标志性的泪痣，绝对错不了。

照片放出不过两分钟，又放了一条视频链接。

看着视频里阮瑜嚣张且不耐烦的言行，以及无辜女生担惊受怕的对比，所有人都沉默了。

照片可以是修图的，那视频呢？

根本没法解释。

很快，毕业照和视频就被传到了微博上，炸起巨浪千层，话题一路冲上热搜第一，爆了。激烈讨论的路人和煽风点火的黑粉举目皆是，鱼粉在评论区里还算理智，对外纷纷控评：【不传谣不信谣，等官方的说法。】

但粉丝群里早就吵翻了天，有立即就黑头像退群的，有当即脱粉回踩的，剩下一部分鱼粉还心存希望，仍在等阮瑜本人亲自出来解释。

大粉也表明立场。

阮瑜全球粉丝后援会：【现在一切的争执都毫无意义，恳请大家安静等待事情的真相，只要小瑜还是当初我们喜欢上的那个真实可爱的她，我们就将永远陪在她身边。】

林青一刻不停地刷新着网上激荡如潮的舆论，快急疯了，这边他被工作人员拦在影视基地外，怎么都见不到阮瑜，而另一边，公关部紧急赶出一套公关方案，却迟迟犹豫着没敢动，在等安卓茜回来定夺。

谁能想到会在清晨六七点钟出这种幺蛾子？！

安卓茜没想到，她刚一下飞机，手机里的未接来电和信息已经挤炸了，潦草一翻，险些背过气去。

她第一时间给阮正平回了电话，尽量冷静："小瑜的事我看到了，这件事我会处理好，你放心。"

"我一早就不同意她进圈当艺人，网上风言风语，她怎么可能受得了这委屈。"

阮正平知道这事办起来棘手，安卓茜虽是他下属，却也有不少公司股份，他叹了口气："小瑜以前……是任性了点，可能在学校里也做过错事，这件事不知道会发酵成什么样，我知道你也怕对公司有影响，实在不行，就让她回来吧。"

听这话的意思，连阮正平都毫不怀疑他女儿做过欺凌同学的事，如果舆论继续向不可控的方向发展，就只好"冷藏"阮瑜，让她退圈当回原来那个整日享乐的富家千金。

"我明白了。"安卓茜破天荒地有些无力。

以她当金牌经纪人多年的毒辣眼光，阮瑜是棵好苗子，潜力无穷，本来她有野心培养阮瑜大红大紫，但偏偏眼下出了这种事。

像上次剧组耍大牌那样捕风捉影的传言也就算了，她有信心扭转舆论，可这次是视频！洗都洗不白的铁证！再加上阮瑜的身份被爆出，不但没让网友惊羡，反而直接让霸凌事件上升一个层级。

阶层背景、仗势欺人，吃瓜网友燃起了前所未有的怒火，骂声一片。

现在压热搜，晚了。

安卓茜给林青打电话："阮瑜人呢？"

"安姐！你可算回国了！"从视频发出到现在已经过去了整整五个小

时，全网激沸，林青焦急，"她跟别的嘉宾在影视城里，他们的手机都提前上缴了，我进不去，也联系不上导演组。"

"危机公关呢？发声明了吗？"

"还没发，我们没敢……要承认小瑜姐是阮总的女儿吗？"林青忐忑。

"认。"安卓茜沉声，"身份我们认，霸凌不认。"

"可……"林青没继续说，那万一爆料里说的霸凌属实，视频也没做过手脚，那岂不是在欲盖弥彰，更引发众怒吗？

可想到阮瑜平时除了打游戏被坑时凶了点，孚毛了点，确实是个非常好相处的人。

林青一咬牙："不管怎么样，我觉得她不是那种人。"

"我也是。"旁边叶萌萌红着眼，补了句。

安卓茜回国后的第十五分钟，京城时间中午十一点半，商影传媒的官博终于发出长文回应。

承认阮瑜是阮正平的女儿，但身份绝不会成为她被优待的特权，公司一视同仁，她和所有人一样，只是一个在娱乐圈里为了自己梦想努力的普通艺人。至于视频，只是旧时同学间小有摩擦，网上流传关于霸凌的传言皆不属实。

不出意外，这篇长文声明在极短时间内冲上热搜第一，又爆了。

但这次，舆论几乎一边倒。

【你说不实就不实啊？当我们瞎吗？那阮瑜在视频里摆的臭脸是假的？她骂的那句"滚"是我们幻听啊？】

【众目睽睽下都对同学这样了，那私底下得狂成什么样啊？看那个女生那么怕她的样子，你说阮瑜平时没霸凌过人家，我们还真不信！】

……

鱼粉"支持相信小瑜"的声音被彻底湮没，这段时间好不容易积攒起的路人缘，碎得一干二净。

安卓茜已经无暇顾及网上越演越烈的舆论，她不断接到来电，几个在谈的代言品牌方委婉表明要撤回和阮瑜合作的意愿，下个月约好的杂志内插也黄了，本应在今晚官宣的那个化妆品代言也延期了。

虽说阮正平是商影传媒的老总，可圈内不只有一个商影，说到底，各路投资方跟着舆论走，出了丑闻，管你是不是富家千金，在这个圈里，红才是王道。

权衡之下，那些品牌方仍旧决定中断合作，安卓茜跟人打了半天的太极，好话说尽，还是被匆匆挂了电话，忙得焦头烂额。

林青又打来电话："安姐，热搜上有一个话题，是关于《职业伪装》的，提到小瑜姐了……这个我们要澄清吗？"

"又是什么？！"

"说节目组因为小瑜姐的身份，特意给她多剪镜头，压缩其他嘉宾的节目时长。"林青急声说。

在一片校园霸凌相关的热搜中，"秋曦_镜头"这个话题悄悄爬了上来。

【我看《职业伪装》的时候就想说了，同是女嘉宾，秋曦的镜头比起阮瑜来说少太多了，之前我还奇怪呢，今天真相大白了。嘻，平民老百姓不敢多说什么，你们仔细品吧。】

配图是商影不久前发的声明，那句"身份绝不会成为她被优待的特权"被标红划出，还在旁边打了三个问号，暗示意味十足。

消沉已久的鱼粉出奇愤怒，终于忍不住，评论开麦：

【秋曦粉在这里带什么节奏呢？就事论事，即使阮瑜不是商影千金，节目组也会多剪她的镜头，因为她比你正主有梗有笑点多了。】

要是以往，路人粉也会帮阮瑜多说几句，然而如今这条评论下，舆论已截然不同。

【现在还真有活的阮瑜粉替她说话啊？】

【你们粉阮瑜什么？粉她会骂人会校园霸凌吗？】

【粉随正主，张口就骂人，呕。】

……

安卓茜看气了，冷笑一声。

先前《职业伪装》爆红，阮瑜从中吃到了最大的红利，秋曦公司不满很久了。看来他们这次是终于等到机会，借机想踩着阮瑜卖惨，吸一拨粉。

这个圈子就是这样，看碟下菜，落井下石，一步踏错，什么魑魅魍魉都冒了出来。

这次阮瑜出事明显是有人预谋，挑她忙着录直播综艺的当口爆料，根本让人猝不及防。安卓茜叹气，但这时候纠结是谁做的已经全无意义，怎么收拾烂摊子才是要事。

"《戏游记》的直播快开始了，要让小瑜姐暂停录制吗？"林青担忧地问。

"让她录。事情发展成这样，这时候她出面也没用，我们这边尽量想办法引导舆论，至于别的，只能看她自己的造化了。"安卓茜叹气。

说不准，这是阮瑜最后一次录节目了。

外面闹得腥风血雨，影视基地内却仿佛另一个世界，节目组场务和调度忙得脚不沾地，几位一早就被收了手机的嘉宾已经做完造型，毫不知情，在临时搭建的休息棚里聊天。

十一点半，离《戏游记》第一期开播还有半小时。

"王哥，阮瑜的事在网上闹得越来越大了，要不要告诉她？"副导演凑近总导演，低声问。

总导演心里也掂量着，皱眉："现在不行，万一她临时不录了怎么办？节目筹备了这么久，拉这么多赞助，段凛和黄芷岚的档期有多难约你又不是不知道，不能在这个节骨眼上出差错。"

副导演一想也是，转头在节目组工作人员的群里叮嘱了一句，网上闹得风风雨雨的事在现场半句都别提，务必顺利录完节目。

那边，阮瑜已经和其他几位嘉宾聊熟了。

《戏游记》一共有三个常驻嘉宾，阮瑜、宋亦然、杭杭。

宋亦然她眼熟，人气男演员，参演过不少大热的上星古偶剧，每每那种"古装男神"排行榜里必出现的男星，值得一提的是，他不是科班演员，大学毕业于清华，刚入圈的时候还靠学霸人设吸了一票女友粉。

杭杭是男童星，粉雕玉琢的小正太，演过无数偶像剧家庭剧的童年男主角，今年才七岁。

第一期来了两位飞行嘉宾，黄芷岚和段凛，这两位都是准一线的明星，咖位摆在那里，可见节目组为了给第一期造势有多舍得砸钱。

黄芷岚去年刚拿下电影圈三金之一的金雁影后，年仅二十七已经摘下两金，影迷无数。

段凛……不了不了，对家不想提。

阮瑜躲段凛一早上了，从凌晨四点进城起，躲到现在。

原因无他。

她下意识觉得他脑袋上就贴着"打我妹妹"四个字，自几位嘉宾见面开始，他的眸光若有似无地落在她身上，意味不明，分外胶着，让她如芒在背，搞不清他是想铁锅炖鱼还是油炸酥鱼。

开录前十分钟，导演组请五位嘉宾到空地集合，几人别好麦，准备妥当。

昨天节目组给的台本信息量少得可怜，而几个人都是第一次录这种直播综艺，多数人心里没底，旁边黄芷岚已经第五遍检查自己的妆容，杭杭小脸紧绷，两位男星还好，宋亦然正转头和段凛聊天。

阮瑜也紧张，但在对家面前决不能尿。

副导演拿起平板电脑在盯着视频平台，节目直播间里正在放宣传片花，还没开播，右上角在线观看的观众数达到了一个令人心惊的数目，而且还在疯狂激涨中。

弹幕密密麻麻，几乎看不清画面。

顶流的号召力可见一斑，段凛粉丝给自家哥哥应援的弹幕攻占了半壁江山，其余有来自各位嘉宾的粉丝应援，仔细一看，除了段凛，被提得最多的名字是"阮瑜"。

今早视频的热度完全没降，热搜里的吃瓜群众转战场地，都拥入了节目直播间来看阮瑜，反而给节目更烧了一把火。

舆论当头，弹幕提及阮瑜，几乎都在骂。

跟拍摄像就位，导演组倒数："五，四，三，二，一！准备——

"开播。"

走完嘉宾自我介绍的流程，总导演王路开始介绍节目规则。

"你们身后这座紧闭的城门内，就是你们接下来走剧情的场景，没错，一整座古城都是你们的活动范围。大家必须扮演自己拿到的角色，并遵循原人物设定，直到完成节目组发布的任务。时间期限为四十八小时。"

王路身后有一面硕大的 KT 板，蒙着幕布，他指挥工作人员揭开，板上画着每位嘉宾的卡通人设。

阮瑜找到自己的名字，在旁边看到一个卡通的长发女孩，穿虎皮裙，头戴紧箍圈，手执金箍棒。

这角色特征，眼熟到她差点不敢认。

"导演，我是孙悟空？"她蒙了。

他们要演《西游记》？！

"对，你是。"王路点头，终于宣布，"我们第一期的故事背景与《西游记》中女儿国的剧情有关，节目主题是'女儿情'。接下来，请戴上由 L&L 珠宝为你们设计的角色代表物。"

工作人员打开贴着赞助商品牌 logo 的密码箱，拿出物件，给五位嘉宾一一戴上。

阮瑜扮演孙悟空，别了一枚金箍棒图案的胸针；杭杭扮演猪八戒，项链就是银质小猪；黄芷岚扮演白龙马，戴上小白龙缀饰的手链；宋亦然扮演沙和尚，项链是他的兵器降魔宝杖。

而段凛，他得到一串佛珠，扮演唐僧。

阮瑜已经想死了。

让她来演孙悟空，要是遵循角色设定，是不是还得喊对家一声"师父"？

王路问道："人物设定就不用我再多说了吧，大家有人没看过《西游记》吗？"

看过，但我怀疑我们看的不是同一部《西游记》。

怕有人没看过，王路还是把《西游记》女儿国的原剧情简单描述了一遍，最后，开始发布任务。

"唐僧师徒四人与白龙马去西天取经，途经女儿国，这次需要完成两个任务。一、成功向女儿国国王要到通关文书，顺利过关；二、帮助蝎子精完成心愿。

"只有成功完成这两个任务，五人安全出城，一人不少，才算成功通关。"

阮瑜听完，捋了一遍原剧情，问旁边的宋亦然："按照原故事剧情，唐僧他们……不，是我们，我们经过女儿国，本来是要换取关文，但女儿国国王喜欢上了唐僧，不想让他走，可唐僧拒绝了国王，这时候那个蝎子精趁机出现掳走唐僧，想跟他在一起，最后被昴日星君出面收服，这才成功通关，没错吧？"

宋亦然点点头："没错。"

阮瑜疑惑："那蝎子精的心愿不就是和唐僧在一起吗？要是完成了她的心愿，我们还怎么成功通关？"

宋亦然一听，对啊，那这两个任务还怎么同时完成啊？

节目组不会在玩他们吧？

任务还没说完，王路继续说："刚才这两个是节目组发布的主任务，进入场景后，你们有可能会触发支线任务。

"除此以外，由于节目是直播，所以我们还会有和观众互动的环节，也就是说，在通关过程中，观众也能通过网上投票的方式给你们发布任务。"

很好，节目组就是在玩他们。

镜头外，副导演时刻盯着平板，正在收看直播的观众也炸了。

【连续直播四十八个小时，那吃穿住行都在影视城里？】

【居然是拿《西游记》的剧本，如果剧情走向不设限的话，最后会神展开吗？】

【啊，凛凛今天的黑毛衣太帅了吧！！】

【阮瑜好聪明啊，一下子就发现盲点了。】

【求求阮瑜团队别尬夸了，霸凌的事还没澄清呢，人设崩塌不配有粉。】

【可别糟蹋我男神孙悟空了，阮瑜滚出娱乐圈！】

【校园霸凌必糊，求她快滚回家啃老吧。】

……

弹幕里，各家粉丝都在对自家爱豆喊话，祈祷爱豆离阮瑜远一点，一想到还要跟这个阮瑜一起录整整两天的节目，粉丝简直一秒都没法放心下。

直播间的观众仍在飙升，路人也闻声而来，弹幕大军如滚雪球般不断壮大，节目播出仅十分钟，话题度一飙再飙。

副导演倒吸一口气，不可否认，阮瑜在某种程度上，真的是旺综艺。

现场，阮瑜和其他四位嘉宾站在紧闭的城门前。

城门上高悬着石匾，刻着"西梁女国"四个大字。

王路说："等下城门打开，在大家进去后，节目组将封闭场景，无场外援助，也不得向摄影老师请求援助。注意遵循角色设定，祝你们成功通关。"

阮瑜感觉自己的手指被拉了一下，低头，是杭杭。他仰头，奶声奶气地说："小瑜姐姐，我是要叫你师兄还是师姐呀？"

阮瑜想了想，隐忍地回："师兄吧，我可以是男的，但孙悟空必须不能是女的。"不能给节目组转她童年男神性别的机会。

"可你是很漂亮的小姐姐呀，我想叫你师姐姐。"杭杭笑起来时，眼睛像葡萄，乌黑澄澈。

阮瑜一秒妥协："好，你随便叫。"

呜呜呜，孙悟空会原谅她对小正太的姐姐爱的！！

她被萌得心肝颤，忽然对上旁边段凛的视线。段凛眸色沉静，盯着杭杭拉住她的手，似乎蹙了蹙眉，收回视线，慢慢捻了一颗佛珠。

从进城到现在，她和谁都能聊起来，却只避开他，是在躲他？躲什么？

阮瑜腹诽：导演，唐僧有杀气啊！

前面，黄芷岚回头："走吧，城门开了。"

进城，阮瑜差点以为自己穿越了。

繁华市集，古城街道，满长街望去都是穿古装的女群演，人们摆摊卖货，茶铺前的笼屉还真的蒸着包子，烟火气十足，仿佛女儿国真的活过来了。

弹幕——

【我的天，太逼真了吧！】

【大工程啊，节目组筹备了多久啊？】

【阮瑜滚滚滚！离小孩子远一点！！】

【真相还没出来，脱粉回踩的把嘴巴放干净点。】

【阮瑜粉丝还护着她呢，三观被狗吃了？】

……

刚走一段路，一群从旁边街巷里窜出来的小女孩发现了阮瑜他们，先是面面相觑了会儿，随即咯咯笑着把他们围住了。

这群小女孩群演也就七八岁的样子，穿布衣，梳着羊角辫，围着他们边拍手，边声音清脆地唱童谣："奇怪奇怪真奇怪，高僧长头发，泼猴会变性，猪妖是小娃，和尚最聪明，白龙马非马，奇葩皆一家！"

宋亦然听懂了，他们一上来就被一群小丫头嘲讽了？不对，是被节目组嘲讽了。

阮瑜木然捂住杭杭的耳朵："不听不听，和尚念经。"

节目组搭建的场景太过真实，一路走来，五个人闻着长街两旁的食物香气，饿了。

宋亦然拉住某个群演一问，这里离宫门还要走小半个时辰，相当于近一个小时。

几个人从凌晨四点起就吃了一顿早饭，为了上镜录节目，连水都没喝几口。杭杭默默盯着摊贩蒸的包子，直咽口水。

阮瑜果断提议："我们先找地方吃午饭，等吃完再进宫见国王，怎么样？"

宋亦然说："好。"

黄芷岚看向段凛，含笑询问他的意见："师父，你觉得呢？"

段凛没应。

宋亦然说："黄老师不愧是影后，入戏比谁都快。"

他还没说完呢，脖子上戴着的那条项链坠立马响起"嘀嘀"声，紧接着，传出一声机械的提醒："警告，注意遵循角色设定。"

几人都被吓了一跳，阮瑜回神，新奇地研究了下自己的金箍棒胸针，又看了看杭杭的小猪项链，顿时明白了："节目组在给我们的项链胸针里装了一个微型提示器，肯定是用来提醒我们别OOC（角色出戏崩坏）的。"

果不其然，下一秒阮瑜的胸针也发出警鸣："警告，注意遵循角色设定。"

杭杭问道："什么是OOC？"

"警告，注意遵循角色设定。"

阮瑜还没科普，提示音又响了："每位嘉宾仅有三次提醒机会，次数用完，将直接出局。"

和懵懂求知的小正太对视两秒，阮瑜叹了一口气："OOC 就是 Out Of Character 的缩写，俗称角色出戏崩坏，意思就是从现在开始你是猪八戒我是孙悟空不能再说什么 OOC 不 OOC 的西洋文了！"

她毫无停顿地说完，快到导演组都没法辨别她这段话里"OOC"了几次。

阮瑜："刚刚我那是一句话，只能算一次。"

提示姗姗来迟，有气无力："警告，注意遵循角色设定。"

杭杭懂了，认真点点头："嗯嗯，师姐姐我明白了。"

节目开录还没半小时，阮瑜就被警告了两次，再出戏一次，她就会淘汰出局。人员不齐，就算其余嘉宾能把剧情继续走下去，节目组最初给的任务也没法完成了。

游戏一旦开始，就得遵守规则，她明白这个道理，所以科普完了以后，半句废话都没多说。

监控室内，导演组盯着几个机位的录制屏幕，中央有一块独立屏，正播放着直播的画面。

弹幕骂声一片，都在针对阮瑜——

【自己想出局别拉上全队。】

【阮瑜不配演孙悟空。】

这类杠精言论层出不穷，偶尔有鱼粉看不惯出来争执，都被满满的恶意怼回去了。

但导演组心知肚明，要不是阮瑜这么快就发现节目组放提示器的用意，可能几位嘉宾要多被警告几次才反应过来。

没办法，她现在人设崩塌，做什么都是错。

屏幕里，几个人在古街上挨个问开包子铺、面摊、糕点摊的群演，得到的回答都是给铜钱才能买食物，但阮瑜他们身无分文，根本没钱。

没钱？没钱不卖。

节目组故意等到中午才放嘉宾进城，就是为了这个效果。导演满意地看着阮瑜几人往长街里走，快接近剧情触发点，拿起对讲机。

"通知群演调度，准备一下，开启甲 1 剧情。"

阮瑜找到这家豆腐摊的时候，已经不抱希望了："你好，我们师徒五人路过此地化缘，能请施舍一点斋饭吗？"

长发红衣的老板娘转身，浓眉大眼，皮肤黝黑，居然是个男群演。

阮瑜愣住了。

宋亦然一惊："你是男的？不对啊，这里不是女儿国吗？"

男老板娘听完，长袖掩面，娇滴滴地跺了跺脚，向宋亦然抛了一个媚眼，声音粗犷："死相，不许这么说人家，人家是女娇娥啦。"

谢谢，饱了，甚至有点点反胃。

"小店不收银两，不过今天只剩下四碗豆腐脑了，你们有五个人，那就你们自己商量着分吧。"

豆腐摊前有一张方木桌，男老板娘端上来四碗热气腾腾的豆腐脑，白嫩的豆腐脑浇上打卤汁和花生碎，咸鲜四溢。

一碗豆腐脑的量就拳头大小，每份也只给了一个瓷勺，摆明了不能分。前三份肯定要给两位女嘉宾和小孩子，剩下一份，宋亦然看了看段凛，段凛淡淡摇了下头，示意让给他。

也是真饿了，宋亦然没顾得上客气，坐下开吃。

街上热闹非凡，群演的叫卖声迭起，段凛没跟他们挤一张桌子，等在一旁看街景，有点遗世独立羽化登仙的高僧味道了。

"那个，师父，你吃吧。"阮瑜忽然站起。

段凛闻言回头："你不吃？"

"不吃不吃，我不饿，这份我没动过，给你吃。"

"你不喜欢？"

"没有，怎么会呢？我喜欢，但是我现在不饿。"阮瑜走到他面前，露出标准假笑，催他，"你快去吃吧，等下要放凉了。"

在段凛看来，却是另一种意思。

阮瑜仰头对他笑，露出一点点糯米牙，明明饿得眼泪汪汪，却非要把自己喜欢的豆腐脑给他吃。这样的举动无一不是在向他明示，直到现在，她对他的心意没变过。

段凛静默须臾，似乎弯了下唇："给你。"

"我真的不……"

"我是师父，我说了算。"他音色疏冷。

"哦，好。"阮瑜维持假笑，回桌，快被气哭了。

呜，咸豆腐脑党都是异端！作为一个坚定不移的甜豆腐脑党，她今天就是饿死在这里，让给对家吃，也不会吃一口咸豆腐脑！

但这话不能在节目直播里说，她怕被咸党给剁成豆腐脑。

还是没浪费，她含泪把豆腐脑吃了。

真香。

这会儿弹幕居然没怎么骂了。

【阮瑜在节目里表现还挺好的。】

【假惺惺礼让罢了，豆腐脑还不是让她吃了。】

【段凛刚才笑得我人没了！怎么这么苏啊，好好好，你说了算！】

【夸段凛绅士就完事了。】

……

几人吃完，男老板娘从胸口咻地抽出一条丝帕，一步一扭走过来。

"既然你们吃了人家的豆腐，就要答应帮人家办一件事哦。"

宋亦然悚然："好好说话，我可没吃你的豆腐。"

"讨厌啦。"男老板娘掩唇，发出一串杠铃般的娇笑，提起切豆腐的菜刀，"办不办？"

宋亦然连忙点头："办办办，一定办。"

"我本不是女儿国的百姓，之所以隐姓埋名地来到这里，是因为我的妹妹失踪了。她在两年前来女儿国探亲，却没了音讯，我到处打听，得知她很有可能入了宫。我不能进宫，还请各位小师父帮我寻到妹妹。"

这就是导演组之前说的支线任务了。

阮瑜问："你妹妹长什么样？"

"跟我很像。"

"没了？"

"没了。"

想找你妹妹，就给这么点信息，那还找什么啊？

男老板娘："我担心你们一去不回，所以你们要留一个人在这里，找到我妹妹，我才能把人还给你们。"

几人盯着他手上的菜刀，背后一阵寒意，谁想留在这里啊，怕不是要被做成豆腐脑！

"那就你吧。"男老板娘笑着摸了一把宋亦然的脸。

宋亦然脸色惨白，看向旁边的摄像："不要啊，节目组，你有没有良心？"

一道尖锐的嘀声响起："警告，注意遵循角色设定。"

宋亦然可怜巴巴地说："段……师父救我！"

"他要你，我没办法。"段凛道。

阮瑜吃瓜看戏，眼笑成弯月，瞎扯："沙师弟，你就从了吧，我们先走了啊，等找到人马上回来救你。师父生性仁慈，不忍心看你受苦，肯定很快就解决了。"

段凛垂眸瞥她一眼，顿了顿，说："听她的。"

宋亦然快绝望了，阮瑜不靠谱也就算了，段凛居然也应她，干什么？这就师徒情深演起来了啊？他不是一向不搭理女明星的吗？

旁边，黄芷岚也笑容微滞，打量阮瑜，有意靠近了段凛，说："那我们走吧。"

到了宫门外，演侍卫的女群演拦住他们，说是进宫面圣要沐浴更衣，得穿戴整齐了才能见她们的新王，说着就把阮瑜几人带到了行宫外的一间屋子里。

沐浴倒是不用，但要换衣服。

摄像没跟进来，阮瑜被群演推进一间小屋，换下私服，穿上了节目组给准备的衣服，黄锦对襟上衣，虎纹劲裤，一看就是改装版的孙悟空戏服。等她重新别好麦出来，发现杭杭和黄芷岚也换完了。

杭杭穿了件深蓝色绒袄褂，黄芷岚一身的雪白锦裙，往那儿一站，有感觉了。

阮瑜等了一会儿，段凛从最里间的小屋出来。

连周围训练有素的群演都看呆了。

段凛内裹素白长袍，外披深砖色袈裟，本来僧服跟麻袋似的，而往他近一米九的身上一套，简直像刚从高奢秀场走台回来的名模。

啧，对家这气质就离谱。

先前弹幕还在花样夸猪八戒白龙马的戏服改造，段凛一出来，直接疯了，满屏幕都是词穷的"啊啊啊"。

【圣僧，我有个恋爱想跟你谈啊！！！】

【阮瑜这身好野，腰好细，段凛这身好仙，比例好绝，怎么办？有点想……】

等阮瑜他们被带进宫，弹幕还在号，号了一路，直接号上了热搜。

《戏游记》第一期录制的直播间观众还在疯涨，平台卡了十几分钟，工作人员快马加鞭地抢救回来。《西游记》本来就是高国民度的题材，现在旧瓶装新酒，找的还是段凛和黄芷岚这种高知名度的明星，又赶上阮瑜的话题，热度爆了。

宫内大殿，新王登基，有侍卫来报。

"报！今有东土大唐高僧来我国中求见陛下。"

演女国王的群演快等睡着了，闻言大喜："快快有请！"

一行人进殿，大殿上，黄袍加身的女国王坐在龙椅上，两旁全是女大臣。原剧情里这一段就是女国王对唐僧一见倾心，几个徒弟在旁边吃瓜看戏。阮瑜觉得自己应该没什么出场的必要，就等着段凛推剧情。

"贫僧唐三藏，参见陛下。"

一旦入戏，段凛就收了平时冷冰冰的气场，他演得好，女国王居然演得比他更好。

女国王目不转睛地看了段凛两分钟，旁边大臣叫唤了两遍都没把她的神魂叫回来，最后还是黄芷岚走到段凛面前，隔断了她的视线，她才回神请一行人上座。

一通寒暄，女国王深情款款地让人拿点心。

"今日是我的登基大典，还请御弟和三位高徒与我共观礼宴，待看完再商议通关的事也不迟。不知御弟可爱吃菱角？"

阮瑜早就饿得不行了，也没管宫女端上来的道具能不能吃，偷摸咬了一个水晶包，菱角馅儿的。

宫女继续端，菱角茶、菱角糕、菱角粥……全是菱角。

女国王柔声说："古书记载，菱角味甜，食之，可护御弟一世周全。"

阮瑜腹诽：我书读得少，你不要骗我。

女国王的眼神阮瑜太熟悉了，跟她看纪临昊一模一样，这根本不是演出来的一见钟情，这明显就是粉丝对爱豆的狂热之情好吗！

这女国王是菱角！

节目组搞这一出，代入感太强烈了，弹幕里的菱角呜呜呜炸开，又羡慕又激动，跟队形刷了一整屏的"菱角护哥哥一世周全"。

阮瑜也哭了。

谁不知道她在段凛的粉丝眼里就是贴着哥哥炒作过的眼中钉，节目组找一个菱角来演国王是想暗杀她吗？

女国王盛情邀请他们观宴，一群乐师舞女进殿，抱着琵琶和箜篌，为首的女乐人先是吹了两下断断续续的笛声，紧接着唱出第一声的时候，殿上所有人都惊呆了。

也太……难听了吧？！

这一刻，连弹幕都停顿了。

导演组在监控室里把手一摊，节目组经费有限，大头都用来租场地请嘉宾了，就剩下几个钱，上哪儿去给你们找唱演双馨的群演，忍着吧。

殿上，乐师在搞魔音创作，舞女在转圈圈跳大神，虽然演艺不行，但演技行啊，一个个都投入得像在为仙乐伴舞。

杭杭说："师姐姐，好难听啊。"

阮瑜直翻白眼："这歌唱得……一言'男'尽，女儿国只有女儿的原因找到了。"

导演组愣了。

女国王的嘴角也有点抽搐。

她忍不下去了，马上叫停："我整日听的都是这些宫乐，好听是好听，可也听腻了。御弟，你们从东土大唐来，想必高徒也都能歌善舞，不如请大徒弟献唱一曲，贺我登基？"

阮瑜蒙了。

段凛淡淡扫了一眼蒙了的阮瑜，捻了一颗佛珠，拂袖作揖："我这顽徒平日贪玩，不曾研习乐理，还是算了。"

女国王笑着说："御弟谦虚了，我瞧你这徒弟神通广大，自然是什么都会的。"

弹幕里的菱角也在呐喊。

【啊，哥哥你不要这么善良啊！让阮瑜唱！我们要看坏女人跑调出丑！】

"唱就唱吧，陛下想听什么？"阮瑜站起来。

女国王想了想："我朝有一首流传已久的民间小调，名为《女儿情》，你就唱这首，我对你师父想说的一番话，全在歌里。"说完，她柔情似水地看了一眼段凛。

阮瑜点点头："行。"

"那就快去换衣服吧。来人！带她下去换伶人艺服。"

看阮瑜被带下去换衣服，段凛顿了下，神情难辨。

按她以前的性格，不可能忍得了别人对她有一丝半点的颐指气使，一定会当场发作闹出直播事故，而现在她却没有，确实变了很多。

等阮瑜回来，已经换了一条青色的宫裙，孙悟空在线变宫女，还得唱《女儿情》，救命，她觉得自己的童年男神被节目组侮辱了。

不过，唱首歌而已，现在的小孩哪个没在过年的时候被七大姑八大姨拉出来搞才艺展示啊？阮瑜一点都不尴尬，没让魔鬼乐师团伴奏，而是借了一面琵琶，拉了一张凳子坐到大殿中央，清清嗓，开始弹唱。

从前，她学琵琶学了整整七年，是被爸妈按头逼着学的，专挑年节亲戚串门的时候拿出来表演用。

后来上大学了，总算脱离家里，天高皇帝远，就乐得没再练过琵琶。

阮瑜拨了拨弦，有点手生，但还是熟悉的感觉。

她垂眸，鼻子蓦然一酸。

妈妈没好气催她练琵琶的一幕幕仿佛还是昨天，曾经她以为还会被逼着弹一辈子的琵琶，没想到，现在连挨训都变成了不可能的念想。

导演组在耳麦里指挥摄像："不错啊，阮瑜这手琵琶弹得好！快快快！推一个特写！"

阮瑜的唱功顶多属于 KTV 水平，但琵琶弹得太好了。

她抱着琵琶弹唱，十指翻飞，直播镜头下，她微垂着头，衣袂飘飘，睫影下的泪痣细小勾人，美得整个导演组直拍大腿。

一时间，等着她出丑的黑子陷入沉默，连骂她的弹幕都少了。

"悄悄问圣僧，女儿美不美……"

杭杭拼命拍小手："美！师姐姐太美啦！"

镜头拍到了阮瑜眼尾的一点泪意，屏幕前，鱼粉看得心都要揪碎了，这谁看了不起保护欲啊？像我们小瑜这样怎么可能会霸凌别人？被别人霸凌还差不多！！

现在网上骂阮瑜什么的都有，嘲人品，嘲性格，但唯独没嘲过她这张脸。

在无任何后期滤镜的直播镜头下，阮瑜脸上的每一寸都在观众面前放大，精致的五官轻松抗住了高清镜头的考验，肤白如瓷，一点瑕疵都找不出来。

观众不由得屏息。

她转轴拨弦，衣袂如轻纱翩跹浮动，太绝了，美出了仙气。

颜值这一点，真的没得嘲。

第十章

— 恭喜任务达成

阮瑜弹的这一手琵琶，不仅让弹幕消停了不少，就连现场的那位女国王也一时词穷，意犹未尽。

等曲声停下，女国王皇袍一挥："甚好，再来一首！"

"一首够了。"段凛忽然起身，递上节目组给的关文道具，不卑不亢地作揖，"贫僧与小徒自东土大唐来，去往西天取经，还请陛下为贫僧倒换关文，好让我等继续上路。"

哦对，关文。

女国王羞涩一笑："御弟一路旅途辛劳，还是先在宫中休息一晚，通关的事明日再议。"

阮瑜拖着她那条仙女似的宫裙蹭上前，非常诚恳地说："不，陛下，我们不辛劳，我们就想要通关。"

女国王瞬间板脸："不，你们辛劳，这事没得商量！"

阮瑜语塞。

导演组在监控室内满意点头，干得漂亮！哪有这么容易就让你们通关，那接下来安排的剧情还走不走了？

没办法，阮瑜又去换回她那身孙悟空的戏服行头，师徒一行人被宫女带往后宫寝殿，四人睡一间房。

房间倒是布置得古色古香，外厅摆着八仙桌，但内室却是大通铺，床位紧紧排挨着，连个隔离的床帘都没有。阮瑜服气，节目组也太能省经费了。

在房间里走了一圈，阮瑜发现不少被提前安装好的摄像头。

不是，晚上睡觉也拍？难不成还真要她二十四小时和对家演师徒情深？

在某个机位的画面里，阮瑜精致瓷白的脸逐渐放大，盯着镜头若有所思。

导演组心里一惊：这祖宗又想干吗？

"师姐姐，你在看什么？"杭杭好奇地凑过来。

阮瑜说："你看这小东西长得真别致，肯定是宫中稀罕之物，不如我们把它拆下来藏好，带到西天去献给如来，怎么样？"

杭杭弯眼拍手："好啊好啊。"

一旁，黄芷岚觉得幼稚，没兴趣参与这种七八岁叛逆儿童的拆家行为，正想转头向段凛搭话，却发现他的眸光落在阮瑜身上，他很细微地抬了一下眉，接着眼底染上了一丝笑意，总有那么点说不清道不明的情绪在。

这丝情绪介于探究和新奇之间，还有一丝他自己都没察觉到的，放着没管的纵容。

演过这么多年戏，黄芷岚一直很善于捕捉人的情绪，甚至比镜头更敏感。

她顿时僵了笑意。

阮瑜和杭杭还真开始动手拆摄像头。

导演拿着对讲机吼："群演给我进来推剧情！现在！马上！给我阻止这两个缺心眼的！快！"

此时门外连滚带爬地跌进来三个人，为首的华服女人一屁股跌在门槛旁，头上摔歪了的玉冠都没来得及扶，抬起手："别拆了！你们怀孕了！莫要动了胎气！"

"哈？"阮瑜回头。

女人被两位宫女扶起来，颤巍巍坐在八仙桌旁："我是女儿国的太师，陛下派我来看望你们，这房间可还住得习惯？"

杭杭马上说："不习惯，太挤啦。"

"习惯就好。"太师装聋，"我看你们印堂发黑，是怀孕的征兆啊。"

阮瑜呵呵一笑："你不要欺负我不会看面相。"

太师置若罔闻："你们早些时候是否吃过一碗宫外的豆腐脑？"

"吃过。"段凛接了话。

"这就对了！"太师笑眯眯，"我国历来都有一桩传统，年及二十的女子可以去吃一碗豆腐脑，那做豆腐脑的豆子用城外子母河的河水浸泡过，吃了便可降生孩儿。"

阮瑜又是一蒙。

想起来了，《西游记》里确实有这么一段剧情，只不过原剧唐僧他们是直接喝的子母河河水，到了他们演的这版，就成了吃豆腐脑。说这不是节目组刻意引导，鬼都不信。

黄芷岚回忆："我们现在四个人，除了师父，都喝了豆腐脑。"

太师说："喝了子母河的水，便成了胎气，要想不降生孩儿，就只有一个办法。

"宫外城南有一解阳山，山上有一口泉水，若能讨得泉水喝，便能散去胎气。"

段凛淡声说："我去。"

"那怎么行？"阮瑜想也不想地拒了，弯出一个师徒相惜的假笑，"师父，让我去。"

唐僧去什么去，在原剧里，这个副本是孙悟空单枪匹马去的，为了讨泉水还跟守泉的道人打起来了，换唐僧去，都打不过人家一根小拇指，最后讨不回泉水完不成任务怎么办？

不对，她也不会打架啊。

阮瑜问："太师，要是到时候我跟人打起来，肯定会动了胎气吧？"

"不会。"

她点点头："哦，那就是不打架，这可是你说的啊。"

太师和导演组都蒙了：她这什么神逻辑？

阮瑜要离宫一个人走支线任务，临走前，被段凛叫住。

他垂眸看她，若有所思："能行？"

"我可以的，我行的，相信我。"她依旧假笑。

"嗯。"段凛一顿，神色看不出什么，声音却低了，"小心。"

杭杭给阮瑜抛了一个飞吻，奶声奶气地说："师姐姐，注意安全——"

阮瑜没半点镜头包袱，小正太的飞吻怎么抛过来的就怎么抛回去，笑靥很甜："行，在这儿等我回来。"

看见这一幕，观众的心情复杂交织，陆陆续续有一些夸她的弹幕冒出头。

【发现阮瑜好讨小孩子喜欢啊，杭杭就黏她不黏黄芷岚。】

【她对其他嘉宾其实还挺友好的，没架子。】

【阮瑜真的是被综艺之神眷顾的幸运儿了，总能有神反转，真的好好笑！！】

【镜头前装得好罢了，还在替阮瑜洗白呢？】

【她同学都亲口指认她以前霸凌了，怎么还有洗地的？】

【呕，阮千金迟早要糊。】

【阮瑜滚。】

……

此时直播间的观众数还在剧增，节目导演组看着掐得腥风血雨的弹幕，喜忧参半。

"阮瑜这话题度没谁了，但这社会影响……不知道下一期赞助商还让不让用她。"

"不管了，拍完这期再说，通知一下平台工作人员，可以发任务了。"

很快，吐槽得正欢的观众发现，在直播屏幕的下方忽然弹出一个小框：

【剧情：孙悟空将前往解阳山讨要泉水，却碰上泉水的主人如意真仙

阻挠，只有完成真仙给出的任务，孙悟空才能获得泉水。】

【选择：A. 自行打满二十桶泉水；B. 一口气吃掉十个蟠桃；C. 数出竹林所有竹叶数。】

【提示：此为五分钟限时投票，观众票数最高的选项将形成任务。】

下一个任务居然由观众投票发布，这种身临其境的互动感让正躺着看直播的观众一下子坐了起来。

经过今早的爆料，此刻的吃瓜群众和黑子对阮瑜的印象就一个"差"字，打泉水和吃桃子这种小打小闹的任务怎么能用来惩治黑心千金？当然是选择折腾她啊。

五分钟后，票选结果出来，选项C以百分之六十的占比遥遥领先。

给我数叶子数到天荒地老去吧！

直播画面里，阮瑜出了宫门，一路向群演问路，终于来到宫外的某座府邸。

没错，府邸。

府邸前的牌匾写着"解阳府"，进去，院中竹林飒飒，流水潺潺，假山叠嶂，那小假山的山顶插着一块小木牌，上面写着"解阳山"三个大字。

节目组，真有你的。

假山旁立着一名白袍老道，见阮瑜闯进来，怒目横眉："何人闯我解阳山？"

"我……那么，算是孙悟空吧。"阮瑜勉强承认。

如意真仙问："你好像很嫌弃自己？"

阮瑜回道："我不嫌弃自己，我嫌弃的是自己，我是我，我又不是我，你能明白吗？"她嫌弃的是性别转童年男神的她自己啊！

如意真仙如实说："不是很想明白。"

"你想来取我的泉水？我这泉水不白送人，要想取水，须得了却我一桩心事。"如意真仙面无表情地走剧情，"我想知道我这一院的紫竹林到底长了多少片叶子，你能帮我数出来，我就将泉水送你。"

阮瑜腹诽：节目组你怎么不上天数星星呢？

两人大眼对小眼片刻，阮瑜去竹林里绕了一圈，钻出来，斩钉截铁地回道："一共250941片叶子。"

导演组回过神：什么"二百五就是你"，感觉被内涵了。

"不对！怎么可能数这么快。"如意真仙脱口反驳。

阮瑜抱手倚着一棵竹子，笑得眉眼弯弯："你怎么知道我不对？"

"反正……就是不对。"

阮瑜叹气："行吧，那我认输，你说一共长了多少片竹叶吧。"

不是，这怎么就认输了？她不按常理出牌啊！

如意真仙傻了，导演组也傻了，本来这段剧情是想为难一下嘉宾，打算闹出笑料以后再放水给提示的，谁能想到阮瑜逆水行舟，不进马上退啊？

耳麦里导演组没给指示,如意真仙只好憋道:"长了……106000片叶子。"编的。

"错了,多了一片,一共105999片。"

阮瑜摊开手掌,掌心里躺着一片叶子,得意地哼哼:"我刚才从树上揪了一片,所以我猜对了,承让,承让。"

如意真仙、导演组、观众心想:还能这样?!

之前想着给阮瑜出难题的观众没看成热闹,反被这开挂一样的现实打了一耳光,骂声都消减不少。

【建议清华数学系速速录取。】

【哈哈哈,一看就是老益智游戏玩家了。】

【没出霸凌的事多好,我真的挺爱看她上综艺的,唉。】

【我相信小瑜,等真相吧。】

【别洗了别洗了别洗了,我吐了。】

【滚滚滚!】

……

任务就这么轻轻松松过了,如意真仙没真舀泉水给阮瑜,而是拿了一坛封好的水给她,坛身上贴了一张红纸,用毛笔写着某矿泉水赞助商的牌子。

回宫时,天光暮色,黄昏近夜。

由于节目是二十四小时直播,所以在观众看来,《戏游记》更像是一个奇妙的平行时空,全国观众捧着手机和平板,边吃晚饭边看节目。

另一边,阮瑜几人也在吃晚饭。

女国王让宫女送过来的,全是素宴。

饭桌上,阮瑜正在给杭杭剥一颗小土豆,边剥边有气无力地说:"不是说酒肉穿肠过,佛祖心中留,吃点肉怎么了?啊?怎么了呢?"

"谢谢师姐姐。"杭杭甜声道谢。

段凛瞥阮瑜一眼,平静道:"这句诗,其实还有后面两句。"

阮瑜下意识问:"什么?"

段凛也给杭杭剥了一颗土豆,搁进他碗里,抬眸,眼睛在明灭烛光里染上一点笑意:"世人若学我,如同进魔道。"

啧,妖僧。

阮瑜吮了下指尖的土豆泥,有些狐疑,怎么感觉这对家越来越不对劲?

这一幕简直太有感觉了,旁边在拍的摄像都有点扛不稳机器,就更别提弹幕了。

导演组一看直播间的实时弹幕,满屏都是不疯魔不成活的"啊啊啊",显然是被刚才段凛撑脸特写的那一瞬笑意给杀没了的。

"你别说啊,其实段凛和阮瑜还真有CP感,他俩和杭杭像一家三口,旁边黄芷岚都是多余的,不如后期剪精华版的时候,我们……"

总导演瞪过去："想都别想，你想死啊？给段凛剪CP，看他这么多粉丝杀不杀了你！"

直播还在继续。

宫里入了夜就没什么意思了，阮瑜他们没手机，没电脑，只好潦草洗漱一下，准备睡觉。

宫女端来洗脸盆和一堆木质的瓶瓶罐罐，大瓶的是"雪花露"，给女嘉宾擦脸润肤用的，小的那一瓶叫"去脂膏"，阮瑜倒出来一搓，行吧，其实就是卸妆油。

阮瑜和黄芷岚卸了妆，睡通铺最里面的两张床，段凛睡最外，中间隔着一个牙都没换齐的杭杭。

摄像已经离开了房间。

躺了良久，在房间四周安装的摄像镜头下，阮瑜又爬起来，从床头拿出一瓶宫女刚才拿来的木罐头，倒出两粒，就着水吞了。

这是她在节目开拍前强制要求带进来的，别人不知道，只有她自己知道，这是她每天都要吃的心脏病续命药。

都这个点了，弹幕还很热闹。

【女明星就是女明星，素颜都这么美。】

【阮瑜吃的什么？】

【是胶原蛋白维生素之类的保健品吧，她在《职业伪装》里也吃过。】

【千金小姐的精致我等贫民不懂。】

【娇生惯养罢了。】

……

吃完药，阮瑜刚想爬回床，就撞上了一道视线。

光色很暗，段凛半撑起身盯着她刚放下的药，蹙着眉，似乎想说什么，又碍于镜头没出声。

看什么看？

阮瑜那种诡异的莫名其妙感又回来了，她爬上床，被子一卷，睡觉。

翌日，阮瑜几人继续走剧情，女国王盛情邀请段凛去游湖赏花，绝口不提给他们倒换关文的事。

现在还是三月末的寒春，宫中的御花园里连朵迎春花都没长出来，更别提什么风景了。阮瑜边逛边吐槽，一行人在花园里装模作样看风景，简直就是笨蛋儿童欢乐多。

女国王带着段凛在前面走，阮瑜几人和太师宫女跟在后面，真的无聊。

可能本身就是菱角的缘故，女国王对段凛的热情简直真得能拿奥斯卡小金人，一颦一笑，含羞带怯，可惜段凛惜字如金，神情疏淡，活脱脱一朵出淤泥而不染的圣僧。

这就有点尴尬了。

就这一段，电视剧里还有个 BGM 呢，可他们现在什么都没有。

太师显然也想到了。

众人绕过一个小凉亭，太师清了清嗓，开始人工配唱背景乐："鸳鸯双栖蝶双飞……"

在曲调下，女国王将了将耳畔的一丝长发，秋波盈盈地睨了一眼身旁的段凛，烟视媚行，含情脉脉。

忽然一道歌声加进来："倒换关文给不给——"

太师和女国王一头雾水。

导演组没想到阮瑜会忽然来这么一下，笑岔气了。

太师嘴角抽搐了下，充耳不闻："满园春色惹人醉——"

阮瑜接道："难道通关我不配——"

"悄、悄悄问圣僧……"

"通关给不给——通关——给——不给——"

太师漠然闭上了嘴。

这节目效果，真的谁都忍不住，弹幕全在笑，笑完了依旧有黑子阴阳怪气地骂一句"霸凌鬼别抖机灵博眼球"，可针对阮瑜的难听话已经比昨天少多了。

女国王眼角抽了抽，看向旁边的段凛。

段凛没回头看，目光仍旧冷淡地落在前方，嘴角却勾出一点笑意。

哥哥居然……也在笑。

当天直播的笑料也层出不穷，大部分都来自阮瑜。导演组公认，天生的戏精，综艺的梗王，虽然直播间的弹幕依旧乌烟瘴气，但热度比起昨天来只增不减。

女国王和自己的爱豆待了一整天，献殷勤献得满面春光，黄昏时分，她终于想起来自己还是一个国王，说要处理国事，和他们暂别。

阮瑜几人回到住处，愁眉不展。

再拖下去，明天中午就该到录制结束的时间了，他们的任务却丝毫没进展。

入夜，太师敲响了他们的门。

进门后，太师对段凛笑道："近日我西梁女国得了一件传国之宝，陛下让我前来，邀圣僧去看国宝。"

阮瑜精神一振，剧情来了。

按原剧里的剧情，太师把唐僧引去看国宝，其实就是引进女国王的寝殿看美人陛下去了，而蝎子精也是在这个时候出现，掳走唐僧。最后蝎子精被昂日星君收服，女国王也忍痛释然，放唐僧过关西天取经。

阮瑜捋了一下故事线。

他们需要完成两个任务，一是全员成功通关，二是帮助蝎子精完成心愿。

到现在一个任务都没完成，不仅缺一名被豆腐摊男老板娘扣留住的宋亦然，蝎子精的心愿也没搞清楚。哦对，那个男老板娘还让他们帮忙找妹妹来着。

弹幕里的菱角当然知道接下来是女国王色诱唐僧的一幕，都炸了，纷纷刷着"哥哥不要去"，大有连夜暗杀节目组的意思。

阮瑜决定先按剧情走："师父，你去吧，早去早回。"

"不行。"黄芷岚出声阻止。

暂时将太师支出门外后，黄芷岚看向段凛："师父此去不安全，一路取经过来，我们碰到的妖怪还少吗？师父孤身见人，我怕有危险。"

段凛扫了她一眼，神色很淡，没回应。

"还是别去了。"黄芷岚坚持。

气氛陡然僵持住了。

阮瑜的脑袋里有五百个小问号。

不是，怕什么？我们不是都知道剧情了吗？还有段凛那快一米九的大男人，到底谁有危险啊？

看直播的菱角齐齐舒了口气，导演组却哽了一口老血，不走剧情，接下来拍什么？！

副导演敏锐地觉出了点什么，说话有些迟疑："王哥，黄芷岚她……"

"对，她当初就是听说段凛会来，才接了我们的节目。"总导演掸了掸烟灰。

黄芷岚喜欢段凛，在圈内不是什么秘密。

听说当年黄影后还在两人拍某部合作戏期间，在酒店里告白段凛，不过好像没成，还得罪了本人。那事在圈内闹得还挺大，那段时间黄芷岚肉眼可见地消沉，连接的通告都少了。

这两天看下来，传言或许是真的，段凛几乎没理过她。

总之，她要坚持拦着段凛走剧情，这就难搞了。

导演正愁秃了头，就听阮瑜开腔："行吧，那他不去，换我去。"

"孙悟空不是会……不对，是我，我会七十二变的吧？"阮瑜想到什么，"那我变成师父的样子去赴会不就成了？反正女国王肉眼凡胎，看不出来。"

导演说："让她去！"

好阮瑜，以后不叫你祖宗了，简直综艺活菩萨！

寝殿，暖香融融。

轻纱幔帐里，女国王披着薄薄一件水红纱衣，倚在床头。

"陛下，人到了。"太师在殿外扬声。

烛光影影绰绰，女国王见纱帐外有人走近，不胜娇羞地掀开帐帘："御弟哥哥……"

阮瑜笑应："欸。"

女国王说："怎么又是你？"

导演在耳麦里提醒："注意，孙悟空此时变化成唐僧，你看不出来。

重复一遍，你看不出来。"

女国王腹诽：我怎么可能看不出来？

没办法，只能按照剧情走，女国王心理崩溃地对阮瑜念出柔情似水的告白语，还得凑上前，不断用肢体动作撩拨对方。

"御弟哥哥，你别取经了，娶我吧，你我从此鸳鸯双栖，共享江山，不好吗？"

女国王凑过去，阮瑜没一点心理负担地接住，搂着美人："好啊！这万里河山你一半我一半，感情不会散。"

女国王愣住了。

弹幕这会儿没人在骂，都笑傻了。

这一幕，女国王深夜色诱圣僧？不是吧？是淫僧夜袭女国王吧？

两人还在表面你侬我侬，忽然听殿外一声高呼："师父！"

消失了快两天的宋亦然疾步冲进来，惊惧地拉开两人，拆穿女国王："师父，你别信她！她已经被蝎子精附身了！你要是答应跟她在一起，怕是今晚就要被她啖肉饮血！"

阮瑜还没反应过来，已经被宋亦然拽着跑了出去，逃离寝殿，在宫里弯弯绕绕地跑了良久。

"等、等等——"

别，别跑了，要死了！

她有心脏病的啊！

就在阮瑜两眼发黑的那个临界点，宋亦然终于停了。

阮瑜胸闷气短，扶膝喘了半天，脸色苍白无血色，缓了良久，抬头一看，才发现她被宋亦然带到了一处荒凉的小院内。

她喘气："你这、这两天都在哪里啊？"

没想到宋亦然缓慢漾出一个诡异的笑容，沉声说："我这两天，都在想着怎么能从宫外进来。你被我骗了。"

"哈？"

"这里是我的琵琶洞，我才是那蝎子精，也是你们最初在宫外看到的那位男老板娘，我扣下了你的三徒弟后，就想方设法上了他的身，所以你现在看到的人，已经不再是你的三徒弟了！淫僧，我今晚便是来杀你的！"

蝎子精居然是男的？

这剧情走向阮瑜听不懂了："等等，等等，你是那个男老板娘……你入宫来杀我？那你不找妹妹了？"

"根本没有什么妹妹，那只是为了扣住你们其中一人的借口罢了。"宋亦然冷哼，"宫门外有照妖镜坐镇，我等妖物根本进不来，即便是附身凡人也会被照出妖气，只有附身到你们这种有资格进来的妖物身上，才不会被察觉。"

阮瑜太惊喜了："那就是说，找妹妹的任务不用做了？"

"换个问题。"

"哦，你为什么要杀我？"

宋亦然脸色发沉，咬牙切齿："祸乱宫闱，以色媚上，淫僧尔敢，不杀你杀谁！"

"就因为陛下喜欢唐僧？等会儿，你的心愿不会是杀唐僧吧？"

那一刹那，宋亦然有片刻愣怔，又迅速回神。

"都是要死的人了，废话还这么多，拿命来！"

死是不可能死的，就在两人对峙之际，不远处又响起雷霆一声："孽畜。"

宋亦然回头，大惊失色："星君？"

阮瑜循过去看，院门……不是，琵琶洞前站着段凛他们，太师也跟了过来，旁边还带着一位白胡子老道，应该是来收蝎子精的昴日星君。

昴日星君怒不可遏："你私逃下凡，为祸人间，今夜我便顺应天道来诛你。"

阮瑜忙挡在宋亦然面前："星君手下留情！"

开玩笑，任务还没做完呢。

她回头，问道："你死前有什么心愿未了吗？"

"我……"宋亦然的脸色变了又变，最后颓然，"我还想再见她最后一面。

"当年宫外长街惊鸿一瞥，我为她留在了女儿国。我就是想，再见她一面。"

"你喜欢陛下？想见她？"

"嗯。"

太师在不远处喊："你是个妖怪，我们陛下是断不会再见你的，死了这条心吧！"

蝎子精是个男人，还对女儿国国王痴心一片，节目组可真有你的。

"好了，大圣，让我收了这孽畜吧。"昴日星君叹气。

"不行。"玩游戏要赢，不完成任务怎么行？阮瑜的胜负欲窜上来，头脑风暴了半天，"有了！我有办法让你现在就见到她，是不是只要见到她，你的心愿就了了？"

宋亦然点头。

阮瑜说："其实我是变成唐僧的孙悟空，你别急，我马上变成陛下，你就能见到'她'了却心愿了。"

这阮瑜真的太聪明了！

阮瑜像模像样地闭眼半晌，再次睁眼："好了，好了，变完了。"

宋亦然的眼神立即变了。

他盯着她，面上刹那间迸发出惊喜，又迟疑地伸指触碰了下她的脸，愣了一瞬，眼底是难以言喻的满足与恋慕。

下一秒，阮瑜身体一紧，已经被他搂在怀里。

这是什么缘分让我们相遇宫门之外，命运却要我们生死中相爱的神仙爱情啊，宋亦然的演技太好，观众完全被代入情境，在弹幕里呜呜地哭。

错位告白

·160·

段凛眸光冷淡，扫向昂日星君："诛吧。"

昂日星君一声喝下，宋亦然松开阮瑜，倒地不醒。

与此同时，几位嘉宾身上的微型提示器发出嘀鸣：

【恭喜，已完成任务一，蝎子精的心愿。】

【未完成任务二，女国王的允诺。】

接下来的任务就好办了，等几人回到女国王的寝殿，发现女国王仍瘫坐在床边，怅然若失。

她看向段凛，惨然一笑："刚才你从我身边被带走的时候，我就知道，你是我此生抓不住的那只蝶，你我也不会有双栖双飞的那一天。我放你走。"

嘀鸣声再度响起，通关了。

居然提前通了关。

耳麦里响起导演的一声"Cut"，周围群演纷纷拍手欢呼起来。旁边，演太师的那个女群演终于忍不住，过来捏了一把杭杭肉嘟嘟的正太小脸。

阮瑜也觉得有点恍惚，等会儿她出去一定得吸两口宝贝昊昊的美图，再吃一顿全肉宴！

半小时后，嘉宾和群演聚集在影视城外的空地上，直播还在继续，满屏幕都是密密麻麻的"恭喜收官"弹幕，总导演站出来发表了一段感言，最后导演偕嘉宾对镜头俯首鞠躬。

长达三十六小时的《戏游记》第一期录制完毕，当晚十二点三十五分，直播结束。

阮瑜被节目组叫去录了一段后采，还拿回了自己的手机。

她一边开机，一边往采访棚外走，不远处，林青和叶萌萌已经收到节目组的消息，过来接她。

阮瑜笑着挥挥手："林青！萌萌！"

"小瑜姐。"

"看直播了没？"阮瑜坐进商务车，"我表现还可以吧？应该没给孙悟空丢脸吧？"

"没，不丢脸。"林青觉得阮瑜的综艺表现简直好得要命，可是林青此时笑得却比哭还难看。

阮瑜觉得不太对劲，茫然往旁边一看，叶萌萌的眼睛已经红了。

林青哑声："小瑜姐……出事了。"

话音刚落，阮瑜才开了机的手机接连炸出数条信息，一条紧挨着下一条，消息多到几乎卡屏。

翻了翻，上百条未接来电、微信消息、新闻推送，信息量炸到她一瞬间蒙了。

阮瑜看都看不过来："你们怎么给我打过这么多电话？"

车上，林青点开视频，将平板递给她："小瑜姐，你先看看这个。"

阮瑜接过，与此同时，手机又打进来一通电话，她边看视频边接起。

"小瑜啊，刚录完节目吧？"那边是阮正平，他声音温和，"爸爸看你的直播了，辛不辛苦？"

"一点都不辛苦，还挺好玩的。"

阮正平叹了口气："好，你玩得开心就好，以后要是觉得太累，我们就不做艺人了，回家爸爸养你……这两天好好休息，要是看到什么不开心的事就回来，有爸爸在呢。"

什么不开心的——

阮瑜惊愕住了。

她一心二用，才迟钝地反应过来林青给她看的是什么。

视频里拍的显然是高中时的阮大小姐，染着一头嚣张的淡金长发，在不耐烦地推开同学后直接离开了教室，整个视频不过三十秒，完完全全突显了一个狂字。

阮瑜不记得自己什么时候挂了电话，等她把两天前闹得沸沸扬扬的霸凌爆料补完后，脑海里只剩下一片空白。

"我……什么？！"

第一反应是慌乱，下意识的无措，她之前只知道阮大小姐脾气骄纵，人缘也差，任不任性的反正强行逼婚鸠占鹊巢这种事情没少干，但她死都没想到她以前还霸凌同学啊！她那什么老同学在匿名论坛里爆的料，一件件都说得跟真的一样。

对于公众人物来说，这百分百是从今往后都抹不去的黑点，更甚者，说不准要上社会新闻的啊！

这还是其次。

昊昊知道了会怎么看？粉丝知道了会怎么看？粉上这么一个有污点的艺人，会失望透顶吧？

不，不对。

林青担心地觑阮瑜的神情："茜姐的意思是，这段时间我们先避一避，也不参加露脸的通告了，等过段时间舆论声音小下去，说不定大家就忘了……毕竟实锤就一个视频，撑死了就只能说当年和同学之间相处不友好，其他的传言我们不认就好了。"

阮瑜说："不是不参加通告，是根本没通告了吧？"

"嗯，广告代言、综艺邀约什么的，都没了。"叶萌萌红着眼。

阮瑜脸色苍白，盯着车窗外出神了半晌，慢慢冷静下来。

"这事不对。"

阮大小姐人缘的确是差，所以这么多年来，阮大小姐的社交软件里压根儿就没有和老同学联系过的痕迹。可试问谁会在相安无事许多年的情况下，还往事重提？她就不怕阮大小姐见到这些爆料后记起她是谁？她不怕秋后算账？

不怕秋后算账，那家世一定不比阮家差，既然如此，当初怎么可能受阮大小姐的气？

但那人不怕。

因为那些有可能都是编的!

一想到这风波是掐在她参加真人秀的当口掀起来的……还是她和段凛一起参加的节目,阮瑜几乎可以确认在背后搞事的是谁了。

想明白了,阮瑜竭力抑制着愠怒,问林青:"这几天我都没有通告了是吗?"

"没了,原来有的,也都延期了。"林青想起件事,"对了,昨天《职业伪装》的最后一期播了,本来节目组导演联系过我们,说是想让嘉宾在微博发一段完结感言,再帮忙宣传预热一下第二季……不过现在非常时期,要不还是别发了。"

阮瑜不以为意:"发,为什么不发?"

"网上不都说我带资录节目,后期给我多剪了镜头吗?不发,显得我多避嫌啊。"她嘲讽道。

林青忙阻拦:"祖宗,别——"

拦不住。

阮瑜点开微博,抿着唇,编辑了一长段《职业伪装》的录制感言,参考江星淳他们的格式,在末尾@了每一位嘉宾,以及节目的官博。

刚发出去没多久,评论铺天盖地地涌了进来,私信、转发,全炸了。

网友们刷出阮瑜的新微博,差点不敢信,气笑了。

【你不乖乖躺平任嘲,还敢像没事人一样在这儿蹦跶呢?有后台就敢这么嚣张?还嫌没被骂够?】

阮瑜发微博的话题很快窜上了热搜,一时间,评论区留言都是清一色的"滚"字,孤立无援的鱼粉压根儿抢不到评论前排,只能任由那些难听话撑在阮瑜的眼皮子底下。

风口浪尖上,没人敢替阮瑜说好话。

阮瑜的这条微博,节目官博不敢转,其他嘉宾也不敢互动,想互动的,也都被自家经纪人死死摁住了手。

这时候谁跟她互动就是站队,站队就是支持校园霸凌,有谁会蠢到自毁星途?

回到酒店房间,阮瑜翻了一下微信,意外地,居然还有人发消息关心她。

心理咨询高医生:【心态放稳,有事复诊。】

江星淳:【没事吧?心情不好可以找我打游戏,我相信你。】

呜,小墙头还给她发了一个狗狗打气的表情包。

面无表情到现在,阮瑜终于忍不住了,低头揉了一下眼睛,深呼吸,回过去:【正在泉水复活中,谢谢你呀!】

网上正骂她骂得不可开交,吃瓜路人和黑子像讨伐反派似的蜂拥而上,正当各家明星粉丝作壁上观的时候,段凛粉丝发现他们哥哥微博上线了。

菱角心里猛然咯噔一声,忽然想起来,阮瑜在感言里确实提了一句段凛，但就只是轻描淡写的一句"感谢和我搭过戏的演员们没在录制过程中拆穿我"，在这个节骨眼上，哥哥千万别傻傻地跟这女人互动啊！！

然而下一秒，段凛转发了阮瑜的微博。他什么也没说，简明扼要的"转发"两个字。

啊！！！

菱角咬牙切齿：他们刚录完《戏游记》，这肯定是阮瑜在旁边哭着求哥哥转发的！只是单纯节目营业罢了，说不定又是团队上他的号发的！

阮瑜还在喝水平复情绪，一看微博热搜，段凛转发她微博的话题已经飙上了前三，险些一口水呛死。

对家干吗？！

热搜下，菱角的控评还算冷静，清一色的"普通转发勿发散"，控评图是段凛这些年做慈善捐款的汇总，大有"我们哥哥不和某些恶毒霸凌千金同流合污"的架势。

门铃在响。

阮瑜去开门，房门外站着一个马尾辫女孩，是《戏游记》节目组里的总协调助理。

"你好，节目组想请嘉宾去吃夜宵，王导让我来问你去不去。"

"你们去吧，我就不去了。"这时候，阮瑜知道自己去了也是尴尬。

她一顿，又问："段凛也去吗？"

助理说："没有没有，他不在酒店，刚录完节目就赶去机场了，应该是行程很紧吧。"

他行程紧不紧她不知道，为什么转发她的微博蹚浑水，她倒是很想知道。

阮瑜关上门，心里跳着五百个小问号。

正想着，手机嗡鸣，打进来一个座机号码。

今晚真的没消停了，她接起："喂。"

"你满意了？"

阮瑜一下没听出来："你是？"

"你说我是谁？"女人轻声笑，"当然是，送你一举成名的人了。"

阮瑜声音骤冷："段菡。"

听着她话语里憋着的火，段菡心情很好："我没想到的是，事情闹得这么大，你还能录成节目。不过也就这一次了，以后，恐怕再没机会出现在镜头前了。"

忍着想手撕了这傻子的冲动，阮瑜点开录音软件，强行让自己镇静下来。

"所以……你就在匿名论坛里散播我霸凌同学的谣言，还故意发那个视频引导舆论，就为了让我在娱乐圈里混不下去？"

那头沉默了一阵，阮瑜心说自己果然猜对了，而下一秒，段菡却温柔地回道："你想让我回答你什么？怎么，想录音当证据？"

阮瑜一惊。

段菡继续说："你以前有没有霸凌过同学，谁知道呢？"她笑意淡了，"我只知道，让你离他远一点。"

对方这么警觉，看来录音是录不到什么澄清证据了。

阮瑜气到极致，忽然就平静了："哦，你是想让我滚出娱乐圈，离段凛远一点？"

段菡没应。

"也对，我现在负面新闻缠身，名声臭了，再也当不了艺人了。但你知道我不当艺人后，会去哪里吗？"阮瑜笑眯眯的，"我继续回去当我的千金小姐，当段太太。有空约出来一起喝下午茶啊，听你叫我一声二嫂，再给你讲讲我怎么在家相夫教子。"

"砰"的一声碎裂巨响，那边似乎气得打碎了一个玻璃杯。

段菡鼻息急促，半晌，冷笑着回："你别忘了，我手里还有那个视频。"

听到视频，阮瑜的眼神猝然就冰冷了，真的忍不住："过年到现在才几天，你是怎么疯成这样的？"

"疯？"段菡笑了，"我不好过，你也别想好过。"

与此同时，段宅。

挂断电话，段菡坐在地毯上没起身，一双蓝绿色的瞳眸有片刻失神，想到了那天。

她和阮瑜在卫生间里起争执，被段凛撞见的那天。

他听见了她们的后半程谈话，听到了视频的事，还听到了她亲口承认与她有关的绑架案。

那天等阮家人走后，不管她怎么辩解，怎么不承认，段凛都要问个清楚。

逼问到最后，段菡惶然无措，看着他流泪："你没证据的，哥哥，我真的没对她做过什么，我们只是在说气话，你别……别这样想我，别觉得我不好。"

段凛蹙着眉，一贯疏淡的神色，此刻更冷。

"这件事我暂时不会告诉爷爷，你什么时候想坦白，就什么时候来找我。"

"哥哥……"

走到门口，段凛停下脚步，回眸看她，顿了顿，平静地说："还有，你和我，是不可能的事。"

段菡跌坐回床头，脸色苍白如纸。

这一层她小心翼翼维护了多年的窗户纸，最终还是被捅破了。

这段时间以来，段凛让她在段宅里禁足，等想坦白了，才能出去。

他居然，居然对阮瑜的事这么上心。

可天下哪有这么好的事。

她得不到的，谁也别想得到。

第十一章
- 不要怕黑，逐光前行

　　录完《戏游记》的当晚，阮瑜在酒店休息一夜，翌日一早离开苏州，回京城。

　　出航站楼前，叶萌萌将手里的渔夫帽扣在阮瑜脑袋上，解下自己的围巾，严严实实地给她缠了三圈。

　　"还有这个，墨镜，还有口罩，都戴上。"林青神情紧张，"安姐给你雇了保镖，我们等下走 VIP 通道，蹲你的媒体会少一点。"

　　阮瑜老老实实戴起来，嘟囔："怎么感觉我像个国际通缉犯？"

　　也差不多了。

　　即使走 VIP 通道，出来居然还是有一票媒体记者在守着，一见她出来，就满脸激动地喧嚷开了，一个个问题尖锐而犀利，即便隔了护栏，长枪短炮差点就要撑到她身前。

　　阮瑜惊了。

　　这阵仗，她刚有人气的时候都没那么夸张吧？

　　保镖一路护送几人上商务车，没送阮瑜回公寓，直奔公司。

　　商影传媒，高层办公室，安卓茜将手里的文件递给阮瑜："这两天我整理了你近一个月的通告，做了一份接下来的行程表，你看看。"

　　仔细看下来，原本三月底谈好的代言拍摄、杂志内插、新戏试镜等等，包括下个月定好的《戏游记》第二期录制，后面都用红字标着"延期"两个字。

　　也就是说，接下来近一个月，她可能都要处于零通告状态了。

　　阮瑜深吸口气，收好："谢谢安姐，麻烦您了。"

　　"现在网上闹得这么厉害，说到底都是一些关于你霸凌的传言。没有能捶死我们的把柄，这件事就还有转圜的余地，总之，这段时间你先休息一阵，避避风头。"安卓茜皱眉，"不过那个骂人的视频……到底怎么回事？"

视频是真的，做不了假，阮瑜也解释不清。

见她迟疑，安卓茜当默认了，长叹一口气，按了按太阳穴："行，你好好休息，这事我再想想办法。"

当晚，阮瑜在公寓里什么都没干，躺在床上，默默盯着天花板放空自己。

一点一点捋头绪。

到目前为止，所有人都不知道霸凌这事可能全是段菡编的，只知道阮瑜的老同学在匿名论坛指认她校园霸凌，说得绘声绘色，还放出了同校的证据，为了佐证她以前在学校里确实态度嚣张，又甩出了视频。

这件事的真正爆发点，是视频。

阮瑜一个鲤鱼打挺，跳下床，开始翻找书房里的旧物。

"既然用了你的资源，确实是应该帮你擦屁股，我认了。"她低声咕哝，"况且我现在还有粉丝……"

阮瑜忽然想起拍《世界予你乘风》的那会儿，等在片场外，红着脸对她喊"小瑜加油"的那个女孩。

她也是粉丝，知道当喜欢的偶像传出这种丑闻时，最愿意看到什么样子的回应。

如果真做过霸凌的事，那就诚恳道歉，但要是没做过，她不认。

阮瑜终于从犄角旮旯里翻出了一本照片集，阮大小姐的高中毕业照夹在其中，她从集体照中辨出在视频里被推开骂滚的那个女生，翻到后面，对应上了名字。

刘采薇。

试着百度搜了一下，果然，是某家企业老板的女儿，现在在美国某商学院读研，课余开了一家自己的商务工作室，有联系方式。

电话接通，传来一道女声："Hello？"

"你好，我是阮瑜。"阮瑜有点紧张，不是很想唤起别人的童年阴影，尽量语气放友好，"好久没见了，最近方便见一面吗？"

从阮瑜被曝霸凌的事开始，舆论沸沸扬扬，她一天不出来道歉承认错误，网友就一天不停止骂战。

微博热搜上，两三个话题都在讨论校园霸凌。

安卓茜不是没试过靠营销转移众人的注意力，但这次行不通，阮瑜被曝光是商影千金的这一点反而激化了吃瓜路人的愤怒，网友都在叫嚣着"战胜资本的力量"，顶热搜，刷话题，连恶搞表情包都有了。

叶萌萌担心阮瑜一个人会憋抑郁，于是提着行李箱上门，硬是赖在了她的公寓里，二十四小时紧张地盯着她，恨不得亲手断了她的网。

不能断，她还要给爱豆打榜呢。

阮瑜的心态还没崩，切追星小号给纪临昊的超话投分、打榜，顺便给墙头们的美图点个赞，无意间刷过去一条微博，这不是她自己吗？

有黑子截了几张她在综艺节目里的图，做成表情包。

有她在《职业伪装》里剪短发换装出来的那一幕，配字：【太妹出街。】

有她对着镜头笑的图，配字：【老娘商影千金，为校园霸凌代言。】

还有她凑近镜头的图，配字：【滚滚滚。】

……

阮瑜属实气笑了："行，他们还挺有梗啊！"

"小瑜姐，你别看了。"叶萌萌担心得要死。

阮瑜摆手："没事。明天我出门一趟，你在家吧，不用跟着我了。"

"去、去哪儿？"

"上海，看演唱会。"

江星淳所在的组合今年准备在全国巡演，三月份的第一场巡演办在上海，过年的时候，江星淳已经把演唱会的门票寄过来了。内场第一排的票，就在明晚。

去年答应过他，不能不去。

隔天，阮瑜全副武装地奔去了上海，直接打车去黄龙体育中心。

场馆外等着的粉丝人山人海，团粉在发"W&W组合"的应援物，还有一批唯粉在发个人应援手幅。阮瑜没敢上去领，半张脸埋进围巾里，混进庞然大流，等检票后进场。

夜幕降临，几万人的场馆座位近乎爆满，粉丝的尖叫声此起彼伏，灯海壮观璀璨。

没人能拒绝演唱会现场的这种气氛，特别阮瑜还是在内场前排，太有感染力了，她全程使劲儿挥荧光棒，这些天的积郁一扫而空。

呜呜呜，男团漂亮弟弟杀我！妈妈永远爱你们！！小墙头的舞台天神下凡，又酷又奶啊！！！

一首组合唱跳结束，舞台灯光没入黑暗，忽然，观众席响彻粉丝潮水般的尖叫声。

灯光在慢慢亮起。

江星淳的solo部分，他摘下一只耳返，径直朝着舞台边缘走了过来。

"想听一听你们的声音。"他笑，声音还有点喘。

阮瑜快被粉丝的尖叫声喊聋了。

她的位置离舞台近得不得了，仰头看，小墙头就在十米开外的台边，他像是朝这里看了一圈，然后目光定了定，大屏上，他又抿出了两个浅浅酒窝，带着那种不好意思的笑。

"啊，他怎么还害羞了啊——"

"淳淳，我爱你！！"

"姐姐等你长大！！！"

……

江星淳说："今天想唱一首歌，送给你们，也送给一位今晚到场的朋友。"

"谁？是谁？！"

大屏一切，定在了观众席中一个人的脸上。

粉丝定睛一看，纷纷笑起来，那不是吕翰吗！他们一起录过《职业伪装》的！

江星淳回到舞台中央，在钢琴边坐下，试了试麦："二专里的《例外》，唱给你听。"

一首很舒缓的歌，不是组合主打的风格，所以在以前巡演的时候也很少会唱。

歌词很简单：

地球在转／颠倒黑白

唯遇到你是／我今生例外

怎么要你／做我的女孩

害怕角落的你／受伤害

……

演唱会快结束的时候，"江星淳给吕翰唱情歌"的话题已经窜上了热搜，笑翻一片，底下都是善意调侃的吃瓜群众。

看来《职业伪装》里几个嘉宾的关系确实很好，吕翰私下里都跑去看江星淳组合的演唱会了，还收到情歌一首，怎么会这么好笑啊！第二季真的不考虑请往季的嘉宾来客串一下吗？

讨论着，忽然有人提到了阮瑜。

如今提起她，都是骂声不断，偶尔有鱼粉为她说话，也会被追着骂上几百条。

热搜下，有一条醒目的评论。

瑜你共此生：【我就奇了怪了，现在不相干的热搜底下也流行骂阮瑜了是吗？说她以前霸凌，把女同学堵厕所、扇耳光、撕同学作业本，证据呢？匿名论坛造谣一张嘴，信的也就只有你们这些跟风的。】

这条评论被数百条回复顶在了前排。

【那她倒是澄清啊？】

【我推人骂脏话翘课染头发，但我是个好女孩？给爷逗乐了。】

有骂的，偶尔也有迟疑的路人。

【有一说一，那个视频确实不能说明她校园霸凌吧。】

【等一个实名指认咯。】

反正在这条评论下，各方撕得厉害，最后，层主回复：

【只说一句，网暴也是霸凌的一种，你们这副嘴脸，和你们厌恶的那种人没有任何差别。】

此时，后台，江星淳正低头看手机。

十分钟前，阮瑜给他发来微信：【演唱会特别好看！你的 solo 舞台特别好！我现在特殊情况，就不来见你了，先回啦。】

他低首抿唇，弯起一双奶狗眼。

他正要回复，听到经纪人陈哥在喊："咦，星淳你唱的那首歌上热搜了。"

江星淳不敢相信："什么？"

"你给吕翰唱情歌，这个话题绝了，怎么想到的？"陈哥翻了翻，停顿，"不过，底下怎么还有在骂阮瑜的？"

江星淳刚抿出的笑容逐渐收了。

他垂睫，想了想，删掉了原本打在对话框里的"是唱给你听的"，改成了另一句：【路上小心。】

这两天，阮瑜压根儿没怎么好好休息。

去上海看完演唱会，她马不停蹄地回了京城，翌日一早，又出门见人。

茶餐厅内，装潢优雅精致。

刘采薇由服务生领着，推开了包厢的门。

暖气充裕的包厢内，坐着一个捂了满脸围巾口罩，还裹着羽绒服的"球"。

刘采薇问："你不热吗？"

那团球见到她来，差点喜极而泣，等服务生走后，才艰难地从围巾口罩下扒拉出半张脸，是阮瑜："呜，热死我了。"

"你昨天才刚回国吧？请你吃好吃的，真的好吃，不骗你。"阮瑜一点没尴尬，招呼人。

刘采薇也没想到，有一天，她居然会和阮瑜面对面地坐在一起吃饭。

她甚至有那么一点受宠若惊。

菜品上齐，一直跟她闲扯瞎聊天的阮瑜忽然闭了嘴，站起身，去确认了一下包厢门关好后，走至刘采薇面前。

刘采薇心想：她想干吗？

不待她多想，眼前的阮瑜颔首弯腰，神色诚恳，给她板板正正地鞠了一躬。

刘采薇吓得一下子站起身："你……你干什么？"

"以前我可能有做过让你非常讨厌的事，我向你道歉，对不起。"

刘采薇有点错愕，不自然地咳了一声："也还好……你是说你的那个视频吗？那个不是我发在网上的。"

阮瑜点点头："我知道。"

"其实视频里的事我早就忘了，"看阮大小姐现在温柔太多了，刘采薇舒了口气，终于敢说实话，"虽然你以前是……脾气挺差，也挺不招人喜欢的，但我们同学应该都没觉得你是网上传的那种人，你别往心里去。"

阮瑜蒙了："啊？"

"我也不知道怎么传成那样的，你是不是惹到什么人了？要真是我们以前的同学，就应该知道你那会儿为什么脾气特别差了。那时候，我们都没人敢跟你说话。"

"为什么?"

刘采薇打量阮瑜的表情,觉得她似乎不在意往事了,才补充:"那时候你不是刚请过病假回来?头发也剃光了,动不动就翘课,跟谁都摆臭脸,我们都猜,应该是因为……绑架的事吧。"

啊?!

信息量太大,阮瑜一时间都不知道要先问哪个。

她傻了:"什么剃光?我不是有头发吗?"

刘采薇也傻了:"那不是假发吗?"

"那,绑架?"

"是啊,你难道不是因为那场绑架,才请了好长一段时间的病假吗……"

阮瑜震惊了,再次确认:"我以前是那种堵女生厕所、扇人耳光、剪人作业本的讨厌鬼吗?"

刘采薇噎了一下:"我们没这么想过你。"

所以,根本就没有霸凌的事,就连视频里骂"滚",也完全是情有可原的事!

兀自消化了半天,阮瑜的手机响了。

电话接通,林青的声音异常焦急:"小瑜姐,你现在在哪儿?"

"还在吃饭,怎么了?"

"你认识一个叫段菡的人吗?就是那个特别有名的服装设计师!"

阮瑜心里一跳,蹙眉:"认识。"

林青快急疯了:"她说她是你的高中同学,也是大学同学!刚才她发了一条微博!亲口指认你……校园霸凌。"

出乎林青的意料,片刻,阮瑜"哦"了一声,冷静回道:"好,我知道了。"

所以小瑜姐这是……承认了?

林青难以置信,盯着挂断的手机屏幕。

完了。

另一边,刘采薇看着阮瑜,若有所思。

其实她本来不想来赴会。阮瑜以前的人缘并不好,出了这种传言,以前的老同学也未必会出面帮她说话。

现在看着阮瑜,却觉得顺眼了很多。

刘采薇问道:"你还有急事?是最近那个传言的事?其实我可以替你澄清。"

光澄清怎么够?

气到极致,阮瑜脑中的思绪却越发清明。

她点点头:"谢谢你,那就请你帮我一个忙吧。"

此时此刻,全网因为阮瑜被曝霸凌事件的新进展再一次炸了锅,林青和叶萌萌刷着新闻，都快绝望了。

又是周六的早上！怎么总是周六的早上？！

林青狠狠捏了一下眉心："都已经一周了，这事还有完没完啊！"

然而他心里清楚地知道，这一次是实名指认，实锤，完不了了。

半小时前，国际知名服装设计师段菡登录上许久不用的微博，罕见地发了一条长文。

大意为，她无意中看见最近关于校园霸凌的新闻，发现被传霸凌的正是她的高中同学兼大学同学，阮瑜。由于舆论争执不休，所以作为当事人之一，她还是决定站出来说些什么。她无意挑起事端，只希望每个人都能做那勇敢的一分子，对校园霸凌说不。

吃瓜群众惊得连瓜都掉了，这就等于坐实了阮瑜有过校园霸凌史啊！

人家是国际知名的设计师，怎么可能有闲工夫来微博扯谎？

一石激起千层浪。

安卓茜给林青打来电话，声音肃冷："阮瑜的电话我打不通，她人呢？"

林青哑声："不知道。"

同一时间。窗明几净的心理咨询室内，安静，温暖，阳光剔透而充盈。

高逸涵将一沓厚厚的密封袋推给阮瑜："这是你要看的，这些年你所有的诊疗档案。"

"好，谢谢医生。"她接过。

"本来这些是我们自己留着存档的，按理说不应该让你看到。"高逸涵被她烦了半天，实在拗不过，无奈一笑，"你要这些干什么？"

阮瑜没心思理他，忙着翻那些档案，有用的就一张张拍下来，眉头蹙得死紧。

档案里写，阮大小姐的双向情感障碍是从六年前开始的，大概就是她还在读高中的时候。她本来脾气就差，患上这种病后，脾气更差了。

至于原因，大部分都源于她描述的"那个女人"，就是段菡，而促使她病情再一次恶化的，有两件事。

一件是高中遭遇的绑架案，另一件是在大学里发生的事，但医生怎么问她都不肯说，但阮瑜明白，大概就是被拍下不雅视频的事了。

她用所有已知信息，补全了一整段过去。

当初阮大小姐和段菡一起在美国某知名时装学院读服装设计，被拍视频后，阮大小姐当即休了学。

回国后，过了一段骄奢无度的千金大小姐日子，经常来看心理医生，但没用，段菡曾经带来的精神折磨让她的病情不断恶化，而段凛的冷淡又让她的心理彻底崩塌。她开始作死断药，精神药物、心脏病药，都拒绝再吃了。

然而，作死是真的会死，她被查出来时日无多，在死前最后任性了一把，成功逼婚段凛，紧接着，人生就戛然而止了。

阮瑜缓缓合上了诊疗书。

说起来，其实她从来没有刻意去了解过阮大小姐，只一心想着给自己余下两年的生命来一次华丽的谢幕。她却忘了，每一段生命的结束，都应该留下一个完整的句点。

"医生，我最近明白了两个人生道理。"

高逸涵一愣："什么？"

阮瑜认真地说："有仇不报非君子，死也瞑目大丈夫。"

"还有呢？"

"还有，我要替公主暴揍恶龙了。"

高逸涵打量她，露出一个温文尔雅的笑："看来，以后你都不用来复诊了。"

从心理诊所出来，阮瑜手机开机的第一时间，就接到了安卓茜的电话，让她去公司。

舆情激沸，刚一见面，安卓茜就把平板往阮瑜手里一递，揉着太阳穴："看看。"

不止微博，此时全网都爆了，打开任一浏览平台，"段菡指证阮瑜校园霸凌"的话题都在以惊人的速度攀上各大搜索榜前列。

舆论几乎是一边倒，不，不是几乎，是完全。

【我人傻了啊！阮瑜的人设这是完完全全崩塌了吧，在节目里装得真好。】

【她从上周起就已经人设崩塌了好吗？不会还有人不信吧？】

【一想到还喜欢过她就犯恶心，已脱粉。】

甚至有人发出了段菡的生平履历，一流时装设计学院毕业，大二时自己创立的服设品牌就已经在圈内小有名气，毕业不过一年，作品竟然已经能走进高奢秀场。

从小无父无母，被中国家庭收养长大，年纪轻轻居然能达到这样的成就，比起靠背景后台进娱乐圈还硬凹人设的阮瑜，两相对比之下，简直就是云泥之别。

【吐了，阮瑜就是嫉妒人家比她优秀呗。】

【真的不想再看见她了，赶紧糊。】

【讲真，被她霸凌过的同学能不能联名起诉她啊？我等着坏女人牢底坐穿。】

【资本的力量不是万能的，详见靠爸爸还翻车的阮瑜和靠自己打拼成功的段菡就知道了。】

......

"你知道段菡在外网的影响力很大吗？现在她发文的事情都登上外国的社交网站了。"安卓茜没想到事情会激化到这一步，带了这么多年艺人，头一次觉得事情不可转圜，"你当年怎么就......"

"我没有。"

"什么？"

"我没有霸凌过她，也没有霸凌过别人，一次都没有。"阮瑜关掉了平板，很笃定。

安卓茜一愣，还想问些什么，手机响了。

接起来，是阮正平。

阮正平还在新加坡出差，谈投资，看见新闻的第一刻就给安卓茜来了电话，严肃问这事能不能解决。

阮瑜就在旁边，两人间的对话她听得很清楚，大致得出一个结论，事到如今，安卓茜也无能为力。

而后，安卓茜把手机给她："阮总的电话。"

"小瑜，以后还是回家来吧，网上说的那些，都不要看了。"阮正平声音充满担忧，叹了口气，"是爸爸一直以来太忙，疏忽了多约束你的脾气。别人也就算了，小菡她毕竟是段家的孙女，你段爷爷帮过我们家这么多忙，再任性也不能欺负她。总之，这事爸爸去道个歉吧。"

"我没有。"阮瑜还是那句话。

她顿了顿："您太忙，应该不知道，是她一直在欺负我。"

阮正平错愕："什么？"

阮瑜说："我以前是脾气不好，可能还动不动就拿人撒气，任性，耍性子，小心眼，别人可以讨厌我，嫌恶我，不相信我，但您不行，您是我的爸爸。"

说着说着，她鼻尖骤然一酸，根本不受控，声音也哽咽了。

烦死了。

她的心理承受能力一直都一级棒，不知道自己为什么会哭。

可能是承受了整整一周不属于自己的网络暴力，可能是阮正平关切的语气太温和，又或者，是为原来的阮大小姐哭的。

"小瑜，你……"

"给我一点时间，我会告诉你们到底发生了什么。"

挂了电话，阮瑜三两下憋回眼泪，迅速平复心绪，看向安卓茜："安姐，我记得本来下周二接了一个直播访谈的节目是吧？"

安卓茜回神："对。原本是定在下周二，只有你的单人访谈，主题是综艺梗王，但节目组上周来通知，延期了。"

双方心知肚明，说是延期，其实只是换人的委婉说法罢了。

阮瑜问："能不能再试试？我想上这个访谈。"

安卓茜一思忖："行，我尽力替你再争取一下。"

当晚，阮瑜回公寓，没再看网上闹得风风雨雨的讨伐声，拨通了段菡之前打来的座机号码。

响了两声，段菡接起。

段菡像在敷面膜，开了免提，声音含混不清，闲适带笑："阮瑜？我还以为，你没有心情打电话给我。"

"怎么没有心情？"阮瑜也笑，"你闹这么一出，除了让我多挨点骂，根本对我没任何威胁，我干吗要心情不好？"

段菡不以为意："在我面前就不用装了，你的演技没那么好。"

"我说过了，你让我在娱乐圈混不下去也没什么，我还能回家相夫教子。反正我和段凛都领证了，以后有的是时间过二人世界。"阮瑜轻嗤。

她的语气听起来分外轻松，段菡笑容一滞，揭下了面膜。

"不过你给我来这么一下，我确实挺难过的，就，怎么说，都是一家人了，对你二嫂这么针锋相对，不好吧？"

"你……"

"再告诉你一个秘密吧，"阮瑜顿了顿，心情超好，"我和段凛睡过了。"

段菡攥着面膜的手指猝然收紧了。

沉默片刻，她冷笑一声："撒谎也要有人信。"

"你爱信不信。"阮瑜不以为意，却掩不住话语里的炫耀，"不然你觉得，他为什么愿意跟我录同一档综艺？为什么会一声不吭转发我的微博？为什么看起来不像以前那样讨厌我了？行了，我就是来告诉你一声，别有事没事惦记我了，明天就回家早生贵子，挂了，拜拜。"

"等等！"段菡挑高了声音，像从牙缝里挤字，"你们真的……"

阮瑜不耐烦："问这么多干什么？你不会真的喜欢你哥哥吧？"

不等段菡回答，阮瑜嫌恶地说："你被段家收养，居然喜欢上了自己哥哥？让我想想，说不定从小开始就喜欢上了吧？喜欢却不能表白，还要苦苦压在心底这么多年，啧，很辛苦吧？怪不得，你见到像我这样能大胆亲近他，跟他示爱的人，一定很嫉妒。"

这番话听得段菡呼吸急促，理智正一点点被灼烧殆尽。

"我嫉妒你？"

阮瑜兀自继续："其实我很同情你，段凛跟我说，他跟你是永远不可能的，看你这么可怜，我原谅你了，以前的事就一笔勾销。你从高中开始霸凌我的所有事，高二怂恿小混混绑架我的那件事，还有大学里灌醉我想找人污辱我未遂的事，尽管你不承认，但都已经对我造成不可逆的伤害了。"

"伤害？"段菡一把捏起话筒，语气森冷，"那场绑架，当时我不应该只让人剃光你的头发，刀再往下一点，你还能有今天？"

阮瑜没接话。

静默了半晌，她才开口，不复刚才的嚣张骄纵，平静地说："谢谢你这么配合。"

段菡疑虑了一瞬，理智猛地回笼，刹那间反应过来。

"你录音了？！"

阮瑜说那些话故意激她？！！

阮瑜一句都不想理，刚要挂断，对方的声音顿时拔高："你敢发出去，我就公开那段裸露视频！"

她"哦"了一声："你公开啊，我身材这么好，不怕别人看，就是看谁先把牢底坐穿了。"直接挂了。

段宅，卧室里，段菡跌坐在床边，脸上还残余着慌乱和震惊，用手梳了一把长发，平复呼吸。

她站起来想倒杯水喝。

下一秒，她目光一抬，死死地僵愣在了原地。

卧室门正开着。

这几天还在国外拍广告的段凛，不知何时回了段宅，此刻正驻足在她的卧室门口，风尘仆仆，眸光漠然。

"哥、哥哥……"段菡勉强弯出笑容，"你不是出国拍摄了吗？怎么样，还顺利吗？"

房间内一片死寂。

段凛径直走进，一字未接，盯了她片刻，将亮着屏幕的手机扔在她床边："这些，你发的？"

段菡心里倏然一跳。

屏幕里是她一早发在匿名论坛上的视频，原本段菡装成被霸凌过的某个中学同学，反正阮瑜当年在学校嚣张跋扈，无意得罪了谁也不知道，想他应该也不会猜到始作俑者是她。

可今天她忍不住实名指认，再次拱了一把火，他一定联想到了。

"哥哥，你就是为了这件事才回来的吗？"段菡盈着泪，轻声说，"那不是我发的，阮瑜当初脾气那么……"

"当初……"段凛接话，字字疏冷，"我不应该只禁足你，不应该让你主动坦白。"

原本不能肯定她究竟做了些什么。

——"你拍这种视频，是为了报复我？"

——"谁让你不自量力呢？"

——"你还不知道吧？你高二遇到的那场绑架，也和我有关。"

段凛今早看到网上由段菡挑起的那些风风雨雨，暂停拍摄赶回来，如今一切明了。

——"从高中开始霸凌我……高二怂恿小混混绑架我……大学里灌醉我想找人污辱我未遂……"

——"你敢发出去，我就公开那段视频。"

段凛问道："视频在哪里？"

"没有……没有什么视频，真的没有。"段菡脸色苍白。

他没再问了。

段菡见他捞回手机，垂眸订机票，慌到腿软得根本站不起来："哥哥，你要干什么？"

段凛直截了当告诉她："我会搜你的手机和电脑。

"找不到，今晚你就跟我去一趟你在洛杉矶的住处，去你公寓里找。段菡，你知道我什么意思。"

段菡神经质地死咬着下唇，手指颤抖，口腔里一片血腥味，心逐渐下沉。

他一定要，并且一定能找到。

她爱他强势，爱他身上那种亲疏分明的冷漠，却没想到有一天，他会为了阮瑜，将刀尖对向她。

"你为了她？"段菡颤声，"你为了一个外人，一个以前你那么讨厌的人，她就像一块狗皮膏药似的缠着你，还、还逼你跟她结婚……"

没想到段凛终于抬眼看她："结了婚，算什么外人。"

声调平静，却如万千利刃，直插入她心肝脾肺的每一寸。

另一边，阮瑜没来由地打了两个喷嚏，猜想段菡估计在骂她。

揉揉鼻子，阮瑜去厨房给自己煮了杯牛奶，煮完后接到安卓茜的电话，告诉她直播访谈的通告成了，仍旧安排在下周二。

她理了一遍手里的证据，正准备睡觉，手机又响了。

是段菡的座机。

"干什么？"阮瑜不是很想跟她说话，故意气她，"在和段凛恩爱呢，搅人好事天打雷劈，勿扰。"

对方缄默了两三秒才出声："阮瑜。"

段凛你真的属曹操的吧？！

"我都知道了。"段凛声音冷淡，却听起来比以往要沉，"段菡拍的视频在我这里，只一份，没有其他备份。是我帮你删掉，还是你自己处理？"

反应了两秒，阮瑜觉得有点魔幻。

"啊？"她想了很多，但没想到视频能拿回来，"行，那你先别删，那什么，明天我找你拿，你……"

"网上的事，我可以替你澄清。"

"哈？"

段凛淡声道："我是你的学长，也算同学。"

忘了，他当年跟阮大小姐读过同一所私立中学。

阮瑜默然，数了数："不是，你跟我差了三届吧？我读高中你已经毕业了，我出国读大学你电影都拍了两部了。"

"不行？"

阮瑜想：对家想干吗？而且他出面澄什么清啊？不等我洗白就要被千千万万的菱角暗杀了好吗！

阮瑜还有些蒙："不用，我有办法。而且那什么，你能澄清什么？我的意思是，我以前对你不就是，就，那样，你那会儿应该特别讨厌我吧？"

片刻，听段凛没接话，阮瑜又想起来一件事，好奇地问："那天我发那条微博，你为什么要转啊？"

又是沉默须臾，他声音才响起："不知道。"

挂断电话，段凛瞥了眼手里的 U 盘，蹙眉。

的确不知道。

录完综艺那天，看到匿名指控阮瑜霸凌的新闻，他想到的是从前她骄纵的种种。

转发的那一瞬间，他脑海里却是她在豆腐摊前仰头弯起的那一个笑。

自段菡发出微博长文后的两天里，全网针对阮瑜校园霸凌的讨伐声只增不减，一再发酵，大有越演越烈的趋势。

这样一个嫉妒心强的，表里不一的黑心千金，连人都不配当，还配当公众人物？！

就在全网高喊着反校园霸凌，甚至大规模呼吁公检法让阮瑜去唱《铁窗泪》的时候，网友们发现段菡悄无声息地删掉了不久前发的微博。

这一来，吃瓜群众出奇愤怒了，想想就知道，这肯定不是本人删的，一定是平台被收买要平息风波！

资本压不住正义，网友们又开始顶热搜，刷话题，压根儿就不想让这件事轻轻松松过去。

阮瑜的热度高居不下。

第三天，中午十二点，《胡说八道》的官博发出一则预告，顿时众人的目光都被吸引了过去：

【今天我们访谈直播间来了一位比较特殊的嘉宾，听说她最近话题度很高，你期待吗？今晚九点，细听胡说，@胡证与你不见不散。】

配图是一张黑底剪影，眼尖的人立刻辨出轮廓，这不是阮瑜参加《职业伪装》时拍的宣传照吗？

十二点零五分，阮瑜微博上线，转发了这一条预告。

阮瑜居然要上《胡说八道》了！她还敢出来露脸？

《胡说八道》是一档人物访谈节目，一期一个主题，走的是直播访谈的形式。男主持人胡证在业内靠嘴毒出名，据说他从来不跟嘉宾提前对台本，经常即兴抛出问题，还一个比一个直接犀利，不知道有多少明星在节目上翻过车，直接自曝黑历史，从此糊无此人。

阮瑜上这个节目是想彻底破罐破摔了？

这是她自霸凌风波以来第一次在大众面前露脸，网友打足了鸡血，纷纷拥入主持人胡证的微博下，攻占了评论区。

【胡老师，惩治霸凌女就靠你了！我们想看阮瑜被怼到一句话都说不出来的样子！！】

【阮瑜在节目上九十度鞠躬下跪道歉才对得起被她霸凌过的那些同学哈。】

【下跪不够吧，能不能起诉她啊？】

【我希望这是她最后一次出现在我眼前了，烦了，真的烦了。】

【我来我来，我提供一个问题：请问阮瑜能滚出娱乐圈吗？】

……

一时间，胡证微博评论区下都是兴冲冲来提问的吃瓜路人和黑子们。

全网洋溢着看恶人出丑的激动气氛，一直持续至夜幕降临。

当晚八点五十分，黄桃台还在放广告的时间段，野榜的收视率居然已经飙过了 1，指数还在不断拉升中。

不知道有多少人在等一场正义的裁决。

与此同时，《胡说八道》的演播厅外，林青紧张得小腿直发抖。

他反复跟叶萌萌确认："这期的主题是《综艺梗王》没错吧？安姐说过，只会加一小段道歉的流程是吧？"

"应该是，我刚才给胡老师递了一杯蜂蜜茶，你说他会不会放小瑜姐一马？"叶萌萌心跳得厉害，"还有，等下小瑜姐道歉了，能管用吗？"

林青感觉说话都无力了："我哪里知道，走一步看一步吧。"

八点五十九分。

"开始了。"

叶萌萌和林青齐齐看向屏幕。

照常播放完节目开头，画面一切，演播厅内布置得舒适随意，一旁的蓝丝绒沙发内，坐着一袭灰色西装的胡证。

往旁一看，嘉宾席上没有人。

"小瑜姐呢？"林青愣住了。

胡证双手交叉，闲聊般说起一段开场白："今晚我的直播间来了一位比较特殊的嘉宾。为什么说她特殊呢？因为昨晚在我跟她交谈了近三个小时以后，我坚持向台里提出了更改今晚访谈主题的要求，这应该是我做主持人这么多年以来第一次这么干。"

林青一头雾水："什么……"

胡证继续说："今晚，我们不谈八卦综艺，不谈圈内秘闻，我们来谈一谈，校园霸凌。"

叶萌萌傻了："他怎……"

屏幕上的胡证严肃地说："在正式邀请她出场前，我想先请你们看一小段视频，不长，可能也就五分钟左右。

"我希望你们，一定要坚持看完，不要换台。"

演播厅的灯光逐渐黯淡了下来，直至彻底一片漆黑。

随后，胡证身后的大屏幕亮起，节目导播配合地切画面，观众眼前开始播放起一段剪辑视频。

没有人声，没有音乐，剪辑做得非常简单，开头是黑底的背景，渐渐浮出一行白字：

【如果有可能，我希望这一切都不曾发生在我身上，也永远不会发生在任何人身上。】

接着是一张入学照。照片里的女生乌黑长发顺肩，穿校服，背景是开学典礼，她扬着下颌对镜头笑，很青春活泼的抓拍，是阮瑜。

叶萌萌倒吸一口气："这是小瑜姐高中的照片吧？"

再是一张合照，左边是阮瑜，右边那个混血女生看着很熟悉……不就是前两天发微博的段菡吗？

正当所有人一头雾水时，画面一黑，忽然有了声音。

有些嘈杂，是录音，却字字清晰。

"你从高中开始霸凌我的所有事，高二怂恿小混混绑架我的那件事，还有大学里灌醉我想找人污辱我未遂的事，尽管你不承认，但都已经对我造成不可逆的伤害了。"

是阮瑜的声音。

"伤害？"

这道女声含着笑意，话语中的阴冷却让所有人都不由自主地头皮发麻。

"那场绑架，当时我不应该只让人剃光你的头发，刀再往下一点，你还能有今天？"

紧接着，是一则多年前的旧新闻报纸的截图，内容是中国香港华英书院某高二女学生遭遇绑架，凶手系无业地痞，该女学生已被家属接回安抚。

新闻截图中，"敲晕""被剃发""疑精神创伤"等词被标红圈出。

还没完。

接下来，一张张被部分打码的心理诊断治疗报告从画面中切过。治疗时间从六年前开始，病症为"双向情感障碍"，第一次治疗的病因上写着"判定已有四年病史"，病情观察一栏中，永远都是"恶化"。

患者一栏：阮瑜。

演播厅外、演播后台、电视机前，鸦雀无声，没有人说话。

甚至连呼吸都轻得可怕。

此时万物噤声，仿佛只剩下画面中的声音。

是一段录像。

背景音乐声很吵，画面晃得厉害，应该是在国外的某个酒吧里，拍录像的人一路来到角落里的卡座，伸手推了一把斜靠在沙发里的女孩，居然是睡着的阮瑜，那人笑着问："Already drunk（她醉了）？"

是一道女声。

仔细听，和之前录音里的女声相似度极高。

旁边的男人回道："Added some drugs,no sweat（往她酒里放了点料，小意思）。"

录像有剪切，阮瑜的裙子尚还好好穿着，最后她在男人摸上她大腿时猛然惊醒，绝望、惊恐、挣扎，她用尽全身气力推开了那几个人，逃出了酒吧。

画面再一次地黑了下来，浮出白字。

【我以为休学、回国、换环境能让我逃离这场醒不来的噩梦。】

此时此刻，几乎每一位在看直播的人都呆滞住了，哑然无言，像被狠狠打了一记耳光。

真的逃离了吗？

没有。

等待她的是全网听风就是雨的指责、误解、辱骂，一道校园霸凌的枷锁箍在了受害人的脖颈上，一场腥风血雨的网络暴力戳的是无辜者的脊梁骨。

视频收尾，有五行小字：

【我希望每一个，

曾经受到校园霸凌的人；

正在遭遇校园霸凌的人；

甚至，很有可能会被校园霸凌的人；

不要怕黑，逐光前行。】

这是最漫长的五分钟，直到视频结束后的整整一分钟内，演播后台没有人说话。

忽然传来一声再也压不住的抽泣。

"我不知道她……不知道她经历……"叶萌萌快崩溃了，说不下去。

林青看得眼睛发红，狠狠骂了一句脏话。

与此同时，社交平台上多了一条澄清长文。

一位阮瑜高中的同学发了微博，自曝个人信息，并附图上一系列的学籍证明：【我的学生时代，至少在我所熟知的高中三年里，阮瑜没有霸凌过任何人。】

演播厅的灯光渐亮，这么多天以来，阮瑜终于第一次在大众前露脸。

她的神色少了以往在综艺里见到的开朗与狡黠。

她抿唇，望向镜头："我是阮瑜。

"今天我来，是想谈一谈我所经历过的、一场长达十年的、漫长如噩梦的校园霸凌。"

这是《胡说八道》访谈节目自开播以来，历史上收视率飙至最高的一夜。

也是所有观众唯一一次，从头到尾没被主持人各种嘴毒刁难、明星尴尬出糗逗笑的一夜。

因为根本笑不出来。

观众惊愕地消化着眼前的访谈所带来的冲击力，听阮瑜一点点讲述她曾经的十年，没有刻意煽情，也不赘述，简单的三两句话，背后却是一段鲜血淋漓的被霸凌史。

节目最后，胡证抛了一个非常温和的问题："现在有什么想对你的粉丝说的话吗？"

阮瑜望向镜头，有点迟疑，组织了会儿措辞："如果我还有粉丝的话，我想，首先，谢谢你们能一直相信我。"

"我知道节目播出以后，你们可能会觉得我很坚强，很勇敢，或者很可怜什么的。"她自夸得眼睛都不眨一下，顿了顿，语气诚恳，"但对于我来说，过去会成为一段记忆，可它不会限制我的未来。

"我没有人设，如果你们喜欢我，我希望你们会喜欢我的整个人。未来我可能保证不了太多，但一定能确定的是，我会最大程度的，做最真实、最坦诚的自己。"

胡证的笑容里带着欣赏："那有什么想对观众说的吗？"

阮瑜认真地说："谢谢你们肯花时间看完，谢谢。"

她没说更多博同情的话，神情自然，对着镜头鞠了一躬。

那一刹那，所有人的心都像是被针扎了一下。

复杂又心酸。

演播厅的灯光亮如白昼，但那一刻，仿佛所有的光都聚拢在了阮瑜身上。

这个女孩在发光。

从演播厅里出来，阮瑜兜头罩脸地被叶萌萌扑了一个满怀，还没喘口气，林青也过来，情难自禁地重重抱了一下她。

电视台的工作人员也来凑热闹，掌声如雷鸣。

"小瑜姐，你怎么不早说？她……那女的这么欺负你！"叶萌萌快哭瞎了，"还白白让人骂了一周！"

阮瑜安慰："找证据要时间，就算是玩游戏打boss也得先攒装备吧？别哭，我都没哭。"

林青红着眼，给她递手机："安姐的电话。"

"这么大的事，为什么没早点跟我说？"安卓茜看完了直播访谈的全程，即便她带过这么多年艺人，见惯大风大浪，但还是被震愕得久久无言，"这些事，你爸知道吗？"

阮瑜回道："他也不知道。"

安卓茜很干脆："行，我了解了。你这两天先好好休息，网上的事我来搞定。"

扭转舆论，对安卓茜来说或许有难度，可火上浇油，顺水推舟，她最在行不过。

直播访谈结束，此刻全网已经炸开一锅沸水。"阮瑜遭遇校园霸凌"的话题冲上了各大平台热搜第一，大大小小的相关话题也争相上热搜，工作日的晚上十点，微博居然瘫痪了近十五分钟，全网都在震惊吃瓜。

半小时后，商影传媒的官博发出一封律师函，干脆利落，剑指段菡。

正文为：【段菡实施捏造并散布我司艺人阮瑜过去校园霸凌同学的虚构事实，已经贬损了艺人的人格、名誉，造成艺人物质与精神上的极大损害，公司将代表艺人，以诽谤罪起诉段菡本人。】

不是圈内常见的以名誉侵权起诉，而是直接以更严重的诽谤罪起诉。

一小时内，点赞破了百万。

舆情激奋，似乎这都还不满意。

【就这？就这？段菡承认绑架的那语气，判一个杀人未遂不过分吧？】

【绑架罪了解一下。】

【我是法盲，反正我就想让段菌把牢底坐穿。】

【今晚真的震惊我，娱乐圈以前出过这么大的反转瓜吗？】

【呜呜呜，我真的眼泪都要哭干了！阮瑜拿的什么美强惨剧本啊！】

【就想问问，之前跟风网络暴力阮瑜的人什么时候滚出来道歉？】

……

一时间，所有参与过这场吃瓜行动的人都五味杂陈。

吃瓜路人回头看自己那些跟风实施网暴的转发评论，默默地逐一删掉了。

鱼粉又是心疼又是盛怒，前脚刚去段菌的微博下骂出一片腥风血雨，后脚就回到了阮瑜微博亲亲抱抱摸摸头，这一次，真实的疼在女儿身痛在妈妈心了。

当然还是会有黑子嘲讽阮瑜是卖惨炒作，可这回，鱼粉不再是孤立无援，帮忙说话的路人和愤怒的鱼粉来一条骂一条！

网上闹得浩浩荡荡，当晚阮瑜结束访谈后回到公寓，第一件事是瘫在床上抽离出神，没看手机。

胸口堵得发闷，但又伴随着说不出来的轻松感。

她摸着心跳，小声说："你的句点我帮你画完了，应该还可以吧。"

脑袋旁的手机一直在嗡鸣，不断有消息弹出来。

拿过一看，她微信收到的消息已经爆了，那些几年都没找过阮大小姐的老同学们破天荒地发来慰问，还有以前拍戏在同一剧组的工作人员、演员，甚至导演也送了安慰。

阮瑜挨个回了，再往下看，江星淳也给她发了消息，点进去一看，居然全是撤回。

【"江星淳"撤回了一条消息】

【"江星淳"撤回了一条消息】

【"江星淳"撤回了一条消息】

……

江星淳：【小瑜，加油。】

她一脸姨母笑，小墙头这种想安慰又不知道怎么安慰的纠结心理也太可爱了吧！"鹅子"乖到想让人摸头！

于是，阮瑜当即回复：【嗯嗯，有空一起打游戏。】

又是片刻的"正在输入中"，足有两分钟后，他的消息才发过来。

江星淳：【我会厉害起来的，你相信我。】

她想也没想：【好啊，以后排位你 carry（带动全场）！】

临睡前，阮瑜又去补了宝贝爱豆最新的物料。这个月纪临昊刚官宣了一款手机代言，这几天正在巴塞罗那拍广告，路人拍的偶遇照里他又帅又温柔，连生图都十级精美。

阮瑜抱着手机呜呜呜舔屏，果然美貌才是第一生产力，今日份的好心情补充完毕！

第二天一早，阮正平给她打来电话，说是已经回了京城。

在看到直播访谈的第一时间，阮正平中断了在新加坡的所有工作安排，连夜赶航班回了国，彻夜未眠。到京城的头一件事，就是见女儿，带阮瑜去段宅。

事情闹得这么大，两家人都要有一个交代。

"去看心理医生的事情，怎么从来不跟爸爸说？"车后座，阮正平紧握着女儿的手，眼角皱纹越发深刻，他自妻子死后就没再这么恐慌难受过，"受这么大的委屈，回家也不说？"

"没……我不想让您担心，而且医生说我痊愈了，不用复诊了。"阮瑜不知道怎么解释，只好瞎扯。

阮正平长叹："小瑜，你妈妈离开我这么多年了，我这辈子，就剩你一个女儿，我是注定了要为你操心一辈子。下次，别出了事不告诉爸爸。"

阮瑜不说话了。

她没来由地涌上一股难过，平复了下，轻轻说："爸爸，对不起。"

中午到了段宅，老管家一路带着阮瑜和阮正平进中式别墅，一楼餐厅，屏风门后的餐桌前，已经坐了人。

主座坐着段爷爷，旁边是段菡，她规矩坐着，垂了眼，没抬头看。

见阮瑜来，段爷爷招手："小瑜来啦，让爷爷看看你。"

"比过年那会儿瘦了，这段时间太辛苦了。"段爷爷眼底是真心实意的心疼。

阮正平说："老爷子，您知道我今天带小瑜来，是想要一个交代的。"

段爷爷拉着阮瑜的手，双手颤巍，又别过头去看了一眼默然垂首的孙女，低叹了一声。

"是，小瑜是我看着长大的，我也心疼，这事，一定得有交代。"

闻言，坐那儿一声不吭的段菡全身都颤了颤，唇色苍白。

她没想到阮瑜会做得这么绝，丝毫不怕揭自己过去的伤疤，那些在别人看来要捂一辈子的伤口，阮瑜毫不犹豫地就揭给了全国观众看。

昨晚的事一出来，段菡就知道自己完了。她去找最疼她的段京生，可爷爷一句话也没说，披着外套下楼，兀自在庭院里坐了很久。

手心手背都是肉，要大义灭亲，太难。

"你自己做的事，自己解决。"段爷爷说着又叹息了一声。

段菡站了起来，终于抬头。

她走到阮瑜面前，完全没了平时矜贵优雅的作态，低下头，沉默了半晌："对不起。"

"别，我不接受。"阮瑜冷着脸。

一句对不起就完了？

气氛陷入僵持，段菡手指尖攥得发白，终于退后两步，给阮瑜鞠了一个九十度的躬，没起身。

"小瑜，我知道我错了，不该仗着……仗着你对我容忍，一次次地伤害你。我知道这已经对你造成了非常大的伤害，从今天起，我会尽我所能弥补你，也请你原谅我……求你。"

"跪下求我也没用。"阮瑜一点面子没给，眼底没什么情绪，"以前我不会原谅你，以后也不会。"

段菡死死地咬着唇："那你到底……想怎么样？"

阮瑜面无表情："伤害已经造成了，你这辈子都还不起，还妄想我原谅你？你没资格求原谅，我也没资格替过去的自己原谅你。

"我要三个结果，一是公开道歉，给被你傻傻牵着跑的网友们道歉，他们说不定还会原谅你；二是离我远点，别再惦记我的事了，你不配，以后务必滚出我的视线；三是走法律程序，看到我公司给你发的律师函了没？乖乖打官司去吧。"

没想到阮瑜在长辈面前也丝毫不留余地，段菡彻底愣住了。

真的开始慌了。

段菡回头看段爷爷："爷爷，我……"

"小瑜，前两条，爷爷向你保证她一定做到，"段爷爷于心不忍，"至于第三条……"

"第三条她做不到？"

段凛疏冷的声音响起。

循声往前看，段凛正从餐厅外进来，口罩和棒球帽都没摘。

阮瑜傻了，对家这么闲的吗？不忙着满世界跑活动反倒在家听墙脚？

段凛没看她，瞥了眼面无血色的段菡，对段爷爷继续说："家训里有一条，立身处世，自担自责，您定的。"

缄默良久，段爷爷拿起手边的紫砂茶壶，又长叹一声。

他还没喝，就被段凛截住。段凛摘下口罩，闻了一口茶壶，长眉就蹙紧了："又是酒？"

段凛直接将茶壶拿给了旁边的老管家，冷淡地说："再看见他偷偷喝，就直接倒掉。"

"你还我！"段爷爷气上脑门，直接嚷，"不孝孙！一个两个的，都是不孝孙！喝点儿怎么啦？"

这句话骂出口，段凛脸上没什么悔意，旁边，段菡的脸色却越发惨白了。

她知道，爷爷这次是真的不打算再插手了。

给阮瑜道歉的时候，她原本还酝着满腔怨毒的气，但此刻见段凛进来，开口就帮阮瑜说话，四肢百骸的血一下就凉了下来。

她忽然间什么情绪都没了，只剩下茫然无力。

段菡看着段凛，眼泪立刻流了下来："哥哥，你也想要我上法庭吗？"

段凛冷冷地说："当初你做这些事，就应该想到这一天。家里护不住一个不守训的人。"

这是来自兄长的无上威严，也是冷漠。

段菡跌坐在地上。

这么多年，她还是没奢求到他对自己有别的感情，哪怕一丝一毫。

当天中午这顿饭，段菡没留下来吃，在场几人也没怎么动筷子。

段爷爷叹了今天的第四次气，转向阮正平："这几天都留在京城？不是听你说，新加坡那边还有事？"

阮正平点点头："对，打算过了清明再去处理。我想等清明节时带小瑜去看看她妈妈。"

段爷爷若有所思："时间真快，又是一年了。"

段凛搁下筷子："清明那天我没通告，也会去。"

阮正平点点头，又是感慨又是满意地看向段凛。

阮瑜腹诽：对家你凑什么热闹？欺负我没追过星？你们顶流这么闲的吗？

吃完饭，段凛戴回棒球帽和口罩，离开段宅之前，在庭院里被阮瑜叫住。

她做贼似的把他拉到假山后，心理挣扎片刻，认了："这次你帮了我的忙，没有你我也拿不回视频，谢了，我以后就，不那么你了。"

"不什么？"段凛看她。

废话，当然是不骂他了啊！

她仔细想过了，网络暴力不可取，道听途说的小道黑料不要吃，以后两家粉丝互骂的时候，她保证死死克制住自己敲键盘的手，只骂对家粉，不上升对家。

段凛穿着一身黑色长风衣驻足在原地，插兜垂眸，看阮瑜一脸欲言又止的模样，眼神躲躲闪闪，扭扭捏捏，纠纠结结。

又想起那只粉色绒拖鞋上的垂耳兔。

阮瑜正想着要不为她以前的辱骂道个歉，忽然脑袋被什么东西罩了下来，发旋处笼上一阵温暖。

她蒙了，抬头，刚好看见段凛走出去的背影。

他淡声道："不用谢。"

"哈？"

阮瑜往脑袋上摸了摸，他居然把他的那顶黑色棒球帽给她戴上了。

手指触到一丝丝冰凉。

她仰头看。

又下雪了。

第十二章

— 生老病死，爱恨离别

自从阮瑜上过《胡说八道》的直播访谈后，就成了这几天全网热议的对象。

一夜访谈全国知，连叶萌萌邻居家儿子的同学的奶奶都知道，最近有个很可怜的小姑娘给人欺负了十年。

阮瑜不解："什么鬼？"

叶萌萌重复："我邻居家儿子的同学的奶奶。"

是真的，话题度爆了。

其间，安卓茜动用手里的资源，截出阮瑜在剧组和综艺里体现人缘的一些图，很吸粉，结结实实地给她刷了一波好感度。

口碑逆转所带来的人气肉眼可见，叶萌萌神情激动地把手机递给阮瑜看，她超话已经挤进前二十了。

她敷衍地瞅了一眼，没什么空，忙着在月底给宝贝爱豆打榜呢。

四月的第一天，三大视频平台同时放出《戏游记》第一期的精华剪辑版，各家粉丝和吃瓜路人又兴冲冲地跑去重温了一遍。

弹幕里除段凛外，被讨论最多的是阮瑜。

但这一次，提起她，画风截然不同。

【其实小孩子最能分辨好坏了，看杭杭这么亲近阮瑜就说明问题了。】

【我一想到当初直播骂她的弹幕我就心疼。】

【啊，我跟风骂过她……我道歉。】

【哈哈哈，她真的好有梗啊！是今年我最喜欢的女明星了！！】

【小瑜，妈妈永远爱你！！！】

……

也是同一晚，被愤怒的网友声讨了数天的段菡终于出现了，她再次登上微博，发出一封致歉书。

向喜欢她品牌的人道歉，向网友道歉，更向阮瑜本人道歉。她引导舆论，扭曲事实，造成不可挽回的伤害，会接受一切惩罚的结果。

网友当然不买账，底下骂声一片，坐等她收法院传单。

骂着骂着，网友后知后觉想到一个问题。

段菡一个被普通中国家庭收养的孤女，谁给的勇气霸凌豪门千金？

这么一想，还不对，普通家庭哪读得起私立贵族中学啊！除非收养段菡的家庭压根儿就不普通！

可是任凭广大网友怎么查段菡的家世，就是查不出一点蛛丝马迹。

当今互联网数据覆盖面这么广，查不出来，就是最大的问题。网友越查越心惊，越查越觉得这位所谓的国际知名设计师一直以来立的"靠自己奋斗"的人设崩塌了。

从大学开始，段菡设计的品牌一路从个人工作室走到高奢秀场，太顺利了，就是全凭个人才华，也没见过这么顺利的，一定是有后台背景。

慢慢地，全网对她个人才华的质疑声越来越大。

又有人想到什么：【如果阮瑜当年没休学的话，说不定现在也是知名设计师了。】

对啊。

吃瓜路人一阵唏嘘，又把目光转回阮瑜。

公寓里，阮瑜正在召唤师峡谷里激情推塔，听旁边叶萌萌喊："小瑜姐！你妈上热搜了！"

她头也没抬："好好说话，别骂人。"

"不是不是，我是说你妈妈，你妈妈上热搜了。"

"啊？"阮瑜茫然。

就在十五分钟前，某个娱乐大V发了一条微博。

【跟你们说个八卦啊，你们知道阮瑜的妈妈是余青淑吗？下午我跟一朋友闲得无聊，查了半天商影传媒老总的发家史（没错，就是阮瑜她爸爸），当年阮总白手起家，余青淑是商影签的第一个艺人，细节你们看图吧，这是什么惊天地泣鬼神的神仙爱情啊！！】

阮瑜看完图，和叶萌萌同款蒙表情。

现在年纪大一点的爸爸妈妈这一辈，谁不知道余青淑？

九十年代特别红的女歌星，可惜刚红不久后就退隐了。当时她退隐的事还是大新闻呢，因为她回复娱记的退隐理由是"怀孕"。

没错，余青淑竟然在出道前就已结婚了。

没人知道她嫁给了谁，但这娱乐博主闲得无聊翻了半天，居然从茫茫历史中找到一张后来余青淑歌迷拍的合影。当时那歌迷在国外偶遇养胎的余青淑，合照上的男人，不就是商影老总阮正平吗？

破案了。这是什么彼此扶持又相互成就的神仙爱情啊！

可惜后来余青淑在生子不久后就因病去世，据说留下一个女儿，从此杳无音信。

谁说没音信？那女儿就是阮瑜啊！

评论炸锅了。

【算了算出生时间，真的刚刚好对得上啊！】

【这么一说，阮瑜的眼睛真的好像妈妈。】

【什么千金大小姐啊，就是我的可怜小宝贝。】

【我终于知道她为什么要进娱乐圈了，是在拥抱妈妈啊。】

【呜呜呜，小瑜是想替妈妈发光发亮吧，太善良了。】

……

阮瑜心中呐喊：我不是，我没有，别瞎脑补！！！

想起当初的签约条款，她默了默，你们要是知道阮大小姐进圈是为了谁，一定会把现在流的泪都喝回去。

叶萌萌幽怨地说："上次是爸爸，这次是妈妈，我总是最后一个知道大新闻的人。"

阮瑜心说：不，你不是，我本人才是。

她之前只知道阮大小姐的妈妈是段家司机的女儿，被段爷爷收为义女。和阮正平在一起后，两人受段家资助办了商影传媒，从此飞黄腾达。

阮妈妈在阮大小姐出生后不久就去世了，手机里没合影，相册里没合照，就连留在阮家的那些伤心物也被阮正平收起来了。

她现在才知道，阮妈妈居然是余青淑。

很快到了清明。

天气很好，碧空如洗。

余青淑安葬的陵园在京城的远郊，这一片是高端公墓，阮瑜戴着口罩跟阮正平往里走，发现今天来扫墓的人并不多。

有钱人的时间很少。

献完花束，阮正平想和余青淑单独说会儿话，阮瑜就在不远处等。

余光瞥见有人往这边走来，她望去……等等，那是段菡吧？

"不是说，让你以后离我远点吗？"阮瑜真的不想再见到段菡了，皱眉，"还是你这么快就打算给自己买墓地了？"

"我来道歉，为我对你所做过的事，向你妈妈道歉。"

段菡一身黑裙，抱着花束，脸上毫无笑意，往日的气质不再，愈显憔悴。

看起来这段时间她过得非常不好。

要不是在阮妈妈的墓前，阮瑜都想鼓个掌。

她懒得理段菡，道一千次歉都平不了这人的所作所为。她正想转头走人，见一男人过来。

男人身形颀长修挺，裹着黑色大衣，帽檐下一双黑眸深邃冷淡。

是段凛。

不是，他还真来给阮妈妈扫墓啊？

十五分钟后，阮瑜发现好像不是。

等阮正平说完话，段菡回头看了一眼段凛，抱着花束在原地僵了片刻，紧抿着唇，再怎么不愿意，终于还是走至余青淑的墓碑前，鞠躬放花，紧接着双膝一弯，跪下了。

阮瑜一蒙。

段菡颤着手指，又回头看了一眼段凛。

好，比起自己来扫墓，对家这波更像是按着段菡来让她道歉的。

阮瑜凑近段凛，想到一件事，问道："那什么，上回你借我那顶帽子，我要还吗？"

段凛盯了她一会儿，说："不用还。"

太好了！

阮瑜眼泪汪汪，如释重负，她可以不用坦白说她不小心弄丢了！那天她跟着安卓茜去见广告商，回来就发现帽子丢了，那帽子还是某大牌的限量联名款，有价无市。

段凛小声问："你很开心？"

阮瑜秒收表情："没……没有。"

他敛眸盯着她，不知怎么，口罩后的嘴角上扬了寸许。

她不用还帽子，看起来确实挺开心。

还想要？

下一秒，阮瑜感觉脑袋被轻压了一下，反射性地缩了缩脖子。

她又被对家在头上扣了一顶帽子！

怎么，他最近接了一个棒球帽代言？

轮到阮瑜扫墓，她迟疑了下，也在余青淑的碑前跪了下来。

墓碑上的照片里，女人笑得温婉尔雅。如果不是心脏病突发，她应该是一个很好的妈妈。

"妈妈。"阮瑜轻轻喊了一声，"其实我过得还挺好的吧，爸爸很疼我，我花了想花的钱，做了想做的事，考上了很好的设计学院，即使以前有过伤害我的人，现在我也一报还一报了，你不用担心。"

她都在挑好的说，尽量把阮大小姐的一生说得圆满而完整，像一个应该画下的句点。

她最后吸气："但那是以前的我所过的生活。从今天起，我就是真正的我了，在剩下的时间里，我会好好做我自己。"

"再见，余阿姨。"她小声，凑过去亲了下墓碑。

清明节后，阮瑜接到安卓茜的电话。

"两个好消息。"安卓茜听起来心情不错，"一个，上周谈的那个软饮代言成了。还有，刚才《戏游记》的节目组来通知，合约不变，你还是常驻嘉宾。"

阮瑜好奇："应该还有坏消息吧？"

"有，今晚收拾一下，我让林青给你订了明早飞杭州的机票，后天录制《戏游记》的第二期。"

"这么快？"

"快什么？我手上来找你的通告邀约又多了，你接下来的行程只会更紧，不会松。"安卓茜说话很直接，"最近公司股价上涨，把前段时间跌的都涨回来了，我很看好你，加把劲，跃龙门吧。"

当晚，《戏游记》的官博果然开始发布第二期的录制嘉宾名单。

常驻还是那三个：宋亦然，阮瑜，杭杭。

第二期的两个飞行嘉宾：选秀出道的女爱豆潘思影，脱口秀演员王佑。

这一期的嘉宾不如上一期阵容豪华，反响却依旧热烈。

翌日早上六点的航班，阮瑜困得想死。

旁边林青例行刷了会儿娱乐新闻，倒吸了一口凉气，叫醒她："小瑜姐，瓜，新瓜！"

"什么？"她挣扎睁眼。

"有你的粉丝把你在访谈上放的那段视频仔细拉了一遍，就是段菡在酒吧里拍你的那一段。"

阮瑜不解："啊，怎么了？"

林青把耳机塞给她："这里，你仔细听听。"

点击播放，还是那段酒吧录像，只不过被人降噪处理过了。

少了嘈杂的背景音，人声越发清晰了。

录像里，段菡边举着手机拍阮瑜，轻笑了一声，边凑近阮瑜的耳边说了句什么。

降噪处理后，这句话被清楚地放了出来，是一句包含了太多的贬低意味和人种歧视的话。

"我记得以前出过这种事吧？"林青吃瓜，"设计师被曝种族歧视，会身败名裂的啊。"

可想而知，这时候网上有多热闹。

沉默半晌，阮瑜"哦"了一声，像条咸鱼似的继续躺回去睡了。

招财鱼忙着在梦里跃龙门，勿扰。

航班到达萧山机场，林青拖着行李箱跟阮瑜往出口走，抬头扫了一眼，猛地拽住了她。

"干吗，又有瓜？"阮瑜头也没抬。

"别看了，没瓜！有粉丝！"林青一看这祖宗还在给爱豆打榜，眼疾手快地伸手过去把她屏幕摁灭了。

阮瑜立马抬头看，真有粉丝，接机口围了两三排女孩，高举着横幅。

见她出来，鱼粉一个比一个激动。

"小瑜一路辛苦了，录节目加油啊！"

"要开开心心的，我们爱你！"

"你记得好好吃饭啊，都瘦了！！"

"助理小哥哥，拜托你照顾好我们小瑜，辛苦啦。"

……

阮瑜蒙了，林青也没反应过来，早上从京城来的时候还太早，没怎么看见送机的粉丝，现在一看，怎么这么多！

没保镖拦着，鱼粉也不拥上来，只神情兴奋地跟在后面送她出航站楼。

"你们在这里等了多久啊？"阮瑜接过粉丝要签名的手幅，有点愣。

"不久不久，我们还以为要等一天的。"

阮瑜不放心："你们这么多人给我接机不好，等得又累，还挤，不安全。"

人群中爆发一声："好的宝贝，俺知道了，妈妈爱你！"

不是啊，怎么回事？她以前对爱豆喊"宝贝爱你"的时候也没发现有这么羞耻啊？

阮瑜闭嘴了，紧接着，鱼粉就见她签名的笔划出去特长一道，耳朵还开始红了！鱼粉一阵嘤嘤嘤，小瑜怎么这么可爱啊！！

节目组来接嘉宾的车等在航站楼外，没几步路，阮瑜一路走一路签，发现鱼粉给她的这些横幅上，印的基本是她的表情包。

阮瑜问道："你们这么喜欢我的表情包啊？"

"是啊是啊，你说过如果我们喜欢，你希望会喜欢你的整个人，这可是我们刻意印的！"

"我们不仅喜欢你的美，还喜欢你的'沙雕'！"

"不仅喜欢你的美照，还喜欢你的表情包！"

……

鱼粉七嘴八舌地解释，然后他们就见阮瑜点点头，说了句"好"。

接着，她还回笔，对几个正举相机拍她的粉丝挥了挥手，再然后，食指搭眼尾，拇指搭嘴角，挤了一个无敌萌的鬼脸出来。

鱼粉们大呼："啊啊啊——"

呜呜！我的爱豆不可能这么可爱！！

旁边林青要心肌梗死了。

这姑奶奶是把"偶像包袱"四个字扔进垃圾桶了吗？！

上车前，鱼粉叮嘱："小瑜加油，要照顾好自己！"

"谢谢呀，你们也是。"阮瑜笑着挥挥手。

到了节目组安排的酒店，林青一刷阮瑜的粉丝群，发现阮瑜在机场贡献的新表情包已经被安排上了。鱼粉太会玩梗，很快"阮瑜行走的表情包"这一话题也上了热搜。

热搜底下的评论全是"哈哈哈"。

她真的很有吸粉的天分。

林青截了一些娱乐博主夸阮瑜的话，发给她。她看了下，是说她在镜头前一直都有梗又可爱，一点都没架子，看着就讨人喜欢。

论变脸，谁能有网友快？

林青感慨："谁能想到上周你还被全网骂、万人黑，这周就完全不一样了。"

"放宽心，以后说不定还会万人黑呢？"阮瑜安慰。

林青心惊："你可别吓我！之前的事再来一次，我老命都交待给你了。"

网上，直播访谈的余热还没过去，阮瑜刷了刷新闻，刷到了早上段菡的事。

这件事，外网的反应更激烈一点。

在时尚圈里，主张个性可以，但种族歧视是沾都不能沾的禁区，无论你是多才华横溢的设计师，只要被抓住错处，基本都会面临身败名裂的下场。

不出意外，段菡的时尚生涯是快走到尽头了。

安卓茜打电话来，提了一嘴，段菡的官司该打还得打，到时候阮瑜本人不用出庭，委托别人去就行。

阮瑜说："好。"

安卓茜又想起什么，说道："对了，刚给你接了新戏，一部古偶剧的女二号，等你回来看看本子。"

"行。"

在酒店休息半天，晚上，《戏游记》第二期的嘉宾陆陆续续到齐了。

阮瑜过去认识人，宋亦然和杭杭她已经熟了，还有两个，一个选秀出道的女团爱豆潘思影，一个脱口秀演员王佑。

王佑高高瘦瘦，嘴贫爱笑，看起来就好相处。潘思影比阮瑜小一岁，看起来却更御姐，青灰色长发，连香水闻起来都是气质型。

见了面，大家寒暄聊天，心照不宣，都没提阮瑜这阵子在网上闹得沸沸扬扬的霸凌事件。

就杭杭凑过来，悄悄问："姐姐，我听说你被人欺负啦？"

阮瑜也悄悄地说："你怎么整天不做作业，净上网？"

"没，家教老师说了，我做完作业可以玩会儿手机。"

顿了顿，杭杭张开小手抱了抱她，又拍拍她的背，安慰得煞有介事："都过去啦。"

呜呜呜，小正太也太甜了！阮瑜眯起笑眼，往他嘴里塞了一块龙须糖："知道啦。"

临睡前，节目组终于送台本过来。

【流程：早上 5:00，嘉宾化妆。】

【直播规则：剧本真人秀。五位嘉宾进入场景，扮演故事角色，在指定时间内完成节目组发布的任务。】

【直播内容：不崩人设，完成任务，自由发挥。】

【注意事项：此次节目直播录制预计十二个小时，不得向任何人请求

援助。】

林青说："真行，这一次比上一次还简略。"

"这次网上预热的开播时间是早上十点对吧？"阮瑜算了算，"直播十二个小时，也就是播到明晚十点，我们在哪儿录来着？"

"对啊，"林青傻了，"不知道啊。"

上回节目组把酒店安排在影视城外，那肯定就是在影视城里录制。这回嘉宾住在市中心的酒店里，周围哪儿有地方能录节目？

他跑去问导演组，总导演一脸神秘地在那儿摸小胡子："在哪儿都能录。"

第二天一早，节目组妆发团队来敲阮瑜的门，在酒店房间里化妆。

她被戴上假发套，一半长发梳起蝴蝶髻，另一半披泻而下，造型师给她拿了件仙气飘飘的轻纱绿罗裙，怎么看怎么眼熟。

开录地点居然在酒店的天台。

阮瑜上去，第一个撞见宋亦然。他居然穿着女装，一大男人一袭白裙，头纱如雪，从头到尾一身的白，闪得她眼睛都快瞎了。

阮瑜迟疑："娘子？"

宋亦然接道："啊哈？"

谢谢，唱出声了。

阮瑜翻了个白眼："我说你是白娘子！白素贞！"

"《白蛇传》？你是小青？！"宋亦然才反应过来。

还真是《白蛇传》啊！

不一会儿，王佑上来了，他一身黄色布衣，披红袈裟，行，一个带发修行的法海。三个人正聊着天，潘思影也到了，她的穿着跟王佑一模一样，但头发还是青灰色，得了，又一个"杀马特"法海。

宋亦然有点蒙："不对啊，怎么有两个法海？"

阮瑜问道："杭杭呢？"

不知道，导演组看起来也不急着找。

周围的工作人员都在笑，总导演王路拿着喇叭喊："准备一下准备一下，还有十分钟开拍了啊！"

周六早上十点，《戏游记》节目的观众已经早早等在了直播间，还没开播，在线观看人数已经飙到了新高，而且还在不断攀升中。

半个月前，《戏游记》第一期在三大视频平台同步直播，一期爆红，观众人数的峰值超了以往其他直播综艺的好几倍。导演组喜忧参半，担心上一期只是由于各种因素带来的虚假流量，顿时下决心在第二期搞个更刺激的。

就是有点太刺激了。

灯光摄像就位，开播。走完嘉宾介绍流程，总导演王路宣布游戏规则："这一期，我们节目组为节省经费，没有请任何群演，或者说，整座杭城的人，都是群演。

"相信你们都看出来了，第二期的故事背景与《白蛇传》有关，本期主题是——成仙！"

王路揭开身后的 KT 板，果然，阮瑜对应的人设是小青，宋亦然是白素贞，有两个法海，一个是潘思影，一个是王佑。至于从早上就没露过面的杭杭，是许仙。

王路大声说："我讲一下本期的故事背景啊。书说上回，法海将许仙骗上了金山寺，白素贞和小青是立马前往金山寺救许仙啊，可谁知当白娘子水漫金山寺以后，哎！水势太猛，雨太大，狂风巨浪一打，金山寺上的所有人都被冲晕了。

"再醒来啊，白素贞、小青和法海发现他们都来到了现代，可是许仙不见了。"

宋亦然插话："王哥，一个浪头就把人从古代冲到现代这件事，物理学家同意吗？"

王路说："我说你就没点想象力，你看阮瑜不是接受得挺快的吗？"

阮瑜表情自然，点点头肯定："贴近生活，合情合理，好设定！"

谁还不是一觉醒来不知身处何地的天涯可怜人啊。

王路开始发布任务。

"白素贞一行人来到了现代的杭州城，这次需要完成两个任务。一、找到许仙，关键词是'雷峰塔'；二、帮助白素贞集齐八种情绪的眼泪，分别为'生老病死，爱恨离别'，集齐后才能助她成仙。"

"只有成功完成这两个任务，四人重新回到古代，才算成功通关。另外，大家必须遵循原人物设定，中途崩人设的嘉宾，将会受到节目组的惩罚。"王路一笑，"惩罚是，干嚼龙井茶叶十分钟。"

沉默，满场沉默。

王路又想到什么："哦对，大家应该都看过《白蛇传》吧？"

可快闭嘴吧你！我宁愿我没看过！！

潘思影提问："导演，为什么我和王佑都是法海呢？"

王路说："两个法海，一个是法海的真身，一个是法海的心魔。"

多的再没说了。

潘思影和王佑还在不解，阮瑜接话："刚才他说只有四个人穿越回去才给成功通关，那四个人就是白素贞、小青、许仙和法海，所以法海的心魔和真身必得死一个，你们八成会接到支线任务，类似除心魔什么的。"

导演组心想：这阮瑜是 bug 吧！这都猜到了？！！

王路说："由于这一期的饰演难度较大，所以我们会发一张'赦免卡'，能免去一次嘉宾出戏的惩罚。但卡片发给谁，由观众投票选择。"

此时，直播间的屏幕下方弹出投票小框。

弹幕这会儿已经笑疯了。

【哈哈哈，这一期居然直接上街录吗？我有朋友还傻傻等在横店外面啊！】

【《白蛇传》的作者哪位？出来打节目组了。】
【啊，现在买去杭州的机票还来得及吗？】
【阮瑜是随身携带综艺之神喷雾了吧？太聪明了。】
【女装宋亦然给我笑喷了。】
【小瑜古装扮相绝绝子，考虑接古装戏吗？宝贝！】
【你一票，我一票，茶叶阮瑜不用嚼！！】
【影影给我冲！！！】
……

这一次，《戏游记》的弹幕不再像上期那样腥风血雨，满屏幕密密麻麻的弹幕居然没有掐架的，各家粉丝都在给自家拉票，纯观众也来凑了一回热闹。

票选结果出来，阮瑜占比 31%，排第一，比潘思影稍微高了一些。

能赢过靠打投出道的爱豆粉，不是粉丝数多，就是路人缘好。林青正守在直播前看，咋舌，这个结果已经让他很惊讶了。

王路宣布："投票结束，赦免卡给到了阮瑜。下楼后，任务正式开始，祝你们成功通关。"

电梯里，王佑很紧张："这哪儿跟哪儿啊，我到现在还没搞明白节目规则。"

潘思影提议："两个任务听起来都挺难的，我们只有十二个小时，要不然分头行动？"

"行。"几人都同意。

阮瑜思考了一下，说："你们两个肯定要做支线任务，你们一起吧，我和宋亦然一组，这样方便。"

宋亦然觉得可行："那咱分头行动，我跟阮瑜去找八滴眼泪，你们去找许仙。"

王佑点头："可以，可以，但我还是没懂，怎么才算维持人物设定啊？"

"哦，这个啊，你马上就懂了，等等，等我出电梯给你解释。"阮瑜回道。

电梯门开。

跟拍摄像举着机器，镜头里，阮瑜深吸一口气，神色忽变，动情地望向宋亦然："姐姐！"

宋亦然迅速酝酿好情绪："妹妹！"

"白娘子！"

"青儿！"

阮瑜秒收："赶紧走吧。"

宋亦然点头："哦。"

王佑和导演组都惊呆了：是电梯里的舞台太小，不够两位戏精表演对吗？

四人出酒店后，兵分两路，直播的画面也在两条并行线之间来回切换。

阮瑜和宋亦然的打扮实在太晃眼了，身边还跟着随行摄像，上了街，周围都是掏出手机拍照的路人和认出他们的粉丝。

四周人声喧闹，宋亦然的女粉还真多，直追着两人喊"亦然老公"，但宋亦然一身仙气飘飘白衣女装，古装美男子的人设彻底垮掉。

阮瑜在旁边憋笑憋得想死，捋了下剧情。

节目组要他们集齐八种情绪的眼泪，生老病死，爱恨别离，也就是说，现在要找一个很好哭的地方，这样理解没问题吧？

"姐姐，我们现在先去附近医馆看看，怎么样？"阮瑜问。

对，医院！

宋亦然有点担心："这儿的医馆让进吗？"

旁边女粉接话："医院不让进，但我的心门永远让你进！"

真的，这谁能忍住不笑？！

笑又不崩设定，阮瑜笑得根本憋不出话，无情笑了两分钟，终于缓过来。

"我们不进去，我们找一家医馆，在附近看看有没有公……不是，花园的地方，先去看看再说。"

"你开心就好。"宋亦然被她笑得一脸麻木。

阮瑜没手机，附近也不熟，只好问旁边的路人："小兄弟，你知道附近医馆怎么走吗？"

"你是阮瑜！是吗？"男生第一次离明星这么近，又紧张又想傻笑。

"阮瑜是谁？"阮瑜装聋作哑，"我和姐姐意外来到这个世界，想找一家医馆，你知道在哪儿吗？"

男生不放弃："我知道你，你真人好漂亮啊，比照片里还漂亮。"

"那个，我和姐姐……"

阮瑜话还没说完，人群中扬起一声："离我女儿远一点！别吓到她啊！"

居然还有鱼粉！

还不止一个。

又有一个女生喊："啊啊小瑜我爱你！"

阮瑜还是装听不见："小瑜是谁？"

鱼粉大声说："小瑜是我们的心肝女儿小宝贝！蜜糖甜心小哈尼！"

宋亦然大笑："哈哈哈！"

阮瑜腹诽：节目组太狠了，我总算知道为什么开头会发那张敕免卡了！

满屏弹幕都是"哈哈哈"，正看直播的观众都笑傻了。

【我躺着看节目笑到手机砸我脸上砸出一个哈字。】

【哈哈哈，这周末就指着这节目让我锻炼腹肌了！】

【我终于找到了看《戏游记》的正确姿势，上一期弹幕太凶了，我都没看下去。】

【玩尬的是吗？怎么会这么好笑啊！！】

【现场路人的表情是我本人了。】

……

忍住，要忍住。

问到附近医院的地址后，阮瑜和宋亦然突破重重包围，不管粉丝在旁边怎么表白，就是不认识，白素贞和小青假发套一戴，谁也不爱。

走了近一个小时，终于到市中心某家医院，两人掉转脚步，直奔医院附近的公园。

来到这种需要安静的特定场所，节目组安排跟着的安保终于起了作用，将跟来看热闹的群众隔开了一段距离。

阮瑜和宋亦然在公园找了一圈，才发现自己想错了。

医院附近的公园里，是有不少在等挂号和歇脚的病人及家属，但人家也不会在公众场合发泄情绪，更别提哭了。

也不能上去问：你有伤心事吗？说出来我听听。

这也太没礼貌了，而且很有可能会被打的好吗！！

两人毫无收获，宋亦然的肚子还咕噜了一声。

"小青，我饿了，我现在就能饿得哭出来，这算眼泪吗？"

阮瑜肯定地说："算，算失败者的眼泪。"

宋亦然没接话。

"我们再找找吧，换个地方……去类似送别亭的地方，行不行？"

宋亦然听明白了，机场。

行是行，但机场离市中心远得要命，他正想提出先吃个午饭，脚边忽然滚过来一个枇杷。

阮瑜捡了起来，抬头看，不远处，一个老爷爷手里提的一袋枇杷全撒了，他正弓着背，步履蹒跚地一个一个捡起来。

她和宋亦然对视一眼，心照不宣地帮人捡起枇杷。

"枇杷给您。"阮瑜捡了几个，捧过去递给老爷爷。

"谢谢你啊，小姑娘。"老爷爷的手往前伸了伸，颤颤巍巍摸到阮瑜的手，收了三个，留了一个给她，"你吃一个吧，给你吃。"

他抬头笑，阮瑜一愣。

这爷爷居然看不见啊？

她才发现他另一只手挂着导盲杖，捡了几个枇杷，已经累得有点喘了。

阮瑜问道："那什么，您要不要坐一下啊？我扶您去坐会儿吧。"

两人扶他在不远处的长椅上坐下，老人和蔼地笑起来："今天公园人多，热闹。"

能不热闹吗？远处的保安拦着一堆人呢。

"您来看病吗？"宋亦然问，"有家人陪同吗？"

老人又笑了："我不看病，但我老伴在医院里。你们是一对儿吧？"

阮瑜忙解释："不不，我们是姐妹，姐妹。"

她和宋亦然陪老人聊了几句，准备走了："那我们先走了，枇杷还是您留着吧，您和奶奶都能吃。"

"吃不了了。"老人笑叹，"她上午走啦，我一个人在这里坐一会儿，就回家了。"

阮瑜一愣。

走了，是她想的那个意思？

宋亦然又朝阮瑜看一眼，看表情，两个人都犯难了。

有故事，但是是人家的伤心事。

节目组真的杀了他们吧，要集齐眼泪，还要给眼泪分个类，但这不是在戳别人的伤心处吗？！

挣扎片刻，最后阮瑜看向摄像："导演，我那张赦免卡现在能用吧？"

静了十几秒，节目组提前给戴的手环响起。

【赦免卡有效，嘉宾仅有一次出戏机会，赦免时间为十五分钟。】

阮瑜说："爷爷，我们其实在拍综艺，就，现在周围特别多人，都是在看我们录节目。吵到你了，不好意思啊。"

老人微愣："拍综艺？"

"对，就是电视节目，导演组特别变态的那种节目！逼着我们找小故事，还要找齐'生老病死爱恨别离'八个小故事，真的变态。"

阮瑜和宋亦然解释了几句，老人总算听懂了。

他笑起来："我明白了，你们是想听我和我老伴儿的故事。"

宋亦然说："您要是想讲，我们就听。"

"不是多新鲜的事。"老人拢着黑色塑料袋，摸出一个枇杷，摸索着塞到阮瑜手里，轻声道，"你们想听，我就给讲讲。吃一个，甜。"

远处人声有些喧杂，老人却沉静下来，午间阳光洒在他枯皱的手上，像镀了一层光阴的薄暮金黄。

老人叫董新，结婚的对象是自小订的娃娃亲。

董新以前是教书的，家里没几个钱，妻子家境好，嫁过来后不知道有多少人惋惜说是下嫁。两人过了很长一段节衣缩食的清苦日子，妻子脾气不算太好，经常向他发脾气，所有人都说她这是嫌弃他，早晚会跟别人跑的。

刚开始连董新也这么觉得，直到有天他下班回来得早，才发现她在偷偷给人家洗衣服，补贴家用。

"我那时候就想，我一定要养她，也不教书了，就四处拉活干，赚得比原来多。"老人说话不疾不徐，"干那些活是比之前苦点，但日子也慢慢好起来了。后来，她怀孕的时候想吃枇杷，太难买了，我跑遍村上的人家，给她带回来一小袋枇杷，她很高兴。"

老人叹了口气："可惜后来老了，忽然有一天眼睛就坏了，她也一直照顾我。

"我老说，我要死在她后头，等她以后走不动路、吃不动饭的时候，换我照顾她。"

……

老人的故事并不长，讲完，他倒是没哭，但一阵抽噎声传来，宋亦然往旁一看，阮瑜哭了。

节目组真的不做人！

阮瑜感觉自己从得知有心脏病开始，就一直对这种事挺敏感的，她没一点形象地拿袖子擦眼泪，平复了下情绪，又跟老人聊了几句。

等两人离开公园时，提示器又响。

【提醒：已集齐"死"情绪的眼泪一滴，还有七种情绪需集齐。】

阮瑜说："不对，是三滴。"

导演组一愣。

阮瑜细数："我是替老爷爷哭的，他感慨变老的时候我替他哭了，说奶奶生病的时候哭了，还有奶奶走的时候也哭了，'老''病''死'，一共三回。"

有理有据，竟让人无法反驳。

导演组腹诽：她是眼泪精变的？

私人会所，某日式包厢内。

房间中央的木质矮榻上，菜已经上齐，盘碟精致，但没人动筷子。等郭彬从包厢外抽烟回来，发现房间里的段凛正戴着耳机，手机屏幕上还不时滚过去数条弹幕，他眸色沉静，看得还挺入神。

郭彬凑上去一看："这是……《戏游记》？上回你录的那期？"

不对，是直播。

屏幕里，阮瑜正在跟一个男演员满大街小巷地乱窜，弹幕都是"哈哈哈"，也不知道在笑什么。

郭彬跟着看了会儿，感慨："上回你要接这个节目，我还不太看好，没想到第一期反响还真不错。"

接着，他又分析："我看节目组的编导挺厉害，搞无剧本直播综艺，这回还是明星上街，又在现场吸引了一部分路人观众，挺好。"

段凛没理他的一大通分析，问："孔导呢？"

"他还在抽烟呢，他一根哪儿够。"

今天整个包厢里就段凛不抽烟，孔明坤又给他面子，就避开包厢，揽着郭彬出去吞云吐雾。

郭彬指了下段凛手边的剧本："怎么样，看过了吗？"

段凛总算从屏幕里分出点眼神，瞥了眼，应道："嗯，今天就把合同签了。"

那就是打算接这部戏了。

郭彬翻了下剧本，砖头厚的一沓，才几天就已经被段凛翻完，还几乎在每一页都做了点笔记。

白封皮印着四个简单的粗体黑字：无声惊雷。

一周前，孔明坤找到段凛，想找他试镜新电影的男主角。

那天段凛去试了戏，孔导几乎是一点都没迟疑，当晚就给郭彬来电话，要签合同。不过前一周段凛有私事要忙，通告都推了好几个，这事就延到今天才签。

孔明坤和段凛之前合作过两部电影，一部送他一炮而红，另一部送他上了金雁奖的最佳男主角。

可以说由孔明坤导过的戏，就没有不拿奖的。郭彬看段凛的眼神满是感慨，无可挑剔的颜值让他自带流量，科班打磨的演技让他收割资源，天生当明星的料。

不过，段凛怎么看个综艺节目还看得这么起劲儿？就这么好看？

郭彬跟着看了会儿，然后他发现，在画面由阮瑜那组切到另一组嘉宾时，段凛神色自然地把耳机摘了，退出直播，没带一点留恋。

郭彬感觉自己好像发现了什么。

孔明坤终于抽完烟，进了包厢。

很难想象，成就了数不清的三金影帝影后的名导居然是这么瘦瘦小小的模样，孔明坤笑着落座："阿凛，考虑得怎么样了？"

段凛说："剧本很好，我很感兴趣。"

"那行，那就这么定了。"孔明坤拍板定下，"但还要等今年下半年再开拍，女主角我没选好，总挑不上合适的人，都差那么点意思。"

签完合同，孔明坤又琢磨着："这戏拍不拍得好，得看男女主角能不能来感觉。你有合适的女演员推荐吗？"

段凛搁下笔，忖度几秒，淡声道："有。"

下午三点，骄阳似火，阮瑜和宋亦然已经瘫在了西湖边的躺椅上。

过去的三个小时里，他们跑遍了医院对面的公园、菜市场、电影院、小茶馆，被粉丝和路人围追堵截了十几条街，差点出戏三十多回，除了中午的"老""病""死"三滴眼泪，一无所获。

废话，谁没事会对着外人哭啊！而且还是有两个镜头在掉着拍的情况下！！

两人对视一眼，去机场吧。

去机场可不能走着去，要打车。没钱啊，怎么办？

总不能直接问路人要吧，阮瑜想了半天，拉宋亦然去西湖边人流量最大的地方，靠近湖滨银泰，找了一棵榕树，席地而站，卖唱。

周围的人越聚越多，宋亦然蒙了："唱什么啊？"

"唱……按理说我们不是只会唱一首吗？就唱那首。"阮瑜怂恿他，"姐姐唱歌，妹妹替你收钱。"

太羞耻了。

宋亦然气沉丹田，为了赶路钱，拼了。

他拈起兰花指："啊——啊——"

熟悉的曲调一出来，围观路人笑倒一大片。

"西湖美景——三月天哪——"

阮瑜提醒："四月，已经四月了。"

宋亦然马上改词："西湖美景——四月天哪——春雨如酒——柳如烟哪——"

弹幕笑疯了。

【哈哈哈，阮瑜绝了。】

【我妈问我为什么在床上笑得像只拔了毛的鹌鹑。】

【大家给我把"史上最美白素贞"七个字打在公屏上！！】

【俩孩子太可怜了吧，哈哈哈，赏点打车钱吧！！！秋梨膏！！！】

……

最后，阮瑜和宋亦然终于凑够了打车钱，拿多的钱在街边买了两碗藕粉，一人嗦一碗，打车去机场。

悄悄是离别的笙箫，机场是流泪的康桥，她就不信在机场还找不到一对分别哭泣的小情侣！

两人在机场大厅找了一圈，走到哪儿，围观群众跟到哪儿，人是多，就是没找到任何一个正在悲伤流泪的。

白来了。

宋亦然颓然："我唱了十几遍的歌，白唱了。"

旁边他的女粉安慰："老公，别丧气啊，要不然我给你哭一个吧！"

阮瑜想笑，但她此刻笑不出来。

商量片刻，两人正要回市内，远处却忽然传来一阵喧闹声，隐约响起女孩的激动尖叫声。

"怎么了那是？"宋亦然探头。

有人眼尖，看到远处粉丝举着的横幅："是纪临昊！纪临昊啊！"

"啊，哪里有纪临昊？老公我来了！！"

说这话的是刚刚还在安慰宋亦然的女粉。

当红流量纪临昊正巧出现在了萧山机场，一时间，这边围着的人被吸引了大部分注意力，都蜂拥过去看热闹了。

宋亦然正要提议离开这个伤心地，就发现阮瑜捂着唇，死死憋着情绪，微弱地溢出一声"嘤"。

"你怎么了？"

她不想拍综艺了，她要去拍她的宝贝爱豆心肝昊昊啊！

然而全网直播着呢，阮瑜只好说："我找不到眼泪，悲伤到呕吐，难过到流泪。"

她想起来了，这两天纪临昊确实在杭州有一个品牌见面会的活动。

他没走 VIP 通道，等在出站口接机的粉丝顿时惊喜炸锅了，那边人山人海地围了几层，阮瑜连爱豆的头发都看不到。

她只得作罢，恋恋不舍地离开。

跟爱豆呼吸同一片城市的空气的感觉简直不要太好，阮瑜干劲满满。

和宋亦然打车回市内，已经是晚上近八点。她在街边扫到一家店，忽然停下脚步，忙拉着宋亦然进去。

这是一家私立宠物医院，规模还不小。

医院负责人见阮瑜几人进来，先是惊诧，聊了几句，马上就笑容满面地请他们穿上了隔离服，进住院部逛逛。

明星在拍直播综艺，这不是给医院打免费广告吗？负责人简直求之不得。

跟过来的围观群众被拦在医院外了，里面格外安静。

他们在住院部的一角发现一条年迈的松狮，年迈到大半牙齿脱落，反应迟缓，病得根本站不起来。

它的主人是一位看起来尚还年轻的白领，她蹲在它身边哭，就在十几分钟前，主人终于同意给这条受病痛折磨的狗狗进行安乐死。

它牙齿脱落，也没力气再叫唤了。她哭，它就轻轻地将爪子搭在她的膝盖上，细细地呜咽一声，像是安慰。

她还这么年轻，它却已经陪伴了她一生。

"你看，狗狗也哭了。"宋亦然看得可怜。

阮瑜"嗯"了一声。

没有规定流眼泪的一定要是人。

和人一样，小动物也有感情。

宠物医院里也有很多伤心事。

后来他们还在角落里发现一只流泪不停的小母猫，负责人说，母猫怀孕的时候出了车祸，五只宝宝只活了一只，活的那只还在抢救，经好心人送到医院以后就这样了。

生离死别，万物共情。

离开宠物医院时，两人情绪都不太高，弹幕的"哈哈哈"也少了很多。

【想打节目组了，亏我早上还在说这一期的主题很快乐。】

【想到离开我很久的狗狗了。】

【还有多少滴眼泪啊，到底还要我哭几次！！】

……

提示器的声音响起：

【提醒：已集齐"老""病""死""别""离"情绪的眼泪五滴，还有三种情绪需集齐。】

阮瑜说："是六滴，还有一个'生'。"

导演组：这人怎么又来？？

阮瑜证据充分："刚才我们看的那只阿拉斯加，它生宝宝嗷嗷叫的时候它主人在旁边泪光闪烁了，这是新生的喜悦，必须得算。"

算……算你狠。

导演组彻底服了。

行，就给你算上吧，还有两滴"爱""恨"的眼泪，我倒要看看你们怎么掰扯！

宋亦然看了眼时间："快九点了，离那什么还有一个小时，我们要不先去找法海他们？"

"行。"

找人可太好找了。

阮瑜问旁边跟着的粉丝："你们知道法海在哪里吗？"

粉丝手机里还在放直播，画面正好切到王佑他们，回答迅速："他们现在在西湖边苏小小墓那里休息哦，潘思影还吃了一块粉丝给的炸藕片！"

阮瑜哭了。

他们在这里走街串巷找眼泪！王佑他们在小凉亭里吹湖风吃炸藕片！

找到潘思影他们的时候，王佑委屈了："我们哪里有闲着，我们为了做那个支……不不，为了找出心魔，在花港观鱼那里数了一下午所有池塘里到底有多少条鲤鱼！数出来了才告诉我们！"

阮瑜哈哈大笑。

节目组真有你的，上次是数竹叶，这次是数鲤鱼，你还有多少恶趣味是朕不知道的？

宋亦然问道："数出来了没有？"

潘思影回答："数出来了，我们把一到两万的数字都猜了一遍。"

"许仙呢？找到了没？"

"没。"

节目组给的提示词是"雷峰塔"，然而王佑他们快把雷峰塔周围的草皮都扒了，还是没找到杭杭。

"我们真找遍了，杭州还能有第二座雷峰塔还是咋的？"王佑崩溃。

阮瑜一下反应过来："有没有可能'雷峰塔'不是塔？"

"说不定是街道的名字！或者饭馆之类的！"宋亦然秒解。

王佑一拍脑袋："对啊。"

话音一落，他的手环立即发出一阵警鸣。

【警告，法海违反人物设定，即将受到节目组的惩罚。】

王佑傻了："我说什么了？"

阮瑜提示："不雅之词。"

宋亦然说："粗鄙之语。"

潘思影说："阿弥陀佛。"

王佑蒙了。

旁边，跟拍了一天的摄像终于从兜里掏出一小包龙井茶叶，递给王佑，无声竖了个大拇指。

没办法，王佑哭着干嚼了十分钟的龙井茶叶，苦得差点没去灌西湖水，哭声凄惨。

最后四人在西湖边的一家咖啡馆找到了杭杭，好死不死，咖啡馆就叫"雷峰塔"。

小许仙在这儿吃了一下午的甜品，还帮咖啡馆主人遛狗磨咖啡，现代生活过得很快乐。

宋亦然掩面假哭："官人，我终于找到你了。"

杭杭皱起小脸："噫——"

九点四十五分，离录制结束还有十五分钟，许仙找到了，法海的心魔也辨出来了，可眼泪只集齐了六滴，还剩两滴，"爱"和"恨"。

要是任务没完成，不会全员都得干嚼茶叶吧？

几人坐在咖啡馆里愁眉苦脸。

忽然，一声不吭的阮瑜站起身，噔噔噔跑到宋亦然身边，神色凝重。

宋亦然蒙了。

阮瑜突然双手按住了他的肩，弯腰，与他平视："姐姐，什么叫'官人我终于找到你了'？难道你和我相处了整整一天，脑海里却全是在想许仙？"

宋亦然更蒙了。

"你难道不知道，"阮瑜埋头抽噎了一声，一抬眼，居然还真的哭了，"不知道这么多年来我对你的心意吗？"

宋亦然立马反应过来了，很快接上戏。

"小青，你……"

"许仙被法海压在金山寺下，我不忍看你日日以泪洗面，就私自找那秃驴逼他放许仙，后来你被压在雷峰塔下，我在清风洞内修行数十年，出来第一件事就是去雷峰塔看你。

"你最困难的时候，陪在你身边的人是我，我真的……真的想不到，世界上还能有第二个人，比我与你更亲密。"

镜头下，阮瑜注视着宋亦然的眸光潋滟，眉头蹙着，在外跑了一天，妆已经有点花了，发髻微乱，却更添萎靡之美。

宋亦然恍惚了下："我……"

"可是！"阮瑜话锋一转，指着杭杭，"我本将心照明月，奈何明月照许仙！我陪你找了一天的眼泪，你却一门心思地惦记着这个在雷峰塔里吃了一天糕点的许仙！你叫我怎么能不恨？

"罢了，我成全你们，从此我回我的清风洞，你做你的白蛇仙，我们互不相欠。"

导演组已经看呆了。

这一波，震惊我全家。

还是杭杭先鼓起掌："好！小青姐姐厉害！"

阮瑜三两下擦掉眼泪，对着镜头说："是这样，刚才我对白素贞因爱生恨，'爱'和'恨'的眼泪也集齐了。"

转折合理，情绪充沛，你怎么不去演电影啊？？

三十秒后，几位嘉宾的提示器发出嘀鸣。

【恭喜，已完成任务一，找回许仙。】

【恭喜，已完成任务二，集齐眼泪。】

通关了！

周围的人欢呼起来，阮瑜如释重负，跟杭杭他们挨个击掌，又跑过去和潘思影拥抱了一下。

嘉宾们回到酒店顶楼，又录制了收官感言，在弹幕一片"恭喜收官"的祝贺声中，对镜头深深鞠躬。

截至当晚十一点四十分，《戏游记》第二期录制完毕，直播结束。

回到酒店房间，林青过来报喜："小瑜姐，刚才你是真的厉害，说哭就哭了！弹幕全在夸你，你演的那段还上热搜了。"

"哦，我刚刚问王佑要了一点龙井茶叶，"阮瑜摊开手掌心，手里还有一些残留的茶叶，"干嚼真的会哭，比催泪棒还管用。"

真的苦，苦到她流泪！！

第十三章
— "春雨CP" 异军突起

录完《戏游记》第二期的第二天，阮瑜马不停蹄地回了京城。

安卓茜替她新接了一个本子，带她去跟投资方吃了顿饭，合同就签下了。档期排得很紧，赶着要进组。

剧名叫《宫夜行》，拿到剧本后，阮瑜在公寓里翻了两天。一部古装偶像剧，她饰演剧里的女二号，一个朝廷培养的冷酷女杀手，是个哑巴。

虽然没有台词，但打杀杀吊威亚的戏份还挺多。

不过说到底是一部古偶戏，对武打戏的部分并没有高要求，签合同前，安卓茜反复确认过，强度不高，基本不会发生什么意外。

"你爸跟我提过你的心脏病，我也不替你接太劳体伤身的通告，昨天我问过了，这部戏的武打要求不算高。要是你拍戏的时候觉得不行，就上替身。"

阮瑜说："好。"

其实阮正平和安卓茜都不知道阮瑜现在的身体状况。

以前阮大小姐虽然有心脏病，但坚持吃药和定期治疗，应该能活到普通人该有的寿数。可后来阮大小姐作死，现在她也没多少时间能活了。

小命比较重要，阮瑜还是不放心地去问了她的主治医师。

陈主任微信回她："适量运动可以，就是要避免过度劳累，少熬夜。"

四月中旬，阮瑜飞浙江横店，进了《宫夜行》的剧组，她的戏份要拍一个多月。

《宫夜行》讲的是一个亡国公主在被敌国率军灭国的当晚，被暗卫救出宫后，在江湖历练数年后潜进宫，手刃灭国仇人的故事。听起来比较正剧，但通篇基本上是公主和暗卫在江湖之远谈谈恋爱顺便报个仇的爱情故事。

女主角的戏份由两人饰演，前期是一位十八岁的少女演员，后期是另一位二十五岁的年轻女演员。

现在还在拍小公主少女时期春心萌动的剧情。

小演员叫芮可可，娃娃脸很显嫩，长得唇红齿白，人见人爱，性格也很开朗，对谁都客客气气的。

但阮瑜进组两周，总觉得有哪里不对。

"我老觉得她不对劲。"片场，阮瑜对林青小声嘟囔，"上周我在化妆间撞见她，想给她小零食来着，她嗖的一下就跑了。还有刚才，我在行宫偏殿看剧本，发现她躲在帘子后面偷看我，笑得我心里毛毛的。"

林青警惕心顿起："什么？！现在十八岁的小女孩也想欺负你？对了，她是导演的女儿，说不定……"

"不是不是，不是这种不对劲。"

当天下午，林青按阮瑜的叮嘱去给全剧组买咖啡了，阮瑜在片场角落里看剧本，忽然感觉到一道黏在身上的视线。

她猛地抬头，见芮可可一身粉嫩宫装，扒着前面椅背的一角，在偷看她。

阮瑜装凶："还看，再看把你吃掉。"

心理交战了半天，芮可可终于蹭过来，看着她，欲言又止。

阮瑜用命令的口吻说："说。"

好吧。

芮可可鼓起勇气："或许，你知道'春雨CP'吗？"

那一瞬间，阮瑜怀疑自己是这两天吊威亚吹风吹多了，有点耳鸣，导致自己有些迟疑："春……"

芮可可娇羞捧脸："淳，淳淳，江星淳。"

阮瑜震惊："雨？"

"瑜，小瑜，你啦。"

摇摇欲坠的心，微微颤抖的手，阮瑜手里的剧本都快被她撕了："我和江星淳？"

听见自己嗑的CP被正主本人念出来，芮可可再也忍不住，从胸腔里憋出一声小兽般的尖细呜咽，兴奋地转头就要去跑圈。

阮瑜还没回过神来："不是，你给我回来。"

《职业伪装》开播大火的时候，阮瑜不是没在弹幕里看见过嗑她和江星淳的CP粉。很多爆红的综艺基本都会有被拉CP的嘉宾，那时候节目组也配合地将她和江星淳剪出了CP感。

但那都是快三个月前的事情了！而上个月《职业伪装》的完结期播出时，由于她还深陷霸凌风波，弹幕提到她都在骂，CP粉更加不知道在哪里。

直到芮可可给她看了一个"春雨CP"的剪辑，在B站播放一百来万，没错，一百来万。

一道新世界的大门向阮瑜缓缓打开，门外强烈的白光将她的三观劈开，可能碎成了一百多万片吧。

这个剪辑，背景音乐是一首 CP 神曲——《真相是真》。

她和江星淳在《职业伪装》里的同框镜头被剪了进去，连单人镜头也被拼接起来，她向画面右侧茫然看去，江星淳就在画面右侧向左转头抿笑，两人在不同时间不同地点隔空对视，弹幕都是"呜呜呜，好甜好甜"。

阮瑜一头雾水。

她和江星淳拍彩妆广告的 TVC 也被剪了进去，他们在办公室里争执、吵闹，配合《职业伪装》里她在剧组当化妆师、江星淳在街上送外卖的镜头，歌词是"我共他飞过地球万里，也一起熬梦想朝不保夕"，弹幕都是"是真的是真的"。

她和江星淳的品牌采访也被剪了进去，被问及喜欢什么类型的异性，江星淳回"喜欢爱笑的，性格可爱的"，此时画面闪回她在节目里对他笑起来的一幕，她回"喜欢唱歌好听的男生"，画面就闪回江星淳在舞台上solo 的一幕。

画面又切到《职业伪装》第四期里开工地演唱会，她在台下仰头朝舞台看的一幕，配合江星淳当时在台上唱跳的镜头，歌词是"我们曾在高朋满座中，将隐晦爱意说到最尽兴"，弹幕都是"我哭了我哭了"。

最后，音乐声戛然而止，她在《胡说八道》的直播访谈中含泪向观众一鞠躬，江星淳在上海巡演唱《例外》："怎么要你做我的女孩，害怕角落的你受伤害……"

这段放完，音乐又继续："别去管流言蜚语，这爱请一直相信。"

弹幕：【呜呜，我相信我相信我相信！！！】

阮瑜觉得自己的心灵受到了冲击。

在这个视频里，她和江星淳的爱情历经起承转合，情感饱满动人，剪辑丝滑流畅。

差点连她自己都要信了。

看完，阮瑜半晌没憋出一个字，芮可可小心翼翼地问："你知道……CP 粉吗？"

阮瑜双目放空："说实话，我不想知道。"

芮可可又"嘤呜"了一声。

"你好温柔啊，我以为我给你看这种视频你会生气的。"芮可可悬起的一颗心这才稳稳落下，"我刚进群的时候，群主跟我说，CP 粉在粉圈里人人喊打，是粉圈底层。"

阮瑜心说：呵呵，可不是吗？

作为纪临昊的死忠粉，这些年她骂过的 CP 粉能从京城五道口排到纪念碑，想拉她爱豆炒作先看看她配不配。

不过她还是问："什么群？"

芮可可跟做贼似的掏出手机，点开微博群聊，给阮瑜看了几眼，居然还是一个嗑她和江星淳 CP 的大群。

潦草翻了下，群聊内容包含"年下小奶狗＆千金大小姐""姐姐等我长大""十八岁弟弟的幻想对象"等等各种羞耻度爆表的话题，附带各种隔空发糖抠糖"值得细品"的细节。

看得她连滚带爬地退了出来。

阮瑜说："我要去举报你们。"

不久前，阮瑜全网澄清校园霸凌的风波平息，随着她和江星淳当初拍的彩妆广告播出，终于等到发糖售后的"春雨CP"粉异军突起，个个都是"嗑学家"。

一个广告也能嗑成这样，真离谱。

进组两周，阮瑜向剧组请了三天假，回京城去赶一个杂志封面的拍摄通告。

杂志是一本准一线，按她现在的咖位还上不了，这次能上是因为有品牌推封，就是当初找她和江星淳代言的彩妆品牌。当然，阮瑜没想这么多，她满脑子都是，哦，她要去发糖了。

"春雨CP"粉又该疯了。

因为这次要拍摄她和江星淳的双人封面。

拍摄当天，阮瑜早早就到了摄影棚。工作人员一路领着她和林青去化妆间，推门一看，江星淳已经在那里做造型了，两人视线对上，她差点没认出来。

小墙头居然剪了一个圆寸！把原来那头柔软卷曲的刘海全剃了！

江星淳跟阮瑜打完招呼，腼腆地摸了下自己的脑袋："怎么样？公司建议我今年换风格试试，我自己也想换一种造型。"

"好看，比原来少了三分漂亮两分少年气，多了四分荷尔蒙一分凌厉感，刚刚好！"阮瑜点点头。

旁边造型师听完就笑了："你比我还会夸。"

江星淳双眸微动，抿了抿唇，笑得酒窝特别明显。

轮到阮瑜做造型，造型师把她一头长发卷成了海藻般的水波纹，妆容清透精致，眼尾用蓝色眼线一勾，活脱脱一条小美人鱼，少女感扑面而来。她和江星淳往造景前一站，倒显得她年纪更小了。

阮瑜没拍过杂志，这是头一回，刚开始互动的动作怎么摆怎么不对。卡了几次，江星淳索性手把手地教她。

江星淳耐心地说："我半跪下来，你就把左手搭在我这边的膝盖上，眼睛不用看摄影老师，看……看我就行。"

阮瑜连声说"好"，调了几次姿势，感觉总算对了。

摄影师非常满意，又换动作拍了几百张，完工。

林青买了咖啡给阮瑜，她刚想递一杯给小墙头，发现他拍完这波互动，耳郭居然是红的。

这回没头发遮盖，简直太明显了。

呜呜呜，这是什么妈妈的纯情"鹅子"啊！嗑"春雨CP"的还有人性吗？！

拍完封面，再做杂志访谈，等最后收工已经是晚上七点。阮瑜还要赶着回剧组，寒暄两句就和江星淳告别。

临走前想起来一件事，她郑重叮嘱小墙头："男孩子一个人在外面一定要好好照顾自己啊。"

千万不要给别人瞎拉你CP的机会啊！

江星淳笑起来："嗯嗯，好，你也是。"

阮瑜在《宫夜行》里的戏份不多，但安排得都很紧。开拍前，安卓茜和导演商量过，全剧要拍五个月，但阮瑜的戏份被集中安排在一个半月内，早杀青早好，尽量不让她因进组拍剧流失曝光度。

她饰演的冷酷女杀手是哑巴，压根儿没什么台词，但动作戏多，不是在宫里吊威亚飞檐走壁，就是在街巷里打打杀杀。

虽然动作戏强度不大，但天天这样下来还是挺累人的。阮瑜每天腰酸背痛，回宾馆房间倒头就瘫在床上当咸鱼。

晚上，同组的女演员过来敲她的门："小瑜，等下一起去按摩呗？剧组给请了按摩，不按白不按。"

阮瑜说："你们去吧，我就不去了，今晚有事！"

女演员回道："那你早点休息哦。"

阮瑜才没那么早睡，她抱着手机对屏幕戳戳点点，要干大事。

她宝贝爱豆纪临昊的生日快要到了，就在五天后，五月二十日。

每年一到纪临昊的生日，四季们必定会大办特办，今年也不例外。

登上追星小号，首页的四季已经提前开始为生日预热，每个人都在刷"纪临昊520生日快乐"的话题。线下的应援活动五花八门，时代广场的大屏、各大一线城市的LED屏，线下地广，通通给哥哥安排上了。

阮瑜混迹其中，其他粉丝出力，她就出钱，呜呜呜，当个小富婆给爱豆花钱的感觉实在太好了！

各大站子出的应援礼盒，买；代言品牌方出的生日套装，买；线下大屏，买买买！

正兴奋地买买买中，门又被敲响了。

"谁呀？"阮瑜还在付款。

敲门声停了片刻，没人回，又响了起来。

她以为是刚才来叫她的女演员，扬声："宝贝我真的不去按摩了，在忙，明天有空一起做大保健！"

没人应声，敲门声还在响，不疾不徐，声音沉重。

阮瑜觉得不对劲，笑意一下就淡了。

她扔了手机，从床上爬起来，迟疑地靠近门，声音有些冷："谁？"

横店这家宾馆的房间没有猫眼，压根儿看不见走廊。

她等了片刻，对方终于开口："是我，你开门。"

明显一道压低了的男声，有点嘶哑，非常陌生。

阮瑜瞬间噤了声。

见她没动静了，敲门声又响起，隔着一道门，她似乎都能听见男人粗重的呼吸声。

这回，他开始强行扭动房间门柄，声音带着笑："你开下门，让我看看你。"

变态！

阮瑜心跳猛地快了一拍，立即退回窗帘那边，给林青打电话。

五分钟后，林青火急火燎地敲响了阮瑜的门："小瑜姐！你在吗？！是我！"

阮瑜吓得嘴唇都有些发白，使劲让自己镇静下来："你过来的时候，有没有看到什么人？"

"没有啊，什么人都没碰上。"林青也惊到了，"你说刚才有人敲你的门，会不会是工作人员？"

"不可能，他的声音我没听过，就算是工作人员，也不可能那样敲我的门。"

这一听，林青吓得够呛："难不成是'私生饭'？不应该啊，这家宾馆在横店口碑一直很好，得是登记过的剧组人员才进得来。"

阮瑜皱眉："你去找酒店保安调一下刚才的走廊监控，快。"

"好！"

闹了这一出，刚才给纪临昊庆生的雀跃感全没了。

追星这么多年，阮瑜看过无数娱乐圈明星被"私生饭"围追堵截的新闻，没想到有一天也会轮到自己。想到刚才那道声音，简直比恐怖片还让人惊悚，她抱着膝盖缩在床头，紧抿着唇，平复半晌，低声骂了一句。

半个小时后，监控调出来了。

当时确实有个男人站在阮瑜房间门口，黑衣帽兜着脸，口罩遮得严严实实，看不清脸。

其间男人还趴下来，试图从门缝里窥见房间内的阮瑜。

林青真的吓死了："我跟导演申请了，我以后换一间房睡，晚上你感觉有一点点动静就喊我，我在隔壁能听见。"

阮瑜当晚没睡好。

接下来几天，阮瑜再没碰上诡异的敲门声。她慢慢就把这事忘脑后去了，该拍戏拍戏，该睡觉睡觉。

很快到了纪临昊的生日。

当天，阮瑜的追星号首页从零点开始就不断有新消息刷出，四季的应援微博一条接着一条，代言品牌官博掐点发祝福，晚上是纪临昊在上海办的个人演唱会直播，算是生日福利。

阮瑜还在剧组，去不了现场，只能边"啊啊"号叫，边流着泪转发前线美图。当晚演唱会结束，纪临昊在微博发了自拍，不出意外地上了热搜。

哥哥的 28 岁也要继续加油！！

阮瑜点进热搜榜，纪临昊生日演唱会的热搜已经升到了第二。高居第一的居然是段凛，法国还是下午时间，他在戛纳电影节走红毯。

"520"这天，内娱两大顶流占了热搜前二，四季看了想翻白眼，菱角看了也想翻白眼，路人兴致高昂地吃瓜。

本来阮瑜想跳过去，但鬼使神差地点进了段凛那个热搜。

热搜话题里，红毯上的段凛一身黑色塔士多礼服，戗驳领，雪白色内衬，在一众外媒的背景下还是身材挺拔得要命，腿长得如同修过图。

不是，对家这腿真的没修图过吗？

阮瑜回忆了下平时看到的段凛，他不是穿风衣大衣就是宽松运动服，没露过全腿。

算了，说好不黑他本人了。

抑制住自己敲键盘的手，阮瑜退出去，又捧着小红心看了几个纪临昊的舞台直拍。

正刷着，林青敲门："小瑜姐，你点了外卖吗？门口有包裹。"

"啊对，应该是我订的蛋糕，你也吃一块。"阮瑜心情超好，去开门。

爱豆生日，当然是要吃蛋糕庆祝啦！

开了门，林青抱着一个粉色的礼盒进来："我怎么看着不像蛋糕啊。"

"啊？"阮瑜瞅了下，"好像真不是我的。"

林青把礼盒给她放桌上，随后看见阮瑜茫然的脸，没想太多，就帮她拆了。

他拆开嫩黄色的缎带，盒子打开，里面躺着一个娃娃。

是那种市面上卖得很贵的人偶，有半臂长，少女体型，穿着白色纱裙，脸型十分精致漂亮，左眼下缀了一颗细小的泪痣。

阮瑜记得她最近是买了很多东西，但都寄回京城的公寓了："我没买过娃娃啊。"

"是不是有人送你的？这个跟你长得好像。"林青觉得奇怪。

不对……

这句话一出口，两人对视一眼，阮瑜的眉头就蹙了起来。

人偶的身上放着一个小信封，林青打开，其实是一张纸叠成的。

纸上写着一行字：【让我永远照顾你。】

"小瑜姐，这人偶的腿是断的！"林青刚拎起人偶，赶紧吓得甩开了，"这手也是绑着的！"

阮瑜惊得往后一退。

人偶的双手向后反剪，被布条绑着，纱裙下空空如也，两条小腿不知所终。

礼盒里用来垫人偶的碎纸屑是人为手撕的，所以撕得不是特别碎。阮瑜翻了翻，发现有几片特别眼熟，等等，这不是她和江星淳一起拍的那款彩妆代言海报吗？

又翻了很久，发现被撕的几乎都是江星淳的部分，没有她。

血液骤冷，头皮都要炸开了。

林青说："我现在就去丢掉！"

阮瑜拦住他，嘴唇发白："别丢，看看里面有没有装监听器什么的，没有就留着，报警。"

离收到残疾人偶不过一天，叶萌萌就从京城赶过来了，怕阮瑜出事，晚上陪她睡。

叶萌萌担心地问："小瑜姐，你见过那个男的吗？"

阮瑜摇摇头："没有，东西都已经报警备案了，但还没结果，我估计也查不出什么来。"

连着拍了几天戏，安卓茜给阮瑜打来电话，不放心地问了几句送人偶的后续。

阮瑜说："警察说人偶上面没指纹，盒子和纸屑也查过了，都没有。"

那就是查不出来了。

安卓茜皱起眉，叹了口气："这事……确实很难处理，我以前带的艺人里，甚至有被'私生饭'缠到退圈的。好在戏还有一周就拍完杀青了，拍完回来休息几天，这段时间我让林青多注意着点。"

"嗯。"

"对了，这周六录《戏游记》的第三期，去厦门，周五一早的飞机。"

阮瑜说："行。"

周四晚，《戏游记》的官博又开始陆陆续续公布第三期的嘉宾名单。

常驻嘉宾：宋亦然，阮瑜，杭杭。

第三期的飞行嘉宾：四小花旦之一的何颐萱，当红唱跳歌手纪临昊。

阮瑜在刷微博，差点没把屏幕捏出个坑。

纪——什——么？！

《戏游记》的官博刚公布第三期的嘉宾名单，阮瑜追星号的首页就不断弹出四季大粉的新微博，有粉丝在给哥哥的新综艺加油，剩下的粉丝心情复杂，都在喊着让经纪人滚出来挨骂。

废话，能不心情复杂吗？

"王不见王"几乎是圈内默认的规则。

纪临昊和段凛虽然人气相当，但发展路线不同，以往两家粉也就隔空battle（对抗）一下杂志销售额、代言级别、榜单高低之类的。迫不得已在线下的大型晚会盛典碰上了，互翻白眼，你喊你的口号我甩我的灯牌，都在拼尽全力给自家哥哥撑排面。

可拍综艺节目不一样，综艺的收视率可不是纯靠粉丝撑起来的，基本看路人盘，万一这期的收视率比对家那期低了呢？那不得被对家粉嘲一年啊！！

微博上热热闹闹，阮瑜没管，颤着手点开微信，在《戏游记》的节目组群聊里冒了泡。

阮瑜：【@王导，下一期的飞行嘉宾里确定有纪临昊呀？】

王路：【是啊，上回我们在杭州录节目的时候跟他签的合同，怎么了？】

阮瑜：【哦，我有个助理特别喜欢他，喊我帮忙要签名。】

旁边，叶萌萌正在四刷段凛主演的某部电影，顿时响亮地打了个喷嚏。

宝贝爱豆要来录《戏游记》这事，阮瑜玄幻了一整晚，没睡好，第二天却精神百倍。

她，能见到，纪临昊了。

啊啊啊，她要和爱豆一起拍综艺了！！！

接下来几天，人不累了，拍戏也有劲了，吊着威亚还能挽三个剑花。

片场，叶萌萌感到奇怪："小瑜姐这两天见人就眉开眼笑，是因为我来了？"

林青门儿清："哎，你不懂，这是爱的魔力。"

很快到周五。

阮瑜提前向剧组请了三天假，一早就和林青飞厦门机场，到达后被节目组的工作人员接到了附近酒店。

当晚几位嘉宾基本都到齐了，宋亦然和杭杭都是熟人，何颐萱则是公认的当红四小花旦之一，一直走温柔可人直男杀路线，笑起来甜到连阮瑜都想给她点赞。

纪临昊还没到，听导演说他还有通告要忙，得等第二天早上才能来。

睡前，导演组送来了台本，这期节目直播预计要录二十四个小时。

翌日没到六点阮瑜就起来了，节目妆发团队还没来，她开门，刚想下楼吃早餐，就听见走廊远处传来拉杆箱的滚轮声。

"阮瑜？"

那人走近了，阮瑜一个稍息立正，纪临昊！！！

纪临昊像是刚从机场赶过来，棒球帽檐压着，口罩已经摘了，笑着看她："你们已经开始化妆了吗？"

"没！"阮瑜拼命压嘴角，"我起早了，打算去吃早饭，啊……对，你吃过了吗？"

纪临昊说："嗯，在飞机上吃了。"

"怎么这么辛苦？你肯定都没怎么睡觉吧？"阮瑜一听快心疼死。

这关心的话简直说得太自然了，纪临昊微微愣了一下。

不对……

阮瑜也反应过来了，连忙解释："我的意思是，录综艺节目都很辛苦！我跟你说，这节目的导演组很变态的，你等会儿要小心一点。"

纪临昊失笑，眼尾弧度温柔："嗯好，谢谢你。"

"不客气不客气。"

两人在走廊里客客气气地聊了几句，纪临昊的助理小全过来了，手里拿着节目组导演刚给的台本。阮瑜没再打扰，心情雀跃地想蹦跶走。

"阮瑜。"

"嗯？"突然被叫住，阮瑜愣了愣。

"之前的新闻，我看到了。"纪临昊一顿，"没事了吗？"

阮瑜蒙了一会儿才反应过来他在问霸凌风波的事，顿时展颜，弯起眼回道："没事了，我心态超好的！"

心态好，心情更好。

她居然跟宝贝爱豆说上话了！上一次还是在录《职业伪装》的时候！呜呜呜，已经五个月了啊！！

好看，太好看了，哥哥盛世美颜杀我！！！

林青看阮瑜翘着嘴角哼歌，吃饭哼化妆也哼，心情好得不得了，直到造型师送来了一套小黑裙配荷叶边白蕾丝的女仆套装，还搞了一个猫耳朵的发箍。

她不哼了，瞳孔地震："这什么？"

"王导让我给你送过来，这期录节目要穿。"造型师神秘一笑。

阮瑜面无表情地揪紧那套女仆装，咬牙心想她没说错，导演组真的不做人。

嘉宾们化妆完，在酒店一楼大厅集合，你看我，我看你，在周围素人的拍照尖叫声里深深沉默，生无可恋。

阮瑜一身的女仆装，宋亦然是土黄色的背带工装裤，杭杭则穿了一套英伦风的小校服，校徽上绣着醒目的"贵族"两个大字。何颐萱和纪临昊还不错，都穿着差不多风格的西装，有点像简易版的燕尾服。

燕尾服！阮瑜在心里无声"啊"了一长串，昊昊是什么绅士贵族优雅骑士啊！！

宋亦然问："我们是在玩什么动漫 cosplay（角色扮演）吗？"

总导演王路又开始摸小胡须："你很懂嘛。"

这期的直播录制地点在鼓浪屿，一座常年游客爆满的旅游岛屿。节目组包了船送嘉宾上岛。

几人在甲板上吹海风，阮瑜竖起耳朵，听着何颐萱频频向纪临昊搭话："纪老师，我们应该有好久没见过了吧？"

"嗯。"

何颐萱笑得很甜："之前你开生日演唱会的时候，我正好人在上海，可惜有通告来不了。"

纪临昊客气回应："下次会有机会。"

"我听了你的新歌，叫……《摘星》对吗？我蛮喜欢的，这么说起来，我还算你的粉丝呢。"

你算个啥啊，阮瑜脑门上的小青筋都蹦出来了，忍不了了。

何颐萱的签约公司是海马娱乐，就是签了秋曦的那家。之前《职业伪装》最后一期播出那会儿，阮瑜陷入霸凌舆论，她还没忘当时海马的骚操作呢，等等……直播，不能让纪临昊也被这个公司买炒作通稿！

紧接着，阮瑜插话："我也听了，这首的 rhythm（节奏）特别好，副歌部分的和声是加了排箫吧，我觉得很好听。"

林青腹诽：这姑奶奶想干吗？

旁边宋亦然"哇"了一声："可以啊，阮瑜，专业啊。"

废话。

论粉丝，她是专业的。

纪临昊看向阮瑜，轻笑："没错，听得出来？"

"嗯嗯，最近没事情干在研究这个，"阮瑜眼睛都不带眨的，不动声色地挡在爱豆和何颐萱两人之间，"但我还有一段没听出来是什么，可以……就，聊聊？"

旁边何颐萱笑意僵滞一瞬，脸色变了变，随后对众人做了一个尴尬的表情，笑容有点委屈。

阮瑜是商影传媒的千金，她还不想在明面上和阮瑜有争执。

不过，什么千金小姐，入圈了还不是要扒着顶流搭讪炒作？谁不想红呢？

林青眼睁睁地看着阮瑜强行跟纪临昊尬聊了十分钟，等何颐萱回船舱，才跟着坐回来，看得他整个人都不好了，低声问："干吗呢？"

"防火防盗防炒作。"她义不容辞。

林青心说：我看纪临昊最该防的人就是你！

等下了船，一行人换乘大巴，直奔海边的一片私人别墅区。别墅区靠海，从后院出门，不消五分钟，就能来到沙滩上。

五月底是鼓浪屿游客最多的时候，上午十点，阮瑜他们所在的这一片海边已经人来人往。

沙滩上，节目组围出一片区域，工作人员忙着开始布置。

路人见这里有明星在录节目，很快蜂拥聚拢上前。阮瑜让化妆师补完妆，抬头一看，不远处隔离带后熙熙攘攘的全是人，人群中不时还爆发出几句"纪临昊我爱你"的呐喊声。

四季见四季，两眼泪汪汪。

"停！"林青老母亲操碎了心，叮嘱，"你把笑给我憋回去，等下是直播，收敛点。"

阮瑜秒收："放心，任何与咖位不相等的同框都是倒贴炒作，我懂。"

四周全是尖叫声，总导演王路拿着喇叭喊："还有十分钟开播，大家准备一下啊！"

此时此刻，《戏游记》第三期的直播间内，弹幕早已滚得密密麻麻，屏幕前的观众摩拳擦掌，来了来了，我的快乐周六又来了！

十一点五十九分，打光摄像就位，王路喊："准备——

"开播。"

走完赞助和嘉宾介绍等一系列流程，王路介绍背景：

"《戏游记》自开播以来，前两期的收视和反响都特别好，但网上也有一些对于我们改编经典作品的建议和批评，我们节目组觉得是值得采纳的。所以这一期，我们决定使用原创设定，不再借用经典。"

宋亦然感觉有点难以理解："等等，前两期难道不是原创？"

都魔改成那样了还不算原创？

"总之，这一期我们的主题是'新娘'，看见你们身后的独栋别墅了吗？这就是你们接下来要走剧情的场景。规则不变，大家必须遵循节目组给出的人物设定，直到完成任务。时间期限为二十四小时。"

说完，王路揭开他身后的 KT 板，上面贴着每位嘉宾的人设。

阮瑜看见了她的人设，名字简单粗暴：阮女仆。

宋亦然是"宋园丁"，杭杭是"杭少爷"，何颐萱是"何管家"，至于纪临昊，是"纪执事"，分工明确。

王路继续说："你们都是住在这栋别墅里的少爷和仆从，对别墅的主人言听计从。而别墅主人是杭少爷的亲生父亲，他姓霸道，名总裁。"

霸道总裁。

阮瑜忍不住问："他姓霸道，儿子为什么姓杭？"

"因为杭少爷有一个病逝了的母亲，他随妈妈姓。"王路面不改色，"杭夫人是霸道总裁的真爱，她去世后，他非常难过，日日酗酒。可就在一次酒吧买醉中，他终于遇上了又一位真爱。

"他们很快陷入爱河，打算结婚，可是就在要结婚的前一天，新娘不见了！霸道总裁伤心欲绝，决定……"

杭杭好奇："再找一位真爱？"

"不，他决定找回他的新娘。于是霸道总裁宣布，只要有人能替他找回新娘，他愿意用五百万答谢对方。"

顿了顿，王路发布任务："所以本期大家只有一个任务，就是替霸道总裁找到他的新娘，大家眼前这片沙滩和身后这栋别墅都是你们的活动范围。只有遵循人物设定，并在二十四小时内成功完成任务，才算通关。"

何颐萱看向纪临昊，笑眼盈盈："有没有觉得这期还挺简单的？我看过前两期，每期都要做两个任务才能通关，看来我们这一次运气很不错。"

"不。"阮瑜插话。

何颐萱腹诽：这阮瑜怎么无处不在？

阮瑜笃定地说："导演刚才说了，我们对别墅的主人言听计从，也就是说，不崩人设的情况下，那霸道总裁提什么要求我们都得做，比前两期可难多了。"

听完她的话，纪临昊稍一点头，微微笑了："有道理。"

呜，爱豆笑得太好看啦！

此时的弹幕，四季已经疯了。

【啊啊啊，哥哥笑一笑，全世界闪耀！！】

【纪临昊你不要随便对别的女人笑啊！】

【阮瑜，综艺的神。】

【哈哈哈，这什么谜一样的原创剧本啊！】

【谁给小瑜穿的女仆装啊，可爱死啦！】

【就我关心他们会不会从沙滩比基尼美女里挑新娘吗？】

……

宣布完注意事项，王路向几位嘉宾身后的那栋海景别墅一挥手："任务正式开始，祝你们成功通关。"

与此同时，京城，某录音棚内。

助理邵立敲了敲收音室的门，推开条缝，询问："凛哥，盒饭到了，先休息一下，吃完饭再配吧？"

段凛淡淡地应了一声，低头和录音师沟通了几句细节，搁下耳机出来。

收音室旁边有一间休息室，邵立将买来的餐盒逐一揭开，食物的香气四溢。

这两天段凛在为去年演过的一部宫廷权谋剧后期配音，横店收音杂，所以要录的台词还不少，这两天他就一直在赶进度。邵立心想段凛这会儿肯定不太想说话，就没打扰他，安静坐在旁边，低头看接下来的行程通告。

忽然，静谧的房间里传来一声："哎，阮女仆，你睡哪间房啊？"

紧接着是一道熟悉的女声，在磨牙："不要叫我的名字，我谢谢你了，宋、园、丁。"

听这声音……阮瑜？

邵立抬头，看见段凛手机屏幕上的画面，错愕。

这不是《戏游记》吗？凛哥在看直播？

"凛哥，你不吃饭吗？"

"等等。"段凛的声音是一贯疏冷的声线，但有点哑了。

邵立没敢再问了，就闭嘴跟着看。画面里，阮瑜他们几人进了一栋花园洋房模样的房子，还在挑房间。

房子里早已安装不少摄像头，镜头给到阮瑜，她找到一间二楼的卧室，临窗观海，看起来应该是这里最好的房间了。

她眼睛亮了亮，噔噔噔下楼："上面还有一间单人卧室，你们谁要？"

"我我我。"旁边有人接话，是宋亦然。

阮瑜充耳不闻，自顾自惊讶："啊？纪执事你还没房间啊？那让给你好了。"

邵立也惊讶了："是节目组特地打过招呼吧，不然……"

不然按阮大小姐那脾气，怎么可能这么谦让？

但一想到阮瑜前段时间的事，他迟疑刹那，还是没把难听话说出口。

邵立一看段凛，发现他黑眸沉静，居然蹙起了眉。

"凛哥，你别生气，纪临昊他团队就是老爱干这种事，之前你在东京开演唱会用的灯光舞美团队，转头人就拉过去办巡演用了。这次看你带火了一个综艺，又巴巴地来吃红利。"邵立不满。

段凛没应。

演唱会。

久远的记忆回笼。

段凛盯着屏幕，忽然想起一些以往不太在意的事。

比如去年在纪临昊的某场演唱会上，有人在观众席挥舞荧光棒，声泪俱下地喊：

"你——娶——我——吧——"

如今又在直播综艺里，不留痕迹地对同一个人献殷勤。

另一边，阮瑜几人进了别墅，总算见到了传闻中的霸道总裁。

年轻男人穿着一身剪裁得体的灰西装，正坐在一楼客厅的皮质沙发里看书。见阮瑜他们进来，他皱眉不悦，斥道："刚才一个人都没有，都滚去哪里了？！"

进门就挨顿骂，几人被骂蒙了。

阮瑜最先反应过来："总裁，我们刚才是去替您找新娘了！"

霸道总裁眉头一松，急切地问："哦？怎么样，找到了吗？"

"还没。"

话音一落，霸总直接把手上的书本扔过来，勃然大怒："没找到还回来干什么？！还不给我滚出去继续找！"

书本在空中哗啦啦翻着页飞过来，阮瑜拉着旁边的杭杭退后避开，"啪"的一声响，书正巧砸在她跟前。

书封上有七个醒目大字：《演员的自我修养》。

节目组，真有你的。

"是这样的，总裁，您消消气。"宋亦然赶忙回，"我们想这不是中午了吗，就赶着回来给您准备午饭呢！您的身体要紧啊，吃完饭再找吧。"

从七点化妆到现在，在场几人连水都没喝一口，是真饿了。

霸总皱眉："吃什么饭？找不到我的新娘，我一口饭都不会吃！"

刚说完没多久，他的肚子清晰而响亮地"咕噜"了一声。

一室寂静。

半晌。

阮瑜冷呵一声："嘴上说着不要，身体却很诚实。"

霸总咬牙：我是霸总你是霸总？

一时间，气氛有一丝沉默，还有点尴尬。

片刻后，霸总板起脸："既然你们这么渴望给我做饭，我就遂了你们的意。"

"阮女仆，何管家，"他指了指阮瑜和何颐萱，"到了你们向我献殷勤的时候，半小时后，我要看到餐桌上摆满珍馐佳肴！"

半小时摆满一桌菜，你以为我们是某团外卖？

纪临昊偏过头，低声询问："你们会做吗？"

何颐萱无奈微笑，轻轻咬了下唇："做三明治这些我还行，做菜就……"

"我会，我来吧。"阮瑜叹气。

做菜这个，她还真会。

没办法，以前的阮软实在太穷了，在外租房还省吃俭用的奥义之一就是自己下厨好吗！

纪临昊问："需不需要我们帮忙？"

"不许帮！"霸总又扬声，挨个指纪临昊他们，"你们，宋园丁，你去花圃给我剪一捧最美的花来，我要用做婚礼花束。纪执事，你现在马上带我儿子去书房，监督他写完今天的作业，写不完不准吃饭！"

杭杭小脸都白了："啊，写作业？"

没办法，霸总雷厉风行，他们又被设定了对他言听计从，只好照办。

纪临昊还真牵着杭杭的手上二楼书房去了，宋亦然翻箱倒柜找出一把袖珍小剪刀冲出了门，阮瑜和何颐萱来到一楼的厨房，打开冰箱。

三开门的冰箱，里头生鲜冷冻应有尽有。阮瑜脑袋里跳出了五百个小问号，东西是有了，可做些什么玩意儿才能在半小时内摆满一桌菜？

客厅里，霸总跷着脚继续看书。

几个嘉宾忙了半小时，弹幕也没消停过。

【哈哈哈，太惨了，为什么拍综艺还逃不过写作业啊？】

【呜呜呜，节目组在吗？我也缺一个昊昊这样的给我辅导作业！！！】

【阮瑜是真会还是假会啊？我以为她这样的平时只吃米其林呢。】

【会不会等下不就知道了？阴阳怪气啥呢。】

【穿小西装的萱萱太飒啦！】

……

别墅内。

半小时后，宋亦然第一个完成任务，捧着一大束粉白团簇的蔷薇花进来了。

真的是，一大束。

"你……"霸总看着他抱了满怀的蔷薇花，抖着手，"你把外边花圃里种的蔷薇全给我剪了？"

宋亦然说："没啊。"

霸总大松一口气。

宋亦然解释说："还留了七八朵吧。"他不知道到底哪几朵最美，几乎全剪了。

霸总腹诽：导演，花剪秃了不扣我钱吧？！！

此时，纪临昊也带着杭杭下来了，孩子瘪着嘴，一副将哭未哭的凄惨模样，手上还拿着一沓作业纸。

霸总拿过来翻了翻，差点闭过气去。

楼上的书房里真摆了一沓作业，全是小学奥数题。什么鸡兔同笼、行程问题、牛吃草等等，洋洋洒洒共一百道题，就算是个成年人在半小时内也做不完。

所以作业做到最后，杭杭连过程都没工夫写了，只写了一个歪七扭八的"解"字，就开始瞎填数字，活像鬼画符。

时间会流逝，但数学不会，不会就是不会。

霸总直冲餐厅而去。

他倒要看看剩下的两个人还能干出什么让他心肌梗死的事情来！

进了餐厅，一股鲜辣浓郁的香气扑鼻而来，他一愣。

餐桌前，阮瑜和何颐萱刚摆好盘。听见脚步声，阮瑜抬头朝门口看，见到纪临昊，弯眼催他们："好了，好了，你们快来吃饭。"

霸总咽了咽口水："火锅？！"

"对啊，这不是摆满一桌了吗？"阮瑜骄傲到恨不得叉个腰。

餐桌中央的电磁炉上架着一口锅，锅内红汤正沸腾翻煮，泡泡咕嘟咕嘟，溢出辛辣醇厚的浓郁香气。

桌上摆满了小瓷碟，琳琅满目，全是火锅涮菜，又方便又快。

纪临昊过来，一双桃花眼染了笑意，微诧："麻辣牛油？"

"嗯！麻辣牛油的底料，我现炒的，应该能凑合吃吧。"阮瑜眼睛亮亮的。

一个热知识：爱豆是成都人，但喜欢吃重庆火锅，麻辣牛油锅底是最爱。

阮瑜给自己的死忠程度评了个满分。

"可以，我很满意。"霸总入座。

宋亦然平时不吃辣锅，但这会儿是真被香得不行："快快快，你们坐啊，真饿死我了。"

何颐萱笑了："我们准备了好久呢，不说点什么？"

纪临昊看着阮瑜笑了下，又转向何颐萱："嗯，谢谢。"

阮瑜立即默默后退了一大步。

宝贝昊昊的笑容画面里不能出现任何异性跟他同框，她也不行！

此时的弹幕，满屏的震惊。

【我惊了。】

【刚才节目没切她们的画面？不会是工作人员帮了忙吧？】

【小瑜怎么这么棒啊！太聪明了！】

【我记得纪临昊就是喜欢吃麻辣牛油火锅吧？还上过热搜来着。】

【哇哦，阮瑜有心了。】

【拉CP请自重，抱走纪临昊。】

【因为准备火锅最方便，望周知，抱走阮瑜。】

……

阮瑜炒的火锅底料还真不错，宋亦然被辣得说不出话，就从红锅里捞出来再涮一遍清水吃，都辣成这样了还没停。很快，满桌的食材被几人解决得只剩残碟。

一旁，杭杭不能吃辣，何颐萱去做了两个三明治给他。

吃完饭，几人收拾碗碟时，总裁大手一挥："看在你们成功取悦我的分上，今晚就不让你们睡花园了，你们自己在我的别墅里挑一间房睡吧。"

别墅里有的是房间，阮瑜在二楼发现一间临窗观海的卧室，位置简直太好了，她第一时间下楼去找人。

"上面还有一间单人卧室，你们谁要？"

宋亦然从一楼客房出来："我我我。"

阮瑜充耳不闻。

转头看见纪临昊过来，双目相对，她眨了眨眼，惊讶地问："啊？纪执事你还没房间啊？那让给你好了。"

纪临昊一顿，看向宋亦然："宋园丁不要吗？"

呜呜呜，哥哥你这么绅士干吗？

阮瑜扯得有理有据："那间的床大，你正好可以和杭少爷一起睡，他晚上不能没有人陪的。"

宋亦然说："我也可以跟少爷一起睡。"

阮瑜拒绝："不，你不行。"

"为什么？！"

阮瑜面不改色："你是园丁，他是祖国的花朵，而你只会剪了他，所以你不行。"

宋亦然心想：好有道理，我竟无法反驳。

旁边，纪临昊看着阮瑜和宋亦然你来我往地斗嘴，目光落在她身上须臾，眼底带了些笑意。

分完房间，该做任务了。

几人去找霸总，他这回换了个地方，在二楼的书房里看他那本《演员的自我修养》。

何颐萱问："总裁，我们想帮您找新娘，但您能不能再给点提示？"

"对啊，比如身高多少，有什么外貌特征之类的。"宋亦然补充。

霸总合上书："啧，你们真是该死的麻烦！跟我来，我带你们去看她的照片。"

上别墅三楼，居然有一大片宽阔的观海露台。露台已经布置成了一个小型婚礼宣誓现场的模样，地上花瓣遍撒，露台中央有一道鲜花拱门，一左一右立着两幅易拉宝。

霸总指着右边的易拉宝："这就是她的模样，看清楚了吗？"

没。

阮瑜看过去，那幅易拉宝上什么人像都没印，就印着两个黑体中文字：新娘。

阮瑜一头雾水。

杭杭脆生生地说："我什么都没看见呀。"

霸总大发雷霆："你们都是瞎的吗？"

纪临昊说："光有照片还不够，您能具体形容一下她吗？"

"好吧。"霸总勉为其难，"首先，我的新娘长得非常好看，肤白如雪，目似点漆。

"她性格也好，文静不多话，清纯易害羞。

"身材很不错，娇小可人，腿又细又直。

"能满足我说的所有要求，就是我的新娘。行了，你们还不赶紧去找？"

阮瑜几人陷入沉默。

这要求，说找就找，你当我们是星探？

第十四章
- 我正好在你身边

从别墅的后院出去，走几分钟就能到游客熙攘的海边。游客多，就意味着找到"新娘"的概率也大。

节目组说过，嘉宾的活动范围是别墅和附近这片沙滩。几人商计了下，沙滩这么大，还是分头去找。

何颐萱说："那我就和纪执事一组好了，我们沿着东海滩找。"

"不……方便吧。"阮瑜想也没想。

何颐萱神色一僵，轻轻抿出一个笑："哪里不方便？"

阮瑜掰扯："我觉得吧，你和纪执事的人气最旺，应该发挥最大效用。他往东海滩吸引一半的人，你往西海滩再吸引剩下的一半人，这样容易找到新娘。"

听完阮瑜的吸铁石理论，纪临昊看了她一眼，薄唇微勾，有点压不住笑意："我觉得可以。"

好，阮瑜快乐了。

最后她和何颐萱一组，剩下三人另一组，分别去找新娘。

出了别墅去沙滩，几人的存在感已经不仅仅是吸铁石了，几乎到了走到哪儿被围观到哪儿的程度。阮瑜和何颐萱一路被激动的人群跟着，有人拿手机拍他们，间或还夹杂着粉丝的尖叫声。

"能给我签个名吗？何颐萱！阮瑜！看一下镜头！"

"萱萱加油！我看到直播特地从厦门赶过来的，我爱你！！"

"小瑜小瑜，妈妈也想吃火锅啊！"

"啊，哪个杀千刀的让你穿女仆装？我好喜欢！"

……

自从上回在杭州轧了一天的马路，阮瑜已经对这种程度的尴尬有了免疫。她赶紧在人群中搜寻可能成为新娘的女孩，面对鱼粉的抛飞吻和表白，死死忍住了。

沿着海滩走了近四十分钟，人越聚越多，可就是没合适的。

"哎，那个人。"何颐萱忽然拉了一把阮瑜。

阮瑜循着她指的方向看去，不远处的人群里有位男人把自己的女朋友托高了，让她坐在自己肩头拍照。女孩穿了一条橘色沙滩裙，正举着手机拍她们，见阮瑜看过来，激动又不好意思地哆嗦了一下。

小鹿眼、肤白、清纯、害羞、娇小可人。

这个妹妹我曾见过的！新娘就是你吧！！

"借过一下，借过借过，谢谢。"阮瑜赶忙跑过去，演得非常动情，"少女，我看你骨骼惊奇，想必就是百年难遇的咱们太太了！"

女孩蒙了，指着自己："是……是在……在跟我说话吗？"

何颐萱直说："我们在为总裁找一位新娘，觉得你很合适，跟我们回别墅吧。"

"她不合适！我朋友合适！"人群里看直播的粉丝叫起来，"我已经给她打电话了，她在酒店里化妆，马上赶过来！看看我朋友吧！"

机不可失，女孩拼命点头："我跟你们走，放我下来，快点。"

"宝贝，你不要我了吗？"男人把她从肩头托下来，神情似乎很受伤。

女孩摸摸他的脸："亲爱的，你放心，等我跟那男人离婚后，会带着他的一半家产回来找你的，爱你。"

众人呆住了。

总算找到新娘，阮瑜和何颐萱带着女孩赶回别墅时，已经将近下午三点半。

霸总在二楼书房里，手上拿的不知道是一堆财务报表还是什么，等阮瑜推门进去，就听他邪魅冷哼："天凉了，该让王家破产了。"

阮瑜附和："早该让王家破产了！刚才我和何管家去王家，发现新娘居然是被他们掳走的。不过您放心，我们给带回来了。"

霸总愣住了。

导演组腹诽：我看《戏游记》明天就改成《戏精记》得了。

"我的新娘人呢？"霸总急切地问。

恰在这会儿，楼梯处又传来脚步声。站在书房门口的何颐萱和橘裙女孩转头看去，纪临昊他们也回来了。他们身后跟着一个脸色绯红的鬈发女孩，目光一直黏在纪临昊身上，也是他们找的新娘。

见到纪临昊，橘裙女孩"呜"了一声："哥、哥哥……"

阮瑜出来一看，马上反应过来，带回来的两个新娘居然都是四季。

呜呜呜，我的宝贝爱豆就是讨人喜欢！天生聚光！

和纪临昊的视线对上，她由衷自豪，没忍住扬了一个灿烂的笑脸，笑得很灵动，很漂亮。

纪临昊微怔，有些避不开。

书房里，霸总靠在真皮旋椅上，看着他们带回来的两位新娘，深沉观察了片刻，开始挑刺。

"你，不够文静话少，一直喊纪执事叫哥哥是什么意思？你是他妹妹？还有你，皮肤不够白，我的新娘皮肤必定光滑如缎，肤白如雪。"

听得阮瑜牙痒痒。

肤白如雪还真是"如雪"？你想找白雪公主当新娘这事白马王子他同意吗？

霸总轻嗤，懒懒地把椅子转了回去，说："虽然你们都不是她，但我可以给你们一个机会。女人，请开始你们的才艺表演，只要我足够心动，就会为你转身。"

这谜之走向，弹幕笑傻了。

【哈哈哈，这什么啊，居然真的开始唱了。】

【我是在看新娘101选秀节目？】

【这导师有点严苛了吧，唱这么好不转身？没有观众票选环节的吗？】

【小橘裙冲呀！C位出道！】

【虽然小鬈发有点走调，但我喜欢妹妹的颜，成团当门面吧。】

【哈哈哈，怎么弹幕都在演。】

……

阮瑜总算明白了，找新娘压根儿不是一件眼力活，而是体力活。

接下来的几个小时里，嘉宾们一刻没停，不断出门为霸总寻找新娘，再请那些女孩来别墅。当然，没有一个女孩符合霸总严苛挑剔的新娘条件，而对于要求不符的，通通都得才艺表演完了再走。

硬生生把一期做任务的沉浸式剧本综艺办成了素人选秀。

几个嘉宾都累瘫了，心里亲切问候了节目组八百遍。

当晚近七点，已经过了轮渡的往返时间，鼓浪屿的游客骤减，海滩边也没有多少人了。

累了一天的阮瑜和何颐萱回到别墅，发现宋亦然他们正在合力把一台铁架搬出院子，看着特别沉。一问才知道，霸总晚上想在沙滩边烧烤，仰望星空，思考人生。

阮瑜心说她现在就挺想烤了他的。

"我来抬这个，"她赶忙上前，帮纪临昊分担，"你去拿食材吧。"

纪临昊没松手，温声说："这个比较重，给我们抬就行了。"

"不用，不用，一点都不重，你快去吧。"阮瑜一脸轻松自然地催他。

她执意要抬烧烤炉架，纪临昊在旁思忖片刻，争不过她，只能折回别墅拎食材。

晚上，星夜灿烂，他们在海边支起烧烤架，沙滩上的人比下午少了太多，都是当夜住在岛上的游客或居民。

霸总躺在沙滩椅上，手里拿着一瓶酒，一副为爱受伤的惆怅模样，其他几人烧烤得不亦乐乎。

宋亦然喊："阮女仆，你那个翅中烤得好香，能不能再来五串？"

阮瑜想揍他："有手没有？有手自己烤。"

说完，她将手里刚烤好的一把里脊递给杭杭，笑眯眯地说："少爷，这些给你，你去分一分。"

中午纪临昊帮他辅导过作业，杭杭第一时间就跑去把里脊分了一半给他。

纪临昊接过烤串，摸了摸杭杭的脑袋，又弯唇对阮瑜说了句"谢谢"。

"不客气不客气，我烤多了。"阮瑜面上从容，心里都是托马斯回旋三周半还劈了个叉，给爱豆献烧烤计划通！！

吃完烧烤，躺在沙滩椅上情伤已久的霸总活过来了，他要听歌，还要听现唱的。

远处本来有游客在开沙滩party，此刻几乎所有人都围过来拍明星了。纪临昊撑手起身，去问围观路人借了一把吉他，席地而坐，垂首调了几个音，清唱。

第一句才唱几个字阮瑜就听出来了，《摘星》，他写给粉丝的歌。

弹幕里的四季直接疯了。

【啊，我在饭桌上尖叫到我妈拿筷子抽我！】

【节目组，从今往后你是我爸爸，我哐哐磕头。】

【今晚我买机票去厦门，明早能见到昊昊吗？】

【太好听了，我不活了，呜呜呜！！！】

……

阮瑜拼命抑制自己，心肝爱豆就在五步开外的地方吉他弹唱，唱的还是一首对粉丝表白的歌！这谁顶得住啊？！

等到晚上回去，吃完药，睡在床上的时候，她在被窝里一通蹬脚，倏然拍着被面坐起来，根本睡不着。

凌晨一点半，阮瑜偷偷爬起来。

跟拍摄像已经睡下了，现在就别墅里的固定摄像头还亮着。此刻直播间里的观众竟然还不少，眼睁睁地看着阮瑜披了一件外套，遛出别墅，最后不见人影。

干什么去？

阮瑜逛到了沙滩那儿。

海滩边没什么人，夜空星罗棋布，浪潮轻拍，海风卷着淡淡的咸腥味，但吹得人很舒服。

她心情超好，甩掉鞋子，在海边一个脚印一个脚印地踩坑。

她从来没来过海边，就算成了阮大小姐，也一直在忙通告，闲下来的那几天就只能宅家看剧打游戏，没彻底放松过，也没好好看过这个世界。

但此时此刻就特别好。

见到爱豆，居然能面对面听他唱歌，和他聊天，还能在海边……踢沙子。

"我这样是不是有点傻？"阮瑜低声嘟囔，随后又踢起一脚沙子。

别墅二楼卧室，纪临昊走出阳台的时候，看到的就是这一幕。

远处，视线可及的海边，披着外套的女孩正低头在沙滩上踩坑踢沙子玩，边踢边蹦，海风吹起她乌黑的长发，白色裙边飞扬。

她踢得认认真真，开心得认认真真。

纪临昊神色微诧，无声看了片刻，那双桃花眼漾出一丝笑意来。

翌日一早，吃过早饭，霸总进二楼的书房了，几位嘉宾围在客厅愁眉不展。

也许是直播的缘故，今天来鼓浪屿的游客明显比昨天还多，这一片沙滩上都是人，他们住的私人别墅区外也围着粉丝。但按霸总选新娘的挑剔程度，他们再带回来一百个女孩也未必能通关。

还有三个小时就到时间了。

宋亦然问："他对新娘的要求是什么来着？"

何颐萱说："长得好看，肤白如雪，目似点漆。"

阮瑜接话："性格好，什么文静不多话，清纯易害羞。呵呵。"

纪临昊回忆："身材也有要求。"

"要娇小可人，腿又细又直！"杭杭接话。

这怎么找啊？

宋亦然崩溃："没办法了，找吧。昨天分组找还是太慢了，不然我们每个人分开再找找。"

五人商量几句，出门分开找。

还是熟悉的沙滩，还是热闹的围观群众。

阮瑜昨晚睡得晚，早上起来没什么精神，人群中的鱼粉看了都心疼，对着跟拍摄像呐喊："这么苛刻怎么找啊！放过孩子吧！"

她点头，节目组真的不做人，这怎么找啊？

这一幕，导演组在监控屏前看到了，相视一笑，十分满意。

哈，难找就对了，没想到吧，这一期他们压根儿没想让嘉宾通关。

镜头里，阮瑜忽然停下了脚步，恍然"啊"了一声，像瞬间打通了任督二脉。

"她想干什么？"王路看着她的笑，有种不祥的预感。

阮瑜的世界都明朗了。

对啊！不做人啊！

她找到一位围观群众，眨巴着眼："我出不了海滩，你能帮我进岛内买点东西回来吗？钱他给。"说完指了指跟拍摄像。

摄像小哥一愣。

两小时后，别墅内，霸总又淘汰掉一批新娘选手。

杭杭瘪着嘴："我不想出门了。"

"找不动了，真的找不动了。"宋亦然瘫在沙发里，虚弱摆手。

忽然一道声音乍起："找到了！"

阮瑜从前院赶进来，手里提着什么东西，累得气都喘不匀，脸红扑扑的，但眼神晶亮。

纪临昊看向她："找到什么了？"

她指着手里用遮光布掩住的笼子："新娘！"

十一点四十五分，离找新娘的任务结束还有十五分钟，霸总看着阮瑜手里的笼子，一脸蒙。

"这什么？"

阮瑜"唰"的一下揭开遮光布，这居然真是一个鸟笼。

笼子里的白色玄凤鹦鹉被突如其来的光亮吓一跳，连着扑腾好几下翅膀，清亮地叫了一声："新年快乐！"

阮瑜问："主人，满意你所看到的吗？"

霸总呆住了。

众人的视线聚焦在了这只玄凤鹦鹉身上。

这只通体雪白、自带红晕、可可爱爱的玄凤鹦鹉身上。

阮瑜有理有据地说："肤白如雪，目似点漆，文静不多话，清纯易害羞。

"我向您保证她只会说'新年快乐'，绝不多说一句，您看她脸上的小红晕，多清纯多害羞多小鸟依人啊。

"还有，娇小可人，腿又细又直……她不娇吗？不小吗？腿不细不直吗？"

谁规定新娘一定得是人啊？达到那三个要求不就好了？

死寂片刻，霸总抖着唇，刚想说些什么，听阮瑜又振振有词："您说过，能满足您说的所有要求，就是您要找的新娘。"

霸总和导演组都惊得说不出话来。

阮瑜动情地说："总裁，这是我们逃婚的太太啊！"

在场的人听傻了一半，默然整整十秒，她听见纪临昊轻笑了一声。

弹幕满屏都是"哈哈哈"。

【哈哈哈，我说她找人买鸟干什么呢！】

【牛！我拜服。】

【我笑疯了，给我把那几个字打在公屏上！】

【阮瑜，综艺的神！】

【啊哈哈，这反转给我看得一愣一愣的。】

……

耳麦里，迟迟没响起导演组的指示，霸总和那只玄凤鹦鹉大眼瞪小眼十几秒，挤出一个字："好。"

紧接着的十分钟内，众人提着鸟笼上三楼露台，来到早就布置好的婚礼宣誓场地，在弹幕一片哈声中，给霸总和玄凤鹦鹉办完了婚礼。

十二点整，几位嘉宾的提示器发出嘀鸣。

【恭喜，已完成任务，找回新娘。】

通！关！了！

一片欢呼声中，阮瑜想起件事："那只玄凤是问岛上一家民宿借的，说是老板娘养的鸟，得还回去。"

霸总木然点头："挺好，那等我再离个婚。"

十二点半，几位嘉宾回到最初开始直播的沙滩上。

录制完收官感言，总导演王路并没有马上结束直播，拿着喇叭，好笑地点了点阮瑜："阮瑜，你厉害，真的。

"原来我们在做这一期的策划时，没想让嘉宾成功通关，不过阮瑜是个 bug，我和全体节目组都表示服了。"

周围人都在笑，王路也笑："但即使通关了，我还是想说一下做这期主题的用意。

"相信大家经过一天时间也看出来了，在这个世界上没有完美的女孩，用绝对的标准去筛选一个女孩是非常不正确的。但是，每个女孩身上都有独属于自己的闪光点，希望你们能发现这一点。"

话音刚落，四周的工作人员都纷纷鼓起掌来，围观群众你看看我，我看看你，随后，现场掌声雷动。

此时王路转向阮瑜，佯怒："阮瑜，你对你破坏了节目组良苦用意这一点，就没有什么想说的？"

阮瑜想了想，非常诚恳："想说……我错了。"

顿了顿，她又补一句，把主题掰了回来："还有，既然做不到完美女孩，就做一只鸟吧，希望每一个女孩都能随心所欲，自由自在。"

《戏游记》第三期录制完毕，鞠躬，直播结束。

弹幕都在说这一期大家都好温柔啊！阮瑜也太让人心动了吧！又可爱又聪明还会做饭，你就是完美女孩啊！

当晚阮瑜在《戏游记》里的表现就上了热搜，全网热议，一夜间微博粉丝涨过了百万。

等她从厦门飞回浙江时，在横店外守着她回来的鱼粉一个比一个激动，都在高喊着"小瑜加油"。

回横店宾馆，安卓茜打来电话。

"还记得《成名无望》吗？"

阮瑜马上想起来："是去年拍的那部民国电影吧？我演盲人舞女的那一部。"

怎么可能忘啊，那就是她刚醒来不久后，和对家搭戏的电影吗！

安卓茜说："对，关导刚才联系我，说《成名无望》要上今年暑期档的院线，剧组准备从下个月开始全国路演，想让你也去。"

电影路演，简单来说就是片方为了宣传电影，会在电影正式上映之前在各个城市举行线下交流活动。到时候电影的主创人员都会到场，地点多数在各城市的电影院内，来现场的都是一些媒体及影院经理，剩下一小部分才是粉丝。

《成名无望》是关保年倾尽心血的电影，指望着它能拿奖，自然非常重视。

"整个剧组的主创人员都要连着跑一个月的全国院线，你是配角，我跟关导商量了一下，不用场场都在，去几场就行了。"

"行。"

"那就这么定了。第一场路演在京城，正巧是你这部戏杀青的当天晚上，你去现场露个脸就成，媒体应该也不会问你什么。"

阮瑜说："好。"

挂完电话，安卓茜很快把剧组的路演行程单发了过来。

行程单上的路演场次安排得密密麻麻，一个月内，五十多个城市，两百多场路演。标红的是她要去的场次，数了数，不过十场。

"小瑜姐，你在看什么呢？"旁边，叶萌萌凑过来。

阮瑜给她看："喏，《成名无望》的路演行程。"

"《成名无望》？！段凛主演的那一部？"

叶萌萌眼睛都亮了。

差点忘了，她这生活小助理是段凛的影迷。没错，不是粉丝，是影迷。

一部段凛主演的电影和电视剧能翻来覆去看五遍的那种。

睡前，阮瑜瞅了眼叶萌萌手里亮着的平板电脑，好，开始看第六遍了。

就很离谱。

翌日被闹钟吵醒的时候，阮瑜迷迷糊糊，眼下带着淡色乌青，从被窝里爬出来。

她感觉自己一晚上没睡好。

居然还梦到了段凛。

梦到她还在录制《戏游记》的第三期，就在霸总要和玄凤鹦鹉举行婚礼时，段凛忽然出现。他还是一贯的冷漠脸，用火都融不化的霜冷语气对她说："新娘错了。"坏她任务！还在梦里追杀了她一晚上！

救命啊。

阮瑜边刷牙边吐槽，含混不清地说："这都什么乱七八糟的梦啊？"

叶萌萌忽然在卫生间外尖叫了一声。

"怎么了？！"

房间外的玄关处，叶萌萌死死盯着房间门，声音都在发抖："小、小瑜姐，我刚才、刚才开门发现……"

阮瑜走过去一看，心跳猛地停了一下。

被叶萌萌打开的房间门半开着，露出了门锁连接处的一片狼藉，锁芯磨损得非常厉害，似乎有人想暴力撬开它。

没成功，但几乎摇摇欲坠。

阮瑜记得昨晚睡前自己还检查过门锁，那时候根本没有这些痕迹。

叶萌萌吓得都快哭出声："锁……昨天晚上被撬过了。"

气氛陷入一片死寂。

阮瑜紧蹙着眉，刚想说话，胸口隐隐传来一阵闷疼。

可能是没睡好，连呼吸都不太舒服。

"报警，快。"

她去床头拿自己的手机，屏幕正巧亮起。

进来两条微信。

来自京城心外科陈主任：【安排了下个月二十号的手术，需要你提前一周住院。】

【最近有时间吗？有些注意事项需要当面谈。】

警察来得很快，现场取证后，又调出宾馆监控。阮瑜跟去监控室看，画面显示，在凌晨两点左右，她的房间外出现了一个男人。

男人裹着黑色连帽衫，兜帽遮住眼，脸上还严实地戴着口罩，根本看不清脸，但身形和佝背插兜的姿势都非常熟悉。

"那不是上次敲你门的人？！"林青一眼就认出来了。

阮瑜一眨不眨地盯着画面，心跳得非常快。

昨天剧组收工得早，凌晨两点，走廊上除他以外没有任何人。

鬼祟环视一圈后，男人从背包里掏出件小物，不知道是刀片还是什么，埋头开始撬锁。或许是因为紧张，他中间停下来数次，去走廊尽头转一会儿，再回到阮瑜的房间门口，趴下来确认门缝内并没有光线透出，紧接着继续。

这些画面一直持续到凌晨近五点，当宾馆的清洁阿姨开始工作，男人才悻悻而去。

看得林青毛骨悚然。

紧接着，警察又调出宾馆其他角落的监控，发现男人并不是直接从一楼大厅离开的。他乘电梯进了三楼的拖把间，很快消失不见。

"那个房间里有什么？"警察指着画面问。

"那都是堆杂物的，什么也没有啊。"宾馆经理说完，忽然想起什么，心虚嗫嚅，"就是有扇小窗，但平时就留一条缝儿，怎么可能爬进来呢……"

男人是沿着宾馆的下水道管爬上来的。一路爬上三楼，翻窗而入。

阮瑜跟着警察去做了笔录，备案完，还得赶回来继续拍戏。

闹出这事，当天宾馆经理挨个来向剧组人员赔笑道歉，反复保证再也不可能发生这种事了。阮瑜也被执行制片私底下找了一回，说是这两天剧组会给她配一个保镖，但撬门这事，希望她先别公开。

"他当然不想我们这时候发什么公开声明。你是在剧组里差点出事，要是撬门这事曝了，连带着剧组也要挨骂。"安卓茜打电话过来，冷笑一声，了然，"这样，过两天等你杀青，公司会发一则杜绝'私生饭'的声明。"

阮瑜说："好。"

安卓茜叹气："但以我这么多年的经验，这事杜绝不了，还是要你自己小心。"

"知道，我可爱惜自己的生命了。"

挂完电话，阮瑜紧抿着唇，点开淘宝，下单了十数件防狼用具。

以前她追星的时候，不知道骂过多少追纪临昊的"私生饭"。"私生饭"根本就是一帮为满足一己私欲的群体，算什么粉丝？

可说不怕是假的，接下来两天，她都没怎么睡好。

很快到阮瑜拍杀青戏的当天，等下午拍完两场戏，就该杀青了。

这天要拍的是一场飞檐走壁的打戏。林青看她这两天没休息好，脸色一直不对劲，担心地问："要不还是用替身吧？等会儿吊威亚后空翻，你能行吗？"

"行啊，怎么不行。"阮瑜正补觉呢，把盖在脸上的剧本拿下来，"又不是危险动作，就两组镜头，放心。"

阮瑜跟着武术指导老师练了二十分钟，补妆完毕，导演在那边拿喇叭喊，准备开拍。

"小瑜姐好拼啊，上次录《职业伪装》的时候是，这回拍戏的时候也是。"叶萌萌买咖啡回来，悄声问林青，"前两天撬锁的那个人，找到了吗？"

林青叹了口气："没呢，连他正脸都没看到，谁知道是哪个？再说横店来来往往这么多人，怎么找？"

说完，两人对视一眼，一叹，都有点愁。

那边，阮瑜已经吊着威亚在宫墙上拍打戏，导演喊了两次停，又补了一个特写，给过了。

进组一个多月，阮瑜在《宫夜行》里的戏份正式杀青。

叶萌萌赶紧过去帮忙把刚买的咖啡分了，在场演员和工作人员纷纷笑着接过。

"杀青啦！恭喜恭喜，祝以后大红大紫哦。"

"小瑜！走前再给我签个名呗，我姑娘特别喜欢你。"

"杀青快乐呀。"

……

阮瑜一一道谢，戏服还没换，被林青拉住拍了几张杀青照，又马不停蹄地跟着摄像去录了一段杀青特辑。

片场人来人往，录完特辑回来，她环顾一周，在休息棚下找到了正背台词的芮可可。

"宝贝，这个送你了，你一定喜欢。"阮瑜神秘地递过去一个小盒子。

芮可可双眸一亮，想到什么，声音都激动得有点儿颤抖："是我想的那个吗？"

"春雨CP"最新杂志的签名海报！是你吗？！

阮瑜很干脆地说："是迷你电击棒。

"防狼防贼防CP粉，哪里爱嗑电哪里。"

芮可可"嗳"了一声。

当晚阮瑜在京城还有一场电影路演要赶，下午拍完戏，她没在剧组多留，直接奔去了机场。等飞机的途中，林青修完阮瑜的那张杀青照，满意地合起笔记本电脑，让她传到微博上。

照片上的阮瑜一身杀手的黑色劲装，梳起高马尾，抱着剑朝镜头歪脑袋一笑，五官精致漂亮得不行，又甜又酷。刚发出去不过一分钟，鱼粉在评论区疯了。

连拍两部爆红综艺，阮瑜的人气上涨得很快，俨然快成了女星中的流量。

晚上七点，飞机降落首都机场，阮瑜连饭都没吃，又一刻没停地赶向市中心的酒店。

车上，叶萌萌问："小瑜姐，我包里有饼干，你要不要吃？"

"不吃了，我先眯一会儿，不然等下没精神。"阮瑜眯着眼，感觉快困死了。

《成名无望》京城站的第一场路演定在晚上九点见面，阮瑜他们在路上堵了近两个小时，总算掐着点到酒店，和剧组的主创人员会合。

导演和几位主角都在酒店一楼的茶座聊天，导演关保年见阮瑜一行人过来，笑着招呼："阮瑜！难得啊，快半年没见面了。"

阮瑜也笑着礼貌寒暄："关导好，张导好，是好久没见了。"

旁边一位男演员笑着说："最近你可是话题人物，天天都能在热搜上看到你，这是要火的节奏啊。"

"哎，已经火啦！"另一人接话。

阮瑜看着熟络调侃自己的几位大腕男演员，就这几人，当初她在拍《成名无望》的时候几乎没说过话，一是小圈子不同，二是人家也根本懒得搭理她。

啧，自古娱乐圈捧高踩低，跟红顶白，安姐诚不欺我。

她聊了两句才想起来，不对啊，这部戏的男主角呢？

女主角谢姿羽也想到这点："段凛还没来？"

有人回道："人在楼上房间里呢，估计杂志访谈还没做完，做完就下来了。"

等了五分钟，段凛到了。

他径直朝这里走过来，上身穿了件简单的白色 T 恤，下搭黑色休闲裤，造型做得很清爽。就这么小一段距离走过来，周围人几乎都在盯着他看。

阮瑜发誓，那瞬间她听见了身后叶萌萌的低嗳声。

"阿凛来了，那我们赶紧走吧。"关保年招呼。

段凛应声，随后眸光稍瞥，视线在阮瑜身上停顿了一会儿，看得她莫名有种芒毛感。

她扯出一个标准假笑，木着脸，脚步往旁边一挪，默不作声挡住了身后的叶萌萌。

你被发现了叶萌萌！别嚶了！可别当着我对家的面给我丢脸了！

段凛神色沉静地收回目光，须臾，勾了勾嘴角。

她以为他在看谁？

路演的电影院就在附近，阮瑜上了剧组的商务车，一路到商场的地下停车场。影院工作人员已经等在那里，带着他们走内部电梯，一路上商场顶层。

今晚这场是映后路演，所以阮瑜他们会等电影播完后出场。此时观众还在看《成名无望》，主创人员要等两个多小时，就先去了影院的休息室。

阮瑜本来以为休息室是给人歇脚休息用的，进去了才发现，这哪是休息室啊，这根本就是访谈室好吗！

房间里早已等着不少媒体，他们手里的话筒上夹着各大娱乐新闻平台和视频平台的名牌，都是准备挨个单独访问主角的。

很快阮瑜被某家卫视台的记者请到一边，话筒直接递了过来，笑着问："小瑜，据我了解，你在《成名无望》中饰演的盲人舞女苏婉一角，主要在和段老师搭戏是吗？"

阮瑜点点头："是。"

"这是你接的第一部戏，那在拍戏的时候有遇到什么困难吗？"

呵，困难可太多了，和对家搭感情戏算不算？

阮瑜微笑："主要在演技上还有待磨炼，不过关导是个非常出色的导演，也教了我很多，我相信最后出来的成品会很棒。"

"能向我们透露一下你和段老师在戏中的感情走向吗？"

哈，悲剧。

"这个还是等大家自己去电影院里看啦。"

记者又问了几个问题，最后一个："跟观众朋友们说点什么吧。"

阮瑜回道："希望大家能多支持我们《成名无望》的票房，也希望你们能喜欢这部诚意满满的电影，谢谢。"

采访外，旁边全程替她紧张的林青总算松了一口气，暗中向她竖了个大拇指。

刚从沙发里站起身，阮瑜又被某家视频平台的娱记叫住："小瑜，方便单独采访你和段老师几句吗？"

"啊？"阮瑜蒙了。

段凛正巧结束一场单访，娱记又问他："段老师，您可以吗？"

他抬眼一扫，就看见了不远处有点茫然的阮瑜。

"可以。"

其实谢姿羽才是《成名无望》的女主角，而阮瑜当初在电影里就是一个戏份不到十分钟的小配角，说好听点是男主角死去的白月光，说白了就是铺垫他成名之路的炮灰。

可今非昔比，一位是当红流量男演员，一位是新晋话题女明星，娱记怎么可能放过这次机会。

阮瑜板正地坐回去，还在问号的海洋里徜徉，就感觉身旁的沙发微微陷下一点，段凛也在旁边坐下。

等摄像调好镜头，娱记笑着问："能介绍一下两位在戏里是什么关系吗？"

刚才面对采访还游刃有余的阮瑜卡壳了。

等了两秒，段凛淡淡地说："初恋。"

"哦，是初恋啊。"娱记笑得别有深意，"那么两位的对手戏应该都是偏向暧昧吧？印象最深的是哪一场戏呢？"

又是短暂缄默。

段凛平静地说："涉及剧透，还是等观众的反馈。"

接下来几个问题，阮瑜觉得她压根儿就没有发挥的空间，这娱记问的问题一个比一个角度刁钻，这哪里是电影采访啊，这是八卦挖掘吧？

娱记又问："最后想问，这次两位在电影里小小合作了一回，我相信一定有影迷们在观影后意犹未尽，请问以后还有机会见到你们再次合作吗？"

没有了，谢谢。

阮瑜违心地说："有机会的吧。"

段凛"嗯"了一声。

采访完，娱记又不知道从哪里拿来几张电影海报让两人签名，阮瑜打开海报一看，差点没窒息。

这居然是一张双人海报，还是她从背后环腰抱住段凛的那一幕电影镜头！穿旗袍的上海滩盲人舞女泪眼涟涟，被抱着的长衫男人双眸沉郁，整张海报精修十级，光线恰到好处，气氛非常唯美……

"我们想请段老师和小瑜在上面签一个名，之后我们会在官博上放出来给粉丝抽奖，可以吗？"

这娱记是想让菱角抽奖还是抽她？

段凛垂眸扫了一眼，签了。阮瑜拿着签字笔的手在颤抖，真的，她在颤抖。

签完了海报，又签小礼品，整段采访才结束。

休息室内的交谈声此起彼伏，阮瑜见段凛又被人叫走，正要舒一口气，他的脚步顿住，回头垂眼看她。

他脸上没什么表情，密长睫羽压下来，像两团化不开的浓墨，音色也低："采访而已，别紧张。"

阮瑜憋了两秒："我说我没有紧张，你信吗？"

这次倒是有表情了。

段凛盯了她须臾，眸底似是勾了点笑意出来，声音冷淡："不信。"

阮瑜翻了个白眼。

不知道是不是对家的嘲讽起了作用，阮瑜在接下来的采访里明显斗志高昂。挨过这辈子最难熬的两小时，影院的工作人员进来发信号，说是差不多该上台了。

关保年招呼一行人往外走，穿过长廊，推开影厅的门，正巧听见里面的主持人在热场："那让我们掌声有请他们出来好不好？"

"啊，好——"

阮瑜跟在剧组主创人员的队尾，刚一进影厅，就被亮如白昼的灯光晃得眨了眨眼，有点晕。

巨幕影厅内坐满了观众，见导演和演员们进厅，后排粉丝席位上的粉丝们当即激动尖叫起来。阮瑜略略一看，观众们的眼睛几乎都红着，是哭过了。

有些看完电影的粉丝这时还在哭，情绪亢奋，哽咽着呐喊："段凛，我爱你！！"

主持人笑着接话："爱的是姜平之还是段凛？"

粉丝大喊："都爱！！"

阮瑜有点恍惚。

她其实从来没看过段凛的戏。

想当初，段凛刚出道就演了电影，而演的第一部电影就是当年的票房冠军，让当时还是二番的他一炮走红。但没等那时的阮软慕名去电影院贡献票房，异军突起的菱角就已经和久居王座的四季开始不对付。

一山不容二虎。那段时间，两家结下了宿世之仇。

总之，演得再好，口碑再好，只要是对家的戏，阮瑜死都不看。

即使是拍《成名无望》的时候两人有过一周的对戏，她也没怎么注意到段凛的演绎。

——原因很简单，因为她瞎啊。

现在，她决定找一个夜深人静的时候去电影院看完《成名无望》。自己参演的电影，还是要看的。

路演全程持续了半小时，阮瑜也在台上当了半小时的人形立牌。

她在电影里是配角，戏份不过几分钟，很少有人向她提问。被观众提问得最多的是几位主角，她就站在最边上沉默微笑，成功扮演漂亮哑巴。

现场气氛热烈，林青和叶萌萌在台下看着，叶萌萌忽然低呼了一声："小瑜姐怎么脸色这么差？"

林青仔细一看，太阳穴都猛跳了一下，阮瑜脸色白得不正常，在皱眉！

他立马问旁边工作人员："还有多久结束？"

"按流程……大概还要二十分钟吧。"

林青暗骂了一声。

他忘了，阮瑜从今早就脸色不对劲，中午开始没喝过一口水，就连刚才在休息室里都忙得没工夫休息。

可这么多媒体和口碑观众在场，要是让阮瑜这时候以身体不舒服为由下台，今晚就能被写进"某女星人气上涨耍大牌"的曝光新闻里。

《成名无望》的第一场路演，不能给媒体递刀，也不能得罪导演。

"怎么办啊？"叶萌萌有些慌。

林青没办法："等吧。"

阮瑜觉得自己全身都在难受。

胃抽着疼，胸闷，头也晕，刚才忙还不觉得，现在一闲下来就什么感觉都涌上来了。

都不知道自己站了几分钟。

耳边有轻微的嗡鸣声，主持人的话也没怎么听进去。

终于熬完观众提问环节，她跟着导演和几位主角下台，和观众一起拍大合照。

主持人笑着喊："大家不要往前挤，让我们导演和演员们在第一排，对，几位老师们可以稍微蹲下来一点……"

人群中，段凛微侧过头，目光扫到了阮瑜。

她与自己隔了三人的位置，神情呆呆的，有些木讷。

盯了两秒，他蹙起眉。

"大家都看镜头啊！来，我们一起喊，祝《成名无望》票房——"

"大——卖——"

合照完毕。

阮瑜心说可算拍完了，她今晚回去必吃一顿全肉火锅。

刚站起的刹那，眼前猝然一黑……

失去意识前的最后一秒，下坠的身体被人及时托住，紧接着，那人紧紧箍住了她的腰。

安静。

阮瑜醒来的第一秒，望着雪白的天花板出了会儿神，眼神往旁边挪，看见了床头挂着的点滴，标签上写着葡萄糖。

她睁大了眼，猛地挣扎坐起来："我不会又……"

她拿过床头的手机一看，是熟悉的锁屏，顿时松了一口气。

还好，还是阮瑜。

"不对啊，我有什么好开心的？"阮瑜小声吐槽，"我也活不了多久了啊。"

这是一间单人病房，她掀起床边的帘子往门口看，门关着，房间里没人。

又看了一眼时间，凌晨一点半。

这么晚了？

戳开微信，一排列表都是来慰问她的消息。

阮瑜一头雾水地翻了翻，其中几条来自心外科陈主任。

陈主任：【回京城了？】

陈主任：【我说过了，给你安排了这个月二十号的手术，术前忌辛劳，你一定得好好休息。】

阮瑜想起，就在半年前，她被诊断出最多仅有两年的生命，而且是在进行手术治疗的前提下。

在京城最好的心外科医院排队排了半年，终于要动这一刀了。

她迟疑了下，问道：【医生，这次手术的风险高吗？】

陈主任没直接回复。

【你以前做过心脏手术，二次手术一定会比第一次更危险，具体的见面详谈。】

看着这一行字，阮瑜的四肢百骸逐渐冷了下来。

沉默半晌，她深呼吸了一口气："好。"

点滴没挂完，林青他们也不在房间里，阮瑜回神，有些没搞明白状况，爬上微博一看。

这一看，她差点没把手机扔了。

热搜已经爆了。

热搜第一：段凛＿阮瑜

热搜第二：阮瑜晕倒

阮瑜颤颤巍巍点进热搜第一，发现自己在今晚的电影路演活动上晕倒的照片被人放了出来，晕倒就晕倒吧，她居然还是往段凛怀里倒的！

什么鬼？！

底下的评论炸得四分五裂，菱角占一半，鱼粉和吃瓜路人占了剩下的一半。天崩地裂都不足以形容她现在的心情，阮瑜震愕十几秒，迅速登录她那个"南有嘉鱼"的号。

首页的菱角在磨牙吮血，磨刀宰鱼。

【电影路演装晕倒，一倒就倒在我哥怀里？倒贴炒作倒也不必这么明显。】

【古有嫦娥奔月成仙，今有阮瑜登月碰瓷。】

【哈哈，我气疯啦，商影传媒的千金也这么低段位的吗？】

【这女的什么时候退出娱乐圈我愿吃素三年。】

……

她这号的 @ 评论和私信也被菱角挤炸了。

正翻着底下评论，房间门"咔嗒"一声，被人推开了。

阮瑜死死盯着手机屏幕，颤声道："林、林青，快来扶我一把，我现在有点不太好。"

脚步声近，帘子被人拉开。

她仰起脑袋看。

戴着口罩的段凛正站在她的床边，黑色的棒球帽檐低压，露出一双深邃的眉眼。

他双眸敛了敛，视线往下，停在了她的手机屏幕上。

视线交错足有几秒，阮瑜反手就摁灭了手机屏幕。

热搜里的照片冲击力实在太大，她觉得她是忘不了自己弱柳扶风倒在对家怀里，还死死攥着他的 T 恤一角，顺便把他送上热搜第一的事了。

"我那什么……我刚刚，往你身上晕倒了？"她说话有点艰难，"我不是故意的。"

"没有。"

"啊？"

段凛将手里的袋子搁在桌上，摘了口罩，说："我正好在你身边，扶了一把。"

"哦……那是你送我来医院的啊？"

"不是。"

"哦。"

阮瑜往外瞅了一眼，没看到他的助理："你一个人来的？"

"嗯。"

又陷入沉默。

尴尬，非常尴尬。

段凛站在床边，垂眸打量她："还有问题吗？"

"还有一个。"阮瑜爬起来，指了指他，又指了指自己，诚恳地问，"我跟你在网上都传成这样了，你怎么还来医院啊？"

当红男星最忌有绯闻，更何况还是段凛这样的。他前脚被她砸进怀里，后脚就来医院看她，要是被媒体拍到，明天铁定上全网头条。

等等，看她？

对视须臾，段凛没应声。阮瑜还没多问两句，被她扣在被子里的手机响了起来。

是安卓茜的电话。

"醒了？怎么样，感觉好点了没？"

"已经好多了，本来就不是什么大事。"聊了几句，阮瑜一抬头，发现段凛不知什么时候走了。

她稍愣，回神："安姐，现在网上传的绯闻要怎么处理？"

安卓茜笑了："不算什么绯闻，无非是你意外晕倒，而段凛正巧在你身边罢了，这么闹上热搜，刚好为电影提热度。"

阮瑜一想，好像也对。

"澄清倒是不用，不过正好，明早公司会趁着热搜没过劲，发布一则杜绝'私生饭'的声明，今晚你就好好休息。"

"好。"阮瑜忽然又想起什么，"对了，安姐，这个月能给我空出半个月的档期吗？"

"半个月？出什么事了？"安卓茜惊诧。

"嗯，我要……做手术。"

十分钟后，林青和叶萌萌拎着几个袋子进病房，见阮瑜已经醒了，喜出望外，连忙把手里的吃食送过去。

"医生说你是低血糖才晕倒的，我们就买了些吃的回来，你看看都喜欢吃什么。"叶萌萌逐一打开餐盒，突然注意到桌上的另一个袋子，"咦，这是谁买的？"

是段凛刚刚送过来的。

阮瑜打开，一愣。

纯白的打包袋中居然是吃的，一份糯枣粥，几份卖相精致的港式点心，还留了一颗荔枝味的糖。

翌日，阮瑜在《成名无望》路演上晕倒的事还闹得沸沸扬扬，被鱼粉骂了一整晚的商影传媒官博忽然活了过来，发了一篇长文声明，呼吁杜绝"私生饭"。

大意为，近日我司发现有个别"私生饭"在艺人阮瑜拍戏期间屡次夜半恶意撬门，这种行为已经严重侵犯了艺人的隐私权，并严重影响到了艺人的正常生活。我司表示强烈谴责不理智的追私行为，在此郑重声明。

附图两张，是阮瑜在横店宾馆被撬得一片狼藉的锁芯，以及监控里黑帽男人鬼祟逗留的身影。

声明一出，全网哗然。

鱼粉简直又气又心疼，路人唏嘘吃瓜，而昨晚还在骂阮瑜装晕炒作的菱角，齐齐息了声。

【天，我说昨晚媒体图里阮瑜的脸色怎么差成那样，这就是被"私生饭"搞得睡不着觉吧。】

【啊，这图看得我汗毛倒竖，不敢想象当事人该有多怕啊！】

【"私生饭"给我离小瑜的生活远一点！！】

……

与此同时，京城某影院的休息室内，《成名无望》的剧组主创人员正等着开始第二场路演。

一男演员刚巧刷到这个新闻，感慨："阮瑜这阵子的话题度可真高啊，昨晚她忽然晕倒，都给我吓一跳，幸好阿凛反应得快。

"不过要我说，当红的那几个艺人，谁没受过'私生饭'的罪呢？"

几人还在聊着天，旁边的段凛没应。

助理邵立见他手指顿在屏幕上，在看阮瑜公司发的那条声明，神色仍是以往的淡漠。

但跟了他这么多年的邵立还是能察觉出来，他气压低得不正常，是不悦了。

片刻，段凛关了手机，思忖。

蓦然想起昨晚在医院看见阮瑜，当时她的手机屏上正登录着一个叫"南有嘉鱼"的微博号。

看账号信息，以前是他的粉丝，时常会发一些生活日常、奢侈大牌，有时会转发一些他的新闻和活动图。

而自去年后，这个账号再没有更新过。更新的最后一条，是去年十一月在他的公寓里，拍的一张猫的照片。

不再是他的粉丝了。

去年十一月后，发生了什么？

段凛回忆。

那之后隔了一个月，他在某个晚上回到自己公寓，留下了猫，并在翌日将她赶了出去。

第十五章

– 其实，我有事

出院的当天，阮瑜没第一时间回公寓，而是径直去了心外医院见陈主任。

陈主任带着她，和两位主治医师在会议室里聊了整整一下午。

厚厚一沓治疗方案，阮瑜认认真真看完了，半知半解。

怕太专业她听不懂，陈主任简明扼要地说："你半年前的检查结果是先天心脏结构存在异常，室间隔缺损严重，手术只能起到延缓病情的作用，痊愈的概率几乎为零。而你又是二次手术，危险概率会大幅度提高。"

阮瑜沉默了片刻："延缓病情，是延缓多久呢？"

"这个不一定，要看术后会引起哪些并发症。"陈主任叹气，"像你这种情况，乐观估计还有一两年，如果后期引发心衰……"

"会怎么样？"

"意味着，你随时有可能死。"

她不说话了。

陈主任和两位主治医师对视一眼，无声叹气，谁也没催，给她时间做心理准备。

过了片刻，阮瑜抬头，眼睛已经红了："那有没有可能，有别的治疗办法？"

陈主任不忍，只委婉说："目前为止，我们是国内在做心外手术这块最好的医院，你也是知道的。"

"好，谢谢医生，我知道了。"

阮瑜平复了会儿心绪，吸了下鼻子："不过陈主任，我还想请你们帮我一个忙。"

"什么？"

"我会告诉我的家人和朋友，这只是一个很小的手术，到时候还请您配合一下。"

她站起身，抿唇，诚诚恳恳鞠了一躬。

"我会提前签好免责书，谢谢你们。"

接下来几天，阮瑜赶了几场杂志内插的拍摄通告和媒体访谈，地点都在京城。安卓茜知道她要动手术，几乎把六月的行程都往后挪了，又和关保年商量了下，把她原定跟着剧组主创在其他城市参加的电影路演也推了。

一切安排就绪，安卓茜打来电话："别的重要通告都能延，但《戏游记》是直播，这个延不了，所以第四期的录制会有其他嘉宾换掉你的位置。"

阮瑜点点头："行。"

当初签合同的时候，《戏游记》一共签了五期，阮瑜算了算，自己做完手术还能赶上第五期，也不亏。

没两天，听说她要动手术的阮正平从中国香港赶了回来，虽然知道不是什么严重的手术，但他还是心焦地要陪她进手术室。

阮瑜当然不可能真让阮正平送自己进手术室，那她之前扯的谎不是全白费了吗？

好说歹说地磨了几天，总算安抚好了阮正平，让他放下心来。

阮正平离开当天，阮瑜送他到机场，在车里目送他的背影进航站楼，一时鼻子有些酸。

旁边，林青见她神情有些异样，问道："小瑜姐，你怎么了？"

阮瑜低声说："我在想，如果每个人都有自己的人生轨迹，那互不打扰应该是我能做的最好选择了吧。"

林青茫然："听不懂啊。"

阮瑜"哦"了一声："我在说，管好你自己。"

林青："……"

六月中旬，《戏游记》官微公布第四期嘉宾名单，常驻嘉宾是宋亦然和杭杭，其他三位都是飞行嘉宾。没有阮瑜。

怎么能没有阮瑜？！

当晚观众和粉丝们都炸了，要知道阮瑜可是《戏游记》的快乐源泉啊，他们想看戏精三人组合体！拒绝接受任何一个人的缺席！！

"阮瑜缺席《戏游记》"的话题飞窜上了热搜，很快，官博下的评论被问号淹没，阮瑜微博下的评论也一夜剧增。

【不会还是因为"私生饭"吧？】

【只能靠小瑜以前的访谈代言物料勉强过一天算一天。】

【救命，我已经三刷《戏游记》了，你告诉我第四期没阮瑜？】

【上周的光宴盛典去了这么多明星，阮瑜居然没去？】

【我已经半个月没看见新鲜小瑜了，小瑜小瑜你在哪儿！】

……

《戏游记》第四期官宣嘉宾的第二天，阮瑜提前住进了医院。

手术前一周需要住院观察，她在病房里打不了游戏，只好寂寞看剧玩手机。

安卓茜来看过她一回，林青和叶萌萌则每天都来。

这天，她正坐在床边晃腿，边低头看剧，边啃苹果。

听见推门声，阮瑜头也不抬："林青，我觉得你明天可以带一副牌过来，我们玩斗地主可以吧？"

"不好意思不好意思，走错了……"

穿着病号服的阮瑜抬头，正巧和推错病房门的女孩视线相撞。

那女孩愣愣地盯了阮瑜三十秒，难以置信地瞪大双眼，指着她"你"了半天。

阮瑜啃了一半的苹果差点没掉身上，心里咯噔一下，第一反应是，完了。

当天下午，一条素人的微博在五分钟内被转发过万：

【天啦！我今天陪我奶奶住院，居然在医院里看见阮瑜了！她竟然在住院啊，我的妈！】

被扔在床头的手机一刻不停地嗡鸣着，亮起的屏幕上滚满了未接来电和微信消息。

林青跟叶萌萌焦急冲进病房的时候，看到的就是阮瑜像只鸵鸟一样准备把自己捂死在被子里的场景。

林青说："别捂了，祖宗，热搜爆了。"

"不止微博，现在全网的推送都是你住院的事，捂不住了。"叶萌萌补刀。

"天要亡我！"阮瑜终于从被子里拔出脑袋，忿忿地说。

她真的只想低调做完手术啊！！

叶萌萌把带来的花束插在花瓶里，安慰她："安姐说了，她本来不想拿这事做文章，但既然都被曝了，正好也能让你刷一下存在感，她就不至于每天被粉丝骂不给你资源了。"

阮瑜认命地捞过手机，看了一圈。

她住院这事被爆出，网上的舆论像一锅煮沸还炸锅了的粥，甚嚣尘上，猜什么的都有。

吃瓜路人打了满屏的问号，鱼粉震惊得心态快要崩了，还在猜是不是"私生饭"导致阮瑜住了院，一时间，粉圈里都在杀气腾腾地讨伐"私生饭"。

网上你来我往闹成一团，安卓茜给阮瑜打来电话，又一次确认病情后，商影传媒的官博在她住院被曝的一小时后再发声明。

声明的正文并不长，概括为，我司艺人阮瑜有先天性心脏病，一直按医嘱合理用药，并不会影响生活健康和预期寿命，此次只是一个小的修补手术，请粉丝们放心。

先天性心脏病？

这个词对普通人来说，就是常年活在苦情电视剧和经典虐文里的词啊，一时间，鱼粉在屏幕前完全呆住了，你要我们怎么放心？

但是很快，有医学博主出来安抚惊愕的路人和崩溃的鱼粉，说按商影传媒发文声明里描述的病症，只要病人治疗得当，未来基本与正常人无异，大家放宽心。

可那也是病啊！

鱼粉没法冷静，真的不行。

【我从热搜出来一直哭到现在了，真的不知道要说什么。】

【过去七个月，无缝进组，拍综艺，出活动，被黑霸凌，黑耍大牌，全网网暴，"私生饭"撬锁，她都在经历什么啊。】

【我真的真的心疼死了，什么千金大小姐，明明是小可怜。】

【拜天拜地拜神佛，快点快点好起来！！！】

……

随后，有网友后知后觉地扒出来了那些一直被所有人忽略的细节。

比如阮瑜在《职业伪装》最初开拍时行李箱里一定要带的那些"保健品"，当时她开玩笑说那些是让她能强身健体录节目的宝贝，观众"哈哈哈"了满屏幕，此时却让人彻底惊愕哑然。

再比如录《戏游记》第一期时，阮瑜还深陷霸凌舆论中，她在睡前吃的药，当时被弹幕嘲讽是"千金小姐的娇贵和精致"，却没想……这一切一切的细节，全都有迹可循。

没有仗着身家背景进圈、骄纵耍大牌的千金大小姐，有的是一个将难过事都揣心里，从来不哭不作，让人在屏幕上一见到她就觉得开心的女孩。

舆论爆发，所有人都五味杂陈。

此时有黑粉出来泼冷水：【一个小手术就卖惨，吐了，阮瑜不会还想靠炒作红到老吧？】

这回鱼粉没骂，纷纷回道：【承你吉言，她一定会健健康康平平安安红到老。】

阮瑜刷了一圈新闻和热搜，看着哭哭啼啼心疼她的鱼粉，爬起来，拿手机拍了一张叶萌萌刚带回来的那束粉色康乃馨的照片，发上微博。

阮瑜：【一切安好。】

刚发出去没多久，评论挤炸了，都是祝她手术顺利让她好好休息的路人和粉丝。

解决完被曝光的事，没再管网友沸反盈天的舆论，阮瑜总算回过头看她的微信。

微信也炸了，平时熟的人，只说过几句话的不熟的人，甚至压根儿没联系过的人，都给她发来了关心消息。她一一回复，回完又去看未接来电。

有两个江星淳的来电。看到小墙头的名字，阮瑜心情好了一点，给他拨回去。

对方几乎是秒接："小瑜？"

"对，是我。"阮瑜声音轻快，有点不好意思，"对不起啊，因为我住院的事，本来这个月跟你一起的那场品牌见面会的活动延期了，害你也推迟。"

江星淳急着说："没关系，你……手术真的没事吗？"

"没事呀。"她语气自然。

江星淳放心了，被她情绪感染，也带了笑意："那等你做完手术，我来看你。"

阮瑜一听就想拒绝："别别，现在医院门口肯定超多媒体，你要是不小心被拍到了，不知道那帮媒体会写成什么样。"

其实她想说的是，不知道"春雨CP"粉会开心成什么样！

保护"鹅子"，妈妈有责。

那边沉默了半晌，欲言又止，最后江星淳的声音听起来有些失落："嗯，那希望你手术顺利。"

"好，肯定特别顺利，谢谢你。"阮瑜笑了。

总算将信息都回复得差不多，她检查微信，发现一条新的好友申请。

【验证消息：我是纪临昊。】

阮瑜捏着手机，没反应过来，有点蒙。

她愣怔地通过好友申请，隔了几分钟，对方发来一条：【我是纪临昊，刚才问王导要了你的微信，会打扰你吗？】

阮瑜立即在床上坐正了：【不会，完全不会。】

回忆起来，自从上回录完《戏游记》第三期，当天纪临昊就立马坐车去隔壁市赶下一个通告了，而她也一刻没停地飞回了横店拍戏，两人压根儿就没时间说上话。

不过阮瑜完全不挑，她已经和爱豆微博互相关注了，还要什么自行车啊！加微信根本是想都不敢想！

啊，她有爱豆的微信号了？！

纪临昊：【我看到了新闻，一切还顺利吗？】

阮瑜：【嗯嗯，都很顺利，谢谢关心！】

纪临昊：【加油。】

阮瑜笑得嘴角压不下来：【我一定加油，不打扰你啦，你快去忙吧。】

纪临昊：【那有机会再见。】

阮瑜回复：【好。】

然后，她抱着手机在病床上打了个滚，开心指数直线攀升。

每次见到爱豆都神清气爽，心花怒放，还会有一种让她特别舒服的亲切感。

是宝贝爱豆，是以前很长一段青春里的陪伴，还是和家人朋友共同拥有过的回忆。

盯着纪临昊的微信头像笑盈盈看了片刻，阮瑜逐渐敛笑，叹口气，低声嘟囔："就，不知道你们现在在哪里，但我已经努力过得很好了，希望你们也过得特别好。"

自住院以后，阮瑜就没再在大众面前露面曝光，但这几天里鱼粉不减反增，个个都像打了鸡血，平时补物料修图自己产粮，满腔爱意地等她出院。

住院观察近一周，主治医师天天往阮瑜这里跑，这次手术的风险并不低，医生也没有十足的把握。

病房里，林青他们出去给阮瑜带午饭了。

陈主任私下里找她："明天上午动手术。这次是小切口手术，创面不大，术后一周就能出院，平时注意着点，一两个月内就能完全恢复。"

阮瑜点点头："听起来还挺放心的啊。"

"放心什么？手术是手术，病是病，如果手术成功了你能再活一两年。"陈主任皱眉，语气严肃，"要是手术不成功，再有什么并发症，撑不了多久。"

阮瑜收笑，马上道歉："对不起，我错了。"

陈主任看着她，叹了口气，知道她并没有面上表现出来的这么好心态。

"你的情况，真不打算告诉家人？"

"不告诉他们了。"阮瑜摇摇头，"让他们知道了也没用，还平白无故多伤心一两年，不划算。"

事已至此，陈主任也不好多说什么，又多问了几句，走前让她放平心态，别太紧张。

当晚，林青和叶萌萌陪阮瑜在病房里消磨时间，三人在病房里打了两个小时的斗地主，直输到林青脸上都被画了两只小王八，他和叶萌萌才离开。

住院部的这一层楼到了晚上都很安静，等人走后，阮瑜没事干，睡不着，也不想玩手机。

她索性把灯关了，又去把窗帘拉开，转身扑回病床上，坐着发呆。

初夏的夜，温度还没升起来，室外的凉风卷过轻薄柔软的白窗纱，月色流泻在床头，像死神悄无声息的轻柔爱抚。

在接下来的整整半小时内，房间里都安静得落针可闻。

其实阮瑜脑袋里是空的，也没想什么。

可能罢工了。

什么都没想，什么话也不想说。脑海里像铺开了一片茫茫无际的白平面，面上滚着一颗孤零零的小球，又小又圆，一路滚向远方一望无垠的白色。没有临界点。

直到情绪滚到她都有点犯困的时候，安静的走廊上隐约传来了脚步声，沉稳，不疾不徐。

脚步声渐近，在病房前停下。

阮瑜听见门被礼貌地敲了两声，一顿，反射性地说了句"进来"。

门打开，她茫茫然抬头，男人压着棒球帽，微抬脸，露出一双眉眼，修长手指还搭在门把手上，只一身纯黑短袖搭同色长裤，却也勾勒得人身形挺拔。

段凛？

"段……"阮瑜一眼认出，"你怎么来了？"

段凛关了门，一时没接话。

房间内光色昏暗，阮瑜蒙了，就借着朦胧月光看他走到自己床边。

不对，一个月跑两百多场全国院线，他今天应该还在南京吧？她做梦呢？

无声对视半响，阮瑜闷闷地说："你今天就别追杀我了吧。"

段凛一顿："什么？"

"我梦到你两次，两次你都在追杀我，满世界追杀我一晚上的那种。"她给他数，"这是第三次了，今晚你就善良一点吧，好心会有好报的啊。"

缄默须臾，他没接话。

阮瑜又说："但是你来也行，反正做梦也好，怎么都好，不管是谁，都……"

段凛微蹙起眉，垂眸，低了声："都什么？"

都……都让她哭一下下吧。

阮瑜仰起头，先前那种难得呆呆的空白神情渐渐淡了，取而代之的，是后知后觉慢慢从四肢百骸的每根神经涌上来的难过和无助。

脑海里的那个小圆球滚到了临界点。

世界并不是一平如展。

"这几天别人问我，没事吧，我都说，没事，真的没事，放心好了。"她眼睛红红的，低头揉了下眼，压抑了这么多天终于哭出来，哽咽着，"其实，有事的，我、我有事的。"

她就跪坐在病床上哭，一边哭，一边语不成声地用手腕抹眼泪，湿透的睫毛被揉成了几簇，可怜巴巴得像刚从水里被捞出来。

哭到最后，手不够用了，她趴下来在床边扒拉出一个被角，呜咽着擦眼泪。

段凛长眉紧蹙着，静默一瞬，在床边半蹲了下来，平视她。

"不是小手术？"他的声音意外低缓，沉得厉害。

阮瑜抽噎地说："是、是……"

不知道怎么解释。

"就算是小手术，那也是手术，我不能哭的吗？"

半响，段凛问："疼吗？"

"疼。"阮瑜点点头，抽噎着，"我心疼我自己。"

两人相隔咫尺，段凛还维持着半蹲的姿势看她，眉宇丝毫未舒展，眸底像酝着一团雾起云涌的浓墨。

以往他见过她骄纵厉色的模样，后来她进娱乐圈，脾气大改。他起初以为只是她暂时收敛心性，嘲讽的话说了不少，让她做自己，也让她死心。

可相处下来，现在的她，在节目里笑、在病床上哭的人，却是鲜活的。

阮瑜已经开始擦另一边的被角了。

段凛垂睫，从床边抽餐巾纸，递过去。

早就知道她有心脏病，也的确不严重。以前他不在意，现在却不一样。

"谢……"阮瑜接过餐巾纸，"谢"字刚出口，感觉头顶被触碰了一下。

她顶着一头散乱长发，见段凛从她头上摘下一个摇摇欲坠的黑色发卡，搁在一旁。

他淡声说："别哭。"

阮瑜傻了。

脑袋上的触感是真的，温热，他刚凑近一些时身上的味道也是真的，清冽。他居然……是真的。

她猝然噤声，不哭了，可没憋住，又打了一个哭嗝。

"那是……"良久，她没头没尾蹦了句，"我用来夹刘海的发卡。"

声音是刚哭过的沙哑。

段凛应了声，抬眸："明天你什么时候动手术？"

"早上，就，七点半吧。"阮瑜愣愣的，又来一句，"我刚才没有哭。"

他是什么时候蹲在床边的啊？

不对，她是什么时候像傻子一样趴在床边的啊？！

还有这月光是自带梦幻磨皮滤镜吗？她怎么能蠢到以为自己在做梦啊？

清醒了，阮瑜心里跑过无数的自杀弹幕，找补："我刚才……没在哭手术，我在哭'私生饭'。"

"我刚才差点以为你是'私生饭'，这么晚了来敲我的房间……那什么，有点吓到我了。"

段凛起身，垂眼看阮瑜，静静听完她胡言乱语一顿找补，没接她的话。

"我今晚要走，明天不在京城。"他一顿，"早点睡觉。"

"哦……好。"

段凛又戴起口罩，瞥了她一眼，视线落在她身上两秒，似是想说什么，还是没出声，走了。

阮瑜迅速起来，开灯。

哭清醒了，这几天那种胸闷着难受的感觉也没了。

病床边的桌上还搁着她的发卡，手机也在旁边，她点开屏幕，瞅了眼时间。

快凌晨一点了。

第二天，林青和叶萌萌一早就赶到了病房，安卓茜也到场，不放心地问了阮瑜几句身体状况。

没聊几句，一直负责照看阮瑜的护士过来，给她注射镇静药物，准备接她进手术室。

叶萌萌满脸的担心，扑过来给她加油打气："小瑜姐，我们等你出来。"

"一定顺顺利利。"林青补充。

阮瑜心里紧张得要死，勉强弯了弯嘴角，故作轻松："行，没问题的好吧。"

手术要做全麻。

躺在手术床上，阮瑜听着耳边在准备手术用具的窸窣声，心跳快得要命。

"医生，我现在心跳很快，等下会对我做手术有什么影响吗？"她刚打完麻醉，已经有点不太能思考，执着地问，"我是不是得先让它停一下，你们才好做手术啊？"

这麻醉效果，太可爱了。

两个监护对视一眼，都在笑。

她的主治医师也在笑，拿过气管插管，走近手术台边，准备给她接呼吸机。

彻底失去意识的前一秒，阮瑜听见医生温和地说："会没事的。"

手术持续了整整五个小时。

等阮瑜从全麻效果中完全恢复过来，已经是下午近两点。

入眼是一片白，缓了好半晌，她有点艰难地往旁边看了眼。不是ICU，是普通病房。

"小瑜姐醒了！"叶萌萌惊喜的声音。

紧接着又是一阵兵荒马乱，病房里有人说话，很杂，阮瑜有点听不进去，只捕捉到了"放心""成功""休息"几个字眼。

她无声松了一口气，呼吸机一片雾气。

很快，陈主任来到她的床边，笑容和蔼："恭喜，手术成功了。小切口手术，一周后就能出院，以后记得注意休息，少熬夜，我等下给你写个注意事项的单子。"

林青问："医生，那多久能好全啊？"

陈主任停顿一会儿："只要注意着点，一两个月内就能完全恢复。"

阮瑜听几人杂七杂八问了五分钟，感觉能完全听清楚对话了，就想伸手拆呼吸机。

旁边护士赶紧拦住她，检查片刻，帮她拆了。

阮瑜说："谢谢。"声音有点哑。

她感觉不太对劲，往脸上一摸，满脸的泪水。

"小瑜姐，你刚才麻醉没醒，一直在哭。"叶萌萌如释重负，看着她笑，"我和林青都笑了有两分钟。"

阮瑜一愣："笑？"

叶萌萌点点头："你边哭边说，月光好刺眼，让我们赶紧把窗帘拉上。"

林青想起来，也笑了："你放心，我们都拍下来了，给你留纪念。"

手术很成功，安卓茜挂着欣慰的笑，当即就让公关部准备文案。担心了整整一周的鱼粉终于刷到商影传媒官博刚发的报平安微博，纷纷大松一口气，又是心疼又是激动地在评论区刷了满屏的"好好休息，我们等你"。

病房内，陈主任将注意事项的单子给阮瑜，她接过，仔细收好，由衷说了句"谢谢"。

安卓茜俯过来抱了一下阮瑜："这几天就好好休息。

"欢迎回来。"

在医院里住院一周，阮瑜已经闲得全身都难受，等办出院手续的时候，脸上就贴着"自由飞翔"四个大字。

她的主治医师都看气笑了，麻利地给她签了单子："拿着。出院后要是感觉有什么不舒服的地方，马上来复诊。"

"好的医生，谢谢医生。"阮瑜笑意雀跃，"我现在感觉特别好，腰不酸，腿不疼，心脏也不难受。"

主治医师瞅她两秒："但你知道，手术是顺利的，但不是成功。"

这场手术，只能延缓时间罢了。

阮瑜顿了顿，笑了："嗯，我知道。"

走的时候，她挥了挥手，特别开心："珍惜当下嘛，医生拜拜。"

出院后，安卓茜还让阮瑜多休息了几天。

"再给你放几天假，身体比较重要。"安卓茜看了一眼她的新行程表，"对了，昨天《成名无望》最后一场的全国路演结束了，下周五是电影的首映礼，就是你回来的第一个通告。"

阮瑜问："还是在京城？"

"是的，现在你的人气起来了，光有流量还不够，要真正让艺人立稳根基，还得出作品。我说的作品，不是指综艺这些……"

安卓茜多说了两句，及时打住："算了，你先好好休息，到时候我们再详细谈谈这个。"

阮瑜点点头："好。"

接下来几天，阮瑜在公寓里自得其乐地当一条咸鱼，好吃好喝玩手机，早睡早起打游戏。其间林青上门来，带了一个小通告给她。

今年亚运会办在国内，九月开始。从上个月起各大电视台就已经在为亚运会宣传做准备，黄桃台的体育栏目组负责人找到安卓茜，想请阮瑜录一条明星 ID（宣传视频）。

大概就是，"我是阮瑜，我为亚运会加油"之类的。

录 ID 的场地就在阮瑜公寓的客厅，窗帘一拉就成了背景幕布，林青连摄像机都架好了。

结果阮瑜这祖宗笑靥动人，给他来了一句："我是阮瑜，我为亚运会加油，中国电竞加油！"

林青问："什么电竞？没让你为游戏加油，我让你录体育项目！"

阮瑜有理有据地说："电子竞技早就被国家体育总局确认为体育项目

了，打游戏不丢人，打得菜才丢人。"

林青心说：牛，阮瑜还是那个阮瑜。

录完这条 ID 后的两天里，阮瑜已经将公寓里所能打发时间的玩了个遍，开始无聊。

从来没觉得宅家这么无聊过。

晚上，她还在召唤师峡谷激情排位，门铃响了。

不是林青就是叶萌萌，阮瑜没在意。

打完一局游戏，才发现不对啊。

林青他们有她家的钥匙，平时按过门铃后就会自己开门进来。现在都十分钟了，还没人进门。

阮瑜忽然想到什么，慢慢皱起眉，笑意敛了。

等等，不会又是……

她拿起手机，屏着声来到玄关处。

公寓门外有监控摄像头，她去看监视器，愣了。

三十秒后，阮瑜打开了门。

她抬眼看着在几步开外站着的段凛，眨眨眼，有点搞不清楚状况："你……"

还没说完，响起绵长的一声"喵呜"。

这叫声阮瑜可太熟悉了。

她视线往下挪，见一只通体雪白的布偶猫从段凛的脚后绕过来，二大爷似的瞧了瞧她，甩着蓬松的尾巴，高傲又认命地进了她的公寓。

阮瑜回过头看身后那只白色猫的屁股，又转回来，一脸蒙地看段凛。

"我刚搬回楼上。"段凛敛眼回视她，神色很淡，"猫留给你。"

这片高级住宅区的公寓一层一户，阮瑜没有邻居，也根本不知道楼上居然还住着段凛，捕捉信息："搬……回？"

"搬回金台国际之前，我住在这里。"段凛一顿，"你不是知道？"

金台国际就是阮大小姐鸠占鹊巢的那套公寓。

阮瑜想起什么，反应过来，吐词艰难："我住这里……是在你住进来之后。"

阮瑜这话不是疑问句，但脑中已经满是小问号。

这些小问号在看到段凛默认没反驳的神色后，全绷成了感叹号。

还真是？！阮大小姐可真是致力于收集段凛住处附近的每一套房产啊！

阮瑜又问："那猫？"

"留给你。"

段凛简明扼要说完，没再逗留。

阮瑜眼睁睁地看他进了电梯，回神，门口还孤零零放着一个半人高的纸箱，她一翻，猫砂盆喂水器猫粮一应俱全，还有猫爬架和各种小玩具。

书房里，电脑前的键盘上踩着一只泡芙，不知道摁到了什么键，已经新开了一盘游戏。

阮瑜的游戏英雄在自家泉水里挂机了五分钟，左下角的聊天框内都是队友"亲切的问候"。

【能别挂机？】

【你在泉水洗澡？】

【别偷玩大人电脑，让你爹来打。】

泡芙扭身舔了舔毛，甩着尾巴，冲阮瑜长"喵"一声。

阮瑜腹诽：确实，给我送了一只爹过来。

七月初，《成名无望》全剧组主创人员结束为期一个月的全国路演，隔周周五，全球首映礼办在京城国贸的某家影城内。

这是阮瑜自手术后的第一个露面通告，安卓茜提前给她安排了专门跟活动的妆发师，上门来替她弄妆发，做造型。当天一早，林青带着妆发师上门，开门一见面，居然是熟人。

沈芳飞一见到阮瑜，上来就给了她一个热烈的拥抱："哎哟，宝贝，都认不出你了，现在是红人了哦，还记得我吗？"

阮瑜眼睛一亮："沈老师！"这怎么不记得，她录《职业伪装》时候主要瞒天过海的对象啊。

沈芳飞进门，将阮瑜摁坐在化妆镜前，仔细打量片刻，铺开一溜化妆刷。

"我以前就想说了，你这张脸还是适合当小仙女。"

最后，沈芳飞给阮瑜挑了一件红丝绒长裙，绾起微卷低马尾，戴上赞助商提供的那条项链，出门。

下午两点，首映礼红毯两侧的媒体记者早已等候多时，主持人正在红毯一侧语调激昂地热场，各家粉丝和前线代拍则仰着脖子，一脸激动地等人出现。

阮瑜一行人到的时候，已经走过几位主角和配角。今天走红毯的不只有《成名无望》的剧组演职员，还有一些特地受邀撑场子的明星，关保年人脉广，到场的都是知名一线。

车停在红毯起点，阮瑜刚提着裙摆下车，人群中的鱼粉立即高声叫她的名字。

近一个月没露脸的阮瑜，首次出现在电影首映礼的红毯上，吸引了全场的目光。

她一身曳地的暗红丝绒长裙，衬得人肤色雪白，妆发造型更是一绝，眸眼精致，长睫在镜头下纤密分明，夏风轻拂，脸侧散发勾勒出的那股美简直能截成电影画面。

看多了她在综艺里"沙雕"可爱的风格，都快忘了本人的颜值有多大的吸引力了。

"妈妈，我亲眼见到迪士尼在逃公主了！！"

鱼粉的叫喊声此起彼伏，阮瑜才下车，人群中忽然爆发出一阵更激烈高昂的尖叫声——

"段凛啊！！！"

回头，一辆帕拉梅拉停在红毯源头，段凛也正从车上下来。

林青在车里一看："坏了，两个红毯顺序撞上了，场控怎么搞的？"

"那一起走啊。"叶萌萌没觉得有什么。

"谁要跟我们一起走啊，你看人家段凛的粉丝乐意吗？"

阮瑜偏头看过去，五步开外，段凛也在看她。

视线交错，停顿两秒，他微侧了侧身，略一颔首，神色平静地对她做了一个"先请"的礼仪动作。

阮瑜愣了下，没推辞，表情自然地露出一个感谢的微笑。

段凛等她走完半程，才上红毯。

直播的弹幕瞬间激增好几倍。

【啊，他好绅士啊！】

【这是什么内娱颜值天花板！同框也太赏心悦目了！！】

【我竟从段凛的动作里品出那么一丝丝般配。】

【我哥只是不想跟她一起走好吗？这表情一看就不熟。】

【小瑜独美就完事了。】

……

三点整，活动内场，《成名无望》首映礼正式开始。

偌大的厅内座无虚席，数十位制片投资方坐在第一排中央，导演和主角们紧跟两侧。阮瑜则在第三排的配角席，靠过道的位置。

台上还在放电影的宣传片花，阮瑜是第一次看，说实话，太震惊了。

片子讲的是民国动荡时期小人物的命运线，电影画面却是一幕幕的大场面，虽然当初官宣时段凛是一番，但片子主体还是在拍群戏，拍一个个命运的跌宕起伏，讲主角们在乱世动荡中辟出一方自己的天地，乱世为王的故事。

前一幕，上海沦陷，炮火连天，漫天席卷的硝烟下，一身长衫的段凛用尽全身力气从废墟下救起一名军官，手抖得不成样子，浑身血污，神情狼狈。

军官瘫在沙石废墟中，脸上全是血，勉力啐出一口血沫，望天。

背景音："我们都是这个时代里的硝烟，一吹就散了。"

下一幕，夜深，段凛在某租界洋房里的书房内，已经换了装束。

他着一身笔挺的洋西装，露额背头，戴一副金丝边眼镜，打火机的火光映出他半边影影绰绰的侧脸，气质肃杀，像开鞘的利刃。

点了烟，他低头咬着，抬眸阴鸷盯着对面坐着的人，突然一笑："我想成名。"

前后两幕，气质截然不同，画面张力跃然而出。

三分钟的片花，节奏非常快。片段内的影帝们互飙演技，画面又保持了关保年一贯的宏大叙事风，商业片中夹杂文艺内核，将大背景下的小人物拍得张力十足。

"要火了。"坐在阮瑜旁边的女演员陈戈感叹，"上周点映，票房已经破了五千万，还有三天公映，听说现在预售都破亿了。"

阮瑜懂歌曲打榜之类的数据，但没追过票房，问道："这数据是特别好吗？"

陈戈说："就这么说吧，要是保持这个势头不变，有望冲一冲今年的票房前三。"

"完了。"

"什么完了？"

阮瑜叹气："我是说，完美，段凛又要火一次了。"

作为一个对家粉，又是参演配角，她现在心情特别复杂。

"这都是命啊，羡慕不来。说起来，我跟段凛当年在电影学院里跟过同一个表演老师，他算是我师哥。"拍《成名无望》时，陈戈就和阮瑜关系好，她悄声说，"跟你说个小道消息，你知道他为什么会学表演吗？"

这个阮瑜还真知道，段凛的大哥就是冬影娱乐的老总啊，自家人给资源多方便。

然而，她装傻："什么？"

"我老师说，本来段凛学表演，是想治病的。"

"哈？"

"因为他以前被检查出来有那个什么……这个……"陈戈低头搜索，给阮瑜看，"就是这种心理倾向。是心理医生建议他多感知，多与人交流之类的吧，他才想学表演的。"

阮瑜看清了陈戈的屏幕，上面写着"依恋障碍（Attachement Disorder），多发于孩童时期，成年个体表现为冷漠独立，难以产生情感共情与羁绊，对亲密关系感到不适"。

阮瑜不解。

陈戈摇摇头："当时他肯定也没想到学表演以后能红成这样吧，这就是天生该吃这碗饭的料了。"

换成以前，阮瑜肯定把这则小道消息打包扔进她的百大对家黑料包里，再封一个"心理疾病"的口了。

现在却有点迟疑。

不是，那他倒也……没有吧？

转念一想，又觉得是有那么一点道理。毕竟真豪门进娱乐圈当明星的本来就少之又少，如果说阮大小姐进圈是为了段凛，那段凛又为了什么？

首映礼持续一个半小时，在场的焦点基本都集中在导演和几位主角身上。到了主角上场提问环节，媒体争先恐后，问题都在往段凛身上扯。

阮瑜虽是配角，但最近人气大涨，也被关保年一招手请上了台。偶尔有媒体问她，几乎都是关于她在影片里和段凛一角的感情戏。

　　有了上回路演的教训，她全程微笑颔首应声官方三连，轻轻松松避开坑，答得滴水不漏。

　　晚上是庆功宴。

　　宴会厅在国贸酒店，明亮开阔的厅堂四面都贴着《成名无望》的巨幅海报，参加首映礼的明星和受邀庆功的圈内艺人齐聚一堂，觥筹交错。

　　段凛周围站着制片导演等人，自成一圈地聊天，不远处过来一个男人，笑着拍了拍他的臂膀："阿凛。"

　　"明坤，别来无恙啊。"旁边的关保年一见到男人就笑了。

　　来的是导演孔明坤。

　　孔明坤寒暄："我可是贡献了点映的票房，拍得确实好，先提前恭喜你了。"

　　"我哪里比得上你，要论拿奖，还是你更胜一筹啊。"

　　关保年说的倒是实话。

　　关保年擅长执导商业片，而孔明坤从来只拍文艺片，虽说票房是比不上商业片，可几乎每一部都拿了大奖。

　　关保年问："我听说你那部新片男主角定了阿凛，女主角定了吗？"

　　"没呢，"孔明坤提起来就叹气，"试镜了几个月，愣是没找到合适的，总差那么点儿感觉。"

　　几人又聊了几句，孔明坤将段凛拉到一旁，不动声色点了点远处："你上回跟我说可以试一试的人，就是她？"

　　孔明坤点的正是在和谢姿羽交谈的阮瑜。

　　段凛的眸光落定，淡声说："是她。"

　　宴会厅一角，阮瑜刚接完林青的电话，要走，忽然被人叫住。

　　眼前的男人戴了副无框眼镜，面相和善，身材瘦小，怎么看怎么眼熟。

　　"我是孔明坤，你大概听过我的名字。"

　　孔明坤！她当然听过！

　　在粉圈里，各家粉私底下提起大导孔明坤，不叫孔导，都喊"奖导"。孔导的每部片子必拿奖，电影拿奖对艺人来说可是莫大的殊荣，试问谁不想让自家爱豆演孔明坤的戏啊？

　　阮瑜礼貌鞠躬："啊，您好。"

　　孔明坤推眼镜笑了笑，要了她的邮箱，递过名片："是这样，我手上有一部戏正在选角，你看你什么时候档期空，可以过来试镜。"

　　三天后，《成名无望》赶在第一波暑期档在各大院线上映，几乎是不负众望地一爆成名。

　　前有点映票房推波助澜，后有高达百分之三十五的首日排片率加持，电影的首日票房成功过亿，当天连飙了几个热搜，口碑爆棚。

　　这次，是真的成名在望了。

　　看戏骨影帝们互飙演技简直是一种享受，网上看完电影回来的观众褒

奖不断，阮瑜也吃到了一部分红利。有路人夸她在电影里演技不错，哭戏
动情，虽然只有几分钟，但表演可圈可点。

鱼粉则在嗷嗷叫：

【啊，旗袍小瑜太美了！】

【一哭简直是仙女落泪！眼泪都滴在我心上化成珍珠变成永恒
了啊！】

商务车内，阮瑜靠着车座睡得人事不省，迷糊间被林青叫起。

"我们快到活动现场了。"林青疑惑，"怎么这么困，昨晚没睡好啊？"

阮瑜醒了，连打两个哈欠，眼泪都快下来："我三点才睡。"

"这么晚？！干什么去了？"林青吃惊。

前座，叶萌萌回头，幽幽地说："看电影。"

叶萌萌双眼红肿，眼底有血丝，也是一副没睡好的样子。

这几天《成名无望》的口碑持续上升，票房也连日高居第一。昨晚阮
瑜买了人少的凌晨场，全副武装，和叶萌萌一起去影院看完了电影。

不得不说，是真的好。

她看过剧本是一回事，拍成电影再看又是另一种感觉。关导的运镜和
叙事不消说，几位大腕影帝的演技也全程吸睛，就连她看段凛都少了对家
粉的黑滤镜。

即使已经预知了结局，在几位主角死的时候还是被感染得哭完了一
包纸。

就是看自己的戏份有点出戏。

阮瑜没想过自己有一天会上大银幕，更没想到自己和段凛的对戏居然
被关导拍得这么……

"情深似海。"叶萌萌当时是这么评价的。

"小瑜姐，看到你死的时候段凛为你哭的那一幕，我心都要碎了，你
看到了吗？"

"没。"

对不起，她瞎，没看见。

商务车停在京城银泰中心的地下停车场，今天阮瑜在这里有一场品牌
活动，是之前在代言彩妆品牌时签的站台，主要是为了在线下宣传品牌。
江星淳也会来。

品牌工作人员早已等在那儿，保镖护送一行人直接坐电梯上三层，活
动地点在品牌旗舰店。

刚出电梯，提前得知消息蹲点的粉丝齐齐尖叫蜂拥上来，人群中凑热
闹的路人也举高手机拍阮瑜。

"啊，小瑜看看我吧！爱你！！"

"今天发一张自拍吧！都多久没发自拍了啊！"

"我们都看《成名无望》啦！"

阮瑜弯起眼笑："你们都看了啊？我也看了。"

得到回应，鱼粉们七嘴八舌地呐喊："看了看了，都看了！你演得超棒！"

阮瑜谦虚地说："我感觉还是有进步空间的，是关导拍得好，其实那场哭戏我 NG 了好多回。"

她没半点明星架子，一路走，就一路聊，走进品牌旗舰店，见到江星淳已经到了，笑着跟他挥挥手。

江星淳今天穿了一件巴宝莉的白短袖，牛仔短裤，头发还是圆寸，站在那里活脱脱就是一明朗少年。

他笑出酒窝："阮瑜。"

偌大的旗舰店外围了隔离带，不远处的粉丝能看见店内的情形。

店内的数家媒体等候多时，全程跟拍阮瑜和江星淳，闪光灯不断。活动主持带他们逛了一圈店内，介绍完品牌新品，又回到靠近隔离带的店门口。

门口早就搭起了展台，身后一面墙全列着彩妆，琳琅满目。

主持人说："大家都了解哦，小瑜是我们的唇妆代言人，星淳是底妆代言人，那卸底妆有点太麻烦，今天我们就不试底妆了，就看我们的代言人试一下唇妆好不好？"

粉丝齐声："好——"

阮瑜和江星淳并排在展台前，主持人又笑着说："那我们星淳干什么呢？不如就为小瑜挑一支口红吧，好不好？"

一时间，在场的鱼粉和星粉都愣了一下，然后高喊："不好！不好！"

阮瑜和江星淳关系好，不代表两家粉丝关系也好。

两家粉丝都知道有"春雨 CP"粉的存在，上升期的艺人最忌讳有绯闻捆绑，两家粉丝只想自家爱豆独美，早就对 CP 粉烦得不行。以前《职业伪装》节目组故意剪 CP 向镜头也就算了，那是在综艺营业期没办法，现在品牌方也想按头？

不可以！

主持人有些尴尬："那……"

"我自己来挑吧，品牌的口红色号都太好看了，我怕江星淳一下挑十几支。"阮瑜笑着说。

被阮瑜圆了场，主持人松了口气："好的，那就让小瑜自己挑。"

阮瑜卸完唇妆，挑了一支砖红色唇釉，刚涂了一笔，发现没镜子，主持人连忙给她拿。

江星淳轻声提醒："画歪了。"

"哪里？"

他抬手，指尖隔着四五厘米的距离，想给她指位置。

正巧阮瑜偏过头，唇上一温热。

江星淳的指腹不偏不倚，轻抵到了她的下唇。

人群中终于有人受不了，爆发出呐喊：

"啊啊啊——"

"春雨是真的！！！"

……

阮瑜疑惑：今天到底来了多少"春雨CP"粉！

一片尖叫声中，江星淳抵着阮瑜下唇的手指还僵着，指腹传来的柔软触感实在太明显，他整个人都僵在了那里。

在小墙头又要耳朵红的前一秒，阮瑜迅速偏过头，神情自然地抽过已经呆成木头的主持人手里的镜子，三两下上完唇妆，一双眼微微弯起来，问道："好看吗？"

鱼粉迅速说："好看！"

主持人圆场："哈哈，当然好看，我们官方旗舰店里每一件都是超值正品……"

接下来的半个小时里，主持人规规矩矩地走活动流程，再没打过发糖的擦边球。

毕竟品牌方爸爸只是让他暗中给CP粉发糖，没让他真搞出活动事故啊！

阮瑜再次被护送回商务车上，林青已经要把手机屏幕撑在她脸上了，颤抖着说："热搜，又是热搜！"

阮瑜磨牙："这真不是我的锅，我反应够快了，谁知道现场这么多CP粉？"

刚才品牌活动的视频已经被人发上了微博和抖音，齐齐上了两个平台的热搜。她一翻，微博上的那个视频倒还好，是她被江星淳不小心触到下唇后，CP粉呐喊了句"春雨是真的"，后来她神色自若地别开头，明眼人都能看出来只是活动事故。

而抖音的那个视频，绝了。在CP粉呐喊完以后，音乐声响起，歌词唱"连指尖的触摸，都当作最甜蜜的糖果"，还慢放了她别头的动作，慢放出了娇羞感。

可以预料，网站又将下起一场"春雨"。

热搜里，路人在调侃吃瓜，鱼粉和星粉在各自控评，CP粉在敲锣打鼓过新年，黑粉则在嘲阮瑜不放过任何一个炒作机会。

总之，热闹非凡。

阮瑜点开微信，给小墙头发消息。

阮瑜：【你别管这种瞎脑补的热搜，热度很快就会下去的！】

隔了五分钟，才收到回复。

江星淳：【嗯，好。】

与此同时，杂志摄影棚内，助理邵立提着一袋咖啡回来，拿出一杯："凛哥，给。"

段凛接过咖啡，没喝，眸光还落在手机屏幕上。

"凛哥，拍摄还没开始呢，不然你先眯一会儿吧。"邵立看得都有点心疼。

随着电影的口碑票房双响，这几天段凛的通告几乎无缝衔接，下午赶完《人物》的深入专访，紧接着又要赶下一场高奢合作，连觉都睡不了几小时。

段凛没应声，邵立不由得了看了一眼，发现他在用工作室的微博刷热搜。

阮瑜和一个男团艺人的亲密互动上了热搜，底下全是揶揄和调侃。

邵立想起什么来，开始闲聊：“那天我侄女问我圈内八卦，还问我阮瑜和那个江星淳是不是在谈恋爱，说得好像还挺有道理的，别是真有点儿什……”

觑见段凛冷下来的视线，邵立没说了。

他猛地想起来，阮大小姐可是缠着凛哥领了证，凛哥对她再没感情，这也是被变相出轨了啊。

果然，段凛锁了屏幕，没再看。

他眼神是沉的，话语却轻描淡写：“这也算有什么？”

第十六章

— 二十三岁礼物

　　七月，黄金暑期档，上院线的新电影如雨后春笋般争相涌出，而《成名无望》仍保持着高居第一的日票房和排座率，稳稳卷走大半电影院的观众。不消一周，票房破了十亿。

　　业界某知名影评人这么评价《成名无望》：这是一部商业化最成功的文艺片，也是最有诚意的商业片。

　　这些天，阮瑜上追星小号都能见到首页的四季在愤慨，说好好的一部电影，怎么就让对家演了呢？

　　看着对家一路凯歌高进，势如破竹，四季不可能不酸。

　　阮瑜也想酸，可她还吃着对家主演的电影红利，良心挣扎了下，还是决定不听不看不管，只安心看宝贝爱豆。

　　纪临昊这段时间在筹备新专辑，很少出来营业。

　　工作室和品牌杂志放出的新物料根本不够阮瑜二十四小时号叫，她抱着屏幕，决定做点别的事。

　　她的通告还没有完全恢复，现在还处在半休息状态，很无聊。

　　但阮瑜怎么都没想过，有一天她居然会无聊到开始看对家拍过的影视作品。

　　知道她要看段凛主演的片子，叶萌萌直接拿着硬盘上门，点开，一部一部激情给她介绍："这部是他二十岁的时候拍的，处女作，电影二番，一部爆红，还有这部……

　　"全是蓝光 4K 和 1080P 高清！慢慢看！"

　　阮瑜边看，边在想一件事。

　　【依恋障碍，成年个体表现为冷漠独立。】

这不是在电影里笑得挺开心的吗……

等会儿，段凛居然解锁了这种开怀大笑的表情？

【难以产生情感共情与羁绊。】

这段雨中崩溃哭戏演得……就，勉强还不错吧，这哪里不能共情了？她餐巾纸呢？

【对亲密关系感到不适。】

这段虽然没有吻戏，但女主角都挨近到快投怀送抱了，也没见他有多不适应啊。

到底哪儿来的依恋障碍？

不知不觉看完一半作品。

以前没发现，现在才知道对家拍了多少戏，喜剧片、文艺片、商业片都有。有些居然也不是男主角戏，就是片里一个小角色，她记得那会儿他已经红透半边天了吧？这角色也接？

这一波有些出乎阮瑜的意料。

阮瑜看了两天电影，安卓茜打来电话。

"后天去录《戏游记》的第五期，是完结期，地点在云南，我已经让林青订好机票了。"

阮瑜点点头："行。"

说完正事，安卓茜没挂，又笑着补充："提前祝你生日快乐，我的礼物明天让人拿给你。"

"好的，谢谢安姐。"阮瑜道谢。

明天七月二十四日，是阮大小姐二十三岁的生日。

阮软和阮大小姐同岁，只是生日日期不同，不过也没什么，反正在这里也不会有人知道她的生日，就当同一天过吧。

阮瑜的生日过得很热闹，回祝福回到手软。

阮正平还在国外出差，给她转了一笔巨额零花钱当庆生，代言品牌商和各视频平台公关部等寄的礼物也陆陆续续堆了一书房。

生日当天，林青和叶萌萌给阮瑜买了蛋糕，提上门来为她庆生。

晚饭阮瑜请客，点的是五星级酒店外卖，三个人吃完饭，吹蜡烛吃蛋糕。最后她自拍了一张未施粉黛的素颜照，笑靥很明朗，也没修图，直接上传到微博。

阮瑜：【二十三岁，会更加油。】

鱼粉从早上起就在等这张自拍，一刷出来，满屏惊叹。

【啊，女儿生日快乐！吃蛋糕了吗！妈妈也吃了！】

【天啊，这是素颜吗？明明我做过这么多坏事，怎么还能让我上天堂看见天使？！】

【生日快乐，小瑜！新的一岁一定大红大紫！！】

【生日快乐啊！健健康康平平安安长命百岁！】

……

林青和叶萌萌走的时候，阮瑜还在打游戏。

林青鞋子都换上了，还是不放心地折回来叮嘱这祖宗："别睡太晚，明早还要赶飞机！"

"知道了，知道了。"阮瑜忙着团战，连挥手都懒得敷衍。

可能是报应，下一秒，在她脚边窝觉的泡芙一个纵身跃上桌子，精准一脚踩在了她的闪现键上，送她进团战无畏赴死。

阮瑜生无可恋地说："爹，你能别每次都踩这么准吗？"

"喵。"

正大眼对小眼，门铃响了。

阮瑜查看监视屏，一愣，开了门。

门口，段凛一身黑T恤黑长裤，单肩背着同色的背包，被棒球帽压着的漆黑发间杂着星星点点的闪片，大概是刚结束了一场拍摄。

"你不会又是来给我送猫的吧？"

"不是。"

阮瑜迟疑："哦……那？"

顿了顿，段凛说："我来看猫……"

他话音还没落，房间里的泡芙像离弦之箭一样窜了出来，直扑段凛而去，下一秒，像个腿部挂件似的扒在了他的长裤上，还叫声凄惨，像受尽了委屈。

阮瑜愣了。

段凛垂眸盯了泡芙两秒，神色淡漠，似乎是微挑了下眉。

他先没管猫，从背包里勾出一个银色小纸袋，俯身挂在了猫脖子上，说道："给她的。"

好，一个大半夜来给猫送东西，另一个吃里爬外装委屈。

阮瑜呵呵，木然地"哦"了一声。

"还有，二十三岁快乐。"

"啊？"

眼看着段凛转身就要去摁电梯，阮瑜叫住他："你等会儿！"

他驻足。

"我能拆吗？"阮瑜指了指猫脖子上挂的小纸袋。

段凛没说话，阮瑜也没等他同意，按住不停甩脖子想甩脱纸袋的泡芙，把袋子拎回自己手里。

阮瑜打开袋子，里面是一个纯白丝绒小盒。盒子里躺着一条项链。

坠饰是一只抽象的天鹅，阮瑜看了看，眼睛顿时亮了，是数字23。"2"是天鹅的脖颈和身体，"3"是翅膀。

"这是送我的啊？礼物？二十三岁礼物吗？"

段凛看着阮瑜脸上明显雀跃起来的表情，一顿："嗯。"

啧，对家还是那个对家，还是那副冷漠到六亲不认的脸。

　　不过，看过段凛在电影里哭笑怒骂的样子，阮瑜居然觉得他的表情也不是这么冷漠了。

　　她真的很开心："虽然那什么……但你是第一个对我说二十三岁快乐的人。反正，就……谢谢你吧。"

　　不是生日快乐，是二十三岁快乐！

　　是她自己也可以过的，二十三岁快乐。

　　段凛的目光落在阮瑜身上，她笑的时候稍稍弯起眼角，像往倒影夜空的湖面舀碎一池星星，很有感染力。

　　段凛的黑眸沉静如墨。

　　刚才他一路过来，回忆起一些事情。

　　想起阮瑜不再是他的粉丝了。

　　她在直播综艺里不动声色地对别人献殷勤。

　　和别的男艺人一起上绯闻热搜……

　　他忽然明白自己在在意什么。

　　就是这个笑。

　　翌日一早，阮瑜和林青赶早上七点的航班飞云南，去录《戏游记》的完结期。

　　近十点到达保山机场，节目组的工作人员已经等在接机口，舟车劳顿五个小时，来到一座边陲小镇。

　　当晚住在镇上的宾馆里。

　　七月份正是旅游旺季，节目组特地避开了旅客爆满的知名景点。这座小镇上游客不多，在街上走也没多少人认出他们，风景带着淳朴的美。

　　吃过晚饭，节目总协调助理过来发氧气瓶，说是防高原反应。

　　不过当地海拔才一千多米，阮瑜觉得还行。

　　不多时，别的嘉宾也陆陆续续到了。

　　阮瑜过去打招呼。

　　杭杭第一个瞅见她，拼命挥手。

　　杭杭身后的宋亦然也熟络地冲阮瑜一笑："手术恢复得怎么样？"

　　"不要紧，我都好了。"阮瑜想起什么来，"我看第四期的回放了，怎么我一不在你们就出国录节目啊？这不公平！"

　　《戏游记》第四期是吸血鬼题材，全员出国，在英国的某旅游山庄直播录制，经费在燃烧，看得阮瑜无声泪流，羡慕得要命。

　　说起这个，宋亦然就哀号："别提了，节目组给的任务越来越难搞，上回我们没你都完不成任务！这次不知道又要搞什么。"

　　第五期的三位常驻嘉宾依然不变，飞行嘉宾则是付子航和党雪。两人今年都才十八九岁，曾合作主演过一部清纯校园偶像剧。他们不是什么一线大咖，但前段时间因为偶像剧播出大火，所以两家团队在炒他们银幕情侣的人设。

《戏游记》第五期的官宣名单一出，还没播，当晚就上了一波热搜，观众又是期待又是不舍。

从三月到七月，春去夏来，他们的快乐怎么就结束得这么快！！

这次，完结篇的在线观众人数直接爆了。周六中午十二点，往期观众和吃瓜路人都拥入节目录制直播间，等着准点开播。

本来心里还有点难过，弹幕也全是密密层层的"呜呜呜，舍不得"，但等到十二点整，正放着节目宣传片的直播间画面一切，所有人呼吸一滞，都笑傻了。

这啥啊？！

直播画面里，所有人都穿着中学校服，生无可恋地站在一所中学的门口。

宋亦然戴了假发，梳着两根秀气的麻花辫，上身白校服，下身蓝色过膝百褶裙，嘴角抽搐。

阮瑜染着一头红发，短袖校服运动裤，蓝白色的校服外套还不羁地系在了腰间。

杭杭、党雪和付子航还好一点，校服规规矩矩，就是付子航的头发被染成了闷青色，在阳光下熠熠发绿。

按惯例走完赞助和嘉宾介绍等一系列流程。

总导演王路脸上带笑："自《戏游记》前四期播出以来，我们终于要迎来完结篇。以前经常有嘉宾向我反馈节目组给的任务太难了，那这一期我们决定降低难度，带大家回到青春美好的校园生活。"

杭杭疑惑："真的吗？"

宋亦然神情复杂："我不信。"

阮瑜似笑非笑："你们这些个节目导演坏得很。"

闻言，王路咳了咳："所以……我们这一期的主题是'时间'，你们身后的这所中学校园就是接下来要走剧情的场景。

"还记得游戏规则吗？大家必须遵循节目组给出的人物设定，并完成任务，任务期限是三十二个小时。"

工作人员揭开KT板，阮瑜看到了自己的名字：霸霸（校霸）。

宋亦然是校花，名叫"美美"；杭杭是跟班，叫"班班"；付子航是校草，叫"帅帅"；党雪是学神，就是"神神"。

党雪吃惊："节目组起名字一直都这么简单粗暴吗？"

"习惯就好，"阮瑜回忆，"第三期的时候我还被叫了一整期的女仆呢。不过没关系，善恶终有报，你说是吧，美美？"

宋亦然还沉浸在节目组女装恶趣味的悲伤中，一看阮瑜狡黠中透着小得意的脸，瞬间反应过来——这期要叫她霸霸！

爸爸？！

王路说："你们都是这所光明中学的初一年级学生，同时还有一个身份——你们身上肩负着拯救全校生命的重任。

　　"就在昨晚，有外星人在光明中学里埋下了三十枚'炸弹'，预计明晚八点会引爆学校。同时，外星人也在密切关注校园里的动静，只要发现学生有异动，他将立即引爆'炸弹'。"

　　付子航问道："那他为什么不立刻引爆炸弹？"

　　"因为他很享受这种暴风雨前的宁静。"王路意味深长地摸小胡子。

　　等等，说好青春美好的校园生活呢？

　　接下来，王路发布任务："所以这一期大家的任务就是在不惊扰全校师生的前提下，在三十二个小时内找出三十枚'炸弹'，使所有人免于危险。任务的关键词是'时间'。"

　　校门缓缓打开。

　　"任务正式开始，祝你们成功通关。"

　　从看见几位嘉宾穿初中校服出镜后，弹幕就一直在笑。

　　【这头发又红又绿的敢问是师从哪座魔仙堡？？】

　　【哈哈哈，我发誓我看见宋亦然的腿毛了，校花裙下的秘密：腿毛。】

　　【啊，红发阮瑜就是小美人鱼！绿山墙的安妮！】

　　【呜，想到小瑜的中学时候了……这一期一定要好好放松啊！】

　　【我又快乐了！！！】

　　……

　　学校不大，阮瑜一行人进去，沿着学校转了一圈，大概数了数。一栋行政楼，两栋教学楼，教学楼边上是钟楼，剩下两栋是食堂和宿舍楼，走十五分钟就能从东门走到西门。

　　走在校园里，意外冷清，没见到学生。

　　刚上操场，他们就被一个学校保安叫住："哎，上课时间，你们几个小同学，干吗呢？"

　　阮瑜回过头，就见保安正怒目圆睁地看着她，恨铁不成钢："又是你！我说他们几个怎么不回去上课，你又唆使同学跟你一起逃课是不是？"

　　"对对，就是她。"宋亦然乐。

　　阮瑜迅速回道："大叔，现在在放暑假呢，我们这怎么能是逃课？明明是我带他们回学校来呼吸学习的空气啊！"

　　保安一愣，马上说："还狡辩，你们班不是在上暑期夏令营？赶快回教室，去去。"

　　一路将阮瑜他们赶回教学楼区，保安指着其中一栋，让他们回教室，说老师还在等着他们上课。

　　教学楼一共五层，几人一层层找，发现几乎整栋的教室都是空的，这个时间，学生都放暑假了。

　　好不容易爬到第五层，他们总算听见了学生上课的声音。

　　付子航一边走，一边摸他那一头绿发："我染成这样，等下老师真不会让我滚出教室？"

"这颜色多生机勃勃啊，你是校草，要对自己自信一点。"阮瑜随口接道。

被赶出教室那可太好了。

现在当务之急是在明晚八点前找到三十枚"炸弹"，要是真乖乖上一天的课，那任务还做不做了？

但很快他们就绝望地发现，还真是要上课。

放眼望去，教室里，三十几个穿蓝白校服的初中学生在上课。

正在写板书的短发女老师看见几人，立刻冷下脸："去哪里了？"

阮瑜拼命朝党雪使眼色，她已经搞明白了，这个时候，肯定是好学生说话比较管用啊！

党雪明白了阮瑜的用意，说："老师，我刚才身体不舒服，他们送我去医务室了。"

"我相信你，都回座位吧。"老师脸色缓和。

几个人的座位四散在教室的各个角落，座位上贴着姓名卡。

阮瑜刚坐下来，前座的男生就回过头，递来一本本子，有点兴奋又有点腼腆，小声说："阮瑜，能给我签个名吗？"

"我看过《戏游记》，天啊，你们居然到我们这里来录了。"男生一脸幸福，"我有个同学好喜欢你，他现在绝对后悔没报夏令营。"

阮瑜瞬间就明白了。

这里的学生是真在上夏令营，而节目组应该是借了场地，和老师保安提前打好了招呼。

阮瑜面不改色，拿笔在男生递来的本子上签了个"霸霸"。

阮瑜说："喏，我的签名。阮瑜是那个女明星吧？我妈说了，中学生不要追星，多影响学习啊。"

男生神情复杂。

弹幕笑成一片：【哈哈哈，这就是校霸的发言吗？爱了爱了。】

教室里一下子多出几位明星和摄像，学生们都清醒了，打瞌睡的不睡了，听课的也偷偷转过头来看明星，恨不得现在多出一个手机拍照。

听得最认真的反而是几个嘉宾。

这堂是民俗课，讲云南各地少数民族的风俗，正讲到彝族的土语，老师讲得很有趣，特别好懂。阮瑜本来没打算听，跟着听了两耳朵，也有点入迷。

弹幕聊得热火朝天：

【万万没想到我在综艺节目里上网课，还做了笔记！！】

【你们在听课，我就不一样了，左边靠窗那个小哥哥，我可以。】

【啊，节目组好懂！居然给特写了！对镜头害羞我真的太可以了！】

【好青春啊，想重回校园了，呜呜呜。】

……

课间就十分钟休息，杭杭跑过来找阮瑜："霸霸，我们那件事怎么办呀？"

阮瑜被这一声"爸爸"叫得神清气爽。

"下午应该是逃不了课了，晚上我们逃晚自习，去学校钟楼看看。"

节目组说炸弹的关键词是"时间"，阮瑜一进学校就注意到了教学楼后的钟楼。不出意外的话，那里肯定有线索。

一整个下午，嘉宾都在跟着夏令营的学生上课，什么民俗课、音乐课、手工课。上课内容极具地方特色，老师又爱互动，时不时会让阮瑜他们表现一段，压根儿不枯燥。

几个嘉宾也有梗，宋亦然和付子航的即兴深情对唱山歌快把弹幕笑傻了。

上完课，他们跟着学生去食堂。

党雪端着餐盘，在阮瑜对面坐下："晚上我们逃得了晚自习吗？"

阮瑜笃定地说："只要不被保安发现，能逃。"

正聊着天，老师过来宣布："晚上我们在操场上办艺术节，女生都要参加，大家准备一个小才艺，我们现场选金索玛，有奖品拿。"

付子航问："什么金索玛？"

宋亦然瞥他一眼："一看你就是下午没好好听课，这是彝族传统选美比赛，要穿上彝族衣服，上台去唱唱跳跳。"

"加油。"阮瑜郑重地对宋亦然点点头。

宋亦然蒙了："我加什么油？"

杭杭懂了："美美，你是校花，不去肯定会被发现，所以要去！"

宋亦然腹诽：为什么受伤的总是我！

晚上的艺术节办得热热闹闹，阮瑜几人在钟楼里都能听见操场传来的音乐声。

节目组画面来回切换，一面是如火如荼的才艺选美，直播间观众还能投票，宋亦然穿着彝族少女服饰一脸生无可恋；另一面是阮瑜四人的钟楼历险记，画风截然不同。

学校的钟楼挨着教学楼，已经很久没开放了，阮瑜从一楼窗户翻进去，又回身接杭杭。几人进来一看，漆黑一片，只能拿着向学生借的手电筒四下探索。

钟楼里什么都没有，抬头看，一路的楼梯曲折向上，直通顶层。

顶层是一间杂物间，地上有烟蒂，几把座椅随意四散着，落满了厚厚一层灰。

房间有风，他们朝有风的那一面墙走去，原来这墙连着钟楼表盘的内部，风正透过零件缝隙吹进来。

"我发现了这个！"付子航扬声，手上拿着一张卡纸。

钟楼表盘内部，正转动的分针上用细绳绑着一张小卡纸。

党雪接过来一照，上面用黑体印着"炸弹"两个字。

阮瑜翻了个白眼：这炸弹道具还能再随便一点吗？

"现在我们只找到了一张……不，一枚炸弹，但还有二十九枚没找到。"阮瑜思索，"纸片这么薄一张，哪里都能藏，我们去哪里找啊？"

党雪问："时间……还有没有跟时间有关的？"

几人都在犯愁。

付子航说："教室后面不是也挂着一块表？再回去找找！"

一小时后，操场上的艺术节接近落幕，直播间观众和现场师生评选出来的"金索玛"，当仁不让地颁给了校花宋亦然，奖品是一张"吸引卡"，据说使用以后能散发魅力，吸引全校人的目光。

宋亦然心说：谢谢，不了。

弹幕笑得不行，宋亦然拿着奖品往教室走，撞见了阮瑜一行人，教室的钟表后面什么都没有，他们没有什么发现。

"找到炸弹没？"

"找到了，就一枚。"阮瑜冲宋亦然扬了扬手上的纸，一看他真的憋不住笑，"美美，你今晚的玫红色眼影，太美了。"

宋亦然在心里问：导演，校花揍校霸会崩人设吗？！

当晚，几人找翻了天也没再找出第二枚炸弹，熬到宿舍门禁，只好回去睡觉。

弹幕都在猜节目组给"时间"这个关键词的线索，替嘉宾着急，按照这个进度，第二天怎么都不可能一口气找出二十九枚炸弹来啊！

阮瑜和党雪睡一间宿舍。

翌日七点，他们被宿舍的叫早广播闹醒。

阮瑜困意未消，坐起来醒了会儿神，目光呆滞地盯着广播看，忽然眼睛一亮。

"对啊，广播！"

钟表代表时间，所以钟楼表盘内部会藏有炸弹，那像广播这些报点提醒时间的事物，不也是吗？

阮瑜搬了一个凳子，踩上去，果然从宿舍广播的顶部摸到一枚"炸弹"。这简直是重大突破！

吃早饭时，几人立即在食堂聚头，但还没聊几分钟，兴奋劲已经过了。

不对啊，如果说广播也代表时间，那学校里可不止一两个广播吧？光宿舍楼和各教室里的广播加起来就有上百个，这怎么找？

节目组，你不如直接炸死我们。

于是接下来一整天，只要下课铃一响，几人都如脱缰野马一样冲出教室找炸弹，上课铃一响，又迅速撤回来。其间阮瑜花式逃课八次，被保安揪回来八次。

他们满校园奔跑，从大大小小的教室找到宿舍楼，从找遍广播到翻桌椅翻课本，甚至差点翻操场的草皮。

跑过午后的长廊，从音乐教室的讲台找出一枚，美术教室的画架上夹着一枚，篮球场的球框上挂着一枚，保安追他们回去上课时兜里还甩出一枚……反正什么犄角旮旯的角落里，都有可能藏着一枚。

都是"时间"。

弹幕陪他们疯了一天。

【哈哈哈，像极了以前下课十分钟我还窜出去打球的样子。】

【好像有点明白节目组的用意了，是说什么都代表时间吗？】

【有点怀念了，当年离开学校的时候，都没好好逛过。】

【啊，我好紧张啊！这任务能不能做完啊？！】

……

晚上六点，师生们都已经吃完晚饭，准备回教室。今晚的活动是在教室看电影。

阮瑜几人没吃饭，数了数目前找到的炸弹，一共二十三枚，还差七枚！！

宋亦然累得直喘，直接躺在操场上："不行了，都翻遍了，我感觉外星人不是想炸死我们，他是想累死我们。霸霸，你有什么想法没？"

此时，所有人都看向阮瑜。

节目组就是变态，这个时候只有人形 bug 才能拯救他们！

"没。"

是真的都找遍了，阮瑜无能为力。

这期就是纯体力活，她算是明白了，节目组不按套路出牌，什么东西都可以是时间，那还找个啥。

几人又强撑着找了一个多小时，心里把节目组问候了八百遍，一看时间，七点半了。离爆炸还有半小时，师生还在教室里看电影。

阮瑜干脆拍板："找不到了，逃吧！"

党雪一愣："啊，逃去哪里？"

阮瑜回道："逃出学校。既然外星人说引爆学校，那只要离开学校就行了。"

节目组给的任务是找出炸弹，使所有人免于危险。前一个他们办不到，后一个却可以。

"可……不是不能告诉他们炸弹的事？引起异动不是会立刻爆炸吗？"

"我早就想过这个了。"好好做任务行不通，钻漏洞阮瑜可太熟练了，她对着空气问，"只要他们是有理由离开学校，而且不是因为听到炸弹的事，就不算异动对吧？"

导演组思考：她想干吗？

等了两秒，几位嘉宾手上的提示器没响，是默认了。

七点四十五分，党雪冲进教室，喊："美美在校门口用了吸引卡！"

众人一蒙。

"昨晚金索玛的奖品！能散发魅力吸引全校人的目光！"

"哦——"

那还看什么电影啊，去看校花吧。

全体师生纷纷离开教室，赶到校门口，但没看见宋亦然的身影。

"美美呢？"

党雪也有点蒙，就在她四处找阮瑜他们的身影时，发现他们出现在学校的林荫道上，一路从里面冲了出来。

冲出学校没多久，所有人耳边都传来了一声"啾"的尖啸。

回头，一道光亮擦破夜色，学校上空蹿起一簇簇光束带，到达最顶点，在漆黑夜幕里绚烂炸开。

时间到，节目组点燃了早就安排好的烟花。

提示器响起：

【恭喜，完成任务一，拯救师生。】

【任务二，找出炸弹，宣告失败。】

【很遗憾，最终未能完成任务。】

节目接近收官，弹幕密密麻麻。

【哈哈，真炸学校啊。】

【啊，超漂亮！！！】

【那任务还没有完成啊，好可惜。】

【小瑜他们尽力啦，这一期节目组真的太狠了。】

……

在场的师生和工作人员纷纷在鼓掌庆祝收官，忽然，人群中响起阮瑜的声音："不对！我们完成任务二了！"

所有人的目光都聚焦在了阮瑜身上。

她刚才一路从校内跑出来，还有点喘，她边平复呼吸，边指着远处学校里的钟楼："还没到八点。"

镜头一转，导演组和直播间的观众都傻了，钟楼上硕大表盘亮着，时间正指向七点四十五分。

怎么可能？！

阮瑜哼哼，没想到吧，他们刚才生死时速，又回去拨慢了指针。

那大钟内部结构实在有点复杂，几人研究了半天才明白。

"学校里的时间还没过八点，而炸弹都炸完了。"阮瑜一本正经，"也就是说，在八点前，我们找出了炸弹，还拯救了全体师生。"

导演组问："这能算你们找到的？"

阮瑜纠正："哦对，不算找到的，算骗到的。"

你牛。

一时间，导演组面面相觑，都看到了对方脸上的惊愕和猝不及防，又气又好笑。

刚才监控室主画面切的是党雪那边，导演组又忙着指挥道具组放烟花，压根儿没想到阮瑜最后还来了一波骚操作！

就不能对她掉以轻心！

整整一分钟后，提示音又响了。

【恭喜，已完成任务一，拯救师生。】

【恭喜，已完成任务二，找出炸弹。】

成功通关了！

在场的所有人骤然欢呼尖叫起来！

杭杭激动地扑向阮瑜，她也一脸雀跃地抱了抱他，又回身跟党雪拥抱，然后挨个和其他嘉宾击掌庆祝，一回过头，导演组到了。

全体导演组过来，挨个恭喜嘉宾，到了阮瑜面前，不约而同竖起大拇指。

此时节目的直播间，在线观众人数到达顶峰，满屏挤着弹幕。

【我上一秒还在哭，下一秒就被阮瑜笑出声，真的好聪明。】

【啊，我好舍不得啊！！！】

【恭喜完结！大家都太棒了！我还能再看一百期！！】

【我哭了，我真在哭，呜呜呜，大家以后都要各自加油！】

【阮瑜给我红！！！】

……

直播录制的最后，节目组的幕后人员和几位嘉宾齐聚学校操场，总导演王路笑着出来发表完结感言：

"今晚，《戏游记》第五期兼完结篇成功收官。一路走来，节目的收视率和反响都远远超出我们的预料，当初想做这个节目的时候，我们没想过能收获这么多惊喜。"

接下来，夸完嘉宾，又夸观众，王路眼眶有些红。弹幕都在恭喜完结，最后导演组携嘉宾和工作人员，对镜头深深鞠躬。

"我们完结了，谢谢大家！"

当晚八点四十分，《戏游记》完结期于云南录制完毕。

直播结束。

晚上几位嘉宾谁都没有立即赶通告走人。阮瑜他们跟着导演组去当地一家云南菜馆聚餐，还在大堂里碰上一批看节目的粉丝，合了影。不多时，粉丝发上微博的合影上了热搜，又带一波完结的热度。

庆功宴结束，回酒店休息一晚，翌日分道扬镳。

阮瑜去和其他几人告别："走啦，有机会再见面。"

杭杭不舍，奶声说："姐姐，以后还一起玩呀！"

"好啊。"阮瑜展颜笑开。

下午刚到达首都机场，阮瑜就接到安卓茜的电话，又一刻没停地回公司。

车上，她正刷微博，追星软件忽然跳出一条消息提醒。

【你的小宝贝纪临昊微博冒泡了。】

爱豆也在刷微博！四舍五入她和爱豆见面了！

【你的小宝贝纪临昊赞了 @阮瑜。】

啊？！

愣滞一秒，阮瑜迅速坐直了身。

林青看着她眼底瞬间迸发的光芒，问道："怎么了？"

阮瑜登上追星小号一看，刚才纪临昊居然给她的大号点了赞，点赞的是昨晚她发的那条《戏游记》的收官感言。

昨天她那条感言上了热搜，以往录制过节目的飞行嘉宾几乎都有给她评论点赞，可纪临昊点赞的性质不一样啊，那可是宝贝爱豆！

旁边林青一脸的"又来了又来了"，看阮瑜抱着手机"啵"了一口。

呜呜呜，今日份的追星快乐也收到了！

商影传媒高层，安卓茜推给阮瑜一摞剧本："这四个本子，都是我替你初筛过的，两部轻喜剧爱情剧，一部职场剧，都是女主角，剩下一部喜剧片，二番，你这几天都看一看，挑一本。"

阮瑜吃惊："这么多？"

"四本怎么会多？以你现在的热度，想找你的本子可不少，不过都是偏喜剧类的。"

安卓茜熟知这个圈子内靠流量换资源的规则，心里有打算："现在你靠综艺人气上来了是好事，但没有拿得出手的作品还是立不住脚跟。你看这些年流量换了一茬又一茬，真正长红的又有几个？也就一个段凛了。"

阮瑜忿忿，默默在心里号了一句：还有纪临昊啊！

安卓茜又说："对了，这两天纪临昊有联系过你吗？"

"啊？"阮瑜有点蒙。

"昨晚纪临昊的团队跟我联系，说他们最近在找新专辑主打曲 MV 的女主角，想找你。"安卓茜递过文件，"合同都发过来了，接不接看你。"

"什么？"

看着合同，阮瑜人傻了。

纪临昊找她拍新专辑的 MV ？！

安卓茜好笑："这么惊讶干什么？别低估了你自己的热度，你现在抢手着呢。"

阮瑜心说：我不止惊讶，我现在马上就能哭出声来。

她感觉自己的手都在微微颤抖，但面上镇定点头："这个我接了。"

"行。合同上定的档期是下个月十五号，拍三天，得出国，去英国。"

"好。"

"这几天你就看一下我给你的本子，敲定一部，拍完 MV 回来刚好能进组……对了，上回你说孔导联系过你，试镜时间是在下周吧？"

阮瑜这才回神，点头："对，下周一。"

这个月初在《成名无望》的首映庆功宴上，导演孔明坤意外找她试镜新戏。当时他要了她的邮箱，隔天就把要试的角色梗概和试镜的几个片段发给了她。

安卓茜听到这事，简直惊讶得不行。

圈内谁不知道孔明坤。孔导今年才四十五岁，就有了多数导演拼到老都拿不下来的成就，当年他靠一部小众题材的《叫好》进了戛纳柏林影展，又在国内凭借喜人的票房成功晋升成为十亿票房俱乐部导演，文艺片也卖座，放眼圈内还有几人？

孔明坤的电影选角向来看戏不看人，戏不好，再红也没用。不过有一点，他拍片喜欢用新人，当初段凛就是他一手捧起来的。

安卓茜转念一想，又觉得他能找上阮瑜这事，尚在情理之中。

这回阮瑜热度正盛，他一定是在什么地方看到了，觉得新奇。

只是给一次试镜机会罢了。

"孔导的戏，你能拿到一个配角都是好事，但我们不能把档期押在他身上，我给你的那几个本子还是得看。"安卓茜把话说得很直白，"好好准备试镜，不过也要放低期待。加油。"

接下来几天，阮瑜除了出门赶两个拍摄通告，剩下的时间都在公寓里看剧本。

这些主动邀约的剧组给的都是完整剧本，三部电视剧一部电影，叠起来厚厚一摞，她进展得非常缓慢。

她正想去倒杯水歇口气，手机响了，来自陌生号码。

接起来，对方的音色舒缓温柔："阮瑜，我是纪临昊。"

"啊……你好。"阮瑜原地站军姿，眼睛都亮了，"你怎么……"

纪临昊笑了："上一次我问王导要你的微信号，他把你的手机号一并给我了，现在打电话会打扰你吗？"

"不打扰不打扰！"

阮瑜简直雀跃得要飘起来。

其实当初录《职业伪装》的时候，纪临昊也给她打过电话，但那会儿她用的是节目组发的手机，后来没存，悔得想死。

"我听经纪人说，你那边同意拍摄的事情了。"纪临昊解释，"之前怕你当面拒绝会觉得尴尬，就没有在私底下找你。"

"我怎么可——我是说，应该有很多人想在你的 MV 里出镜吧？我也很乐意。"

她的声音明显是欢快的，漾着朝气。

纪临昊一顿，笑意更显，跟她大致说了下新专辑的内容。

"我的下一张新专辑主打歌叫《不听》，等下我会把 DEMO 发给你，你听听看。"

阮瑜嗯嗯点头，什么不听，都给我听！

纪临昊又说："在 MV 的拍摄内容里，女主角是一名抑郁症患者，她在和男主角订婚的前一日选择结束了自己的生命。这次拍摄地在英国，相关细节我也会一并发你。"

订……什么?

阮瑜满脑子都是爱豆的那句"订婚",幸福得在心里打了一套军体拳。

说完拍摄,纪临昊含笑:"那,希望我们合作愉快。"

阮瑜镇定地说:"好,一定合作愉快。"

挂了电话,她在床上踢腿打滚。

还有比和爱豆微博互关、加微信好友、打电话更快乐的事吗?

有啊!在爱豆的新曲 MV 里出演女主角!!

呜呜呜,妈妈,她还能再看十本剧本!

两天后,林青上门,来接阮瑜去试镜。

试镜的地点不在剧组片场,而是在孔明坤本人的住处,京城近郊的一片别墅区。

他们到的时候,居然是孔明坤亲自出来接两人。此时他和庆功宴上西装威严的样子完全不同,头发蓬乱,穿居家服大裤衩,趿拉着拖鞋,看起来特别疲累。

见面打招呼,阮瑜被他领进别墅,一层大厅是开放式设计,几乎四面都是落地窗。阳光打在灰色沙发套具上,地上散着满地废弃的剧本纸。

"坐,你们随意一点。"孔明坤没大导演的架子,给他们倒水,"这段时间我都在外边踩点,今早刚回国,屋子没收拾,别嫌乱。"

林青惶恐:"不乱不乱,您太客气了,那我先去外面等。"

孔明坤就坐在一面落地窗前的沙发里,他面前是一大片宽敞的区域,中央摆了一张木椅,旁边架着两台摄影机。

阮瑜猜:等会儿我应该就是要坐在木椅上试镜了。

那天孔明坤就给她发了一段角色梗概和几个片段。她知道自己要试的是一位不能站立的残疾人,叫倪书。

倪书以前是跳芭蕾舞的,原本养尊处优,无忧无虑,可后来在一次旅行中出了意外,严重到了要截肢的地步,从此余生只能在轮椅上度过。

背景信息就这么多。

而试戏片段就给得更少了,阮瑜打印下来,内容不过两页纸。

林青离开后,孔明坤开了摄影机。果然,他让阮瑜在木椅上坐下,他手里也有要试镜的剧本纸,沉吟扫一眼,指了一段给她:"就试这一段吧,倪书想自杀被拦住的这段。"

"好。"阮瑜点头。

她现在紧张得大脑一片空白。

这段,倪书刚被截肢没多久,一个人崩溃地在卧室里,绝望中瞥见被搁在架子上的剪刀。她想自杀,挣扎着想站起身够剪刀,却闹出动静,被人冲进来一把拦下。

孔明坤给了阮瑜一分钟准备。

这段就几句台词,她早就背熟了。

"开始吧。"孔明坤示意。

阮瑜搭在椅子扶手上的掌心全是汗，脑海放空，以前钟旭海和关保年教过她的表演技巧全记不起来了。

深呼吸一口气，她冷静地想：一个原来过得无忧无虑的人，忽然在某天得知噩耗，几乎被斩断了未来所有的路。她自杀的时候，在想什么？

孔明坤没直接看阮瑜。他习惯看镜头，盯着监视器中的画面。

画面里，片刻的茫然后，阮瑜动了。

她视线往周围环顾，忽然停在了朝落地窗的方向，下颌咬肌动了动，茫然的目光终于有了焦点。孔明坤用审视的目光去观察每一个细节，看她扶着木椅想起身，小臂颤抖，和所有试镜的女演员一样，尝试伸手去够那把剪刀。

艰难、吃力，最后脱力摔回椅背，又被外人开门闯进的动静猝然惊起。

"滚——"

她声音一出来，已经带了哭腔。

她是生气的，带着恨，怕别人看，也憎恶自己。

孔明坤微微坐直了些，觉得有一个细节有点意思——阮瑜在外人闯入的时候，第一反应不是回头看，而是做了一个防御性极强的动作，上半身微弓蜷曲，掩住了自己的腿。

阮瑜全然崩溃了，在转动轮椅，想逃离到无人的地方去。

无果，最后绝望。

"放过我吧，放过我，也成全你。"她不看来人，又看向落地窗的位置，是在看剪刀，泣不成声，"我会死的，你让我死……我想死。"

画面里，她的脸被阳光照得明亮，睫毛濡湿，像金色的蝴蝶，脆弱又漂亮。

孔明坤皱眉盯着监视器，他从阮瑜的脸上看出了绝望，但又不甘。

阮瑜一个一个字倔强地往外挤："我这样，还能活吗？"

她不想死。

孔明坤终于喊了停。

刚一喊停，阮瑜全身卸力，她感觉自己对着阳光都快哭瞎了，还没从情绪里走出来，现在心跳声直震得她耳膜疼。

"谢谢导演肯给我试镜的机会。"她起身鞠了一躬。

孔明坤没点评，反倒问："这段戏里最后一句台词，原本是'活不了了'，你刚才把它改成了'还能活吗'，为什么？"

阮瑜说："因为……我觉得，在潜意识里，我还是希望有人告诉我，我能活。"

"你觉得倪书其实是不想死的？"

犹豫了下，阮瑜点点头。

孔明坤一直皱着的眉逐渐舒展了，很感兴趣："我记得我给你的人物小传就几行字，为什么会让你对她产生这种理解？"

"其实……我也不是在理解她，"阮瑜实话实说，"我只是在想，当有一天我被推离了原来的生活轨迹，陷入噩耗，那我也不会立刻就想到死，即便被命运安排，我也想试到最后一秒。"

所以，这些并不是倪书的反应，而是她自己的。

听完，孔明坤看着她："你知道，有一些导演很忌讳自己定下的剧本被演员改台词。"

阮瑜一听就知道自己完了，只好又诚诚恳恳地鞠了一躬，道歉："对不起。"

"不过我不是那些导演。"孔明坤没再说什么，"试镜结束了，有后续我会再通知你。"

阮瑜说"好"，礼貌道谢后离开。

车内，林青早就等得忐忑不安，见她坐进车，忙问："怎么样？"

阮瑜的表情瞬间垮掉，长叹："凉凉。"

别墅内，孔明坤保存了刚才的影像，拨通段凛的手机号。

"上回你指给我的那个女演员，就是阮瑜，我试镜过了。"孔明坤客观评价，"演技比较青涩，台词功底也得练。"

段凛沉静应了声，只问道："合适吗？"

孔明坤顿时笑了："还真合适，有那股韧劲儿。"

他原本以为段凛把阮瑜推给他，可能只是随口一提，或是受人所托。但刚才试镜的时候，他才发现阮瑜的表演竟然出乎自己意料。

试过这么多女演员，她们在诠释倪书意图自杀的这一段，反应各不相同，有歇斯底里的，有在沉默中爆发的，还有层次递进的，但无一例外，最后收束的那个情感一定是绝望和痛苦。

阮瑜不是。

而在他的剧本里，倪书也不是。

他在阮瑜身上看到了挣扎中的希冀，看到了矛盾。

孔明坤要的不是演技精湛的演员，而是一个灵魂契合的倪书。

"演技青涩不算坏事，表演痕迹少，更容易被打磨。"孔明坤很满意，"我去法国踩过点了，这戏要等十月开拍，还有两个月，就辛苦你抽时间先帮她对对戏了。她那台词，该练还是得练。"

段凛淡应了声，音色舒缓，听起来情绪不错。

孔明坤是多敏感的人，一下就听出来有那么点意思。他调侃："她试镜的那一段我全录下来了，看看？"

段凛静了两秒，回道："发给我。"

第十七章

－ 有没有时间对戏？

　　从孔明坤那里试镜回来的一周内，阮瑜基本都宅在家里，撸猫养生，啃安卓茜给的那四本剧本，其间只出门赶了一个代言的拍摄通告。

　　品牌是之前她接的软饮代言，还是今年亚运会的赞助商之一。造型师给她挑了一套蓝白的啦啦操裙，露腰上衣搭短裙，腿是腿，腰是腰，马甲线是马甲线，摄影师咔咔拍了一组青春活力的宣传照，收工。

　　很快到了要去英国拍 MV 的日子。

　　阮瑜收拾行李的时候一直在笑，笑得让旁边的林青感觉毛骨悚然："你这次赶通告不带上我，就这么开心？"

　　"你不懂。"阮瑜挥挥手。

　　"我懂，你要跟你偶像去拍专辑 MV 了。"林青像老妈子一样叹气，真的不放心，"你到英国收着点啊，国外也会有媒体拍的。"

　　林青知道阮瑜追星纪临昊，但叶萌萌不知道，她茫然地问："什么偶像？"

　　阮瑜已经哼着歌进卧室收拾了，没听见。

　　叶萌萌惊了："谁是小瑜姐的偶像？"

　　林青也惊了："她的锁屏啊，你一直没发现？"

　　阮瑜的锁屏是一张背影，一个人背对着镜头站在舞台上，面前是由万千灯牌汇起的星海。

　　叶萌萌回忆了一下："那是……"

　　"纪临昊！"

　　翌日一早，林青送阮瑜和叶萌萌上飞机。

因为保密性质，这次的 MV 拍摄行程没公开，机票也是改签过的，所以机场几乎没有送机的粉丝。

有常年蹲点机场的代拍发现阮瑜，刚想尖叫，就见她飞速地从面前溜过去，相机里只来得及留下一道残影。

代拍一怔。

到英国希斯罗机场时，才当地上午十点。

阮瑜和叶萌萌拉着行李箱出航站楼，纪临昊团队的助理已经提前等在外面。纪临昊比她们提前两天来英国，拍摄 MV 的单人镜头。

上了车，助理就递给阮瑜一个本子："阮老师，我先送你们去酒店，这是这两天拍摄的 MV 分镜脚本和行程安排，您看一下。"

"别别，你叫我小瑜吧。"

阮瑜先看行程安排，最近的一场拍摄是今天下午，黄昏时分，地点在布莱顿的七姐妹白崖。

再看分镜脚本，服装准备一栏里，第二行就是她的名字。

【阮瑜：两套服装。一套婚纱，一套日常服装（注：甜美风格）。】

婚……纱……

叶萌萌问道："小瑜姐，你怎么了？！"

阮瑜闭眼捂胸口，摆了摆手，说不出话。

这也太刺激了，她的速效救心丸呢？！

几人住在伦敦市内的酒店。

到酒店不久，阮瑜还在收拾行李，听见有人在外敲了敲门。

她忙去开门，见纪临昊站在门外，没戴口罩，白衬衫搭铅灰色休闲裤，好看到她"啊"了满屏的脑内弹幕。

"好久不见。"纪临昊一双桃花眼含着笑，"等你收拾完，要一起吃饭吗？"

阮瑜连忙点头："好啊。"

呜，她的追星生涯到达了巅峰。

在国外的拍摄时间很紧，阮瑜和纪临昊的团队在餐厅吃过饭，就直奔布莱顿。

他们租了两辆房车，从伦敦到布莱顿近两个小时的车程，再赶往七姐妹白崖的景区，到的时候已经是下午四点多。

车停在崖脚，拍摄团队的化妆师在房车内给阮瑜化妆换造型。

叶萌萌一行人在外等了许久，阮瑜终于出来了。

抬头看，简直不是眼前一亮。

是眼前一爆炸啊！

叶萌萌惊呆："小瑜姐，你太好看了！"

阮瑜穿着雪白的婚纱下车，乌黑的长发散着，一双杏眼在黄昏下激滟生光，明眸善睐。

她一抬眼，和纪临昊对视上了，展颜一笑。

周围都是外国人，还以为这是什么婚礼现场，驻足回头率高达百分百，脸上就差没写着"恭喜"了。

忽然，不远处的游客中爆发出一声惊呼，中文吐字清晰：

"阮瑜！"

"啊，纪临昊！"

这两句叫得字正腔圆，阮瑜脸色一僵，扭头就想把自己塞回房车里。

然而已经晚了，那两名中国女孩已经举着手机跑过来了。

纪临昊的团队反应迅速，助理忙上去拦人："对不起，我们在拍摄，还请不要外泄内容，谢谢了。"

女孩们一个字都没听进去，异国旅行还能碰到大明星，明显一个比一个兴奋。

被突如其来的状况耽误了十几分钟，等团队登上白崖的时候，已经是五点。

夏天的黄昏来得早，拍摄团队紧赶慢赶，总算把机器道具架了起来。

在白崖的这一幕先单拍阮瑜。

第一场是远景，无人机在悬崖外的百米高空处航拍。镜头下，穿婚纱的阮瑜在垂直切下的悬崖边缘奔跑，白崖峭壁上是暮色将合的天空，悬崖下是钻蓝的海潮。

跑到最高处的崖顶，此时近景特写。

阮瑜正对镜头，崩溃捂住耳朵，背对着峭壁外的暮色和海平线，画面里，她的身体往后向悬崖边缘一倒，径直坠落。

这一幕需要哭。

但当天白崖上的风实在太大，阮瑜拍这一幕的时候眼泪刚酝酿出来，马上就被风吹干，连泪痕都淌不了。

见卡了好几次，纪临昊看监视器，温声说："这条就过了吧，效果也挺好的。"

"不行，我再哭会儿。"阮瑜忙阻拦。

开玩笑啊，拍爱豆的 MV 怎么可以不做到完美！！

第五次开拍前，阮瑜低头揉了良久眼睛，再抬起头的时候，眼妆都花了。化妆师要来帮她补妆，她没让。

她点点头："拍吧。"

"第二场第五镜，特写平拍，Action（开始）——"

镜头里，阮瑜红着眼捂耳朵，这一回眼泪掉得很凶，眼妆也似乎哭花了，紧接着，她步步后退到悬崖处，向后一仰，坠落——

这一幕用了特写错位，看似她坠落悬崖，其实只是往后跌在了提前铺好的软垫上，离悬崖边缘还有十米左右的距离。

叶萌萌赶忙跑过去把阮瑜扶起来，看她还在哭，眼睛红得厉害，吓到了："怎么哭成这样？"

"我刚……"阮瑜抽鼻子，"刚刚把睫毛揉眼睛里去了，好疼，疼死我了。"

叶萌萌倒吸一口气："小瑜姐，你故意的？"

废话，要不然能哭这么惨吗？

"感觉怎么样？"纪临昊过来，给她递纸。

阮瑜上一秒还在掉眼泪，下一秒立即云消雨霁，就算哭着也要弯眼睛："我没事，谢谢你呀，这条过了吗？"

"嗯，过了。"纪临昊看她，有些愣怔。

暮色如金，眼前的阮瑜一袭白色婚纱，双眸弯弯，妆容狼狈，却笑得格外漂亮。

拍完阮瑜，接着拍纪临昊的个人镜头。

天色刚好擦黑，海平面上黄昏只留一线，发现新娘坠海自杀的纪临昊匆匆赶来，跪在悬崖边悼念。

拍这一幕需要对口型唱词，团队在旁边公放着《不听》的完整编曲，但真到了拍的时候，纪临昊就直接跟着原曲在唱。

阮瑜一边听一边擦眼泪，笑得一脸满足。这表情，实在太魔性了。

叶萌萌凑过来："小瑜姐，我问你个事啊。"

"什么？"

"你现在跟偶像一起穿婚纱拍MV，是什么感觉？"叶萌萌悄悄地问，"会不会有那种，立马想嫁的感觉？"

"啊？"阮瑜吸了吸鼻子，低头瞅了眼自己的婚纱，又看向远处纪临昊的礼服，还真想了会儿。

她追星纪临昊的时候，"宝贝娶我""心肝结婚"这种话可没少号，试问谁对着爱豆不是喜悦满腔爱意爆棚，想把心都掏给他啊？！

真到了这一天，现在什么感觉？

很雀跃，超开心，希望MV能拍好，等专辑出来她还能再买五千张！

"也……没有吧。"阮瑜翘起嘴角，内心都是感动，"但我希望他越来越好。"

叶萌萌松了一大口气："那就好，我放心了。"

阮瑜没听懂："放什么心？"

"小瑜姐，林青让我盯死你。"叶萌萌严肃地说。

阮瑜不解。

叶萌萌亮出手机屏幕给她看。

屏幕上是一个微信群聊，熟悉的事业粉群，熟悉的名字——今天小鱼跃龙门了吗。

叶萌萌：【我们到了，小瑜姐还在拍MV。[图]】

林青：【婚纱？】

林青：【给我盯死她！】

林青：【她有一点春心萌动的意向，就给我摁死在胚胎中！】

叶萌萌正色，说道："小瑜姐，上升期还是不要谈恋爱，我以后也会盯着你的。"

说起这个，阮瑜才想起一件久远的事。

呵呵，说出来怕吓哭你们，她已经连婚都结了。

等纪临昊团队在七姐妹白崖上拍完场景，时间已过七点。众人都饿得不行，赶回去太晚，商量就就近凑合一顿。

附近没什么吃的，他们找到一家烤鸡店，进去解决晚餐。

此时店内都是英国人，没人认出阮瑜一行人，他们也乐得不再遮掩，点了餐就边吃边聊。

忙里偷闲，这一刻意外有些异国的惬意。

吃完启程回伦敦。

行程赶得紧，晚上阮瑜还有一场落水戏的拍摄，在伦敦市内租的场地。

她仍旧要换回婚纱，衔接上一幕从断崖跳下的镜头，落入深海中。

所谓的海，其实是放着温水的泳池。

这一场没有纪临昊的镜头，他不在。阮瑜没松懈，跟着拍摄团队一遍遍下水，一遍遍抠细节，直到把在水下挣扎睁眼的那一幕拍好了为止。

拍完，阮瑜披着浴巾坐在泳池边，神情都有些困顿。身后工作人员人来人往，在收道具。有人走近，往她旁边放了一杯咖啡。

她仰起头，发现纪临昊和助理小全两人各自拎着一袋咖啡，刚从棚外回来。

"你们去买咖啡了呀？"阮瑜一摸咖啡，还是热的，顿时扬起一个笑，还有点不好意思，"不过我心脏不好，不能喝，但还是谢谢你。"

纪临昊微愣："抱歉，一时没想起来。"

"没事没事，我喝不了咖啡是心脏的错，不是咖啡的错，不能怪它。"阮瑜捧着咖啡，还是雀跃的模样。

纪临昊看她，眸底也含了笑意，在她身边坐下："你上次做的手术，什么时候会痊愈？"

"应该快好了，大概……"阮瑜有点心虚，又瞎扯，"反正等你新专辑大卖的那一天，说不定全好了。"

纪临昊笑意更深了。

他轻声说："这张专辑会有什么成绩，我也不确定。"

"怎么会，新歌那么好听，一定能大卖！"

阮瑜的表情实在太笃定，纪临昊微微地心念一动。

"这两年，我的公司和团队都在劝我转型，"他笑意温柔，"我也试了，但效果不太理想，所以接下来的每一步，我都走得很小心。"

阮瑜稍稍捏着咖啡杯，懂了。

纪临昊今年已经二十八岁了，当不了一辈子的唱跳爱豆。

作为他这么多年的死忠粉，她看得出来，他是有过转型的念头，近两年也拍过几部偶像剧，但受众群体很大一部分是粉丝，并没有出圈。

可不当唱跳爱豆了，他还能当歌手啊，他一直都是喜欢做音乐的吧。

阮瑜心疼得双眸有些红，也轻轻回道："我觉得，你的粉丝肯定想看到你遵循自己的选择，你一直都很棒，要相信自己。"

她的眼睛很亮，睫毛上还沾着细小水珠，在很认真地鼓励他。

纪临昊和她对视几秒，的确感受到了此时自己的心跳，稍顿，勾起了嘴角："嗯，谢谢。"

一个工作人员搬着打光板路过，提醒："纪老师，小瑜，今天的拍摄结束了，早点回酒店吧。"

"啊，好，辛苦大家了！"阮瑜点开身旁的手机，嘟囔，"居然这么晚了……"

不知不觉就过十二点了。

纪临昊也循声看去，愣住。

锁屏上，是他曾在京城开演唱会的一张背影照，穿着那件自己熟悉的蓝色外套，他不会看错。

旁边，阮瑜已经被叶萌萌叫了声，不忘转头笑盈盈地跟纪临昊打招呼，离开。

回酒店，阮瑜第一时间把自己扑进床里。

她时差没倒过来，一直拍摄到现在，早就困得要命。

她意识散尽的最后一秒，听叶萌萌惊呼："小瑜姐，婚纱照……上热搜了！"

"哈？"她艰难昂头。

叶萌萌说："今天下午你和纪临昊在白崖穿婚纱的照片被人传网上去了！怎么办……哦，安姐在群里说不用管，纪临昊粉丝已经满世界澄清是在拍 MV 了。"

阮瑜点开微博，果然，自己穿婚纱下房车的那一幕被人拍了照，车前的纪临昊也精准入镜。再看追星小号，四季们都炸了。

哭的哭，羡慕的羡慕，还有一些在骂的。

阮瑜困得眼皮都睁不开，反正澄清就好了，被骂两句就骂两句吧，睡觉。

此时此刻，伦敦时间凌晨一点，京城时间早上八点。

摄影棚内，妆发师小群凑近助理邵立："凛哥今天气压有点低啊，半小时了，坐那儿一句话都没说，咖啡也没喝。"

邵立"嘘"了声："今天一早就这样了。"

"怎么了这是？"

这他哪里知道啊？

邵立想起不久前段凛在车里看手机，微博界面，热搜第一是阮瑜和男艺人的绯闻照。八成是他看见阮瑜，想起不愉快的事了。

邵立说："凛哥接的那部新片，听说女主角定了，是阮瑜。"

小群恍然："哦——"

那怪不得了，谁不知道凛哥嫌阮大小姐啊。

邵立叹气，觉得自己太聪明了。

翌日，阮瑜早起，跟着拍摄团队在伦敦市内拍了一天。

第二天的拍摄内容几乎都是平拍的中景，阮瑜穿着红色长裙走过伦敦的街道和大市场，接着，纪临昊会在相同的地点再走一遍。

是回忆和怀念。

只有一幕两人是在同镜头里，是回忆中的阮瑜和现实中的纪临昊在圣保罗教堂前擦肩而过。伦敦正在下雨，城市灰沉，雾蒙蒙的水汽下，纪临昊打着伞，而她没有。

他回头，那一抹亮眼的水红在街角消失不见。

拍摄一整天，收工。

第三天补拍了一些镜头，当天中午，阮瑜在这支 MV 里的所有镜头都拍摄完毕，她订了下午的国际航班，回京城。

离开前，她去跟纪临昊告别："纪临昊，我马上要走了，有机会再见面呀。"

纪临昊也看着她笑，桃花眼如春水："一定有机会。"

呜呜呜，爱豆也太温柔了！

到京城时，正午艳阳高照，在伦敦淋了三天雨的阮瑜顿时打了个喷嚏。

"感冒了，好像还有点发烧。"叶萌萌摸了摸她的额头，有些担心。

阮瑜浑不在意："没事，这是幸福的热度。"

可她一回去就发起了高烧。

阮瑜贴着退烧贴，还在被窝里倒时差，林青上门给她送了一本剧本过来。

"怎么还有剧本？"她声音都烧哑了。

林青把手机递给她："安姐的电话。"

"小瑜，我之前给你的那几个本子你都不用看了。"安卓茜听起来心情非常好，"我有两个好消息，对你来说，算是特别好的消息。"

阮瑜总算振奋了点："什么？"

安卓茜简直每一个音节都扬着舒爽："一个，孔明坤导演联系我，说你上回的试镜过了，要签合同，女主角！你太给我争气了。"

什么？！

"完整剧本我已经让林青拿给你了，等你病好了，就来公司签合同。这片十月份开机，还有一个半月，一定得好好看剧本，我们就指着它一飞冲天了。"

阮瑜人都傻了，她还没明白自己怎么就试镜成功了，脑子还是一片糨糊。

"那第二个好消息呢？"

安卓茜顿了顿，笑道："第二个，这片子的男主角，定了段凛。"

阮瑜愣住了。

安卓茜还没忘阮瑜进圈的初衷："行了，偷着乐吧。好好休息。"

挂完电话，阮瑜彻底傻了。

她撕了额头上的退烧贴，颤着手拿过林青放在床头的剧本。

封皮上有四个大字：《无声惊雷》。

翻开，第一页，卡司表。

【编导：孔明坤】

【季少安：段凛】

【倪书：阮瑜】

……

阮瑜随便翻了一页，刚略略扫过一眼，猛地僵滞住了。

吻戏！！

又抽翻一页。

吻戏……

她不信邪，深呼吸一口，再翻。

床、床戏？！！！

阮瑜觉得自己一定是烧傻了。

她猛然合上眼前的剧本，撕又不敢撕，看也不想看，额头磕在膝盖上，想死。

"小瑜姐，我把药都给你放这儿了，你等下记得吃。"林青把两盒感冒药放在床头，"那我先走了，你吃完药睡一觉。"

阮瑜虚弱地说："你走吧，我想一个人静静。"

等林青走后，她迅速从床上垂死挣扎爬起，捞过手机开始搜孔明坤。

大导演，一堆奖项和光环，擅长拍文艺剧情电影。

处女座《叫好》，剧情电影，讲昆曲折子戏的衰落和清末伶人的彷徨；《谋杀晚风》，剧情电影，讲市井人性和拆迁引出的一场惨案，也是段凛靠二番爆红的那部片……总之，孔导拍过这么多电影，就没见主角有这么多吻戏床戏亲密戏的。

所以，《无声惊雷》是一部文艺爱情电影。

阮瑜盯着床边的剧本，表情有如定时炸弹被引爆的前一秒。

门铃忽然响起。

以为是林青，阮瑜脑袋一片混沌，离开卧室，去开门。

她抬头一看，与门外的人视线交错，段凛！

段凛穿着一身剪裁精良的高定西装，不知道刚从哪个活动上回来，眸光落在她光洁的脚趾上，一顿，长眉蹙起："怎么不穿鞋子？"

"热。"阮瑜憋出一个字。

段凛又看向她的脸。

她眼底雾着潮湿水汽，有点蔫蔫的，唇色苍白，脸颊泛红，红得不正常。

泡芙又"咻"地从里屋窜了出来，阮瑜嘴角抽了抽，想给这吃里爬外的肥球让路，脚步刚往旁边挪，就被人握住了手腕。

她浑身汗毛都要竖起来了。

她僵住，见段凛握着她手腕没让走，接着，他温凉的手背贴上她额头，明显停了一下。

段凛松开后问道："吃过药没有？"

阮瑜半晌才回："没，马上吃。那什么，你……找我有什么事啊？"

"本来是找你聊对戏安排，今晚就算了。"段凛看着她，眸沉如墨，眉宇仍蹙着，"去穿鞋，吃了药早点睡。"

烧得太糊涂，阮瑜一点没发现他这话的语气有哪儿不对，茫然点了个头。

他又淡声说："发烧别打游戏。"

阮瑜愣愣的："哦。"

她稀里糊涂回卧室，吃完药，清醒了点，又瞅见了剧本上的卡司表。

救命啊。

阮瑜心想：其实吧，对家这人，如果真抛开是她对家这一层身份，也不算坏。

她算了算，整容的黑料是假的，天生长那样，老天爷赏饭吃，啧；

乱扔烟头的黑料也是假的，他不抽烟，拍《成名无望》那会儿她就发现了；

片场耍大牌这事，倒也没见过，哦，不过冷漠起来像黑道太子这个是实锤……

总之，目前为止没什么毛病。

那也不能和他拍吻戏床戏啊！

颓了两天，阮瑜烧退了，当天去公司签片约合同和保密协议。

安卓茜替她规划："这戏十月进组，拍到明年二月份，合同签的是四个月，不算长。

"昨天我去了黄桃台的招商发布会，你那部青春竞技偶像剧的女二定档在十月，再过两三个月，我估计《宫夜行》也快播了，所以空当期不长，你安心拍戏。"

阮瑜全程面上点头说"好"，心里却想的是：安心个啥啊，我想死的心都有了！

八月末，全国院线连续上映五十八天的《成名无望》下线，国内票房累计三十八亿，口碑票房双丰收。电影下线的隔日，片方发布北美引进上映的公告，又引来一波热潮。

电影出品制片和总导演功成身退，几位主角名利双收，作为其中的小配角，阮瑜也吃到了一部分红利。

安卓茜趁着热度给阮瑜接了几个代言和杂志封面，阮瑜每天从拍摄通告中挤时间，终于看完了《无声惊雷》的剧本。

看完，两天都没缓过来。

电影名引自鲁迅先生的诗——"心事浩茫连广宇，于无声处听惊雷"。

当然，剧本没讲这句诗背后的那些意思，孔导要拍文艺爱情片，主讲爱情，提了一点人性，主题是黎明前的黑暗。

阮瑜是看完才知道，当初孔导给她的人物梗概，真的就只是梗概。

她要演的倪书，出身上海富裕家庭，从小跳芭蕾，三岁起跟着舞蹈家妈妈全世界旅游，活得像只无忧无虑的小蝴蝶。

一次旅行途中，倪书和妈妈遭遇车祸，妈妈当场死亡，倪书截了肢，从此余生只能在轮椅上度过。

然而噩耗再次降临在了倪书头上。爸爸很快另娶，娶回家的女人还带着和前夫的儿子，叫季少安，年龄与倪书一般大。

倪书想自杀，却被外婆拦住。

老人告诉她："你死后家里的一切就都是别人的了，妈妈在天之灵看着，你怎么好叫她失望？"

外婆的话像枷锁，冰冷桎梏，彻底击碎了倪书在世上眷恋的最后一点温情。她没有盼头了，却时刻被老人盯着不能自杀，喘不过气，整日活得像幽灵。

直到某天她在庭院里碰到季少安，终于第一次直视少年的眼睛，跟他说了第一句话。

倪书问："你带我逃好不好？我想离开这里，我想去旅行。"

他们秘密策划，合谋偷钱，瞒过了家里所有人，终于在一个晚上成功逃离。

他们去了很多地方，小镇、海边、山顶，甚至出国，去倪书最爱的法国。

倪书原本想杀季少安。

这是一场暗藏杀意的旅行，倪书大可以在旅行途中将季少安推下山崖，或是推入湖底。她虽然残疾，却并不蠢，想着最多不过双双殒命，成全外婆，也成全自己。

倪书从劫后求生，到被亲人碾碎眷恋；从心灰意冷，再到相爱。

他们相爱了。

这几乎是一场禁忌的爱情，继母带回来的拖油瓶和满心绝望的残疾人。

阮瑜估摸了下，剧本里有一半的场景都给了旅行，但按时间线来算，可能连十天都不到。

这段感情在旅行途中拉锯、猜疑、了解，再到靠近，最后磨灭杀心，直至相爱。倪书浑身的戾气收敛，灰败散去，心脏跳动一如往昔。

可好景不长，两人很快被找回家。

这一次，倪书很平静，没再求死。

两人在夜里无人处接吻，在无声硝烟中相爱，终于有一天，倪书又对季少安提出请求，她想看日出。

再一次的瞒天过海，他带她登上山顶，迎接黎明前的这段时间，天色最昏暗。

倪书在暗夜里对季少安说，谢谢他让她找回了生的快乐，她很快乐。她爱他，但也爱自由，她不愿意自己的余生在轮椅上度过。

这一次，不是绝望求死，她的语气很平静，带着轻松。

黎明将至，倪书从山顶跳了下去。

季少安死死克制着，没拦。

倪书人生的结束，是一场向死而生的谢幕。

阮瑜看剧本的时候堵得心口疼，哭得直抽抽。

这只是倪书的部分，其实季少安这个角色也惨得要命，自小爹不疼娘不爱，连自己妈妈都骂他是个拖油瓶。

倪书死后，他还有一段剧情要走。

撇去剧本对人性的探讨部分，这应该是一部偏禁忌的爱情片，主角两人互相取暖，各自救赎，惨上加惨。

等会儿，这设定能上院线吗？

算了，想不了太多了。

阮瑜查过孔导的导戏风格，能不能过审她不知道，但剧本里这么多场吻戏和床戏，他是一定、绝对会拍的。

看完剧本的隔周，孔明坤给阮瑜打来电话，邀她去一场饭局。

地点是京城的私人会所，吃日料。

阮瑜脱鞋进包间的时候，孔明坤在里面招呼她："来了，过来坐。"

和上次试镜的时候不一样，孔明坤带着笑，表情很放松。

"孔导好。"

孔明坤介绍她认识，包间里七个人，大半都是《无声惊雷》的导演和制片，剩下两个是知名老戏骨演员，一个在电影里演倪书她爸，另一个演季少安的妈妈。

阮瑜一一鞠躬打招呼。坐下后，她发现旁边还留着一个空位。

包间门又被打开，副导演徐成累一看就笑了："我们的男主角来了，这儿，特地给你留的位置。"

阮瑜眼睁睁看着段凛走过来，在她旁边坐下，她维持不住假笑，心态有点崩。

这两天剧本看多了，脑子里都是戏，真的控制不住代入真人。

这要怎么演？

"喝点酒吧，你们女士喝什么，清酒？"一个联合制片在问。

酒单都递到阮瑜手里了。

"谢谢，我不喝酒了，还是喝水吧。"她回道。

"那怎么行……"

"阮瑜喝不了酒。"段凛平静接话，叫服务生，"给她来一罐苏打水。"

那个联合制片脸上有些挂不住，看了一圈周围，几个导演和制片人脸上竟然都没什么异议，正好讪讪转移话题。

等苏打水上来了，旁边段凛随手开了罐，递给她。

"谢谢了。"

阮瑜心里五百个小问号：对家干吗？

菜上齐后，包间里几人觥筹交错地聊天，阮瑜才知道，这次《无声惊雷》的最大出品方是冬影娱乐。看在场人的反应，估计是知道段凛和冬影老总段谨成的关系了。

孔明坤的电影，投资的制片人可不止一位。如今几位主角定了，有两个配角却没定，饭桌上的各个制片你来我往，都想往组里塞人。

阮瑜正自顾自吃饭，忽然，孔明坤问："阮瑜，你看完剧本了吧？"

"嗯，看完了。"

"有没有什么想问我的？"

阮瑜想了想，委婉地说："我看过一些您以前的电影，感觉您几乎没拍过爱情片，这次怎么就想拍这个啊？"

"这本子压在我手里好多年了，一直没敢拍。"孔明坤笑了，有点感慨，"老来多健忘，唯不忘相思啊。"

见阮瑜听得有点蒙，旁边段凛又开了一罐苏打水，递过来："剧本是孔导自己写的，他有原型。"

阮瑜瞬间精神了："所以倪书这个人也是真的？那她最后，真就跳崖了？"

段凛应声。

孔明坤看这两人一问一答，顿觉有点儿没意思。

没他什么事了嘛。

这顿饭快吃完了，副导演徐成累要拉一个主角微信群，说："还有一个月进组，剧组会提前办两场剧本围读会，我等会儿会把日期发群里，你们记得空出档期。"

孔明坤示意段凛和阮瑜："还有，你们要是有空，就私底下先对对戏，练练台词，找找感觉。"

这已经是阮瑜今天晚上第三回想死了。

以前她拍戏都是演配角，没搞什么正式的剧本围读，也没提前私底下对戏。这是钝刀割肉，杀猪前还要搞凌迟啊！

"我的档期是没问题。"她抱有一线希冀，"段凛是不是……还挺忙的？"

段凛垂眸，瞥她一眼："不忙。"

拉完群，阮瑜刚好接到林青的电话，她礼貌和几位导演制片打招呼，戴上口罩离开。

她刚出包间门，就被段凛叫住。

他站在包间门外的台阶上，稍顿，淡声问："能不能加回来？"

"啊？"阮瑜茫然。

段凛下台阶，径直走到她面前。

他戴了口罩，只露出一双深邃眉眼，低声："以前拉黑我的微信，现在加回来？"

阮瑜猛然回忆起来。

对啊，当初她在《成名无望》剧组里的戏份杀青以后，就把段凛的微信给拉黑了。

现在又在一个剧组拍戏，不加回来，是怪怪的。

半小时后，阮瑜在商务车后座忽然回过味来，对，就是怪怪的！

对家今天也太奇怪了吧？吃错药了？

旁边的林青被她一个鲤鱼打挺吓了一跳："怎么了？"

"没。"

阮瑜泄气。

没办法了，既然都接了，就好好演。

不能在现实世界度过一辈子，至少能在电影里好好演完主角的一生。

要演好倪书这个角色，很难。

接下来几天，阮瑜让林青买了轮椅，日常在公寓里盯着泡芙看傻子的眼神推轮椅，提前开始过残疾人的生活。

上海话也得学。倪书是上海人，说普通话时的腔调语气都得练，她请了老师上门，一句一句台词跟着念。

一周后，剧组办第一场剧本围读会，地点在京城，孔明坤的别墅内。

所谓剧本围读，就是导演和编剧跟着演员们一起，把整本剧本的剧情内容和台词都顺一遍，读不顺的台词就做删减，有修改意见的就提意见。

剧组各部门的主创也在场，他们主要会提一些拍摄内容和进度的意见。

阮瑜翻着剧本，瞥一眼孔明坤，再看段凛，神情木然，内心弹幕翻滚。

如果可以，她想把那些吻戏床戏全删了！

九月中旬，一个话题上了热搜。

商影传媒的官博公开了一封法院判决书，段茵的法院判决结果下来了。

打了五个月的官司，终于出了结果。

安卓茜给阮瑜打电话："当初公司以诽谤罪起诉她，法院给判拘役六十天，并且赔偿你的精神损失费。"

阮瑜挺平静地说："好，谢谢安姐，辛苦了。"

"至于她以前怂恿别人绑架过你的事，时隔这么多年，仅靠一段录音也定不了罪。"安卓茜叹气，"这已经是最好的结果了。"

挂了电话，阮瑜去看商影官博发的判决书。

法院判定段茵诽谤罪成立，依法追究刑事责任，处以拘役60天，赔偿当事人精神损失费。被告接受判决，不提出申诉。

热搜高高挂在第一，从起诉到判决中间隔了这么久，底下舆论激烈不减当初。

【就这就这就这？】

【校园霸凌的事呢？绑架阮瑜的事呢？给我牢底坐穿啊！！】

【有一说一，其实已经判得挺重的了。】

【还生气的建议翻墙去推特看看，段菡现在身败名裂了，反正我爽了。】

【霸凌不得好死，心疼抱走我家小瑜。】

……

阮瑜看完，点了个赞，回头就把这事忘了。

她现在有太多东西要学，光准备进组的前期工作就忙不过来，遑论中间还经常要赶几个零碎的通告。她几乎是在挤时间过日子，连日常追星的时间都骤减，只能睡前流泪舔两分钟屏。

两天后，纪临昊的新专辑第一首主打曲《不听》在各大音乐平台上线。

只是单曲上线，MV还没出来。

刚一上线，四季们都号了一晚上。

阮瑜刚赶完一个拍摄通告回公寓，登上追星小号，被首页四季的"啊"刷了屏。

呜呜呜，就算已经听过一遍，她还是能为这首歌流干眼泪！！

正公放着爱豆的歌，微信忽然跳出一条消息。

段凛：【有没有时间对戏？】

公寓，书房内，电脑桌上的蓝牙音响正流泻出舒缓的旋律，是《不听》。

段凛放下手机，正要起身倒水，扫了一眼还在放歌的网页，蹙了瞬眉，动动手指，关了。

纪临昊的新歌是一首R&B情歌，歌词在写男孩对抑郁症自杀的女孩倾诉爱意，情深款款。

MV还没放出来。

五分钟后，公寓的门铃被摁响。

开门，阮瑜抱着剧本站在门后，默默盯着段凛，一脸的欲言又止："你今天晚上，那什么……没通告的吗？"

"嗯。"他看着她，稍顿，微侧身让人进来，"要筹备进组，所以减了一些通告，接下来都不会太忙。"

"哦。"

阮瑜换拖鞋，硬着头皮，鼓足满心英勇赴死的勇气进了段凛的公寓。

收到对家的对戏消息时，她第一反应是拒绝，随后想了想自己被台词老师三番五次纠口音的事，还是来了，能趁着进组前多抱会儿佛脚也好。

到客厅一看，段凛公寓里的装修风格跟楼下那套截然不同。

放眼望去全是冷色系基调，极简风格，偌大的客厅除了沙发套组几乎什么都没有，内里连着数米宽的敞开式露台，一进门就能望见不远处国贸CBD的夜景。

阮瑜在沙发角坐下："来吧。"

段凛没马上开始，他去吧台处倒了杯水给她，温的，这才在她斜对面坐下。

"我们试哪一段啊?"阮瑜翻剧本,"是从头开始,还是挑几段对戏?"

段凛思忖,客观地说:"先对你觉得难度大的戏。"

阮瑜心说:那不就是一整本剧本嘛!

她喝口水冷静一下:"行,那就从头开始吧。"

开始对戏。

私底下的对戏不像开拍前的走戏,在镜头和机位还未知的情况下,阮瑜不用还原戏里的肢体动作,主要还是在定念台词时的情绪。两人对几句,段凛会停下来,告诉她哪里咬字有问题。

他并不纠她的情绪,让她自己感受。

阮瑜拿了支笔,对两句就停一分钟,在台词旁边写标注。

这几天她的剧本已经被翻旧了,满页都是荧光笔和小字注释的痕迹,便利贴也贴了不少。

段凛的视线落在阮瑜垂眼写字的睫毛上,露台的风吹进客厅,撩起她额际的丝缕碎发,有一绺从她垂落的睫毛上拨落,像扫进心里,很轻却很清晰地拨了一下心弦。

阮瑜才刚抬头,就对上了对家看她的眸光,沉如深潭,眉眼舒展。

对家干吗?

怪怪的。

阮瑜盖好笔帽,不解地问:"我看你刚才和我对戏都没有看剧本,你是……把台词全背下来了?"

"嗯。"

行,没地看了,只能看她。

可接下来眼看着要对到第一场亲密戏了啊!阮瑜在心里羞耻滚弹幕,别看了别看了!

"我们不然……休息一下?"她提议。

段凛说:"好,随你。"

阮瑜看了一眼时间,十一点五十分了,瞬间振奋:"那我先打个榜,等我会儿,五分钟就好了。"说完,她又立即纠正自己,弯眼一笑,"不对不对,是等歇。"

儿化音不行,"等歇"才是上海话。

段凛看她自然流露的那个笑,灵气尽展。他起身给她又换一杯温水,递到她手边,不经意垂眸一扫,顿住。

阮瑜的手机屏上切着某音乐软件,她正在给纪临昊的新歌打榜。

段凛愣了愣,半晌,问道:"你喜欢听他的歌?"

"啊?"

"以前拍戏的时候,也给他做过这个,"段凛神色难辨,语气平静,"是叫打榜?"

阮瑜想起来,她在拍《成名无望》那会儿还让段凛给纪临昊打过榜,她还以为他忘了。

她没在对家面前太嚣张，说得委婉："对，就……我觉得他的歌都挺好听的。"

没想到段凛听完，缄默了几秒，淡声说："我办过演唱会。"他又一顿，"发过个人专辑。"

阮瑜当然知道。

前年段凛从影视圈涉足歌坛，一连发行两张个人专辑，当时打鸡血的菱角立即蜂拥打榜，甚至还在好几个歌曲榜上强压了四季一头。要说之前两家只是互相看不顺眼隔空 battle 的话，那从他发专辑起，就是真正起了摩擦。

两张专辑，一共十首歌，词曲作者都是段凛，编曲老师赫赫有名，由国内顶尖唱片公司发行，菱角都吹疯了。

其实阮瑜听过，有几首确实挺好听。

"我记得你从出道开始就一直在拍戏吧，怎么忽然想写歌啊？"

段凛回道："那时候我接下《无知年华》，就学了一段时间，然后尝试自己写歌。"

"你不会是为了想找角色感觉，才开始学写歌的吧？"

见段凛默认，阮瑜傻了。

《无知年华》是孔明坤第二部找段凛拍的电影，段凛出演男主角，一位北漂的落魄歌手。

北漂的主角歌手在电影里怀才不遇，寂寂无名，而在现实里声名鹊起，初次写歌就受到追捧，还凭借这部电影拿下了当年的金雁奖最佳男主角。

这对家到底是什么现实魔幻主义开挂选手啊？

阮瑜记得《无知年华》拍的时间很长，孔导在以前的访谈里提过，从开始筹备到杀青，历时近一年。

所以那一整年段凛都在写歌。

为找角色感觉能做到这一步，就离谱。

"怪不得。"她懂了。

"什么？"

怪不得段凛这几天看她的眼神都不对劲，不冷不淡，反而黏得要命。

连对家都这么拼了，阮瑜翻剧本，视死如归："没什么，我们……开始吧。"

按剧本顺序，倪书和季少安的第一场暧昧戏，是在两人出逃后的第二天，去了苏州，爬山看黄昏。

阮瑜念台词："你说，他们会找到我们吗？"

段凛回道："他们找不到。"

阮瑜跟着台词指示，抬头打量他一眼："后悔了？"

"没有。"段凛接上视线，眸色深沉。

沉默片刻，阮瑜开口："你想跟残疾人做……做……"

她卡住了。

剧本里，这一段倪书的台词是：你想跟残疾人做爱吗？

啊啊啊！！！

阮瑜感觉自己每一根头发丝都在僵硬。

后面她还有一句：做爱就算了，我没试过。

紧接着，剧本写：两人无声对视，胶着，自然接吻。

阮瑜心态崩了。

段凛的眸光一直落在她身上，见她捏着这一页剧本，埋头冷静了好久，一抬头，眼神飘忽，脸是红的，耳尖也是红的。

她猛地站起来，掷地有声："今天太晚了，不打扰你，我们改天再对。拜拜！"

他送她出公寓，带着几分笑意，声音低缓："早点睡，晚安。"

回去以后，阮瑜开了一盘游戏。国服大师局，拿中单英雄在召唤师峡谷里八杀超神，队友的"666"刷满了聊天框。

杀气凛然，耳根通红。

啊，她能不能连夜退出娱乐圈啊？！

第十八章

- 和对家的吻戏

在接下来半个月时间里，阮瑜又和段凛约时间对戏两次，她显然还没找好状态，一遇到亲密戏就卡壳，后来只能跳过，先对别的词。

一整个九月，都非常忙碌。

进组前的准备工作要做，拍摄通告也要赶，一些平时红毯合作的赞助商邀请的展会也得出席。安卓茜想让阮瑜在进组后维持住热度，所以通告接得勤，阮瑜几乎忙成了狗。

最后一场剧本围读会后，孔明坤正式敲定剧本，让副导演助理给每位演员送来一版最新稿。

阮瑜仔细翻了一遍，果然吻戏和床戏一场没删，生无可恋。

九月末，纪临昊的新专辑里的六首歌悉数在各大音乐平台上线，无一例外高居各个歌曲榜的前列。

很快，新专主打歌《不听》的音乐MV也全网上线。

当晚"纪临昊新歌MV女主角是阮瑜"的话题就飙上了热搜。

评论区里，路人在调侃，而四季和鱼粉则在铁血无情各自控评——

【即使同拍一个MV，还是我爱豆独美！】

【娱乐圈里最好的关系就是没有关系！】

在四分多钟的MV开头，阮瑜穿一袭婚纱奔上布莱顿的白崖，在高崖边望向镜头，泪流满面，忧郁凄楚，纵身向后坠入深海，看得鱼粉"啊啊"没停过。

【呜呜呜，婚纱小瑜是仙女下凡来拯救苍生的吧！一个MV都能看出演技！】

【宝贝女儿你就是为银幕而生的啊！赶紧给我接好资源进组拍戏！】

十月初，终于到《无声惊雷》的正式进组日。

进组当天，没有任何媒体图和通稿流出。

孔明坤对自己的电影保密极严，当初阮瑜签合同时就被满满两页纸的保密协议给惊住了。不光如此，剧组在筹备到开拍的层层环节都有保密措施，除了两位领衔主角，其他演员拿到的剧本都不全。

媒体那边也打过招呼，拍的照一律过后再发。

开机前一晚，阮瑜到了上海，住进剧组包的酒店。

林青拿来统筹发的通告单："明天上午开机仪式，下午就开始拍第一场戏，小瑜姐，你看看。"

阮瑜看了一眼，明天她有两场戏，一场在下午，另一场在晚上。

理好东西，副导演徐成累过来，喊阮瑜："晚上一起吃顿饭，其他演员也到了，组里人都认识一下。"

"好，谢谢导演。"

这家酒店的两层楼都被剧组包了，阮瑜出房间门就不断遇到组里其他演员和工作人员，她挨个打招呼，也没什么主角的架子，一来二去，差不多都熟了。

晚上孔明坤自掏腰包，请大家吃本帮菜，点的外卖，是当地一家好口碑的餐馆。

酒店有几个房间是专门腾出来当公共室用的，阮瑜就跟着导演和其他演员在房间里吃饭聊天，吃到一半，段凛到了。

"航班误点，来晚了。"他自然地在阮瑜身边坐下，声音很淡。

几位演员见到段凛，纷纷笑着打招呼。

孔明坤也笑了："你这裹得跟逃难似的。"

段凛进门时裹得很严实，帽子口罩大衣一应俱全，一路上没被拍到。

他摘下口罩，看向阮瑜："什么时候到的?"

阮瑜一愣："就，下午刚到。"

段凛应了声，见她专注去够远处的一道醉鸡，伸手替她拿过餐盒，让她夹。

孔明坤说："我们在上海拍一个多月的戏，进度正常的话，估计下个月初能转场，你们可得抓紧时间培养感情啊。"

培，养，感，情。

阮瑜戳在鸡块上的筷子一抖，无能磨牙，好想死啊！

翌日一早，阮瑜乘剧组的车赶往片场，不远，离酒店就十五分钟的车程。

剧组在上海三环内闹中取静的地方租了一套房子，当拍摄场地。这一片都是上世纪的海派小洋楼，坐落在里弄深处，是富人区。隔离带在外一围，基本没有任何粉丝和路人来打扰。

阮瑜到的时候，片场人来人往，工作人员忙得不可开交。

眼前是一栋四层花园洋楼，有一个前院，打理得非常精致，花木葱茏，院角还长了一棵桃树，在深秋时节坠满了桃子。

这就是倪家了。

电影拍得再低调，开机仪式还是得办，孔明坤信这个。他打招呼让道具组准备，在院内摆了香案，众演员和各部门人员一起拜了拜。

办完仪式，阮瑜去车里化妆。

下午，她的第一场戏开拍。

拍摄地点就在院子里。阮瑜看过通告单，这一场是倪书截肢后，坐轮椅来到自家院中，看到桃树结果后触景伤情的戏。这场戏季少安也在，躲在远处将她的狼狈尽收眼底。

孔明坤在监督置景："我们等会儿在桃树下拍，机位就卡这里。"

阮瑜提前坐进轮椅，穿一身靛青过膝长裙，女道具师过来，仔仔细细往她两条腿上缠了一圈绿布，解释："因为电影里你的腿戴着义肢，这样方便后期做特效。"

开拍前，孔明坤给阮瑜讲戏："这段你没有台词，所以需要更强的镜头语言。

"倪书刚刚截肢，心里还有生的希望，但这种希望是矛盾的，一直在和她心里的绝望做抗衡。她来到庭院，看到熟透后掉落的桃子，那种崩溃一下子就爆发了，能明白吗？"

"明白。"

孔明坤又问段凛："你应该没问题吧？"

段凛应声。

场记说："《无声惊雷》第二十场第一镜，Action——"

打板，开拍。

深秋的午后，阮瑜避开护工，坐着轮椅缓缓来到院中。

院中的桃子已经熟透了，好几个从树上坠落，砸在青石砖上，一片泥泞。她脸色苍白，艰难地矮身，拾起一颗烂熟的桃子。

桃子颜色鲜红，砸下来烂了一半，黏糊的果肉滚着泥沙，散发着一股腐败的香气。

再好也没用了。

阮瑜面无表情地盯了片刻，神经质地收拢十指，一点点任由自己将桃碾成泥汁，眼泪直接就掉下来了。

像受到惊吓，她狠狠扔掉那颗烂桃，抖着手推轮椅，仓皇逃离。

"咔！"远处，孔明坤在监视器后喊，"情绪不对！那个崩溃的爆发点还不够！"

"对不起，孔导，我再试试。"

化妆师迅速跑上来给阮瑜补妆，擦手。

阮瑜深呼吸，再来。

进组后第一场戏，她可太紧张了。

第二次，效果好了很多，但孔明坤卡戏卡得严，还是再来。

这一镜共拍了八次。

第九次，终于过了。

"保留现场，下一镜！"

场记打板："《无声惊雷》第十场第二镜，Action——"

阮瑜退到远处，接过工作人员递来的毛巾擦手，小声道谢，跟过去看监视器。

在倪书仓皇逃离后的下一镜，季少安出场了。

刚才的场景，在二楼阳台的段凛尽收眼底。

他来到桃树下，顿足，蹲下身，低眼看那颗桃。

已经被摔烂了，熟透，软烂，多汁。

他伸手去碰，想起刚才阮瑜捏它的手指，细白、纤莹。

画面里，段凛的下颌咬肌微微动了动，很隐忍的一个镜头语言，喉结轻滚，像欲望。

他手指上沾了汁水。

片刻，他缩回手，垂眼凑近。

接着，他舔了一口手指。

如果说刚才阮瑜的那一幕是绝望苍白，那这一幕，就是跃然而出的缠绵情欲。

这就是孔明坤要的效果。

孔明坤很满意，喊了"咔"，一条过。

阮瑜在旁边，愣了大概有三十秒。

剧本里，这一段只写了段凛蹲下身看桃子，她完全没想到能拍成这样。

这一幕拍完，片场，有工作人员在倒吸凉气，还有女演员偷笑得一脸受不了。

阮瑜人已经看蒙了，感觉自己刚才捏过桃子的手指在发烫，眼睁睁地看着段凛拍完这一条，径直朝自己走来。

他向她伸过手，她低下头，看他示意的方向，就这么把手里擦过的毛巾递过去。

段凛自然地接过毛巾，垂眼擦拭黏湿的手指。

"不是，那什么……"阮瑜盯着她用的毛巾，憋字，"脏。"

"嗯，在擦。"段凛淡淡回应。

阮瑜腹诽：对家干吗啊？

当天下午再没有阮瑜的戏份，她也没回酒店，就待在片场看其他演员对戏。

剧组除了她这个初出茅庐的演员，几乎都是戏好的敬业演员，等场记一拍板，基本上一两条就过。对比她刚才一上来就卡了八次的镜头，反差强烈。

片场没有闲人，阮瑜也没闲着，拉了一张凳子坐在监视器旁边，看别的演员怎么演，想自己的戏份怎么练，很认真。

下午还有一场段凛的戏。

季少安撞见季母和继父在卧房里亲热。门开了一条缝，透过这条缝，他像是觑见小时候对自己打骂不休的酗酒父亲，觑见唾弃他是累赘拖油瓶的母亲，现在母亲改嫁，连最后一丝羁绊也消失殆尽了。

他悄无声息离开，往楼下走。

这是一个沉默无声的长镜头，段凛走下楼梯，穿过重重门廊，神色空茫，压抑而颓然。

一镜到底，演得特别好，孔明坤连夸："对对，就是这个痒点！"

阮瑜在旁边看，不得不在这一刻暂时勉强承认，对家确实是一个合格的演员。

合格到导演和跟他对戏的演员几乎都一条过。

还合格到，看她的眼神越来越不对劲了！

想到孔明坤在开拍前叮嘱的那句"培养感情"，阮瑜在片场房车里扔掉剧本，拿起手机就翻出两个纪临昊的舞台来看，平复了会儿，那种背着爱豆出轨的愧疚感才消下去点。

晚上吃过盒饭，剧组重新开工。搭景布置完毕，拍今天阮瑜的第二场戏。

拍摄场景在倪家的一楼客厅，仍然是和段凛对戏。

这一场发生在深夜。倪书又被作痛难忍的伤口疼醒，睡不着，自己艰难地坐上轮椅，从专属通道下楼，来到楼下客厅，正巧被季少安撞见。

客厅一角有一台留声机，从前倪书就喜欢边放歌，边脱了鞋在地毯上兀自跳舞。

这一幕要在黑暗里拍摄，开拍前，孔明坤让人关了灯，只打微弱的光，画面里堪堪描出演员周身的轮廓。

阮瑜独自下楼的镜头卡了四条才过了。

场记又打板："《无声惊雷》第十五场第三镜，Action——"

阮瑜推着轮椅来到客厅，黯淡月光照在她额角，画面里，细细密密的全是微亮的汗。

她吃力地来到留声机架前，摸黑挑一张碟，放上。

轻柔的音乐声流泻而出。

朦胧的黑暗里，阮瑜看不见自己的腿，像回到过去，脸上跃着轻松和快意。她一点点推着自己，像踱舞步那样在厅内转圈，被黑暗包裹，与轮椅翩翩共舞。

孔明坤盯着这一幕，气氛到位了，没喊停。

直到阮瑜完全沉浸在自己的世界里，真的想站起身跳舞，上半身刚前仰撑起一点，整个人就不受控地猛然栽倒在了地上。

吃痛，茫然，错愕，再是绝望。

她不想叫人，不想让人下楼开灯看到自己这副惨样，只能独自艰难地从地上爬起。

黑暗中，有人抓住了她的手。

阮瑜一愣，猛地缩手，却被紧紧攥住。

"娘姨？"她问。

段凛缄默着，没回。

阮瑜看不清是谁，反攥住他的手臂，轻喘："你扶我坐回去。"

他没扶。

对方不说话，阮瑜也不打算开口了。她在漆黑中与他对峙，忽然感觉有一只手触到了自己的脸，指腹温热，骨节分明。

夜色暧昧模糊，在段凛的手刚抚上她的脸时，阮瑜瞬间就出戏了，僵了下。

偏偏这时候摄影师还准备推特写。

好在打光实在暗，她僵愣的那一刹那被黑暗吞没。

孔明坤没喊停。

镜头拍不到的地方，阮瑜感觉段凛另一只手轻捏了捏她的手指，像安抚，提醒她回神。

谁都没说话。

阮瑜感觉段凛的手指在她脸上一寸寸抚，很轻，像在描摹她的轮廓，慢慢向上游弋，摸到她满额头的汗，替她擦了。

黑暗里，轻轻的喘息声、呼吸声，被清晰收音，交织成一片。

段凛的手指下挪，摸过她的鼻梁，接着，指腹在她的下唇微微触按了一下。

下一秒，他的指尖稍探进唇，碰了一下她的齿列。

阮瑜浑身一滞，人都傻了，顿时就想起了下午他舔手指的那一下。

"咔！"孔明坤喊道，"刚才的中景保留，特写重来！阮瑜别发呆，你现在应该是警觉又怀疑的态度！投入进去！"

旁边摄像师在还原机位，化妆师过来重新给阮瑜喷汗珠，两人都没动。

段凛还维持半跪的姿势看她，问："摔得很疼？"

"啊？没，就，不是因为摔的。"

她入不了戏，罪魁祸首是他啊！他！！

阮瑜不想太耽误所有人的时间，快速缓了两秒，对孔明坤说："可以开始了。"

对家面前，不能丢脸。

"《无声惊雷》第十五场第三镜，第二条，Action——"

第二次开拍，从段凛在漆黑中触抚她的五官开始。

这回阮瑜做足了心理建设，开拍前给自己刷了满脑"不是段凛"的弹幕，这才好了不少。

最后段凛将她扶上轮椅，全程沉默，离去。

"咔！可以。"

第二条孔明坤给过了，再保一条。

当晚拍完收工，已经是晚上十一点。

林青过来给阮瑜送水，看孔明坤还在那里检查回放，问她要不要也去看看。

阮瑜拒绝三连："想多了，不可能，我不去！"

林青不解："这不是演得挺好的吗？"

阮瑜摆了摆手，不想说话。

好个啥，真的没眼看。

回酒店，依旧是坐剧组的车。

阮瑜他们几位演员都裹得很严实，不露脸，不露戏服。她整个人都缩在外套里，到房间门口时，刚想刷开门，感觉缩进袖子里的手腕被轻握了一下。

她回身，见段凛在看她。

"明天一起吃早餐？"

阮瑜对上他沉落的视线："哦。"

"什么时候？"

"那就七点半好了。"她想了想，"我上午的戏好像开机挺晚的吧，不用早起。"

段凛应声，没再说什么，回房。

剧组安排他的房间就在阮瑜的对面。

洗完澡，吃了药，阮瑜像咸鱼一样躺平在床里，脸上盖着一本剧本。

"这样下去不行，"她扒下剧本，小声嘟囔，"出戏一次两次就算了，以后这么多场戏，总不能天天吃 NG 吧。"

她是来拍电影的，不是来讨人嫌的。

但，真要配合电影和对家"培养感情"啊？

阮瑜捏紧药瓶。

什么叫因果孽障？什么叫报应不爽？如果重新给她一次机会，她选择早死早超生。

翌日一早，林青带早饭过来时，发现敲不开阮瑜的门。

他一问才知道，阮瑜已经在公共室里吃早餐了。

林青敲门进去时，阮瑜和段凛正在里面，两人面前的圆桌上琳琅满目摆的都是吃的，基本是港式早点，还有老上海的四大金刚，此时散发着鲜香勾人的味道。

林青顿时觉得手里拎的粥不香了。

阮瑜本来很想死，但她咬了一只馄饨，瞬间屈服，眼睛亮了："蟹黄馅的吗？"

"嗯。"段凛给她盛豆浆。

阮瑜喝了一口，咸的，但居然不难喝，好奇地问："这里面放了什么？"

段凛回道："榨菜、油条和虾皮。"

"哦。"好喝。

林青和门口的邵立面面相觑，都从对方脸上看到了不解。

"我是阮瑜的助理林青，你是？"

"凛哥的助理，邵立。"

林青伸手："幸会幸会。"

邵立回握："好巧好巧。"

一阵沉默。

他们不约而同地转身出房间，关上门，给公共室翻了一个"勿扰"的牌子。

进组一周，阮瑜几乎每天都待在片场，一待就是一整天。即便没有她的戏，也在看别的演员演戏。

等跟着剧组收工回酒店，几乎都是晚上十二点。她匆忙洗漱，看一遍明天的台词，再刷五分钟手机给纪临昊打榜，就睡了，连爱豆的物料都没什么时间看。

翌日起床，她再找段凛去吃早饭。

没错，她万万没想到有一天还会跟对家一起吃早饭！

片场，房车里，阮瑜盯着爱豆的手机屏保，检讨："虽然蟹黄馄饨小笼包夺走了我的胃，但是它们夺不走我的心！"

林青腹诽：又来了，久违的戏精表演。

这也说明，阮瑜比刚进组那会儿心态好多了，已经到处混熟了，开始适应。

剧组里跟阮瑜最熟的是一位二十出头的女演员，叫戴茜，演倪书的护工。她是孔明坤亲自去北影面进来的，虽然是演小配角，但也肯下功夫钻研，经常和阮瑜一起并排坐着看人演戏。

戴茜说："不瞒你说，我以后想当幕后。"

阮瑜撑着脸："什么幕后？"

"剪辑师。"

阮瑜诚恳地问："那等这部电影拍完以后，能把亲密戏都剪了吗？"

"其实我剪过你的视频，"戴茜不好意思，"当时本来想练手来着，没想到看的人还挺多。"

阮瑜有点新奇："真的啊，你叫什么？"

"Daisy 巨巨。"

这个名字好熟。

阮瑜想了半天，终于从被剧本台词塞满的脑海深处扒出一段记忆——

"那个 B 站播放了一百多万的，真相是真的，'春雨 CP'视频，是不是你剪的？"

戴茜惊呆了："这你也知道？！"

两人对视半响，一个有点尴尬，一个有点磨牙，两相沉默。

"也不能全怪我，你和江星淳两个人能抠的糖太多了。"戴茜解释。

阮瑜咬牙："能再被你抠到糖，今晚我就把通告单吃下去。"

收工当晚，回酒店，林青给她来送明天剧组的拍摄通告单。

阮瑜一边擦头发，一边接过来看。

"对了，还记得之前你拍过的那部马术竞技偶像剧吗？就是《世界予你乘风》，你演女二的那一部，安姐刚才通知我后天要播了，黄桃台上星。"林青叮嘱，"明天记得提前发一条微博，打打宣传。你都好久没发微博了。"

阮瑜没吭声。

林青看她一直盯着通告单发愣，问道："怎么了？"

阮瑜捏着毛巾的手，微微颤抖。

在统筹排的通告单上，印着明天她有三场戏。

一场和倪书外婆的对戏，一场和倪书爸爸的对戏。

还有一场，和季少安的……吻戏。

吻戏！

半响，阮瑜才抬起脑袋，语气沉重："我不想活了。"

林青见她一副命不久矣的绝望脸，话还没问，孔明坤就站在走廊外敲了敲房间门："阮瑜，明天的通告单看了吧？"

阮瑜转头："啊，看了。"

"那行，明晚那场是雨戏，我们争取一两条就过。今晚有时间你和段凛沟通一下，你们提前对对戏，也不容易出差错。"

"哦，好的，孔导。"

送走孔明坤，推走林青，阮瑜头发也不擦了，坐在床边，绷着浑身的神经把剧本翻开，翻到明天最后那一场戏。

倪书在倪家的场景主要被分割成两块时间段，一部分是截肢手术后在家里逐渐压抑崩溃的前期，另一部分是和季少安离家出走后回来的后期。

到了后期部分，她的心态已经完全发生了转变，不再绝望求死，平静而释然。关键是，这会儿她已经和季少安相爱了！

明天阮瑜要拍的这场戏，就发生在两人出逃旅行回家之后，是一场倪书和季少安在雨夜的角落里接吻的吻戏。

房门又被敲响，她生无可恋地去开门。

统筹大哥，杀人诛心，前两天我还让林青给你送过咖啡啊！

一开门，是段凛。

阮瑜反射性地想关上，忍住了，艰难地问："你这么晚了……还不睡啊？"

"嗯。"

段凛见阮瑜湿着头发，水珠顺着细白脖颈往她薄毛衣的衣领里淌，一顿，问："毛巾呢？"

"在房间里。"她回身指了指。

段凛应声："拿给我。"

"哦。"

阮瑜满脑子都是吻戏冲击，像块木头似的踱过去拿毛巾，又折回来，递给段凛。

毛巾她才擦过，有点潮湿，段凛接过去，神色沉静地抖开，略略俯低了身，隔着柔软的白色毛巾帮她擦头发。

"明天晚上拍对手戏，你现在需不需要对戏？"

阮瑜僵硬地说："不用了吧……"

她脑袋上裹着大毛巾，就露出半张脸，感受到段凛在替她擦头发的力道，瞳孔地震。

对家他也太……太自然了吧？显得她很不冷静，很不专业，很没有为演戏献身到大半夜跑来给人擦头发培养感情的觉悟。

走廊上隐约有人声，公共室那边似乎有演员点了夜宵外卖，在聊天吃夜宵。阮瑜给自己洗脑了八百遍为艺术献身，冷静了点。

"哦，对，明早我五点就要起床，上午第一场戏，不能找你吃早饭了。"她突然想起什么来。

段凛淡声应了句，帮她擦干头发，最后又隔着毛巾，擦拭了下她的耳朵。

阮瑜浑身多毛，太想死了："那什么，明天的戏我再琢磨琢磨……我先进去了啊。"

段凛把毛巾还她，见她耳根都是红的，微微动了下手指，双眸染上一点笑："早点睡觉，晚安。"

阮瑜抱着毛巾赶紧滚进去："拜拜拜拜！"

第二天一早，片场例行从刚天亮就开始热闹起来。阮瑜刚化完妆，才刚在房车里补会儿觉，林青就找上来了。

"昨天我跟你说的那部《世界予你乘风》，等下中午十二点剧方官博会发一版最新的预告片，你转发一下就行了。困成这样啊？"

"昨天晚上没睡好。"阮瑜打哈欠。

林青翻行程安排："还有，安姐让你今天录一条 ID 给她，过两天是世界卖萌日，微博要搞一个卖萌日的艺人联动。"

阮瑜一查，居然还真有这个节日，是十月十日。

她萌不出来，干脆问："有没有世界卖惨日？我现在能录十条。"

林青直翻白眼。

拍完上午的戏，阮瑜换下戏服，找到倪家后院里的一个小角落，让林青给她录了一段 ID。

另一边，收工的孔明坤正和段凛闲聊，边走边说："我收到一点消息，今年的金羚奖，最佳男主角提名名单里有你。我看《成名无望》的北美票房也不错，要提前恭喜你了。"

段凛不意外，颔首："电影拍得好，是全剧组的功劳。"

孔明坤调侃道："那你可得好好替我拍戏，这两年我就指望这部片子了。"

忽然听到阮瑜的声音，段凛一顿，拐过院落墙角，看到后院一隅，她正在录视频。

她在相机前弯眼笑，朝气蓬勃："Hello，大家好，我是阮瑜。十月十日，我为世界卖萌日加萌助威，可爱的人都在微博，与你不见不散。"

最后双手弯过头顶，比了一个大大的心。

旁边孔明坤转头一看，段凛表情还是平时那样，但到底还是瞒不过导了多年戏的他。这眼角眉梢，全在笑。

哟，在培养感情，挺好。

中午，剧务准点过来发盒饭。阮瑜在车里吃完，终于登上被她冷落多天的微博大号，搜到《世界予你乘风》的剧方官博。

最新一条微博放送了完整预告片，宣传文案上写着明晚八点在黄桃台首播，每周六、日播出，一天播两集。

转发不过两分钟，她很快就被激动如潮的评论湮没。

【啊，你已经半个月没发微博了你知不知道？！】

【"女鹅"在吗？在干吗？吃了吗？吃的什么？】

【呜呜呜，有新剧看了！我可以不用四刷《成名无望》了！！】

【老婆真的人美心善，哪个被剧组造谣过的女配角还会帮剧做宣传啊。】

……

《世界予你乘风》这部剧，虽说阮瑜是参演过戏里的一个角色，但鱼粉记仇，还记得当初剧组女主角沈若薇倒打一耙，暗示造谣阮瑜耍大牌的事。即便后来沈若薇又被爆出和已婚导演的丑闻，可鱼粉仍不解气。

所以当这剧要播的消息一放出来，粉丝又纠结又挣扎，想看小瑜辛辛苦苦演的戏，又不想看到沈若薇那个小三。

最后拍板决定，粉丝只看小瑜的单人cut！配角又不担收视率，我们小瑜以后一定还会接到更好的剧本！

林青刷着微博，有些疑惑："小瑜姐，你刚才给这剧转发宣传的事上热搜了！还带了你的大名！奇怪，我们没买热搜啊。"

"这一听就是剧方买的，我要是剧方我也这么买。"阮瑜还在背下午的台词，头也没抬。她又不傻，她现在有热度。

这条热搜下的路人不多，基本都是鱼粉"期待小瑜单人戏份"的高冷控评，而黑粉在嘲阮瑜也就只能演偶像剧了。

林青刚用小号撑完其中一个黑粉，炮语连珠：【我相信阮瑜什么都能演好，她可不止配演偶像剧，而你却只配在网上敲键盘。】

转头就听见阮瑜一声长叹。

阮瑜正色说："林青，帮我订一张回京城的机票，快。

"不演了，我要连夜出逃剧组！"

林青愣住了。

剧组片场的晚上格外热闹，当晚有雨戏，道具组正在现场忙里忙外地搭景，将洒水机开进院内。

外边，孔明坤还在跟摄影组确定分镜机位，林青爬上房车，给阮瑜递了几颗薄荷糖："小瑜姐，给，道具组提供的，我抓了一把。"

"谢谢了。"

阮瑜撕了一颗含着，唇齿间都是薄荷糖清凉的甜味，一直凉到心里。

"这好像是你的银幕初吻，实话说啊，我替你紧张一天了。"林青老妈子式感慨。

阮瑜在心里把"银幕"两个字给删掉了。

聊了几句，副导演徐成累过来喊人："准备一下！十分钟后走一下戏，就可以开拍了。"

阮瑜认命下车，抬头就瞅见了不远处的段凛。

他也换完戏服了，上身黑色毛衣，搭一条洗得发白的牛仔裤，近一米九的身高摆在那里，在戏外穿什么都像名模走秀。

段凛径直走来，垂眸看她："这场戏你要淋雨，会冷，带毛毯了没？"

"带了。我已经让助理去买姜茶了，等下拍完就能喝。"阮瑜眼神飘忽。

段凛应声。

那边，摄影组的机位调整完毕，打光收音确认，孔明坤从洋房里出来，说："进来吧，能开始了。"

拍摄地点在倪家的一楼。

这一场，下雨的夜晚，倪书在楼下遇到从外边回来的季少安。客厅里的太太们在打牌，两人躲在偏厅隐蔽处接吻。

洒水机在院内启动，阮瑜和段凛不带台词地大概走了一遍戏，十分钟后，孔明坤在远处点头喊开始。

场记打板："《无声惊雷》第二百三十场第一镜，Action！"

夜幕漆黑，雨声滂沱。

阮瑜推着轮椅下楼，远远地听见客厅传来的打牌声，顿时停了。她不想过去，直接进了小偏厅。

偏厅挨着楼道，空间狭窄，一墙之隔的不远处就是客厅。她推着轮椅来到窗边，这扇窗是镂空的，外头雨势很大，雨飘进来打湿了窗户下的一小片地毯。

客厅那边，似乎有人从外面进来。

"哦哟，这是侬儿子啊？"

"模样蛮漂亮的哦，像你。"

"杠开，胡了。"

......

来人没应话，脚步声却越来越近。

阮瑜推着轮椅转身，一眼就看见了正要上楼的段凛。

他拎着一把伞，视线和她交错，步伐一停，向她这边的角落走来。

阮瑜问："她们还在客堂间里推牌九？"

段凛也低声回了句"对"，抖了抖雨伞，随手搁在墙角。

他盯了她一会儿，撑住她的轮椅扶手俯下身，两人的气息无声交织须臾，他凑近了，眸光在她的眼睛和嘴唇游弋，绷紧了咬肌，想吻。

阮瑜回视，嗅到了他身上那股薄荷的清冽味。

段凛只要一演戏，气质就变了。

就在他想吻下来的前一秒，阮瑜轻声开口："我想去那儿坐着。"她回头，示意身后不远处的窗户，"去那儿，我要坐在上面。"

窗户外正下着一场瓢泼下雨，窗棂上都是雨水，可段凛没有拒绝她。

他凑过来，阮瑜感觉自己腰际骤然一紧，她居然是被他单臂箍起腰，直接抱了起来。

她一惊，下意识就伸手抱住了他的脖子。

段凛一手箍住阮瑜的腰，另一只手拉开轮椅，径直往窗户边走。

他直接将她抱坐上了窗沿。

两人位置调换，现在阮瑜坐在窗沿上，段凛站在窗前，视线反而比她矮了一寸。

瓢泼的雨水从窗外飘进来，她往后靠了一点，很快上半身就被雨水打湿，水痕顺着额角眼尾滑入领口。

彼此相隔不过数厘米，一人在雨里，一人在室内。阮瑜环住段凛的脖颈，像邀请："你陪我到雨里来，行吗？"

"好。"

下一秒，她的后颈被按住，段凛凑近了。

推特写镜头，阮瑜浑身僵硬得像块铁疙瘩。

她在出戏的边缘濒临崩溃，感觉就快到被喊停的那条线了。

"咔！"

果然。

孔明坤在偏厅外的走廊扬声，从监视屏后探出脑袋，拿喇叭喊："阮瑜你情绪再给我扬一点儿！身体别太僵！客厅有人打牌，你们在这里接吻，你心里是紧张又欢喜的，明白吗？"

"明白了，对不起，孔导。"阮瑜秒回。

她心里却滚了八百条弹幕，无能想死，脑子明白了和身体能做到是两码事啊！！

"保留从轮椅抱过来的那一镜，特写重来！"

两人的位置要衔接上一个镜头，所以谁都没有动。工作人员迅速冲上来替段凛擦雨水，阮瑜还在窗沿上坐着，不用擦。

段凛看她几乎淋湿的上半身，蹙了眉，低声问："冷不冷？"

"不。"她憋了句，"我不冷，我紧张。"

段凛伸手替她擦掉下巴上快要滴落的雨水："下一镜拍特写的时候，我会挡住你的大半部分脸，不要太在意镜头。"

阮瑜回视对家，说不出话。

谁紧张镜头了？

她是紧张吻戏啊！

准备就绪。

"《无声惊雷》第二百三十场第三镜，第二条，Action！"

念台词。

"你陪我到雨里来，行吗？"

"好。"

"咔！重来！"

第二次，孔明坤撤走了偏厅里在拍中景的摄影师，只留下几个必要的收音摄影和打光师。他看出来阮瑜很紧张，想给她留了点喘息的空间。

早知道拍吻戏会卡了。阮瑜跟工作人员道歉，平复了下，再来。

第三次，第四次，第五次，孔明坤仍喊了停。

两个人都被雨淋得太湿了，只能从窗边先撤回室内，等擦干后重新拍整场戏。

深秋，又是雨夜，阮瑜在雨下淋了一个多小时，裹着毛巾的时候手指都有点僵。

林青担心地问："要不然我去跟孔导说一声，这场戏延后再拍？"

"不行，是我的问题，还得拖全剧组延后？"阮瑜想都没想就拒绝，"你别让我瞧不起自己好吧。"

片场人来人往，阮瑜捧着热姜茶在喝，看到远处正和孔明坤说话的段凛，欲言又止。

她想了想，说："那什么，林青，你帮我送一杯姜茶给段凛吧。"又马上改口，"算了算了，我自己去。"

她能感觉出来，段凛也生气了，他刚才看她的时候眉头一直蹙着，八成是嫌她一直让他吃NG。

还是在对家面前丢人了。

天要亡我。

另一边，孔明坤点了烟："阿凛，辛苦你陪阮瑜再磨一磨。你也知道，我不能因为雨戏难度大就给过。"

段凛没应，眸光瞥过远处的阮瑜，她喝完姜茶，脸色好像好看一些了。

"她的情绪一直绷着，软不下来，这么下去也不是办法。"孔明坤退而求其次，"这样，等会儿我让收音几个撤了，那两句台词不要，不念台词直接吻，这样拍出来效果也好。"

段凛点了头。

阮瑜拿着一杯姜茶过来，递给他："你喝这个吗？"

"嗯。"他接过，眉宇舒展。

正好，孔明坤给阮瑜讲戏："刚才你们那场戏，是要全情投入的，演戏这回事就是得演员信了，观众才会信，你的代入感足够强烈，才会出镜头感。"

阮瑜说："好，谢谢孔导。"

正聊着，副导演徐成累过来，说准备好了。

各人员就位，拍板："《无声惊雷》第二百三十场第一镜，第六条，Action！"

见面，对话，被抱到窗沿上。

阮瑜和段凛之间的收音被撤了，只剩下两米外拍特写镜头的摄影师。

窗外大雨淋漓，坐在窗沿上的阮瑜被雨淋湿上身。她的后腰被段凛箍着，两人间咫尺距离，雨水顺着她的睫毛坠落，她在雨雾里看段凛的脸，不断在想。

季少安太值得倪书喜欢了，他对倪书一见钟情，在暗中观察了解她的喜好，带她逃离倪家，让她自由，还……

段凛没有直接吻上来。

他微扬起脖颈，凑近了，垂睫，先吻上她的下巴。

雨水不断从她的下巴坠落，他的唇在那一小片微凉的皮肤上游弋，非常自然地舔去了将要滴落的雨水。

紧接着，他循着水痕向上吻，一路吻过脸畔，耳发，再是眼尾。

阮瑜眼睫不受控地颤了下，看他。

光色影绰下，段凛的脸就在眼前。雨水顺着他漆黑的发梢下滴，往下是深邃的眉眼，五官轮廓英俊得近乎完美，水痕淌过他眼梢，眼下有一小颗桃花痣。

正洗着脑的季少安变成了段凛。

阮瑜接着想。

他还没在综艺里拆穿她，替她拿到了视频，来医院看她，送她生日礼物，请她吃早饭，帮她对戏，忍她NG，还……

下一秒，她的后颈受力，思绪一断……段凛按上了她的后颈。

他的嘴角挪向她的耳郭，将触未触，要吻却未吻。

阮瑜即将紧张的前一秒，滂沱雨声中，她似乎听见他在耳边说了一句什么。

听清的刹那，她脑海空白，连紧张都忘了。

她转了下头，想去看段凛的脸。

刚才，他用几乎湮没入雨声的气音，低声喊她——

"老婆。"

阮瑜还没看清，视线快要聚焦的那一瞬间，腰际一紧，下唇贴附上对方的温热。

镜头里,段凛箍住阮瑜的腰,按着她的后颈,垂眸,鼻尖稍稍蹭过她的唇线,偏头。

深深吻了下去。

雨声,一墙之隔传来的打牌声,狭窄的偏厅,隐没在角落里的喘息声。

段凛按着阮瑜的后颈吻她,咬着她的下唇细细舔摩,唇齿相交。

他修长的手指插入她的发间,又摩挲往下,抚蹭她后颈的那一小片皮肤。

阮瑜撑在窗沿上的一只手稍稍抬起,刚本能地动了动,就被段凛攥住拉上来,分开她的手指,垂眸凑至唇边亲吻。

他亲了会儿,又隔着阮瑜的手指,贴近她的唇。

她在自己吻自己的手指,偏偏指尖还能触到他的唇温。与他视线交错,咫尺相离。

画面里,两人这段吻戏的特写镜头非常清晰,那股暧昧和情欲几乎化为实质跃出屏幕。

监视器后,年轻的女副导演助理脸都红透了:"天,我第一次见到这么亲的……"

副导演徐成累回头瞪助理一眼,示意安静。

"咔!"看孔明坤的表情就知道,太满意了,"好,这条过了!"

摄影和打光师收机走了,段凛还没离开。阮瑜坐在窗沿上回过味来,脑海里的画面从宇宙大爆炸放到了人类起源元谋人进化。

"段……"

段凛微微垂眼,恍若无人,仍轻捏着她的后颈,按过来,又在她的嘴唇上轻轻吻了吻,鼻尖也挨着她的鼻尖蹭了一下。

他问:"抱你下来?"

阮瑜一声不吭,又傻回去了。

段凛箍住她的腰抱她下来。

此时,林青终于抱着浴巾跑向两人:"辛苦了辛苦了!小瑜姐,你怎么样?冷不冷?"

阮瑜机械地接过毛巾,没回,边慢慢擦头发边往外走。院子里的洒水机已经停了,她一路走到房车前,上车坐着。

片场还在忙碌,准备下一场,孔明坤问段凛:"这次怎么效果这么好?你对阮瑜说什么了?"

"没说什么。"

"没什么你能笑成这样?别以为我看不出来啊。"孔明坤咬着烟,"看她那耳根红得。"

段凛没应,他下一场还有戏,抬眸向院外扫了一眼,稍顿,跟摄影组确认机位去了。

当晚阮瑜提前回了酒店,林青跟她一起回去,发现她一路都没吭声。

到酒店后，林青翻行程安排："今天还要录两个宣传视频，就在窗帘这里拍吧。等你收拾完叫我，我拿相机过来。"

见阮瑜没动，林青问道："怎么了？"

半晌，阮瑜顶着半湿的头发，发间的耳朵还在发烫，憋字："我……"

阮瑜心说：我错了，错得离谱。

她现在只想把以前吃的那些"段凛剧组耍大牌删改戏份""段凛替身团高达二十人"等等的黑料包跟着剧本里的亲密戏一起撕掉吃了！

他在戏外培养感情还不算，拍吻戏也不借位，为了过戏居然还叫她那什么！

第二天，阮瑜没按时起床。

林青在门外敲了三遍门才把她敲起来。她头有点晕，找出体温计一量，发烧了，三十八度三。

温度不算太高，阮瑜没管，吃完药就去了片场。

上午她没戏，但段凛有两场戏。可能是还没从昨晚的吻戏中缓过来，她今天不准备观摩演员对戏了，就在片场角落里坐着，看片场工作人员往来忙碌。

戴茜搬了一把凳子，坐在阮瑜旁边，凑过来："小瑜，我再给你剪个视频吧。"

阮瑜转头："我和江星淳差五岁，四舍五入十岁，我二十岁的时候他才十岁，你小心我举报你啊。"

"不是你跟江星淳！等电影上映，我剪一个你和段凛的。"戴茜悄声说，"你们的对手戏太带劲儿了，我有预感，你俩的 CP 会火的。"

半晌，阮瑜说："谢谢，不了，不要诅咒我。"

戴茜不以为意："你不知道现在炒 CP 有多火！还有小明星的工作室私下里花钱找我剪视频呢！"

正聊着天，那边刚结束一场戏，段凛拎着助理递的外套，朝她们两人的方向径直走来。

到两人面前，段凛的目光落在阮瑜身上："这样不冷？"

"啊？"阮瑜抬头，"没，我一点都不冷。"

今天上海降温，室外才十度，她就穿着一件薄毛衣开衫。段凛看着，微蹙了蹙眉，淡声问道："外套穿上。你的助理呢？"

"他应该去领盒饭了吧。"

阮瑜只好接过段凛给的黑色外套，不乐意地往身上穿，外套还大了几码："大了。"

旁边的戴茜都看傻了，忙搬起自己的小凳子："那……那段老师你们先聊，我去吃饭了！"

"嗯。"段凛这才瞥过她。

阮瑜还在拉拉链，段凛已经在她面前半蹲下来，垂睫，非常自然地拉过她的手腕，替她把长了一截的外套袖子翻上去。

她一滞，瞳孔地震，又忍不住想蹦脏话了。

不是啊！！对家这小动作是不是有点太多了？

"你以前拍戏的时候，就……也这样啊？"阮瑜忍不住问。

段凛淡淡地问："什么样？"

"就，每天请人吃早饭，还给别人穿外套。"连袖子都帮忙翻！

段凛看着她："我为什么会给别人穿外套？"

废话，当然是培养感情啊。

她早就听过有演员拍感情戏的时候会非常投入，想要拍戏，演员就先要入戏，这几乎是片场的约定俗成，所以很多男女主角在剧组的那几个月，戏里戏外都会走得很近。

显然段凛就是这种演员，而孔导也想让他们培养感情。

她记得，他以前接的电影里也有过感情线，虽然尺度没现在这部大，但牵个手拥抱一下总还是有的，不也要培养感情？

阮瑜正组织措辞，段凛碰到她的手，顿住："发烧了？"

阮瑜点头："是有一点热，好像三十八度吧，不是很烧。"

"吃过药没有？"

"吃了。"

远处的副导演在喊段凛，段凛又蹙起眉，将阮瑜的领口拉链拉好，神色很淡："去车上休息，下午你的那两场戏，撑不住就不要拍。"

阮瑜想也不想地说："那不行，不拍肯定有人会传我在片场耍大牌。"

"没人会传你。"

"啊？"

"下午都是跟我的对戏，是我不拍，谁会传你？"

段凛扔下这句就离开了。

阮瑜看着段凛的背影，有些难以置信。

他居然能为培养感情做到这种地步？

难不成以前对家在片场耍大牌的黑料，都是这么来的？？

下午的戏阮瑜还是坚持拍完了，统筹今天没给她和段凛安排亲密戏，两场拍下来都很顺，难得有几个镜头还是一条过。

孔明坤知道她是带病拍戏，收工后找段凛聊天，还提了一嘴："阮瑜跟你还真是像。"

段凛在喝水，旁边助理邵立替他抱不平："她哪……哪点像凛哥啊？"

"他拍《谋杀晚风》的那会儿你还没来？"孔明坤掸了掸烟灰，"有一场，他也是发烧拍戏，撑了一整天，晚上一量才知道高烧快到四十度，没见过这么拼的。"

邵立都听蒙了。

孔明坤继续说："你说阮瑜是不是和他还挺像？"

邵立只好回道："像。"

说着，他看向段凛，发现凛哥已经喝完水，没听两人的聊天，目光漫不经心扫过远处。他也循过去一看，那个方向，是阮瑜的房车。

邵立脑子抽了，不知道怎么就蹦出一句。

"像，夫妻相。"

- 上册完 -

大鱼

有爱的青春陪伴者

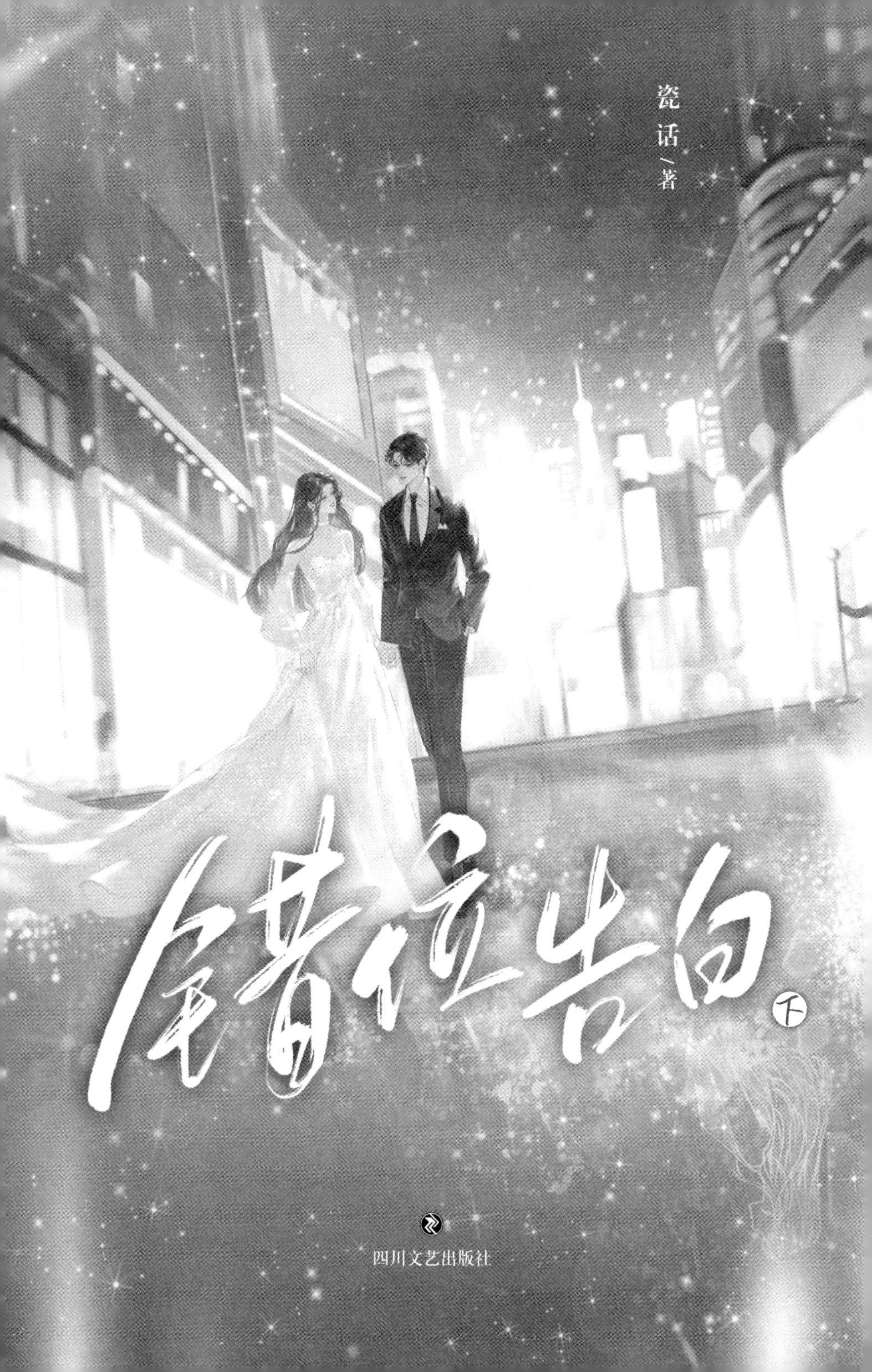

瓷话/著

错位告白（下）

四川文艺出版社

目录
MULU

下册

CUOWEIGAOBAI

目录 MULU

Contents

下册

CUOWEIGAOBAI

第十九章

– 自作多情的竟是他

　　进组半个多月，剧组在上海的原定拍摄进度已经过半，阮瑜日常在片场吃饭拍戏学演技。孔明坤拍电影忌讳演员经常请假轧戏，安卓茜也就没给阮瑜安排往外跑的通告。

　　自从上回的雨夜吻戏以后，阮瑜和段凛在倪家就没什么亲密戏了，不过那些私底下的肢体互动戏还是不少。

　　有一场戏，倪书在无人注意的阁楼间里晒太阳，但季少安找到了她，他总能知道她在哪里。

　　阁楼间以前是家里娘姨睡的地方，床铺洗浴一应俱全，后来娘姨回老家带小孩，这里的东西也没动过。

　　这场戏，季少安要在阁楼间里给倪书洗头。

　　片场布置得差不多了，副导演徐成累下来叫人。阮瑜进阁楼的时候，里面工作人员都各自就绪，孔明坤坐在床边，正在和段凛聊天。

　　"正好，阮瑜你过来，我跟你说一下。"孔明坤讲了下机位，示意落地窗边的洗手池，"等下段凛会在这里给你洗头，这一段剧本里没展开写，但肢体语言可以再亲昵点，看你们的临场发挥。"

　　阮瑜想了想，说："好。"

　　段凛看着她："我没有给别人洗过头，疼了就告诉我。"

　　"没事，我头发特别多，你随便扯。"她回得很干脆。

　　提前走了一遍戏，摄影打光收音就位。

　　场记拍板："《无声惊雷》第二百四十一场第一镜，Action（开始）！"

　　画面里的阁楼间，阮瑜坐在轮椅里，从落地窗透进的午后暖阳照得她昏昏欲睡。

　　忽然有脚步声，她醒神，回头去看，一看就笑了。

　　"你怎么知道我在这里？"

"猜的。"

段凛关上门，稍矮了身，走近，看着她困顿的眼："还想困觉？"

"不困了，醒了。帮我洗头好吗？"

"在这里？"

"是呀。"

他从来都不会拒绝她。

段凛拖了一张躺椅在窗边的洗手池前，抱阮瑜躺上去，将她的后颈撑在水池边缘，垫了一条软毛巾。

他的手指拨过她的长发，放水，准备给她洗头发。

谁都没说话。这一幕是惬意而温情的，两个本不该纠缠在一起的人，从吵闹压抑的倪家中偷来一点安静辰光。

不疼。

耳边水声潺潺，段凛给她洗头发的力道拿捏得很好。阮瑜放松下来，是真的有点困了。

接着，水声一停，她稍微仰起头看，段凛的毛衣袖总是随着动作滑下来，袖口已经湿透了，湿漉漉地贴在小臂上。

段凛瞥了一眼，冲洗掉双手的泡沫，随后就扯住衣领向上拔，直接将整件毛衣给脱了下来，扔在脚边。

就这么自然、随意地全脱了下来。

阮瑜一秒出戏，差点从躺椅上弹起来。

段凛掌心按着她的额头，没让泡沫流进她眼里，垂眸问道："怎么了？"

"没……"她眼神飘忽。

阮瑜这个角度，一眼就能看见段凛在阳光下线条流畅的腹肌和人鱼线，往上是肌理匀称的胸……不看了，迅速撤回来，脑中海啸山崩。

你说怎么了？！

"咔！"

孔明坤在阁楼尽头喊："阮瑜，你这么惊讶干什么？你们这时候已经上过床了，看到对方裸体不用惊讶。控制好了！从放水那一条开始，再来！"

阮瑜诚恳道歉，心说她控制不住啊！这谁控制得住啊？

她发现了，这半个月以来她的脑内感叹就没停过。

平复半晌，阮瑜说："孔导，我好了。"

"Action！"

午后狭小的阁楼间，落地窗前的洗手池旁，段凛光着上半身，紧韧窄腰下只穿了一条发白的牛仔长裤，正专注地给阮瑜洗头。

阳光勾勒出两人的轮廓，水光粼粼，连空气中细小的灰尘都在发光，让人感觉宛若新生。

洗完，段凛给阮瑜擦头发。

沉默片晌，阮瑜仰头，看他的眼："我还想再看一次日出。"

对视几秒，段凛回道："好。"

阮瑜又轻声说："以前我没得选择，如果还有选择，我想一直和你在一起。"她目光坦诚，"我喜欢你。"

她弯起眼睛，在阳光里笑起来，眼睫是金色的，漂亮又明亮。

段凛正替她擦头发的动作顿了顿，盯了她须臾，看向孔明坤的方向，平静地说："抱歉，我忘词了。"

阮瑜一愣。

周围的工作人员全善意地笑出了声。

"你也会忘词？"孔明坤也笑了，"真忘了啊？真不是报复阮瑜刚才让你又脱了一遍衣服？"

"我记得……"阮瑜有点磨牙，"你不是接下来只有一句台词吗？"

"是真忘了。"

段凛伸指擦掉她眉尾的水珠，稍停，又淡声补充："不怪我。"

"哦。"

阮瑜腹诽：呵呵，难不成还能怪我？

这段洗头的戏 NG（失误）了三次，终于拍完。

拍完后，孔明坤喊段凛和阮瑜去监视器前看回放，停住画面，指着段凛光着上半身给阮瑜洗头的一幕，说："这一幕刚好，到时候等电影宣传期能拿来当宣传海报。"

画面确实唯美，极具故事性。阮瑜看着这幕里段凛上半身一览无余的肌理线条和为她洗头的专注神情，直接透过现象看本质——

被他粉丝看到，她和这张海报必得先撕一个！

十月下旬，电影三金之一的金羚奖召开新闻发布会，公布今年的完整入围名单。

作为今年目前为止的票房口碑双冠，毫无意外地，《成名无望》获得多项金羚奖提名。

电影入围最佳剧情长片提名和最佳原著剧本提名。电影总导演关保年入围最佳导演提名，男主角段凛入围最佳男主角提名，女主角谢姿羽入围最佳女主角提名。

其余戏份多的男配角和剪辑师也纷纷入围提名，名单一出来，全网热议。

今年的金羚奖有得看了！

安卓茜给阮瑜打来电话："电影里你戏份少，这次没有入围也是正常。"

阮瑜说："知道，要入围了我才觉得奇怪。"

"不过我安排好了，到时候红毯和颁奖礼你也会去，正好能露个脸。剧组那边，反正段凛肯定会去，到时候让剧组把你们的对戏往后调就是了，应该不耽误拍戏，孔导不会生气。"

"好。"

金羚奖的入围名单传得沸沸扬扬，阮瑜登上"南有嘉鱼"的号，发现首页的菱角已经疯了。

对家粉们都在号哥哥年仅二十五岁就拿下了电影三金中的两金，天选紫微星都没这么亮过。

【大家严谨一点，目前只是金羚奖入围！没拿奖！别吹过了！】

【换别家粉都能吹出宇宙了，段凛就是牛！】

【这是什么正主带飞的爽文大男主剧！！天知道我最初只是想嗑颜罢了。】

【不对不对，是二十六岁啊！哥哥马上要过生日了！！】

……

阮瑜这才想起来，对啊，对家好像是要过生日了。

十月二十四号是段凛的生日。

生日当天，准备已久的菱角从零点起就开始发应援博，画手发生贺图，剪刀手发生贺视频，粉圈热闹得如同过新年。反观段凛本人的微博，一潭死水，从早到晚只有工作室冒泡发了一组旧图。

这天段凛有一天的戏要拍。

片场，阮瑜多刷了一会儿微博，奇怪地发现对家粉居然对此毫无怨言，都习惯了。

偶尔看到有抱怨的，问段凛为什么不营业，马上有菱角回：【你是新粉丝吧？他出作品就是最好的营业了，本来就是正主带飞，我们还奢求什么自行车啊。】

阮瑜新奇，以前她就很奇怪，像对家这种一天到晚冷漠脸营业的明星，不宠粉，怎么还能有这么多粉丝，很离谱。

现在有点懂了。

不过懂归懂，对家还是对家。

晚上剧组收工，阮瑜拿到明天的通告单，又是一天的戏要拍。她正窝在床上看剧本，想了想，忽然坐起来。

她嘀咕着："虽然是对家吧，但现在怎么说都算同事，就跟他说一句生日快乐不算出轨吧？"

阮瑜出了门，去敲对面段凛的房间门。

敲了两分钟，没开。

"阮瑜，你怎么也没睡？"孔明坤的声音传来。

阮瑜转头一看，他和段凛正从走廊那边并排走来。

见到她，孔明坤笑了，问道："正好，我要请阿凛吃夜宵，一起吧？"

"出去吃吗？"阮瑜迟疑。

"对，今天日子难得，你们裹严实一点，走。"

行吧，吃完夜宵说也一样。

阮瑜回房间拿外套口罩，裹完一照镜子，很好，像一个五十米外人畜不分的不明生物了。

出门，段凛见她戴了口罩，大半张脸还埋进围巾里，在室内热得脸色微微泛红。

他伸指稍稍拨了下她的围巾，让她喘口气，低缓道："走吧。"

孔明坤要吃的那家夜宵店也不远，是一家私厨菜馆，他一位导演朋友投的资。

夜晚十一点的上海三环仍旧热闹，三人开剧组的车去。菜馆在一条里弄深处，拐进去就没什么人了，阮瑜放下了心。

"这一家味道好，我以前在横店拍戏都会特意赶过来吃，好多年了。"孔明坤感慨。

进菜馆，是中式的装潢。

阮瑜刚在包间里坐下来，手机就响了。

林青问道："小瑜姐，你现在在外面？"

他声音焦急，阮瑜蒙了下："对啊，别急，我没失踪。"

"真是你？你和段凛一起？"

"对……"

她突然涌上一股不祥预感。

不能吧？

"祖宗哎，你真是要杀了我！你们被拍了！微博都转过万了！就十分钟前的事！"

阮瑜愣住了。

她刚挂断电话，段凛的手机也响了起来。听他接电话的内容，对面八成是打来询问的经纪人。

孔明坤觉得好笑："怎么，一个两个都公务缠身？"

"孔导，我们被人拍到了。"阮瑜心跳得很快，分心解释。

阮瑜直接打开微博，点开热搜榜单，果然，短短十分钟，"段凛阮瑜深夜聚餐"的话题已经飙上了热搜第十五。

她简直要心梗，颤颤巍巍戳开热搜底下的图，放大后，一愣。

拍这么糊到底是怎么认出来的？！

照片是在他们刚才下车后拍的。因为餐馆在里弄深处，剧组的车就只能停在弄堂外的大街上，只走了这么一小段距离，这也能被拍到？

拍的是她和段凛穿着大衣在街边并排走的背影，镜头里她正好侧过头跟他说话，还戴着口罩，可娱记就是精准地圈出了两人的脸，并挨个在他们脑袋上附图了一张本人的高清大头照。

评论里，路人粉丝全都在刷问号。

鱼粉和菱角两家不对盘很久了。菱角打从《成名无望》时被爆出的那组假绯闻照开始，就恨不得自家哥哥离阮瑜越远越好。而鱼粉也不待见骂过阮瑜的菱角，自家女儿自己疼，小瑜给我独美！

两家粉丝热搜相逢，愣神之后纷纷翻白眼，把"滚"字写在了脸上。

虽然心里很想骂人，但评论内容还算和谐。

【今天段凛生日，那就祝段凛生日快乐吧。】

【背影像我哥就确定是他了？你们营销号的眼睛是 X 光？】

【吃瓜的鱼粉都散了，小瑜最近这么多物料不够你们嗑的吗？】

【哇喔，去年两个人在剧组酒店被拍到是假的，这回总是真的了吧？】

【所以是阮瑜在陪段凛过生日？我瓜吓掉了。】

【有生之年我居然能看到段凛的真绯闻，爷青结。】

……

阮瑜翻了翻热搜底下的评论，下面居然还有"春雨 CP"粉在哭自家房子塌了的！

忽然，安卓茜的电话打进来。

"你和段凛现在在外面吃饭？"安卓茜还算冷静，"就你们两个？身边还有别人吗？"

阮瑜回道："有，孔导也在，我们三个一起出来吃夜宵。"

安卓茜舒了口气："行，我知道了，这事好澄清。等会儿我跟段凛的团队联系一下，看看怎么处理。"

阮瑜心里放松了点，说："好，谢谢安姐，麻烦你了。"

安卓茜叮嘱："等会儿你们出去肯定会碰到媒体，自己当心一点。"

"行，我一定小心。"

等阮瑜挂完电话，孔明坤问："我手机里没安装微博，怎么，这事闹得挺大？"

阮瑜就把手机递过去了："现在热搜第一了，您看看吧。"

段凛此时也正巧挂断电话，他神色敛淡，没看出来半丝慌乱，反倒先把菜单递给阮瑜，问道："你先点，想吃什么？"

"今天是你生日啊，还是你先来吧。"阮瑜又推回去。

他盯了她两秒，像回忆起什么，眉眼沉静："帮我点。"

阮瑜嘟囔："我怎么知道你喜欢吃什么……"

不对，她还真知道。

阮瑜捏着一支铅笔在那儿划菜单，终于看完热搜的孔明坤一抬头，见段凛的表情，不解地问："上了个微博热搜这么高兴？"

段凛没应。

"你也看看。"孔明坤把手机递他，"真行，这些记者就只拍你们两个人，我在旁边被剪了。"

孔明坤对这些绯闻曝光不太感兴趣，只要不是电影被路透，偷拍拍出花儿来都行。他起身，淡淡地说："我去抽支烟。"

段凛只接过手机扫了一眼屏幕，正要搁下，屏幕上忽然跳出一条通知。

【你的小宝贝纪临昊微博冒泡了。】

他搁下手机的拇指刚巧碰到上方弹出来的通知，画面跳转，打开了一个软件。

段凛垂眼，停住。

似乎是一个追星的软件，跟微博号相关联。

软件界面，最顶端显示着纪临昊的名字。

只关注了他。他的动态、行程，甚至关注他的人，都事无巨细地映入眼前。

阮瑜终于点完菜，抬头，一眼就对上了段凛看她的视线，幽深莫测，似乎比以往更黏。

"那什么，我都点完了，你看看有没有再要点的吧。"她把单子推过去。

段凛没接，片刻后，他递过她的手机："你的手机。"

手机已经黑屏了。

"哦。"阮瑜没发现什么异常。

十五分钟后，孔明坤抽烟回来了，段凛的助理邵立也闻讯匆匆赶来，找到包间。

邵立说："凛哥，彬哥的意思是最好能拍一张你们三个人的合照，以工作室的名义发出去。但这样一来，大家就会知道是在拍孔导的电影了，不知道孔导您……"

当初签的保密协议上倒是没强制保密主角是谁，但这事，还是要导演同意。

孔明坤思忖："发吧，你们演我电影的事，迟早瞒不住。只要不是被拍到片场路透，就不会出大问题。"

邵立忙鞠躬道谢，拍了一张三人合照，发微博去了。

阮瑜和段凛的疑似绯闻被爆出不到一小时，段凛工作室发出孔明坤和两人在餐馆聚餐的合照，模糊了餐馆背景，并附文：

【@段凛工作室：祝老板生日快乐，进组愉快。】

绯闻不攻自破。但吃瓜路人却更震惊了。

合照的事很快又上了热搜，"段凛阮瑜出演孔明坤新电影"的话题一路从热搜尾巴窜上去，赶超绯闻，直冲上了第一。

虽然不知道是什么电影，但能演孔明坤的电影，似乎还是主角，连路人都知道是天大的好资源。

热搜底下，鱼粉已经被天降的惊喜砸蒙了，这段时间粉丝还在边刷阮瑜演《世界予你乘风》的女二单人cut，边向上天祈祷给我家小瑜一块好饼，没想到一曝就是演孔明坤的电影！

鱼粉高兴坏了，连又要和顶流粉低头不见抬头见这种糟心事都忘了。

而菱角却悲喜交加，心情复杂。

哥哥又能演孔导的戏当然是好事，可为什么是和阮瑜那个炒作精啊？跟她合作过的男艺人就几乎没有不被拉CP的！啊啊啊，哥哥赶紧离她远一点！

可千万千万别有感情戏啊！

评论热闹成了一团。

吃完夜宵，几人从餐馆的后门出去。

现在剧组的车附近肯定蹲点了媒体，邵立来之前就把段凛的车开到了餐馆后巷出去的街上，打算先开这辆回去，剧组那辆明天再叫人来开走。

阮瑜跟在他们后面，后巷很黑，一路无人，每隔十米才有一个小灯泡似的黯淡路灯。

她正打算开手机照明，手还没摸进外套口袋，就被牵住了。

她一转头，看到段凛不知道什么时候走到了她身边，他没看她，但确实在牵她的手。

他干什么？

她尝试抽了下手，但随即被扣紧了，他修长的手指还轻捏了捏她的指肚。

"就当生日礼物。"他淡声说。

"啊？"孔导和邵立在前面走，阮瑜没懂，只好轻声回道，"我没买生日礼物。"

段凛不说话了。

她压根儿看不清段凛现在什么表情，想起他好像还给她送过生日礼物，感觉还挺理亏："我忘了买，不好意思，但……就是，还是祝你生日快乐。"

他的手指与她交扣着，指腹蹭了下她的手指关节，很轻，但痒。

阮瑜浑身多起毛。

不是，现在连戏外牵手这种事也得进行啊？

这段路不长，出了黑黢黢的小巷，段凛松开了阮瑜的手。她没忍住抬头看他，还是那副淡漠脸，鸦羽似的睫毛阴影扫在眼底，辨不清神情。

回酒店，阮瑜刚回房间，想起件事，又爬起来去敲对面的门。

不过一会儿，段凛开了门。

"怎么了？"

她措辞："我想跟你商量件事。"

段凛看着她："嗯？"

"虽然吧，我们现在是在培养拍戏的感情，我……那什么，能理解你敬业投入的心情。"阮瑜问，"但你下回要来那么一下的时候，能不能先提醒一下我啊？"

段凛没接话，只垂眼盯着她看，双眸深沉如墨。

良久，他终于问："提醒你，就会配合我？"

"我尽量吧。"阮瑜勉强地点点头。

她心里却在滚弹幕：啊啊啊，我到底为什么会和对家演爱情片啊？

她忽然想起来："还有这个，给你当生日礼物行吗？"

阮瑜抬起手，手指间坠着一个粉色的挂坠绒兔，是她刚才翻箱倒柜才找出来的。卖萌日的时候，新浪公关部给寄的宣传纪念品。

段凛看了须臾，伸手要接。

她刚想松手，却被他连兔子带手一并扣住。他握着她的手腕，垂眼俯身，在她食指上咬了一下。

用牙齿咬了一下。

阮瑜傻了。

段凛惩罚似的咬了下她，才拿走兔子，全程没接话。

门关上。

被捅了一脸闭门羹的阮瑜一脸蒙。

对家干吗？

房间里，段凛将挂坠兔搁在摊开的剧本旁边，倒了一杯水，平静喝完。

他没有看剧本，反而开始回忆刚才在餐馆里看见的阮瑜的微博名。

她是纪临昊的粉丝。

那个追星微博，是从去年十月开始更新，而之前那个追他的微博号，恰好是在差不多的时间断更了。

回忆里的所有事情都露出了眉目。

她去听纪临昊的演唱会，要纪临昊娶她，给他打榜。

录综艺时替纪临昊挡掉砸下来的酒杯，还不动声色对他献殷勤。

拍纪临昊的 MV，穿的是婚纱。

就连锁屏——段凛想，他认得出她锁屏上熟悉的舞美风格，而那场演唱会不属于他，那个背影也不是他。

就连锁屏也是纪临昊。

在她和他领证的不久后，她不再喜欢他了，她喜欢上了别人。

段凛拿起那只挂坠绒毛兔，指腹蹭过兔子的爪子，质地绒软，让人放不开手。

她甚至还以为，一切都是所谓的为拍戏培养感情。

从头到尾，自作多情的人只有他一个。

昨晚阮瑜和段凛被拍的热度还没降下来，有眼尖的网友扒出这是在上海西区的某条街，一时间，所有人都在猜两人到底在拍些什么。

翌日一早，副导演徐成累过来叮嘱几个主角，说最近附近一定会有蹲点的媒体，无论出门还是去片场都得小心。生活制片还给每人发了一件带兜帽的大衣，穿上像套了个黑色塑料袋，专遮戏服和造型用。

不过好在剧组在上海的戏份拍得差不多了，预计下个月初就能转场，在这里也待不久了。

吃早饭时，阮瑜刚咬了一个流心奶黄包，就听对面的段凛出声。

"当初，为什么想进圈当艺人？"他看着她。

"什么？"阮瑜被突如其来的采访给噎住，总不能说她一开始也是被迫的吧，想了想，回道，"因为能认识新的人。我以前就……没什么朋友吧，但自从进圈以后认识了很多人，我挺喜欢这样的。"

认识新人。喜欢。

段凛盯着她看了会儿，淡声问："不喜欢以前的人？"

"什么以前的人？"阮瑜被问蒙了。

"没什么。"

她咽下一口奶黄包，心里蹦了五百个小问号，见段凛的眸光落在自己唇边，一顿。

他问："帮你擦？"

"我嘴上有东西啊？"阮瑜开始四处找餐巾纸，"没事，我自己来。"

看到了，餐巾纸在段凛手边。

她正要探身伸手去扯，手腕被他握住。

段凛没让她拿纸，就着她探身过来的姿势，伸指，替她擦掉了唇边不小心蹭上的奶黄流心。

下唇还残留着他指腹的余温，阮瑜一滞，对家他……怎么这么自然啊？

段凛擦完后，松了手。

她一下就坐回了自己座位，背脊紧紧贴着椅背，灵魂地震，默默盯着瓷碟里只咬了一口的奶黄包，不是很想吃了。

她要是再吃一口，他再擦一下，这是想让她被噎死？

阮瑜不吃了，把奶黄包搁一边，又戳起一个蟹黄烧卖。

段凛擦完手指，瞥了眼："不吃了？"

"对，我尝尝别的。"

缄默几秒，他音色低缓："就这么喜新厌旧？"

阮瑜是真的听不懂，但段凛今天是真的不对劲，怎么听怎么感觉话里有话。

"拿给我。"

阮瑜才反应过来，他在要她的那个奶黄包，傻了："可我吃过了。"

段凛语气平静："我不介意。"

她还没来得及脑内地崩山摧，又听段凛出声，他正在垂眼剥一个鹌鹑蛋，问："空不出手，喂我？"

从今早起，阮瑜这是第三回憋不出一个字来了。

半晌，她才迟疑地把奶黄包搁进他的瓷碟里，非常诚恳地说："昨天晚上，我错了。"

段凛停了动作，抬眸看她。

阮瑜小声说："是我说错了，我感觉，就……你以后如果想再这样，还是不要事先提醒我了。"

什么"帮你擦""拿给我""喂我"这种话，说出来比不说还要不对劲啊！

她想来想去，觉得段凛今天变本加厉八成还是因为昨晚被曝光的事。

昨天她被拍到要演孔明坤的戏，网上讨论疯了。林青在那里撑黑粉，她过去瞅了一眼，全在质疑她的演技撑不起孔导的电影，糟蹋好本子，浪费好导演，流量和资本终于还是冲塌了文艺电影的最后一片净土。

其实从某些程度上讲也没说错，进组快一个月，剧组演员里吃 NG 最多的就是她。

更何况剧本里倪书和季少安在上海的亲密戏份还不是很多，可现在就

NG 成这样了，以后不真成了拖全剧组后腿的了？

"不过你放心，我会配合你的。"阮瑜挣扎了下，坦诚地说，"我也想好好演完这部电影，如果能演好，说不定以后还能留下一个名字。"

视线交错几秒，段凛问："配合我，培养感情？"

阮瑜挤字："对……吧。"

他应了声，将剥完的鹌鹑蛋搁进她碟子里，又把她没吃完的奶黄包吃了。

阮瑜瞳孔地震，他真吃了！

吃完，段凛用拇指擦了下唇边的一点奶黄，神色自然地舔掉。

舔的还正好是刚才给她擦唇边的手指。

十一月初，剧组在上海的进度接近收尾，阮瑜每天踏踏实实待在片场拍戏学演技，已经很久没露过脸了。

鱼粉知道她在忙着拍戏，各个都像送女儿去上学的欣慰老母亲，也不催她。反正前段时间她密集拍摄的那些杂志图和代言宣传还有存货，杂志官博和品牌方隔两天就透几张图，够粉丝号好一会儿了。

《世界予你乘风》已经播到后半部分。剧里，阮瑜饰演的那位骄纵千金小姐在后期成功洗白，喜欢上男二以后变得又傲娇又甜，鱼粉呜呜哭着在喊这是什么妈妈的可爱女儿，连带着还吸了一拨路人粉。

不过这些都是林青转述给阮瑜的，她这几天一有空就忙着看比赛，都没什么时间刷微博。

这几天是《英雄联盟》的全球总决赛。她喜欢的那支中国战队今年一路冲进了世界赛，眼看着就要进决赛了，必须要看！

半决赛和总决赛的地点都在洛杉矶，有时差，所以下午开始比赛，她就只能每天清晨早早爬起来看。

总决赛那天，阮瑜早上五点就起床了。

赛况激烈，她洗漱完，出房间的时候还盯着手机屏幕。

林青一看她，吓了一跳："眼睛这么红，你又熬夜了？"

"不是，我起太早了。"

林青跟她一起去公共室，这祖宗全程看比赛不看路，熟门熟路地进门，凭感觉找到窗边的餐桌坐下。

都认熟了。

十分钟后，段凛和他的助理也进来，带着早餐。

段凛瞥了眼阮瑜，一顿，蹙起眉问："今天又是几点起的？"

阮瑜正在专注看屏幕，很紧张，没抬头，伸出手比了一个五："五点。"

她戴了一只耳机，第一局比赛开始三十分钟，已经进入后期，解说正在激情澎湃地给中国战队加油。她现在不怎么听得进去周围人的谈话，等到眼皮底下递来一只虾饺，才回神。

林青他们已经离开了，段凛夹过来一只虾饺，凑到她唇边。

阮瑜瞬间放好屏幕，去拿筷子："我自己来吧。"

段凛没让，神色很淡："喂你。"

"哦。"

比赛开始四十五分钟，双方在龙坑激烈交战，中国战队以微弱的优势团灭欧洲战队，扭转局面，一路推上了对面高地。水晶裂开，比赛结束。

"赢了！"阮瑜开心得要命，放下手机，神情雀跃，"我们第一局赢了！"

"嗯。"段凛在擦手指，闻言抬眸，盯着她亮晶晶的眼睛，"还想吃什么？"

"啊？"

话说出口，有点不对。

阮瑜鼓着腮帮子嚼了嚼，嘴里居然有咬了一半的萝卜糕，嗯？她什么时候吃的？

她震惊了。

她忽然全回味过来了，刚才她忙着看比赛，似乎是吃了虾饺、烧卖、萝卜糕，是不是还喝了一口豆腐脑？

全是段凛喂的。

"比赛结束了？"段凛问。

"没，但第一局打完了，赢了。"阮瑜感觉说话很艰难，"等下还有第二局。"

段凛应声，拿起邵立刚刚送来的眼药水，拆开，起身走到她面前。

阮瑜蒙了，转头指着桌上吃得差不多的早饭："我刚……"

还没说完，下巴被抵了一下，耳机也被摘了。

段凛低声说："别动，给你滴眼药水。"

他屈指抵着她的下巴，稍抬，另一只手旋开眼药水瓶子，凑近，垂眸："明天还有比赛？"

"没了，今天是总决赛，看完就结束了。"

阮瑜感觉时间都静止了，眼睁睁看对家过来给她滴眼药水，整个过程他淡然如流水，神色丝毫不见尴尬，这时候她要拒绝一下都显得她反应过度。

不是，她有手的啊！

眼药水滴下来很清凉，阮瑜飞快眨了眨眼，闭上一会儿，想去摸索手机："第二局开始了吗？"

"没有。"

段凛扫了一眼正在中场休息的比赛，一顿，随手翻过她的屏幕，扣下了。

SOS战队。她似乎是这战队里一名选手的粉丝，以前在《成名无望》剧组里时，还试图让他给那名选手打榜。

阮瑜睁眼，第一个看见的是段凛。

近距离看，他眼底下那颗桃花痣格外显眼，素颜皮肤好到离谱。

两人咫尺相对，段凛蹙了蹙眉："别看了。"

阮瑜以为说的是不要看他，"哦"了一声，刚想转头去找手机，却听他问："我不好看？"

他的声音冷淡，像带着蛊惑。

当天中午，《英雄联盟》全球总决赛中，中国的 SOS 战队以三比一的最终比分赢下今年的全球冠军，新闻很快就上了热搜。

赢下最后一局的时候，阮瑜简直心情澎湃得能再早起一个月，她登上微博，也不管上的大号还是小号，迅速发了一条。

阮瑜：【整整六年，终于捧起属于你们的奖杯，恭喜。】

阮瑜很久没营业，终于发了一条微博，鱼粉们激动得想哭。

【啊啊啊，阮瑜我好想你！】

【自拍呢？我们要看自拍，呜呜呜。】

【哈哈哈，"女鹅"，你也在看比赛啊！】

【什么，难道小瑜还会打游戏？】

【我的次元壁破了？】

……

一时间，鱼粉在心满意足庆祝营业，黑粉则在嘲阮瑜跟风蹭热度，什么"拍戏还有时间看比赛""知道《英雄联盟》有几个英雄吗"的杠精言论层出不穷。

阮瑜没多管，发完这条微博就忙着拍戏去了。

近几天，片场外蹲点的媒体越来越多，孔明坤想赶紧结束剧组在上海的全部戏份，所以整个剧组加班加点，阮瑜的戏份也被从早排到晚。

拍得最多的还是和段凛的对手戏，但两人在倪家已经没什么亲密戏了，演起来比较顺。

接下来，整个剧组连轴转一周，阮瑜更没时间看手机了。

微博刷得少，连追星都是反应慢半拍，就像纪临昊两天前公布了一档棚内的音乐竞技综艺，他是节目导师，这事她到今天才知道。

晚上剧组收工已经过了十二点，阮瑜坐剧组的车回去，林青开车，车上还有戴茜。

戴茜看阮瑜一直在看手机，挺好奇："你在看什么？"

"《最强唱作人》的宣传片，一档音乐综艺节目。"

"这是新节目？我怎么没听过啊，好看吗？"

阮瑜笃定地说："好看！"

爱豆接的综艺，肯定好看。

"行，明天拍完我就杀青了，回去有空看看。"戴茜感兴趣。

提起杀青，阮瑜笑容整段垮掉，综艺不香了，手机也不看了。

一算档期，她还有三个月才能杀青。

车一路开进酒店的地下停车场，三人正在等电梯，戴茜一摸身上："等会儿，我手包忘在车里了，房卡还在里面。"

车停得有点远，戴茜不太认路，林青就陪她回去拿手包。阮瑜在原地等了会儿，有点无聊。

她打开手机，正想把刚才的综艺宣传片看完，就被人喊了一声："小瑜！"

阮瑜回头，一位戴口罩的工作人员刚从不远处的面包车上下来，招呼她。

"孔导给你们买了夜宵，你能帮我一起拎上去吗？"

阮瑜往那边走："好啊，有很多吗？"

"不多不多，应该拎得动。"

这段时间剧组忙得夜以继日，孔明坤经常会给演员们买夜宵，她没放在心上。刚要走到面包车前，她脚步却猛地停住了。

面包车驾驶座外的地上扔着很多烟头，有的还没熄灭。

这工作人员在这儿等了很久了。

可她不是最先收工回来的。

那一瞬间，阮瑜浑身发凉，依旧让闷在口罩里的声音尽量自然："不然再等等，我助理就在前面，我让他跟我一块儿拎吧。"

话还没说完，她面前的男人忽然攥紧她的胳膊，大力一扯，猛地将她往车里推。

阮瑜瞬间拼了命地挣扎，失声尖叫起来！

"林青！救——唔！"

男人死死捂住她的嘴，使出猛劲想把她塞进车后座，并压低声音警告："小点声！我不想伤害你。"

他沉下来的声音格外喑哑，熟悉得让人脊背发冷。阮瑜瞪大了眼，是那个撬过她门的男人！

她死命挣扎，想闹出动静，隔着口罩狠狠咬了对方的手一口。

"嗞——"

阮瑜的力气根本没男人的大，被他用尽全身力气压制着，声音也被他闷在口罩里，就快呼吸不过来的时候，身上骤然一轻。

一声沉闷的碰撞声乍然响起！

然后是邵立的声音："你谁啊？！"

又是闷重的一声"砰"响，似乎有人被狠狠摔在了车门上，然后是男人的一声惨叫。

阮瑜整个人都在抖，目光都是不聚焦的，等感觉到被人从车后座拉起来时，眼泪不受控地就流下来了。

远远传来匆忙的脚步声，林青在喊："怎么了怎么了？！出什么事……"

"我天，这怎么回事啊？"戴茜错愕。

一片混乱中，阮瑜感觉被人抱在怀里，那人安抚似的捏了捏她的后颈，音色低沉："没事了。"

是段凛。

他抱了她两秒，一顿，松开。

阮瑜的眼泪掉得很凶，下巴都是颤动的，她抖着手，胡乱用手背擦掉眼泪，这才看清眼前的场景。

现场一片狼藉，那男人已经被钳制在了地上，邵立正满脸凶狠地反剪着他的双手，他还在低低哀号。

"没事吧小瑜姐？他伤到你没有？"林青吓疯了。

戴茜忙过来抱住她："感觉怎么样？"

阮瑜一句话都说不出来，她泪眼模糊地往男人那边看，见段凛过去，站定在他跟前，漠然垂眼。

男人刚才被摔在车门上的那一下太重了，现在痛得背部发麻，他努力扭头往上看，正巧对上段凛冷冷的目光。

冷得让他打了个寒战。

不是平时电视上看到的疏淡冷漠，而是那种引人发寒的冷。

大腿一阵剧痛，男人又惨叫了一声。

段凛居然踹了他！

戴茜吓呆了："段、段老师……"

"凛哥，别，有监控。"邵立凶狠的表情立马没了，急着阻止。

段凛蹲下身，摘了男人的口罩。

男人第一反应就是挣扎着挡脸，邵立一个不察，竟然被他用力挣脱出一只手。

幸好他似乎只是想挡住脸，表情已经从刚才的哀痛转成了惧怕。

"别、别拍我……"

十五分钟后，酒店的安保人员急忙赶到，林青报警后，男人很快就被扭送上了警车。

这事惊动了全剧组，等阮瑜在酒店房间里做完笔录后出门，走廊上已围满了来查看情况的演员和工作人员。

孔明坤脸色不好看："你们没事吧？阿凛呢？"

林青说："他跟警察回局里做笔录了。"

"怎么不在酒店里录？"孔明坤皱眉。

"他……把那个'私生饭'打了。"

不久前警察来调监控，发现男人装成外卖员，从下午起就一直蹲守在了停车场里，直到晚上十二点他等来阮瑜一行人，才开始行动。

阮瑜跟着去看了监控，画面里，当男人将她压进车后座时，赶来的段凛直接扯过他的后领往后狠狠一甩，男人挣扎想爬起，又被段凛提起领子干脆利落地摔在了车门上。

段凛后面还补了一脚。

毕竟是打了人，警察看过监控，只能走程序把段凛一起带回去做笔录，邵立也跟去了。

"还好来得及时，不然不知道会发生什么事！"林青觉得后怕，"人抓到就好，刚才我应该拦着点的，不打那两下就没事了……"

"打得好。"阮瑜闷声说。

戴茜来给阮瑜送热水，发现她捧着杯子的手还在抖，担心地问："还好吗？"

阮瑜摇摇头："我没事，放心吧。"

剧组的人陆陆续续过来安慰，安卓茜也打来电话。

晚上，阮瑜没睡，就坐在床边，房间门开了一条缝，在等人。

凌晨两点，走廊传来脚步声，还依稀传来孔明坤的声音。阮瑜出门，见段凛他们回来了，正在走廊上和孔导聊天。

瞥见她，段凛拎着外套，径直走来："还不睡？"

"没，我睡不太着，在等你们。"阮瑜看着他，诚恳地说，"今天谢谢你啊。"

见她的眼睛还是红的，睫毛染着湿意，段凛一顿，抬指替她擦了下，问："还是很怕？"

阮瑜被他擦得一滞："之前怕……现在抓到人了，就，还好。"

孔明坤问："阮瑜，你以前也碰到过这'私生饭'？"

邵立咬牙："叫他'私生饭'都太轻了，就是个变态！"

"刚才我们在警局翻他的手机，相册里全是阮瑜的偷拍图和视频……问他为什么这样做，他说想跟阮瑜结婚，要照顾她一辈子。"

阮瑜忍不住，脑内滚了句脏话。

看事情解决得差不多了，明早六点还要起来拍戏，孔明坤赶紧催他们回去休息。

阮瑜向段凛他们道了谢，各自回去。

回到房间，她还是睡不着。

这段时间相处下来，段凛确实没看上去那么冷漠，反而还挺乐于助人的。

阮瑜回忆了下，今晚段凛揍人那两下，要是脱去对家粉的滤镜来看，不得不承认，还是有那么一点帅的。对了，泡芙当初也是他从街边捡回去的流浪猫吧？

她坐起来。

行吧，以后再也不吃他的黑料了，也不跟对家粉掐架了。在剩下的时间里，她要洗心革面，过好每一天。

感觉有点背叛了自己四季的身份，阮瑜爬上追星小号，怀着歉疚刷了一会儿爱豆的美图，还把没看完的音乐综艺宣传片也看了。

另一边的酒店房间，段凛从浴室里出来。

搁在桌上的手机屏幕正巧亮起，微博发来一条特别关注人的新提醒。

是一条视频，他点开。

亲亲昊昊宝贝：【啊啊啊，哥哥新综艺加油冲冲冲！//@黄桃卫视最强唱作人：我们官宣啦。】

缄默片刻，段凛神色冷淡，微挑了挑眉。

此时，阮瑜关了手机，刚要躺平入睡，忽然听到敲门声。

她没马上去开，警觉地问："谁呀？"

"是我。"段凛回道。

开了门，阮瑜差点没把门再关回去。

段凛像是刚洗完澡，一身黑色浴袍，水痕从他耳下的漆黑发梢一路淌进锁骨下的领口，还裸着脖颈处大半的冷白肤色，不是，他不怕被拍啊？

"睡不着。"他淡声说。

阮瑜一愣："啊？"

段凛摊开手掌，递过来。她仔细看了看，他修长食指的指腹和虎口处泛了一点红，似乎有点破皮。

可能是在打那个变态时被对方衣服上的什么东西给划了。

柔和的灯光下，段凛的眼睫垂下来，看着她，不复之前的凌厉冰冷，浓墨般的双眸里像沉着雾，声音低缓："疼。"

阮瑜想了想："那……我给你找个创可贴？"

"嗯。"

她让段凛进来，在林青给她的医药包里翻了半天，总算翻出一个创可贴。

段凛坐在她房间的桌前，仍然是那副水雾弥漫的淡漠样子，低眼，伸手让她贴。

他这样子也太疼了吧？

阮瑜坐在旁边，帮他把那破皮处给贴了，有点过意不去："要不你还是去医院看一下，我觉得，只有这伤口的话不会特别疼吧，说不定是伤到骨头了。"

段凛看着她，淡淡地说："不用去医院。"

"那好吧。"她想了想，"还有，今天真的谢谢你了。"

她才说完，段凛刚贴好创可贴的食指就勾住了她的手指，拉了一下。

阮瑜被他拉过去，呼吸交错，他的鼻尖蹭了下她的鼻尖，声音淡淡的："我不当好人，别谢我。"

她还没来得及在心里滚出一片乱糟糟的弹幕，段凛就松开了，神色自然得像刚才只是贴了个创可贴，让她连问都不好问。

"别玩手机，早点睡。"他扫了一眼她的手机。

半晌，阮瑜才"哦"了一声。

翌日一早，安卓茜又给阮瑜打来电话，意思是要依法处理"私生饭"这事，该走的司法程序一样不能少，但就不在网上扩大事态了。

上回商影传媒已经发出严正声明要杜绝"私生饭"，全网爆过一次，安卓茜深知冷饭炒第二次只会适得其反。她把这事提了提，阮瑜一想，没反对。

阮瑜去警局办了剩下的手续，下午，警察来通知，那人会被刑拘十天，并处罚金，已经留了案底。行为都是未遂，判不了多重。

片场，戴茜找阮瑜聊天，听说了这事后，有些不满："那这也处理得太轻了，还没段凛那一脚踢得解气。"她凑过来，感叹，"段老师真帅，帅到我头皮发麻，冰山面孔反派人格，剪成视频它不香吗？"

阮瑜才真的头皮发麻："你想都不要想！"

"等电影上映了我就给你俩剪视频，相信我，会火出银河系的。"

"强拉CP，天打雷劈。"

当晚戴茜拍完最后一场戏，正式杀青，她离开前，阮瑜把准备好的杀青礼物送过去，抱了抱她。

又过了两天，整个剧组在上海的拍摄即将告一段落，收工后，准备转场去法国。

原定计划在法国拍摄三周，几乎都是段凛和阮瑜的对手戏。孔明坤知道他们还要去金羚奖的颁奖礼，所以特意让统筹先排完主角戏，留出最后两天拍配角戏。

当天，段凛结束了在上海的所有戏份，离组，飞去参加金羚奖的入围酒会。

阮瑜只是去走个过场，只需要走红毯观礼，不用参加前一天的酒会，能比段凛多留一天。

一天后，她也请假离了组。

第二十章

– 不试，怎么知道不喜欢

十一月中旬，第五十八届金羚奖如期举办，各大电视台转播，全网直播。

办了这么多年，今年这一届尤其受欢迎。

原因很简单，以往金羚奖的评审团偏好冷门佳作，比起票房大热的商业片，那些小众电影似乎更受评审团的青睐。而这一次，《成名无望》票房创今年院线电影新高，居然还同时入围金羚奖多项提名，可谓前所未有。

金羚奖的颁奖礼，影评人看门道，分析得长篇大论，而粉丝们不管，只看爱豆。

每一届的颁奖典礼都是大牌云集，群星荟萃。红毯当天，场馆外从凌晨开始就有粉丝在蹲守，而早上不到七点，能进红毯区的媒体们也争相拥入，为的就是抢在前排拍出一手新闻。

下午两点，天空开始飘起小雨，气温骤降。

阮瑜凌晨才到剧组住的酒店下榻，早上先去跟关保年和几位主角打了声招呼，才回房间做造型。

这次活动依旧是沈芳飞当她的妆发师，过来之前，他替她挑了一件裸粉色的曳地长裙，无袖大露背，人工刺绣的碎花点缀，仙得不可方物。

阮瑜拉开窗帘，看见酒店楼下蹲点的媒体都穿着羽绒服了，这种天气，穿裙子就真只能凭一口仙气吊着了吧！

"放轻松，宝贝，美是要付出代价的。"沈芳飞在她身后安慰。

裙子是品牌方赞助的，穿上时腰围大了点，沈芳飞给她找了一个别针扣了起来。

长发简单散在肩背，完工。

沈芳飞满意地说："美！"

刚好林青进来："小瑜姐，关导他们准备走了，我们也走吧。"

"好。"

今天的红毯，剧组的男女主角单独走，阮瑜则跟着剧组其他几个主创一起走。

段凛和谢姿羽已经提前去了现场。她跟在关保年他们后面。一行人刚走到电梯间，电梯门打开，段凛身边的助理邵立居然走了出来。

关保年认出邵立，问道："你们不是早就去了吗？怎么又回来了？"

"关导，陈老师，"邵立笑着打招呼，"我回来拿点东西。"

他像是要往走廊里边走，和关保年他们擦肩，经过阮瑜时，递了一个黑色袋子给她，悄声说："这个，凛哥让我给你的。"说完就走了。

黑色布袋的袋口用拉链封着，还挺大。

林青问："这是什么？"

"不知道啊。"阮瑜也有点蒙。

出酒店，阮瑜跟着走红毯的几人坐一辆车，林青他们坐助理车。她看了眼被自己带上车的袋子，好奇地拉开拉链，打开。

西装外套？

里面居然是一件纯黑的西装外套，一看就做工考究，面料昂贵，就这么叠在袋子里。

阮瑜傻了：对家干吗？

下午三点，小雨未停，金羚奖的走红毯仪式正式开始。

电视前和网络直播间里满是吃瓜的网友，各大论坛还盖起了红毯造型的高楼，一片热闹。

去不了现场的鱼粉在直播间里摩拳擦掌，喜极而泣：【呜呜呜，是公开行程啊！终于有新鲜的小瑜看了！】

【要知道老母亲们虽然嘴上说着安心拍戏！心里还是想看到宝贝"女鹅"的啊！】

……

等了两个小时，终于听见女主持人报幕：

"接下来，我们要请上红毯的这几位来头就大咯，听说是今年的最大白马——为什么不是黑马呢？因为他们所携的入围电影可是今年国内目前为止的票房冠军哦。"

男主持人接话："其实都能猜得到啦，刚才电影的男女主角已经露过面了，那欢迎入围今年最佳剧情片的《成名无望》剧组！入围最佳导演的关保年导演！入围最佳男配角的陈帆……"

车在红毯源头停下。

鱼粉精神振奋，来了来了！

镜头给到打开的车门，剧组导演和演员一并下车，旁边等候已久的保镖迅速上去撑伞。

最后一个，阮瑜提着裸粉色的礼裙从车上下来。

"啊啊啊，太美啦！"

鱼粉刚号没两句，就发现了不对，撞衫了！

红毯两侧的媒体将镜头聚焦在几人身上，也发现了，阮瑜今天穿的这条裙子和之前走红毯的黄芷岚穿的简直太像了！

同样的裸粉色系，无袖露背，除了绣花和小细节处不太相似，整体全撞上了。

红毯直播间内，弹幕一秒刷新了满屏。

【女星走红毯的衣服都是赞助的，撞上也很正常吧。】

【一条是品牌高定，一条是成衣，阮瑜那条明显是成衣，都不合身。】

【她腰好细，身材好好，我酸了。】

【鱼粉不拉踩不比较，都美就完事了。】

而也有一些不和谐的声音，瞬间跳出几条：

【这能一样？黄芷岚靠作品入围金羚，阮瑜一个提名都没有也来蹭红毯？】

【炒作咖，她来了，她蹭着红毯走来了。】

……

一时间，弹幕争论不休。

下一秒，红毯两旁的媒体和直播间的观众都是一愣，阮瑜刚下车，又转头回去了！

众目睽睽下，她探进车后座，抱出一件黑西装，迅速抖开，披上。

整个过程不过十几秒，行云流水，一气呵成。

连两位主持人都没反应过来，纷纷一愣。

阮瑜就这么披着黑西装，在雨幕中，跟剧组一行人走上红毯。

弹幕的路人、粉丝、黑粉回过神来，又开始刷弹幕：

【哈哈哈，她是能听见我们说话吗？】

【看小瑜的表情，不是因为撞衫，而是因为冷吧？哈哈哈。】

【阮瑜是今晚我见过第一个穿礼裙披外套的女明星，绝了。】

【她好可爱啊！】

【我发现阮瑜总能一秒扭转舆论，是有什么超能力吗？】

【当然是仙女专属的超能力啦。】

……

红毯两旁，闪光灯将夜色照成了白昼，阮瑜披着那件西装，全程对镜头微微一笑，但心里冷得直颤抖。

当然是活着比较重要啊！

阮瑜披西装走金羚红毯的一幕被前线站姐拍下，她连撞衫都能撞得别具一格，很快上了热搜。

路人在底下评论：【哈哈哈，不愧是那个"沙雕"的你！】

粉丝们则在舔屏：【呜呜呜，小瑜今晚的裸粉色礼裙搭黑西装外套又仙又飒，真的好会穿！】

点赞最高的一条评论是：【降落人间的美神，连雨丝都格外偏爱。】

进组一个半月，话题度不减。

内场，颁奖典礼快要开始了，阮瑜被安排在了中后排的位置。她不需要领奖，而剧组其余提名的几人都被官方安排在了前几排。

刚坐下，她的视线往前寻找，在远远的第一排找到了段凛。他坐在关保年身边，两人像正在谈话。

段凛只露出后脑勺和肩背，后面衣领是黑色的，好像是穿了外套，看不清穿的什么。

内场不冷，阮瑜就把西装外套脱了。

鬼使神差地，她嗅了一下。

是那种很清冽的木质香，有点淡了，但还闻得出来，很像平时段凛身上的味道。

真是他穿的？

此时音乐声响起，典礼开始了，阮瑜回神。

今晚金羚奖的颁奖典礼备受万众瞩目，各个颁奖的主持人都是大咖明星，在台上谈笑风生，造梗不断。

颁的第一个奖项是最佳男配角，男演员陈帆靠《成名无望》提名今年金羚最佳男配角。可惜仅差一步，最终奖项花落一位演公路喜剧片的演员。

阮瑜看得还挺认真。

远处的台上光芒璀璨，如星月争辉，是国内电影圈最高的领奖台之一。

她忽然就有点向往。

颁奖礼进行三个多小时后，终于到压轴的三大奖。

最佳女主角揭晓，花落谢姿羽。

谢姿羽今年三十二岁，从演话剧出身到站上金羚奖台，实力有目共睹。她本人也在台上哭成了泪人，全场掌声雷动。

接下来是最佳男主角，两位主持人上台报幕。

大屏幕上，五位入围提名的男演员共同入镜。

阮瑜见到屏幕上的段凛，黑色大衣领口，里面雪白的衬衣，戴黑领结。在几乎是一众西装革履的男明星里，他是为数不多没穿西装的人。

片刻的等待后，男主持低头拆黑色信封。

女主持笑着说："让我们来揭晓，今年最佳男主角，得奖的是——"

"《成名无望》，段凛！恭喜！"男主持大声说道。

刹那间，掌声热烈如潮。

段凛上台，发表获奖感言。远远看去，光芒如昼，尽数流泻在他身上。

此时直播间的菱角都在哭，哥哥顶着被一些影评人诟病多年的"流量小生"称号，一路走到现在，证明"流量"这个词能与实力并存，真的太不容易了！

随后，最佳剧情长片意料之中地颁给《成名无望》，再次，一夜成名，全网热议。

阮瑜感觉有点玄幻。

就……怎么说，亲眼看着对家获奖，好像也不是很难受。

金羚奖颁奖典礼结束的当天晚上，阮瑜马不停蹄地回了京城，整理完行李，和林青坐上了飞法国巴黎的航班。

十二个小时后，巴黎下午六点，航班降落在戴高乐机场。

剧组的副导演徐成累来接人，到达巴黎市中心后，一行人转乘列车，直奔法国东北部阿尔萨斯的一座小镇。

十一月的阿尔萨斯天气很晴朗，天空碧蓝如洗。

小村庄坐落在运河沿岸，房屋都是用当地的石块搭建而成，红砖粉瓦，白墙绿顶，颜色鲜艳而明丽，漂亮得像一幅油画。

孔明坤特地挑了一处没什么旅客来的小镇，这里当地人生活的气息浓郁，整个剧组就住在镇上的酒店里。

段凛还没到，孔明坤先来找阮瑜。

"他在国内还有事，得多耽搁一天，我估计明早应该就能到了。等他过来了，你们最好找时间沟通一下。"孔明坤给她介绍，"对了，这里景色好，镇上咖啡屋很多，你可以先逛逛。"

阮瑜不喝咖啡，但她现在心情特别好。

林青看她一边理东西，一边哼哼，问道："你怎么这么开心？"

阮瑜回道："废话，现在能公费旅游啊，这还不够我开心？"

在酒店里吃完晚饭，她正要出去逛一圈，统筹的拍摄通告单送过来了。

她看了一眼，明天段凛来得迟，所以就安排了两人晚上的一场戏。

扫过拍摄地点、场景和场次，她的目光猛然定在了场次上，笑容刹那间僵滞在脸上。

《无声惊雷》的第一百八十二场。

是床戏。

她终于明白——

孔导的那句"最好找时间沟通一下"是什么意思了！

林青看阮瑜一脸人间崩塌的绝望脸，仿佛手里拿的不是通告单，而是病危通知书，不解地问："怎么了？"

阮瑜神色木然："我想杀青。"

"杀我犯法，祖宗。"

阮瑜晚上没出门，翻出剧本，找到明天要拍的那场戏。剧本里别的地方都做满了记号，就这一处是空白的。

因为这是全片里唯一一段，床戏。

当初她和段凛对戏时生无可恋地跳过了所有的吻戏和床戏，后来剧本翻了好几遍，别的都看了，就是没看这一段。

翌日，阮瑜下楼吃早饭的时候，段凛已经到了。

酒店二楼餐厅，靠窗位置，导演组两人和段凛共坐一桌。

孔明坤见到阮瑜，招呼她过去。

"正好，我刚才还在说你们两个晚上那场戏的事，下午你们抽时间沟通一下，最好能提前对对戏。"孔明坤问她，"剧本都看过了吧？"

阮瑜把餐盘端过去，视线往段凛身上挪了一眼："看过了。"

"那行，你们好好聊。"

下午剧组还有空景要拍，孔明坤拍了一下副导演徐成累，示意走了，留下她和段凛两人。

段凛看起来刚到不久，棒球帽还没摘。他瞥了眼欲言又止的阮瑜，垂眸拿起一片面包，问："吃果酱还是黄油？"

"果酱吧。"

闻言，他将全麦面包片抹上果酱，递给她。

阮瑜道谢，咬了一口面包，心里的尴尬感叹号滚了满屏："啊……对了，那天我走得太急了，西装没来得及还你，衣服还在我公寓。"

段凛没拒绝："等回国，我来拿。"

"哦。"

尴尬，就是尴尬。

半晌，她试探着问："你下午，应该要倒时差的吧？"

段凛看着她，说："不用。"

阮瑜又"哦"了一声，没办法了："那什么，我感觉晚上那场戏，就……我还要做一下心理建设。对戏的事，要不然，缓缓？"

床戏要怎么对啊？！

她咬着面包片，想死。床戏是不可能对的，这辈子都不可能在私底下跟对家对床戏的，再不行，她去问戴茜要几部电影床戏的剪辑恶补一下算了。

段凛的目光落在阮瑜脸上几秒，又给她倒了一杯牛奶："别噎到，喝完跟我去走一走。"

"啊？"

他抬手，擦掉她下巴上的面包渣，问："不是还没逛过？"

剧组所在的小镇游客不多，角角落落都充斥着当地人的生活气息。阮瑜只戴了一个口罩就跟着段凛出门了，见沿街的多数房屋还保留着法国十六世纪的建筑风格，房屋沿着运河相对而建，和威尼斯小城有几分相似。

街边的咖啡屋外坐着闲聊的居民，小酒馆在白天也敞开大门，小孩在街头玩法式滚球。花香、咖啡香、法式长棍的面包香，融成一片，一切都显得那么宁静而悠闲。

小镇并不大，逛两个小时就能走完全部街道。但阮瑜压根儿就不记得自己逛了个什么。

她紧张得要死。

两人逛完，回酒店吃午饭，阮瑜一个人在房间里待了一下午。

没别的，就看片。

在网上找了个"百大电影删减片段合集"的帖子，一个一个视频点开看，硬着头皮观摩。

没办法，演是肯定要演的，但这一次，死都不能 NG。

黄昏时分，林青来敲门。

"小瑜姐，孔导说那边已经快布置好了，让你过去。"

片场就搭在相隔一条街的小旅馆里。剧组租下了旅馆的一楼，晚上这场戏发生在其中的一间旅馆房间。隔离带一拉，当地赶来看热闹的小镇居民都被拦在远处。

暮色西沉，洒满金色余晖的房间里，摄录组和道具组的工作人员来来往往，在确认最后的细节。阮瑜刚从旁边化妆间里出来，女造型师又塞给她一包东西。

是一个乳白色的小包装袋，她捏了捏，里面是软的："这是什么？"

"胸贴，防止走光。"造型师非常直接，"等下那场戏，季少安是肯定要扒倪书衣服的，到时候孔导要是拍得尺度大，估计上半身得全脱了。"

阮瑜心中流泪：我死了算了吧！

此时，旁边化妆间的门打开，段凛走了出来。他还是穿着季少安常穿的那件黑色毛衣，下套牛仔裤，眸光正落在她手里的包装袋上。

下一秒，阮瑜捏紧包装袋，耳根发烫，心里骂着，直接又关上了化妆间的门。

等她换完衣服出来，隔壁房间已经布置完毕。孔明坤最后确认机位，让阮瑜和段凛过去大致走了一遍戏，就开始清散现场的工作人员。

连打光都没要，只留下摄影师和收音师，剩下的两个导演和副导演助理则在房间角落里看监视器。

等下要拍的这场，是倪书和季少安逛完小镇回来，在旅馆房间内的一段戏。

阮瑜身穿碎花白衬衣搭深咖色毛线半身裙，坐在轮椅上，怀里还抱着道具组给的一袋面包，她现在怀疑面包都能听见自己的心跳声。

段凛走过来，低头看她："很紧张？"

"对。"她憋字。

他一顿："一旦我有让你感觉不舒服的动作，你就咬我的肩膀，或者捏我的手臂，我会注意。"

"哦……"

"都准备得怎么样了？"孔明坤过来确认，"你们等下就从这里推门进来。这一场戏台词少，需要你们临场发挥的地方很多，等会儿阮瑜你别像上次那样放不开，随意一点，我这次不会太抠细节，放轻松。"

阮瑜壮士赴死般地说："好的，我尽量吧。"

准备就绪。

场记打板："《无声惊雷》第一百八十二场第一镜，Action！"

安静温暖的旅馆房间内，金色余晖透过白色的纱帘，浸没每一寸角落。

门被人推开，段凛推着阮瑜进门，他们还在聊天。

"唱得难听死了。"她抱着一纸袋的面包，眼里跳跃着笑，"跟你说了也不听，我说走呀，你还非要留在那里听。"

段凛回身关门，眼角眉梢也有笑："不好听？我喜欢听他唱。"

"不好听，反正我是听不来。但这里的面包还不错，我试试。"

两人停在门廊处。

段凛看她咬了一口甜点派，问道："甜吗？"

"甜，你尝尝。"她递给他。

他没接。

段凛俯身，拉开一点她递甜点派的手，凑近了，对视，眸光向下，一寸寸顿在她的唇上。

两人间的距离缩短至呼吸相闻。

很短暂的停顿，她心里猛然一跳，随后唇际一软，段凛的吻就落了下来。

嘴角处的糖霜被舔去，紧接着，下唇微微一痛。

她被他咬着唇深吻进来，毫不客气地抵开齿关，他的薄荷味和自己舌尖的苹果甜味纠缠交融。

呼吸消匿在细微的暖昧水声里。

阮瑜紧靠在椅背上，紧张得尾椎都在发麻，忽然腰际一紧，段凛箍住她的腰，直截了当抱她起来，一手托住她的大腿，一把将她抵在了门廊的墙边。

刹那间，她整个人贴着冷硬的墙面，双脚悬空，下意识去揽段凛的脖子，吸气声尽数吞没在唇齿间。

面包从纸袋里滚散一地，空气中全弥漫着甜腻的香气。

鼻息急促，吻没停。

此时阮瑜被托抱起来抵在墙上，双脚压根儿碰不到地面，视线高段凛几寸，和他对视，脑海一片空白。

"咔！"

段凛紧箍着阮瑜的手指动了动，盯了她一会儿，微撤，放她下来。

孔明坤喊："阮瑜，你要再主动一点，再热情点。这时候你和季少安之间已经没有猜忌，没有隔阂了。发生亲密关系是你情我愿水到渠成的事，这时候你是非常想和他上床的，明白吗？"

阮瑜心跳加速，回道："明白了，孔导。"

"这是前戏，别放不开！记住，你只是小腿截肢，不是全身瘫痪！他托你起来，你大腿就缠他的腰上，手去扯他的衣服，脱不下来就伸进去摸！"

阮瑜沉默了良久："对不起，我再调整一下。"

耳根全是烫的。

啊啊啊！

补妆，道具组又给她准备一袋面包，重来。

第二次，整一幕重新拍。从进门开始，谈笑，递面包，接吻。

孔明坤还是喊了停。

每当段凛抱起阮瑜时，她总僵硬得不知道从哪里下手，腿是缠住了，手是摸进去了，可触到又像过电似的秒收了回来。

根本没入戏。

孔明坤有点头疼。

倪书和季少安在法国的戏份并不少，这场戏发生于两人在法国的最后一天。此时倪书真正爱上季少安，打消了杀心，是两情相悦的感情戏，按理来说要比两人那些拉锯猜忌的戏份好演得多。

卡了三次，阮瑜的唇有些肿了。她一被喊停就迅速从段凛怀里撤下来，眼神飘忽，就是不往他身上瞟。

夕阳已经沉落，十一月份，天黑得非常快。

玻璃窗上逐渐响起噼里啪啦的敲击声。

"孔导，外面下雨了。"场记还记得今天要取黄昏的景，问，"还拍吗？"

孔明坤一思索："拍，改成雨戏！"

剧组在国外的戏份很赶，一天都耗不起。孔明坤当机立断，将这一场改成倪书和季少安两人从外面避雨回来的戏。

"《无声惊雷》第一百八十二场第一镜，第四条，Action！"

画面里，黑暗的房间被人打开，进门，两人都是浑身淋湿。

走廊外的灯光照进来，只照亮了门廊这方寸角落。

被淋了雨，阮瑜却在笑："有毛巾没有？我要擦水。"

"有。"

等了两秒，段凛却没开灯。

副导演徐成累觉得奇怪，看了一眼孔明坤，见他正全神贯注盯着监视器，并不出声。

一片昏暗里，段凛去浴室里拿毛巾，又折回门廊处，顺手掩了门，给阮瑜擦头发。

镜头下，阮瑜的神情稍愣，看着段凛，也在意外他为什么不开灯。

这个反应很自然，孔明坤没喊停。

段凛俯身而来，替她擦拭长发，接着是脸颊、脖颈，再到锁骨。隔着毛巾，他似乎摸到了她紧张而剧烈的心跳。

而后，阮瑜眼前的视线一暗，他吻了上来。

她腰际骤然一紧，被他托抱起，抵在墙上。

门只留着一条缝，走廊的灯光微弱地透进，隐约描摹出两人的轮廓。

黑暗里，段凛并没有像前几次那样亲得凶狠，反而舔摩着她的下唇轻轻吮咬，情欲中带有几分温存。看不清他的脸和周围的镜头，阮瑜的紧绷感少了大半。

淋了雨，只有彼此的鼻息和体温是热的。

吻了片刻，稍稍分开。她在昏昧中隐约看见段凛的眉眼，疏长的睫，修挺的鼻梁，以及薄唇。

他的唇湿润着，诱惑一般。

孔明坤盯着画面，见阮瑜开始回应，她摸索着要脱段凛的毛衣，却碍于两人的姿势没有成功。

不得章法地扯了几次，她明显有些急躁，正要再扯，整个人却被段凛往上托了托。

他扛起她，直接往房间里走，径直来到床边，一把将她放倒在床上，然后屈膝，俯身跪压了下去。

阮瑜被摔进柔软的床内，刚撑起身，抬起头，就对上了段凛的目光。

刚才没看清，现在借着窗户外透进的街灯灯光，她终于看清楚了。

他一眨不眨地盯着她，眸光暗沉，下颌的弧度绷着。

他眼里不复淡漠，满是压抑的欲念——像狼。

阮瑜蒙了。

"咔！"孔明坤说，"可以，刚才这条过了。"

有工作人员打开了灯。

中场休息，下一镜才是重头戏。孔明坤过来给阮瑜说戏，示意段凛："刚才那一镜其实是他帮你了。还是那句话，这时候倪书对季少安已经没有了顾忌，两人之间没有隔阂，我要的是主动和张力，你给的感觉还不够，你不够信任他。"

阮瑜闻言看向段凛，他正接过助理递过来的毛巾，神色平静。

似乎刚才那一幕只是错觉。

她回头，仔细想孔明坤的话。

孔明坤导戏时远比平时要严肃得多，拍不出他满意的效果，他不会随便给过。

"你还是太紧张，放不开。"孔明坤继续说，"这样，我给你们十五分钟，你们给我聊会儿，聊什么都行，聊够十五分钟。"

"啊？聊天啊？"阮瑜以为自己听错了。

"对，什么时候你放松了，我们再开始。"

阮瑜眼睁睁地看着孔明坤遣散房间里的工作人员，一行人出门，机器留下，门一关，房间里只剩她和段凛两个人。

她还坐在床边，见段凛将毛巾搁在椅背上，走过来。

空气仿佛静止。

他在她面前驻足，低眼看她，问："聊聊？"

阮瑜的头发还半湿着，碎花衬衫湿漉漉地贴在皮肤上，裙子也沉重。她抬头看段凛，神情蒙得像一条脱水的鱼。

"聊……什么啊？"

"想聊什么都可以。"他瞥她一眼，去拿了一条浴巾，抖开，裹住她，"不冷？"

"还好，有暖气就不冷。"

但阮瑜还是裹紧了她的小浴巾，心里疯狂滚弹幕。

孤男寡女在小旅馆的床边，能聊什么啊？

段凛没坐上床，拉过来一把椅子，在她正对面坐下。

对视须臾，他淡声说："从前，倪书认为季少安是想争家产，和他母亲是同一类人，才想杀他。"

他在帮她捋剧情。

"对。"阮瑜反应过来，顺着捋，"但她后来发现季少安人其实挺好的，也挺可怜的吧，而且他又是唯一一个肯陪她疯，肯帮她重获自由的人。她觉得找回了以前生的快乐，所以就喜欢上了季少安。"

只不过在结局里，倪书还是选择了在最好的时候死去，她爱自由多过于爱情。

段凛应声，稍顿，又问："但这一段戏，她放不开，为什么？"

她被问得一滞，抬头，见段凛正注视着她。

他眸光幽深，低声问："不喜欢他？"

"没……吧。"

倪书肯定喜欢季少安，但阮瑜看段凛此刻淡漠的神色，总感觉他话里有话。

缄默了半晌，她挣扎了下，结结巴巴地说："我也没……讨厌你，我不是故意让你吃 NG 的。"

以前是讨厌过对家，还黑过他，但现在不了。

她回忆了一下，她要是段凛，肯定也以为她这一波是故意为难他，互动戏卡，吻戏卡，床戏也卡，还没完没了了。

在段凛看来，阮大小姐从中学就开始缠着他，好不容易大学不碰面了，可休学回国以后又缠上了。用脚指头想想都知道，什么去片场堵他，给他打骚扰电话，逼婚还鸠占鹊巢这种事阮大小姐以前肯定没少干。

现在他们拍一部戏，她还总让他吃亲密戏的 NG，这说不是故意的，鬼信啊？

阮瑜想起孔明坤刚才的话。

还得拍两个多月的戏，有些事情不说出来，她可能一直会对段凛放不开。

"那什么……是这样的。我之前有一段时间，对你有点误会。"阮瑜措辞了下，"就是……从去年年底那会儿开始，特别的，不喜欢你。"

她一边回忆阮大小姐的所作所为，一边说："你就当我……就当因爱生恨吧。"

缄默两秒，段凛看向她："为什么？"

"就，那时候看了一些对你不太好的爆料。你知道的啊，我以前不是对你爱而不得吗，就因爱生恨了，那些负面爆料也全信了。"

阮瑜简直太佩服自己了，这一波解释，多符合人类情感逻辑学啊！

虽然是有点小加工，但刚才她说的，基本把自己是黑粉的历史给兜底出来了吧。

段凛一顿，神色莫辨："后来呢？"

"后来我知道那些爆料都是假的了。"她看着他，表情诚恳，索性一并说了，"不过你放心，我现在不爱不恨了，以后肯定不纠缠你，也不是故意让你吃NG。"

停了两秒。

"还有，对不起啊。"

早该说这句话了。

成名以后，她也被黑过，被传过谣言，甚至被全网如山倒的舆论网络暴力过。

所以她更直接地感受到了，因为莫须有的爆料去讨厌一个人有多不理智，哪怕那人是自己爱豆的对家。

哪天段凛要是知道和自己拍戏的人居然是他曾经的黑粉，就算他不出手，菱角也会替哥行道，灭了她啊！

不过现在说出来，神清气爽，舒服太多了。

段凛没接话，眸光落在阮瑜脸上，她眼神恳切，看上去很轻松，像是释然。

不爱不恨，不纠缠，放开了，所以才轻而易举地喜欢上了别人。

"哦，还有，我们那什么，之前领证的事，如果你想离……"

话还没说完，阮瑜扣着浴巾的手猛地被拉了过去，浴巾一散，整个人不受控地就往段凛的方向倒。

两人凑近，下一秒，他矮身过来，下颌轻抵在她的肩窝处，像一个交颈的拥抱。

段凛音色冷淡："不想听这句。"

两分钟后，孔明坤敲门进来。

"怎么样，准备好了吗？"

房间里，阮瑜裹着浴巾在那儿给自己做心理建设，看上去比之前放松了太多。孔明坤满意，又看向正在桌前喝水的段凛，笑容停了，他有点意外，皱起眉。

段凛情绪不对啊。

生气了？

十五分钟一过，很快，摄像组进来布置机位。副导演徐成累比对一遍上一镜的场景，确认无误，孔明坤喊人就绪。

关灯，继续拍摄。

"Action！"

光色暗淡的房间，阮瑜被段凛摔入柔软的床，撑坐起身的下一秒，他直接俯下身来，深深吻住了她。

她很细微地僵了一下，随即反应过来，伸手想搂他的脖子，却被段凛拦住，箍紧手腕，紧接着拉至头顶，直接将她整个人压进床里。

这一幕太迅速了，他的动作干脆又利落。

不仅是阮瑜措不及防，就连孔明坤都没反应过来。

镜头下，两人在密不可分地接吻，阮瑜的眉尖微微蹙起，眼尾泛红而湿润，像是动情又难耐。

实际上不。

她感受到唇上吮咬的触感，试着配合回应，甚至舌尖刚探出一点，就被咬了一下。

段凛在吻她，吻得极含侵略性，握着她手腕的指腹贴着脉搏，抚擦而过。说是吻，不如说在舔咬。

太凶了。

阮瑜都蒙了，趁他挡着镜头，彼此唇齿稍稍分开之际，她没忍住，想说什么："段……"

音节才刚发出来，他垂眼看她，眸沉如墨，微一俯低，又吻了下来。

她还没来得及说出口的话被悉数堵住，像一声细微的呜咽。

孔明坤全神贯注地盯着监视器。

画面里，段凛挡住了大半的镜头，扯住领口，直接将整件毛衣脱了下来，随手扔向床下。

男人紧绷的背肌和流畅的肩胛弧度被黯淡光色勾勒出轮廓，一路勾向后腰，随着动作舒张或紧绷，极具性张力的一幕。

他背对镜头，俯身，做了一个解衬衫的动作。

接着，段凛捞过身旁的被子，盖住了。

镜头推进。

在黑暗中，细微的表情几乎都被湮没，但好处是，两人的轮廓在暗光下若隐若现，每一个动作都惹人遐想。

监视器前，孔明坤皱了皱眉，沉吟了两秒，还是没喊停。

其实他想要更大尺度的镜头表现，但段凛似乎不想配合，几乎挡住了阮瑜。

但他要的画面情欲和张力，两人都给了。

或者说，是段凛引导着给的。

起伏、律动、喘息。

暧昧而窸窣的动静。

彼此交换的吻。

旁边，女副导演助理看得面红耳赤，低呼："我的天，盖着被子还能演成这样……"

"嘘。"徐成累瞪她。

昏昧的暗色里，阮瑜脑中已经一片空白，感受到段凛的吻一路从她的嘴角循向耳郭，含吮着咬了一下。

他问："真的喜欢我？"音色有些低哑，勾着难以名状的性感。

是剧本里的台词。

阮瑜耳根滚烫得要死，连弹幕都滚不动了，片刻，才小声回道："喜欢。"

"咔！"

远处，孔明坤终于喊了停，一条过。

在场所有人都没想到今天最后一镜居然结束得这么顺利，一镜到底，全程无 NG。

房间内，摄影收音组纷纷整理机器收工。孔明坤很清楚拍完床戏要给演员留私人空间，很快开始清散房间里的工作人员。

两分钟后，所有人撤离，房间里又只剩阮瑜和段凛两人。

阮瑜的大脑还在机械停工，脸红得根本不受控，她盯着近在咫尺的段凛，一个拼音字母都憋不出来。

段凛看了她两秒，又垂眸，轻轻蹭了蹭她的唇。

随后，他撑身坐起，替她盖好被子，捞起床下的毛衣，进了卫生间。

半小时后，片场收工。林青跟着阮瑜回酒店。

片场和酒店就隔了一条街，这里的小镇居民也不认识剧组的几个演员，两人就直接走着回去了。

经过一座桥，阮瑜忽然停了下来。

"怎么了？"林青见她脸色不对，"东西落片场了？"

阮瑜没回，沉默了半晌，扶着小桥的栏杆缓缓蹲了下来，把脸埋进膝盖。

林青一惊："胃疼？还是哪儿不舒服？"

良久，阮瑜低声挤字，憋出一句骂人的话。

林青不解。

阮瑜脸上热度没消，想跳河。

阮瑜想到刚才拍戏时，其实段凛没贴近她，两人在被窝里始终隔着几寸距离，动作都是借位的。

但，就在说最后那两句台词的时候，她无意间弯了一下膝盖，碰到了他。

那一瞬间她才发现。

他……他起反应了！

林青见阮瑜欲言又止，欲跳河又迟疑："你到底怎么了？"

阮瑜深呼吸，平复了整整五分钟，才回道："我好像……把段凛惹毛了。"

阮瑜是真觉得她惹段凛生气了。

八成是因为今晚两人聊的那十五分钟，在她将自己做过他黑粉的事和盘托出后，虽说她是扔掉了心理负担，但他明显生气了。

拍后半场戏的时候，他吻得也……太凶了。收工后，他也是一句话没说就走了。

想想也是，谁愿意跟黑过自己的人一起拍戏啊？

连林青都看出来了段凛散着的冷气压。

不同于以往的疏淡，段凛这次是真冷漠。但又和上回在上海酒店打人时不一样，好像没那么冰冷。

林青老母亲状般叹气。

肯定是阮瑜那祖宗 NG 太多次，得罪了人家。

段凛是新晋的金羚影帝，又连摘两金，粉丝数目庞大，阮瑜怎么就把他给得罪了呢？

翌日，酒店早餐时间。

阮瑜挑完了早餐，正端着餐盘要选座位，被林青一把拉到了段凛的餐桌前。

她一脸不明状况，瞅林青："干什么？"

林青不理她，笑着说："段老师，昨天小瑜姐回来以后，一直在跟我夸您的演技好，说能跟您对戏很难得。"

阮瑜呆了。

段凛的目光落在阮瑜脸上，他昨天吻得重了，她的嘴角被磕出了一道很小的口子。

他没应声。

林青继续刷好感度："其实前段时间她看了您演过的好多电影，这么说起来，她还是您的粉丝啊。"

阮瑜腹诽：林青，你可闭嘴吧。

缄默须臾，段凛一顿，淡声问："黑粉？"

林青笑容一僵："什么？"

此时，助理邵立拿着段凛的工作手机过来，段凛瞥了眼屏幕，离席接电话。

等人走后，林青警觉地问阮瑜："段凛刚才说什么粉？"

阮瑜说："他可能，在跟我打招呼。"

林青有点蒙。

阮瑜正色："他刚刚说，hey，粉。"

早上有一场阮瑜和段凛的对戏，拍摄地点仍然是昨晚的小旅馆房间。

这一幕，是倪书和季少安两人在前一夜上床后，于翌日清晨醒来的事后戏。

片场摄录组在忙碌安置机位，而房间里的布景没怎么动，还保留着昨晚拍摄时候的模样。

阮瑜到的时候，孔明坤正在跟副导演徐成累聊天，见她来，招呼她过去。

"等下拍的这一场戏里倪书要抽烟，你以前抽过烟吗？"

阮瑜想了想："没，不过我记得，倪书在这场戏也是第一次抽烟吧？"

"没错。"孔明坤挺满意，"没抽过那就好办了，一会儿你该什么反应就什么反应，我就不给你讲戏了。"

"好。"她忽然想起什么来，"孔导，段凛他，不抽烟吧？"

"他平时不抽，拍戏的时候另当别论，等会儿让他只闻个烟味就行。"

正聊着，孔明坤又笑着一招手，是段凛到了。

阮瑜回头一看，好，行，段凛还是一贯的淡漠样子，而且似乎比之前更冷了。

呜，她怕是还没等电影播出被菱角撕碎，就先要被段凛给找机会暗杀了！

去化妆间换完衣服，道具组给她拿来两包烟，让她挑。

都是法国当地流行的女士烟，牌子是卡地亚的，说是绿色那包味道清淡点，红色那包味道更浓。她毫不犹豫挑了绿色那一包。

准备开拍，阮瑜披着浴巾进房间，见段凛已经在床上了。

他坐在床头翻剧本，上半身的衣服已经脱了，也没披浴巾，窗外阳光一打，肌理线条阴影分明，身材好得像雕画出来的。

各机器就绪，孔明坤在那儿喊："准备好了吗？"

"好了，孔导！"

阮瑜扔掉浴巾，爬上床。

她蹭到段凛旁边，见他正看着自己，犹豫了下，尝试弯起一个特别友好的微笑。

行吧，话都说开了，心理包袱也没了，再卡戏也太讨人嫌了。

"《无声惊雷》第一百八十三场第一镜，Action！"

晨光熹微，光色透过白纱帘照入。温暖的旅馆房间内，深棕色的床上，两人正在接吻。

一旦进入角色，段凛就敛了那种浑身疏冷的气质。

他扣着阮瑜的腰，将她抵进靠枕，俯低了上半身吻她，并不深入，浅浅地吻她的嘴角和下巴，温柔缠绵，蹭着亲昵。

亲了会儿，阮瑜抵着他的肩，将他推开。

她把他推到一旁，下一刻，翻身跨腿，跪坐在了他身上。

"你别动。"她笑意狡黠。

阮瑜身上的碎花衬衫懒散地披着，只扣上两颗扣子。

段凛果真没动，手搭在她腰际，视线循着她的腰线往下，落在她那条义肢小腿上。

"疼吗？"

"不疼了。"她也跟着看自己的小腿，皱了下眉，笑着问，"丑不丑呀？"

段凛回道："不丑。"

下一刻，阮瑜就撑着他的腰腹，稍稍趴下来，凑过去亲他的喉结。

段凛往后仰起脖颈，绷成流畅的弧度，喉结滚了滚，扣着她腰际的手指收紧，任她在他身上作乱。

阮瑜一路亲到下巴，再捧着他的脸轻轻吻。

监视器前，孔明坤的表情难得不是那么严肃，反而有点儿诧异。

今天两人之间的气氛流动得恰到好处，段凛当然不让他意外，倒是阮瑜，什么时候放得这么开了？

昨晚他们到底聊什么了？

效果太好了，孔明坤没喊停。

画面里，阮瑜到处亲了片刻，又撑起身，伸手去捞放在床头的烟盒和打火机。

她抽出一支细细的烟，点燃，尝试抽了一口。

刚抽第一口，她立即被呛得咳了两声，皱起眉头，不太舒服。

丝丝缕缕的乳白烟雾在空气中缭绕开来，过了初次那种呛人的感觉后，唇舌间又回上来一股淡淡的话梅味道，带着一点点细腻的甜。还行，不算太难抽。

按剧本走，倪书应该要含一口烟，轻轻呵在季少安的脸上。

阮瑜含了口烟，凑近段凛，心里挣扎了下。

拍完这段她又得被对家记一笔吧？

就迟疑了那么一瞬，忽然后腰一紧，段凛揽过她的腰，贴近了。下一秒，她手指间燃着的烟被抽走。

段凛神色平静地捏着烟，低眼，抽了一口。

监视器前的孔明坤差点跳起来，他愣了，嘴里叼着的烟险些掉落。

床上的阮瑜也傻了，她即将出戏的前一秒，段凛咬着烟，扣紧她的腰，掀过去，覆身。

两人的位置顷刻间颠倒。

段凛随手将烟按熄在床头的烟灰缸里，含着一口烟，吻阮瑜的脖子。

乳白色的烟气缠绕着细白的脖颈皮肤，在阳光下有一种别样的氤氲感，分不清哪样更让人上瘾。

本来倪书的台词是问他喜不喜欢烟味，阮瑜迅速反应过来，改了："你不是不喜欢抽烟吗？"

随后，她的脸被捧住，转向他，一眼看到他深沉如墨的双眼。

段凛声音低缓："不试，怎么知道不喜欢？"

他也改了。

"咔！"

孔明坤表情满意，一条给过了。

女副导演助理赶紧过来给阮瑜递浴巾。阮瑜披上，压下后知后觉涌上来的爆棚羞耻感，想了下，回头问段凛："怎么样？我今天是不是好多了？"

她眼睛带着点亮。

段凛看她，没应，戏一喊停，他又成了今早那副冷冷淡淡的样子。

准确地说，是冷冷淡淡反问她"黑粉"的样子。

阮瑜感觉自己有黑历史，作孽在前，比较心虚。

她死都没想过这辈子她会讨好——没错，讨好对家。

房间里的工作人员都撤得差不多了，阮瑜态度良好地蹭过去。

"我以后，肯定不乱吃关于你的爆料了。"她说真的，"也不跟风黑你了，你放心。"

昨晚回去，阮瑜仔细想了想，其实段凛帮过她不少忙。

虽然她是对家粉吧，但忘恩负义也不是这么用的。

要和平共处，好好拍完这部戏。

对视半晌，段凛淡声问："怎么补偿我？"

"补……偿啊？"阮瑜蒙了，没想好，"要不然你提一个，我看看补不补得了。"

段凛盯了她一会儿："欠着。"

"哦。"

房间里没有其他人，气氛又静下来了。

阮瑜刚想再说点什么，下唇一热。段凛的指腹在她唇上的小伤口抚擦了下，一触即收，问："疼不疼？"

"你说这个小口子？"她也碰了下，"不疼。"

"跟我接吻，不会讨厌？"

阮瑜一噎。

他怎么突然问这种问题？

半晌，她憋字："没，不讨厌。"

段凛应了声，拎起衣服，套上，给她留了换衣服的空间，离开房间。

片场走廊，工作人员来来往往，孔明坤正边叼着烟，边看通告单确认下午的拍摄戏份，余光扫见段凛来了，一打量，笑着招呼他。

"我看你这样子，消气了？"孔明坤掸了掸烟灰，"昨天你那脸色冷得。"

段凛没接话，只开口问他要了一支烟。

孔明坤惊诧，把烟递过去："给，你不是嫌抽烟伤嗓子吗？"

"嗯。"

段凛借火点了烟。

"这玩意儿抽了容易上瘾，别学我，多少年了戒都戒不掉。"

孔明坤跟他聊了几句，见他试了几口，逐渐蹙起眉。

段凛神色敛淡，掐熄了烟，不是刚才她那一支的味道。

一时间他想过很多事。

阮瑜有歉疚感很好，表明在意，暂时只是逢场作戏也好。

不急，总要一点点来。

第二十一章

−你一哭，我心情不好

　　剧组在法国的拍摄戏份不少，在接下来两周的时间里，阮瑜和段凛的戏份几乎是从早排到晚。

　　孔明坤对镜头质量的要求很高，有时候为了取到一个黄昏划船的景能连着拍三天，而有一场倪书和季少安在酒馆里的戏，光组织安排群演就废了好几条片。

　　阮瑜猜测孔明坤拍的废片应该有不少，他们在巴黎拍三周，等成片剪辑出来估计也就十几二十分钟。

　　整个剧组在阿尔萨斯待了一周，转场马赛，最后一周来到巴黎。

　　孔明坤要在自己的电影中致敬《午夜巴黎》，所以将巴黎的戏份都安排在了晚上，而且基本都是雨戏。

　　阮瑜除了刚到法国那两天有点不习惯，现在已经完全适应了。

　　对她来说，整部电影最难的床戏已经拍过了，剩下的都是倪书和季少安在法国旅行的戏份，几乎全是外景戏，还有几场吻戏。

　　现在孔明坤很少需要喊停她和段凛的吻戏了。

　　第三周，安卓茜给阮瑜打来越洋电话，提了一嘴她之前演的那部古偶剧。

　　"明晚《宫夜行》就开播了，国内晚九点，你们那边时间应该是下午，怎么说都是你的女二戏，到时候别忘了转发宣传。"

　　"好。"

　　"林青跟我说，再拍几天你们就回国了吧？"

　　"对，还要拍两天，后天下午的航班回来。"

　　"那等你回来转场休息的那两天，正好有一个年度时尚盛典可以去。"安卓茜见缝插针，"还有两个拍摄通告，最近年末活动很多，其他艺人有曝光率，你也不能没有，能抽时间参加两个就最好。"

挂完电话，林青在门口喊阮瑜吃饭。

阮瑜去开门，手机又是一振。

陈主任：【这个月有时间吗？可以来复查了。】

整个剧组在巴黎的最后一场戏，也是剧本里倪书和季少安的最后一场戏。

这场戏，安排在倪书自杀的数十年后，那时季少安已经垂垂老矣，躺在轮椅中再也走不动路。某天午后，季少安在庭院晒太阳，天色转阴，风雨欲来，恍惚间梦回年轻时他和倪书旅行的那段时光。

梦到他和倪书仍在法国，午夜无人的巴黎街道上，他们相拥着跳舞。

在梦里，倪书并没有截肢，穿着两人第一次见面时的靛青长裙，双腿完好，像一只生机勃勃的蝴蝶。

这一场是大夜戏，孔明坤要取两次景，一次午夜，一次日出。

他打算把这一段当成彩蛋，到时候剪进片尾，让阮瑜和段凛自由发挥。

阮瑜差点喜极而泣，坐了两个多月的轮椅，她终于要站起来了啊！

拍摄地点在沿着塞纳河的一条街道上。

片场，林青给她拿来一小袋暖宝宝："这个，刚才段老师送的，让你贴羽绒服里。"

"段凛啊？"阮瑜接过，探头往段凛的方向看了一眼。

段凛正在和孔明坤站着聊天，似察觉到她的视线，抬眸往她这里一瞥，稍顿。

阮瑜立刻弯起一个标准友善的笑容，扬了一下暖宝宝，表示谢谢他。

她现在和段凛的关系，有点微妙。

她感觉自己像在赎罪。

被本人知道她曾当过黑粉的黑历史后，她现在表现得非常友好。

阮瑜拉开羽绒服，贴暖宝宝，内心很沧桑。

呜，四季之耻！

准备得差不多了，孔明坤过来给阮瑜讲交谊舞："这个好跳，阮瑜你开拍的时候就跟着段凛走，他会带你，不用拘泥动作，我要随意的效果，你们自由发挥就行。"

阮瑜点头说："好。"脱了外套，过去。

各机位就绪，打板。

此时巴黎是晚上十二点，过往路人还不少，都在剧组拉的隔离带后驻足围观。隔得比较远，但还是有点吵闹。

副导演助理放了一段纯音乐，盖过了人声，当他们跳舞的背景音。

"《无声惊雷》第二百六十八场第一镜，Action！"

阮瑜攀着段凛的肩膀，腰被他扣着。两个人并没有按标准动作来，上半身更像在虚虚拥抱。

跳交谊舞，男方几乎控制着全部的节奏，阮瑜只要放松，让段凛带着就行了。

大脑是放松的。

这场戏拍远景，没收音，她听段凛出声问。

"冷吗？"

她说实话："有一点。"

"踩我的脚。"段凛垂眸扫了一眼她的鞋。

"这怎么踩啊？"阮瑜小声问，"我穿的高跟鞋。"

下一秒，她腰际一紧，被段凛箍腰悬空抱起，裙摆在空中转过半圈，惊得她当机立断搂紧他的脖子。

画面里，阮瑜被段凛箍起转了半圈，反应很快地在空中蹬掉高跟鞋，落地，光脚踩上他的脚背。

两人的距离骤然贴近，她的脑袋也只能蹭在段凛的肩膀处。

整个人的重量都在他身上，真成了被他带着跳。

孔明坤盯着监视器，觉得挺好，没喊停，心里有点嘀咕，最近这两个人配合得越来越默契了啊？

"拍完这一部，以后有什么打算？"段凛小声问。

"啊？"

以后？阮瑜一下没反应过来，对家是想和她聊人生规划？

她想了想："我也不知道啊。

"拍综艺我喜欢，拍戏也喜欢，都不挑，就看我的经纪人会给我安排什么通告吧。"

"商影能接的影视资源不多，好的更少。"段凛一顿，语气平静，"如果你想主接戏，可以跳槽。"

"跳槽？跳哪里去？"阮瑜听得有点蒙。

她疑惑了半晌，逐渐冒出一个不可能的念头："不会是……跳去你的公司吧？"

段凛点头。

阮瑜傻了，第一反应是对家疯了，第二反应是自己疯了。

她居然还认真思考了下拍戏的事。

对明星来说，接代言和出商业活动最赚钱，而拍电影虽然不赚钱，却意味着有机会拿奖，拿了奖，则意味着真正成名。名利场里，没有人不想名利双收。

其实段凛说得没错，商影传媒旗下的艺人走的都是造星路线，公司能为艺人争取到好综艺和好代言，但在影视这一块却相较薄弱。好的剧本和导演是万人争抢的金饽饽，像孔明坤这样的大导，只有他挑投资方和演员的份，投资方却很难塞人进组。

所以，能接到好综艺和代言靠人气热度，而能接到好的影视资源却靠命。安卓茜固然是金牌经纪人，也难在这一块吃得开。

可段凛不一样。

电影圈本来就小,他拍了这么多年电影,拿奖不断,该认识的名导早就熟了个遍。

现在,他成立了自己的公司,又挖走了冬影的王牌郭彬,想签他公司的艺人肯定不少。即使他一个团队运转不过来,身后还有段家的冬影娱乐,那可是圈内影视娱乐公司的巨头。

阮瑜瞳孔地震,咕哝:"你在挖墙脚啊?"

腰际的手忽然就收紧了。

段凛俯身,把下巴搁在她的颈窝,低缓地问:"谁的墙脚?"

"我爸的。"

不是,他真不怕她被菱角千刀万剐吗?

阮瑜好奇地问:"为什么你想签我?"

段凛没应。

阮瑜这会儿看不见段凛的神色,等了一下。

沉静须臾,段凛说:"补偿。"

她"哦"了一声,他是想让她为他赚钱。

"那我先……考虑一下。"

说完,阮瑜心里滚了无数条弹幕,先不说她签段凛公司会不会被对家粉暗杀吧,那拍戏也得看她还有没有时间啊。

都不知道还能活多久。

"咔!"

孔明坤在远处喊停,从监视器后探出头:"远景过了!动作保留,特写再来一条!"

化妆师急忙跑上来给两人补妆,对话就此中断。

阮瑜的脚还踩在段凛的鞋背上,林青连忙趁着补妆的时间上来给她披外套。她正搂着段凛的脖子,段凛就接过外套,替她罩上。

她抬起头看,只能看见他弧度分明的下颌,再看,鸦羽般的睫毛下淡漠的一双眼,没看出来他是什么情绪。

当晚的这场戏拍到凌晨两点,中场收工,整个剧组在附近的咖啡馆里休息两个多小时,临近日出,又拍了一场阮瑜和段凛的戏。

仍旧是同样的街道,晨光从远处埃菲尔铁塔的塔脚升起,朝阳如新生的火焰,照得塞纳河上一片粼粼的金色。

在季少安的梦里,倪书没有在那一天的黎明前跳下山崖。

他和她在巴黎无人夜的街道上拥抱、跳舞,等漆黑的长夜过去,终于等来这一场日出。

当天早上,剧组在法国的戏份全部收工。阮瑜回酒店睡了几个小时,下午跟着剧组一起去机场,回国。

十几个小时后,航班降落首都机场。

剧组拍下一场戏要转场去苏州,有三天的休息时间,一行人在机场分道扬镳。

走前，副导演助理挨个跟演员打招呼："小瑜，过几天苏州见咯。"

"好，那我先走啦。"阮瑜弯眼笑开。

十二月中旬，阮瑜上半年拍的那部上星古偶剧《宫夜行》终于播了，双台联播，前几集的收视率还不错。

已经快断粮的鱼粉们柳暗花明又一村，纷纷打开电视手机追新剧，呜呜呜，粉上一个无缝出新的爱豆真的好幸福！

阮瑜在《宫夜行》中演女二，一名朝廷培养的冷酷女杀手，是哑巴。女杀手全程没有感情线，本来她奉命追杀亡国出逃的小公主，可一来二去，被女主角的光环感化，倒戈成了公主党，最后助小公主手刃了灭国仇人。

没台词不要紧，没感情戏就更好了，鱼粉高喊：【我们不在乎，我们就是去舔颜的！】

阮瑜在剧里束高马尾穿黑色劲装的每一帧都被粉丝截图保存了，每段打戏都被慢放几倍细细品，她打戏不用替身，腰细腿长的打起来又飒又好看，那马尾造型，呜呜呜，连颅顶都比其他的女演员好看！

剧刚播出，阮瑜的打戏就上了热搜，她在去公司的路上看了一下，评论底下有褒有贬，夸的比较多。

到公司，安卓茜推过来一溜的通告："这几天你有两本杂志拍摄，我还替你接了一个新代言，代言下个月宣，合同你看一下，没问题的话这两天也要把代言物料拍了。"

"行。"阮瑜点头，把那份眼镜的代言合同签了。

安卓茜提醒："对了，明天晚上的年度盛典，你有一个奖要拿，记得提前准备获奖感言。"

阮瑜一愣："什么奖？"

"年度人气女艺人，你的粉丝票选出来的，也算是一个奖，你好好准备一下。"安卓茜把邀请函给她。

邀请函上写：E年度盛典。

临近年末，圈内各大时尚杂志几乎都会举办年度盛典，阮瑜要参加的这场就是某本时尚杂志举办的，地点在京城。

杂志是五大刊之一，盛典上颁的奖项分为两部分，一部分由杂志内部评选得出，一部分则是粉丝票选投出。

今年的E年度盛典，由网友票选年度人气女艺人，鱼粉全体动员，最终阮瑜以稍高一筹的票数压了四小花旦之一的何颐萱，拿下第一。

粉丝居然在自己看不见的地方做了这么多事。

阮瑜收起邀请函，有点感动。

当晚，她在拍摄收工后回公寓，睡前想起来，打开手机前置摄像头自拍了一张，发微博。

阮瑜：【今年最后一张自拍。】

她快一个月没发原创微博，鱼粉刷到都炸了。

【啊啊啊，失踪人口回归！我尖叫到我妈从隔壁跑过来揍我！】

【我在做梦吗，不然怎么能见见仙女，呜呜呜。】

【凌晨两点半？小瑜我命令你快快睡觉！！】

【今年还剩十二天啊宝贝，妈妈落泪了。】

……

剧组休息的三天里，安卓茜没客气，几乎要将阮瑜的通告排满。阮瑜每天在自己公寓里待的时间不过几小时，差一点住在摄影棚里。

翌日，结束上午的棚拍，中午林青送她去盛典安排的酒店，沈芳飞过来替她做造型。

阮瑜做造型的时候还在啃面包，当午饭吃："青啊，真的不能给块肉吃吗？我差一点就要哭出来了，真的。"

林青语气坚决："现在不行，你这条裙子一吃多就显肚子，到时候被媒体拍黑图怎么办？别的女明星参加盛典连一口水都不喝，不行，等领完奖随便你吃。"

今天沈芳飞给阮瑜挑了一条浅杏色掐腰鱼尾裙，上回她走金羚红毯时裙子的腰围尺码不对，这条正好，刚好掐出她盈盈一握的腰。

裙子美不胜收，唯一的缺点就是太显腰，吃不了东西。

阮瑜只好刷微博，找精神食粮。

一看，她眼睛都亮起来了。

纪临昊！

爱豆居然也要出席今年的E年度盛典！！

林青看阮瑜双眸晶亮，面包吃了一半就放回化妆桌上，于是问道："不吃了？"

"别的女明星连水都不喝，我还配吃面包？我不配。"她一脸痛改前非。

林青愣住了。

下午，E年度盛典在京城工人体育馆内举行。

红毯是女明星的角斗场，十二月的寒冷室外，在红毯上穿齐肩露背裙的女星不计其数，挨冻算什么，美丽本就要付出代价。除了阮瑜。

红毯两侧的媒体等来阮瑜，纷纷失笑，她这次怎么又穿了外套！

这回阮瑜披了一件白色小西装外套，底下是浅杏色的鱼尾裙，走红毯如乘风，丝毫不做停留。

人群中的代拍站姐恨铁不成钢，高喊："阮瑜，你慢点走！多给你拍两张美图啊！"

弹幕：【阮瑜：鱼哭了水知道，天冷了我知道。】

晚上是盛典的正场，这次阮瑜的待遇很好，被安排在第一排座位。

内场的看台后座都是粉丝，她一进来，远远的就有鱼粉喊她名字。她循声望过去，看不清人，但好像看到了自己的灯牌，弯起眼睛甜甜一笑。

她的位子在第一排右侧，坐下来装作不经意地看了一圈，找到了！

纪临昊的座位在远远的另一边，第一排中央靠左的位子。

爱豆正转头和后排的男艺人聊天，呜呜呜，连模糊的轮廓都发着好看的光芒！

她很快收回目光，跟旁边的女艺人聊了几句，又摸出外套口袋里的手机。

莫名想知道一件事。

段凛来了没啊？

她上小号一搜，没来。

段凛今天下午在上海的街头出现，似乎是在露天拍摄代言广告，菱角到现在还在号那几张路透图。

看来他也挺忙的啊。

阮瑜关掉手机，忽然就有点开心。

这可能就是幸灾乐祸……不，同病相怜吧。

晚上的盛典全网直播，表演场和颁奖环节穿插进行，快要到阮瑜的领奖环节时，林青猫着腰过来，提前半小时让她去后台准备。

他们走工作人员通道进后台，一路去化妆间。

后台比内场还热闹，工作人员来来往往忙成了一锅粥。她被沈芳飞拉着补个妆，又去采访间录专访，出来时，被人叫了一声。

"阮瑜？"

阮瑜回头，一眼就笑开了："纪临昊！你这么早就下来了呀。"

"嗯，我的颁奖在你后面。"

纪临昊穿着正装，一双桃花眼含笑，温柔到像天使下凡，看得她嘴角都压都压不住。

林青忍不住在后面戳了一下这祖宗。

阮瑜收敛了点："咳，那先恭喜你拿奖啊。"

"也要恭喜你。"纪临昊温声，"这段时间拍戏很忙吗？"

"嗯嗯，特别忙。"

"你现在方便吗？我有东西要给你。"

阮瑜点点头："方便！"

她见纪临昊把他的助理小全叫过来，然后拿了一个袋子递给她："里面是我的新专辑，上个月刚出来，我一直想给你，要谢谢你之前帮我拍了MV。"

"不客气，不客气。"阮瑜拿出来，眼睛亮起，"你是特地带过来的吗？谢谢呀。"

纪临昊看着她，含笑说："是。"

专辑是黑色封底，封面上用彩绘印着"不听"两个大字，还有一个纪临昊的烫金签名！

其实阮瑜在实体专辑刚出来的时候就买了，整整一箱都堆在公寓里，但这张不一样啊。

这可是有爱豆亲笔签名的专辑！！

两人在化妆间里聊了几句，工作人员进来通知，快轮到阮瑜了。她将专辑收好，给林青，回头跟纪临昊打招呼准备离开。

"加油。"纪临昊勾唇，"你今天很好看。"

阮瑜点点头，还算矜持。

其实心里炸烟花。

呜！爱豆夸她了！

内场的主持人正在宣布年度人气女艺人的奖项，声音激动。阮瑜听到自己的名字，深吸一口气，从舞台后走上前。

掌声响起，聚光灯悉数照在她身上。

阮瑜来到舞台的正中央，靠近话筒，抬头看了一圈。

偌大的场馆内都是人，近处是正装隆重的明星，远处是高举着灯牌的各家粉丝，在这一刻，全场的目光都落在她身上。

她凑近话筒，微笑："这是我第一次站上这样的舞台领奖，感觉有点奇妙。

"过去一年多时间里，我完成了很多以前没有想过的事情，比如拍综艺，比如拍戏；也收获了一些自己意想不到的结果，比如拥有了自己的粉丝。感觉有点像在玩通关游戏。"

全场被逗笑。

台上，阮瑜沐浴着熠熠光辉，长发如藻，裙摆曳地，整个人发着光芒，漂亮得惊人。

最后，她说结束词："我会继续努力，希望未来不负你们的期待。谢谢。"

她诚恳鞠躬，全场掌声如雷。

当晚盛典结束后还有酒会，阮瑜今天还有拍摄，就只走了个过场，露过脸后就赶去摄影棚了。

从场馆内出来，场外还有一大片围着等爱豆下班的粉丝。

有鱼粉认出阮瑜的商务车，大喊："小瑜拜拜，辛苦啦！"

"要好好照顾自己啊！！"

"我们等你站上更高的颁奖台！"

阮瑜摇下车窗，趴在窗边喊回去："好，你们也是！天冷赶紧回去吧！"

鱼粉纷纷说好，挥手跟她告别，啊，小瑜简直太宠粉了！

上海，某摄影棚内。

摄影师正在电脑屏幕前选片，回头询问段凛："段老师，你觉得这一组效果怎么样？"

段凛一一扫过："可以，辛苦了。"

他看照片时微俯过一点身，离得不近，但女摄影师的脸色还是有些泛红。

她抿唇，又回头："那没问题的话，我们就……"停住了。

身后，段凛已经直起身，垂眼，在看手机，蹙着眉。

整个团队连轴拍了两天都没见他露出这种神情。

神色有点冷，但又有一种说不上来的感觉。

像那种，家里的猫打翻了水杯，想冷脸却又气不上来的纵容。

段凛在看微博。

来自特别关注人的消息。

【@亲亲昊昊宝贝：啊，呜呜呜！！！】

她这条微博下，自己悄悄给自己评论了一条：【今天拿到哥哥的签名专辑了！我也有今天。】

每一个字都透着雀跃，图片里是纪临昊的签名专辑。

段凛看见那张专辑，冷淡地蹙了蹙眉，眸光一瞥，顿在图片的角落。

她不小心拍进了自己拿专辑的手，黑色的专辑封底衬着她的手指，更显肤色细腻白皙。专辑成了陪衬。

段凛眼底像蕴着浓墨，稍顿，指腹蹭了下照片里的手指。

他在想她的脸。

和接吻时，她下意识攥着被单的细白手指。

以前怎么没发现，自己有这种癖好。

飞苏州进组的前一天，阮瑜空了半天的档期出来，去医院复诊。

离她做手术已经过了大半年，刚出院时她几乎每周都要复诊一次，后来一月一次，再后来三个月一次。

这次复诊，等结果出来后，陈主任和两位主治医师依旧在会议室里和她讨论病情。

阮大小姐有先天心脏病，小时候做过手术，成年后又复发，药物治疗和手术治疗都收效甚微。这次手术复诊结果出来，三个人的表情都不轻松。

专业术语太多，阮瑜只抓住一点，脸色苍白："您刚才说，我有并发症出现？"

"是，已经出现轻微的肺动脉高压，你看一下，这里。"陈主任把诊断书指给她看。

阮瑜稳住神，问道："那，这个能治吗？"

"要治好并发症，还是要对原发病本身进行治疗。也就是说，不能治好你根本的问题，并发症会永远出现。"陈主任叹气，"你这种情况，只能尝试再进行手术。

"但你要想好了，现在再做手术，也不能治愈，而且风险会非常高。"

沉默半响，阮瑜说："就……没有彻底治疗的办法了？"

陈主任神情严肃："有，做心脏移植手术，但……"

阮瑜不说话了。

连她都知道，做心脏移植手术的风险有多高，光找合适的心源就是渺茫的事，更别说即使她在术后侥幸熬过排斥反应，也不过多苟活几年。

聊了一下午，阮瑜还是决定再动手术。陈主任答应一周内出治疗方案，只是又要排数个月的队了。

走前，阮瑜看到他们的双眸是红的，轻声问："就真的没别的办法了吗？"她吸了下鼻子，"我觉得我还能再抢救一下，你们不能放弃我啊。"

陈主任有点被逗乐，但又笑不出来，无奈："除非……"

"除非什么？"

"除非出现医学奇迹，你能自愈。"

阮瑜心想：我要有这本领，怎么不去美剧里拯救世界？

她带着一堆新药出医院，回到车上，口罩直接蒙住眼睛。鼻子酸得厉害，一句话都不想说。

陈主任的话还在脑海里挥之不去，他告诉她，出现并发症，病死率极高。

已经是活一天算一天了。

林青见她反应不对："怎么了？"

"不想拍电影了，想去拍美剧。"阮瑜语气严肃，声音闷着，"从实验室里出来就能逆转未来金刚不坏拯救世界！"

翌日一早，阮瑜搭乘航班飞上海。

落地后，剧组的副导演助理等在航站楼外，接她去苏州。

车上，女副导演助理跟她聊天："我看了你前天的领奖视频，太美了！"

今天阮瑜的心情好一点了，她弯出一个笑："谢谢你啊。"

"还有，"助理悄悄地说，"孔导的电影拍出来八成能拿奖，你以后领奖的机会可多了去了。"

阮瑜有一搭没一搭地跟她聊天，看向窗外。

上海刚下过一场雨，粉色的东方明珠塔沐浴在雨后晴阳下，有虹光。

她几乎是有点艳羡地看着这样的风景，心想：算了算了，本来早就做过这样的心理准备了。

尽管生来不美好，但总要有一场很漂亮的谢幕。

剧组来接阮瑜的车一路从上海开进苏州，下高架，进入苏州西郊，驶进这片山麓附近的一座小镇里。

接下来一周的拍摄都会在山里。

这附近的一片山都是风景旅游区，整个剧组就住在镇上的农家乐宾馆里。这个时候来爬山旅游的人很少，阮瑜到了以后收拾完行李，还在宾馆里逛了一圈。

宾馆内建了一个花园，亭台楼阁，曲水回廊，设计得古色古香。

湖心亭那边有人，阮瑜刚经过，就被喊了一声。

"来了？"是孔明坤。

她过去，见亭子里的长椅上坐着几个人，孔明坤和副导演徐成累在，旁边还有两个眼熟的场务，段凛也在。

"孔导，您又抽烟啊？"阮瑜现在可太敏感了，"对身体不好。"

孔明坤掸了掸烟灰，笑道："拍片的都压力大，我们这些人哪有不抽烟的？哦，对，阿凛不抽。"

说着，他点了点段凛。

阮瑜看向段凛，对视一秒。他示意身边的空位，淡声说："坐过来。"

"哦。"阮瑜过去坐下。

几人在聊拍戏的事，徐成累问："明天是拍倪书自杀的那一场戏吧？"

"对。"阮瑜忽然想起来，"孔导，当初你为什么会挑我来演倪书啊？"

两个多月以来，她跟着组里的几个戏骨学演戏，也被孔明坤抠了不少毛病，回头去想她当初试镜倪书的那一段，觉得哪里都有问题，想不明白她怎么能被挑上。

"你问他，一开始是他向我推荐的你。"孔明坤笑了，指了指段凛。

阮瑜难以置信地看过去，段凛？！

孔明坤问："这么惊讶？我还以为你们那会儿很熟呢。"

"也……还好吧。"她艰难地说。

不看段凛了，有点心虚。

哈，段凛万万没想到自己推荐的人是他的黑粉吧？

"不过你确实也合适。"孔明坤感慨，"骨子里那股子不低头的劲儿，像她。"

阮瑜觉得好奇："我能问，倪书的原型是哪一个吗？"

一时间，在场几个人都有点哑然。

孔明坤笑了笑，才回道："都是老皇历了。她以前就是跳芭蕾舞的，我追求她的那会儿，还没出那件事。"

"那您是……"

"我不是季少安。"孔明坤掐熄了烟头，"那时候她哪里看得上我，我只是旁观整个故事的人。"

阮瑜追问："那，季少安也有原型？"

"有。上一回我见到他是多久以前？"孔明坤兀自回忆，"二十多年前吧，在小书的葬礼上。后来都多久没见了，听说移民出了国，人早成家立业了。"

原来倪书确实是因截肢而永远跳不了芭蕾，也确实在绝望的低谷碰见了季少安。两个本不该相爱的人谈了一场禁忌的爱情，最后季少安也确实眼睁睁地看着倪书跳了崖。

可现实里没有童话。真正的季少安没有孤身怀念倪书到老，他选择往前走，儿女双全，承欢膝下。也许他会在某个安静的时候想起有过这么一个人，但她也早就和往事一起封尘进了回忆。

阮瑜想——

未来某一天，等她离开以后，还有没有人会记得她啊？这个世界的亲人、朋友、粉丝，又会记得住多久？

下午剧组还要上山踩点找景，孔明坤一刻没耽误，聊了几句，就催促徐成累几人走了。

亭子里忽然安静下来，阮瑜还在出神，听段凛问："去不去钓鱼？"

"啊？钓鱼？"她抬起头。

段凛点头。

他目光落在她脸上，一顿，蹙了蹙眉："难过什么？"他屈指，在她眼尾擦了一下，"别人的故事，没什么值得你难过的。"

阮瑜有些哽咽："感觉，就，倪书挺可怜的吧。"

"她最后得到了她想要的结果，你不是她。"段凛回道。

刚才孔明坤在说往事的时候，在场的人多少都有点唏嘘，但段凛没有。他还是一贯的淡漠平静，似乎脱离戏外以后，几乎再没有事能让他情感波动。

她平复了下情绪，决定换个话题："你当初……为什么会向孔导推荐我啊？"

段凛没接话，见她眼睛不红了，才起身，声音低缓："钓鱼。"

"哦。"

不想说算了，阮瑜也起身，跟着段凛去钓鱼。

镇上的农家乐还挺多，两人戴着口罩，捂得严严实实，找了一家附近的垂钓园。

黄昏时分，林青给阮瑜打了个电话，来垂钓园找她。

沿着垂钓小道，林青走近一看，她旁边的提桶里空空荡荡的，没有一条鱼，倒是段凛，钓上来四条半臂长的白鱼。

林青问："你在这儿钓一下午，什么都没钓着？"

阮瑜对湖顾影自怜："这可能就是长得太沉鱼落雁的缺点吧。"

林青无语。

三人收起渔具，回去。

"谢谢你啊，我心情好多了。"阮瑜想了下，主动蹭到段凛旁边，好奇咕哝，"你说，我怎么就一条都没钓到啊，饵料不是差不多吗？"

她的双眸亮晶晶的。

段凛瞥她一眼，步伐放慢，等她跟上，音色很淡："耐心点，给它时间咬钩。"

阮瑜恍然受教。

当晚，统筹来送通告单，阮瑜看了一眼，明天晚上她有一场戏，要上山。

附近的一片山都是景区，不危险，孔明坤提前跟管理方打过招呼，整个剧组被允许在山上过夜，只是要有安保陪同。敲定时间，又开始愁拍摄地点，他带着工作人员几乎漫山跑遍，总算定了。

第二天过了黄昏，阮瑜跟着剧组坐缆车上山，爬上一座小高峰，先在一片平地上驻扎下来。

平地上，道具组在忙着搭帐篷，布景，等天黑。

今晚要拍夜戏。

这场戏，是倪书在剧本里的最后一场戏，也是片尾的大高潮。此时倪书和季少安已经经历了从猜忌到相爱，从逃出倪家再到被双双找回。她不再绝望，但最终还是选择了在最美好的时候结束自己的生命。

十二月的山上，一入夜就冷得不行，阮瑜裹着羽绒服，坐在工作人员拉的大灯下看剧本。

孔明坤正在和段凛聊天，想起什么来，在远处喊她："阮瑜，等会儿你的戏份要吊威亚，能行吗？"

"没事，孔导，我可以的！"

天彻底黑下来，机位都确认得差不多了，阮瑜被叫去试了一下吊威亚。

在剧本里，倪书从悬崖上一跃而下，警察找了两天才找到她的遗体，但到实际拍摄的时候肯定不能这么干。孔明坤找了一处斜突出的小山崖，站在崖上往远处看一览众山小，而往下十米不到就是一处平地。

工作人员就在崖下帮忙拉威亚。

副导演徐成累安排好两个群演，过来问："都准备好了吗？"

阮瑜说："好了。"她站起来脱羽绒服，换戏服外套。

工作人员暂时将几个大灯关了，换成暗淡的钨丝灯，片场顿时陷入一片光影朦胧中。

各部门就位，场记打板："《无声惊雷》第二百五十一场第一镜，Action！"

这一幕，季少安又带着倪书离开倪家，搭了一对自驾游小夫妻的顺风车，上盘山公路，来到山顶。

入夜，小夫妻在帐篷里睡熟了。隔壁帐篷，段凛被阮瑜推醒。

"什么辰光了？"她悄悄问。

"五点多了。"段凛从睡袋里探身，用额头贴她的脸，声音困意未消，"怎么就醒了？"

"困不着呀，你陪我去等日出吧。"

于是，他起来，找出轮椅，撑开，抱她坐好，一路推她来到空地上。

她指着崖边："去那边，再近一点。"

段凛推着轮椅，离悬崖还剩三米远的地方时停下了。

阮瑜关了手电筒，缄默着没说话，段凛就在黑暗里陪她沉默。

画面里，夜色暗沉，隐约的光线堪堪照出两人脸上模糊的轮廓。自悬崖边鸟瞰出去，层峦的山峰被夜色吞没，遥远的太湖如深渊，在等待黎明的天光。

阮瑜问："扶我起来好不好呀？我想走过去。"

又是良久的死寂，然后响起窸窣声，段凛搀她起来。

阮瑜刚站起来，几乎要脱力跌倒。

自从截肢后，她一直拒绝复健，走不了路，断腿与义肢连接的地方摩擦得生疼。短短一段路，她几乎是被段凛抱着在走，冷汗不断。

到崖边。

阮瑜疼得声音在颤，含笑："我都快忘了，原来站起来是这种感觉。"

"我陪你。"段凛蓦然接话。

他早已经有了预感。

阮瑜说："最后一段路，你让我自己走吧。"

段凛没说话，神色沉敛着，镜头下，他太阳穴处的青筋尽显，浑身绷着力。

"跟你在一起，我高兴的。"她回身，手指在黑暗里描摹他的五官，"没在最好的时候遇到你，我不后悔。现在已经是最好了。"

她看不清段凛的神情，手指却感受到一点潮湿。

阮瑜一愕，他哭了。

她不在了，也是会有人哭的。

她心中忽然涌上莫大的委屈，念台词："可我不想自己的下半辈子就这么过了，如果现在是最好的时候，我想留住它。"

"咔！"远处，孔明坤从监视器后探出头来，"情绪不对！段凛哭是刚刚好！阮瑜你怎么也跟着哭？"

"对不起，孔导，我没忍住。"阮瑜垂首道歉。

段凛蹙眉，接过邵立递上来的羽绒服，先给她披上，将领口扣紧，捧起她的脸，问道："怎么了？"

"没什么，我就是有点紧张。"阮瑜胡乱抹掉眼泪，憋回去了，"再来一次吧，我调整一下，不好意思啊。"

她去向片场的工作人员挨个致歉，平复一下，再来。

从出帐篷那一镜重新拍，孔明坤盯着监视器，眉头紧锁。

这一次阮瑜是没哭了，但情绪仍然没扭过来。

孔明坤还是喊了停。

片场休息十五分钟，孔明坤过来给她讲戏："这一段你的感情处理不对，剧本看了这么多遍，你也应该知道，倪书在这场戏里是释然的，她非常平静，非常轻松，能明白吗？"

"明白。"阮瑜点头。

"在她看来，她不是结束自己的生命，而是在最好的时候按了暂停，她是抽离的，而你入戏太过了。"

阮瑜迟疑了下，还是没解释。

她知道自己的问题出在哪里。

不是入戏，她是一直在出戏，控制不住地就会想到自己。

天气太冷，谁都不想NG，再卡就烦了。

阮瑜翻着剧本做心理建设，给自己催眠了八百遍只是拍戏，过去了。

第三遍，同样的机位，同样的台词。

她一直绷着情绪，尽量让自己进入到倪书的情境，语气听上去好太多了。

打光很暗，并不能分辨出两人脸上细微的神情。

孔明坤没喊停，段凛却感觉到她摸自己脸的手冰凉，还在细微地发抖。

"如果现在是最好的时候，我想留住它。

"你要好好活下去，一定要记住我。"

画面里，段凛死死克制着，终于松开禁锢阮瑜的手臂。

她只往前跌了半步。

没有半点预兆地，猝然坠落。

孔明坤喊停，给过了。

邵立连忙上去给段凛递热水袋和羽绒服，见他居然往悬崖边走，吓了一跳："哎，凛哥，别！"

阮瑜吊着威亚，他可没吊啊！

段凛没理邵立，走到崖边，阮瑜刚巧被重新拉了上来。

她的脸色苍白得惊人，有点茫然，一眼看到的人是段凛。目光对视了两秒，她刚想开口说句没事，手腕骤然一紧，被攥住拉了过去，跌入一个温暖而有力的怀抱。

阮瑜僵了须臾，再也憋不住情绪，揪着眼前人的衣角，一下就哭了出来。

拿着保温杯跑过来的林青都傻了，他没搞懂她怎么就入戏这么深了。他正急得要问，被段凛扫了一眼过来："外套给我。"

林青连忙递过去，段凛将阮瑜拢进羽绒服里，长眉紧锁，脸色也冷着，搂紧了阮瑜。

女副导演助理看得有点蒙："这是……怎么了啊？"

徐成累说："入戏了，让他们自个儿缓会儿。"

从威亚上被放下来的时候，阮瑜一直在哭，根本控制不住的那种。等她缓过劲来，泪眼模糊地松开被自己揪得皱成一团的毛衣，抽噎抬起头看段凛。

他垂眼看她，问："好点没有？"

"好点了……"她声音还是哽咽着。

这一年多，她哭这么惨的就两回，还都被他看见了。

阮瑜从羽绒服里探出头，往周围一看，已经收工了。工作人员在远处平地上搭帐篷，整个剧组今晚要睡在山里。

段凛箍在阮瑜腰背上的手又紧了紧，凑近："这几天心情不好？"

阮瑜抽鼻子："没，可能是太忙了，没休息好，就，有点情绪波动。"

太近了。

她才反应过来。

之前她和段凛是因为要拍亲密戏份才有身体接触，而拍到现在，她记得几乎没有什么亲密戏了，还得这么在戏外培养感情吗？

阮瑜彻底缓过神来了，刚要撤开段凛的怀抱，往后退了半步，就又被拉回去了。

"别动。"段凛将她扣紧，神情似乎比往常更疏冷，"再等等。"

她迟疑了下："你……也心情不好啊？"

段凛点头，垂眼盯了她一会儿，俯首，额头抵了一下她的。

"你一哭，我心情不好。"

整个剧组休息四个小时，赶在日出前又起来，准备一早的一场戏。

上午都是段凛的戏份，没有阮瑜的戏，她在帐篷里多睡了一会儿，睡醒起来，就待在片场看工作人员往来忙碌。

今天她就一场戏，安排在下午。

这场戏和昨晚截然不同，是倪书和季少安第一次从倪家出逃的时候，两人等在山顶看黄昏落日的一幕。

阮瑜记得，这应该是剧本里剩下的最后一场吻戏了。

太阳正从远方的太湖落下，暮色如火。片场，她翻完剧本，抬头往远处一看，段凛刚结束上一场戏，在打电话。

忽然，她想到昨晚的事情。

不是说段凛有依恋障碍的吗？什么难以产生情感共情，什么对亲密关系感到不适……他那些小动作，到底是因为拍戏，还是她又吃到不靠谱的黑料了啊？

"小瑜姐，想什么呢？"林青过来，给她一盒自热餐盒，"先将就吃一点吧，等下拍完回酒店就能吃到好的了。"

阮瑜不饿，问道："不吃不吃，有薄荷糖吗？"

林青去给她拿了两颗，她嚼吧嚼吧咽了，拍拍自己的脸，去专门的帐篷里换戏服。

十五分钟后，副导演徐成累催着准备开拍。

就绪，打板。

"Action！"

倪书和季少安的第一场暧昧戏，发生在夏天。

两人穿得都很单薄，阮瑜一身薄荷绿的无袖长裙，开拍前脱羽绒服的刹那差点没被冻哭，流泪心想，一定得一遍过了！！

镜头前，她坐在轮椅上回头。

"你说，他们会找到我们吗？"

"他们找不到。"

"后悔了？"

"没有。"

阮瑜打量他一眼，笑了："那天我在客厅里跌倒，扶我的人是你吧？"

段凛没回，默认了。

无声良久。

阮瑜又问："你想跟残疾人做爱吗？"

对视，有猜疑，有试探，俱是沉默。

像是长久的拉锯，她敛了有点奚落的笑意，收了刺，轻声说："做爱就算了，我没试过。"

段凛看着她，撑着轮椅扶手，俯身过来，凑近。

她像是料到他的反应，并不惊讶，反而笑眼盈盈地让他亲。

他却没吻上来，在离不过一寸的距离时，稍稍敛下眼，长睫被衬成了金色。

两人的呼吸交错。他微侧过脸，鼻尖在她的眉心蜻蜓点水般碰过，顺着鼻梁，再到她的鼻尖。

很慢，有点痒，不带任何情色意味的触碰。

像在嗅一朵蔷薇。

阮瑜搭在扶手上的手指动了动，有点想自己凑上去。

两人已经吻过很多次，但这一次，却感觉像初吻。若即若离，将吻未吻，他在试探。

片刻，唇上一软，吻终于落下。

她被按住后颈，鼻间都是若有似无的薄荷味，段凛的吻浅尝辄止，温柔得像从水里捞起来的落日。

余晖在两人身后浸落。

这几天难受得皱巴巴的一颗心，像在被一寸寸抚平。

"咔！"

孔明坤满意，一条过了。

收工，林青赶忙跑过来递外套，递保温杯。

阮瑜没看段凛，披了外套就往帐篷里走，迅速灌了一口水。

她试探性地摸了摸心跳，还是跳得很快。

什么鬼？

接下来一周，阮瑜的戏份不多，而段凛在山上比她多几场戏。到最后一天，拍完倪书和季少安在登山前的赶路戏，剧组离开苏州，转场连云港，拍两人旅行途中在海边的戏份。

海边的戏份不好拍，在国内不比国外，能认出段凛和阮瑜的路人简直太多了，片场喧闹事小，被拍下路透事大。整个剧组在酒店里待了一天，还是孔明坤亲自去联系，最终租到一片私人海滩。

组织群演，赶拍摄进度，几天后，在连云港的戏份杀青。

一月初，时隔三个月，剧组重新回到上海。

阮瑜又仔细翻了一遍剧本，倪书该拍的重头戏已经拍得差不多了，剩下的戏份全是她和季少安在旅途中的几场戏。场景不是在火车里，就是在飞机上。

这些戏不在实地拍摄，全是棚拍。

孔明坤早就提前半个月让工作人员搭起了模型，像拍机舱内景戏，就是半搭景半绿布，乘客空姐都是群演。

她剩下的戏份就轻松多了。

在剧组里的时间几乎一晃而过，等阮瑜被林青勒令必须发动态时，才发现她已经八百年没发过原创微博了。

上周六，《宫夜行》已经全集播出完结，而她新宣的代言物料也放得差不多，杂志物料还没那么快出来，断粮的鱼粉在她最新发的那条广告微博下哭成了孟姜女。

【寻人启事：我"女鹅"，23岁，失踪一个月，老母亲哭白了头发。】

【小瑜，你知道手机还有拍照这个功能吗？】

【虽然我也很想小瑜，但知道她在好好拍电影我就满足了，呜呜呜。】

【啊啊啊，什么时候杀青！我迫不及待想看电影了！！】

……

一月中旬，阮瑜在上海拍完最后一场戏，当晚，她在《无声惊雷》中饰演倪书的戏份全部杀青。

摄影棚内，拍完杀青戏，剧组工作人员在片场推出了早就准备好的杀青蛋糕，纷纷笑着过来恭喜她。

孔明坤脸上也带着笑："今天给你的杀青宴就办得简陋点儿，等下个月全剧组杀青，到时候我张罗人大办一场，你得来。"

"好的，孔导，我一定来。"阮瑜弯起眼睛，感觉不好意思，语气诚恳，"这段时间我好像是组里NG最多的人，麻烦您了。"

孔明坤摆摆手："我得谢谢你，你真把倪书演出来了。"

片场还在切蛋糕，林青在发阮瑜提前准备好的杀青礼物。

阮瑜看到蛋糕还留了一大块，想起来了："段凛呢？"

林青说："刚才我看他好像在化妆间里，应该是在打电话吧。"

化妆间。

阮瑜敲门进去，段凛正好挂断电话。

她探了个头，手里端着一块蛋糕："我杀青了，你要不要吃蛋糕啊？"

他看到她，应声："进来。"

"哦，好，那我就给你放这里了。"阮瑜不知道说点什么，进门把蛋糕放桌上，"我晚上的飞机，等下就走了。谢谢你这段时间这么忍让我，其实我让你吃了很多NG，那我们，有机会再见。"

这说辞听起来，客套又官方。

她送完蛋糕就后退两步，像保持距离。

段凛的眸光落在她身上片刻，神色莫辨，将杀青礼物递给她，平静地说："给你的。"

一个银色的纸袋，她接过。

"谢谢你了。"

阮瑜没话说了，道谢后想走，又听段凛问："蛋糕甜吗？"

"应该还挺甜的吧？我还没吃。"

"试试。"

给她吃干吗？他不吃甜的？

没有林青在旁边拦她，她其实也挺想吃，迟疑了下，就干脆走过去，弯腰叉了一勺。

她刚递到嘴边，面前坐在椅子上的段凛俯身过来。

他低眼，隔着奶油吻了她一下。

一触即收。

他用指腹蹭掉奶油，神情淡然得就像刚才只是吃了一口蛋糕。

嗯？！

阮瑜瞳孔地震。

接着，她见段凛微微笑了。

他稍稍眯起黑眸，衬得眼下那颗桃花痣分外显眼。

这三个月来，第一次见他笑得这么……不像人。

段凛淡淡地说："走吧，杀青快乐。"

第二十二章

－ 谢谢你喜欢我

杀青当晚，阮瑜赶飞机从上海回京城。

去机场的路上，她打段凛送的杀青礼物，拆开纯白的包装盒，拿出一看，玻璃瓶扁平方正，是一瓶香水。

她喷在手腕上闻了一下。

几秒后，旁边的林青从平板电脑里抬头："这味道，好熟悉啊。"

这能不熟悉吗？！

这是段凛身上的味道！

阮瑜一脸看定时炸弹的表情盯着这一小瓶香水，心里的弹幕滚了满屏的震惊。

明星会喷香水不奇怪。女明星就不用说了，多数男明星也会喷，尤其像段凛这样身边都是爱抽烟的导演和制片的人，对他来说，除味是基本素养。

更何况段凛身上的味道不惹人烦，平时凑近了才能闻到很淡的木质香。

她嗅了下手腕，前调闻着像薄荷叶，很清冽的那种……段凛香。

阮瑜上网搜了下这款男士香水，有这个牌子，专门做私人定制香水的法国品牌，会员制度，贵得要死。

关键这是男香啊！他送她这个干吗？

林青问："你怎么了？"

鼻间隐约是段凛的味道，阮瑜试探性地摸了摸自己的胸口处。

一月中旬，阮瑜结束在《无声惊雷》中的所有戏份，回京城后，安卓茜给她放了三天假。

这三天，她什么也没干，在公寓里像条咸鱼似的每天睡十几个小时，醒来就追星撸猫打游戏。

她不在的这段时间，泡芙被叶萌萌养成了一团肥球，现在一爪子能按她键盘上好几个键，闪现一交，技能全放，她敢怒不敢揍。

她忽然想起段凛送的那瓶香水，试着给自己喷了一下，这猫居然顿时温柔了数倍。

阮瑜冷笑："呵呵。"

三天后，去商影，安卓茜甩给阮瑜一沓要签的合同，又将下个月的行程安排表推给她。

阮瑜翻合同："怎么这么多？！"

"都是这三个多月欠的，很多都是拍摄通告，赶一赶能还完。"

看行程表，接下来一个多月，已经排上的通告就挤满了。展会出席、品牌活动、代言新品的物料拍摄，还有黄桃卫视的元宵晚会，是和一名年轻男歌手的搭档节目，需要唱歌。

"安姐，晚会上我还要唱歌？"阮瑜以为自己看错了。

安卓茜点头："对，这晚会是录播，你抽时间和程清宇练一下歌，到时候录制应该没有问题。"

阮瑜看了下，程清宇就是她要搭档的那位男歌手，两人这次会唱一首正能量的抒情歌，不是很难。

"我这里还替你筛了几份综艺，你看看。"安卓茜又推过来几份邀约，"最近年关开机的剧组少，可能没合适的剧本，就先挑一个综艺吧。"

阮瑜说："好。"

她拿过来看，是一档户外竞技真人秀，主题是滑雪攀岩挑战极限，她当机立断地舍了。往下看，还有一档棚内益智竞赛真人秀，让明星和门萨俱乐部成员比脑力，别了吧，她只是会钻节目漏洞，搞这么硬核是想让她还没心衰先脑死亡吗？

也舍了。

一连看了几个，忽然翻到一档。

《游戏吧少女》，一档以《英雄联盟》为背景的棚内电子竞技真人秀，由某大型电器零售企业赞助，从众多女孩中挑出几名适合打职业的人，未来将组成一支女子战队参加比赛。每期的拟邀嘉宾居然还有职业选手。

这是什么？电竞101吗？

安卓茜看她感兴趣，说："这是录播的网综，节目组想邀你当明星导师，一共签四期。好处是比别的综艺要轻松，坏处是，你可能也要上台，而且这节目受众小，噱头闹得大，播出后不一定能有水花。"

之前阮瑜发了那条庆祝中国战队夺冠的微博后，节目组就找了上来，安卓茜本来想替她拒了，但一看赞助商和制作班底还不错，勉强考虑。

"安姐，我决定了，就接这个。"

阮瑜眼睛都亮起来了。

录综艺还能打游戏，还能有这种好事情？

她签得毫不犹豫，接综艺嘛，当然是玩得开心最重要啊！

接下来半个月，阮瑜几乎是摄影棚和录音棚两头跑，拍摄通告要赶，元宵晚会的歌也得练。歌是程清宇本人写的，阮瑜抽空联系了他，两人找时间在京城录音棚内碰面，前前后后一起练了三次。

阮瑜第一次参加晚会，练得特别认真，拍摄时在化妆间里哼，飞活动时在候机厅内哼，连起床铃声都是这首。

几天下来，林青听得面如菜色："小瑜姐，我现在宁愿你唱你爱豆的歌。"

"实不相瞒，我也要听吐了。"阮瑜摘下耳麦，神情木然，"如果这一次他们给我唱纪临昊的歌，这么练下去，我估计会脱粉。"

"真的吗？"

"假的。"

提起纪临昊，阮瑜心情雀跃，回想起来，上一次他送她的专辑里还夹着两张演唱会的门票，票根是他今年三月份在京城的第一场巡演，内场前排座位！呜呜呜，爱豆要请她看演唱会！

心情大好。

一月末，到了黄桃卫视的元宵晚会录制前一天，阮瑜刚结束在南京的品牌活动，晚上回京城，直奔电视台大楼。

这一晚是彩排，明天下午才正式录制。

彩排两遍，最后确认灯光舞美的细节，到凌晨收工。回公寓的路上，阮瑜一直沉默着玩手机，嗓子唱累了，一句话都不想说。

忽然手机嗡声振动，进来一个电话。

段凛？！

"喂？"阮瑜接起。

段凛顿了下，熟悉的音色响起："嗓子怎么了？"

"我才排练完一个元宵晚会，有点唱多了。"她解释，听段凛的背景音有点嘈杂，迟疑地问，"你还在片场啊？"

段凛应声："刚杀青，在吃饭。"

须臾，他又淡声说："下个月中我在国外，最后的杀青宴回不来。"

"哦……那，祝你杀青快乐。"

"哪里快乐？"

"啊？"

隐约听见有人在叫段老师，段凛没再说什么，像微压着一点笑意，音色是低缓的："早点休息。"

挂了。

阮瑜盯着手机屏幕一脸挣扎，段凛他到底什么意思啊？

还有上回她杀青时的那个吻，也非常奇怪。

翌日，林青早早地送阮瑜去录制晚会。元宵晚会是公开行程，此时电视台大楼外已经围满了各家粉丝，都知道自己爱豆今天要录节目。

她没让司机直接走地下停车场，而是先将车停在电视台楼下，露过面，再走进去。

人群中的鱼粉见到她下车过来，激动疯了：

"呜呜呜，虽然小瑜一进组就销声匿迹，但营业起来是真的好宠粉啊！！"

"啊啊啊，小瑜录节目加油！"

"今天太好看啦！你是最棒的！"

"宝贝辛苦了！要照顾好自己！！"

阮瑜丝毫没架子，展颜一笑："我知道了，你们也辛苦啦。"

上午最后彩排一遍，下午正式录制。

录制时内场坐满了观众，几乎全是各家明星的粉丝。这场元宵晚会的门票不对外预售，全是由官方直接下放给明星后援会，票分得比较均匀，所以现场的应援灯牌也五颜六色。

阮瑜和程清宇的唱歌节目在倒数第三个，造型师给她做了一头水波卷，搭一条无袖及膝的红裙，舞台灯光一打，衬得肤白如雪，明丽而漂亮。

半个月的苦练没白费，现场全开麦真唱，录制效果非常好。

唱完，阮瑜朝台下深鞠一躬。看台上的鱼粉高喊着阮瑜的名字，简直要将应援棒拍漏气，他们是在做梦吗！最近的密集营业也太让人幸福了吧！！

自从《无声惊雷》杀青后，阮瑜还债还得脚不沾地，过年时只回了一天家。

年三十的餐桌上，阮正平笑着长叹："你现在长大了，比爸爸还要忙。"

阮瑜点点头："多好啊，我多接两个活动，您出差还能在网上电视上看到我。"

说完其实有点难过，心想，这样爸爸以后也能看她。

除夕夜过零点，阮瑜的手机接连不断地弹出消息，都是来自圈内认识人的新年祝福。

她先回了几个熟人，往下一翻，顿时坐直，爱豆居然也给她发了消息！

纪临昊：【阮瑜，新年快乐。】

还不是群发！

阮瑜呜呜地回：【谢谢呀，也祝你新年快乐！】

纪临昊：【年初我在京城有一场演唱会，你要是档期不赶，可以来听。】

阮瑜：【嗯嗯，我看到你送的演唱会门票了，谢谢你，我一定会来的。】

纪临昊：【好，欢迎你来。】

呜！爱豆怎么这么好！

逐一回复完所有祝福，阮瑜正要上楼睡觉，突然想起件事。

她点开聊天框，输入搜索名字。

她和段凛的聊天记录还停在去年进组《无声惊雷》前，他问她有没有时间对戏的那会儿。

犹豫了一瞬，她还是给他发了一句"新年快乐"。

等了几分钟，没回复。

阮瑜将手机搁回床头，打开电视看了会儿春晚，又拿起手机来瞅了眼，还是没回，再扔进床里。

不看了，她去洗澡。

半小时后，阮瑜边擦头发边出浴室，发现手机屏幕在亮，有电话。

她接起来，是段凛。

"新年快乐。"他的声音像含了睡意，勾着点儿沙哑。

阮瑜一愣："你在睡觉吗？"

"嗯，有时差。"段凛似乎喝了一口水，"我在新西兰。"

怪不得。

阮瑜一查，新西兰现在凌晨四点多，那他怎么就醒了？

段凛问道："有什么新年愿望？"

"问我啊？"阮瑜想了想，嘟囔，"那就，开开心心，身体健康吧。"

段凛应声。

不知道是手机收音失真的缘故还是怎么，阮瑜感觉他的声音听起来和平时不太一样，冷淡中还有点懒，有点……让她心跳不对劲。

阮瑜礼尚往来地问："那你有什么想完成的愿望？"

过了会儿，那边才有声音，他回道："完成了。"

怎么可能？阮瑜问："这么快？"

"我的愿望。"段凛一顿，平静接话，"是现在。"

二月初，元宵节，当晚各大卫视的元宵晚会争奇斗艳。而黄桃卫视作为受众广的口碑卫视，晚会期间最高收视一度排名第一。

元宵晚会一播出，去过现场的鱼粉终于能将当天拍的视频发出来了，台上阮瑜和程清宇全开麦对唱，现场拍摄的视频收音比电视效果还要好，听得鱼粉嗷嗷直号。

要知道现在有些歌手上台都不敢全开麦啊，小瑜怎么这么敢！而且居然稳住了！妈妈，我粉的到底是个什么神仙！

鱼粉感动得吱哇乱哭，从当初录《职业伪装》的 KTV 水平到元宵晚会的眼前一亮，阮瑜一定私底下努力练了好久吧！！

安卓茜顺水推舟，将节目买上了热搜，底下有好感的路人不少，一晚上，阮瑜的微博又暴涨数十万粉丝。

元宵节后，《无声惊雷》剧组正式在上海杀青。

投资方给剧组在上海大酒店办了一场杀青宴，阮瑜空出一天档期回去赴宴，还收了一份剧组特别定制的杀青礼。当天段凛没来，孔明坤在餐桌上提了一嘴，说他还在国外拍广告。

整个二月，阮瑜忙成了陀螺。

她在各种摄影棚和活动现场乱窜，不是在飞机上就是在车里，等林青把下个月的行程安排翻出来时，她才发现一个月都过去了。

车里，林青提醒："后天去录《游戏吧少女》的第一期，明天下午的飞机，记得准备行李。"

阮瑜上一秒还困在后座，下一秒立刻亮着眼睛弹起来："知道了。"

林青翻了个白眼："收敛点，姑奶奶，你是去录节目的，不是去打游戏的。"

"有差别吗？"阮瑜理直气壮，"节目不是就叫《游戏吧少女》吗，没毛病啊。"

林青很惆怅，叹气。

阮瑜看着他，有些不解："你怎么一副我要去领盒饭的表情？"

林青咬牙："后天之前只有几个人知道你是网瘾少女，过了后天，全国都知道了，你说我为什么叹气？"

阮瑜呆住了。

翌日，阮瑜乘下午的航班飞广东，节目的录制地点在珠海，某影视综艺产业园内。

前一天晚上住进附近的酒店，导演组送来了节目单。

阮瑜仔细看完，节目的规则其实很简单，和选秀节目差不多，一共四十名选手，四位经理人。选手五个人一组，分成八组，随机抽签，各组两两比赛后，每位经理人从中挑五名选手组成自己的战队。

接下来，四位经理人的战队再两两比赛，最后胜出的那个战队将获得 SOS 电竞俱乐部的正式签约资格，组成一支英雄联盟女子战队。

SOS 电竞俱乐部的英雄联盟分部战队，就是阮瑜喜欢了很多年的那支战队。

这次节目组邀请的四名经理人中，除了阮瑜，还有一名男星，剩下的两名都是 SOS 战队的退役选手。

她兴奋到想蹦床，没想到有生之年她还能和职业选手一起打游戏！

《游戏吧少女》的录制从上午开始，阮瑜到棚内后台时，化妆间里已经到了两个人。

坐在一边玩手机的是男演员邱博，以前是摇滚歌手，后来转型拍戏，虽然经纪公司给的人设是钢铁直男，但迷妹还不少。

旁边那位正在看选手名单的……

阮瑜大喊："胖胖！"

"哟，阮经理来了。"邱博也自来熟招呼。

圆脸男生有点惊讶，站起来打招呼："阮瑜，你好你好。"

她可太开心了，这个叫胖胖的是 SOS 的退役前辅助，原名冯天远，被粉丝亲切喊为胖胖。

三人聊了两句，化妆间内又进来一个瘦瘦高高的男人，阮瑜又是一眼认出："莽哥！"

SOS 的退役前中单，周宁莽，大家都叫他莽哥。

刚才邱博和胖胖在化妆间里坐了半小时，两人几乎没说过话。阮瑜可比邱博有名多了，但她一来就笑眼盈盈的，胖胖还有点受宠若惊："你真的是我们战队的粉丝啊？"

阮瑜连连点头："真的，我喜欢你们六年了，几乎每一场比赛都看。"

"不会是那种只看比赛的女粉丝吧？那能看得懂吗？"邱博调侃了句。

一时间，胖胖和莽哥对视了一眼，都有些尴尬。这话是在说阮瑜只是跟风看比赛，但自己不会玩游戏。

没想到阮瑜回道："看不懂比赛我还接这个综艺干什么，我又不缺钱，也不缺曝光，你说对吧？"

莽哥不给面子，直接笑了出来。

准备就绪，很快进录制现场。见四名导师出来，观众席爆发出一阵热烈尖叫。

今天这场录制的观众票都是节目组下放的，一半抽奖分给了四名经理人的粉丝们，另一半分给了虎扑论坛和各个电竞博主底下的游戏粉们。

阮瑜一看，观众席上大半都坐着男生。

不说《游戏吧少女》这个节目的选秀规则就吸引直男们，只说《英雄联盟》本身，平时会关注游戏的也多是男生。

台上还原了打职业比赛时的舞台设计，两侧是对立比赛席，四个人在台边的经理人席位里坐下。主持人在台上神情激动地调动气氛，介绍完节目规则和四位经理人，随后宣布在选手正式开始前，会打一场表演赛。

"接下来我们将有请四位经理人，和随机抽选到的幸运观众一起，分组打一场5V5的表演赛！"

环节很简单，阮瑜和胖胖一队，邱博和莽哥一队，再各自从观众席中挑三名组成队友。一局定胜负。

轮到阮瑜挑观众，她问鱼粉："你们有没有游戏打得好的？"

远处鱼粉纷纷喊："宝贝，我们不会！我们是来看你的！"

前排几个明显是游戏粉的男生转过头，看了一眼鱼粉。

阮瑜注意到了。

"你先挑吧，"她把话筒给胖胖，"等下我打中单好了，剩下几个位置我玩得不多。"

观众席上有不少穿着SOS战队应援服的粉丝，胖胖挑了一个。

挑到第二个男生，他站起来笑："别别，胖哥，我想打，但我想和莽哥他们一组。"

胖胖说："行吧！"又挑旁边的男生。

这男生被刚才的男生拍了一下，站起笑了笑，没答应："你是肯定行，但……明显莽哥队赢面大一点嘛。"

故意的。

鱼粉刚才喊了一句，被游戏粉记上了。

场面尴尬了几秒，终于有一个男生举手要来，胖胖松了口气，选他。

"还有一个名额，我来挑吧。"阮瑜面色不改，又问观众席，"我的粉丝里会玩的吗？不用玩得好，知道怎么玩就行。"

终于有几个鱼粉举手。

阮瑜挑了一个，那短发女生上台，明显很紧张。

阮瑜笑靥很甜，安慰道："放心，我带你。"

等两队都准备好了，进入比赛席，一队五人坐一排，每个人前面都是已经进入游戏界面的电脑。

赛前，粉丝们都在加油呐喊，往赛台左侧一看，莽哥把节目组准备的键盘鼠标都换成自己常用的，再看右边，胖胖也在换。职业选手多年的习惯了，只有自己的外设用着才舒服。

但阮瑜居然也在换。

有游戏粉面面相觑，这有点太装了吧。

她的键盘和鼠标还是那种很少女的粉色，一看就非常女生，打游戏非常烂的样子。

他们对阮瑜本人没有恶意，相反因为她是漂亮女明星，还有不少好感。

但游戏是男人的领域，今天他们是冲着 SOS 退役选手来的，就是想看他们打游戏。至于节目本身如何，女子电竞不就是个噱头吗？根本不关心。

观众席上，鱼粉高喊："小瑜加油！"

阮瑜听见了，戴耳机前抬头看了一眼，眉眼弯弯地伸手比了一个心。

比赛开始。

阮瑜这一队，她是中单，胖胖打野，鱼粉辅助，剩下的两个男生是上单和 AD。

对面，邱博上单，莽哥中单，其余人分剩下位置。

鱼粉就算看不懂比赛都开始紧张了。邱博的粉丝和游戏粉也在喊加油，都等着职业选手带动全场。

开局五分钟，阮瑜和莽哥对线，优势极小，在线上被赶回家两次。

六分钟，莽哥配合自家打野，抓下路拿下一血。

这走向几乎毫无悬念，游戏粉们的掌声不断。

但很快，大家就笑不出来了。

八分钟，阮瑜的英雄升六级，配合胖胖的打野在对面野区蹲了一波敌方打野，零换二带走对面打野和辅助。

莽哥支援赶到，成功带走阮瑜，自己却也被胖胖收割。

十分钟，重生的阮瑜和胖胖一起拿下峡谷先锋，撞掉上路一塔，顺利收割邱博。

十五分钟……

二十分钟……

观众席几乎是出奇惊讶地看着阮瑜和胖胖中野联动，打配合，滚雪球，抓崩了对面的上单邱博，又仗着莽哥的英雄后期优势不大，一路通关到了对面高地。

最后，双方在龙坑爆发团战，阮瑜的队伍以三换五的优势赢下团战，乘胜追击，破门牙塔，推掉水晶。

比赛结束。

阮瑜的 KDA（杀人／死亡／支援）是 7/2/4，仅次于胖胖的 8/1/10。

鱼粉也看出来是赢了，在观众席双手扩成喇叭状，喊得脸都通红："小瑜厉害！小瑜好棒！"

阮瑜摘下耳机，眼里都是亮晶晶的笑，玩得太爽了。

呜呜呜，快两个月了啊！她终于能打游戏了！

还是和职业选手一起打！

主持人出来激昂热场将在场比赛的人都夸了个遍，接着送上台的观众们回席位。

阮瑜送那名短发的鱼粉下去，弯眼挥挥手："没给你们丢脸吧？"

那名鱼粉说不出话来，刚才是因为紧张，现在是因为脸红。

妈妈啊，近距离看小瑜真漂亮，皮肤好好！打游戏也太厉害了吧！糟糕，这种被带躺的感觉难道就是心动吗！

憋了半天，鱼粉在下台前回身大喊：

"老公！妈妈爱你！"

这句表白声音简直太大了，全场哄笑。

阮瑜愣了下，刚才还一副光芒万丈要上天的叉腰模样，很快，"哦"了一声，耳朵有点红。

啊啊啊，害羞了！

鱼粉被萌得死去活来。

观众席上，有电竞粉被她一盘游戏折服，长得好看还这么会打游戏的女明星是谁啊！是我老婆！

主持人将阮瑜他们四位经理人请到赛台中央，情绪高涨："很快我们的四十名女选手就要开始初轮选拔赛了，那我们四位经理人有什么话想送给她们和在场粉丝的吗？"

莽哥和胖胖都说了几句鼓励的话，邱博刚才打比赛时被抓得有点惨，情绪没上来，先让给阮瑜。

阮瑜接过话筒，视线扫过远处观众席上的鱼粉和其他家粉丝，以及纯关注游戏本身的电竞粉。

很坦白，很认真。

"我来参加这个综艺，就是想来打游戏和看比赛，也是真的期待会出现很优秀的电竞女选手。因为我知道对于职业选手来说，游戏不是娱乐消遣，而是梦想和奋斗。

"据我所知，目前为止，有非常多打职业的女子战队因为各种各样的原因解散，在正式比赛中也见不到职业女选手的身影。或许你们会说，男孩天生打游戏就比女孩要好，但我觉得性别不是原罪，赛场无关性别，实力才是原罪。"

她说完，导播特别懂地将镜头切到刚才拒绝胖胖的两名男生身上，大屏里，两人的神情都有些尴尬。

确实，在电竞圈内有一句话非常流行——电子竞技，菜是原罪。

刚才阮瑜和曾经的职业选手对线都没崩，已经比很多男生都打得要好了，他们又有什么资格歧视她？

阮瑜点到为止，别的不多说了。

她想了想，又诚恳补上一句："对于不会打游戏的女孩子们，你们一定在别处有非常棒的闪光点，加油。"

她瞬间收起认真，非常可爱地比了一个心。

鱼粉再次被萌得嗷嗷叫。

话筒被递给邱博，他想起之前自己在化妆间里的调侃，也有些挂不住脸，匆匆说了句"加油"。

主持人热情地将四位经理人请回席位，宣布首轮选拔正式开始。

四十名女选手五人一组，按抽签决定，各组之间随机打比赛，一局定胜负，一共要比四场。

女选手们全是节目组从海量报名中一个个筛出来的，有游戏主播、比赛解说、国服排名较前的女玩家，甚至还有学生。无一例外，实力都非常不错。

比赛时有专门解说，比完一场，经理人会当场发表评价，自己在心里也会对选手有初步判断。

胖胖和莽哥都是职业选手，评价得非常专业，邱博就附和两句。让人意外的是阮瑜，她居然也能说上几句，有时候聊着聊着还能说起游戏史上几场经典的比赛，侃侃而谈。

在场的电竞粉原来以为节目组只是请了一个流量女星打宣传，没想到阮瑜根本不是外行人！

怎么办，他们难道真的要开始追星了吗？

节目一直录制到下午，其间暂停休息，吃过午饭继续。

等初赛比完，随后阮瑜他们开始为自己的战队挑选选手。

有一些特别优秀的选手，四人都想要，都在争，而很意外地，有不少人选择了阮瑜。

一个戴眼镜的中单女选手笑得腼腆，指向阮瑜："我选阮经理。"

"这已经是第三个了，为什么啊？我不香吗？"胖胖流泪。

女选手说："她好有意思，我好喜欢。"

阮瑜笑靥非常明媚："低调，低调。"

当天晚上八点，四十名选手淘汰掉一半，四位经理人全部组完自己的五人战队，录制结束。

阮瑜算了下时间，虽说是录了一期，但要到真正播出的时候，今天所有的录制内容大概会分成两三期来播。

录完后，他们又被节目组工作人员接到楼下摄影棚内，拍了一段宣传视频和一组宣传照。

真正录制完毕，已经是凌晨近一点。

第二天阮瑜还有拍摄通告，她要连夜赶航班回京城。有站姐在机场蹲到她，见她戴着口罩还肉眼可见地有些疲累，都不忍将镜头凑得太近了。

站姐目送她过安检，叮嘱："小瑜，要记得休息呀。"

"好，我会的。"阮瑜笑着挥挥手。

三月中旬，阮瑜总算忙到了头，安卓茜排了一下档期，给她空出一周的休息时间。

"接下来我不会给你安排太多的通告，可以准备进组了。"安卓茜有规划，将手里筛的一摞剧本给她，"这两个本子都是电视剧，制作班底还不错，你趁休息期间看一下，定下来就能直接签合同。"

两个本子，一部是都市职场轻喜剧，找她签的是女主角，一名服装设计师，另一部是都市家庭教育剧，是群戏，不分男女主角，找她签剧里的高中生女儿。

安卓茜建议："女主角这部是爱情剧，受众年轻，能吸粉。另一部是情感剧，受众群更广，而且容易涨国民度，我个人还是建议你选这部。"

阮瑜说："行，我先将本子带回公寓看。"

公寓里，她看着上蹿下跳找存在感的泡芙，莫名地还有点恍惚。

一算，离《无声惊雷》杀青居然都过去两个月了。

盯着日期几秒，她猛然想起一件事。

对啊！她差点忘了！

大半夜，叶萌萌接到阮瑜的电话："小瑜姐？你这么晚了还不睡啊……"

"萌萌，我这里有两张演唱会门票，你明天跟我一起去看吧？"

"谁的？"

"纪临昊！"

今年纪临昊的全国巡回演唱会首场办在京城，这也是他自去年新专辑《不听》发售后的第一场个人演唱会，主题是"临听"。

翌日下午，两人在场馆外碰面，叶萌萌紧张地问："小瑜姐，我们这样真不会被发现吗？"

叶萌萌戴着口罩，阮瑜就更夸张，用围巾蒙住半张脸，帽檐压到最低，初春天气还裹着羽绒服。

"不会，等下场里光线很暗的，根本认不出来。"她满眼坚决，"而且是两张内场门票，不能浪费啊！"

阮瑜心里有底，之前她去江星淳的演唱会那会儿，不就没被认出来吗。

叶萌萌想想也是，跟着她混进粉丝群中。

场馆外，四季围得密密匝匝，都在四下热烈讨论，还有不少在发放应援物的。阮瑜没去领，怕被认出来。

傍晚开始检票，两人跟着浩荡的粉丝群进场馆。

万人场馆的中央，舞台是由数以万计的 LED 灯管搭建成的参天树，看台席的灯一暗，全世界只剩下舞台中央那一棵会发光的树。

当纪临昊从升降台出来时，全场四季的尖叫声达到了最鼎沸。

阮瑜离舞台位置很近，幸福得差点没把荧光棒甩出去。叶萌萌也被现场的热烈气氛感染，开始敲应援棒。

纪临昊贴近话筒，笑着说：“小四季们，晚上好。”

又是一阵此起彼伏的尖叫。

“宝贝晚上好啊——”

“纪临昊，我爱你！！”

首场巡回演唱会，灯光舞美都是最用心的。纪临昊开始一首首唱新专辑里的歌，全场都在合唱，尖叫声就没断过。

到安可环节时，连应援手幅都被后排激动的粉丝们不小心脱手甩了过来。

正好甩在阮瑜脚下，她捡了起来，回头伸臂递给两排后的那个女孩：“给你！”

女孩伸手来接，大喊一句“谢谢”，对上她帽檐下的眼睛，此时舞台灯光扫过，正好照清她那颗泪痣，女孩明显愣了下。

完了，认出她了？

阮瑜心里咯噔一跳，若无其事地递过去，回头就拉叶萌萌的袖子：“我们先走吧。”

“什么？！”叶萌萌听不清。

“我说我们走吧！”

旁边有四季听到了，直接吼过来：“走什么走！哥哥还有歌没唱完呢！不许走！”

演唱会结束时已经是晚上十一点，阮瑜跟着大流撤出场馆。

万人散场，场馆外的整条街都在堵车，两人在街口等林青来接。

她低头戳开微信，给爱豆发消息：【谢谢你请我来看演唱会呀，今晚太棒了！】

纪临昊：【也谢谢你能来听。】

纪临昊：【我们等会儿要办庆功宴，你想一起吗？】

庆功宴？

阮瑜眼睛一亮，随后又想到演唱会上的小插曲，不太确定，转头悄悄问叶萌萌：“萌萌，你帮我看一下……”

“小、小瑜姐。”叶萌萌也刚从手机里抬起头。

阮瑜看到她的表情，闭了闭眼：“别。”

“刚才你被认出来了！”叶萌萌要疯了，“我们都被拍了！就半个小时前的事！现在在热搜上挂着，怎么办啊？”

“我就知道！”

庆功宴是去不了了，阮瑜压低了帽檐，又把羽绒服的帽子扣上，当机立断拉着叶萌萌找了一个隐蔽的位置等车。

她一边等，一边打开微博。

果然，热搜三十位是"阮瑜_纪临昊演唱会"，话题还在往上升。

她在演唱会上挥荧光棒的一段被录了视频，戴着口罩，有几帧的侧脸却特别好认。

阮瑜还算冷静地看完，自我安慰：还好，就是最普通的应援，没有做出什么夸张行为来。

纪临昊那么红，会有别的明星来听他的演唱会也没什么吧？

更何况她还和他一起拍过新专辑 MV，来听演唱会不是还挺合理？

半个小时后，一辆商务车停在两人面前。

上车，林青一把将平板电脑递给阮瑜，"老母亲"太阳穴疼："看看，祖宗，看看。"

"别瞪我啊，就是看了一场演唱会……"阮瑜嘟囔着接过。

她点开暂停的视频，看了几秒。

这什么时候的视频啊？

旁边叶萌萌看她一脸世界末日的模样，也凑过来，看了几秒。

视频是阮瑜在看纪临昊的演唱会没错，但不是今天的。

就在四十分钟前，阮瑜看演唱会的热搜下，有人翻出了在纪临昊以前一场演唱会上的饭拍视频。

吃瓜要吃全：【我翻到一个前年十月份左右的视频，这是阮瑜吧？】

阮瑜感觉自己捧着平板的手可能在颤抖。

视频里，她在纪临昊的演唱会现场，全情投入，泪流满面，喊得字句清晰：

"宝——贝——你——娶——我——吧——"

"宝——贝——啊！"

林青没把阮瑜送回公寓，而是一路飙回公司，将她押到安卓茜面前。

商影传媒，高层，安卓茜眼前的电脑屏幕上消息闪烁，她刚挂掉一个电话，皱眉问阮瑜："你知道有这视频吗？"

她怎么可能知道啊！

"这是前年年底的事了，那时候我都还没签约成艺人，肯定是不小心入镜了。"阮瑜心里在山崩地裂，强自镇静，"不然我马上就澄清吧？"

"要澄清，当然得澄清。"现在网上炸得沸沸扬扬，事情到这一步，安卓茜按太阳穴，"视频里喊得这么清楚，搪塞不过去，含含糊糊反而引怀疑，这事只能该怎么说就怎么说。"

隔壁会议室里，公关部的人忙得焦头烂额，生死时速赶出了两套方案，过来敲门："安姐！方案拟好了！用哪一套啊！"

安卓茜迅速过去定夺，那边还在急促讨论，阮瑜绷着神经点开微博，快速浏览了一眼。

四十分钟内，热搜上的"阮瑜_纪临昊演唱会"话题已经升到了第十位，这还不止，紧接着"阮瑜_你娶我吧"的话题后来居上，坐火箭似的一路窜上了第一，"纪临昊"的单人话题也紧跟在第二。

她点开热搜，评论转发早已过万。

即使四季和鱼粉第一时间赶来，可扛不住吃瓜路人太多，评论根本控不住，前排全是问号。

【阮瑜和纪临昊？？】

【不懂就问，所以他们在阮瑜出道前就认识了？】

【好刺激，这是在追星还是在示爱啊？】

【哈哈哈，哭得有点好笑是怎么回事？】

【我脑补百万字当红大明星 × 豪门大小姐，有文看吗？】

……

一刷新，首页的四季都炸成了一锅粥，跟哥哥拍过婚纱 MV 的流量女明星居然疑似是四季！还曾在两年前的演唱会上高呼告白！这到底是故意搞绯闻炒作还是追星成功啊？

不管是哪种结果，四季都丝毫开心不起来。

粉圈有个词叫"同担据否"，意思是粉丝对自己的爱豆有独占欲，甚至到了拒绝和同担讨论的地步，更何况像纪临昊这样拥有一大票女友粉的当红流量，不想他传绯闻的粉丝就更多了。

鱼粉则完全蒙了：【啊啊啊，妈妈不准你嫁！】

很快，安卓茜回来了，直接示意阮瑜："现在就发微博，说你只是纪临昊的粉丝，强调粉丝的身份就好，别的一句话都不要多说。"

阮瑜说："好。"马上登大号。

"我和纪临昊的团队联系过了，他们不会回应，这事我们自己解决。"安卓茜一顿，扫了眼办公室，见没别人，又问，"换人了？之前不还是段凛吗？"

"哈？"

阮瑜随即猛地反应过来："不是不是，我和纪临昊根本就没什么，我真的只是他的粉丝！"

安卓茜知道阮瑜从小爱慕段凛，当初进圈也是为了他，刚才还奇怪怎么又冒出一个纪临昊。她无意管阮瑜的私生活，不闹到明面上什么都好说："以后注意一点，别和纪临昊走得太近了，他的团队不好搞。"

阮瑜打字的动作一停："什么意思？"

"那段视频放这么久了都没被翻出来，怎么今天你去看演唱会的事情一上热搜，这么快就联动了？"安卓茜很肯定，"这么说吧，你今晚被拍可能是意外，但这么早的视频能刚巧被曝光，不是巧合。"

阮瑜迟疑："您是说……视频是他团队刻意爆出来的？"想了想，立即接话，"不可能，传绯闻对纪临昊没有好处。"

安卓茜摇头一笑："如果你今晚只被拍到出现在纪临昊的演唱会上，那才叫绯闻，不管你事后怎么澄清只是粉丝，谁信？"

可阮瑜两年前在演唱会上告白的一幕被爆出，还是在她出道前，网友不傻，事后想想也知道八成是在追星。再说阮瑜和纪临昊根本没有绯闻实锤，到时候两家团队再一引导舆论，这事很快就揭过去了。

可这么一来，纪临昊是被摘出来了，阮瑜却还要被贴上"单向追星告白纪临昊"的标签，多少会有影响。

沉默了下，阮瑜说："不是说，要是后来那个视频没曝光，两家都没法澄清绯闻吗？"

"你怎么还是不明白？"安卓茜很直接，"如果你只是和纪临昊传擦边绯闻，对你几乎没影响，对他才有影响。"

这就是男明星和女明星的区别。

阮瑜其实都懂。

如果猜测是真，那爱豆的团队这么做其实没错。

身为粉丝，她巴不得自己爱豆有这么一个做事果决的团队，但作为当事人，心情多少还有点不太一样。

她没再想了，直接发微博。

阮瑜：【看来追星史瞒不住了，大家给我留点面子，也给偶像添麻烦了！】

刚一发出去，评论暴增，鱼粉急急赶来。

【哈哈哈，真的在追星啊！太真实了吧！】

【啊啊啊，宝贝快跟我回家！我娶你我娶你！】

【恭喜小瑜追星成功！最近辛苦了，好好放松一下吧！！】

【抱起宝贝就是一个八百米冲刺，谁都不许跟我抢！】

……

既然阮瑜澄清了只是粉丝，鱼粉当然信，至于她在粉的纪临昊，不搭理不关心权当没看见，小瑜独美这事我们是认真的！

四季刚在背后骂过阮瑜炒作，见到这条澄清，心情复杂地过来留评：【谢谢支持我们哥哥的演唱会，期待接下来的上海巡演。】

鱼粉在底下回：【感谢MV拍摄邀请期待下一次合作。】

你端茶我递水，表面一团和气，然后回头纷纷翻白眼，最好的下次就是没有下次！！

安卓茜粗略看了一下公关部报来的实时舆情监测，又拨通一个电话。

光这还不够。

零点整，《游戏吧少女》的官博忽然发了一条预告视频，正式官宣第一期的播出时间。

阮瑜本人的话题度正热，吃瓜群众和粉黑纷纷拥去看预告宣传片。

宣传片开头，剪了四位经理人的独白和录制片段，第一个就是阮瑜的部分。

上一幕，她站在赛台上，神色认真而笃定：

"我来参加这个综艺，就是想来打游戏和看比赛。"

"我知道对于职业选手来说，游戏不是娱乐消遣，而是梦想和奋斗。

"性别不是原罪，赛场无关性别，实力才是原罪。"

而下一幕在后台化妆间，她不复严肃的神情，眼神晶亮，对着两名职业选手诚恳剖白：

"我是你们队伍的粉丝，喜欢你们六年了，几乎每一场比赛都看！"

宣传片一发出，安卓茜又迅速动用手底下的营销号带了一波节奏，截图发微博，文案将阮瑜往"追星女孩的典范"上引导。

既然都被打上了追星的标签，不能单和纪临昊扯上关系。

"阮瑜追星标杆"的话题也被买上了热搜。

网友评论：

【这个走向怎么越来越"沙雕"了啊！前脚看演唱会表白，后脚打比赛也表白！阮瑜你到底有几个好爱豆！】

还有一大批本身自己追星的粉丝羡慕得嗷嗷哭：【粉唱跳爱豆粉到能和他一起拍摄MV！粉职业选手粉到能和他一起打游戏！这真的是九亿追星女孩的梦吧！】

一部分网友在调侃阮瑜追星真实可爱接地气，剩下一部分表示人家是商影千金，羡慕不来。

本来还有舆论在猜测两人的绯闻，也很快淡了。

从热搜出来到现在，阮瑜知道安卓茜没少头疼："谢谢安姐。"

"跟我就别客气了，我还指望你大红大紫呢。"安卓茜喝了一口水，"你回去早点休息，这几天记得把剧本看了，决定好挑哪个就告诉我。"

阮瑜说："好。"

视频的事解决得差不多，回到公寓，她想来想去，还是给爱豆发了一条微信。

阮瑜：【一直没告诉你我是你的粉丝，不好意思啊。】

纪临昊：【现在方便接电话吗？】

她刚回完"方便"，纪临昊的电话就打了过来。

"你是不是忙到现在？"他的声音温柔，含着担忧，"本来我是想请你来看演唱会，没想到出了这些事，抱歉。"

阮瑜立马说："没有没有，今天应该是你的演唱会，是被我这么一搞才砸了。"

"没有搞砸，今晚办得很成功，也谢谢你来。"

"今晚的灯光舞美都太棒了，气氛特别好！"

纪临昊轻轻笑了一声。

"还有，我被拍的那个视频……"阮瑜有点尴尬，坚决肃清爱豆的烦恼，"你不要误会，因为我是你的粉丝才会这样说的，你千万别因为我有困扰。"

纪临昊停了须臾，才含笑回道："完全不会，谢谢你喜欢我。"

"没事呀，不用谢，你很值得的！"她声音也雀跃起来，真心强调。

两人聊了几句，阮瑜自觉地不打扰爱豆了，说："准备睡觉下次聊。"

"今晚庆功宴你没来，下次有空请你吃饭。"

"一定！"

挂完电话，阮瑜又回了一些熟人私聊调侃她的微信，再爬上微博一看，网上还是很热闹，但上蹿下跳的黑粉少了，舆论走向逐渐"沙雕"化。

她放心地退出来。

她刚要安心睡下，总觉得忘了点什么。

阮瑜又从被窝里爬出来，在床上坐了会儿，想到了。

她捞过手机，鬼使神差地登上追星小号，搜索。

她翻了翻，今天下午段凛还在深圳出席某高奢代言的品牌活动，哥哥终于露脸营业，菱角几乎要号碎赛格广场的玻璃。

好，不在京城。

她心满意足地关手机，睡觉。

第二十三章

— 粉你我也很开心

接下来三天，阮瑜都安安分分地待在公寓里，哪里也没去。

周六晚，《游戏吧少女》第一期在两大网络视频平台联合播出，本以为节目受众小的节目组，在节目刚开播就收到了莫大的惊喜。第一期的播放量简直比他们原来的预期好太多了！

有 SOS 战队前退役选手和阮瑜坐镇，一部分电竞粉和鱼粉几乎是守着第一秒开播看，而上回在阮瑜看演唱会的热搜里吃瓜的路人也好奇赶来，看完第一期，震惊了。

【一看各个模样都能送进爱豆选秀里的女选手们，嗯？我们是在一个次元吗？你们女孩子打游戏都这么厉害的吗？】

【还有，选手打游戏好也就罢了，但谁都没想到阮瑜居然还有一手。】

【老板是不是放错碟了啊！节目里那个打游戏大杀四方的人真的是阮瑜？】

鱼粉被阮瑜一开始的护粉带飞局感动得呜呜直哭：【小瑜怎么又宠粉又能打啊！感谢商影传媒给口饭吃，不然我们现在粉的就是电竞选手游戏主播了！】

节目第一期出来，知名的直男聚集地虎扑论坛炸了。

【本来想去骂人的，看完十分钟我喊出了那五个字——阮瑜我老婆。】

【不错，节目选人挺用心，但女子电竞还是算了吧。】

【周宁莽是真的不行了，对线对不过一个女明星？哦，原来那是我老婆啊，那没事了。】

【阮瑜还知道 S1S2 赛季的比赛？牛。】

【一开始拒绝阮瑜的那几个哥们，牛。】

……

林青没想到阮瑜跟玩票似的去参加了一个糊综，却收获了一大批男粉，把平板给她看："小瑜姐，你知道现在叫你老婆的男粉特别多吗？"

阮瑜还在看剧本，头也不抬："他们知道我在召唤师峡谷骂过的男玩家比他们还多吗？"

林青回道："当你的男粉真惨。"

今天林青来给阮瑜送合同，她下一部戏定了，《小家》，就是之前安卓茜建议挑的那部都市家庭教育剧，她在剧里演一名高中生，下个月初进组。

签完合同，林青要走时，又叮嘱："安姐说了，最近你人气涨了，别忘了发自拍固粉！"

"知道了，知道了。"阮瑜摆手。

晚上，阮瑜想起来这事，坐在沙发上自拍了一张，发微博。

评论疯涨。自从她杀青后恢复营业开始，人气比进组前还要高上一截。

她看了看评论区，切追星小号，今天的打榜任务还没做呢。

一刷新，首页的四季居然在骂人。

纪临昊圈外女友：【瞎嗑啥呢？ //@ 再嗑最后一口：好多鱼真的甜哭我了 55555。】

阮瑜坐起来，点进微博主页，这又是和哪家……等等？

再嗑最后一口：【不是绯闻又怎么了？ CP 就是亦真亦假才嗑得香！】

【当红顶流 × 豪门千金，爱豆 × 粉丝，请问还有人没入股吗？】

【好多鱼是真的！甜到我给他俩产粮都觉得自己好多余！】

……

昊、多、瑜。

这才几天，她和纪临昊的 CP 粉都出来了？

阮瑜一条条翻下去，这 CP 粉的账号居然是去年创建的，从她和纪临昊 MV 发布的那个月开始。

每条嗑糖微博下竟然还有一两百条附和的评论？

门铃在响。

阮瑜神情恍惚去开门，抬头，顿时清醒。

段凛！

她看着门口的段凛，两个月没见，半晌憋出一句："你，回来了啊？"

不对，她迅速改口："你怎么知道我在家？"

段凛显然是刚回来，手上还拎着外套，口罩没摘，一身的黑色帽衫搭同色长裤，仅露出一双深邃的眼睛。

他眸光落在阮瑜身上，淡淡回道："不是刚发自拍？"

哦，对。

"那什么，"她想起来，"你的西装外套还在我这里，你等一下，我去拿给你。"

她刚转身，手腕就被握住了。

段凛扣着她的手腕，手指垂落，非常自然地牵住了她的手，另一只手摘了口罩。

"不要外套。"他一顿，"想看猫。"

嗯？

阮瑜动了动被牵住的手指，还没回神，房间里那只吃里爬外的泡芙就窜了出来，喵呜一声，像块牛皮糖似的，抱着段凛的裤腿不撒爪了。

段凛却只低头扫了它一眼，随后抬眸，对上她瞳孔地震的视线。

阮瑜挤字："不是看猫吗？"

"嗯。"

"行吧，那你在这里看，我去给你拿外套。"她尝试抽了一下手。

段凛说："看你。"

"啊？"

"想看你。"他语气平静。

阮瑜压根儿没想到段凛这么直接啊！他到底什么意思啊？

段凛看她一脸蒙的模样，连手都忘抽了。他垂眸，指腹在她的手背抚蹭而过，察觉出她的紧绷，是在紧张。

他过来的一路，脑海中是这些天她被传的绯闻。

阮瑜刚缓回神，就听段凛问："谈谈？"

"等一下……"她艰难开口，"我想先，确认一件事情。"

段凛等她问。

片刻，阮瑜措辞："你是不是还没出戏啊？"

她想这问题其实想了很久。

要说拍《无声惊雷》期间，段凛为拍戏和她培养感情，有点小动作也没什么。但杀青那天，那个吻明显不对劲，包括杀青礼物，以及后面两人断断续续打的几通电话，都非常不对劲。

要不就是他没出戏，要不……还是他没出戏！！

"就，你是不是习惯性觉得我是倪书，你自己是季少安了啊？有没有可能，现在你还没从电影角色中脱离出来，所以才感觉我们两个的关系应该是，"阮瑜动了动手指，"是这样。"

段凛垂眸一瞥，稍顿，松了手。

对嘛。

阮瑜表情也一松，她就说是这样。

但心里却莫名有些不太舒服。

她压下那点不舒服，没看段凛，想去拿西装外套，眼前一道阴影罩落，抬头，段凛离她就半步距离。他蹙了蹙眉，盯了她一会儿。

他神色敛淡，眸色却深，简明扼要地说："我演过很多电影，在演每一部的时候，都会入戏。"

"哦。"

"和你演，我没有。"

顿了顿，段凛又说："每一次拥抱，接吻，都是我自己。"

阮瑜蒙了。

他问："可以谈了？"

现在阮瑜脑海里不亚于宇宙大爆炸后人类起源进化高科技崛起核武器爆炸。

她脑袋有点空，半晌，点头："哦……那你进来吧。"

阮瑜放段凛进门，给他拿了一双粉色拖鞋，机械地往里走。

"你坐吧，我先去倒点水。"她问，"你想喝什么？"

段凛看她强自镇静的表情，眸色沉静："矿泉水。"

阮瑜装聋："行，那就煮个红茶吧，可能要十几二十分钟，你先等等。"

接着，她头也不回，同手同脚地进了厨房。

目送她关上磨砂玻璃门，段凛的视线扫视客厅一圈，装潢还是以往她惯有的奢华风格，但摆设却添了几分小心思。各个活动方送的毛绒玩偶堆了一飘窗，按高矮圆瘦挨个排好，处处可见绿植，茶几上还插着一大束向日葵。

泡芙想跳上段凛的腿，结果一个猫失前爪，扒着沙发边的毯子一起滚在了地上。

段凛将毯子捞起，忽然从毯子里掉出一个手机，屏幕还亮着。

再嗑最后一口：【再骂我就带大名了哈，纪临昊和阮瑜天生一对，绝对般配！】

厨房里，阮瑜脑袋磕在操作台边，想死。

段凛那话什么意思啊？什么叫对着她没入戏啊？

不能是她想的那个意思吧？

缓了二十分钟后，阮瑜出来了。

阮瑜将盘子放在茶几边上，坐在段凛斜对面的沙发一角，倒茶。她也没看他，推过去后，嘟囔："我加了一点柠檬和薄荷叶，有点烫啊。"

段凛应声。

寂静。

就是寂静。

段凛的声音响起，很淡："当初，为什么会去看我的负面爆料？"

阮瑜抬头看他，这个问题他们在法国的时候好像就讨论了吧？她当时怎么编的来着？

爱而不得，因爱生恨。

但段凛肯定看到前几天的热搜了，她在演唱会上向爱豆告白的视频是前年十月拍的，不就是她跟他说自己因爱生恨的那个时间点吗！！

"因为我当时是纪临昊的粉丝。"迟疑了下，阮瑜还是委婉说了实话，"就，你可能不知道，我们和你的粉丝经常吵架，所以互相传黑料是常有的事。"

"不喜欢我是因为纪临昊？"段凛略一顿，"喜欢他？"

"对。"察觉不对劲，阮瑜改口，"也不对，不是那种喜欢。"

段凛的眸光一直落在她脸上："哪种喜欢？"

阮瑜一噎：他干吗啊！在做阅读理解吗？！

"不是像从前喜欢我那样地喜欢他？"段凛平静地问。

她回答有些勉强："你可以这么理解吧。"

阮瑜现在被段凛问得有点蒙，她捧起玻璃杯，装死喝水。

一抬头，他的目光居然还黏在她身上。

视线交错，段凛站起，一扫周围，拎了一把沙发脚凳，直接坐在了阮瑜面前。

两人的位置由斜对面改为面对面，差一寸就要膝盖相抵。

阮瑜与他平视，整个人都傻了："你是想审讯我吗？"

"是你审讯我。"段凛垂眼，抽掉她手上的水杯，拿了张纸巾，替她擦不小心洒在手指上的水，又问，"现在不讨厌我？"

"不讨厌。"她说真的。

手指忽然被攥着，勾了一下。

段凛神色沉然，盯着她，低缓地问："喜欢我？"

可能静了有足足两分钟。

"没。"阮瑜内心挣扎，又补了句，"我不知道。"

她心里滚了满屏的感叹号，自己都不知道现在什么情绪，反正说不出话来。

"不喜欢，也不讨厌，不知道对我是什么感觉。"简略总结两句，段凛淡声问，"那要不要试试？"

阮瑜没懂："试什么？"

段凛马上接话："试你对我的感觉。"

本来阮瑜下一句应该问怎么试，但她被段凛的目光看着，他那视线，怎么说，她感觉自己就像条砧板上的鱼，只要问出口她就能被下锅了。

半晌，她终于问："你不会是……真的喜欢我吧？"

段凛自然应声。

阮瑜呆住了。

满室死寂。

段凛看她一脸震惊的僵滞模样，不动声色。

在确认她对纪临昊还没有产生其他情愫后，确认她对自己并不是全然不在意后，他无须再等鱼咬钩，而是要将她赶进网里。

"可我是你的黑粉。"阮瑜都开始磕巴了，"你那什么，你能喜欢我什么啊？"

她问这话，真没想到段凛会回她，还神情未改。

"喜欢你聪明，有勇气，"他眼睛一眨不眨，"爱笑……"

"停！停停！"

阮瑜心说要死了，真的，她的耳朵肯定在烫。

两人就这么一言不发地又对视了几分钟。

"但是……我不喜欢你,不对,是我曾经可能有,现在没有了。"阮瑜结结巴巴地说,"感情不能强求的。"

段凛还是一贯的淡漠神情,似乎微挑了挑眉,语气平静:"感情的事,婚后也可以培养。这话你对我说过。"

阮大小姐,你可真是强取豪夺逼婚第一人啊。

阮瑜感觉自己被段凛逼到了逻辑死角里,想不出哪里不对,但哪里都不对劲,她不说话了,拿过杯子,又开始喝水。

她的视线乱飘,就是不看他。

蓦然,她听见段凛开口:"要不要来英影?我捧你。"

英影是他的公司。

一口红茶猛地呛进阮瑜喉咙,薄荷叶的味道刹那冲脑,她咳了整整三十秒。

阮瑜咳得眼泪都要出来了,混乱间,手里的杯子被段凛拿走,脸被抬起,他替她擦拭下巴上的水痕。

等终于缓过劲来,她发现两人离得很近——太近了。

段凛早就站起,此刻俯身捧着她的脸,两人鼻尖相抵。

他正垂眼看她泛着湿润水光的唇,双眸深邃,睫毛密长如鸦羽。

阮瑜小声说:"我不去,我怕你……"

唇上蓦然一软,后半句被堵在了唇齿间。

阮瑜蒙了,下意识伸手,刚想推段凛的肩,下唇就被轻轻咬了一下。

刹那间,那些雨天里亲密无间的吻,昏昧卧室的耳鬓厮磨,全涌回了脑海里。

精神可能是拒绝的,却没了理智。

鼻间都是他身上清冽的木质香,唇上的触感、接吻的角度、每一个舔舐厮磨的细节,都无比习惯,也分外熟悉。

呼吸交错。段凛舔吻过她的下唇与齿列,鼻尖又蹭了一下她的,稍稍撤开一些,抬眸,望进她的眼。

他音色冷淡,却勾着一点慵懒:"老婆。"

阮瑜真的有两分钟没说出来一句话。

良久,她缓过来:"你不要乱叫。"

段凛仍捧着她的脸,指腹在她通红的耳郭上抚擦而过,低声问:"你不是?"

阮瑜无言以对。

"明天我不在京城,要进组,拍四个月的戏。"段凛一顿,唇贴着她的唇蹭了一下,低眼,"给我一段缓刑期?"

阮瑜挤字艰难:"什么缓刑期?"

"别太快确定不喜欢我,我可以等。"

从这个角度看,他眼下那颗桃花痣分外明显,像诱惑。

阮瑜默默盯了会儿,不知道怎么的就没拒绝。

她现在太难集中注意力了，扯开话题："那什么，你的西装还要还吗？我去拿吧。"

"不用还，"段凛接话，"都是你的。"

休息的这几天里，阮瑜终于把《小家》的一摞剧本看完，习惯性地做好标注，卡好便利贴，就堆在了书房里。

没事干了，最后一天在公寓里晃荡发呆。

叶萌萌买了一箱猫玩具上门，此时正在客厅沙发里窝着看剧，抬头一看，阮瑜已经第三次从书房逛到客厅了："小瑜姐，你很无聊吗？"

"对，快找点事情给我做。"阮瑜幽幽地说。

叶萌萌说："那你跟我一起看剧吧，最近刚播的，特别好看！来来。"

阮瑜瞅了一眼她的屏幕，浑身多毛，是段凛演的。

叶萌萌还在激情安利，什么剧组筹备两年的大制作宫廷权谋剧，什么名导操刀戏骨齐上阵。阮瑜看了一眼，想起来了，是她在录《职业伪装》那会儿段凛拍的那部剧。

又想起那天段凛离开她公寓时，他看她的那个眼神。

就想不通。

明明一年多前还是一日对家终生对家，怎么就变成现在这样了？

周六晚，《游戏吧少女》第二期播出，热度不减反增。

除了阮瑜他们四位经理人自带的热度，第二期还爆了一个大瓜。有娱乐博主爆料，节目中的一名女选手就是曾经某一线流量的圈外女友，消息一出，全网震惊。

这位曾经的流量叫喻嘉柏，三年前因选秀节目大火过一阵，而红不过半年，就闹出了要和公司解约的新闻，紧接着又被知情人爆出他在出道前就已经有了圈外女友，还到了谈婚论嫁双方见家长的地步。

虽然没爆出圈外女友的信息，但锤得特别死，当时喻嘉柏的粉丝脱粉的脱粉，转黑的转黑，一夜之间糊无此人。

现在旧事重提，毕竟是曾经的一线，网友纷纷拥进节目吃瓜。

在第二期的节目中，除了阮瑜他们在棚内录制的部分，还剪进了女选手们平时在节目组提供的基地里生活和打训练赛的场景，最初的爆料人就是根据那名女选手床头的一个挂坠和她的手机锁屏，分析出了真相。

本着好奇吃瓜看热闹的心情，一大批本该是电竞圈外的观众点开了节目，两期追下来，看着看着却变味了。

【你们电竞圈这么热血这么燃的吗？！】

【女选手们的游戏打得好不说，颜值还不亚于偶像选秀，这都是节目组从哪个矿洞里挖出来的宝藏妹妹啊！还有阮瑜是背了一整本电竞编年史吗！她怎么什么都知道啊！】

一时间，吃瓜的吃瓜，转粉的转粉，节目还上了几次热搜。阮瑜作为存在感最强的经理人，又圈一拨粉。

她抽空把节目看了，弹幕聊得热火朝天，有褒有贬，还有曾经喻嘉柏的粉丝在弹幕里激情开麦。

三年了，前粉丝的愤怒不减当年。

【卖男友人设，还靠女友粉拼死打投砸钱出道的爱豆不配谈恋爱，望周知。】

【当初我一直在骂女方，现在想想女朋友有什么错呢，喻嘉柏才该骂！】

【妹妹，等红了就赶紧分吧，他又渣又糊不值得。】

……

阮瑜看着满屏的弹幕，莫名心虚了一秒，忽然想到段凛。

不对，他似乎没卖过男友人设吧？

她想了想，段凛自带资源，在电影学院时接的第一部作品就是孔明坤的片子，出道爆火，从此一路走上坡路。更何况，那些收视票房也不是粉丝能撑起来的。

但女友粉是真的多，多到离谱。

如果以后他真被爆出恋情，女方会被他的粉丝手撕了吧？

阮瑜瞬间不想了，关视频，一把将平板反扣在桌面上。

没有什么以后，她连明天都是奢侈。

"小瑜姐，你最近有点奇怪。"旁边叶萌萌警觉，摸出手机，"让我看看。"

阮瑜疑惑："看什么？"

叶萌萌说："我刚注册一个追星小号混进纪临昊的粉圈了，还下了两个追星软件专门追踪他的动态，你放心，像上次看演唱会那种绯闻，我不会再让它发生第二次。"

四月初，在正式进组《小家》前，阮瑜空出档期参加了剧本围读会。

围读会办在出品方的公司，长桌会议室里围满了剧组主创人员，阮瑜是主角之一，就坐在副导演旁边。

她完整地翻过一遍剧本，《小家》是三代同城的背景，一大家子祖孙三代都是土生土长的京城人，爷爷奶奶辈住在老胡同里，孙辈跟着爸爸妈妈搬去了公寓楼。而她要演的就是其中的孙女，知知。

知知刚上高三，还处在叛逆期，逃课早恋样样都做，还是一个追星女孩。总之，她是老师眼里的问题学生，家长头疼的叛逆小孩。

剧情主要讲述了家人之间从互相不理解到和解的故事。

除了阮瑜，其他几个主角都是实力派演员，彼此见面打过招呼，就开始坐下来翻剧本。

整部剧的剧本有厚厚五本，演员在围读会上不会从头到尾对下来，主要是在提一些关于自己角色台词的问题，删改掉几句书面化的台词，加两句填补情绪的台词等等。编剧都是靠谱的老师，所以全程没有大改动。

阮瑜的剧本上记满了标注，有几页被她用便签卡着，画了个星号。

她翻着剧本，一直在听其他几位主角老师的意见，没怎么发话。

临近结束，导演冯斌一拍掌："行了，那没什么问题的话，今天就散了吧，大家辛苦。"

"冯导，我有。"阮瑜忽然抬头。

冯斌点头："你说。"

"我觉得知知的角色设定……其中有一点不合适。"

设定不合适？

话音一落，今天来的两位编剧顿时停止了交谈，会议室里的目光也都聚在她身上。坐在后排的林青顿冒危机感，赶紧抬头盯她，这姑奶奶又想干吗？！

"哪里不合适？你说说看。"

"剧本里把知知追星的这一点写得太坏了。"阮瑜一个一个便签翻过去，"像她偷父母的钱去追活动的这场戏，逃课去机场堵偶像，因为赶不上时间跟司机大吵一架的这场戏，还有看到偶像出绯闻了差点割腕这场戏，都不像是她会做出来的事。"

一旁，总编剧的脸色有些不对，插话："粉丝追星不就是这样的吗？"

阮瑜笃定地说："不是，其实这些都是刻板印象，是很少数的脑残粉才会干出来的事情。"

众目睽睽下，林青听她这一句撑，差点一口气没呼吸上来。

"追星说白了是个人爱好，也还是有粉丝因为追星学到不少东西的。"阮瑜看到了不远处给她打手势的林青，没管，"像粉圈里的美工、修图、文案这种，很多都是因为追星才学会了新技能。"

编剧脸色不好看，冷冷地回道："可能追星是有正能量的地方，但知知是一个处在叛逆期的孩子，所以这些举动都是她会做出来的。"

阮瑜还是坚持："她不会。"

"你不能因为你追星，就一定要把这个群体演很正能量。"总编剧沉着脸，他不是那些小编剧，说话也不太客气，"按你这么改会破坏整个剧本。"

"梁老师，我没有要破坏剧本。"阮瑜从剧本里抽出夹着的纸，态度诚恳，"我写了她的人物小传，您可以看一下。"

看她递来人物小传，编剧将怒的神情愣住了。

冯斌开口了："说说你是怎么想的。"

行，阮瑜也不争追星的事了，说回角色本身："我看下来，知知本性不坏，只是平时缺少父母的关心，逃课也是因为那个老师太偏心好学生，还有很多细节都可以说明，那既然这样，追星对她来说应该是快乐的，不是她发泄负面情绪的一点。"

在场几个主角面面相觑，似乎都没想到这一点。

编剧在看阮瑜写的人物小传，沉默了。本来剧本里写知知追星，只是为了体现人物的叛逆，顺便跟个潮流。

这么小的细节，小到当初他都没考虑进人物的自治逻辑里。

冯斌一脸的诧异。

当初选角的时候找阮瑜来演，主要是看上了她最近的热度，剧组里其他几个主角都是戏骨，有国民度但缺少热度，她来正好。

他根本没想到阮瑜认真到这种程度，准备功夫能做得这么足。

冯斌笑了，当即拍板："那就改吧，得大改了，梁老师这边行吗？"

编剧拿着整整五页纸的人物小传，神情有点尴尬，说了句："行，没意见了。"

赶往下一场通告的路上，车里，林青吁气："我刚才差点被你吓死，还以为你真是要杠人家！什么时候写的人物小传啊？"

"刚看完剧本的时候。"阮瑜回道。

写人物小传这个习惯，还是她在拍《无声惊雷》的时候养成的。那时候一卡戏孔明坤就让她写人物小传，现在看剧本不写都不习惯了。

林青老怀甚慰："可以啊，现在怼人都有理有据的了。"

阮瑜"哦"了一声："不是，主要还是因为剧本丑化追星了，我忍不了。"这谁能忍！

林青愣了愣。

"最烦丑化一个群体的剧情了！"阮瑜想起来就气，"要是真演成那样，槽点多不说，到时候一定会被骂死，反正我第一个开骂。"

林青深呼吸："祖宗，那你下次不能当着这么多人的面提意见大改剧本了，我心脏受不了，人分分钟就传出去说你带资进组篡改剧本信不信？"

"信。"阮瑜嘟囔，"但我这不叫带资进组。"

"什么？"

"我这是带脑进组。"

没过两天，改过的新剧本送来了。剧组又办了一场剧本围读会，隔周开拍，阮瑜正式进组。

《小家》的拍摄地点在京城，阮瑜的主要戏份在胡同和居民楼，以及学校里。

她演十八岁的高中生，上镜几乎是全素颜。马尾一梳，露出光洁饱满的额头，镜头里，她的脸透着满满的胶原蛋白感，连泪沟都没有，成功混进一群学生群演当中。

拍都市剧比拍电影拍古装戏都要轻松得多，每天排给阮瑜的戏份也不重，安卓茜时不时会替她接几个别的拍摄通告。

进组一个月，她请假两天，飞去广东赶《游戏吧少女》的录制。

节目已经播了四期，穿插着播女选手的初赛和训练日常，直到最初的四十名女选手只留下二十名，被分编到了阮瑜他们四个经理人各自的战队里。

到目前为止，网友对节目的评价都很好，竞技游戏，凭实力说话。

最新一期是直播。

阮瑜看了台本，这一期，四支队伍将抽签进行比赛，两两对决，三局两胜。胜者组直接进入决赛，争夺最后的冠军位，败者组则将在下一期争夺季军的位置。

节目进入直播以后，就是一周来录一次了。

还是当初的录制棚，可这一次，观众席上的呼声比第一次还要热烈激昂。等四位经理人入座后，阮瑜听见有鱼粉高喊她的名字，差点喊破音了。

她回头，无声地竖食指"嘘"了一下，又笑眼弯弯地比了一个心。

鱼粉要哭：【啊啊啊，小瑜太甜啦！！】

《游戏吧少女》前四期的播放量一路飙升，讨论度也高，远超同类型的电竞综艺，当天现场多出不少专门来看选手的粉丝。

直播从晚上七点开始，录制了近四个小时，十一点时，主持人激动宣布入围决赛的名单。

莽哥和阮瑜的战队赢下比赛，直接晋级决赛！

胖胖和邱博的战队进入败者组，将在下一期争夺季军位！

赛台上，赢下比赛的两支队伍正在接受采访，阮瑜和莽哥也被请上台。

主持人笑着把话筒递给阮瑜："作为 RYG 的战队经理人，对选手说几句鼓励的话吧！"

"我就想说，她们太厉害了！"战队赢了比赛，阮瑜眼里都是光芒，心情超好，"今晚这份荣耀属于她们和战队的教练，我只是荣耀的见证人，希望下次我能看她们站上决赛的领奖台。"

旁边莽哥接了一句："那可不行。"

全场哄笑。

直播临近结束，台上正在下金色的飘带，像在下一场金色的雨。

阮瑜兴奋地过去和几位女选手拥抱，又朝观众席挥了挥手，准备走。

观众席中忽然爆发出一道男声：

"阮瑜！老婆，我爱你！"

全场愣了一秒，她也一滞。

紧接着，又是一道女声："老公，你别理他！妈妈爱你！"

这突如其来的节目效果，全场爆笑，直播间的弹幕全在哈哈哈。

去机场的路上，节目现场的这一段小插曲已经上了热搜。

林青感慨："一出山就上热搜，你这体质，圈内紫微星都羡慕不来。"

话音刚落没多久，阮瑜的手机瓮声响起，她一看，不由得坐直了点。

林青这是什么品种的乌鸦嘴！才说紫微星，人就来了！

"喂？"她接起电话。

段凛那边的背景音有点嘈杂，似乎还在片场。

过了几秒，忽然安静很多，他的声音响起："在去机场？"

阮瑜往车窗边蹭了蹭："对，我刚录完节目，还要回剧组。"

"手怎么了？"

"啊？"

她顿了几秒才反应过来，低头看自己红肿的手腕："没什么事，就是昨天拍戏的时候不小心撞桌角了。"

段凛一顿，问道："还疼不疼？"

"现在不疼了，你看节目了啊？"阮瑜转了下手腕，缩进袖子，小声嘀咕，"我穿长袖了，这也能看到。"

段凛淡淡地回应："只能看见你。"

这话她回不了，没法回，憋了半天，只"哦"了一声。

聊了几句，听见段凛那边有人在叫段老师。

阮瑜赶紧说："那你去忙吧。"

"手腕记得擦药。"段凛声音低缓，"小心点。"

挂了电话，她回头就对上林青的眼神。

"谁啊？"林青很警惕。

这段时间，阮瑜总是时不时要接电话，让他这个盼女成凤的老母亲很是提防。

阮瑜正色道："催债的。"

林青更警惕："催什么债？情债？"

阮瑜愣了。

林青追问："不会是纪临昊吧？"

"不是。"阮瑜迟疑了下，决定坦白，"是段凛。"

早说啊！林青松了口气："那没事了。"

阮瑜震惊："不是，段凛怎么就没事了？"

"段凛是最不可能曝恋情的男明星了，你看他什么时候被传过真绯闻？"林青考虑，"不过哪天你们真被传了，也行。"

阮瑜不解："你们不是不让我谈恋爱吗？"

林青很宽容："你跟他谈，一定被黑死。大红是红，黑红也是红，目的达到就好，我没意见。"

阮瑜觉得无语。

回京城，《小家》的拍摄有条不紊地进行着。阮瑜每天跟着剧组在京城转片场，她拍戏进度不赶，再加上通告不重，前段时间因为太累瘦下去的体重又回来了点。

终于到录《游戏吧少女》的最后一期，决赛夜。

当天早上，阮瑜到珠海，先在录制现场的后台做妆发。

她来得最早，此刻莽哥他们还没来，化妆间里没什么人。坐了一会儿，她登录微博的追星小号。

先刷了一下首页。

今天是纪临昊的生日，他的全国巡回演唱会还在进行，今晚正好在广州场！还是生日场！她眼睛一亮，随后又靠回了座椅，要录节目，没戏。

而且也不能去现场听啊，除非她易容。

刷完爱豆的动态，她停顿了下，又搜索一个名字。

进组消失快两个月，段凛终于在昨天露面，出席金蜂电影节的闭幕仪式，现场粉丝人山人海，将场馆外围的两条街堵得水泄不通。

忽然进来一条微信消息。

纪临昊：【阮瑜，今天你在广东录节目吗？】

她迅速回了。

阮瑜：【嗯嗯。】

纪临昊：【我刚好也在，等录完节目，有没有空一起吃个饭？】

阮瑜手指停了下，打字：【我是想来，但你的生日会上这么多人，万一我被拍到对你不好吧？】

纪临昊：【不会。】

纪临昊：【没有别人，只有我和你。】

《游戏吧少女》决赛夜，录制地点在珠海国际网球中心。观众在傍晚时分进场，等主持人请出阮瑜他们四位经理人时，四周的看台席上一片热烈呼声。

到目前为止，节目播出七期，今晚迎来最后的一战。

在上一期的季军赛中，邱博战队三比一战胜胖胖战队，捧杯季军，分到了一小部分奖金池。

剩下的奖金池由今晚阮瑜战队和莽哥战队共同瓜分，最终的冠军五人将签约SOS电竞俱乐部英雄联盟分部，组成一支隶属于二队的女子战队。

对女职业选手来说，能签约去年的全球总冠军队，哪怕是二队，都是莫大的殊荣了。

赛台上，两侧的选手还在调试设备，阮瑜在经理席上紧张得要死，她看过自己战队平时的训练赛成绩，和莽哥那队打得不相上下，输赢真说不准。

比她看SOS打全球决赛还紧张！！

现场的观众席上呼喊声不断，直播间弹幕也刷了满屏，都在为自己的战队喊加油。

主持人下场，解说登台，BP环节（禁止/挑选英雄）后，比赛正式开始。

第一局，在阮瑜战队选出阵容后，弹幕一半都在质疑。

这个阵容，前期好打，后期无力。对上擅长打经营、拖后期的莽哥战队，悬。

而不过五分钟，阮瑜战队打野与莽哥战队打野为争抢河道蟹交战，阮队中单及时赶到，二包一迅速收割对面打野，抢河道蟹，拿下一血。

十五分钟，野区团战，阮队打出一换三，峡谷先锋撞掉对面下路二塔，一路推上高地塔。

十八分钟，中路团战，阮队打出一换四，直破对面中路高地。

二十三分钟，龙坑交战，莽队被阮队二换五带走，全队团灭。

阮队拿到大龙，势如破竹，上高地，破门牙塔，成功推掉莽队的水晶。

不到二十五分钟，阮队赢下第一场比赛。

这速度，看台席上的观众人都傻了。

什么鬼！我瓜子汽水刚开，你们就打完了？！

第二局，双方平均五分钟爆发一波团战，一队敢打，一队敢接，观众席上呐喊掌声不断。

三十五分钟，又是龙坑团战不敌，莽队五人被团灭，惨败丢掉第二局。

来到赛点。

第三局，三十分钟结束比赛。

阮队三比零胜莽队，赢下今晚的最终决赛。

零封。

零封！

现场尖叫呐喊声迭起，连在场看不懂比赛的鱼粉都被燃得拼命鼓掌，直播间内，弹幕密密麻麻。

【有 LPL 打架的味儿了。】

【说女子电竞是笑话的进来磕头。】

【也别二队了，阮瑜那队的中单直接把一队原波替了吧，原波老狗春季赛打成那样赶紧退役。】

【你们打游戏的女孩子都是这么帅的吗？！】

……

赛台上在下金色的雨，现场万人共同见证今晚的胜利。

选手教练来到赛台中央，举起奖杯。主持人激动地把经理人也请上台。

莽哥输得心服口服，和选手一一握手。阮瑜过去挨个拥抱，简直太兴奋了，嘴角的笑怎么都压不住，要是没人她就要蹦起来了！

她永远喜欢赢的感觉！

阮瑜眼神亮晶晶的，诚恳地说："我还是那句话，是你们五个正确的人走到了一起，我只是这场胜利的见证人，谢谢你们一直以来这么努力，加油。"

有选手激动得在哭，回道："也谢谢你把我们组在一起！"

直播录制结束，已经是晚上十一点。车上，阮瑜发微博，@了所有选手。

阮瑜：【谢谢你们，以后请一直赢下去。】

鱼粉在底下直呼：【啊啊啊，恭喜，小瑜以后也走花路吧！！】

发完，阮瑜收到一条微信消息，来自纪临昊。

他给她发来一家餐厅的地址，爱豆已经到珠海了！

林青在翻行程安排："小瑜姐，我们是十二点的航班，有点来不及，要改签到几点？"

"不改签了，直接退吧。"阮瑜决定，"我记得明天没有我的戏，今晚就在这里住一晚好了。"

林青思考后点点头："那也行。"

节目组的车将两人送到附近的五星级酒店。

进房间，十五分钟后，阮瑜又偷偷摸摸地溜出了门。

她戴着帽子口罩，低头，帽檐几乎压到鼻尖，快六月的天气，将自己裹成了一个密不透风的黑色人形袋。

怎么说都是爱豆生日，去是一定要去的！

她下到酒店停车场，出电梯，不远处一辆车打着双闪。

司机下来替阮瑜开门，她才认出是纪临昊的助理小全。

"昊哥让我来接您。"车内，小全看阮瑜全副武装，放心了点，"阮小姐，车窗贴膜了，您在里面就别捂着了。"

阮瑜不放心："那不行啊，万一再被拍了，我和你哥都得完蛋。"

小全被逗笑，脸色总算轻松许多。

车开进市中心的某家酒店停车场，酒店二十楼是一家会所式餐厅，装潢古色古香，全是包厢式的隔间，一路幽静无人。

小全没跟着阮瑜进去，带她到包厢后就下去等着了。

她推门，双眸顿亮："纪临昊，生日快乐呀。"

纪临昊坐在靠窗的位置，抬头看到她，失笑："谢谢，你这样不会很热吗？"

"不热不热，"她入座，摘帽子口罩，一看时间离零点还差十分钟，赶上了，"但是我没给你买生日礼物，不好意思啊。"

"不要紧，本来就是我约你过来。"

聊了几句，两人点了一些茶点，阮瑜咬着叉子抬头，发现爱豆在看她。

她赶紧把几份小点心推过去："你不吃吗？"

"我刚才在庆功宴上吃过了，你吃吧。"纪临昊桃花眼含笑。

呜呜呜，爱豆也太温柔了！

阮瑜也笑了："恭喜你今晚的演唱会举办成功呀，希望你的二十九岁能更好，开开心心，做自己想做的事情。"

她还没忘之前在英国拍MV时，纪临昊提到他转型有压力的事。

"谢谢。"纪临昊看着阮瑜的笑靥，微怔了一瞬。

"上次演唱会的事情，抱歉。"纪临昊温声说。

"没有没有，是我自己不小心被认出来了，跟你没有关系。"阮瑜连忙解释，"而且后来也澄清了，我早就没事了。"

沉吟了一瞬，纪临昊又出声："那个视频，我也很抱歉。"

阮瑜静了两秒，小声接话："啊……那个啊。"

爱豆一提，她就明白了，上回她那个两年前在演唱会上告白的视频，确实是他的团队发出来的。

阮瑜想了想："没事呀，那是你的团队，肯定要为你着想。作为粉丝，也会满意你有这样的团队。"

进娱乐圈的这一年多里，该懂的她都懂了。

阮瑜笑了："你看，虽然事情都解决了，但你还是会特意跟我说这件事，已经很好了。"

纪临昊愣怔，一时间没接话。

当时全网舆论沸腾，他的团队斟酌利弊，要将视频发出去时，他默认了。

事后他本想揭过不提，但某天忽然想起去年录综艺时，深夜无意间看见阮瑜在沙滩边踢沙子的一幕。

她一直都是这么元气。

正好今晚有时间碰面，他还是提了。但看她的表情，似乎早就猜到。

知世故，却不世故。

片刻，纪临昊笑意温柔："你很难得。"

"谢谢呀。"阮瑜不好意思。

正聊着，放在桌上的手机振动起来。

段凛！

她瞅了一眼，立即坐直，迅速瞥了眼对面的纪临昊，那瞬间，居然莫名有点心虚。

她接起电话："喂。"

段凛那边很安静。

他音色很淡，似乎勾了点儿慵懒："什么时候的飞机？"

"我现在，不在机场。"阮瑜回道，"我今晚不回京城了，在这里住一晚上。"

"节日快乐。"

"啊？"阮瑜蒙了三秒，才想起来，对啊！今天是五月二十号！

不对，过零点了，已经二十一号了。

她回什么？总不能也回节日快乐吧？

阮瑜只得"哦"了一声，一直在无意识戳手里的空茶杯。纪临昊注意到了，给她添上红茶。

她马上说："谢谢。"

缄默须臾，段凛问："不是一个人？"

"对……"阮瑜承认，"我在和朋友吃饭。"

段凛又顿了顿才问："什么时候回去？"

阮瑜想了想："应该差不多了吧，等下就回去了。"

"睡前，给我半小时？"段凛问。

她迟疑："什么半小时？"

"我刚到珠海。"

阮瑜瞳孔地震："你……不是，你怎么会在珠海啊？"

段凛说："这两天在香港，正好今晚回去，过来转机。"

转什么机啊！她憋了半天，说："你不要蒙我不知道香港也有机场好吧。"

段凛语气平静："想见你。"

挂完电话，阮瑜一口气喝完茶，冷静了点，向纪临昊告别。

纪临昊眸带笑意："路上小心。"

"一定！"

见她似乎着急要走，耳朵还有些红，纪临昊思索一瞬。

阮瑜打开包厢门，又被叫住了。

"阮瑜，知道你是我的粉丝，我很高兴。"纪临昊缓声。

她愣了下，展颜笑开："粉你我也很开心！"

小全开车一路将阮瑜送回酒店，停车场内，她下车，向小全挥挥手，又低头给段凛发微信：【你到了吗？】

段凛：【回头。】

阮瑜回头，远处的停车位里，段凛正关上车门，径直朝她走来。

他一身的衬衫西裤，还拎着西装外套，真是刚从香港活动上赶回来的？

"就你一个人啊？你的助理呢？"阮瑜好奇地问。

"他回房间了。"段凛垂眸看她，"上去坐坐？"

坐什么？他还在她住的酒店里订房间了？！

阮瑜吐字艰难："等下……你不是转机吗？"

"不转了。"

她见段凛帽檐下的双眸盯着自己，蹙起了眉。下一秒，手被牵住。

他带她往电梯间走，声音低缓："怕你再走。"

第二十四章

— 真的，你别喜欢我了

段凛的房间订在酒店顶层，是套房。阮瑜一进门内心弹幕滚了三遍：奢侈的有钱人。

她刚转过门廊，往里走了一步，就猛地停住。

眼前近百平方米的客厅里，装潢奢华贵气，从地毯到壁画到酒柜都贴着有钱两个字。当然，这不是重点。

重点是这铺了满地满桌的玫瑰是什么鬼啊？！

段凛也是一顿，摘了口罩。

他淡声道："他们是说准备了一些花。"

"这个一些……是不是有点太多了？"阮瑜挤字，有点后悔，"我们不是就……聊半个小时吗？"

段凛敛眸看她，没接话。

客厅肯定不能坐了，到处都是淡黄簇白的香槟玫瑰。她跟探地雷似的，绷着神经走进去，抬头一看，双眸亮起："去那里吧？"

套房的客厅连着私人观景露台，那里一片花瓣都没有。

"想喝什么？"段凛问。

"水就行。"

露台开阔。段凛给阮瑜倒了一杯气泡水，她趴在玻璃围栏往外看，眼神晶亮，好漂亮！

在七十多层往外眺望，夜色中的海景一览无余，连一水之隔的澳门夜景都尽收眼底。

手机忽然一振。

林青：【小瑜姐，我订了明早十点的航班。】

阮瑜将气泡水搁在旁边的玻璃桌上，敲字：【知道了。】

回完，她将手机放桌上。

段凛瞥了眼，屏幕还亮着，她的锁屏依旧是纪临昊。

他又回忆起刚才送她来酒店的男人，是纪临昊身边的助理。

阮瑜一转头，发现旁边段凛的眸光落在她身上，神色莫辨。

"喜欢纪临昊什么？"他问道。

阮瑜不明所以："你是问我粉他什么啊？"

段凛没应，似是默认。

那可太多了。阮瑜在桌边坐下，一件件数："就，他当年参加选秀节目的时候，特别上进努力，好看，业务能力也能打……"

说到一半，她停下，仰头看了眼段凛，见他还是没什么表情的样子，她莫名放心了点："他唱歌也好听，还温柔，宠粉，每年生日……"

忽然，一道阴影罩落。

阮瑜抬头，后颈蓦然一紧，段凛俯过身来吻了下她，一触即分。

所有声音戛然而止。

她的后颈似乎被不轻不重地捏了一下。

段凛低头看她，蹙眉，眸色冷淡："不想听了。"

阮瑜僵滞，他怎么每回亲人都不打招呼啊！

对视几秒，她找重点："不是你问我的吗？"

段凛盯着她："他有的，我也有。"

阮瑜心里震惊的弹幕滚了满屏，还没开口，又听他问："要不要和我讲条件？"

她没听明白："讲什么条件？"

"什么都给你。"段凛瞥了一眼她的手机，又抬眸，眼底像蕴着浓墨，声音沉缓，"换你一张屏保。"

阮瑜觉得自己有病，还真思考了下："换成你的啊？"

段凛看她，没应。

对视半晌，她视线乱飘，嘟囔："那什么，我考虑一下吧。"

之后没再说话。

阮瑜僵硬地扭着头看远处的夜景，看海看山看摩天大楼，就是没扭回去，因为她感觉段凛的眸光还落在她身上。

初夏的珠海天已经暖了，夜风吹得人特别舒服。

她不知不觉睡了过去。

翌日一早，阮瑜被手机来电闹醒。

林青急得要死："小瑜姐，你在哪儿？！我敲你半天门都没反应，你要吓死我！"

"我在睡觉啊，没听见。"

她在被窝里翻了个身，忽然一怔，惊坐起，浑身多毛地往旁边看，空的，没人。

一看，她还穿着昨晚的衣服，自己睡在段凛套房的卧室里了？！

地毯上全是玫瑰花瓣，阮瑜做贼似的往外找了一圈，段凛不在。

次卧的床被动过。他昨晚睡的次卧，已经走了。

林青还在担忧："你到底在哪儿？"

阮瑜瞎扯："我在餐厅，等下就回来了。"

挂了电话，她戳开微信，发现段凛给她发了两条信息，是今早六点。

段凛：【要赶飞机。】

另外还有一张照片，照片里是她。

阮瑜顿了下，戳开来，是她昨晚趴在露台玻璃桌上睡着的一幕。

远处是霓光夜景，近处是她的睡颜，光影角度都抓得很好。她身上有模糊的明暗线，暗的那一部分，似乎是他罩落的身影。

回京城，《小家》的拍摄进度进入后半程，阮瑜每天平均两三场戏，戏份不重，偶尔会出剧组赶一两个活动通告。

进组三个多月，七月中旬，剧组安排了一场媒体探班。

探班地点在剧内爷爷奶奶的拍摄地，胡同小院里。阮瑜刚拍完一场戏，就有媒体把她请到旁边，和饰演她父母的演员一起做了一次采访。

当天片场人来人往，比平时热闹好几倍。

探班时间就两个小时，媒体们抓紧机会，没放过剧里每一个演员。阮瑜一直在院子里被拦着，走两步就有一个采访，不是某视频平台就是某电视台。她还穿着长袖校服没换，一整个中午，被捂得睫毛上都有汗。

"大家都休息一下吧，辛苦了，辛苦了。"林青见她脸色不对，过来笑着解围，"等小瑜吃完饭再继续吧。"

阮瑜回里屋的休息区，瘫得像条咸鱼："我要是死了一定是被热死的！"

"给，水。"叶萌萌今天也来了，忙给她递水。

阮瑜一口气灌半瓶，翻出手机，想玩。

"咦，小瑜姐，你换屏保了呀？"叶萌萌发现了什么，"你这张照得也太美了，林青拍照技术有进步啊。"

林青看了一眼："什么我拍的，不是我拍的。"

"那是谁拍的？叶萌萌傻了。

林青回忆起什么，"老母亲"恨铁不成钢："我怎么知道。"

这背景一看就是那天的珠海酒店，他就说第二天怎么看阮瑜怎么不对劲，问她屏保谁拍的也不说。

回头一想，那天纪临昊可不就在广州开演唱会吗！这两个人又偷偷见面！

林青长叹："女大不由爹，管不了了。"

阮瑜没理这两个人，专心致志刷微博。

这几天纪临昊的全国巡回演唱会到了最后一站，南京站。首页的四季都在做最后的狂欢，站姐的演唱会总结图一套接着一套，她一张一张点开看。

林青又叹："又来了。"

话还没说完，阮瑜的神情忽然僵了一下。

林青和叶萌萌都没在意，她平时追星起来表情一秒一变，都习惯了。

直到十几秒后，阮瑜明显蜷曲起身体，没看手机了，紧蹙着眉尖，脸色白得吓人。

林青猛地发现不对劲："怎么了？！"

"中暑了吗这是？哪里不舒服啊？"叶萌萌吓了一跳。

阮瑜攥着胸口处的校服，疼得一个字都说不出来，额头上全是细细密密的汗。

怎么会胸口疼？

太疼了。

刹那间，阮瑜呼吸都险些上不来，攥衣服的手指都在抖。

林青吓得要死，根本不敢动她："哪里疼？！你别吓我啊！"

他颤着手替阮瑜擦汗，转头吼叶萌萌："叫救护车啊！快！"

院子里的媒体听见响动，纷纷扛着机器进来了，导演冯斌也跨进来："出什么事了？"

叶萌萌还在拨电话，眼睛都红了。林青刚想回，袖子被阮瑜扯了一下。

阮瑜背对众人，闭眼强制深呼吸了几下，刚才那股猛烈的疼劲儿才缓下去一点。

"中暑！她不舒服，中暑了！"林青喊着解释。

一时间，媒体都举起机器在拍，那边剧组副导演也过来了，笑着清散人员："这就别拍了，小瑜她是普通中暑，和剧播无关的还是别拍了，大家多包容包容。"

林青感觉自己袖子又被扯了一下，回头看，阮瑜缓回来一点了，但脸色还是苍白。

"别叫救护车了，直接去医院。"阮瑜闭着眼喘气，轻声报了一个医院名。

阮瑜下午的戏停了，直接请假去了京城心外医院。车飙到医院的时候，她胸口没之前那么疼，好多了。

感受了下，确实是那一阵过去了。

现在阮瑜脸上没慌乱，但心跳得特别快，有点后怕，像突如其来的一个预兆。

她早在上车时就给陈主任发了消息，没让林青和叶萌萌跟着，自己一个人去心外科。

一系列检查做下来，她跟着陈主任和两位主治医师一起，又坐在了会议室里。

阮瑜哭着心想这地方她真不想再来了！

"偶尔会疼、会呼吸困难，是因为病情加重，你的情况很不好。"陈主任给她看治疗方案，"要是没问题的话，你的手术安排在下个月底，要开胸。"

阮瑜脸色本来就苍白，一听要做开胸手术脸色更白了："怎么听起来这么恐怖啊？"

"还有更恐怖的，你听不听？"陈主任神情异常严肃，"你这种情况，首要是室间隔缺损太大，之前做封堵后不稳定，病情一再严重，现在又出现并发症。"

"中度肺动脉高压。"他点了点诊断书，皱眉，"手术风险非常高。"

旁边两位主治医师也接话提了几句，还有别的大大小小的复杂症状，一堆专业术语，阮瑜不太听得懂，但大概知道了。

她沉默了片刻："那就是，一点治愈的办法都没有了？"

"我说过很多回了，"陈主任叹气，也有点不忍，"手术只是替你拖时间。你的情况太严重了，后期非常有可能形成艾森曼格综合征，是不可逆的，真到了那个地步，也别动手术了。"

良久，阮瑜轻轻回了句"知道了"。

她已经不想问太细了，吸了下鼻子："陈主任，要不然您还是安慰我两句吧，说不定起作用了呢。"

陈主任也沉默了片刻，又长叹："我建议你，还是尽早和家人提一提这件事。"

会议室里，长久的寂静。

阮瑜抬起头，眼睛都是红的，手背揉了下眼睛，轻轻扯出一个笑来，可笑得比哭还难看："您这不就是，让我留遗言吗？"

从医院出来，已经是傍晚。

林青和叶萌萌还等在车里，见阮瑜上车，忙问她情况。

她已经恢复正常了，表情自然："医生说我是过度劳累，要多休息，不然很有可能就猝死了！"

"呸呸呸，什么猝死。"林青如释重负，"幸好幸好，你吓死我了。"

知道阮瑜从中午起就没吃东西，叶萌萌递了一袋面包给她："小瑜姐，我买了面包，吃一点吧？"

阮瑜吃不下，瞎扯："不吃，我要吃大餐。"

林青点点头："行，走，送你回公寓点大餐外卖。"

回公寓的路上，阮瑜接了几个剧组导演和演员打来的慰问电话，接完后，沉默着算了算，其实快两年了。

她从本该结束的人生外又偷来两年，其实不亏，这两年她过得还挺开心的，好像也没什么遗憾了。

在公寓休息一晚，翌日，阮瑜又回到片场。

昨天她那突如其来的中暑闹出了不小动静，一整天，片场的工作人员碰到她都在问，平时和她关系好的剧务还塞了几瓶藿香正气水给她。

阮瑜认真收下，让林青给整个剧组买了咖啡，又加了果盘。

她还嫌不够，当晚打榜时顺手给爱豆氪金砸了榜，又去查怎么给希望工程捐款，一定要争取在死前把片酬都花了！

接下来几天，在剧组的日子过得平静无波。一周后，阮瑜在《小家》中饰演叛逆高中生知知的戏份迎来最后一场戏，从初春到盛夏，历时三个多月，杀青在即。

安卓茜在杀青前一夜给她打来电话。

"这部戏拍完就休息几天，我听林青说你最近状态不好，就先不给你安排太累的通告了。"安卓茜在确认行程安排，"最近不着急进组，我这边手里有几档综艺，还在筹备选嘉宾，都是下个月开机录制，等过两天你来看看。"

阮瑜边听边翻剧本，犹豫了下："安姐，我跟你商量个事吧。"

"什么？"

"我想休息一个月，行吗？"

"一个月？！为什么要这么久？"安卓茜诧异，顿觉不对，"怎么回事？"

"也不算完全休息，那些拍摄通告之类的我没问题，综艺和新戏就先缓一缓吧。"

接什么综艺和新剧啊！下个月底就得动手术，她连活不活得过那会儿还另说，她还不想被节目组和剧方怨起挖坟好吗！

沉吟片刻，安卓茜问得直接："谈恋爱了？"

"没没，就是最近突然想休息了。"

阮瑜这久违的任性出乎了安卓茜的意料，思考半晌，她说："也不是不行，你让我再安排一下。"

阮瑜松了口气，说："好。"

"对了，明天你在直播里别和粉丝提行程安排的事，免得他们多想。"安卓茜叮嘱了句，又笑，"生日快乐，你的生日礼物我已经让林青给你拿过去了，收到了吗？"

阮瑜心情好点了，话语带笑："收到了，谢谢安姐！"

今年阮瑜的生日在剧组里过，正巧赶上了杀青。

这次是在剧组里，也不好办粉丝见面会，就干脆开一个生日直播，也当成她两千万微博粉丝的福利。

阮瑜生日直播的安排在一个月前就定了，一周前直播平台开始预热宣传，鱼粉们早就摩拳擦掌，激动争相传告：【啊啊啊，不是节目直播！是单人直播！四舍五入我和小瑜单独视频了！！】

当天过了零点，鱼粉们就开始发起应援博和生日祝福。林青转发了一些给阮瑜看，这一年多来，她的粉丝站子和民间后援会已经办得有模有样了。

她看到还有鱼粉在做公益活动，真的有点感动，转头联系上了之前希望工程的机构负责人，又捐了一笔款。

第二天，阮瑜的最后一场戏排在下午，是知知期末考的一场戏，拍摄地点在某所中学里。现在学校正放暑假，教学楼里除了剧组就是学生群演。

教室角落，阮瑜正伏在桌上奋笔疾书，考试结束铃一打，导演冯斌喊："咔！好，过了！"

整个教室的学生群演顿时高呼起来。

工作人员过来招呼她：

"杀青了，杀青了，杀青快乐啊！"

"生日快乐，小瑜！"

"谢谢啦！"阮瑜一一谢过，去切杀青蛋糕。

片场正热闹，林青过来提醒："小瑜姐，到点了，去准备一下吧。"

直播时间刚好卡在杀青戏后，就在旁边被剧组当成化妆间的教室里播。

鱼粉一早蹲在了直播间里，还没开播，弹幕刷得飞快。

六点整，直播画面屏幕一切，鱼粉猝不及防，被阮瑜放大凑近的脸撑得呼吸一滞。

她嘀咕："不是，这怎么看开没开开啊？"

【啊啊啊，太好看啦！！！】

【开了开了开了，呜呜呜。】

【生日快乐！！！】

……

画面里，阮瑜没开滤镜，素颜出镜，身上的蓝白色校服还没换，乌黑的长发披散下来，脑袋上还让林青给强行戴了一个生日头箍。

鱼粉要疯：【啊啊啊，这是什么仙女降临级别的美貌啊！】

直播间的热度一涨再涨，弹幕刷得根本看不清，"老婆""女儿""宝贝"叫成了一团。

阮瑜的笑靥很甜，全程在和粉丝互动，亲切得像朋友聊天。

她念弹幕："'是素颜吗'，对，我没化妆，因为要演普通学生，所以导演不让化，我还想画个烟熏妆什么的。"

【哈哈哈，我不许你说自己是普通学生，你就是校花好吗！！！】

"'下一次什么时候会进组'，那这个要问安姐了。"

"'拍戏累吗'，不累不累，拍戏很好玩的。"

"你们刷得有点快，让我看看啊……别别，大家别送礼物了，不要花钱。"

此时，没屏蔽礼物特效的鱼粉们看见屏幕上开过一艘游艇，一个叫"阮瑜老公王先生"的粉丝送了一艘豪华游艇。

"阮瑜老公王先生"送出一艘豪华游艇。

"阮瑜老公王先生"送出一艘豪华游艇。

……

礼物提示不断，一艘豪华游艇礼物价格一千三百多，这人连着送了二十四艘！

豪啊！

阮瑜看不清弹幕，屏蔽了礼物特效，又继续走直播流程。

"刚才我助理说要抽奖，我的粉丝里应该还有在上学的吧？那就抽几本亲笔签名的《五年高考三年模拟》好了。"

鱼粉愣住了。

弹幕哈哈哈成一片，全是"脱粉了脱粉了"。

林青也在不远处看手机直播，他紧盯实况，忽然"咝"了一声。

阮瑜疑惑抬头看了他一眼，干吗？

林青挥挥手示意让她播她的，但看表情，一个大写的震惊，看嘴型，一个大开口的"天啊"。

他的手机屏幕上，正下着一场颜色瑰丽的星星雨。

一分钟前，一个粉丝送了阮瑜一场太空漫游。

"D"送出一场太空漫游。

太空漫游的礼物价格九千九百九十九，将近一万人民币。

这还没完。

"D"送出五十场太空漫游。

"D"送出五十场太空漫游。

……

五十万。一百万。一百五十万。两百万。

鱼粉不哈了，全在震惊。

妈呀！

很快，那个名称为"D"的粉丝在礼物榜上压过了原先几个豪粉，替下"阮瑜老公王先生"，成为阮瑜直播的礼物总榜第一。

弹幕有延迟，两分钟后阮瑜才看到满屏幕的惊叹号。

"你们怎么了？"她又抬头，看向林青，"怎么了？"

林青用手机屏给她打字。

【你一个粉丝给你砸了五百二十一万的礼物！】

就算阮瑜有钱，那瞬间也在脑内打出满屏的感叹号，看五分钟的直播砸五百多万，谁这么有钱啊？

"这礼物能退吗？"她有点替那个粉丝急，也很心疼，"不是，别乱花钱啊，真的别花钱。

"我等会儿问问工作人员能不能退，别花钱。"

直播间都炸了，弹幕根本看都看不清，忽然有一条金色弹幕跳出，停了两秒。这是粉丝 VIP 榜发弹幕的特权。

D：【不用退。】

D：【都是你的。】

阮瑜愣了一下，觉得这语气异常熟悉，神情僵滞一秒。

不对啊。

不是吧？

直播时长还剩下五分钟，阮瑜弯着眼睛收尾，一关播，整个表情垮掉，马上去看微博。

她刚才的直播平台是和微博绑定的，弹幕号也绑着微博号。

循着礼物榜，她很快就戳进了那个粉丝的微博号。

这人的微博号就像那种新浪官方给塞的僵尸粉，主页特别干净，头像空白，微博关注数有两个人。

但她点进去，只能看见一个，就是她自己的微博大号。

只有一条微博，转发了她今年三月份发的那条自拍博，内容仅仅是简单的"转发"两个字。

点赞列表都是她发的微博，连广告博都赞了。

再翻，没了。

他唯一的那条微博下面，评论已经破千了，显然是刚刚从直播摸过来的鱼粉。

底下评论全在激动呐喊：【大佬交个朋友，鱼圈有你真的了不起。】

很快，阮瑜生日直播被豪粉砸礼物五百多万的视频就上了热搜。

五百多万！

视频直接飙上热搜第一，网友震惊得连瓜都拿不住了，全网评论激沸。

【妈妈啊，我这辈子第一次见到礼物砸这么多钱！！】

【阮瑜人挺好的，一直说要退。】

【我到底在跟什么样的大佬一起追星啊！我不配！】

……

林青联系上了直播平台工作人员，想退礼物。那边很快回过来，说平台有规定，退不了，建议阮瑜这边拿到礼物分成的钱以后，可以自己私下联系那位粉丝退钱。

没办法，林青那边忙着去敲那个叫"D"的微博账号了。

当晚，阮瑜参加完剧组的杀青宴，回公寓。

网友还在激烈讨论，把那人的微博号扒了个底朝天，也没扒出什么东西。有福尔摩斯看出"D"微博关注两人，但点开只显示了一人，那剩下一个悄悄关注很有可能就是他自己的大号啊！

可这又能扒出什么，他们又不能黑进新浪后台看悄悄关注！

阮瑜没管网上的热搜，喝了一口水，低头发微信。

她给段凛打了一行"是你吗"，想想删掉了。

最后发出去的是：【你回京城了吗？】

门铃忽然响起。

她去开门，房间里的泡芙窜得比她还快，一扑就扑上了门口段凛的裤腿，喵喵直叫。

段凛在门口驻足，口罩已经摘了，黑色棒球帽还压着，白色短袖搭黑长裤，很干净的一身。

他手里拎着蛋糕，垂眸看她，似乎略略扬了下嘴角。

他淡声说："生日快乐。"

林青：【今天记得发自拍。】

阮瑜：【知道了，等下发。】

林青：【不行，这都十一点半了，现在就发。】

阮瑜把微信一退，险些把手机拍地上，深吸一口气，段凛在她公寓里呢，让她怎么发啊？

客厅里，段凛刚把蛋糕盒搁在餐桌上，回身就对上她欲言又止的眸光，一顿："怎么了？"

"就是……你现在能先别看我吗？"对视片刻，阮瑜吐字艰难，"我助理让我发自拍，我现在可能要，自拍一下。"

盯了她一会儿，段凛问："不能看？"

"不能！"她无比笃定。

废话，凹自拍造型可比拍杂志做作多了，在摄影棚里她放得开，现在不行。

"先吹蜡烛。"段凛扫了一眼时间，"我帮你拍。"

阮瑜挣扎了下，行吧，不扭捏了，过去拆蛋糕。

蛋糕盒用粉色丝绸缎带绑着，纯白的盒身，打开是淡粉色的翻糖蛋糕，糕身上拥满了一堆翻糖玩偶，雕工精致到栩栩如生，每一寸都是少女心。她看着有点眼熟，回头去看客厅飘窗里她堆的毛绒玩具。

她指了下，有些难以置信："那些？"

"嗯。"段凛将蜡烛递给她，"不喜欢？"

喜欢，真的喜欢。

阮瑜都不知道怎么插蜡烛，下不去手，迟疑了半天才插了一支，点燃。

她去关灯，要许愿，把手机递给他拍，双眸亮晶晶："那什么，谢谢了。"

段凛触了下她的手机屏幕，低头看见她的屏保，停了瞬。

屏保换成了他拍的那张。

阮瑜双手握十，颔首敛睫，许了一分钟的愿，吹熄蜡烛："好啦！"

她想去开灯，刚走两步，却被握住手腕拉了回去。

客厅昏暗。段凛微微靠着餐桌桌沿，单手将她拉至身前，问："许了什么愿？"

阮瑜仰头看他，想了想，说出前两个愿望："身体健康，开开心心。"

段凛应声，仍是轻握着她的手腕，没松。

她看不太清他现在的神情，感觉他的指腹搭在她的脉搏上，似乎还蹭了一下，顿时浑身麻毛。

她转移话题："你……不是拍了照吗？就，我先发个照片吧，好像要过点了。"

片刻，段凛才松开她，递过手机："看看。"

阮瑜好奇地点开相册，他拍了十几张，一张张翻过去，有点不好抉择。

拍的是她许愿和吹蜡烛的几幕，每一张光影构图都好看，不是，他的拍照技能点怎么也是满的啊？！

她羡慕得泪流满面，忍不住说："哪天我一定要让我的助理跟你学拍照技术。"

缄默几秒，段凛淡声说："你签英影，我当你的助理。"

他怎么还没把这茬给忘了？

阮瑜装聋，挑了一张她在许愿的照片，默默发微博。

阮瑜：【新的一岁，加油。】

发出去不到一分钟，正苦等她自拍的鱼粉在评论下号成一片。

【啊啊啊，宝贝生日快乐！！】

【啊啊啊，拍得太太太美了！小助理加鸡腿！】

【小瑜生日快乐！全世界的幸运都分给你！】

【来蹭蹭寿星的豪气。】

……

对了。

阮瑜抬头，借着手机屏幕的微光，看向段凛："今天下午，你有没有看我的直播啊？"

他垂眸看她，没应声，像默认了。

天……她憋了半天："那个 D 真的是你？"

段凛不以为意："怎么了？"

"你怎么送这么多礼物啊？"阮瑜人傻了，低头想给林青发微信，告诉他别联系了，"我转账给你吧。"她心疼了一秒自己的钱，算了算，"平台抽掉的我补给你。"

话音未落，修长手指忽然搭上她的屏幕，抽走了手机。

阮瑜还没抬头，下一秒后腰一紧，被段凛箍着腰拉了过去。

他蹙起眉，按着她的后腰，稍稍俯首，就快要抵上她的额头，声音低缓："粉丝能给你送礼物，怎么我不能？"

"不是啊，太多了。"阮瑜眼神乱飘，心疼死了，"五百多万啊，平台要拿走两百多万！"

这人清醒一点啊！

段凛眸光落在她唇上，停顿一瞬，又看回她的眼："不想让他在第一。"

阮瑜蒙了：哪个他？

回忆了下，根本没印象，段凛送礼物前谁在第一来着？

她想去翻手机看，腰却被箍得更紧了，两人在昏暗中视线交错几秒，她的后颈被段凛的指掌抚捏上，他敛睫，凑近了，似乎要吻。

"你等下。"阮瑜一滞，用手背贴住自己的唇。

段凛无声看她。

她脑袋往后凑了凑，含混不清地说："那什么，我还没说喜欢你，再说了……"她小声努力说服他，"强扭的瓜不甜的啊。"

漫长的几分钟里，两人都没再说话。

阮瑜搁在桌上的手机屏幕还亮着，就衬着一点微光，映照出眼前段凛深邃的五官轮廓。

她盯着他想，以前不觉得，现在发现他是真的好看。

段凛的目光落在她掩唇的手上，微侧过脸，咬肌小幅度地动了动，还是凑近了。

阮瑜想往后撤，后腰被他轻捏了一下，那一瞬脊椎骨都在发麻，就眼睁睁地看他凑过来，咬了下她稍稍蜷起的小拇指。

感觉到小拇指的指节被齿端不轻不重地咬过，须臾，指尖传来一点温热濡湿的触感。

他还、还舔……

她一句吐槽被自己的手背堵住。

他干吗？

下一秒，段凛微微松开，呼吸在她指掌间游弋，接着吻了她的掌心。

阮瑜灵魂地震，瞬间撤开手："你……"

随后，她额头被抵住，咫尺距离间是段凛深浓如墨的眸光，问："为什么不喜欢我？"

他的眼神太有存在感了。

阮瑜弯了下小指，感觉被咬的触感还在，像叼住了就不放的狼。

"我不知道，可能就是……不喜欢吧。"她没看他，顿了下，语气诚恳，"真的，你别喜欢我了。"

寂静半晌。

段凛一直盯着她，神色是一贯的淡漠，但没冷脸。

阮瑜不说话，感觉自己的后颈又被捏了下，像安抚。

他平静地问："别紧张，怎么了？"

"什么？"她没懂他在问什么。

"你对我不是没有感觉。"段凛稍顿，继续问，"为什么不想接受我？"

阮瑜腹诽：他不是依恋障碍吗？怎么这都感觉出来了？

"因为，就，我还没有真的喜欢你，我想你应该也没有那么喜欢我吧？"她不知道要怎么说，像在说绕口令，"趁着你现在还没那么喜欢我，就不要再喜欢我了。"

良久，段凛又问："为什么？"

"没有为什么啊。"阮瑜一直不看他，也不想找借口，就又重复，态度坚决，"真的别喜欢我了。"

僵持片刻，她感觉腰上的力道松了，后颈处的手指也撤开。

温热散去，后颈那片皮肤被空调一吹，变得有一点凉。

阮瑜沉默了下，神色还算自然，想去开灯。

"做不到。"段凛的声音在身后响起。

她猛地停了下:"啊?"

他音色很淡,带着点冷:"做不到不喜欢你。"

阮瑜不说话了。

又响起窸窣的声音,似乎是段凛拿起了帽子和口罩。昏暗中,他与阮瑜擦肩而过的时候停了下,说话沉缓:"礼物在盒子里,生日快乐。"

公寓的门被关上。

空气中还散着甜腻的蛋糕香气,阮瑜终于开了灯,一看,蛋糕旁边还放了一个纯白的小盒子。

她打开,丝绒小盒里躺着一枚胸针。

是一朵向日葵,花瓣和花梗是铂金质地,每一颗花籽都是无色钻石,在灯光下熠熠发光。

她看了片刻,将胸针收起来。

"干吗啊?"她像是对自己说,"别说了吧。"

要是现在坦白病情,是想让周围人从现在开始一直哀悼到她手术病发垂死吗?

受不受罪啊?别了吧。

阮瑜忍不住往那个盒子上看,刚点开手机,又忍了回去。

算了,演什么让人心疼再铭记一生的戏码啊,趁现在能少喜欢她点,就少喜欢点吧,说不定……

说不定到她真病危的时候,他已经不喜欢了呢。

她把蛋糕切了,吃了一块,里面嵌着香槟果冻、巧克力酱和清甜的草莓果肉,味道特别好。

阮瑜咬着叉子,忽然低了下头,用手腕揉了揉眼睛。

但真的……有点难受。

月末,阮瑜又趁空在私底下跑了两趟心外医院,签了几张单子,拎回来一堆药。

没过几天,安卓茜把阮瑜八月的行程安排发给林青。林青一看,平均两三天才一个通告,人傻了:"怎么这么少?"

阮瑜"哦"了一声,在旁边哼哼:"是这样的,我被公司冷藏了。"

林青腹诽:我信你个鬼。

去机场的车里,阮瑜刷微博,例行追完首页上爱豆的动态,又鬼使神差地去搜别的。

段凛最近刚从上一部戏杀青出来,就又开始了新上映电影的路演。

是一部他前年参演的电影,由于题材敏感,送审的时候被压了两年,今年才放出来。电影咬着暑期档的尾巴上映,现在已经开始全国院线的路演了。

段凛是二番,路演肯定少不了他。现场活动图里,众多媒体和粉丝中,阮瑜一眼就看到了人群中央的他。

翻完动态，想了下，她又悄悄摸到了他那个"D"的小号。

唯一的那条转发微博底下，评论已经过万了。

但可能是慕金来围观的网友实在太多，自那天以后，他的点赞就停了，应该是再也没有登过这个号。

或者又是别的原因。

阮瑜不看了，该赶飞机赶飞机，该参加活动参加活动。

她八月的行程一点都不紧，一周飞两次，拍摄通告也比原来少得多。现在安卓茜只给她接一线杂志的封面和内插，代言也挑国民度高的接。

隔三岔五还能回公寓一趟，撸猫追剧打游戏。最近江星淳刚录完旅游团综在放假，她正好能和小墙头打游戏，要是那些打职业的女选手不忙着打训练赛，平时还能和她们双排上分。

不用看剧本，不用赶活动，不用见到凌晨四点的机场，阮瑜简直要喜极而泣，呜，这是什么神仙生活！

咸鱼了半个月，她趁着阮正平不出差的时候，回了一趟家，在家里住了两天。

阮正平没别的爱好，平时就喜欢下棋和听歌，她就陪他下了两天的围棋。

"还以为你长大了呢。"阮正平摇头笑，"没长大，还是和小时候一样黏人。"

阮瑜盯着棋盘，真的下不来，落完一颗悔一颗，目光沉重："我能再悔一颗吗？"

阮正平被她悔得没脾气："悔吧悔吧。"

阮瑜眼睛都亮了，迅速抽掉一颗棋子，下在另一个位置。

阮正平笑得温和："最近身体怎么样？有没有不舒服？"

"没，手术很成功，我挺好的。"阮瑜含混不清地说。

书房里在放一首老歌，是阮妈妈余青淑当年唱的经典曲目。她抬头，看对面的阮正平。

他呷了一口茶，正在研究被她悔得七零八落的棋盘，阳光从落地窗外打进来，照出他鬓角的几根白发。

阮瑜的鼻子蓦然就酸了，低声道："爸爸，对不起，我尽力了。"

她真的已经，尽力了。

"知道你尽力了。"阮正平声音和蔼，手掌伸过来拍了拍她的手，"下棋急不得，这个得学。"

阮瑜看着这个年过半百的男人，忍下情绪，半晌才"嗯"了一声。

其实商影有很多艺人的粉丝骂他资本家、黑心老板，她的黑粉在嘲她的时候也会顺带嘲他几句。但没人知道他把一生的温柔都给了家里。

可眼看着妻子去世，女儿也快要离世，他做不了什么，只能尽力将眼下的温情延续久一点。

要走的时候，阮瑜抱了抱阮正平，真切地说："希望您以后能健健康康的。"

"好，照顾好自己，爸爸最希望你能健康。"阮正平笑着拍拍她的背。

回去后，阮瑜返璞归真，做起了她打从一开始就应该做的一件事——

当然是做回阮大小姐，花钱购物啊！

她签了这么多代言，接了这么多商务活动，综艺和拍戏也一样没少，赚来的钱不花掉难不成要烂在遗产里吗？

别问，问就是买。

接下来一周，阮瑜去一个城市，就进一次 CBD 购物中心，直到买回来的东西堆了一书房。

她幸福得流泪，当一个小富婆真的好爽！

阮瑜花了一下午时间，蹲书房里，将礼物包装分类，一样一样贴标签。

给阮正平的、给纪临昊的、给安姐的、给林青的、给叶萌萌的……

最后一个。

她想了下，在礼封上写段凛的名字，又补了句"生日快乐"。

然后，她开始写信，写完一封一封往礼物袋里扔，最后满意关门。

防患于未然嘛，万一她撑不过手术呢。

手术安排在八月末，时间在一天天倒数。阮瑜表面看去一点都不慌，身边的林青和叶萌萌也没发现她有什么异样。

但最近阮瑜有时会忽然涌上一阵猛烈的心悸，胸口难受，接着就是长达一两分钟的呼吸困难。

好在这些症状基本都是在晚上出现，没人察觉。

摄影棚里，阮瑜刚拍完一组照。

她今天要拍某准一线杂志的封面，十月刊。杂志团队的造型师刚替她烫了黑长卷，搭裸橘色抹胸纱裙，烟熏妆容配上清纯纱裙，像一条野性十足的金鱼。

休息间隙，林青拿着手机过来："小瑜姐，你的电话。"

"谁的啊？"

"来电显示是陈主任。"

阮瑜哭着心说她一点都不想接，但还是摘了皮手套，挣扎接了。

陈主任打电话来提醒："快动手术了，这两天准备一下，后天就可以住院了。"

"好。"

"这次比较危险，该有的心理准备要有。"

林青在旁边，她就只能嗯嗯一顿应。

林青看阮瑜挂了电话后表情不太对，问道："怎么了？"

"没事，喊我去复查的。"

该来的还是要来了。

阮瑜暂时心脏不疼了，头开始疼。

手术前需要住院一周，要是侥幸手术能成功，术后还得恢复一个月，现在要怎么跟他们说这件事啊？

拖到现在，好像再也瞒不下去了。

接下来一下午她都在想这件事，有点走神，摄像师调整了她好几次，才拍完收工。

"小瑜姐！电话！"林青又喊。

阮瑜一看来电，顿时站定了，段凛！

这是大半个月以来，两人第一次通电话。

她接起："喂？"

段凛那边背景音很嘈杂，有人声，似乎还有广播声。

在机场？

稍顿，他的声音响起："有没有空一起吃饭？"

"你在机场啊？"阮瑜迟疑了下，"不然，还是算了吧。"

那边又是缄默须臾，段凛平静地问："是没有空，还是不想和我吃饭？"

阮瑜腹诽：你这不是挺明白的吗，怎么还问？！

她走进化妆间，关门，真的想不通，咕哝："不是，我都那样说了，你怎么还想和我吃饭啊？"

半晌，段凛淡声说："控制不住。"

憋了半天，阮瑜"哦"了一声。

算了，躲不过去。

"那就今晚好了，你有空吗？"

段凛应声。

挂了电话后，阮瑜捏着手机，头磕在墙上，后悔得想死。

不对啊！怎么还是答应了啊！

外面有人在敲门："小瑜，那条项链在你那里吗？"

"在的，等下啊！我马上给你！"

阮瑜搁下手机，低头开始摘脖子上的项链。

这条是品牌赞助的项链，由四十多颗白钻和两颗粉钻串连，价值近亿，又贵又重。

她戴着皮手套兀自摘了半天，感觉链扣松了点。

刚摘下来，忽然一个脱手，项链从脖子上一滑而下，阮瑜下意识就伸手去捞，没捞住，整条项链直接掉落在地。

她忙蹲下捡，维持着蹲姿仔细看了半天，还好还好，没摔出问题。

阮瑜松了口气，如释重负地站起身，猝然心悸了下。

像是某种预兆，刹那间，心脏又重又快地猛跳了一瞬。

她眼前忽然一黑，天旋地转。

失去意识前，阮瑜脑海里不知怎么就一个想法——

呜，完了，项链又要再摔一次。

很亮，有阳光。

温暖的阳光安静地浸落在眼皮上。

阮瑜的睫毛动了动，睁眼。

眼前一片雪白，好像是天花板？

意识有点模糊，阮瑜盯着雪白的天花板，茫然良久，一点一点地，清醒过来。

房间外似乎有人在谈话，隔着一道门，声音隐隐约约，听不真切，但很熟悉。

她转了下眼睛，尝试扭头，艰难地想往旁边看。

刚扭过一点点，头就有点晕，还隐隐作痛。

忽然响起门开的声音。

"林青……"阮瑜开口，声音是哑的，"那条项链怎么样了？"

"什么项链？"

是道中年女声，很熟悉。

"快点起来了，真是，睡到这个点还不醒。"女人嗔怪，"给你煮了茶，解酒的，快点起来喝。"

非常，非常……熟悉。

"你们同学会怎么又喝酒？昨天回来吐一屋！我跟你爸差点没被熏死！"

缓了一会儿，阮瑜睁大了眼睛，瞬间扭头。

她妈妈？

她扭头的下一刻，阮女士摸了一把她的额头，又往她脑袋上拍了一下："睡一脑门汗，空调也不开，起来了！"

"妈？"

"欸……"阮女士把空调打开，"晚上有事没有？没事的话去吃个饭，叫你相亲老不去。"

阮瑜惊坐起！

她瞳孔地震地环顾一周，粉白色的房间，装潢陈列都异常温馨，不是阮大小姐那极尽奢华的装潢。

是她原来的房间。

又像见了鬼似的，阮瑜拿过床头的手机。

是她原来的手机，锁屏是纪临昊的美图。

打开前置一看，眼前是她以往熟悉了二十二年，却又快忘了的脸。

她，变回，阮软了？！

"妈。"良久，阮软艰难确认，"今天几号啊？"

阮女士没好气地笑睨她一眼。

"你不是看手机了？九月一号！"

第二十五章

- 流星撞击地球之前

初秋午后，天气仍然炎热。杭州今天最高气温直逼三十五度，暑气未消。

阮妈拎着一袋葡萄从室外回来，热得出汗，见客厅里一老一小并排坐在沙发上吹空调，老的看电视看得入迷，小的玩手机玩得出神，顿时没好气。

"一天天的，这电视剧你都看多少回了？别看了，去帮我把葡萄洗了。"阮妈招呼阮爸，又拍阮软，"晚上去跟人家吃顿饭，别老忙你自己的事，听到没有？"

半晌，阮软的视线才从手机屏幕上挪起，表情呆滞，还有点茫然。

"玩手机玩傻了？"阮妈嗔怪。

厨房里，阮爸洗完葡萄回来，又一屁股坐回电视机前。

"还看，看不腻啊？"

"你吃葡萄去，少念两句。"阮爸看得聚精会神。

电视屏幕左下方，剧名写着"盛唐"，这是黄桃台的第三遍重播了。

屏幕上，正放到一干大臣在朝群谏的剧情，阮软一眼就看到了画面里的段凛。他穿着一身绛色官服，束发戴帽，深邃的五官轮廓在屏幕上立体不减。

是段凛演的那部宫廷权谋剧。

阮软人傻了。

她又看回手机，屏幕上是一条新闻，发布自十天前。

当红小花阮瑜在拍杂志期间意外晕倒，直接被救护车送进医院，事后公司回应称她只是过度劳累，还在住院，等身体恢复后会重新与大家见面。

粉丝在评论区吵得不可开交，骂经纪人给阮瑜排的通告太满，心疼阮瑜签了一个假的商影，进自家公司居然也要被压榨。

阮软又看了一遍时间，确认没错。

距离她……也就是阮瑜在摄影棚的化妆间里病发晕倒，已经过去十天。

今天她缓了足有两个小时，才消化自己回来了的事实，又花了两个小时，翻遍了自己现在的相册、备忘录、聊天记录、微博小号里的生活记录等等，终于理清了当下的情况。

她变回了自己。

或者说，是她重新回到了阮软的人生。

两年前的十月，她在纪临昊的那场京城巡回演唱会上休克后，并没有猝死。当时她爸妈连夜从杭州赶去京城医院看她，又过半年，她辞掉了在京城的那个小杂志社当编辑的工作，回了家。

她借了爸妈的钱，在杭州和从小玩到大的闺密一起开了一家新媒体工作室，平时就拍一些短视频发布在各大视频平台上，趁着近年短视频兴起的东风，一年多来也赚了点小钱。

这个世界里，她的人生轨迹没有发生改变。

可也不是什么都没有变。

阮软盯着电视屏幕里的段凛、阮瑜，感觉难以置信。

如今，段凛刚结束新电影的全国路演，这几天似乎是在休息中，菱角连他的机场图都蹲不到了，几乎销声匿迹。

电视画面上，电视剧正好播完一集，进入广告。

一张熟悉的脸出现在屏幕里，阮软看到电视上正在播着她自己——不对，是阮瑜在不久前拍的那条酸奶代言的广告。

她刚才查过，阮瑜在两年前签约商影出道，拍电影，录综艺，被曝校园霸凌，全网黑，心脏病手术……再到十天前的拍杂志晕倒，这些与她的记忆完全吻合，也是她自己真实经历过的所有事。

那为什么在她是阮瑜的时候，有关阮软的一切却消失得干干净净啊？

正想着，后脑勺被轻轻拍了一掌。

"发什么呆呢？"阮妈把一碗洗好的葡萄塞到阮软怀里，"妈妈刚才说的听到没有？晚上去和小郑吃顿饭，人家条件不错的，你都二十四岁了，老早就该谈朋友了。"

阮爸不乐意："她二十四岁怎么啦？急着嫁人啦？"

阮妈瞪过去。

阮软被拍回神，她看着絮絮叨叨的阮妈，又看旁边闭嘴吃葡萄的阮爸，后知后觉地，鼻子一酸。

"妈……"

阮软抱住阮妈的腰，声音有点哽咽，吸了吸鼻子。

"多大的人了，还撒娇。"阮妈不耐烦，又被逗乐，摸她的脑袋，"撒娇也没用，今天晚上给我相亲去。"

当晚，阮软被阮妈再三催促，被迫联系上了那位叫郑旭鸣的男人，是阮妈牌友的儿子。

两人约在市中心的一家餐厅，吃越南菜。

她到的时候，男人已经在了。他推过菜单，对她笑："经常听我妈谈到你，现在在做什么工作？"

阮软也笑了笑："做新媒体，我和朋友合伙开的工作室，在做短视频制作和运营。"

"我是分析师，"郑旭鸣感兴趣，"说起来，我还研究过你们的行业。"

"哦哦，这样。"

跟面试似的。

两人你一言我一句，郑旭鸣说得比较多，放开了以后就开始侃侃而谈，说他年薪有五十万，需要经常出差，又说一些项目上遇到的趣事。

阮软配合地点点头，偶尔附和两句，有点走神。

他们的座位靠窗，她往外一瞥，对面是杭州大厦。她刚想收回视线，突然定住了。

商城占幅巨广的 LED 大屏上，是段凛代言的某高奢手表广告。

广告只拍出段凛的上半身，他穿着一身剪裁精良的黑西装，画面定格在他单手松领带的动作上。他左手腕戴着一块腕表，下颌微扬扫向镜头，视线淡漠。楼下还有路人停下来举手机拍照。

他看向镜头，阮软正看着广告。她和他疏淡的目光隔空对上，莫名坐直了点。

忽然有种出轨——不是，当街偷东西被抓包的心虚感！

她迅速撤回目光，开始浑身不自在。

"我看时间还早，待会儿你晚上有事吗？"饭吃得差不多了，郑旭鸣问，"没事的话，我们再去找家咖啡厅坐坐？"

"不用了，吃一顿饭就够了。"阮瑜委婉拒绝，"不好意思。"

郑旭鸣一愣，明显诧异，笑笑，把话摊开："刚才聊下来，我觉得你各方面都不错，我还是挺想和你处处的。你是觉得我哪里不合适？"

阮软不知道怎么回他。

其实郑旭鸣挺好的，名校学历，工作体面，性格也好，但她总不能说她也不知道原因，她刚才全程的注意力都在一块一动不动的广告屏上吧！

阮软抱歉，大方回复："我可能目前还不想谈恋爱，不好意思了，今天这顿我买单吧。"

这事没法强求，郑旭鸣表情遗憾，招过服务生结账。

"别别，我来。"她坚持。

阮软买了单，等郑旭鸣离开后，她没马上回家，又点了一杯喝的，一个人坐在餐桌边发呆。

今天发生的一切都让她太蒙了，她想静静。

她现在脑子里是空的，又在疯狂滚宇宙大爆炸和人类起源，各种英剧美剧科幻剧的片段在她脑海中接连炸开，太玄幻了。

忽然，肩膀被拍了一记。

"软软！你怎么也在？"

阮软回头，先是一顿，接着亮起双眸："萱萱！"

"干吗，这么热情？"周萱打发了随行来的男朋友，在她对面坐下，看到餐桌上的残局，"哟，有情况哦，今天约会都不告诉我？"

眼前的短发女人是阮软中学时期的好闺密，现在是她的工作室合伙人。

两年没见，阮软简直太开心了，现在眼神都迸着光芒。

周萱被她看得浑身发毛："你今天怎么了？"

"没怎么，我看你好看，就怎么说，天使降临的神迹，仙女级别的美貌！"阮软动情地吹彩虹屁。

"省省吧你，少拿夸你家纪临昊的话来夸我，肉麻死了。"

聊了两句，周萱翻了下手机："哦，对了，小文下午刚写的剧本，你看看行不行。"

她们平时的工作内容就是拍短视频。写短剧本，找人拍，再投到各大短视频平台吸引流量，做好账号运营，就能靠接一些广告合作赚钱。

阮软看完，其实就是一个阔少爱上贫民女的连续短剧，内容狗血烂俗，笑点玩尬的，但就是有人爱看。

她当阮瑜的时候看了不少剧本，很快就挑出短剧本里的台词硬伤，还加了一小段吸睛的反转剧情。

"哎，这个可以！"周萱当即拍板，"明天我就找六六他们拍去。"

阮软得意哼哼，视线一错，又看到对面的广告屏。

不笑了，开始头疼。

她迟疑地问周萱："我最近想了一个剧本，但逻辑不太顺，你帮我捋一下吧？"

周萱催促："快说。"

阮软措辞："女主角是一个刚大学毕业的普通人，她在看演唱会的时候晕倒了。"

周萱问道："你说的这个女主角是不是你自己？"

"然后她一觉醒来，发现自己成了女明星。"阮软镇静地接话。

周萱"哦"了一声："那没事了，你继续。"

这反应在阮软意料之中，她却心情复杂。

就是啊，这种讲出去谁都不信的事情怎么就发生在她身上了啊？！

她现在也不知道那一切是做梦还是真实发生的。

阮软讲了她成为阮瑜的大概，中间省略无数能对得上的细节，又讲她回来，发现一切没变却又变了的事。

周萱听完："这剧情太复杂了，投放上去肯定没人看，这个剧本咱不要了吧。"

"别啊！我觉得还能再拯救一下。"阮软心里泪流成河。

"有什么能拯救的，你这不是讲得挺清楚的吗？"周萱觉得奇怪，总结道，"两个平行时空，一个时空里女主角是女明星，另一个时空里她没猝死继续生活。因为磁场改变产生过短暂交集，现在一切回归原位。"

阮软一愣："就这样？"

周萱不在意："就这样。"

"那女主角还会回去吗？"阮软又想到什么。

周萱傻了："女明星不是心脏病发作死了吗？人都死了，怎么回去？"

"哦。"

应该还没有死吧……

阮软想起她看到的新闻，虽然商影对外声称阮瑜是过劳晕倒，但她知道，其实是因为心脏病。

算算时间，现在应该已经做完了手术。

就是不知道是醒了，还是，死了。

"你快看微博！热搜第一条！"

周萱刚刚还在回微信，此刻盯着屏幕，惊愕得连手机都捧不住了。

阮软点开微博看，一愣，热搜第一是"阮瑜心脏病复发住院"。

十分钟前的爆料，话题已经大爆了。

最初的爆料发在匿名论坛里，爆料人称自己的姐姐是某三甲医院住院部的护工，而阮瑜就在 ICU 病房里躺着，生死未卜。

ICU？生死未卜？

帖子一发出，十分钟刷过了数百楼，很快飘红在首页上。

鱼粉又气又怒，这就是明晃晃的造谣！纷纷喊着管理员删帖。

而管理员还没来得及有动作，爆料人迅速在被删帖前扔出一张照片，画面很模糊，明显是卡着门缝偷拍的。

照片里，病床前围着两个医生，站在床头的医生正抬起手臂做记录，刚巧露出病床上戴着呼吸机的病人。

虽然病人被呼吸机蒙住了半张脸，但阮软还是一眼就认出了那人。

是她过去两年的模样，也是阮瑜的模样。

阮瑜正安静躺在重症监护病房的床上，袖口处和领口处延伸出来的都是管线，连着床头大大小小的仪器，看着让人心惊。

阮软心里一紧，放大看图，床头的心电仪还亮着曲线，微微松了一口气。

"不是说她太累了才昏倒的？天。"周萱惊愕，"我的天！我还挺喜欢她的啊！这什么情况啊？"

此刻热搜底下炸成一片，阮软点开评论，一片空白，什么都刷不出来。

退出重进，这回连首页都是空白的。

服务器瘫痪了。

那瞬间，阮软也不知道自己什么反应，她不像周萱这么错愕，意料之中，但又有点担心，还有些歉疚和难过。

都到这一步了，陈主任肯定不会帮阮瑜隐瞒病情了。而且这么大的事，商影根本捂不住。

安姐和林青他们绝对忙疯了。

离开餐厅前，阮软又不小心瞅到段凛的广告牌，瞬间收回目光。

这回是真的心虚。

也不知道他们当初得知阮瑜瞒了这么久的病情，是什么心情。

阮软没想到有一天她会以旁观者的身份，看到"自己"病危的新闻。

一晚上，铺天盖地都是阮瑜的推送和新闻。

阮瑜因心脏病复发住进重症病房的消息一夜爆了全网，各个软件的推送一条接一条，连阮软的微信朋友圈都在发相关的消息。

微博瘫痪近半小时，程序员紧赶着抢修回来，等阮瑜再点进去时，热搜前五条，有三条都跟阮瑜相关。

第一还是"阮瑜心脏病复发住院"，底下评论一秒刷新十几条，舆情激沸。

【不是说她的心脏病没事吗？】

【在重症监护室里拍照爆料的是不是有病，人血馒头好吃吗？医院赶紧查人吧。】

【我现在打字都在哭，小瑜快点好起来吧，我求求你了。】

【团队是傻子？知道阮瑜身体不好还给排这么多通告？】

【@商影传媒 @安卓茜 滚出来解释。】

【鱼粉们消消气，小瑜肯定不想我们骂她公司的。】

【呜呜呜，把我的幸运都给你，快点快点好起来！！】

……

阮瑜的微博也拥进一大批吃瓜路人和鱼粉，都是祈祷和祝福，快被鱼粉哭塌了。

"看什么呢？这么入迷，叫你好几声了没反应。"阮妈推门进来。

阮软回头："妈。"

"你跟你爸一个德行，整天就盯着手机看。"阮妈嗔怒，坐下来问，"今天的那个小郑，感觉怎么样？"

"啊？哪个小郑？"

她问完才反应过来，差点忘了："他挺好的，我不喜欢。"

阮妈一噎。

"人家条件挺好的，长相也不差，试着处处怎么了？"阮妈睨她，"怎么着，你还真打算和纪临昊的照片过一辈子啊？"

阮软想也不想，回道："没没没，您就别多想了，早点睡吧。"

这回阮妈是真有点诧异，又觉得阮软好笑："难得啊，以前不都天天说要嫁给你偶像的吗？"

阮软顿了下。

"我现在改主意了！"她正色，"以后我谁都不嫁，要不嫁给您吧？别人哪有我妈好啊！"

阮妈给气笑了，差点想拍她，想想是自己亲女儿，还是没舍得。

"行了，给我早点睡觉。"

翌日一早，阮软醒来，在床上恍惚了整整十分钟。

空气中弥漫着栀子花的淡淡甜香，很熟悉，是阮妈经常在她衣柜里放的那种花草香包。

她还在原来的家里，确实是又回来了。

阮瑜住院的新闻仍不减热度。

商影传媒的官博都快被鱼粉踏平了，鱼粉又是心疼又是盛怒，全在底下喊：【我们要知道具体病情和现在的情况。】

但新闻放出这么久，热搜上了不知道多少个，不管路人和粉丝怎么问，商影和安卓茜的微博都寂然无声，似乎没打算要透露一点消息。

鱼粉们一开始都在骂公司装死，后来逐渐开始慌了，才反应过来，如果真的没事，安卓茜早就让公关发稿了！

【啊啊啊，千万别是我们想的那样啊！】

阮软翻着有关阮瑜的新闻和推送，看着那些关于阮瑜的讨论声，甚至有粉丝开始做她以前的各种综艺和电视剧电影汇总，感觉心里堵得有点难受。看了会儿，阮软关手机，没看了。

之前知道自己命不久矣的时候，她确实有想过这一天，该来的总会来。

但现在她看着别人谈论自己，又不是自己，这种感觉，真的好奇怪啊！

有那么一瞬间，她想给林青他们其中任何一个人打电话报平安，然而摸出手机那瞬间才想起来，不对啊，她平时都是直接拨号，根本没记住他们的电话号码。

要不然去京城找他们说明情况？

念头一出来，阮软立马否决。

别了吧，她怕自己转头就被人扭送进精神病院。

所有大大小小关于阮瑜的消息在全网热搜上挂了一周，又轰轰烈烈闹了大半个月，商影传媒终于在一个早上发了声明，报平安。

【我司艺人阮瑜已经脱离最危险期，情况在好转，请大家放心。】

鱼粉们差点喜极而泣，但很快，有理智粉跳出来问。

【三问商影传媒：一、脱离最危险期是什么意思？我们需要知道具体情况。二、这次心脏病复发原因是过劳吗？那贵司要负主要责任。三、什么时候能出院？呜呜呜，小瑜快点好起来吧！】

这一次，商影传媒什么都没回。

网上闹得沸沸扬扬，但阮家一片平和。阮妈不看综艺也不看偶像剧，最熟的明星可能就只有阮软的爱豆纪临昊。阮爸倒是知道阮瑜，有天在饭桌上提了一下，说代言什么什么酸奶的那个小女孩，最近好像病得很厉害。

阮妈附和了一句："那她身边的人肯定难过死了。"

阮软咬着筷子，没吭声。

日子一天天过，仿佛一切都回到了从前。阮软已经适应了现在的生活，每天在工作室和家之间两点一线地跑，有时候跟着工作室的拍摄团队出去拍视频，偶尔聚餐，日子过得有条不紊。

十月下旬，网友关于阮瑜病情的讨论声已经小了很多，但鱼粉还每天在阮瑜和商影的微博评论区打卡，焦心等一条报平安。

工作室里，阳光透过明净的玻璃窗，洒在阮软电脑旁的绿萝上。

阮软还在看策划案，旁边周萱拉着椅子过来，兴致勃勃地道："软软，有生之年！你对家被爆出实锤黑料了！"

"哈？！"

阮软声音扬得太突然，不远处正在低声讨论的几个同事被吓一跳，抬头笑着问："怎么了这是？"

周萱摆摆手："有喜事。"

阮软第一反应，喜什么喜啊！

这句弹幕在她脑海中滚完，她自己都一愣。

"看看，段凛抽烟被拍了，都上热搜了。"周萱给她看手机屏幕。

阮软接过来看，半小时前有营销号发出一组照片，九宫格，七张照片两张动图，都是段凛今早在片场抽烟的图。

点开动图，段凛穿一身黑短袖搭同色长裤，正咬着未燃的烟。旁边的导演将打火机递给他，他接过，咬着烟，微俯首，点燃。

乳白色烟气弥漫上他的五官轮廓，他微侧了下头，下颌线分明，神情淡漠。

阮软瞳孔地震了。

不是，他怎么抽烟啊？

其实明星抽烟并不稀奇，平时积攒的压力越大，就越需要排解。她这两年遇到的男明星，十有七八都是抽烟的。

那也不包括段凛啊！他干吗？

这是她第一次看见段凛的实锤黑料，而且是被高高挂在热搜上。

以前做梦都想看对家被爆黑料，真到了这一天，却根本没有想象中的开心。

阮软莫名有点紧张，点开评论。

须臾，她松了口气。

好在评论风向还行，菱角特地截出了图片中几人背后的可吸烟标志。

【连段凛生日都盯这么紧？是看不到旁边有可吸烟标志吗？】

【既然都上热搜了，那就前排祝段凛生日快乐吧。】

……

阮软半天没说话，周萱看她脸色，好像也没有要放鞭炮庆祝三天三夜的样子。

她应该不是太讨厌段凛了，上回两人还一起去看他主演的那部新电影了。

周萱大胆感慨："不怕被你骂，我觉得吧，他这几张图拍得好，好帅。"

阮软默默盯了会儿。

缄默良久，她才咕哝："是有点。"

夜色如墨，凌晨三点的京城街道并不拥堵。黑色商务车一路自机场航站楼开出，下高速，驶进市内。

车内，助理邵立回身问："凛哥，一会儿是回公寓还是去酒店？"

后座，段凛的声音平静简捷："医院。"

邵立愣怔两秒，面上全是担忧和为难："可七点还有拍摄，你这都一天没休息了，要不然还是……"

下一秒，窥见对方的神情，邵立停住没说了。

正闭眸小憩的段凛睁了眼，他瞥了一眼邵立，眉目间有倦色，更多的是缄默的冷意。

段凛说："辛苦了。"

"哪儿啊！我们没多辛苦。"邵立忙回道，还是心疼。

最辛苦的就是凛哥了。

今天他生日，在横店拍了一整天的戏不说，下午还被曝上了黑热搜。他片场下戏第一时间就往京城赶，早七点的杂志拍摄，现在三点还要去一趟医院。

以往凛哥拍戏，等开机进了剧组后就几乎不出来了，最近却会接一些通告，还都是往京城赶的。

横店到京城这么远，他从来不耽误拍戏，就需要连轴转。可即便连轴转也要来。

邵立心里叹气，隐约猜到是为什么，但劝的话堵在嗓子眼，只能咽下去。

一小时后，他们到达市内医院，径直去住院部。

这时候的住院部一片寂静，只有每层楼的护士站还亮着灯。邵立谨慎地四下环顾，稍稍放下心，跟随段凛乘电梯上顶层。

顶层都是重症加护病房。

出电梯，走廊分两端，右侧的病房通行入口锁着大门，不让进。邵立熟门熟路地跟段凛往左拐。

左侧是护士站。

其中正值夜班的中年护士抬头，瞧见两人，和蔼朝段凛点头："又来啦。"

护士带两人进左侧的 ICU 探视室，室内是一个个的玻璃隔间，隔间内有屏幕，能远程看清病房内的情景。

没办法，ICU 每天只有三十分钟的家属探视时间，还都在下午，而阮瑜父亲每天都会来。能进病房探视的时间耗完，段凛就只能隔着屏幕看人。

邵立见段凛进了其中的隔间，不放心地叮嘱护士："还请您替我们保密。"

"知道了，每回都说，也不嫌烦！"护士觉得好笑。

隔间内，段凛低眼，拉开椅子坐下。耳边隐约有压低的聊天声，他却只盯着屏幕。

屏幕内是某间单人加护病房，病床上，阮瑜躺着，很安静。

若非她的呼吸机上不时有薄薄的雾气，都要让人怀疑时间在静止。段凛盯着她被单下露出的一截手腕，苍白而细瘦，露出的部分几处都插着针，连接着各种导管和监测仪器。

疼吗？

段凛动了动手指。

他的神色还是一贯的疏淡，但那刹那，下颌咬肌紧绷了一瞬。

隔着屏幕，段凛的眸光落在床头跳着曲线的心电仪上，看着曲线跳至顶端，又瞬地回落，在屏幕里跳出一个小小的尖峰，像刀尖。

他一时又记起许多事。

她的病情，两年前就被查了出来。

一直瞒到现在。

段凛想起那天医师的话，话语里有叹息："中间我们建议过很多次，让她告知家属，但她一直央求我们代为保密，还签了免责书。其实，在去年那会儿病患的病情就很严重了，事情拖到现在，也确实应该告诉你们。"

去年六月……

段凛回忆。

他去医院看她，是深夜，她哭得很凶。

阮瑜那时的哽咽还刻在他记忆深处，再记得深一点，连当时她睫毛上的泪都清晰分明。

——"这几天别人问我，没事吧，我都说，没事，真的没事，放心好了。"

——"其实，有事的，我、我有事的。"

她在哭。

他以为她只是担心手术。

段凛的视线落回病床中央，没蹙眉，神色很平静，过于平静。

视线一寸一寸，从阮瑜的手腕看向她的脸，定在她安安静静阖着的双眼上。

生日那一晚，她抬头看他，弯起一点眼睛。

她眼底亮着微光，想了想，认真许了两个愿望。

很简单——

身体健康，开开心心。

探视室外，邵立看了一眼时间，犹豫几秒，还是打算走近提醒。

他刚靠近隔间的玻璃门，见段凛的眸光仍在屏幕上，神情冷淡，情绪未明。

而下一秒，邵立忽然听见段凛开口说了句什么，很低缓。

听清后，邵立不可置信地猛然驻足，表情是从未有过的震惊，差点以为自己听错了。

半小时后，两人回住院部的地下停车场，车内的司机已经打完一个盹，问："凛哥，咱是直接去摄影棚吗？"

"不急。"段凛回道。

车还没发动，车窗被摇下。邵立见段凛摘了口罩，从烟盒中抽出一支烟，低头咬了。

段凛咬着未燃的烟，问："介不介意？"

邵立忙说不介意，又仔细看了一圈停车场，车很少，没人，顿时放心。

"我能要一支吗？"司机也有点犯瘾，笑着问。

以往段凛不抽烟，连闻到烟味都蹙眉，司机这两年跟着他，一直没敢当面抽。

这回好了，司机欣喜地接过段凛的烟，又自己摸出一个打火机，先殷勤地给他点上。

邵立看段凛咬着烟，俯身，低眼，借火点烟，接着靠回座椅，乳白色的烟气勾缕蔓延，绕过他淡漠的眉眼。

不知道想起什么，段凛微微仰了仰下颌，眉宇蹙起，喉结滚了滚。

凛哥最近抽烟抽得厉害，邵立心里急，但不知道怎么劝。

事情是从哪天开始不对劲的。

邵立至今还记得，阮瑜出事那天，当晚段凛和阮瑜的父亲在私人会所见了面。阮正平刚从医院回来，他是直系亲属，医生把一切都告诉了他。

阮正平走后，邵立进包厢，刚巧撞见段凛从眼前几张纸上抬起眸光。

那个表情他真的忘不了。

那一幕，段凛的神色是冷的，但瞳眸漆黑，眼眶很红，不像哭。红得像一把刀开了刃，刀锋割开皮肉后染上的那一线血色。

邵立又回想起刚才段凛在探视室里说的那两个字，心里直震。

他说——

"求你。"

光棍节这天，阮软被周萱拖出了门，参加高中同学会。

同学会办在市内的餐厅里，十几个人吃完饭，又转场去 KTV，喝酒唱歌扯皮。

中途，阮妈给阮软打来电话："你少喝点酒，别回来又吐一屋，听到没有？"

"知道了，妈，放心！"

KTV 里吵得要死，有人在嘶吼高唱"一个人的夜我的心应该放在哪里"。她打完电话回包间，就被一个同学塞了瓶啤酒："朋友一生一起走，谁先脱单谁是狗！"

阮软冷笑："你不是上个月刚结婚？"

同学得意："汪汪汪！"

"软软，我给你点歌了，就下一首！"周萱过来，"你爱豆的歌，我对你好吧？"

阮软回座倒了点酒，一抿，差点没喜极而泣。

天知道她之前因为心脏病的事有多久没喝酒了啊！

现在酒都已经有了，爬山蹦极攀岩游泳这些离她还会远吗？！

周萱给阮软点了一首纪临昊的《不听》，MV一放出来，阮软握着麦，看到屏幕上熟悉的阮瑜的脸，顿了下，刚才的兴奋劲一下就淡了。

她一时没唱，旁边有两个同学一看，了然，都知道她喜欢纪临昊。

"软软，别难过！你爱豆和阮瑜一起穿婚纱照，你就把阮瑜跳崖的那一幕倒回去放十遍！"

"像纪临昊这种当红明星应该不会找圈内人吧？很有可能找圈外的啊，你还有机会！"

屏幕里正好是阮瑜哭着坠落白崖的一幕。

明明当初怎么拍摄怎么挤眼泪的场景还历历在目，但阮软看着，不知道怎么就有点难受，这辈子第一次切了爱豆的歌。

同学已经聊起来。

"阮瑜是不是还病着啊？前段时间老看到她在热搜上。"

"对，是心脏病，我妹妹好喜欢她，都快哭晕了。"

"她演过什么来着？"

"你肯定看过的啊，就那个，《成名无望》里的！"

"哦哦！段凛的那个那个……"

又聊到段凛。

阮软听同学谈"自己"，感觉很怪，听他们谈起段凛，感觉就更奇怪了。

在场同学都不追星，除了周萱，没人知道在粉圈里段凛算是纪临昊的对家，所以谈起段凛不会避讳阮软。她在旁边听，几个同学都有点止不住话头，男生还好，女生是真的热情高涨，就像是在谈一个高不可攀、遥不可及的大明星。

虽然也确实是吧。

阮软捏了下话筒，还是感觉不太舒服。

十一月中旬，阮软终于去了一趟京城，和阮爸阮妈一起。

近年来，阮爷爷的身体不太好，年初被查出冠心病，阮妈给他请保姆将养了几个月，段时间又问过医生，还是决定动手术。

要做一个心脏支架手术，不是大手术，但谨慎起见，一家人还是决定去京城做。

线上挂号排了一个多月的队，排到了。那天，阮妈在饭桌上提了两句，阮软差点咬断筷子，那不就是"她"正躺着的医院吗？

哦，不对，是她去过不知道多少回的，阮瑜正躺着的，那家心外医院。

阮爸阮妈将阮爷爷从老家接回来，四人坐高铁去京城。

"老骨头一把了，还为我花大钱！"阮爷爷心疼得要命，"开刀要花掉多少钱啊？"

阮妈哄他："这您就别管了，没多少钱，等开完刀就来跟我们住好了，您一个人住在家里多不方便。"

"有什么不方便，村里人都跟我熟！"阮爷爷固执。

阮软给爷爷削苹果，笑得眼睛弯弯："爷爷吃苹果。"

阮爷爷眉开眼笑："哎哎，囡囡乖。"

到京城，他们在医院附近找了宾馆休息一天，该做的检查做了，翌日就动手术。

搭支架是介入的微创手术，风险很小，就是术后还要住院三天。第一天晚上有阮爸阮妈轮流陪床，等第二天，阮软说什么都要陪一晚。

晚上，她陪爷爷看了会儿电视，又切火龙果喂他。等爷爷睡后，她兀自玩了会儿手机，自己也缩在陪护床上睡了。

半夜，她被隔壁床位的病人吵醒，一看时间，两点半了。

阮爷爷睡得很沉，但阮软睡不着了。

凌晨的微博没什么好刷的，她刷完首页，顿了下，习惯性地搜了一个名字。

自从上回的抽烟热搜过后，段凛就没再露过面，应该是还在片场拍戏。菱角在实时里转发他最近的杂志新图和广告代言，大半夜激动地号成了土拨鼠。

再搜阮瑜。

她最新的微博还是八月份发的广告博，底下有鱼粉日日打卡祈祷求平安，评论数早已破了大几十万。

阮软轻手轻脚出病房，过走廊，按下电梯。

进电梯门，她深呼吸一口气，直接按了楼层。

这一层是外科住院部的三楼，ICU在八楼。

看着楼层一格一格往上跳，阮软想：进ICU病房看人是不可能的了，就是不知道能不能逮到一个护士问问阮瑜的情况，看看到底……

电梯门打开，阮软刚想往外走，不经意一抬头，下一秒浑身一滞，猛地往后一撤，贴上了电梯的墙。

段凛?！

十步开外，有两人正往电梯间走来。左边那个胖男人戴着口罩，右边的男人则裹得更严实，帽子口罩一应俱全，别人认不出来，但她可太熟了。

大半夜的，段凛和邵立怎么也来医院啊？

阮软脑海里在疯狂飘弹幕，想按电梯已经晚了，眼睁睁地看着两人进电梯。

"小姐，你不出去吗？"邵立问道。

阮软总不能说她现在虚得腿软，感觉走不动路吧？

"哦。"

迅速缓了下，她应一声，没打算看两人，往外走。

但经过段凛身边时，鼻间隐约嗅到他身上那股熟悉的清冽木质香，还掺着淡淡的烟草味，她忽然停了一下，退回来。

"我好像走错了，不是这层。"

邵立又问："你去几楼？"

"三楼。"

邵立帮她按了电梯层。

电梯门关，阮软终于抬头看了一眼段凛。

他压着黑色帽檐，口罩掩住半张脸，只露出一双深邃眉眼。她从他身边经过，他垂眸，正好扫了她一眼。

他只是随意一瞥，视线淡漠疏冷，一眼就收回目光。

电梯内寂静几秒。

阮软感觉自己像个多管闲事的事儿精，忍了忍，还是没忍住："抽烟不太好吧？"

邵立没听懂："什么？"

"没，我就是说抽烟对身体不好。"她的语气像路人闲聊。

邵立看着眼前的女生，模样挺清秀的一小姑娘，长发垂肩，一双杏眼看着挺灵，关键是说话也好听。

她的这句话他也想说，但他没敢对凛哥说。

邵立心里在招财猫式点头，嘴上没应。

再看凛哥，他的眸光冷淡一扫，定住，落在了小姑娘的……嗯？手上？

阮软没再看段凛。

静默无声，电梯门在三楼打开。

她直接走出去，身后传来电梯门合上的声音，顿时浑身卸力，松了一大口气。

救命，刚才差点吓死她！

阮软想了想，刚才可能是她和段凛从此以后唯一的一次交集了。

她低垂着眼，边走边想，说不上来什么感觉。

忽然，"叮"的一声。

后颈感受到一股微弱的气流，紧接着，耳边传来脚步声，她刚想回头，腕际一紧。

下一秒，她被人紧紧攥着手腕拉住了。

阮软浑身一激灵，回身抬头看，段凛？

"啊？"

段凛正握着她的手腕，盯着她没说话。

邵立惊慌失色，跟过来低声问："哥，怎么了？被拍了？"

"我没拍。"阮软心里山崩海啸，面上强自镇静，从外套口袋摸出手机，"我刚才连手机都没拿出来。"

她的手机屏被蹭亮了，锁屏还是纪临昊的精修图。

须臾，段凛松开手。

他盯了她一会儿，蹙了蹙眉，道歉。

"抱歉。"

音色很冷，带点儿低哑的磁性，听起来像没休息好。

邵立知道阮软八成是认出来了，向她道歉后，又暗示性地提了几句。她很配合，说知道，今晚的事不会往外传。

三人这才真正分开。

今晚打死阮软都不出病房门了，救命，她现在心跳得八百迈，回病房后，缩进陪护床，强迫自己睡觉。

"凛哥，刚才怎么了？"车上，邵立担心地问，"她有问题？"

段凛没应。

他只是想起阮瑜。

她紧张时，小指也会无意识蜷曲起来，轻轻摩挲掌心。

阮爷爷出院后，阮爸阮妈还是将他接回了杭州的家，打算亲自照顾老人一段时间。

家里就两间卧室，现在阮爸和爷爷住一间，阮妈就过来和阮软睡，每晚十点必催她睡觉。

她哭着心想，感觉又回到了高中被拎着耳朵训早睡的时候。

"早点睡，还看手机呢？"晚上，阮妈拿着一杯牛奶进来，"牛奶喝掉，好睡了。"

阮软趴在床上："知道了，知道了，马上就睡！"

睡前，她随手刷新闻，天气新闻，天文学家预测下月底将有一场小熊座流星雨，又到了情侣告白好时节；生活新闻，某豪宅原价三亿折扣价一点五亿大甩卖，算了，还是买不起；娱乐新闻，当红女明星阮瑜……

阮软一愣。

【当红女明星阮瑜住院已转普通病房，公司回应称病情大有好转。】

半小时前，销声匿迹一个多月的商影传媒终于活过来，发出一条声明。

声明只有寥寥几句，却让全网振奋。

医生诊断，阮瑜生命体征平稳，现已能够自主呼吸，病情出现极大好转，不日将有康复可能。

声明一发，这次安卓茜也出来转发了微博。

相关话题很快就飙上了全网热搜，网友们吃了快三个月的瓜，终于吃到一口甜的，纷纷在底下评论恭喜康复。

鱼粉差点要哭，看到声明都有点恍惚：【啊啊啊，真的吗！我真的等到这一天了！！小瑜快点好起来吧，呜呜呜！！！】

但没过多久，理智粉还是在问：【什么病？情况呢？醒了吗？】

显然是还没醒，否则声明里不会只强调自主呼吸了。

商影传媒的官博只发了一条声明，随后又消失得无影无踪，任路人和粉丝们怎么问，都不再出来回复了。

但没关系，从ICU转到普通病房就已经是莫大的好消息了，兴高采烈的鱼粉洋溢着喜悦，这回没骂了，都在翘首等小瑜醒来。

阮瑜转病房的好消息被敲锣打鼓地传了两天，窗明几净的工作室内，阮软放下手机。

"萱萱，我再问你个事。"阮软扒拉着椅子，凑过去。

周萱从电脑屏上转头："说。"

"还是我上回那个剧本的事，我又想了一个新情节。"

"什么？"

"就是，上回我不是讲，剧情里女主角已经回到了原来的时空吗？有没有可能，那个女明星在另一个时空里也活过来了呢？"

周萱思索："那就得再找一个演员演了啊，这成本预算得加。"

阮软一愣。

"这还是主要取决于你啊。"

阮软抬头："我？"

"对，活不活还不是你一个念头的事。"周萱不在意，"你是编剧嘛。"

阮软刚跳起的那点莫名雀跃灭了："也对。"

她转回去继续看策划方案，在走神。

她回不去了吧？

回不去挺好的，她在这里有家人，有朋友，事业也有起色了。

但就是忍不住去想，如果她不在，这个时空的生活轨迹依然会像她回来之前那样继续。

知道在她不在的平行时空里，有同样的一个阮软陪伴，家人朋友们也过得特别好，好像也不错。

如果她不在，是不是还能去吃那一顿她和段凛约定好的晚餐。

"算了吧。"阮软不想了，咕哝，"都是两个世界的人了。"

十二月初，《小家》在山竹卫视首播，除周六外，每晚八点播两集，从此阮爸每天看的台从黄桃卫视变成了山竹卫视。

《小家》前两集刚播，野榜收视率破2，当晚就上了好几个热搜，话题度高居不下，网友都在预期它有望成为冲击年度爆剧之一。

阮软下班回来，见客厅里阮爸阮妈和爷爷三个人在沙发里一排坐着，追剧追得津津有味，时不时还讨论两句。

果然像安姐说的那样，这种都市家庭教育剧受众广，拍得好了，国民度疯涨。

家人在看自己拍过的剧，还看得聚精会神，这种感觉，怎么说，还有一点小自豪和小骄傲。

"软软快，过来看看，这个知知，叛逆起来跟你小时候一模一样！"阮妈在招呼。

阮软瞳孔地震："妈，我以前哪有她那么叛逆？！"

"你没看过怎么知道没有？"阮妈睨她一眼，"哦，她追星，你也追星，她跟爸妈顶嘴，你也顶嘴，她口是心非，你也老躲起来偷偷哭，你俩就是一个模子里刻出来的。"

阮软一句反驳的话都说不出来，去厨房切了盘水果，坐过去和他们一起看。

过了会儿，剧里放到父子的片段了，阮爸和爷爷也你一句我一句地辩起来，阮软把果盘往阮妈怀里一送："妈，来，吃瓜。"

吃瓜看剧。

阮妈吃了一块："今天这个买得甜。"

阮软蹭过去抱阮妈的手臂，脑袋还蹭了蹭，掌握泡芙谄媚的精髓，语气笃定："没有我甜，我现在一点都不叛逆，特别乖。"

"少撒娇，也不羞。"阮妈好笑，嗔怪，"哪里乖啦？叫你相亲老不去。"

阮软闭嘴了，吃瓜。

晚上睡觉前，她又想起来这茬，翻了个身，朝向阮妈，悄悄问："妈，你睡了没？"

"没呢。"阮妈声音有点睡意，"干什么？"

阮软问："为什么你非得让我嫁人啊？"

"怎么就想起问这个了？"

黑暗里，旁边传来窸窣声响，阮妈伸过手来，摸到阮软的额头，又往后梳了一把。

"不是非得让你嫁人，是希望你以后能过得幸福。"阮妈温声说，"你还有以后几十年呢，我和你爸哪里陪得了你这么久啊？妈就希望你到最后都是开开心心的，有人陪。"

阮软沉默了下，鼻子骤然有点酸，没说话。

"你能像我跟你爸一样，找个伴到老是最好。"阮妈以手指梳着她的头发，语气和蔼，"找不到，也不强求。"

片刻后，阮软小声说："找不到了。"

说完，脑袋就被不客气地轻拍了一下。

阮妈没好气："找不到就赶紧睡觉，一天天的，净让我操心。"

阮软："……"

随着《小家》播出的收视稳步上升，剧情讨论度也一涨再涨，阮瑜作为主角之一，热度只增不减，还顺带着刷了一波国民度。

反正现在阮软全家都知道阮瑜了，她跟着阮妈逛超市，阮妈见到阮瑜代言的酸奶，还会拿一瓶："这不是知知嘛。"

阮软没想到"自己"当初接这个戏，最后还能收获一票长辈粉。

剧播大热，《小家》总编剧在采访的时候提到当初阮瑜建议修改追星情节的那一段，坦言："好的剧本不是靠编剧团队一方的努力，还是要靠整个剧组一起用心。阮瑜是我见过的那种对待剧本非常负责的女演员，希望她能快点好起来，期待以后有机会再合作。"

这段采访，意外地替阮瑜又吸了一拨各家的追星女孩粉。

追星女孩纷纷点赞:【怪不得里面的追星剧情看起来这么人间真实无槽点! 终于没在影视剧里看到丑化我们、把我们归成脑残粉一流的了!】

【阮瑜好温柔好善良啊! 呜呜呜,果然是一圈人!】

十二月中旬,有报道称,艺人阮瑜此前所捐出的两千万元希望工程项目已正式落地,感谢她捐出善款,助力教育脱贫攻坚。

两千万!

网友一片哗然,怎么闷声不吭捐了这么多?!

新闻出了圈,舆论高涨。

【呜呜呜,小瑜我好想你!】

【最近真的被她圈粉,演技肉眼可见有进步,还人品好,爱了。】

【娱乐圈躺着吸粉第一人。】

【说她躺吸粉的,不好笑好吗? 快点醒过来吧!】

【老天求求你,人美心善的仙女就应该长命百岁的啊!】

……

网友和鱼粉的祈祷祝福都快沿着网线绕互联网一圈了,商影传媒却一直没再有回应。

阮软的日子过得有条不紊,每天生活工作两不误,现在她浑身上下没毛病,还能趁着假期和周萱出门爬山旅游了。

网上热闹成一片,好像一切与她有关,又离她很远。

工作室里,周萱找来:"这周末有没有空,我们去山上跨年?"

"还有谁啊?"阮软抬头。

"我男人,还有六六他们,加上我们两个也就五个人。"周萱给她看新闻,"月底有流星雨,就这个周六的晚上,听说还是流星暴,特别美。"

阮软想起来了,她还看过这新闻:"行。"

十二月三十一日,跨年夜,阮软跟着闺密和几个同事一起去郊外露营跨年。

五人找了一家露营度假村,在山顶。

附近这一片山势很缓,有一大片平地草坡供他们驻扎。几人搭完帐篷,烧篝火,围着火堆,开了啤酒聊天。

阮软裹着羽绒服,仰头看。

今夜很晴,没有月亮,漫天都是璀璨星子,星汉像流光。

同事在旁边问:"晚上十点就开始了,一直到凌晨四点,我去车里拿点吃的! 你们吃什么?"

"有什么拿什么吧。"

"那就都拿过来好了。"同事喊走了另一个,"六六你跟我一起吧。"

篝火旁,除了阮软,只剩下周萱和她男朋友。

旁边周萱两个人在挨着说悄悄话,余光里,两人越凑越近。阮软目不斜视地开始往另一边挪,自觉离他们远一点。

片刻,阮软脊背一僵,等等,她好像听到接吻的声音了!

算了算了，玩手机好了。

微博上，今晚的流星雨没下就已经上了热搜，是今年最后一场流星雨，也是五十年难得一遇的小熊座流星暴。

天文学家预测，这场强流星雨将达到每秒钟二十颗以上，网友都在说：【呜呜呜，我这么多愿望终于要一夜之间实现了吗？】

阮软刷了会儿微博，关手机，往旁边看了一下，又瞬间扭过头。

还在亲。

她再开手机，视线却停在了锁屏界面。

她这个手机的锁屏还是纪临昊，是他在某场演唱会弹钢琴的饭拍精修图。构图很美，爱豆美颜盛世。

盯着锁屏片刻，她迟疑了下，开手机进微博，搜索一个名字。

她挑了半天，挑到一张无水印的图片，换成了新锁屏。

她关手机，又点开。

锁屏图上，段凛正站在某颁奖台上领奖，一身西装革履，正容色敛淡地瞥向镜头，是不经意抓拍到的一幕。

五分钟后，去拿零食的同事终于回来了，啤酒薯片肉干水果堆了一地。几人边吃边聊，过了十点，流星还没来。

又等一个小时，仍是没来。阮软等困了，打了声招呼，打算先去帐篷里眯一会儿。

睡袋里很暖和。

迷迷糊糊间，她听见帐篷外传来周萱的惊叹，在喊"流星"，情绪欣喜激动。

交谈声和呼喊声隔着帐篷模糊不清，她困得有点不想爬起来看，半梦半醒间许了一个愿。

就，即使以后再也遇不到，也希望能过得很好吧。

四周的喧闹声逐渐消匿，周萱他们应该是看完流星就睡了。

阮软模模糊糊地想着，然后在睡袋里翻了一个身。

好亮。

眼皮上有光。

和困意挣扎了半天，她还是艰难睁眼。

她是被亮醒的。

阮软刚睁开一点眼睛，在看清眼前景象后，逐渐清醒，愣了。

是流星雨，很大的一场流星雨。

白色的窗帘未拉，玻璃窗外，漆黑的夜幕被成千上万的流光溢彩照亮，无数流星体的碎片擦过天际，在天穹里飞速流淌。

阮软刚想伸手揉眼睛，却被手上缠着的管线牵绊了一下，顿时感觉不太对劲。

不对啊，怎么是窗？

她瞬间坐起身！

起得太快了，头都有点晕。

阮软也没管头晕不晕了，直接环顾一圈周围，人傻了。

周围一片白净整洁，她看向自己，病号服，看向旁边，心电仪还在跳着曲线。

她震惊得消化了足足两分钟。

忽然有轻微的"咔嗒"声，阮软一脸灵魂地震地抬头，刚巧对上男人的视线。

段凛的手还扣在门把手上，眸色漆黑，正一眨不眨地盯着她。

满室寂静，两人都没动。

阮软脑袋一片空白，想尴尬地打个招呼，"你好，吃了吗""最近怎么样"的词在脑中都过了一遍，还是删了。

忽然蹦出不久前看到的资料。

所有的流星，在撞击地球之前，一直在按着自己的平行轨道运行。只是因为经过地球附近时，受到引力影响，才会改变自身的轨迹。

段凛终于动了。

他径直走过来，靠近床边，垂眸，深浓如墨的眸色被窗外的火流星照亮。

漫天的流星暴，美得像一场奇迹。

两人在这场盛大的奇迹中无声对视。

第二十六章

— 我想和你，试试

病房内没开灯，满室却被窗外漫天滑落的流星暴映出光色，很长的一段时间里，没有人出声。

长达四个月的久别重逢，半晌，阮瑜憋出第一句话："有点渴。"

开口才发现，声音是哑的，太久没说话了。

段凛缄默地与坐在床上的她对视，良久，手指动了动，抬手摘口罩，帽子也搁在桌上，给她倒水。

他神色沉静，垂眼看阮瑜小口小口喝水，容色几乎敛淡到看不出什么情绪。

阮瑜喝得特别慢，一是润喉，二是，她有点虚，不，是太虚了。

摸不清自己现在什么心情，反正脑海里在疯狂滚弹幕。

她是不是应该象征性问一句——现在什么时候，我躺了几个月，要叫医生吗？哦，还有，病情怎么样了啊？

"喝完了。"阮瑜递过空玻璃杯，跪坐在床上，仰头看段凛。

段凛接过，搁回桌上，平静地问："还要不要？"

她摇摇头："不……"

视线蓦然昏暗，下一秒，她感觉下巴一紧，后半句被堵在唇齿间，脊背也猛地撞回柔软的靠枕。

段凛屈膝俯身，压下来，低眼，丝毫没客气地掐着她的下巴吻过来。

阮瑜视线刚聚焦，下唇倏然一疼。想说话，齿列被段凛顶开，缠着她的唇舌啮咬般地舔吮，越舔越深。

呼吸交错，鼻间甚至唇舌都是他身上那股木质香的味道，还夹杂着淡淡的烟草味。

他，吻得也太凶了。

阮瑜的喘息全被堵成了细微的呜咽，大脑空白地想伸舌抵他，却被紧紧卷缠着的舌含吮。她的手刚抬起来，就被段凛扣住小臂，压回了床里，舌尖也被厮磨着咬了一下。

"别动。"段凛稍稍撤开一点，垂眸扫她，声音低哑。

"我没……不让你亲啊。"阮瑜急促平复呼吸，被他瞥的这一眼看得尾椎骨都在发麻，"你也太……"

此刻两人近在咫尺，段凛只给她片刻喘息。

没说完，他欺身过来，又堵上她。

唇齿纠缠。

太凶了，阮瑜被吻得全身绷着麻意，无意识抬手摸到段凛撑在身侧的手臂，小臂肌理分明而硬朗，只有唇舌炽热柔软。

不知多久，门口传来"咔嗒"一声。

"凛——"邵立的声音。

音节戛然而止，邵立像只活生生被掐住脖子的鸭，无比惊愕地愣在门口。

阮瑜猛然回神，要扭头，而段凛的手指仍掰着她的下巴，吻没停，还舔舐着她的唇珠含吮了下。

她不活了吧！

阮瑜耳郭烫得要死。

段凛没理，连视线都没分过去。邵立浑身上下震愕不已，急急地撤离出病房，关死了门。

邵立走了几步一想，还是回来死守把风，刚才凛哥那股子要将人拆吃入腹的劲，真闹出动静来明天就是全网瘫痪啊！

房间内，等这个漫长的吻终于结束，阮瑜一句话都说不出来。段凛垂眼，微微撤开一些，托起她的小臂，检查了一遍她的手背和臂上的针头。

"感觉哪里不舒服？"他确认无恙，抬眸问。

"没……"阮瑜视线乱飘，"现在几点了啊？"

段凛回道："三点。"

"哦。"她一顿，"那你怎么这么晚还来医院？"

"看你。"段凛淡淡地说。

忽然想起上回在医院 ICU 病房层看到他，也是凌晨。阮瑜缓过来，他应该还没拍完戏啊，不会是挤通告过来的吧？

正想着，下唇被温热指腹擦了一下。

段凛盯着她："为什么不告诉我？"

"就……感觉太早告诉你们不太好。"阮瑜被他盯得虚了一秒，说实话，"不是单单不跟你说，是我谁也没告诉。"

她唇上还泛着微亮的水光，段凛的视线落在那处。

"所以一个人忍着？"他声音低缓，"生日那晚，你让我不要喜欢你，也是这个原因？"

不是，他怎么连这都猜出来了啊？

阮瑜没回，和段凛对视两秒。

他五官轮廓被窗外的光色勾勒，眼里有倦色，神情却不复淡漠，视线一直黏着她，隐忍着欲色。

半晌，她忽然转移话题："你还是别抽烟了吧，对身体不好。而且，你不是也不喜欢抽吗？"

段凛又一顿，语气淡淡的："戒烟可以，戒你不行。"

阮瑜刚对上的视线，又迅速撤回，救命，感觉耳朵更烫了！！

"我生日那天，许了三个愿望。"片刻，她小声说，"前两个说出来了，你应该还记得的吧？"

"身体健康，开开心心。"

"最后一个我没有说，你要不要听一下啊？"

段凛看向她。

阮瑜也直视他，想明白了，虽然耳朵还是通红，但弯起眼睛，倏然露出一个笑，诚恳坦白。

"如果我以后还有机会，或许我们可以试试。"她说得很认真，"我想和你，试试。"

静默良久。

她见段凛单臂撑着床，俯身过来，另一只手按上她的后颈。凑近了，几乎额际相抵。

"真的喜欢我？"他压低了声音，勾着点暗哑。

阮瑜回道："真的。"

段凛盯着她，咬肌紧绷了一瞬，克制住了。

他轻捏着她的后颈，唇贴上来，触碰、舔吻，抵开她的唇细细地吮。

这回的吻要温柔缠绵得多，但阮瑜还是不适应，脑内羞耻的弹幕滚了八百回，攥紧床单，试探回吻。

阮瑜床单都快攥烂了，想死。

她平复了下，转移话题："但，我这样挺不负责任的吧？"她想了想，"万一以后，我那什么……"

"医生说在恢复。"段凛低声说。

他伸指，擦过她的嘴角。

阮瑜一愣："啊？什么恢复？"

段凛大衣口袋里的手机忽然响起嗡鸣声。

"那什么，你先接吧。"她正好缓一下自己跟心脏病复发似的心跳。

是邵立。段凛接起："怎么了？"

"凛哥，我们是不是该去机场了？"邵立不敢进病房，顶着压力，只好打电话催，"你上午还有戏，再不走来不及了。"

段凛蹙了蹙眉，平静地说："知道。"

等段凛挂完电话，阮瑜抬头看他："你是不是还有事啊？你先走吧，我等下问问陈主任就知道了。"

"不急。"

段凛没离开，盯了她一会儿，睫羽压着，眼里有浓墨般的欲色，喉结滚了滚。

她看清他眼角下那颗桃花痣，像诱惑。

段凛又欺身过来："再来一次？"

十五分钟后，人终于走了。阮瑜杵坐在病床上，感觉她哪里都在烫，手背贴着唇，降温。

段凛他……属狼的吗？

窗外，流星雨仍在铺天盖地地滑落，熠熠之光擦破漆黑夜幕。看了会儿，她猛然想起什么，一看时间，三点四十分。

阮瑜翻了半天，才从床头的收纳包里翻出手机，解锁，拨通一个号码。

如果说是因为意外导致的磁场变化才影响了两个平行时空，那这场意外，八成和这场数十年一遇的流星暴有关。

之前报道说，今晚的流星暴会下到四点。

那四点之前，是不是还……

手机里的嘟声响了半晌，接通了！

"喂？谁呀？"阮妈的声音含着浓重睡意。

"妈，是我。"阮瑜一顿，一下就哽了声，"我在借萱萱的手机给你打电话，我手机冻没电了。"

阮妈睡得迷糊，好一会儿才回："干吗呀，你们这么晚都不睡？"

"外面在下流星雨，你快起来看看，特别好看。"阮瑜尽量让声音自然一点。

电话那头一阵窸窣声，阮妈下了床，拉开窗帘，一下就笑了，嗔怪："有什么好看的，稀奇古怪。你们快点睡，玩到这么晚！"

阮瑜笑着说："对流星许愿都很灵的，你许一个嘛。"

"睡觉睡觉。"阮妈没好气地说。

"那我许一个好了，"阮瑜装作自然，鼻子却骤然一酸，"我想你和爸都平平安安到老，爷爷也健健康康的，最好能活到九百九十九岁。"

阮妈顿了下，感觉好笑："瞎话。"

"以后我肯定会好好陪着你们的。"

阮瑜想，现在的自己是陪不到了，但平行时空里的自己，一定会好好陪着爸妈的。

阮瑜又问："爸和爷爷呢？"

"他和你爷爷肯定睡死了，呼噜打得震天响。"阮妈拉上窗帘，又趿拉着拖鞋回床，"干什么，把我闹起来不够，还想闹他们啊？"

那算了。

阮妈睡不着了，索性和阮瑜絮叨几句。她看着天上的流星雨，已然稀疏了大半，偶尔有零星几颗划过，擦亮夜色最后的余晖。

三点五十九分。

阮瑜的视线已经太模糊了，垂下头，用手腕揉了下眼睛。

她死死压住哽咽，轻轻开口："妈，我爱你们。"

阮妈那里一静，声音和蔼带笑："软软啊……"

声音戛然而止。

最后一道光色消失在漆黑夜幕里，全世界归入寂静，一场五十年难遇的流星暴就此结束。

这场如奇迹一般的、短暂的时空交集，也悄然结束。

阮瑜哽咽得泣不成声，尝试着又给阮妈打电话。

是空号。

给周萱打，依旧空号。

她登上微博，半夜流星暴的话题依旧挂在热搜上，她尝试搜索自己是阮软时的微博号，账号不存在。

阮瑜蜷下身，把脸埋进枕头里，哽声平复了会儿。

其实现在，她已经没有两年前的那种迷茫和难过了，虽然还忍不住哭，但莫名的，安定很多。

她想，知道他们在另一时空里过得很好，那她也会坚定不移地继续往前走。

第二天一早，阮瑜醒来的事几乎惊动了整层楼的医护人员，一整个上午，进她病房里的人就没断过。

陈主任和阮瑜的两位主治医师急急赶到，做检查，问了半天问题，才放心让她歇会儿。

阮瑜还没搞清楚情况，人是蒙的："主任，我的病到底怎么样了？"她迟疑又紧张，"我能醒来，是不是说明已经好多了啊？"

"何止，好太多了。"陈主任还要去确认检查结果，走前挂着笑容，示意旁边的医生，"陈言，你和她说。"

陈医生边记单子，边解释："你躺得太久了，四个多月，每一次的诊断报告都在那个袋子里，等会儿你自己看一下。"

阮瑜往旁边桌一看，人间震惊，厚厚一摞的牛皮纸袋，怎么这么多？！

"你原来患的是严重室间隔缺损，去年一月诊断出现并发症，轻微的肺动脉高压，八月又恶化为中度肺动脉高压，再差一点点，就要形成艾森曼格综合征，到时候就是不可逆的了，情况很严重。"陈医生脸上带笑。

阮瑜紧张得要死："陈医生，你这句话后面，应该还有个但是吧？"

"但是，"陈医生捏了下笔帽，插进上衣兜，"你自愈了。或者说，你在自愈。"

阮瑜震惊了："哈？"

"室间隔缺损这病，本来是先天性心脏病的一种。理论上来说，如果只是小型室间隔缺损，有一些患病新生儿会在出生一年内自然闭合，概率很高，百分之二十到百分之五十，甚至有一些病患在三岁前都有概率发生自愈闭合。"

阮瑜听不懂了，心跳得很快："不对啊，我记得之前诊断的时候，你们不是说我没有自愈的可能性吗？"

陈医生点头："你当然不能。"

那她听半天听了个啥啊！！

陈医生继续说："因为从理论上讲，你属于严重的室间隔缺损，小时候就自愈困难，只能手术治疗。可你的情况太严重，小时候做介入手术后不稳定，又复发做二次手术，本来八月份做的开胸手术也只是暂缓病情。"

"这个我知道。"

"所以，一切的源头是你先天室间隔缺损严重，包括你诊断出的合并感染和并发症，病源都是室间隔缺损，我说这个你能理解吗？"

见阮瑜点点头，陈医生笑了："但这四个多月以来，各项检查显示你在术后恢复良好，甚至形成了室间隔缺损的自我闭合。"

"本来一般的室间隔缺损到成年后都只有百分之零点几的自愈概率，但你却在自愈，或者说，自愈得差不多了。"陈医生也是第一回见到这种病例，感觉稀奇，"简直和新生儿一模一样，太罕见了。"

阮瑜听傻了，陈医生又去翻她的诊疗报告，抽出几张给她解释。

一堆术语，她听不太懂，只抓住一个重点："陈医生，那是不是说明，我真的可以……变好了？"

她的声音都在细微地颤抖。

"你现在的情况，调养得当的话，以后应该和正常人无异。"陈医生放下报告，"等检查结果出来吧，没问题的话，再过一两周你就可以出院了。"

阮瑜还是觉得玄幻，难以置信："所以，我以后是能跑能跳能喝酒赌博了吗？"

"那赌博还是不行的。"陈医生失笑。

呜呜呜，她要哭了。

阮瑜真的哭了，眼睛红了一圈，想下楼跑圈，道谢。

"别谢我，你的情况很特殊，现在网上都怎么说来着？"陈医生想起来，"对，医学奇迹，等哪天我照你的病例做个研究，到时候写论文的时候说不定还要再请你回来做个检查。"

她现在可太激动了，直接诚恳地回道："您不用客气，别说回医院做检查了，进实验室我都特别配合！"

半小时后，当安卓茜和林青他们赶到的时候，阮瑜正在看手机。她手机里有太多太多的消息，全是未接来电和慰问信息，正在翻呢，差点被一个拥抱扑倒。

叶萌萌没忍住呜出一声哭腔："小瑜姐！"

"你小心点啊！别扯到她针头了！"林青又激动又担心，红着眼睛在后面喊。

阮瑜艰难地从叶萌萌怀里探出头来："别别，别哭，我不想再哭第三回了。"

安卓茜脸上是压不住的欣慰，笑着问："感觉怎么样？"

"感觉特别好。"阮瑜瞎扯，"我感觉现在就能立马出院复工赶通告。"

安卓茜笑了笑："你要是知道你积了多少通告，就不会这么说了。"

阮瑜闭嘴。

自从阮瑜从ICU转到普通病房后，安卓茜他们三人隔三岔五就来一趟，了解她的病情。

她后知后觉，恍然。

原来商影传媒先前连发的那两条声明，什么情况好转，什么不日将有康复可能，都不是公关稿。

临近中午，最新检查结果出来，没问题。

安卓茜立即联系公司公关部，让公司官博发出阮瑜转醒康复的声明。

过后，阮瑜自己也终于登上微博，发了一条。

阮瑜：【让大家担心了，我上线啦。】

商影的声明和阮瑜的微博一经发出，"阮瑜醒来"的话题毫无意外地一路飙上了热搜第一。热搜和她的微博评论底下都是恭喜和祝福！

【啊啊啊，小瑜好好休息，等你回来！！！】

【我哭死，命运一定会善待温柔善良的仙女。】

【呜呜呜，"女鹅"我好想你！】

【新粉报到，加油。】

……

四个月的躺吸粉不是说说而已，阮瑜翻着她微博底下几乎比以往多几倍的评论，一时有点难以置信。

旁边林青在给她削苹果，根本不惊讶。《小家》还在热播中，她的演技进步明显，光靠剧就涨了一大波国民度，再加上前段时间被报道出她闷声不吭做公益，好作品加好人品，都是圈粉的利器。

"小瑜姐，你送我的礼物我还没用。"叶萌萌忽然想起来，"太贵了，我连碰一下都心疼！"

阮瑜病倒那天，林青他们进她书房找病历，才发现堆了一书房的礼物。她送给叶萌萌的是一台家用激光投影仪，某高端品牌，后来叶萌萌一查，瞠目结舌，居然要四十多万！

林青眼睛还有些红："还有那封信，我都看了，写得和遗书一样，真是要被你吓死。"

不提还好，一提，阮瑜差点咬断舌头，一脸被公开处刑的悲愤。

谁能想到有今天啊！那时候她以为她要死了，几乎在手术前花光了卡里所有的钱，一年多来接的商务和片酬，全花完了。

她一查自己几张卡里的余额，穷得喵喵叫。

还有那些信……

她声音有些颤抖："你们不会，真的帮我把礼物和信全送出去了吧？！"

"放心，一个不落。"林青摆手。

阮瑜木然："林青，水果刀递给我一下，不想活了。"

现在就是丢脸，非常丢脸，后悔，极其后悔。

手机嗡鸣起来。

阮瑜一看，立即在床上坐直了，接起："啊？"

段凛那边在片场，刚下戏。

片刻，背景音逐渐安静，他声音响起："吃饭没有？"

"吃过了，现在在啃苹果。"阮瑜瞅了眼旁边的林青他们，人往窗边挪了下，"你吃了没啊？"

"还没有。"

顿了顿，段凛淡声问："晚上我过来？"

"哈？"阮瑜瞳孔地震，"那什么，你不是在横店吗？"

段凛"嗯"了一声。

"那……明天你有戏要拍吧？"

段凛语气平静："怎么了？"

还怎么了！横店离京城十万八千里啊！他是有传送卷轴吗，一晚上说来就来说走就走？

"别啊，你过来太麻烦了。"片响，阮瑜憋字，"还是等我出院吧？"

缄默须臾，段凛接话："等不及，有点想你。"

好一会儿，她才回："还是算了。"

她怎么听怎么都感觉像那种食髓知味的语气。

"我之前准备的生日礼物，你是不是收到了啊？"阮瑜迅速转移话题。

她当初基本给每个熟识的人都准备了礼物，给段凛的是一块腕表，不是他代言的那个高奢牌子，但也好看。

无比庆幸自己当时没给段凛写什么长篇大论的遗书，就写了一句"生日快乐"。

听到他回应，此刻她又补上："生日快乐啊。"

"好。"

他们又聊了几句，才挂断电话。

旁边的林青一脸狐疑："笑这么开心？"

阮瑜啃着苹果，压着笑，正正色，开始歌咏生命："你不懂，我这是身体好吃嘛嘛香，连呼吸都开心！"

住院一周，其间阮正平赶回来陪阮瑜，欣慰得几近老泪纵横。

晚上，阮正平要睡病房的陪护床，她睡过那床，又窄又不舒服，不太忍心，没过两天她就催着阮正平去忙他自己的了。

隔周，陈主任来通知阮瑜，她的身体状况一切稳定，明天就能办出院手续。

"晚点我让陈言写个注意事项的单子给你,"陈主任叮嘱,"头两个月你在饮食方面需要多注意一些,记得半个月来复查一次。"

阮瑜眼睛都在发光:"主任,那些爬山蹦极之类的事情,我真的都没问题了?"

"是没问题,但你平时也少折腾自己,年轻人,自己身体最重要。"

第二天去找医生签单子办手续的时候,阮瑜差点蹦跶起来。

呜呜呜,妈妈,她终于能是正常人了啊!

等阮瑜出院,安卓茜又给她放了三天假。

四个多月没回公寓,泡芙人间罕见地第一次主动蹭上了阮瑜的裤脚。她把猫抱起来,环顾一周,公寓里的陈列摆设都还是原来的样子,餐桌花瓶里的向日葵也一直在换新,开得生机勃勃。

假期进入尾声,安卓茜打来电话,通知她,《无声惊雷》要进入宣传期了,片方刚发终极预告,让她转发。

"这是第一部你主演的电影,导演又是孔明坤,该配合的宣传一定要做到十分。"安卓茜慎重对待,"下周剧组要开始路演了,等下我让林青把行程安排发给你。"

阮瑜说:"好。"她边打电话边开平板,搜《无声惊雷》的消息。

安卓茜提醒:"对了,在宣传期间你们可以适当地营业互动,像平时线下的宣传活动和网上的微博评论这些,都可以互动。"

"我,们?"

不是她想的那种营业互动吧?

"对,你和段凛。"安卓茜说得很直接,"像《无声惊雷》这种文艺爱情片,票房顶天了都不如商业片,所以前期宣传就更要做好,毕竟是你们两个主演,营业期互动拉票房也是一种办法。都知道只是营业期互动,问题不大。"

那瞬间,阮瑜以为安卓茜猜出了点什么,吐字艰难:"我和段凛……"

"我知道,段凛那边八成不会同意,他的粉丝也不好惹。"安卓茜叹气,"所以你看着拿捏,看能不能私下里再找他商量一下。"

还行,安姐还不知道。

阮瑜死里逃生地松了口气,好险,团队全员都是她的事业粉,知道她在偷摸谈恋爱还不杀了她!

不对,不是谈恋爱,是已经领证了。

最后,她扯谎说:"好,我尽量吧。"

挂完电话,阮瑜一下就搜到了。

十五分钟前,"电影无声惊雷"的官方微博和抖音发了电影的终极版预告,长达两分钟。

和去年九月份发的三十秒先导预告片不同,这次的终极预告有台词,还剪进了零碎的剧情线。

她戴上耳机，点开，莫名开始紧张。

前十秒都是卡司单，黑幕无声寂静一秒，逐渐浮起出品和联合出品的白色小字，光出品公司就占了满屏。

【导演：孔明坤】

【监制：焦静云】

【领衔主演：段凛】

【领衔主演：阮瑜】

画面又暗下去。须臾，屏幕再亮起时，画面里是雨后树下的青石板地，一个熟透的桃子蓦然从树上砸落，滚了一圈泥。黏糊的果肉裹着腐败的湿叶，慢慢滚到一人的裙角下。

镜头往上拉，是轮椅和裙角下的一双腿。阮瑜认出那是自己的腿，或者说，是倪书的义肢，根本看不出来是做了特效。

接着她听到自己的声音，带着急促的深呼吸和轻喘："我想过要杀你。"

乍一听像是在受什么病痛的折磨。

阮瑜浑身多毛，差点要扔耳机，等等，这是倪书和季少安拍床戏的那段台词啊！

画面切到倪书和季少安在倪家客厅的第一次见面，一个坐在轮椅里审视打量，一个站在窗边神色冷漠。画面的光影切割和质感色调都非常好，一人在明，一人在暗，扑面而来的故事感。

接下来，一幕幕争吵、绝望、悲伤的片段碎片化式闪过，浓重的压抑后，是两人在阮家四下无人的雨夜接吻的那一幕。一道惊雷劈开漆黑夜幕，廊灯照彻两人之间无声涌动的暧昧和情欲。

剪进阮瑜的央求声："你带我走吧。"

音乐声和背景台词戛然而止，节奏倏然一慢，又切回那雨过的午后。

轮椅离去，一人蹲下身去碰地上烂熟的桃，手指干净修长，沾上了软烂黏糊的汁水。

镜头循着手指往上拉，拍进段凛轻滚的喉结，微动一瞬的下颌咬肌。接着他垂眼，舔去指上的桃汁。

"好。"段凛的声音。

下一秒，万籁俱寂，画面重新没入黑暗，又跳出白色的海报字体。

【无声惊雷】

【2月14日，全国上映】

【生来桎梏，破茧化蝶】

预告片刚发出没多久，"孔明坤新电影"和"众戏骨影星"的豪华卡司阵容再次携电影上热搜，比起去年九月份发的意识流版先导预告片，终极预告显然要有内容多了。

而且，信息量简直太大了！

现在热搜下的评论，大部分都是路人。

【我的妈啊，段凛好欲好帅！】

【孔明坤开始拍爱情片了，爷青结。】

【奖导又要收割三金了。】

【阮瑜演技进步太大了吧，哭戏好有感染力。】

【画面好美张力好足，我来了。】

【我没看错吧？段凛有吻戏？！】

……

意外地，菱角和鱼粉都没在第一时间发声。两家粉丝从预告放到有吻戏那一段开始，就已经傻了，心情有如遭晴天霹雳。

要知道孔明坤虽然是文艺片导演，但从来只拍剧情片啊！他以往导的每一部电影都对爱情着墨甚少，久而久之演变成了他自己的一种导戏风格。所以当初爆料段凛和阮瑜合作拍戏时，两家粉都没多在意。

可预告里的吻戏一出来，两家粉都疯了。

自家哥哥、自家"女鹅"的第一部纯爱情片！第一次银幕初吻！居然给了不对盘的对家！

粉圈震动一下午，很快内部又开始互相调解安慰：【只是吻戏罢了，为艺术献身而已，呜呜呜，我宝贝是合格的演员，能主演孔导的戏还奢求什么呢！】

两家冷静下来，达成一致，电影上映期间，能忍则忍。

而阮瑜上小号翻了翻动态，又回忆了下《无声惊雷》里的那些亲密戏，心情有如高楼走钢丝，顿时感觉自己的心脏病可能没好。

本来拍电影的时候，她特别坦荡，觉得没什么。

反正都是拍戏，是主角的吻，跟她本人没有关系。

但今非昔比，她现在心里有鬼啊！

阮瑜现在就无比希望当初电影送审时，那些过分的吻戏床戏已经被勒令给剪了。

要是没剪的话……

全国上映。

阮瑜内心：呵呵，我，完，了。

一月中旬，安卓茜恢复了阮瑜的部分通告，但没让她太累，偶尔会有几个拍摄和商务活动。

电影在情人节那天全国公映，孔明坤定在上映前两周开始路演。阮瑜收到路演行程安排，十五天内有三十个城市要跑，除了过年期间那三天不用跑，其余每一天都有安排。

她几乎每一场都在，而段凛仅有四分之一的到场次数。

这段时间段凛还在剧组里拍戏，接近年底，他还有别的重要通告。孔明坤也知道，并未强制他过来。

很快到第一场路演，地点在上海。

下午剧组主创人员在市中心的酒店开新片发布会，面向媒体，而晚上去影院，和刚看过试映的观众见面。

新片发布会开始前一个小时，连制片导演带演员十几人，都在宴会厅旁的准备室聊天。

"阿凛还没来啊？"副导演徐成累在问。

"下着雨呢，他从横店过来，估计路上堵车。"

阮瑜正看手机，给段凛发微信：【你进上海了吗？】

刚发出去，就听孔明坤笑着问："阮瑜，你还没看过成片吧？"

"啊对，还没有。"她从手机屏幕上抬头。

听说剪辑师刚剪完片子那会儿，孔明坤将几个制片和主角请到家里看了一遍才拿去送审。阮瑜那时候还在医院里躺着，现在压根儿不知道成片什么样。

阮瑜忽然想起来，悄声旁敲侧击："孔导，我们拿去送审的时候，有没有被打回来要求删减的啊？"

"是删了两段，怎么？"

"哪两段？"她眼睛都亮了。

"你和阿凛在海边的那一段吻戏，"孔明坤又点了点饰演倪父的演员，"他和段秋在门缝里的那一幕床戏。"

阮瑜不敢相信："没了？那倪书和季少安的那一段床戏呢？"

"床戏当然还在，这么含蓄的一场戏，没地方好删减。"

不是，哪里含蓄了啊？

手机忽然振动，她一看，段凛。

接起，他的声音传来："我到了，抬头。"

阮瑜闻言抬头，准备室的门刚巧被打开，门口，段凛的眸光正好与她相接。

"来了来了，今天上海雨夹雪，你们路上堵车了吧？"

众人纷纷招呼。

段凛应声，摘了口罩。

他将外套脱了，拎着，自然地坐到阮瑜身边。

孔明坤坐在斜对角的沙发里，熟稔地和段凛聊了两句。阮瑜正听着，却见旁边的段凛偏侧过头，视线又瞥了过来。

他淡声问："冷不冷？"

"不冷。"她摇摇头。

今天阮瑜穿了一条浅蓝色衬衫裙，坐在沙发里时，刚好露出一点膝盖。但是在室内，暖气开着，还行。

段凛瞥了一眼，抖开大衣外套，随手罩在了她的腿上。

对面两个正聊着天的演员看到了，都是一愣。孔明坤的话头也一停，随后露出一个了然的笑，继续聊天。

早在拍电影的时候，孔明坤就看出段凛对阮瑜有心思了。

此刻准备室内没别人，都是同剧组的主创，连助理都不在，即使察觉到也不会说什么。

但阮瑜人傻了。

众目睽睽下，段凛的外套罩在她腿上，一部分披在她的腿和沙发上，剩下部分衣摆和袖子一角都垂地了，但他看起来压根儿不在意。

外套内里似乎还残留着他的体温。阮瑜搭在腿边的手也恰好被罩进去，小拇指在外套下一个劲儿挠挠蹭蹭，心跳八百迈：不是，段凛怎么这么光明正大啊？！

她垂着头平复了下，心说：不行，得找个时间谈谈，这……

忽然，她在外套下一直乱挠的手被牵住了。

阮瑜静止几秒，机械地往旁边看。

段凛仍在听孔明坤和他聊电影，从侧面看，他的睫毛漆黑浓密，双眸里平静无波，淡然得过分坦荡。

她视线又往下挪。

沙发边沿，外套遮住的内里，他牵住了她的手。

他指腹微微蹭过她的指掌，修长手指分开她的手，十指交扣。

阮瑜不吭声，憋了又憋，最后烫着耳朵，让他牵了。

等了半小时，场控敲门进来，通知发布会很快开始。

阮瑜紧张得要死，秒抽回手。

"走吧。"孔明坤站起来。

于是一行人出准备室，过走廊，往宴会厅走。

一位女演员和阮瑜并排走，跟她聊了几句。她有点心不在焉，注意力全在前面和制片聊天的段凛身上。

关于安卓茜之前说的营业互动，她想过了，不行。

要是她心里没鬼倒还好，但她现在和段凛在一起，那可太有鬼了。

万一互动着互动着被人扒出来她和段凛是真的，他那些女友粉能疯，到时候脱粉都算轻的。她自己也追星，当然能预见到时候会是什么天崩地裂日月无光的度天劫场景啊！

阮瑜笃定，得想办法在公开场合离他远点。

进宴会厅，大屏上重复轮播着《无声惊雷》的先导预告和终极预告，主持人正在台上激动热场。

今天发布会上来了近两百家媒体，一眼望去座无虚席。这么多家网络媒体、视频媒体以及电视台媒体，都是冲着导演和两位领衔主演来的。

导演是名导，男主角又是拿过两金的顶流，女主角又是最近话题度疯涨的当红小花，今天不扒个独家话题都对不起这阵容！

媒体们都在确认手里的提问稿，翘首以待。

主持人激昂地说："有请我们《无声惊雷》的制片和剧组主创人员，有请导演孔明坤！副导演徐成累！领衔主演段……"

阮瑜他们从台侧的楼梯上台。

工作人员在台边给他们递话筒。阮瑜有点走神，接过话筒，正要上最后一段台阶，没注意到这段台阶高了，有点踩空，踉跄了下，还没来得及自己站稳，从前方伸过的手就已经捞住了她。

段凛稍扶着她的腰，蹙起了眉："小心。"

他音色低缓，却离她手上的话筒咫尺之隔，声音清晰地传遍全场。

阮瑜蒙了。

主持人蒙了。

媒体也蒙了。

我们还没准备好呢！怎么上来就给个大新闻？

全场齐齐死寂五秒，紧接着，媒体们迅疾反应过来，各个眼睛比闪光灯还亮，哗然声快一声不断，还有人在不断确认刚才那一幕录下来没有。

林青在台下快要把眼珠子瞪出来，恨不得冲上去扒开阮瑜，手！手啊！

段凛的手仍扶着她的腰。蒙了足足几秒，她顶着满脑海铺天盖地的感叹号，死死镇静住，说了句"谢谢"，然后不动声色地撤开了。

"看来我们的现场气氛很热烈啊，哈哈。"主持人打圆场，非常僵硬地把话题掰扯回来，"接下来让我们……"

底下媒体还管什么接下来，都在忙着联系同事发第一手新闻。

整场发布会开始没过十分钟，社交平台上的各家网媒齐齐带了"段凛阮瑜发布会亲密互动"的相关话题发新闻，什么"暧昧搂腰""轻声叮嘱""深情对视"一系列吸睛的词通通往文案上套。

林青第一时间冲进微博，好，上热搜了，不一会儿，公关部做舆情监测的同事又给他弹微信消息，说那些叫得出名字的社交平台上，相关话题正在逐渐升上热搜！

林青在群里发了一条紧急通知，带了十几个感叹号的那种。

叶萌萌回了他二十个感叹号，片刻，安卓茜才不紧不慢地回复。

安卓茜：【行，可以。】

林青很焦急：【安姐，这不用管吗？】

安卓茜：【电影上映期适度营业互动，不用管。】

林青难以置信，大庭广众的腰都搂上了，这还适度？

另一边，安卓茜确实没管，也难得防备。

阮瑜跟谁有绯闻苗头她都得皱眉，但段凛不会。阮瑜喜欢段凛这么多年，他能喜欢早喜欢上了，不然阮瑜还犯得着为他苦心进圈？

发布会开始二十分钟，热搜第一底下，两家粉丝炸了爆米花。

【段凛是看在阮瑜刚病好才扶的她，绅士行为罢了。】

【营业期互动，懂的都懂，大家吃了瓜别忘补电影票。】

【前排，2月14日#电影无声惊雷#全国上映，鱼粉提前祝大家新年快乐。】

【老奶奶过马路还扶呢，心脏病病人摔台阶扶一下怎么了呢？】

……

菱角在夸哥哥绅士，鱼粉在心疼小瑜身体，为了电影能和平上映都在忍。

网上热闹成一片，阮瑜在台上杵得像一根木桩，她余光瞅到段凛在旁边，梗着脖子，全程没往他那里看。

心里弹幕已经滚成了一片草原。

完了，这一波不会被人怀疑吧？

发布会持续时间不到一小时，等媒体采访完一系列问题，又拍大合照，流程就走得差不多了。

剧组还要赶往电影院参加映后的观众见面会，在酒店逗留不久。

一行人出酒店，门口围着不少粉丝和未受邀请的媒体，粉丝们在线下还算理智，都在高声喊着"加油电影大爆"。导演、制片和领衔主演坐一辆车，但阮瑜没坐，旁边还有菱角虎视眈眈盯着，她跑去坐了另一辆车。

她余光瞅见段凛往她的方向过来，猛地一滞，抬头，借着林青刚巧帮她挡粉丝目光的角度，迅速对段凛挤了一个小表情。

别来！

段凛一顿。

阮瑜迅速露出的表情，很委屈，眉尖蹙起，抿唇，皱起下巴，一双杏眸被她耷拉成了水汪汪的小狗眼，脸上就写着"不要"两个大字。

对视一秒，段凛撑着伞，神色是一贯的冷淡，但很细微地挑了挑眉。

"阿凛？"副导演徐成累在车里喊。

"嗯。"

段凛平静应声，收伞，回身上车。

阮瑜全身卸力，呜，好险，装可怜还是有用的！

不是，段凛怎么能光天化日朗朗乾坤这么胆大妄为啊？

车内，她一上车，林青的手机屏就撑了过来，他替她急，低喊："刚才那事在热搜上！你被骂了！"

阮瑜看了一圈热搜，此刻已经是舆论被控住以后的场面了，但还能看见一些骂她故意装跌倒博眼球炒作的言论。

她总算放心，嘘了口气："还好被骂了。"还好是被骂，没人怀疑她和段凛嘛。

林青一愣。

到商城，整个剧组坐专梯上影城，正好掐着电影放完的点进放映厅。

主持人在里面热场，隆重邀请剧组主创人员登台，阮瑜跟在副导演徐成累身后进的放映厅。

一进厅，观众席就响起雷鸣般的掌声以及尖叫声。

"你们太棒了！"

"段凛我爱你！阮瑜我爱你！奖导厉害！"

"电影一定大爆！"

阮瑜被迎头表白得有点蒙，一看孔明坤他们脸上都挂着笑容，好像没太大惊讶，多少料到了观影反应。

这一场试映是在影院的全景声巨幕厅，在场三百多位观众，纯演员粉丝占比数很少，基本都是剧组专门放票邀请来看的一些电影博主、影评人和猫眼豆瓣等平台上的口碑观众，主要为了上映后的宣传。

而阮瑜所预料的骂声、嫌声，通通都没有。

在场所有观众，有大半都红着眼圈，是刚哭过的模样。

整场见面会只持续不到半小时，观众的提问都非常热情，到最后，有一位女观众一直在举手。

主持人请她："这位小姐姐到现在还在哭啊，是对我们的电影有什么很深的感触吗？"

女观众还在擦眼泪，哽声点头。

"我想提一个问题，是对倪书和季少安的问题，可以吗？"

"你说你说。"

女观众看台上的阮瑜和段凛："我就特别，特别希望你们抱一下，能抱一下吗？"

阮瑜还在愣自己是不是听错了。

她是知道《无声惊雷》的剧情的，当初她在看完剧本的时候也缓了好多天，但观众这反应，是不是就有点离谱？

但下一秒，底下观众像被按了开关，纷纷哄然。

"是啊！抱一下吧！"

还有更离谱的："亲一个！亲一个！"

主持人难抉择，打哈哈："看来大家都对结局很意难平啊，那还是要问我们两位主角，咱们在戏里是爱情嘛，那在戏外能有一个友情的拥抱吗？"

孔明坤对这样的观影反应很满意，举话筒发话："抱一下吧？"

导演都发话了，阮瑜转头看段凛，心里的警戒灯已经亮到最高档。

段凛也在看她，容色敛淡，在等她同意。

阮瑜礼貌微笑，表情带着一点被按头的无奈和一点不是很熟的羞涩，简直比演电影那会儿演技还好。

她不停给自己催眠：营业，全是营业罢了！

终于，她过去，轻轻抱了下段凛。

他微俯身，回抱，熟悉的淡淡木质香拢过来，拥抱一触即收。

撤开的时候，段凛的脸却稍侧了下，在观众都看不见的角度，鼻尖在她的耳发边一擦而过。

阮瑜刹那间紧张成了一块木头！

抱完一看，观众们基本都是满脸的欣慰，没察觉出什么异样。

两人在映后观众见面会上被强按头拥抱的事又上了一次热搜，这回是真调动起路人的兴趣了，疑惑孔明坤拍了什么新电影能把观众看得这么疯？

这一次，两家粉丝没吭声，反正只是宣传期营业。

当晚，阮瑜还要跟着剧组其他主创人员赶杭州，准备明天的杭州路演场。而段凛则先回了横店。

孔明坤在车上提了一嘴，说段凛又得拍戏又得准备春晚彩排，接下来的一周，直到过年，他都忙到没有时间参加电影路演，只能等年后那一周来。

阮瑜想起来了，对啊，他今年还要参加春晚！

前几天她刷微博的时候刷到段凛参加春晚第一次彩排的热搜了，春晚在年三十直播前一共得彩排四次，他还得拍戏，确实特别忙。

一行人到杭州后，先住进提前订好的酒店。

阮瑜刚擦着头发从浴室出来，见床头的手机在振。

段凛！

她接起："喂？"

段凛那边很安静，应该是在酒店房间。他问："到市内了？"

"到了，我们刚到没多久。"阮瑜的声音听起来比不久前轻松了。

段凛一顿："今天下午，为什么那么紧张？"

提起这个，她瞬间想起，她才想问他为什么那么光明正大！

"那什么……我跟你商量一件事吧？"阮瑜不擦头发了，在床边坐直。

"什么？"

"就，你有没有觉得我们在一起的事情……还是缓一缓再公开会比较好啊？"

沉静片刻。

段凛问："为什么？"

阮瑜要挠墙，他平时情商挺高的啊！这不是明知故问吗？

其实曝恋情对她来说影响没那么大，反正肯定没段凛影响大，甚至，她还可能因为被曝和段凛的恋情，而更涨一波热度。段凛的国民度比她可高多了。

可是……

虽然段凛不靠粉丝，但他确实也是坐拥一大票铁血女友粉的流量，一曝恋情，粉丝脱粉不说，还有可能回踩的啊！他真的不在乎他这么大的流量吗？

阮瑜一想到公开恋情时的群魔乱舞，就觉得不行，嘀咕着："你可不可以稍微尊重一下你的顶流身份啊？"

须臾，段凛的声音响起："我只尊重你的身份。"

阮瑜接不上话，因为没法接。

憋了半晌，她捏了下耳朵，烫的，不自然地"哦"了一声。

"可不可以？"

段凛的声音低压下来，音色很淡，却不知道为什么带点儿在哄人的意味。阮瑜心说，他现在的语气，就跟他眼下那颗痣给人的感觉一模一样。

她差点要被诱惑得说可以，忍住了："不行，我还是想，暂时不要公开……只是暂时。"

又是缄默半晌。

"好。"

段凛的语气平静，阮瑜看不见他的表情，也听不出来他的情绪，顿时就有点小内疚，诚恳地问："那，你对我有没有什么要求啊？"

段凛应声："想不想看电影？"

"好啊，什么时候？"她双眸一亮。

"除夕。等录完节目，我来找你。"段凛声音低缓，"陪我看电影。"

第二十七章

– 对你，演不出来

接下来的一周，阮瑜跟着剧组其他主创人员在全国各院线飞奔跑路演，通常一下飞机就直接赶去现场，连吃饭和化妆都是在途中潦草解决。而一座城市待不到半天，又匆匆离开。

七天跑了十八座城市，平均一天转两三个城市。她作为每场必到的主角，累成了狗。

从前《成名无望》路演时她没体会到的苦累，这次全尝了个遍。

但好在每一场的观众都非常热情，电影还未公映就在小范围内传出了口碑。

年三十前一天，剧组转到京城场，等主创人员出席完当天的路演，孔明坤放了他们三天的假。

阮瑜正好回阮宅。

阮正平提前一天就已经休假了，给她带回来不少新年礼物。当晚，吃过晚饭，阮瑜在一楼偏厅的放映室和他一起看电视，播的是春晚。

节目单一早就放出来了，段凛的节目在第十三位，和一名颇有成就的女影星一起，唱的是一首歌颂祖国河山的经典曲目。

阮瑜一算，段凛大概要到十点左右才出来。

其实这几年她越长大越不爱看春晚了，除了某一年纪临昊上春晚，她兴奋地盯了一晚上电视，此后每年除夕夜都是刷朋友圈刷微博比较多。

今年又捡起来看，居然是因为要看曾经的对家，还是现在在一起的对家。

也太神奇了。

阮正平年纪大了，过了点就开始撑不住，笑着问："光看电视，都闷得要睡着了。和爸爸一起喝点酒？"

阮瑜连想都没想，眼里全是雀跃："好，我现在什么都能喝！"

于是，阮正平去酒窖拿酒。

十分钟后，他提来一个小冰桶，里面插着一支香槟和两支红酒，还拿了醒酒器。醒了会儿酒，两人边喝边聊。

以往阮瑜因为心脏病的缘故不能喝酒，现在能随便喝了，一时没控制好量，忘了自己这身体从小喝酒就少，酒量特别差。

等段凛的节目出来，阮瑜已经有点醉了。

她视线有点难以集中，看银幕上段凛的身影，他似乎是穿了一身黑西装，旁边的女影星穿着红旗袍，两人像对视一眼，在唱歌。

唱得还挺好听的。

他刚才笑了没啊？没看清。

阮瑜现在晕得想死，分出最后一点清明，算了算。

等段凛录完节目，再从演播大楼过来，怎么说都要过十二点半了。

她太困了，等不到了。

旁边阮正平喝得不比阮瑜少，但他平日应酬多，酒量好，还很清醒。看完女婿的节目，他起身上楼要睡，拍拍自己女儿的手，和蔼地说："早点睡觉吧，爸爸先去睡了。"

"哦，好。"阮瑜点点头，"爸爸晚安。"

又等了一个多小时，实在撑不住，她想先上楼眯一会儿。

楼下，阿姨目送阮瑜上楼，打扫收拾完放映室，又去厨房先定好明早的煮粥时间。忙活一圈，她刚想上楼休息，门卫那边来了电话，说有人拜访。

阿姨去监控屏前看了一眼，只看到身形，就赶忙把人放进来了。

车开进别墅，停在前院。

阿姨笑着迎上去，忙接过段凛提来的礼物，领他进去："来啦？瑜瑜上楼去了，也不知道睡了没有。"

她当然认得段凛。

阿姨以往只知道阮瑜结婚了，但那人从来不上门。可阮瑜住院不醒那几个月，段凛常来，还经常陪阮正平坐一会儿，下棋聊天。一来二去，也熟了。

段凛颔首："新年快乐。"

楼上，阮瑜坐在卧室的化妆镜前，撑着脸。

放在桌上的手机还在跳出新年祝福信息，但她没回，现在看手机键盘有点晕。

忽然，卧室门被叩了几声。

她反应很迟顿，半天才问："阿姨？"

"我。"段凛的声音。

她回过头，仰头看段凛开门，视线对上。

他径直向她走过去，臂间搭着外套，身上穿的不是春晚上的那一套，换成了黑色薄毛衣搭同色长裤。

阮瑜以为自己在做梦。

段凛在她面前驻足，俯过来，嗅到她身上那点红酒的酒气，垂眸盯她：

"喝酒了？"

"对。"她想了下。

他一顿，声音低了："看节目了没？"

"看了。"阮瑜慢慢回忆，评价，"好看。"

段凛问："哪里好看？"

哪里好看？

阮瑜感觉奇怪："哪里都还……挺好看的啊。"

视线交错片刻，段凛抬指，将她不小心咬进嘴角的头发拨开，眸色如浓墨："我呢？"

哦，他问这个啊。

阮瑜坦诚夸他："你也好看。"

她脑袋钝得厉害，但其实有意识，就是思考得慢了点。她想了半天，总感觉把什么事情给忘了。

她还没想起来，段凛又问："叫我什么？"

"段凛。"

闻言，段凛看她。

她喝醉了不太明显，但眼尾稍稍红着，回答时，思忖也需要费些时间。很蒙，带了些茫然，柔软得如同从水里捞起来。

段凛说："不对。"

怎么就不对了？

阮瑜有点费解，想不通，她也没到喝个酒，就把他名字忘了的程度吧？

她刚想问，下巴被段凛屈指抵了一下，抬起头。

下一秒，他的指腹触上她的脸颊，捧着她的脸，抵近了。

他连声音都沉缓，勾着点儿懒，眼下的桃花痣格外明显："老婆。"

稍顿，段凛淡声问："叫我什么？"

阮瑜默默盯着段凛，好半晌没接话。

身后化妆镜的灯光将两人的脸照得格外明显，无声对视三十秒，她的耳郭慢慢红了。

良久，她迟疑，声音很小："老公。"

之后的很长一段时间，一室寂静，只剩下桌上的手机不断跳出的微信提示音。

阮瑜终于有反应了，她想扭头，视线往旁边看，要站起来。

"去哪儿？"段凛音色有点哑，仍额际相抵。

"床上。"她说话语速比平时慢，但语气异常笃定，"我要去刨一个被窝，把自己埋了。"

段凛平静地问："陪你？"

"不是，你不要仗着我有点醉，就，说这种话啊。"阮瑜耳朵通红，显得义不正词不严，咕哝，"我其实都记得，明早起来肯定也忘不了，到时候可能会……不对，是肯定会尴尬到死的啊。"

段凛仍捧着她的脸，眸光锁在她被灯光照出细软绒毛的耳郭上，下颌咬肌紧绷一瞬。他稍侧过脸，去吻她的耳朵。

阮瑜一愣，整个人僵滞。

感觉段凛的吻从耳郭一直循到耳垂，温热的气流摩挲而过。下一秒，发烫的耳垂被他含住，细细地吮吻。

触感湿热，带着钝钝的麻意。

她的脑海里如同在宇宙大爆炸，十倍慢镜头。

"等下……"她的思绪从银河系绕了一圈，回来了，"我想起来了。"

"什么？"段凛的声音近在耳侧。

"看电影。"阮瑜可算是想起来了，说话慢吞吞的，又很坚定，"我们今天晚上，是不是要看电影啊？"

"嗯。"

段凛的唇微微撤开一些，抚着她脸颊的手指碰上她的耳朵，一蹭而过。他终于转过头看她。

"现在还想看？"

"想，"她点头，视线乱飘，"好像全组就我没有看过了吧。"

段凛盯着阮瑜。

按今晚的气氛再继续下去，他会乘人之危。

他最终还是隐忍了，凑近，只浅尝辄止地吻了吻她，几近贴着她的嘴角，回道："走吧。"

阮瑜看了看时间，已经凌晨一点半了。

但她现在一点都不困了，反而很清醒，又迟钝又清醒。

两人要走前，她忽然记起什么，攥住段凛的袖子："不行，我们不能直接这样出去，肯定会被拍。"

段凛看着她。

阮瑜稍显迟钝地想了想，眼睛微微亮起："我给你化个妆吧？"

十分钟后，她将段凛摁坐在化妆镜前，回头翻眼影盘和化妆刷。

段凛出门会戴口罩和帽子，就只露出一双眼睛。他的眼睛太有特点了，眼窝很深，眼下一颗桃花痣，本来显得深邃又多情，但偏偏平时看人时又疏离冷漠。

想起来了，以前菱角还说他这两种极端是"下蛊"。

所以即便戴着口罩，也能让人一眼认出是他。

得遮。

阮瑜心说，她在录《职业伪装》时候的看家本领可算又重出江湖了。她找齐眼影眼线笔和双眼皮贴，又翻出遮瑕膏，准备就绪，想低头给段凛化妆。

段凛没说什么，任她在那儿翻翻找找，等她拿起眼影刷刚要矮身凑近，他忽然伸手，捞过她的腰，扣紧了，往身侧一带，直接让她侧坐在了自己腿上："化吧。"

阮瑜跌坐在段凛身上，差点被他的眼神看得拗断手里的刷子。

她缓了缓："哦……那你，闭个眼睛。"

段凛盯了她一会儿，温驯阖眸，睫毛漆黑密长，甚至还配合地微仰了仰下颌。他闭眼时，喉骨滚了下，小动作却没停。

阮瑜捏着刷子，浑身僵了下，脑中又缓缓蹦出一个脏字。

段凛扣着她的腰，手指正顺着她的腰线一寸寸触抚，隔着一层薄毛衣，有意无意地摩挲。

她憋得血液回流，忍了。

等给段凛化完妆，阮瑜满意，又把自己乱七八糟折腾一遍，戴口罩，跟他出门看电影。

今晚段凛自己开车过来的。

路上，她算了算。凌晨两点，两个走在街上能被一眼认出来的明星，在大年初一的凌晨跑去影院看电影，多多少少有点疯。

但好像，感觉还挺好。

电影院离阮宅不远，二十分钟的车程，在某高端购物中心的顶层。两人到时，影城里人群熙攘，一片热闹。

大年初一，全家卡着零点来看电影的人还不少，厅外都是散场和等进场聊天的观众。

今天恰好是《无声惊雷》开始点映的第一天，但场次不多，最近的一场两点四十开场。

厅内，阮瑜紧张得要死，全程埋头。在等段凛去取票的中途，她没忍住抬头瞅了眼。

大厅中央立着几幅印了电影海报的巨型易拉宝，左边几幅都是春节七天上映的贺岁片，右边一幅是《无声惊雷》，等节后才会全国公映。

电影海报上，背景是阮家狭长幽窄的偏厅走廊，是一幕中景。

她看到自己在海报最右，坐在走廊尽头的窗框上，身后雨幕漆黑，她被淋得浑身湿透。而段凛则站在画面最左的廊灯下，两人遥遥对望，明暗分界，中间隔着一把轮椅。

有几人在海报前停下来，拿出手机拍照。

阮瑜迅速低下头，同一时刻，手被牵住。

段凛拿票回来了，帽檐下的眸光落下来："要喝点什么？"

"不喝。"她和他对视，有点忍笑，摇摇头，"不能喝啊。"

她给段凛画了很粗的眼线，吞掉了他大半的双眼皮，还在眼尾挑起，又剪了双眼皮贴给贴上，小改了他的眼型，最后还遮了痣，模样一改往常。

手法残忍，糟蹋美貌，菱角看了想打人。

两人的位子在放映厅最后一排，进去后，阮瑜人傻了，几百人的巨幕厅，居然座无虚席。四周的人都在小声讨论。

她一路低头被段凛牵着，刚坐下，就听左手边坐着的女生在跟朋友祈祷："我求求全片我哥就只有那一场吻戏，不然我真的受不了！"

那朋友也回道："大年初一的好日子，拜托别杀我了。"

女生又说："最好这片还是个悲剧，谢谢，谢谢！"

阮瑜心想：猜得还挺准。

最后一排是情侣座，可四周似乎全是棱角。阮瑜浑身紧绷，想抽手，却被段凛攥住，十指交扣地拉回。他淡淡地瞥了她一眼，像是警告意味般轻捏了下她的指掌。

此刻，放映厅的灯光骤暗。

远处巨幕银幕上，开始放起映前广告。本来阮瑜是真紧张，但等电影片头亮起，慢慢地，开始入神。

开头，人声喧杂的警察局内，一个长镜头跟着一名穿蓝色制服的警察，一路从办公大厅拉进去。镜头中不停地有警察忙碌经过，四周都是电话铃声、办公声、议论争执声，直到推进里间的审讯室，声音逐渐安静。

文件袋被"啪"地甩在桌上："我再问一遍，到底是不是你推的她？！"

"不是。"

镜头转到审讯警察的对面，段凛戴着手铐，靠在审讯椅的椅背上，模样颓唐，表情漠然而阴鸷。阮瑜听见左边几个女生在激动轻呼，被扑面而来的颓废美貌冲击得只想跺脚。

"事发当时，你是不是就在死者身边？"

"是。"

"你说她是自己跳下去的，好，那你就在旁边眼睁睁地看着她跳？！"警察点了点段凛，"死者双腿残疾，怎么会专门跑到山上跳崖自杀？又是怎么跳了崖还剩下轮椅？你怎么解释？"

警察的盘问字字铿锵，响彻审讯室，段凛却一字未听。他侧仰了头，视线往上看，墙上最高处嵌着两隔小窗。

窗外的天光深暗，不一会儿，有噼啪的雨点打在了窗户上，雨势如注，很快转成瓢泼大雨。

"你到底有没有在听我说话？！"

窗外轰隆一阵闷响，打下一道惊雷。

段凛看向警察，眼眶泛红，神情阴狠而固执："我说了，她没有死。"

镜头切到外头那场暴雨里，青石台的夹缝中开着一朵不知名的花，却被疾风骤雨打落了花盘，躺在泥水里，被经过的路人一脚踩下。

屏幕中央，在泛起涟漪的泥坑上，白色的大字浮起：

【无声惊雷】

【导演：孔明坤】

字幕消匿，画面由冷色调转暖，是初秋的倪家后院。阮瑜看见她自己坐在轮椅上，在聚精会神地看花藤间扑飞舞的蝴蝶。

"屋里来人了，"女护工过来，朝阮瑜弯腰附耳，"先生带回来的，一大一小，都在前厅。"

阮瑜知道这是倪书和季少安的第一次见面，两人在客厅里初打照面，她就对这个外来人满是戒备。但镜头里，段凛的视线却一直在她身上，第一眼，他就看出他们是同类人。

客厅里是老式海派的装潢风格，每一处细节都透着生活气息，壁橱上有倪书以往登山攀岩以及跳芭蕾的照片，但相框有摔碎裂的痕迹。所有尖锐的小物，也被放在了寻常人够不到的高度。

前面的剧情以季少安为主视角，由她窥探到倪书的挣扎和一步步绝望，窥探到门缝里母亲和继父的亲热，场景几乎都发生在倪家，最多延伸到里弄街巷的市井人家，像一个囚笼般的世界。

影片中每一个演员都有上海口音，方言讲得地道，取景也写实，很容易就将观众拉入情境，被前期沉重的电影氛围压得喘不过气。

中途阮瑜听见周围观众吸气了两次，一次是她睡前拆义肢的那一段。特效实在做得太逼真了，皮肉和愈合的断层都清晰可见，她疼得直冒冷汗。这段连她自己再看都觉得疼。

还有一次是倪书在客厅里想站起跳舞却跌倒，季少安于黑暗中抚摸她的脸，手指还探到了她的唇。这一段，阮瑜清晰地听见旁边的菱角咽了一口气。

她手指无意蜷曲了下，接着被身旁的段凛捏了下指肚。

影片前中期，倪书和季少安在倪家的剧情，在孔明坤对镜头画面的拿捏下，配上恰到好处的剪辑和配乐，即便两人没有亲密戏，却满是朦胧的暧昧与涌动的情欲。

阮瑜看剧本的时候不觉得，当初演的时候也不觉得，现在看电影时却有点坐立难安。

她感觉自己酒醒得差不多了。

因为她此刻的记忆正在飞速倒带，努力回忆当时她和段凛到底拍了多少场亲密戏。

剧情发展到倪书要求季少安带她出走，两人在山上看日落，是第一场吻戏。

阮瑜觉得自己呼吸困难，有点窒息。

她看预告里那场吻戏的时候是一个人，倒没觉得什么，但现在和几百人一起看自己和段凛的吻戏，她感觉自己要缺氧而死了！

然而这只是开始。

倪书和季少安在旅行中从猜忌到互相了解，敞开心扉，再到相爱。阮瑜记忆里的每一场吻戏，几乎是原封不动地剪进了电影。

镜头给到下着雨的异国小镇，雨声和喘息声被一并收音，下一秒，画面一切，昏昧的门廊玄关处，阮瑜见画面里的她正被段凛托着大腿抱起，抵在墙上深吻。

那一瞬，她整个人都绷住了，忍不住机械地看旁边。

段凛的视线在银幕上，眸光平静，丝毫不见任何尴尬和窘意。

阮瑜感觉自己的手可能在出汗。

很快，她见自己被段凛扛起，镜头跟着他一路往房间里走，他将她摔进床里，撑臂压下身。

此时画面切到窗户。窗外雨幕滂沱，运河里的花船摇摇晃晃，而朦胧的玻璃上，倒映出主角两人在床上的起伏和缠绵。

放映厅内很安静，非常安静，这回连骚动声都没了。

安静到阮瑜能听见从四周播放出的立体环绕音，在不知名的法文背景音乐下，她自己难耐的喘息声、呜咽声，以及段凛的急促呼吸声，都一清二楚。

阮瑜绝望闭眼睛，不看了。

她不想活了！

这段床戏已经剪掉了三十秒，但剩下的每一秒对她来说依旧都是公开处刑般的煎熬。

手还被段凛牵着，她现在连手指都不敢动，也没看他现在到底什么表情。

等所有的暧昧声音逐渐消匿，背景乐也切换了，她才睁眼，银幕上是第二天早上。

那个烟吻。

阮瑜现在想连滚带爬地逃出放映厅。

后悔，她到底为什么要提醒段凛来看电影？

走过倪书和季少安在旅行时的剧情，等两人被找回倪家的时候，她这份羞耻感才下去一点。

后来回倪家的这一段，孔明坤并没有用之前充满情欲的镜头语言去表达，而是拍得非常温情。

倪书和季少安之间，不仅仅是受困于倪家环境下的禁忌的爱情，还有互相取暖的救赎温情。

看着倪书一步步释然，季少安变得不再寡言阴鸷，两人在雨夜里无声接吻的那一段，以及阁楼洗头的那一段，前排有观众发出了轻微的唏嘘声。

剧情进展到后半期，终于有一天，倪书又对季少安提出请求，她想看日出。

再一次的瞒天过海，他带她登上山顶，迎接黎明前的这段时间，天色最昏暗。

这一幕，倪书抚摸着季少安的脸，在道别。

"没在很好的时候遇到你，我不后悔。现在已经是最好了。"

"可我不想自己的下半辈子就这么过了，如果现在是最好的时候，我想留住它。"

倪书还是选择了在最好的时候结束生命。翌日，最有嫌疑的季少安被警察带走，就有了影片开场的那一幕。

所有人都以为是季少安杀了倪书，却没有证据，他也没多解释。

倪书给了他世上唯一一点爱，这点爱并没有随着她的自杀而消亡。季少安放下了对亲生父母的执念，不再辍学，也不再自残，并成了一名剧院摄影师，过回了寻常普通人的生活。

他把倪书常戴的那条丝巾带在身边，一带几十年，直到旧了，泛白了，抽丝了，仍系在手腕上。

这些年季少安走过很多地方，见过各处风景，拍过各式各样的芭蕾舞团。他似乎要做倪书的眼睛和双腿，将她当年没来得及逛遍的风景，悉数拍下。

某天午后，季少安在庭院里写生，手腕上的旧丝巾被风吹落，画面往下切，那条丝巾被捡起时，镜头往上，拾起丝巾的手已然枯皱垂老。

这一幕切得非常自然，季少安仍是在庭院内，却已坐着轮椅垂垂老矣，白发暮年。

画架上，别着一幅年轻男女在巴黎街道上相拥跳舞的画。

季少安已皱纹满布，抬头看着转阴的天。风雨欲来，庭院中，有蝴蝶低压着翅膀栖息在画架上。

逐渐有雨点落下，停在画架上的蝴蝶终于还是扑扇着翅膀飞远了。

恍惚间，像是又回到了季少安和倪书年轻的时光，熟悉的法语背景音乐响起，连同老人沧桑的旁白一同传来：

"你走的那座山我去爬过很多次，这些年爬不动了，但以往每一年拍的照片我都还存着。他们都说你跳了崖，我却觉得，你好像一直在身边。"

雨水洇湿了那幅画，颜料在画布上晕染成一团。老人伸手去摸那一团模糊的靛青色，是画像上女人长裙的颜色。

镜头拉近，满银幕都是颜料的靛青色，聚焦模糊后，又拉远。

下一镜，靛青色的裙摆绽开，画面已然切到了年轻时的季少安和倪书跳舞的一幕。

画面里，倪书并没有截肢，穿着两人第一次见面时的靛青长裙，双腿完好，像一只生机勃勃的蝴蝶。

他和她在巴黎无人夜的街道上拥抱，跳舞，最后的声音定格在镜头拉远缩小的画面里：

"我看着，你虽然是跳下去，但最后却像这些蝴蝶，飞了起来。"

浪漫而暧昧的法文歌里，画面切黑。

白色字幕滚动，一长串幕后人员与鸣谢表过后：

【演员：】

【季少安 - 段凛】

【倪书 - 阮瑜】

……

放映厅的灯骤然打亮，通明的灯光下，阮瑜感觉旁边的段凛伸指过来，在她眼角擦了一下。

他蹙了蹙眉，淡淡地说："别哭。"

呜，她终于知道之前那些观众为什么让他俩抱一个了！

阮瑜扯着段凛的袖子擦眼泪，哽着声，凑过去，打算给自己找点糖吃。

她悄悄商量："那这样吧，你亲一下，我就不哭了。"

她话音刚落，段凛盯着她，擦过她眼角的手指往后循，勾到她的口罩绑带，微俯过来。

阮瑜一顿，忙捂口罩："回去，回去亲。"

段凛一顿："现在就回去。"

两人要离开放映厅时，银幕上才开始放第二首片尾曲，换成了中文歌。

只有零星观众起身要走，剩下的多数还留在位子上，没缓过来，许多人都在低头擦眼泪。她埋头被段凛牵走，听身后那几个女生在议论，声音也哽着。

"呜呜呜，我哥为什么要接这么虐的电影啊！"

"中间那段给我哭殇了，呜呜呜，怎么两个都演得这么好。"

"呜，不行，是我哥演技好，孔导拍得好！不许夸她！"

……

回去时，阮瑜哭了一路，抽抽噎噎还没缓过劲儿，当初她看过剧本演过戏是一回事，现在看成片又是另外一回事。

摄影、剪辑、配乐、打光、美术和特效这些都太好了，本就一百分的剧本，加成后又翻到了一百二十分。

回阮宅，刚进一楼大厅，阮瑜忽然腰背和腿弯一紧，直接被段凛打横抱了起来。

阮瑜蒙了，下意识搂住他的脖子："啊？"

段凛低瞥她一眼，没应，径直将人抱上楼，过回廊，进卧室。

她被扔进柔软的床褥里，刚撑起身要问，视线一暗，口罩就被摘了。

吻直接压了下来。

她刚才向段凛打的那个商量，被他诚意十足地还回来了。

阮瑜还哽着，呜咽被尽数堵在唇齿间。她脑袋是钝的，抱着段凛的脖子想回应，可不得要领，几次三番都咬到他，被他捏了捏后颈往深里吻，一次次循着她的上颌敏感带勾舔，唇齿纠缠。

段凛一开始太凶了，后来终于温柔下来，含吮着她的下唇厮磨舔舐，又微微撤开。

他声音低缓："签英影吧。"

阮瑜看电影攒的那点难过全没了，耳朵发烫，慢慢想了想，问道："你为什么一直想让我签你公司啊？"

段凛盯了她一会儿，又替她擦掉泪痕："我不是没反应。"

"什么？"

"看我和你的那些情节，我有反应。"段凛俯着颀长而有力的身子，平静解释，"不想放你再和别人拍亲密戏。"

"哦。"

"可不可以？"段凛眸底像酝酿着欲望。

半晌，她咕哝："不是，那要是本子里有亲密戏呢？"

"我演。"

阮瑜不吭声，听得有点心动，但理智又在冒头。

别了吧，再和他演亲密戏，她估计能被菱角生吞活剥了啊！

她又"哦"一声："那我再……想想吧。"

段凛没逼她太紧，复又欺上来，低眼，一下一下吻她。

阮瑜有点困，头还有些晕，但眼睛是亮的。刚才看电影的情绪又回来了，她仰了下头，尝试回应。

呜，吃到糖了！

片刻，段凛手机来了消息通知。他一早要回横店，助理邵立发消息来问在什么地方接他。

床上，阮瑜闷声不吭地坐起，理了下散乱的毛衣领口，又扯下刚才被段凛推到腰腹的衣角，浑身都在烧，燥得想死。

段凛离开前，她又拉住他的袖子。

他垂睫看她，喉结微滚了下，一贯冷淡的音色勾了点哑："想让我留下？"

"不是，给你卸妆。"她憋字。

等人彻底离开，阮瑜看了一眼手机时间，都快六点了。

一觉睡到自然醒。

阮瑜坐在床上，有些恍惚，愣了可能有十分钟吧。

昨晚的事情，她一件都没忘，事无巨细地在脑海里慢播回放过了一遍。

她是怎么喝醉，怎么叫段凛那什么，怎么给他化丑妆，怎么去人满为患的影院看电影，怎么哭成一团，怎么差点被段凛亲到出事……

阮瑜爬下床滚进衣帽间，对着镜子，看到了自己脖颈上一处处暧昧红痕，一直往下延伸至锁骨。

都是，段凛，吮的。

锁骨上还有一道浅浅的红印，齿印已经淡了。但当时他咬那一口的触感，她还记得。

她瞳孔地震。

最后还是叶萌萌一个电话叫她回神。

"新年快乐，小瑜姐！我们刚看完《无声惊雷》，点映场全是人！"叶萌萌那边很吵，还带了哭腔，"真的太好看了，我和我姐都在哭，电影上映一定爆！"

阮瑜耳朵发烫，揉了一把长发："好，新年快乐啊，我昨天都没看手机，等下给你们发红包。"

挂了电话，她看手机。

已经中午十二点半了，微信全是昨晚的未读消息，阮瑜挨个回了新年祝福，又在团队群里领了安卓茜的红包，领完也发了一个。

接着，她战战兢兢点开微博，搜索自己和段凛的名字，看了一圈，松了口气，幸好，昨晚没被拍。

带双人大名关键词的实时微博里，居然全是看完电影点映在夸的路人。

【啊啊啊，我命令全首页给我去看《无声惊雷》！段凛和阮瑜绝了绝了，绝对值回票价！！】

【# 电影无声惊雷 # 不错，阮瑜的演技进步太大了吧，有惊到。段凛还是你段凛，准备二刷细节了。】

【# 无声惊雷 # 好看好看好看，都给我看！段凛阮瑜年度巨甜！哈哈，我没疯。】

阮瑜翻着观影微博，是真没想到。

虽然孔明坤的电影向来有保障，但她没预想过反响会这么好，心情四分意外三分紧张三分惊喜。

一低头，又看到了自己身上的吻痕，忽然想到片子里的吻戏和床戏。

全国上映……

再来一分想死吧。

二月初，《无声惊雷》全国小规模点映场的第一天，观影反响热烈。

在家休息两天，阮瑜在年初二的上午赶去机场，飞成都，跟着剧组其他主创人员继续赶电影的全国路演。

这回的路演都是点映场，观众也不同于先前受邀看试映的那些影评人和口碑影迷，到场看电影的大多是普通路人，提的问题也越来越千奇百怪。

"我看倪书和季少安在戏里的互动戏都非常抓人，特别是后面在早上的那段烟吻，请问演员是有即兴发挥吗？"

台上，阮瑜微笑："都是孔导拍得好。"

"为什么最后你还是跳崖了，是不够爱段凛吗？"

"其实倪书跳崖的原因很复杂，我认为季少安也是理解她的。"她继续笑。

"我想问两位主角在拍完戏后会难以出戏吗？"

观众中有鱼粉替她喊："不会！不会！"

阮瑜有点难以维持营业假笑了。

这都是什么啊！

主持人圆场："那么提问环节就到这里了，接下来让我们一起拍大合照吧。"

在全国院线路演场的倒数第三天，段凛在横店的新戏杀青，来深圳与剧组会合。剩下的几场路演，他都会在。

电影院，休息室内，阮瑜刚接受完一家电视台的采访，一抬头瞅见门口，段凛到了。

他刚从机场直接赶过来，一进门，孔明坤笑着向他打了声招呼，在场媒体迅速激动地围上去。

阮瑜见段凛抬眸，视线交错一瞬，他径直向她走来。

周围媒体也围拥着跟上，阮瑜就眼睁睁看他在她身边的沙发坐下。

他问媒体："要做主角专访？"

"对对。"

他都这么说了，各媒体随后在两人对面架起摄像机，又递上话筒，索性一起做专访。

在场媒体对《无声惊雷》的期待度非常高。

在今年开年上映的一干电影中，《无声惊雷》虽然还在点映期，但已有黑马之势，电影的话题热度飙升得很快，讨论度不减正在公映的几部贺岁片。

媒体的问题一个接一个，阮瑜全程官方微笑，这几天都练出来了，那些踩雷的问题一个都没中招。

最后一个问题。

"这已经是你们合作的第二部戏了，请问两位以后还有机会再合作吗？"

阮瑜回道："那这个要看档期了。"

段凛容色沉静，淡声说："有机会。"

采访结束，众媒体转向导演制片组。

段凛侧过头，瞥向旁边的阮瑜，两人之间隔了半米远，都是刚刚她在采访期间一点点挪出去的距离。

他不动声色："过来。"

"哦。"她心不甘情不愿地挪回去，悄悄问，"不是说好了，不能太明显的吗？"

段凛语气平静："要有多不明显？"

这让她怎么表述啊！阮瑜想了想："就，演得像普通朋友一点吧。"

段凛看她，一顿。

"对你，演不出来。"

不远处，林青看着正聊天的两人，虽然听不清谈话内容，但见一个神色冷淡，一个欲言又止，看起来完全就像两个没话聊的不熟同事。

他叹气，喜忧参半。

那可是段凛！安卓茜想让阮瑜和他在营业期互动发糖，恐怕没戏，只能寄希望于电影本身了。

万幸的是，看目前的反馈，似乎很不错。

接下来几天，剧组连赶七座城市的院线路演。临近公映前，整个剧组在京城举办首映礼，孔明坤一早就发了邀请，当天有不少圈内的一线大腕受邀出席首映礼红毯，巨星云集的盛况很快就上了热搜，在映前为电影又带一波热度。

二月十四日，情人节，《无声惊雷》迎来全国公映。

摄影棚内，阮瑜还在化妆间里做造型，困得直打盹。

眼睛闭上的前一秒，她忽然被林青惊喜的一声拉回："破亿了！"

"什么破亿？"她撑开眼。

"票房！《无声惊雷》的票房！"林青在盯手机，抑制不住地激动，"才十点三十八分！破一亿了！"

"哈？！"阮瑜伸手，"我看看。"

林青把手机递来，看这祖宗困得蔫蔫的模样，问："你昨晚怎么了？没睡好？"

阮瑜瞎扯："对，有点失眠。"

没失眠，只不过是凌晨四点的时候就爬起来了。

今早段凛从厦门飞德国的航班在京城转机，只停留五个小时，他回公寓来看她。

两人在公寓里聊了会儿天，其实什么也没做，但邵立过来接段凛时，邵立看她的眼神，小心翼翼中夹杂着一丝丝痛心疾首，活像在看什么祸乱朝纲的翻版妲己。

阮瑜回神，看着屏幕上的票房走势，清醒了点。

《无声惊雷》公映首日，截至上午十点三十八分，票房破亿，以并不高的排座率，与一众仍没下线的贺岁片做竞争，竟然在当天一路领跑票房大盘。

此前，电影的点映票房已达五千万，预售票房过八千万，先前阮瑜在《成名无望》上映时恶补过票房知识，文艺片这个数据已经惊人的好了。

但她总觉得只是前期涨势比较猛而已。

毕竟这是孔明坤的电影，本身有观众基础，又有段凛和她带的流量，前几天一定会有不少粉丝去包场提供票房，因此前期涨得快是必然的事。

可文艺爱情片还是不如喜剧片和商业片，题材受限摆在那里，票房撑死了也高不到哪里去。

然而现实却超乎预料。

接下来一周，《无声惊雷》的日票房居然连续破亿，并在周六时段直破了两亿，首周票房总计破十亿！排座率也从首日的30%直线上飙到45%，几乎全面领跑票房大盘。

阮瑜被林青和叶萌萌每天的票房播报砸了一脸蒙，他俩追票房如同追初恋情人，每天鸡血打满，醒来第一时间就是刷票房数据。

她开始陆续收到圈内熟人发来的恭喜消息，安卓茜也打来几次电话贺喜，语气满是欣慰。

谁也没想到阮瑜第一部主演的电影票房能过十亿，一夜之间，实绩赶超了圈内大部分的小花，公认地跃进了一线。

鱼粉也被天大的惊喜砸晕了，原来只奢望小瑜演孔导的文艺爱情片最多能混一个奖项提名，没想到还看到了票房口碑双丰收的希望！

这还等什么！他们就算忍着"女鹅"和段凛的亲密戏份也得去电影院

二刷三刷应援啊！

上映第二周，《无声惊雷》的票房仍未见疲软，网上讨论度居高不下，口碑爆了。

有知名影评人发博："《无声惊雷》的配乐是精华之一，我可以毫不夸张地说，只有亲自去电影院感受立体环绕音下的配乐，才算真正看过了这部电影。"

这条影评被转出了圈，有网友科普了此次为电影做配乐的配乐大师，是某拿过奥斯卡和格莱美最佳电影配乐的作曲大家，孔明坤能请他来配乐，可见花了多少心思。

还有一部分人在夸电影的美术和摄影，更多的路人，则在讨论剧情。

【谁不喜欢看俊男美女谈恋爱呢，段凛和阮瑜演得太好了吧，呜呜呜。】

【这真的是情人节献映片吗？哭死我了哭死我了，看电影的我就像一块人间砧板，无数刀子往我身上剁！】

【演得好拍得也好，震撼到我了，值得二刷。】

【听说电影有原型，好想听故事！】

【这是他俩第一次演这种尺度的纯爱情片吧？太默契了，想嗑。】

……

电影的画面保留了孔明坤一贯的拍摄风格，每一帧的构图色调都美不胜收，再加上主角养眼，就此还衍生出了不少同人创作，相关同人插画和剪辑层出不穷，被业内称为"罕见的电影同人文化"。

而一牵扯到同人，两家粉丝不干了。

嗑角色可以，嗑真人不行！

菱角理由充分：【段凛才是一番，按理说担票房、算实绩的也该是我家哥哥，想拉两金影帝当CP先看看你配不配。】

而鱼粉也不服：【没看到路演和双人专访的时候小瑜对你家避之如蛇蝎吗？我"女鹅"好歹是豪门千金，到底谁不配心里有点数好吧？】

网上的腥风血雨阮瑜一概不知，她最近忙各种访谈邀约，连睡觉都是奢侈，连追星都好久没管了，每天的娱乐活动就只有回微信。

摄影棚内，她拍完一组照，总算能休息会儿。

微信忽然收到一条。

戴茜：【宝贝，你还记得我当初在剧组里对你的承诺吗？】

猛然想起来了。

当初在《无声惊雷》剧组，戴茜说等电影上映要为她和段凛剪同人视频。

阮瑜：【你不会真的剪了同人视频吧？】

戴茜：【还没。】

戴茜：【但我万万没想到，我还没开始产粮，你俩就已经有一票CP粉了。】

戴茜给她发来一条链接，她戳开，是来自某吃瓜论坛的帖子——《小心夫妇的一百种嗑糖姿势研究》。

主楼非常醒目：

【段凛×阮瑜，小心夫妇。】

【楼规：小心嗑糖，出楼不认。】

【谨记：是假的，是假的，是假的。】

【写给误入的两家粉：别骂了，骂就只能磕头，我们是假的他们都不可能是真的，对不起。】

【然后：我们能开始嗑假糖了吗？】

阮瑜腹诽：好强烈的求生欲。

阮瑜粗略翻了一下，帖子是在《无声惊雷》公映第一天的凌晨发的，到现在为止才两周时间，楼盖得非常高。

楼主在发完主楼后，紧跟第一楼回复：

【多图预警！多图预警！多图预警！】

紧接着，楼主甩了一张图，她滑下去，是当初电影在上海的第一场媒体发布会上，她跌跤时段凛揽腰扶她的那一张媒体图。

【放一下我入坑的起源：最是他那一句"小心"的温柔，恰似她跌倒时不胜气力的娇羞。】

阮瑜愣了愣。

就在楼主发完图的一分钟内，当时瞬间跟了二十多层楼，全是第一时间闻讯赶来的菱角和鱼粉。

而楼主在两家粉的大军压境下如同一朵铿锵玫瑰，又发了一层楼。

第一张图，是在电影首映礼上，主持人还在台上热场，照片拍到台下第一排的中央，段凛正巧侧过头在和阮瑜说话。

阮瑜一脸蒙，这一幕连她自己都不记得了。

楼主附字：【我们曾在高朋满座中，将隐晦爱意说到最尽兴。】

又是一张《无声惊雷》的签名宣传海报图，海报上季少安在左，倪书在右，而签名时阮瑜人在左边，就随手把名字签在了海报里季少安的身上，段凛也签在倪书旁边。

【以你之名，刻我体肤。】

接着是剧组里某老戏骨的采访截图，娱记问各位演员老师们拍戏时私下关系如何，演员说大家平时都一起吃饭聊天，特别是两位主角因为拍对手戏相得比较多，三餐都会一起吃。

【如果不可以再相遇，那就祝你早安，午安，晚安。】

最后一张图，双人采访，记者问两人有没有机会再合作，段凛回应"有机会"。

【但你却可以】

阮瑜灵魂震颤，这都是什么啊？

往下一翻，前一百楼几乎全是菱角和鱼粉的拒绝和问候，都在@管理员删帖，还好，没人觉得她和段凛是真的。

可逐渐有吃瓜路人拥进，在入坑的边缘试探。

【这对 CP 好嗑是好嗑，就是有点费族谱。】

【好香，我想嗑，但我不敢。】

【只嗑人设，高冷影帝被拉下神坛成凡 × 名媛千金入圈找到真爱，假戏真做梗嗑死我了，有无代餐文学？】

【找到一颗远古糖，我随便一发，大家小心一嗑（是假的别骂了对不起）。】

......

一时间，蠢蠢欲动的吃瓜路人在考古，还找出了阮瑜和段凛录《戏游记》时的互动，又翻出之前两人撞红毯时段凛的那颔首一让，各种零碎的糖往楼里放。

"小心夫妇"的高楼渐渐被盖了起来，考古着考古着，居然有不少路人从开始的凑热闹转为一脚踏进了坑里。

从此沦为底层卑微 CP 粉。

秉持一个嗑糖原则：小心翼翼嗑两口，都是假的我道歉。

菱角和鱼粉眼看着楼越盖越高，越来越多吃瓜路人拥进，管理员也不删帖，两家粉只好暂且鸣金收兵。

忍忍吧，等电影下映就没这么疯了。

戴茜：【你们能嗑的点也太多了！这么说吧，要不是我跟过剧组，我都以为是真的了！】

阮瑜没回。

这让她怎么回？回她和段凛真的真的是真的吗？

想到刚才楼里鱼粉回掉菱角"我'女鹅'这辈子都不可能看得上你哥"，她关手机，心很虚。

阮瑜笃定了。

公开是不可能公开的，这辈子都不可能公开的。

第二十八章

– 用他用的香水

三月初，《无声惊雷》仍在热映中。

电影上映两周，票房仍在稳步增长，截至第三周的周一，总票房突破十五亿大关，高达十六亿！当天官博发新剧照庆贺，粉丝喜极而泣奔走相告，要知道对一部文艺爱情片来说，简直是里程碑式的票房突破了！

孔明坤也喜出望外，他当年执导影片的最高票房不过十五亿，那时已经刷新国产文艺片票房纪录了，却没想能更跃一层。

票房能上十五亿，已经是国民级别的影响力。制片投资方笑着拿分红，孔明坤赚足口碑，而剧组的各位主角也因此国民度大增，片酬高涨，一夜之间，名利双收。

最近阮瑜忙得要命，各种拍摄专访邀约纷至沓来，赶公开行程时在机场接机的粉丝多了几倍，出席品牌活动时围观的路人也在现场堵了两条街。

她的微博在短期内暴涨数百万粉丝，林青老母亲式欣慰："在红了在红了。"

"别奶我了，做我的事业粉是不会快乐的。"阮瑜一桶凉水泼醒他。

林青愣了愣。

阮瑜腹诽：废话，当然是因为我犯圈内大忌，在上升期谈恋爱了啊！

她不敢说，怕林青伙同安姐和叶萌萌掐死自己。

忽然，她想到段凛。

如果说她是在上升期，那段凛就是在攀顶期。上个月末，今年这届金蜂奖的入围名单出来了，段凛入围最佳男主角，提名电影是他之前被压了两年才上映的一部犯罪片。

至此，段凛荣获金雁影帝、金羚影帝和金蜂提名，成为华语电影史上第一个获得三金提名的 90 后男演员。而金蜂最佳男主角的竞选结果还未可知，他甚至有可能成为华语电影史上又一名屈指可数的三金得主。

阮瑜算了算，从段凛二十岁演第一部电影到二十七岁包揽三金提名，天降紫微星也就这样了吧？

这几天菱角和鱼粉的文案都改了，菱角带上红底金字的图，图上明晃晃地两个大字"配吗"，鱼粉白眼一翻，也改，改为金底红字的两个"我呸"。无论哪一方的配图颜色都非常辣眼睛，费眼睛。

阮瑜退出微博，无声流泪。

在脱离段凛黑粉身份的不知道第多少天，她又被迫成了他的对家。

这到底是什么人间魔幻现实主义啊！

忙碌一周，阮瑜被安卓茜叫去公司。

"给你接了一档综艺的飞行嘉宾，下周录制，就录一期。"安卓茜把节目邀约和合同给她，"一档棚内音乐综艺，是和丘可雯的合作舞台，唱的是《日出之前》。"

阮瑜拿过来看，丘可雯是为《无声惊雷》第二首片尾曲献唱的女歌手，最近在参加竞赛类音乐综艺。最新一期节目录制，丘可雯准备的歌曲就是电影的片尾曲《日出之前》，想请阮瑜合作帮唱。

阮瑜想到自己半吊子的唱歌水平："我不行啊，我去帮唱，帮倒忙还差不多。"

"这节目是观众投票竞选，你最近人气大涨，她既然想请你去唱，事先一定也权衡过了，你放心接就行。"安卓茜点了点邀约单，"这档节目的热度不错，你去正好也能借机会宣传电影。"

阮瑜这才注意到合同上的节目，《最强唱作人第二季》，这不就是纪临昊在录的那档音乐综艺吗？

想起爱豆，阮瑜反省，天知道她都多久没好好追星了啊！前段时间还有空每天打榜，最近忙到连打榜都忘了。

想了想，她签了："行吧，丘可雯不怪我唱毁她的歌就行。"

"对了，我这里有一份合同，你先看一下。"

安卓茜又递来一份，阮瑜好奇接过，看清后，一愣。

《英博昭行影视文化有限公司合作协议》？

阮瑜不解："这是……"

"段凛和他经纪人郭彬共同出资成立的公司，前身是段凛工作室，段凛他自己是创始人兼董事长。"安卓茜解释，"前两天他的团队联系过我，谈起合约的事，你先看一看。"

阮瑜震惊，不是说好跳槽签约的事她再考虑考虑吗？段凛他怎么还光明正大来撬墙脚了啊？

看了几行，发现不对，这好像不是签约艺人的合同模板。

安卓茜说："英影想跟我们签影视合作约，暂定签两年，每年会给你提供两个S级及以上评级的项目，至少两个。我看过了，协议自由度很高，项目挑不挑看你，不拍不算毁约，你拍，他们会从中抽取片酬。"

阮瑜看了眼费用条款，如果她接下英影提供的影视资源，所有的片酬，她本人抽六成，商影抽三成，英影抽一成。

只抽一成。

"也就是说，英影投资的影视项目，他们非但给钱给资源找我拍，还只抽一成片酬，是这个意思吧？"她艰难地问。

"没错。"

郭彬亲自找来的时候，安卓茜也挺诧异，他什么时候改行做慈善了？

但郭彬将场面话说得很漂亮，理由也充分，他承认英影在准备 A 股上市，看好阮瑜在未来的回报率，所以即使是牺牲一点片酬抽成，也想签她当合作艺人。

那这也牺牲得太多了。

"我原先以为有问题，但找人看过了，合同没有陷阱。"安卓茜权衡，"条件很诱人，我建议你签。"

阮瑜迟疑："我要是签这份合同，会被外界说我捆绑段凛吧？"

"这你倒不用担心，只是一份合作约，又不是旗下签约艺人，怎么算捆绑？"安卓茜好笑，"再者说，就算你接了英影投拍的资源，段凛也不一定出演。"她说得直接，"他现在接的片子，不缺投资。"

阮瑜懂，就像孔明坤导的电影，即使片方投资，也塞不进去人。

"但段凛在电影圈不缺人脉资源，说不定真能给你提供好本子。能和英影搭上线，对你来说是好机会。"安卓茜继续说。

话都说到这份上了，阮瑜说："好。"把协议签了。

当晚，她飞上海参加拍摄，回酒店时，刚休息没多久，就接到了电话。

段凛！

她接起，三两下咽掉刚咬的猕猴桃，出声："喂？"

段凛音色一顿，声音低缓："还没吃饭？"

"对啊，今天拍了一晚上，刚到房间。"阮瑜看了眼时间，"你还在意大利吧？"

段凛应声。

她坐直了，努力措辞："今天安姐给我看你公司给的合约了。"

"有没有想改的地方？"

"没，"这还能怎么改啊！阮瑜咕哝，"人家是霸王条款，你们公司是慈善机构，就白给我钱。"

须臾，段凛淡声问："不好？"

也不是吧。

她诚恳地说："就，感觉被包养了。"

缄默片刻。

"养什么？"段凛很平静，"共同财产，本来就是你的。"

阮瑜不知道怎么回，憋半天才"哦"一声，忽然想起什么来，问道："那什么，之前你送我的那瓶香水，还有没有啊？"

"怎么了？"

"原来你给的那瓶，我用完了。"她坐在床边，手指有一搭没一搭地挠床单，"我看了下是定制的，我好像买不到。"

静默了半晌，段凛才出声，音色沉静，却勾着点儿沙哑："怎么用完的？"

还不是因为泡芙！

自从阮瑜发现她往身上喷段凛送的香水能有效制止这肥猫踩她键盘以后，她每次打游戏前都会往自己身上喷一点，能保证一整场游戏都不受猫大爷的骚扰。后来……

后来习惯了，觉得真的，挺好闻的。

反正后来睡前在枕头上也会喷一点，她哪知道会用这么快啊！

阮瑜有些结巴："就是……用完了吧。"

"好。"段凛一顿，"等我回来。"

段凛还在米兰时装周上，那边有人叫他，两人又聊了几句，才挂断电话。

睡前，阮瑜玩了会儿手机，又忍不住戳开戴茜那天给她发的论坛帖子，瞅了两眼。

她感觉自己可能有毛病，每天睡前居然养成了看假糖帖的习惯。

"小心夫妇"的嗑糖楼里，最新的一层回复：

【姐妹们！又一颗假糖！阮瑜在最新的杂志采访中说她看过奖导的《谋杀晚风》，这部是段凛主演的啊！四舍五入她经常看段凛的电影了啊，姐妹们！】

【嗑到了嗑到了，我发散一下，鱼白天应该没时间看吧，就只能晚上看看，四舍五入她是看着段凛电影睡觉的！】

阮瑜人傻了。

她能干这么蠢的事？

她真的忍不住，注册小号回了：

【她不，她一般往枕头上喷他的香水睡觉。】

她回完，刷新了下，立即就有了回复：

【赶紧睡吧姐妹，有这造糖的脑洞做什么梦不好啊？】

《最强唱作人第二季》录制前一周，阮瑜回京城，和邀请她帮唱的女歌手丘可雯见了一面。地点在丘可雯的公司。

刚一见面，丘可雯笑着握手："阮老师你好，我们在《无声惊雷》的首映礼上见过面，记得我吧？"

"记得记得，你叫我小瑜就行了。"阮瑜没一点架子。

"好，那我们先去录音室？"

电梯直上，去录音室，室外还等着几个节目组的工作人员，专门来拍丘可雯她们的录制前期准备。商量了几句，摄像扛起机器，全程跟拍两人的前期练歌部分。

当初为了看爱豆，阮瑜追完了《最强唱作人》的第一季，知道这是一档音乐竞技类综艺。第一季是以导师选拔歌手的形式，挑出三位最强唱作人，选拔冠亚季军，当时纪临昊和丘可雯都是导师。

而到了第二季，节目组推翻了原有的规则，让四位导师和第一季选拔出的三名选手竞赛，也就是说，到时候她和丘可雯的舞台会和纪临昊对上！

丘可雯一早听说过阮瑜追星纪临昊的事，调侃道："我们要和你偶像PK，你可别故意放水啊。"

"我不故意，我都是凭实力拖后腿。"阮瑜说得笃定，"你和纪临昊都很厉害，我努努力吧，争取在你们神仙打架的时候不捣乱。"

一句话夸了两个人。

丘可雯笑着看镜头："完蛋了，我给自己找了一个别家粉，这还没PK就已经夸起其他选手了。"

两人在录音室内练了一天的歌，唱的是《无声惊雷》的中文片尾曲《日出之前》。这首歌不难，阮瑜就只唱一段曲调舒缓的副歌，其他那些转音飙高音的曲段全交给丘可雯，她放心了点。

接下来几天，她和丘可雯又碰面了几次，白天练歌，晚上回去也练。

录制前一天，彩排现场后台，化妆间外。

林青拎着一袋咖啡进来："给，我咖啡买多了，你们分一分吧。"

"这么多啊？小瑜你不要吗？"丘可雯拿了一杯。

阮瑜说："不用，我不喝，以前是喝不了，现在喝不惯了。"

丘可雯把咖啡给化妆间内工作人员分了分，还是多了，让助理跑去给别的工作人员分。

不一会儿，她们化妆间来了人了，纪临昊拿着咖啡敲门进来，含笑打招呼。

"纪临昊！"阮瑜眼睛亮。

呜，她都八百年没见过爱豆了！

丘可雯笑了："我以为你们要等下午才过来彩排呢。"

"来早了。"纪临昊回道。

聊了几句，纪临昊看向阮瑜，一双桃花眼里都是笑意："我去看了你的新电影，拍得很好。"

阮瑜被夸得眼睛弯弯："谢谢呀！"

丘可雯打趣："小瑜是你的死忠粉丝，看在你粉丝的面子上，明天能不能放我们一马？"

"别别，公平竞争啊。"阮瑜忙帮爱豆解围，语气坚定，"我这几天好好练歌了，让别人放水那就是瞧不起我！"

化妆间的门再次被推开，工作人员进来请纪临昊去演播厅。

纪临昊温声问阮瑜："我要去彩排了，你想来看吗？"

她满口答应："好啊。"

旁边的林青立即警觉地亮起了雷达，赶紧跟上两人。

阮瑜出了化妆间随纪临昊去看彩排，回头一看，发现林青也在身后。

"你干吗？"她满脸疑惑，小声问。

　　林青也低声回道："防火防盗防绯闻！万一你俩被拍，又闹个绯闻出来怎么办？"

　　阮瑜冷笑："演播厅彩排能被拍个鬼，你是怕我和纪临昊私底下发展点什么吧？"

　　看她这么坦然，林青警惕地问："所以有吗？"

　　"没。"

　　见阮瑜这句回完，表情有点心虚，还有点欲言又止，林青狐疑，觉得她就是心里有鬼！

　　从襁褓里掐死恋情苗头，他义不容辞！

　　演播厅内工作人员来来往往，观众席上一片空旷，阮瑜找了第一排的位置坐下，聚精会神地看爱豆彩排。纪临昊确认完灯光舞美，就开始一遍一遍练歌，唱的是他去年专辑里的一首歌，听得她忍不住跟着哼哼。

　　台上，纪临昊看着坐在第一排的阮瑜，又练完一遍歌，撑身跳下舞台："小瑜。"

　　"什么？"她没听清。

　　"先前你写给我的信我看了，送我的礼物也收到了。"纪临昊摘下耳返，眼角眉梢都染着笑，"虽然在微信上说过一遍，但还是觉得要当面谢你，改天有空一起吃饭吗？"

　　阮瑜心情超好："不客气，不客气，谢就不用了，吃饭的话……"

　　"档期紧，最近不行。"旁边林青正色插话。

　　行吧，她改口："不过我最近档期都很紧，要是有空一定！"

　　"嗯，好。"

　　见两人还在热络聊天，林青恨不能现在就把阮瑜扒拉开，人家纪临昊连"小瑜"都叫上了，还笑得这么温柔，再聊下去他看这爱豆与粉丝的关系迟早有一天发展成地下情！

　　正聊着，阮瑜的手机响了。

　　林青见她低头一看就立马敛了笑意，顿时松了口气："谁呀？"

　　"哦，段凛。"阮瑜使劲压着雀跃翘起来的嘴角，语气尽量自然，立即往旁边走，"可能他有事吧，我去接个电话。"

　　林青很宽慰。

　　这祖宗可算不聊了，也不笑了。

　　林青老泪纵横，段凛实属救星，记下了，改明儿他就去给英影送一面锦旗！

　　当晚，阮瑜和丘可雯彩排到近两点，回节目组安排的酒店休息一晚，翌日一早又赶到黄桃卫视广电大楼做准备。

　　上午进行最后一遍彩排，下午在后台化妆做前采，晚上七点半，《最强唱作人第二季》的第一期正式开始录制。

　　阮瑜在后台等待上场，等待室内有屏幕能看到内场的直播现场。主持人正在热场，激情邀请第一组歌手上台，现场人声喧沸，气氛热烈昂扬。

这会儿等待室内也热闹，没上场的几名歌手都在边看边聊，有一些歌手过来找阮瑜，请她签名。

"《无声惊雷》很好看，恭喜啊，票房越来越高了。"

阮瑜笑着道谢，签完名，见纪临昊刚换完舞台服进来，他问道："现在会紧张吗？"

"不紧张！我就是来宣传电影的，能不拖后腿就好了。"阮瑜给自己的定位很明确，笑眼弯弯，"不过我有信心，会尽全力的！"

她的笑容扬着，很自信。

纪临昊神色微怔，笑意越发温柔："加油。"

阮瑜点点头："好，你也加油呀。"

丘可雯抽签抽到第三个上场，等前两组歌手的舞台结束，工作人员来后台提醒。

阮瑜立即起身："走吧。"

偌大的演播厅内，观众场上座无虚席。现场五百名观众都是节目组从海选报名里筛出来的，为保票选公平，节目组挑选的都是各个年龄层段的普通听众，分层均匀。

可等舞台上的灯光重新亮起时，观众席上一片躁动，连年纪大点的观众都纷纷笑开，热情呐喊："这不是《小家》里的知青吗？还是《无声惊雷》里的倪书！"

连爆了一部电视剧和一部电影，阮瑜如今的国民度大涨。

音乐声起，舞台灯光莹蓝，通透十足，近百束光芒打在阮瑜和丘可雯的身上，前者一身黑裙，后者一身白裙，在舞台两边遥遥相望，美得像两只黑白天鹅。

她们唱的是丘可雯自己作词作曲的《日出之前》，这次做了改编，与《无声惊雷》的原声碟里的不太一样，歌曲高潮部分一改悲伤抒情，而是整段扬了起来。

丘可雯天生一副好嗓子，现今三十多岁了却丝毫没出现倒嗓，唱功越发纯熟，舞台压得也稳。歌曲高潮听得观众心潮澎湃，导播将镜头扫到观众席，已经有不少人红了眼睛。

情绪缓下来的副歌部分，阮瑜接上。

她不是专业唱歌的，一开始有些观众担心前后落差太大。

但意外的是，阮瑜刚一开口，大屏幕上出现她的脸，每一个表情细节都被放大，观众俱是一震。

她的声音清澈，唱功算不上拔尖，但每一句都唱得异常有感染力，神情专注，将整首歌要表达的破晓希望演绎得淋漓尽致。

唱功不够，演技来凑，就四句歌词，观众被完全代入歌曲的情绪，连自己什么时候哭的都没发觉。

等演唱结束，掌声如雷，阮瑜拉着丘可雯对观众席深深一鞠躬。

主持人立即上来热场。

483

阮瑜还没忘自己这次来的使命，擦掉眼泪，笑着凑近麦："希望大家有空能去电影院支持最近新上映的《无声惊雷》，谢谢。"

观众席上一片叫好。

"看看看，看定了！"

回后台，丘可雯掩不住欣喜："声音感染力太强了，连我都要被你唱哭了。"

"可别夸我了，这次是超常发挥。"阮瑜有点不好意思，坐在沙发里看屏幕，一脸期待，"下一个是纪临昊吧？"

"对。"

阮瑜心态超好，真的只是来宣传电影的。丘可雯觉得好笑，看向正在拍的摄像，提醒："看看，纪临昊的粉丝上线了。"

纪临昊的舞台比前一晚彩排时还要好，阮瑜看得一脸满足，四舍五入她公费白蹭了一场爱豆的演唱会！

待七组歌手全部演唱完毕，阮瑜他们被请上台，现场五百名观众开始不记名投票。每人三票，票数最高的前五组晋级下一期，剩下的两组则被淘汰。

歌手身后的大屏幕开始滚动票数，两分钟后，停下。

两名主持人热过场，先从得票数第五名的歌手组依次往上报，男主持声音激动："第五名是《想见你的时候》，杜峻艺老师！一百八十五票！也感谢颜婷老师的帮唱……季军《承诺》，光益老师！三百二十五票！

"我们本期的亚军——

"《某刻》，纪临昊老师！四百七十票！"

哈？！阮瑜一愣，有点难以置信，猛然回头看大屏幕。

"本期的冠军是，《日出之前》，丘可雯老师！四百七十七票！也感谢阮瑜老师！恭喜！"

在场观众掌声不断，丘可雯惊喜地过来抱阮瑜，本来是希望借她拉点人气，没想到结果居然这么好！

旁边，纪临昊好像已经料到结果，不意外，一笑："这次很棒，恭喜。"

"谢谢，你也特别棒！"阮瑜被爱豆夸得受宠若惊，也笑了。

《最强唱作人》的舞台，唱功是其次，对整首歌曲的诠释和舞台演绎才是重点。阮瑜知道她这次也是讨巧，自己就四句歌词，唱得没太露怯，又正好演出这首歌的内核罢了，呜，否则怎么可能同星月争辉啊！

第一期有帮唱环节热场子，后面几期都没有了，阮瑜功成身退，回后台，又被工作人员拉去拍宣传照和录 VCR。

等真正结束录制，已经是凌晨近一点，她和众人打过招呼，先离开。

她出黄桃卫视广电大楼的时候，发现竟然还有一大批粉丝在外等着歌手们下班。

人群中的鱼粉见面前的商务车停下了，车窗摇下后，一个个都爆发出激动尖叫：

"呜呜呜，是小瑜啊！"

"啊啊啊，小瑜录节目辛苦啦！"

"电影我们都看了啊，爱你！！"

"宝贝早点休息！等节目播！我爱你！"

阮瑜从车窗里探出脑袋，挥挥手，也喊："太晚了，你们快点回去吧！"

鱼粉嘴上说好好好，仍挤在围栏后面没动，一个劲儿表白。她没办法，弯眼睛，双手举过脑袋比了一个心："爱你们，早点回去！"

鱼粉全炸了，宝贝"女鹅"太甜了！

隔周周六晚十点，《最强唱作人第二季》的第一期播出，热度比起第一季更胜一筹。节目第二季有如殿堂级别的舞美和神仙打架般的嘉宾阵容直接冲上了热搜，毫无意外，丘可爱和阮瑜这组舞台的话题度也居高不下。

没想到阮瑜的加入反而使整首歌的演绎锦上添花，电视里，她一身黑裙，在万千光束的舞美下红着眼唱歌，最后一鞠躬，像一只引颈蜕变的黑天鹅。

从去年年底病愈出院起，她像一块打磨完整的玉石，越发自信，越发显现光芒。

还有网友在感慨：【天啊，阮瑜好可爱啊！对着纪临昊那个劲儿是迷妹没跑了！看得我一脸姨母笑是怎么回事！】

鱼粉刚在吃瓜论坛里打压完最近势头正起的"小心CP"粉，又跑来热搜底下评论"普通追星小瑜独美"，四季大军也清一色的"抱走不约期待下期"。

但在两家粉的强势下，有一些评论异军突起：

【或许，你们吃过好多鱼吗？】

阮瑜看到了，某吃瓜论坛里的"小心党"也看到了，等她晚上睡前例行一刷帖子时，刷出数层的讨论。

【我慕名去吃了口粮，好多鱼不够真。】

【不对，好多鱼太真了，爱豆×粉丝老甜文了，嗑起来没意思。】

【酸了，凭什么我们不能去微博底下安利"小心夫妇"？】

【因为是假的，还是圈地自萌吧。】

【最近"小心夫妇"没同框，公开行程也不同城，没假糖嗑了，我枯萎。】

……

阮瑜退出帖子，算了下。

真的，她已经一个多月没见到段凛了。自从电影上映，两人就忙得连面都见不上，行程错开不说，要是碰上有时差，连着几天也不一定能打一个电话。

"小心党"呜呜哭泣：【快乐总是那么短暂，嗑糖难，难于上青天。】

四月初，全国院线连续上映四十三天的《无声惊雷》下线，国内票房累计二十四亿，刷新了历史以来文艺片的票房纪录。豆瓣评分8.6，名副其实的口碑票房双丰收。

孔明坤在群里提了一句，说电影已经签了北美版权，预计下半年会在北美上映。

作为电影的二番，这回阮瑜是十足十地吃到了电影爆红的红利，各种邀约纷至沓来，也忙成了狗。

《无声惊雷》下线的第二日，线上各大视频平台买下版权播出，电影的未删减高清资源也公开。与此同时，没了上映期间版权的限制，影片的同人作品如同雨后春笋般，在一夜之间爆发了。

电影太虐，同人作品都跟发糖不要钱似的剪甜的，但顾忌各自粉丝，所以各大剪辑手和画手只敢发角色糖，圈地自萌。

戴茜发来一条视频链接：【宝贝，我兑现承诺了，花了我四十多个小时剪的，快看看。】

商影传媒高层，办公室内，阮瑜点开戴茜给她发的视频链接，还是熟悉的网站，还是熟悉的 UP 主"Daisy 巨巨"。

视频名没敢带她和段凛的大名，就叫《小心夫妇你是我万分小心中的唯一不小心》。

戴茜用两人平时综艺和作品的素材剪了一个前世今生的嗑糖向视频，昨晚刚发出，现在已经有三十多万的播放量了。

一开始，弹幕全是"可不敢""不敢嗑"，但看到最后一秒，满屏的"我嗑了""我可以"。

论坛里的"小心党"差点掩面而泣！

"小心夫妇"就这么打开了市场，有"小心党"壮胆建了阮瑜和段凛的双人 CP 超话，还拉了群。但这一对的嗑法清奇，"小心党"求生欲爆棚，每天喊口号似的喊一遍群规："虽假但嗑骂就跪。"

虽然是假的，但我们嗑了！少骂两句吧，再骂就跪了！

戴茜混进内部，截图给阮瑜看，阮瑜有些蒙。

电影一经下线，"小心党"壮大了，但菱角和鱼粉也不忍了，网上一片热闹。

"看什么这么入神？"面前，安卓茜翻阮瑜四月的行程安排，"最近差不多该进组了，过两天有一个试镜，在挑女主角，你看看。"

阮瑜回神，接过项目书："《路人甲乙》？"

"对，章家鸣的新片，是英影那边推的你。"安卓茜回道，"出品方是英影，要是试镜不出错，拿下这个角色对你来说应该没问题。"

英影的效率很高，在和阮瑜签下影视合作约仅一个月后，就给她送来一份大礼。

知名导演章家鸣的新片，一部公路喜剧片的女主角，《路人甲乙》。

章家鸣是拍商业电影的中国香港导演，虽知名度不如关保年，但导过的几部片子都票房可观，个人风格明显。

他这回要拍公路喜剧片，还准备赶在明年年初上贺岁档的院线，想找观众缘好的小花，正巧英影内荐阮瑜，他特地来京城和她见了一面。

阮瑜看过剧本故事的梗概，讲的是外甥女和舅舅从香港一路闹到好莱坞的故事。

一名小城镇的女孩一心想去好莱坞当大明星，听说自己有个离家出走多年的亲舅舅如今在香港当制片，终于下定决心去找他。可造化弄人，等她在香港找到舅舅后才发现他满口谎言。

原来舅舅不是制片，只是一个每天负责带一群群演去拍戏的群演头子，被戏称为"群头"，辛苦不说，还得二十四小时看剧组脸色，本人竟然还是口吃。

故事就发生在这样的荒诞背景下，外甥女是戏精，舅舅是口吃，最后两人还真结伴去了好莱坞。

阮瑜要试的就是这个梦飞出了天窗的小镇女孩。

演倪书难，但演戏精可是她的强项，试镜很顺利，章家鸣第二天就给商影送来了片约和完整剧本。

接下来一个月，阮瑜除了每天要跑全国各地赶通告，还得为进组做准备，看剧本，参加剧本围读会，定妆，忙得要命，时间一晃而过。

月底，开机后的第一场戏在香港。

第一场是外景戏，在香港中环的天桥上，是一场外甥女在找到舅舅后一路追他到天桥上的戏。

场景要制造堵车的现场，片场工作人员忙碌不停，章家鸣还在和各部门确认机位。阮瑜正在角落里看剧本，饰演她舅舅的男演员伍英豪就找了过来，笑着说了句什么。

阮瑜一蒙。

伍英豪是香港人，普通话非常不标准，章家鸣就要这种效果，但阮瑜想哭。

她听不懂啊！进组两天了，她唯一会说的粤语就是问"咩"，"什么"的意思。

于是，她扭头就看叶萌萌。

叶萌萌会粤语，这次跟来了，热情地给她翻译："伍老师问你要不要对戏啊？"

阮瑜连连点头："哦好，可以！"

上午的戏不太需要台词，但耗体力，阮瑜得追着伍英豪的车一路跑上天桥，发现堵车后，伍英豪弃车跑路，两人又在满天桥的汽车夹缝中围追堵截。

章家鸣导戏喜欢不停切机位，等一场戏拍完，阮瑜累得腿断。

"呜，萌萌，来，扶我一把，腰断了，腰断了。"她爬回房车，感觉小腿在抽筋，"出师未捷身先死就是我了。"

"呸呸呸，乌鸦嘴！"林青递水给她。

还没休息几分钟，房车外忽然起了一阵躁动，听语气是章家鸣在骂人，似乎还有工作人员在不停道歉。

道歉的"对唔住"她听懂了，但用粤语骂的她听蒙了："章导骂的什么啊？什么陀衰？"

叶萌萌听了会儿："好像在骂狗仔。"

出去一问才知道，上午剧组拍的戏被港媒拍了，先前剧组拦了整座天桥都没用，曝光的片场照很快上了新闻。

阮瑜一看手机，她演章导新戏的话题还上了微博热搜。

电影不同于电视剧，是要靠上映票房赚回本的，所以没有导演喜欢被提前流出片场照。章家鸣气得直骂，安卓茜那边在紧急撤热搜，可一个小时热搜挂下来，全网也知道得差不多了。

鱼粉又惊喜又气愤，惊喜小瑜又接到了好资源，气狗仔真的是狗，这么能拍怎么不去拍宇宙外太空啊！

黑粉终于又找到嘲点了，都在喊着换主角，建议章导换一个演技有保障、低调不炒作的好女演员。

副导演助理也挨了骂，过来跟几个主角赔笑解释："这场戏要重拍，造型也要换，辛苦几位老师了。"

"没事，你们也辛苦了。"阮瑜笑意盈盈，让林青买咖啡给工作人员。

片场又在忙着重新置景，她看手机，微信里收到不少熟人恭喜的消息。

嗯？还有一条小墙头的？

江星淳：【小瑜，你今天在香港拍戏吗？】

阮瑜：【对呀！】

江星淳：【我也在香港，拍完戏要不要一起见个面？】

小墙头还给她发了一张小狗探头的表情包，奶狗眼可可爱爱，能萌得妈粉母爱泛滥。

阮瑜刚想回好，一时又有点迟疑。

她原来以为来了香港媒体会少一点，但万一被拍了，分分钟又上热搜啊！算了算了。

她刚想打字回，又收到一条。

江星淳：【我下个月要去韩国发展了，走之前可以见一面吗？】

她想了想，删掉刚打的半句话。

阮瑜：【我在尖沙咀附近拍戏，下戏可能要等晚上，你还在吗？】

江星淳：【嗯嗯，我等你。】

《路人甲乙》剧组开工第一天，整个剧组简直时运不济命途坎坷，上午遭港媒偷拍片场照，下午整场天桥追逐戏重拍，拍到一半，又遇暴雨。

暴雨如注，好在这时候天气不太冷。这场雨可把章家鸣高兴坏了，当即决定改成雨戏，雨下得这么大，他看哪家媒体还蹲在片场外拍这拍那的！

暴雨里的追逐更有喜剧效果了，就是阮瑜和伍英豪累得半死，一场戏拍一天，等收工都晚上九点了。

叶萌萌赶紧拿大毛巾给阮瑜裹住，她披着毛巾直颤抖，不是冷，是累的。

拿起手机一看，小墙头居然在两个小时前给她发了微信。

江星淳：【小瑜，我在你们片场外等你吧。】

他的定位，真就在片场外。

阮瑜忙回复：【不好意思啊！现在才下戏，你还在吗？】

江星淳回复很快：【嗯嗯。】

她回完微信抬头一看，片场人来人往，林青在发热姜茶，她随即对叶萌萌悄声说："萌萌，我出去一趟，马上就回来。"

"啊？小瑜姐你去哪儿啊？"

"见一个人，马上回来！"阮瑜挥挥手。

她迅速进房车换了衣服，戴上口罩帽子，给江星淳打了电话。十五分钟后，她在片场外的街边找到了小墙头的车。

这一片都是剧组租用停着的房车，小墙头还挺聪明，知道把车停这里不显眼。

阮瑜撑着伞，敲了敲其中一辆商务车的车窗。

"小瑜？"车门打开，江星淳还戴着口罩，见她头发都还湿着，眼里全是惊诧，忙低声说，"快进来。"

她有点嫌自己："我会弄脏你的车吧？"

"没关系。"

等坐进车后座才发现，车里没人，她稍愣："你一个人来的香港吗？"

江星淳也摘了口罩，抿出两个小酒窝，像有点不好意思："今天我在这里有粉丝见面会，本来我的经纪人和助理都在，我让他们去逛街了。"

两人聊了几句，阮瑜忽然想起来："对了，你是要去韩国发展了吗？"

"嗯。"江星淳点点头，"是公司的安排。公司在那边有合作计划，想让我去两年。"

她回忆起来，今年年初是小墙头的组合 W&W 成团出道三周年，组合在三周年的粉丝见面会上宣布解散，还办了解散公演，团员从此各自发展。

原本 W&W 组合的歌本来就偏 K-POP 风格，在韩国粉丝不少，公司让他去韩国发展，应该有公司的打算吧。

就是国内的粉丝们要哭死了。

阮瑜也有点不舍，弯起眼，鼓励他："那你加油啊，就祝你一路顺风，星途闪耀！"

"嗯。"江星淳看着她，有些缄默，抿了抿唇，一双眼也垂下来，"那以后就不能见面了。"

"没事呀，在韩国也有网，我打游戏开黑带你赢！"阮瑜看他有点失落，连忙安慰，"平时我们还可以微信聊天呢，同住地球村，不算没见面。"

江星淳"嗯"了一声，又抬头看她。

措辞片刻，他还是问："小瑜，你喜欢什么样的男孩子？"

"啊？"

阮瑜人傻了。

她瞳孔地震了三十秒，见小墙头期期艾艾欲言又止的眼神，猛地反应过来。

不能吧？江星淳，他……

阮瑜不蠢，瞬间想明白了。

她脑子里还在水晶裂开岩浆喷发，面上却很快镇定下来，没让自己的表情显得太伤人，委婉地说："我可能喜欢……哥哥类型的男孩子吧。"

说完，阮瑜就想死。

认识江星淳两年，居然从来没发现他对自己有这种心思啊！

不是，小墙头是不是被"春雨CP"粉瞎剪辑的同人视频给带坏了啊？！

江星淳一时没接话。

阮瑜迅速转移话题，笑盈盈的："我马上要回片场了，那以后有机会再见面呀，未来你一定能大红大紫！祝你星途闪耀！"

江星淳看着她，抿唇，一双奶狗眼湿润明亮："在我星途闪耀的未来，你一定要等我长大。"

阮瑜呆住了。

这，怎么办啊？

她还没回，手机忽然嗡鸣起来。

阮瑜接电话有如救世主降临，看也不看，一把接起后，对小墙头说："是我助理，可能是来催我回片场的。"

那边静默一瞬，才淡淡出声。

"在哪儿？"段凛的声音。

阮瑜坐直了，莫名有点心虚："我在……片场吧。"

段凛应声，随后一顿："我在片场外。"

阮瑜还没来得及震惊，又听见段凛接话，音色很淡："下车。"

阮瑜差点没把手机扔出去，艰难半晌，她挤字："你在……外面啊？"

段凛没应。

"那什么……我马上，两分钟就好！"

阮瑜当机立断，刚想挂电话，迟疑了下，没挂，翻过屏幕拿在手里。

她转头看，车窗外全是剧组房车的遮挡，雨下这么大，小墙头的车窗又贴了膜，段凛没道理能看见他们啊！她倏然反应过来，除非，他一开始就是看着她进来的。

"你要回去了吗？"江星淳有些失落。

"对，我的助理在催我回去。"她瞎扯。

阮瑜想了想，神色诚恳："江星淳，我一直把你当成朋友，从来没对你有过那种想法。谢谢你的喜欢，对不起啊。"

"那以后呢？"江星淳眼里的光黯淡了些，抿唇，还在坚持，"以后等我站得更高了，能照顾你了，你会不会喜欢上我？"

阮瑜想叹气："不会。"

其实她一瞬间脑子里翻出千百个爱豆谈恋爱的惨痛例子想讲，经典拒绝三连"搞事业别爱我没结果"就快出口,但话到嘴边还是咽下了,这也太伤小墙头的心了。

她还是说实话:"其实我有喜欢的人了。"

"是纪临昊吗?"江星淳一双奶狗眼耷拉下来。

阮瑜迅速瞅了眼自己的手机,有点心虚。

"不是。"

江星淳执着追问:"他比我认识你的时间还久吗?他……很了解你吗?"

"嗯。"

那段凛可太了解她了。除了身世的事,她过往的那些黑历史,甚至打游戏骂人的时候,哭得最丑的时候,他都见过。

车里安静下来,阮瑜认真重复:"谢谢你的喜欢,还有,对不起。"

江星淳落寞地说:"好,我知道了。"

她没说再说多余的话,还是给小墙头时间自己消化吧,聊了两句收尾,她开车门,回身挥挥手要下车。

"小瑜,我送你。"

"不……"

伞还没撑开,阮瑜一仰头,见车门前几步开外站着一人。那人穿着一身剪裁精良的衬衣西裤,身形挺拔颀长,黑色伞面稍稍抬起,是段凛。

对视须臾,段凛挂了电话,撑伞径直走向她。

阮瑜人僵了,身后车里的江星淳也傻了。

他怎么不戴口罩啊?

她还愣着,被段凛倾身牵过手,机械地任他将她拉至伞下。他瞥了眼她半湿半干的长发,蹙起眉。

他淡声问:"聊完了?"

江星淳震愕:"小瑜,你们……"

"别别,你别下车!"阮瑜迅速回神,松开两人牵着的手,第一反应是抬手想捂段凛的脸,又回看小墙头,"你小心被拍——"

手指一痒,声音戛然而止。

她僵滞回头,见她抬起的手腕被段凛攥住了,牵至唇边。他低眼,咬了一口她的小指。

旁若无人到不像是在街边。

江星淳反应再慢,此刻都看出阮瑜和段凛的关系了,表情空白,仍在消化。

"我们先走了!下次有机会再见!"

段凛的车就停在不远处的雨棚下,一辆黑色的劳斯莱斯。阮瑜刚坐进去,就忙看窗外,暴雨下得整座城市都雾蒙蒙的,远处霓虹灯一片模糊的幽黄暗红,附近连一个路人都没有。

阮瑜放心了点。

"过来。"

"啊?"

她看旁边,段凛接过副驾驶座上助理邵立递来的毛巾,眸光正落在她身上。

劳斯莱斯的后座极宽敞,但两个座位间隔着扶手台,不方便。她想伸手去接毛巾:"给我好了,我自己擦吧。"

段凛盯着她,平静地说:"坐过来。"

阮瑜疑惑:这怎么坐过去啊?!

前座,司机和邵立眼观鼻鼻观心,恍若未闻。段凛见她迟疑,扫了一眼前座,随手按下按钮,随即车座前后舱之间的玻璃挡板升起,须臾,切成雾白色。

画面隔断,音效隔断——看不到了。

视线交错,阮瑜一句话都憋不出来,半晌认命地矮身站起,想一点点挪蹭过去。

她刚凑近,就直接被段凛箍着腰捞过,下一秒她就被按坐在了他身上。面对面咫尺相隔,手没地方放,她只能攀他肩臂。

"你怎么过来了啊?"阮瑜耳朵烫得要命,"你晚上不是要去电影节吗?"

她知道今天段凛也在香港,他凭借犯罪片《迷途》入围金蜂最佳男主角,今晚受邀出席金蜂奖的颁奖典礼,但没想到他还有空过来。

段凛说:"领完了。"

她双眸倏然亮起:"拿奖了?!真的啊?是最佳男主角吗?"

"别动,给你擦头发。"段凛声音低缓。

他的指掌抚上她的后颈,按低了,捞过毛巾替她擦干头发。

阮瑜眼神晶亮,雀跃地说:"恭喜你啊。"

"恭喜什么?"段凛动作一顿,微仰下颌,咬了咬她的下巴,冷淡地问,"恭喜我今天才知道?"

好,阮瑜一秒敛笑。

"不是……没啊,我都拒绝了。"她小声嘟囔,"就,我也刚知道这事,你不是都听见了吗?"

段凛没应。他随手扔了毛巾,箍着她的腰,手指循着她的腰线往下,在腰侧轻轻捏了捏。

阮瑜被捏得浑身麸毛。

"纪临昊呢?"段凛容色沉静。

她被他看得莫名心虚:"什么,纪临昊?"

段凛垂睫,瞥过她的唇,语气平静:"很喜欢他?"又是一顿,"当他的粉丝,这么开心?"

阮瑜第一反应,完了,段凛肯定是看了《最强唱作人第二季》,第二反应,他是想新仇旧账一起算吗?

她憋了半天："没啊，我对纪临昊就……不是那种喜欢。"

阮瑜耳郭滚烫，攥了下他的衬衣，脸不要："我只喜欢你，我想你……"

下一秒，"的"字被深深堵进了唇齿间。

两个多月没见，段凛吻她像在咬人，厮磨舔吻过唇瓣要咬，抵开唇齿，勾舔到了舌也咬。

阮瑜的喘息声全堵成了呜咽，想往后撤一点，被段凛箍紧了后腰按回来，后颈也被捏了下。他修长手指勾开她的衣摆，探进。

她心跳快得想死。

缓了半天，她尝试回吻，刚探出的舌尖又被舔咬了一口，感觉他的指腹在自己后腰腰窝处抚蹭过。

段凛真的一点没客气。

后座寂静。

很长时间，隐约只有暧昧而靡靡的水声。

阮瑜这辈子居然第一次被吻哭了。

她真的在哭，眼睫湿润，被哭成了一簇簇的。

片刻，段凛微微撤开一点，鼻尖蹭过她的唇缝，吻了吻她下巴上的泪痕，音色勾了点哑："怎么了？"

"疼……"阮瑜平复喘气，动都不敢动，"好像腿抽筋了。"

唇很烫，腰在软，腿也抽筋了。

段凛垂眼，蹙眉，想去捞她的小腿。

她哽咽着："咝，别别，别动！肯定是我今天跑多了，缓一下就好了。你别动啊，疼。"

呜。

段凛没动，见咫尺间她湿润泛红的唇，喉结滚了下，然后又凑近了，一下一下地吻她。

阮瑜好不容易才缓回来。

他将她被推上去的毛衣衣角勾下来，眸底像酝着浓墨。

"给你揉一揉？"

十分钟后，前座的邵立和司机为难对视一眼，两人听不见后座的声响，也没敢擅自开隔板。

邵立拿手机踌躇半天，给段凛打电话，响铃两声，对面接了："凛哥，酒会要开始了，再不去来不及了。"

"知道。"段凛声音平静。

邵立顿时大松了口气。

隔了两分钟，前后座的隔板终于升上去了。邵立借着后视镜一看，眼珠子差点没瞪出来，阮瑜是好端端坐在自己的位子上没错，但她正斜侧坐着，小腿搁在段凛的膝上。

段凛敛眸，神色没什么情绪，在给她捏小腿。

他那刚拿过金蜂奖最佳男主角奖杯的手指，在给人按腿。等下要穿着出席庆功酒会的衬衫西服，也皱了一片。

阮瑜表示她看到邵立看过来的眼神了。

还是熟悉的味道，看她就跟看什么祸国殃民的阮妲己。

"还疼不疼？"

阮瑜摇摇头："没事，不疼了。"

段凛抬眼："什么时候公开？"

另外三人都蒙了。

车里死寂一片。

邵立颤声："凛、凛哥……"

这一刻，阮瑜接受在场三人的目光洗礼，真的感觉自己像妲己。

"再……等等吧？"她憋字，"现在我还没准备好。"没准备好被菱角凌迟啊！

邵立一副刚从鬼门关回来的劫后余生样，差点没对阮瑜感恩戴德。

段凛盯了她一会儿，见她紧张，还是没逼得太紧。

他从座椅角落拿过一个纯白色的纸袋："你的。"

"什么？"阮瑜好奇地问。

"香水。"

她想起来了，眼睛亮起，哦，对啊！

之前问他要的，他用的香水。

第二十九章

- 对不起，我们不能在一起

香港的这场暴雨持续下了一整夜，等阮瑜回片场的时候，片场布景已经收得差不多了。租的二手车被撤走，群演结伴离开，章家鸣在和两个副导演聊拍摄。

"小瑜姐，你去哪儿了？去了好久。"叶萌萌忙递来姜茶。

"去见江星淳了，他今天来香港，就见了一面。"阮瑜坦然，刚喝一口，就"嘶"了一声。

"怎么了，怎么了，烫吗？"

片刻，阮瑜表情自然地说："有点。"

其实是她下唇被段凛咬破的小伤口有点疼。

当晚回酒店，阮瑜看了一圈微博，果然，今晚的热搜有一半都和金蜂奖有关。

此次段凛凭借犯罪片《迷途》斩获金蜂最佳男主角，在短短七年内包揽华语三大电影奖的最佳男主角，年仅二十七岁，成为迄今影史上最年轻的三金影帝，话题度一飙再飙。

路人瞠目结舌，菱角号疯了。

普通演员一辈子能拿下一金已经无愧演员的身份，遑论是三金。

热搜底下，全是菱角的喜报科普，一连串的影视作品和奖项。要知道段凛刚红那会儿，曾被人嘲过是"靠脸演电影的流量"，那时候"段影帝"这个称呼是黑称。而现在，"影帝"一称名副其实。

阮瑜看完，心情也超好，关手机准备睡觉。

忽然，手机跳出微信消息。

江星淳：【小瑜，你真的和段凛在一起了吗？】

阮瑜又想叹气了。

阮瑜：【是呀。】

隔了很久，对方才有回复。

江星淳：【那以后我们还可以做朋友吗？】

阮瑜：【希望你以后开开心心，星途坦荡！】

又是两分钟。

江星淳：【嗯好，我明白了，谢谢你。】

隔着屏幕都能感受到小墙头的失落，她关了手机，叹气，有点惆怅，但确实轻松不少。

翌日一早，阮瑜还没被闹铃叫起，就先被叶萌萌的一阵敲门声震醒。

"小瑜姐！你上热搜了！"门外，叶萌萌一脸震惊。

阮瑜还在揉眼，闻言瞬间清醒，感觉从头凉到脚。

"被……拍了？"她难以置信，"雨下得这么大都有媒体蹲点？"

"什么蹲点？"叶萌萌苦着脸，"小瑜姐，你被段凛的粉丝骂了！"

"我知道。"

阮瑜也一脸将死的凝重，表情跟临刑一样接过叶萌萌手里的平板，不敢接受事实。

算了，伸头一刀缩头一刀，她看清屏幕上的内容后，一愣："啊？"

眼前的热搜不是什么她深夜私会段凛、江星淳之类的绯闻，而是"阮瑜签约段凛工作室"。

昨晚，段凛三金封帝的新闻传得全网皆知，他过去拿奖的影视作品被推上了各大视频平台的首页，连带着他自工作室独立后成立不到三年的公司也被网友研究了一遍。

网友慕名去英博昭行影视文化有限公司的官网上看了一圈，在公司新闻一栏发现了前不久刚披露的消息。原来英影已经签约了几个大牌艺人，而合作艺人一栏中也躺着一个名字：阮瑜。

阮瑜竟然是英影的合作艺人！

媒体当然没放过这个曝点，在写新闻稿的时候特地提到了段凛，等热搜一上，内容已经被直接魔改成了"阮瑜签约段凛工作室"。

鱼粉和菱角都炸了，撸起袖子冲进热搜。

这一次，两家的文案出奇的一致：【不是签约！仅仅是合作关系！合作关系等同没有关系！】

【所以？就这就这就这？】

【某位是非签约艺人，英影也不是段凛工作室，英影的股东不只有段凛一个，望你知。】

【某公司旗下新签约艺人和合作艺人加起来二十多个，就非得提阮瑜？抱走不约。】

【昨晚段凛齐冠三金，别让我在最快乐的日子里扇你。】

……

路人搞不清签约艺人和合作艺人，也没有什么粉圈思维，看新闻就是段凛和阮瑜有商务来往，挺好啊，阮瑜最近蒸蒸日上，段凛如日中天，这不是双赢吗？

可鱼粉和菱角巴不得《无声惊雷》下线后两人再无瓜葛，好不容易两个多月都没交集了，现在双方粉丝又杠了起来。

林青和叶萌萌刷完微博，抬头一看，当事人阮瑜表情还挺平和。

叶萌萌问："小瑜姐，你不生气啊？"

林青有点担心："不会被骂傻了吧？"

阮瑜看着热搜，一脸如释重负："还好还好，吓死我了。"

林青疑惑：这是真被骂傻了。

论坛里，"小心夫妇"的帖子又被顶了起来，CP粉也激动冒头。呜呜呜，妈妈，他们又闻到了假糖的味道！

【什么是合作艺人？是天作之合的那个合作吗？】

【这是什么夫妻恩爱昭告天下的大糖，嗑死我了嗑死我了。】

【合约上不签个九十九年说不过去吧？】

【四舍五入签结婚协议书了。】

阮瑜腹诽：这帮人的脑洞是黑洞变的？

热搜闹得不大，一不是绯闻二不见黑料，几乎没两天就被网友淡忘了。

接下来大半个月，阮瑜就踏实待在剧组里拍戏，每天琢磨剧本背台词。五月份，香港的天气正好，她偶尔下戏了和叶萌萌去逛夜市，还被鱼粉偶遇到两次。其余时间都在片场。

阮瑜想了下，她好像越来越喜欢演戏了。

最初进娱乐圈是已经签了合约，迫不得已，后来又是为追星，想离爱豆近一点。但当她把这些都跨过去后，才发现自己也不都是被前两个原因推着走。

从接拍《无声惊雷》开始，她在上大学时泡在戏剧社的热忱又慢慢回来了。

章家鸣觉得阮瑜肯钻研，会琢磨剧本，喜笑颜开地夸过她好几次。但章导情绪一激动就容易飙粤语，她真听不懂，哭了，只能转头跟叶萌萌学了一句"谢谢"的粤语，每天在剧组里"唔该唔该唔该"。

《路人甲乙》在香港开拍大半个月后，整个剧组转场去南京，拍外甥女去香港前的一段戏，以及最后舅甥两人从美国回来的一段戏。

出机场，车里，林青提醒："今天该发自拍了，你这个月都还没营业过。"

"不对啊，我上周不是营业了吗？"阮瑜反驳。

"我怎么不知道？"

阮瑜理直气壮："我和萌萌在庙街吃夜宵的时候啊！碰到粉丝还上热搜了，这都不算营业？"

林青冷漠着脸："发。"

"哦。"

当晚在酒店吃晚饭的时候，阮瑜想起来了，让叶萌萌帮她拍了一组图，挑了九张看得顺眼的，一口气全发了。

鱼粉刷到的时候险些喜极而泣：【啊啊啊，"女鹅"终于会发九宫格了！】

【呜呜呜，宝贝多吃点啊！！！】

评论底下全在号，"心肝宝贝老婆"叫成一团，阮瑜嘴里一个汤包还没吃完，手机就振动起来。

她双眸一亮，赶紧伸手去接，举起来一看，稍愣了下。

纪临昊！

接起，真是纪临昊的声音："小瑜，你回内地了吗？"

小瑜……

她被爱豆这一声叫得还有点不好意思，咽下一口食物，笑着回道："嗯嗯，是呀。"

"你现在是在南京拍戏吗？"

阮瑜有点蒙："对对，这都猜得出来啊？"

"我看到你刚发的微博了，吃的都很熟悉，就猜你在南京。"纪临昊语带笑意，"没想到猜到了。"

爱豆也太聪明了吧！！

纪临昊又说："我这几天也在南京。上次说要请你吃饭，还记得吗？"

"记得！"

"要不要一起吃顿饭？"纪临昊温声问。

"晚上吗？"阮瑜想了下，有点犹豫，"可我晚上下戏都挺晚的了，你应该也很忙吧？"

"嗯，我这几天在排练演唱会，也是晚上才有空。"纪临昊音色染着笑，"如果不忙，就见个面吧，想谢谢你之前送的礼物。"

"我这两天眼皮直跳，总有种不祥的预感。"

片场，阮瑜刚拍完一场外甥女混进扬剧团的戏，一听到林青这句话，下台时差点没踩到戏服裙摆。

她装聋："有水吗？渴了。"

"小瑜姐，给。"叶萌萌把水递给她，又问林青，"什么不祥的预感？"

林青说："纪临昊这几天也在南京吧？我看到他动态了，明天他要在南京办生日演唱会。"

叶萌萌恍然，随后和林青一起打量阮瑜。

"不是，你们干吗跟防洪水猛兽似的防纪临昊啊？"阮瑜为爱豆抱不平，"他怎么你们了？"

林青若有所思："我们没怎么，但我怕你们有点什么。"

其实助理没那么大权力管艺人的私生活，但林青和叶萌萌身为阮瑜真情实感的团队伙伴兼事业粉，眼见着她在上升期，就忍不住操心。

阮瑜一点都没放心上："我跟纪临昊肯定没什么，要真有什么，我全球直播唁五千张专辑！"

先不说她对爱豆压根儿不是那种喜欢，就拿爱豆来说，他怎么可能喜欢上凡人啊！

但林青和叶萌萌不信，眼看着明天就是五月二十日了，两人合计了下，准备明天二十四小时盯着阮瑜，以防她半夜偷溜出去看演唱会被拍。

阮瑜随他们去，特别坦然，反正约的也不是明天。

为了拍戏，阮瑜向章家鸣请来的专业扬剧演员老师学了一上午扬剧，后面又穿戏服，带全脸的粉白面妆拍了一下午。当晚剧组收工已经近九点，她坐剧组的房车回去，在酒店房间里把妆全卸了。

刚卸完，她就接到纪临昊的助理小全打来的电话，她将自己用口罩帽子大衣捂死，下停车场。

明天是爱豆的三十岁生日，意义重大。

自从纪临昊在前年发出个人专辑《不听》后，近两年来，四季能明显感觉到爱豆发新歌的曲风有了转变。纪临昊在向唱作歌手转型，而今年他新出的几首歌都出了圈。阮瑜在香港逛街时，还能听到咖啡馆、餐厅、商场等等地方在放他的歌。

她由衷地为他开心。

纪临昊在转型，四季们又喜又忧。高兴的是哥哥的星途越来越顺了，难过的是以后在哥哥演唱会上像原来那样POP曲风的唱跳舞台少了。

明天是纪临昊的三十岁生日演唱会，办在南京。工作室在宣传时公布了曲目。

四季发现这次演唱会的内容不是新专辑里的，而是以往每张旧专辑里的主打曲，顿时疯了：【啊啊啊，全是哥哥的绝美唱跳舞台曾上过热搜第一的那几首歌！】

生日演唱会的门票价格低得离谱，等于白送，预售那天，演唱会的八万张门票不到十秒售罄。

四季呜呜地哭，哥哥的旧专辑舞台看一场少一场了！

阮瑜也哭，她是看不成爱豆明天的演唱会了，但至少今晚能跟他说一声生日快乐吧。

小全将车一路开进市内的奥体中心，带她走员工通道，进中心体育场。

偌大的场馆内，万人座环绕着中央的巨大舞台。馆内看台空无一人，但灯光通明，能听见正在彩排调试的音乐声，工作人员已经提前在每个座位上放好了应援礼包，她跟着小全从二楼看台区下去，穿过底下的内场区。

舞台上，工作人员来来往往，纪临昊一身白卫衣搭休闲长裤的私服，正在跟人确认灯光。回头，见到台下的阮瑜，他一双桃花眼微微弯起。

"小瑜。"

"纪临昊，提前祝你生日快乐呀！"阮瑜把带的礼物给他，也在笑，"礼物是我前两天临时买的，不是特别好，你别嫌弃。"

"不会，谢谢你。"聊了两句，纪临昊在台边俯身，把手伸给她，"你要上来吗？"

阮瑜看着他的手一愣，说："好。"但没递手，雀跃地指了下远处的台阶，"不行，太高了，我还是从那边上来吧。"

她跟着纪临昊在舞台上到处走，看他在这边确认钢琴摆位，又去那边确认伴舞的站点，嘴角就压不住地笑。呜，爱豆认真起来的样子真的美颜盛世！

不一会儿，助理小全过来招呼现场工作人员。

"盒饭到了，大家今天辛苦了！先吃饭吧！"

"你是不是也没吃饭？"见阮瑜点点头，纪临昊笑得温柔，"要一起吃饭吗？你选一家餐厅，我让小全带我们去。"

她忙摇头："不用了，不用了，我跟你们一起吃盒饭好了，出去吃太危险，被拍了就完了。"

"那怎么行。"

小全也在旁边说："是啊，哥，我们可以点餐厅的外卖，让他们送过来也是一样的。"

阮瑜觉得满意："嗯嗯，就这样！"

盒饭到了，工作人员和纪临昊的团队在内场区里坐下吃饭。阮瑜几人也点了附近一家五星级酒店餐厅的外带，送来很快，小全出去拿，几人也在场馆内挑座位坐下了。

大家边吃边聊。

阮瑜刚卸完妆过来的，一脸干干净净的素颜。舞台那边的灯光还打着，映在她眼里，满杏眸里全是明亮的星星。

纪临昊动了几筷子，没吃了，一直在含笑看她。

"预祝你明天演唱会成功呀，舞台一定很好看！"阮瑜也吃完了，心情超好，诚恳地说，"我特别喜欢你的舞台，希望你越来越好！"

纪临昊眸色微动："谢谢。"

认识阮瑜两年多，从起初综艺里她为他挡酒杯开始，她一直都是这么有元气，坦率真诚，热情又毫不作伪。

顿了顿，他出声："以前不知道你是我的粉丝，还是在我们去英国拍MV的时候我才知道的。"

拍MV的时候？阮瑜有点蒙："我以为你是后来在热搜上才知道……"

忽然回忆起自己从前在爱豆演唱会上高喊"宝贝娶我"的视频了，当着本人聊起这个，她顿时有点不好意思。

纪临昊笑了："不是，是你的屏保。我看到你的屏保是我的演唱会照片，大概猜到了。"

她恍然。

"那天看了你的信，才知道你喜欢我这么多年，谢谢。"

阮瑜笑眼弯弯："不客气，你值得的呀！我才应该谢谢你，当你的粉丝我很开心。"

那边工作人员吃完，开始准备最后一次彩排。

阮瑜一看时间已经十点多，礼物和祝福都送到了，差不多也该回酒店了。她刚想和纪临昊打招呼，就被他叫住。

"再留一下好吗？我也想送你一份回礼。"

阮瑜没反应过来："回礼……不是这顿饭吗？"

"不是。"纪临昊看着她笑，桃花眼如春水，示意内场区的座位，"你挑一个位子吧，等我去准备。"

阮瑜说："好。"见纪临昊带着团队人员上二楼后台去了，她就在舞台前的第一排座位坐下。想了想，忽然觉得，有一点不太对。

爱豆今天好温柔啊！

以前爱豆也特别温柔，又温柔又宠粉，但今天他温柔得让她感觉……怎么说，有一点不太适应。

但很快，等纪临昊从后台回来，上舞台的时候，阮瑜一看，眼睛都亮了。

啊，是舞台服！

纪临昊已经换了妆发造型。导播开了舞台四周的投影，大屏上，他化了舞台妆，戴着耳返，一身都是名牌赞助的白色西服套装，内搭刺绣衬衫，浑身上下的配饰精致而夺目。

一直跟着他的伴舞团队也上来了，观众席灯光一暗，万千光束都打在舞台中央。

纪临昊站在远处舞台上看阮瑜，确认了一遍话筒的声音，他低压声音笑："欢迎来参加我的生日演唱会。"

第一首歌响起的时候，阮瑜激动到想拍照，但还是忍住了。

呜呜呜，这不是彩排！是一场完整的演唱会！

她居然能提前看到爱豆的生日演唱会！四舍五入爱豆给她办单人演唱会了！

真的满满都是回忆，接下来每一首歌的舞台阮瑜都看过不下十遍，差点感动想哭。她离舞台太近，不敢喊出来破坏气氛，但内心弹幕刷出了一片呜声，她的追星生涯已经圆满了。

灯光、音响、舞美，以及纪临昊在舞台上的唱跳，都和一场正式的演唱会没有区别，除了没有观众氛围，其余完成度拉到了满分。

阮瑜捧心流泪。

她可太幸福了！

不过这场单人演唱会没有主持人和特邀嘉宾串场，也没有安可环节，等一整场结束，不过一个半小时。

她看得心满意足。

此时导演和灯光师又跑上台和纪临昊确认细节，她看他忙了一会儿，就低头玩手机，把今天没打的打榜任务做了。例行追星完，她习惯性去搜段凛的名字。

段凛最近也进了新剧组，前两天还在泰国拍戏，昨天跟随剧组转场回国，没单独走 VIP，于是在上海浦东机场被堵得水泄不通。视频里，菱角的表白声如浪潮，女粉尖叫高喊"老公"的那一段还上了热搜。

阮瑜手指一停，刚翘起来的嘴角有点抻平了，就，不太舒服。

视频里，段凛仅露出平静淡漠的一双眼，瞥过长枪短炮对着他的镜头，只说了两个字："别挤。"

然后，周围就是一阵快喊破音的尖叫声。

阮瑜看完视频，一瞅时间，都快十二点了。她抬头，发现舞台上没有纪临昊的身影，一问才知道他在后台卸妆。

走之前去和爱豆打声招呼吧。

她绕去后台，找到纪临昊的化妆间，敲门："纪临昊，你在里面吗？"

"嗯，进来吧。"

灯光通明的化妆间内很安静，就只有纪临昊一人。他已经换下了白西装，把衣服挂回一排舞台服中间。

见阮瑜站在门口，他含笑："进来坐。"

"我就不坐了，等下就回去了。"她笑盈盈的，"你刚才的舞台真的特别棒！谢谢你让我提前看了演唱会呀，生日快乐。"

纪临昊说："好。"还是让她进化妆间，说有事要谈。

阮瑜有点蒙，进去："怎么了吗？"

纪临昊关了化妆间的门，回身看她，一双桃花眼里笑意温存，涌动着微妙的情愫。

他轻声问："小瑜，要在一起吗？"

"什……什么？"

纪临昊重复："要和我在一起吗？"

没听错。

阮瑜人傻了。

"啊？"

纪临昊见她已经遨游外太空的空白表情，有些失笑。

"我很喜欢你。"他自我剖白，问得更细致了，"承蒙你喜欢我这么多年，以后也可以只喜欢我吗？"

阮瑜回神，第一反应不是欣喜，也不是惊讶，而是慌。

她愣愣地看了纪临昊几秒钟，确定他神色认真，没在开玩笑。

山崩地裂都不足以形容她现在的心情。

以前她追星最疯的那会儿，整天对着纪临昊的美图和视频"老公宝贝心肝"地乱叫，但非分之想，是没有的。

从前没有，现在就更不可能有了啊！

"小瑜？"

阮瑜从外太空回来了。

虽然看着纪临昊，但那一刹，她脑海里却是段凛那疏离淡漠的一瞥眼。

很慌。

又回忆起以往自己在纪临昊面前跟追星似的种种，走马灯一般转得飞快，是因为她时常对爱豆笑？还是她表现太过热情？还是她在综艺节目里多加照顾了他？

纪临昊到底从什么时候开始误解的？不对，爱豆怎么能喜欢上她啊？

"不行的啊，你不能喜欢我。"阮瑜完全不知道怎么说，忙回道，"对不起，我以前可能是做什么事让你误解了，但我对你的喜欢，一直都是粉丝对偶像的那种，没有半点别的想法。"

听完她焦急的解释，纪临昊微诧，沉默了。

化妆间内静了片刻。

阮瑜刚才听演唱会的兴奋劲全没了，尴尬得要死。

纪临昊温声说："没关系，也不算是误解，你不需要道歉。

"我喜欢你，你很难得，我是真的喜欢你。或许你也可以尝试着像恋人那样，来尝试喜欢我。"

不行的啊！

阮瑜真的是追星追习惯了，不知道自己平时在爱豆面前有哪个点表现得过了，也不敢问，怕帮纪临昊回忆起来他喜欢她什么。

她站起身，有点尴尬，还有点无措："对不起。"诚恳鞠躬，"我们不能在一起，真的对不起。"

她的反应太强烈了，也太坚决了。

纪临昊问："你是有喜欢的人了吗？"

"嗯，有的。"她坦诚，没提段凛的名字，"我们已经在一起了。"

又是一阵静默。

阮瑜简直太歉疚了。

以往纪临昊在她心里就是镜中花水中月，是可望而不可即的日月星辰，即便后来成为朋友，她也从来没想要染指爱豆啊！

纪临昊今年三十岁了，就算从粉丝的角度来看，也确实可以谈恋爱了。但把他拉下凡间的候选人有这么多，她肯定不能是其中一个。

阮瑜不知道怎么形容自己的这种感情。

她追逐月亮，就真的只是单纯地喜欢月光照在自己身上的感觉，不远不近的距离就刚刚好。

更何况……

一阵手机嗡鸣声打破寂静。

阮瑜看了一眼来电显示，浑身紧绷。

怕什么来什么！

"纪临昊，你……先等一下，我接个电话。"她有些紧张。

纪临昊微叹："好。"

阮瑜接起："喂？"

段凛那边也很安静，应该是在酒店房间里。

"今天还在南京？"他似乎是喝了一口水，声音听起来有些哑，还勾了点儿性感的磁。

"是啊。"阮瑜走到一边，听出不对，"你嗓子怎么了啊？"

"拍戏。"

哦，台词说多了。

段凛一顿："节日快乐。"

"哦……好。"阮瑜眼睛亮了些，"那，你也节日快乐。"

聊了几句，段凛淡声说："早点睡觉，别刷微博到太晚。"

阮瑜现在紧张得要死，又瞅了眼不远处的纪临昊。

"别看。"段凛突然出声。

阮瑜一僵："啊？"

段凛语气低缓："别看他了，早点睡。"

阮瑜心想：这种疑似偷情被抓包的莫名紧张心虚感是怎么回事啊？

她更不敢跟段凛提她正在纪临昊的演唱会彩排现场了，反正也拒绝爱豆了，不说应该也没事吧？

她声音自然，演技巅峰："哦，那我马上就关手机睡觉了。"

挂了电话，她和纪临昊又明说了一遍，拒绝心意，回酒店。

到房间已经凌晨两点。

今晚阮瑜经历人生的大起大落大紧张，整个人都有点浑浑噩噩，倒头就睡。

第二天，阮瑜被林青的敲门声惊起。

一看手机，才六点！她困得要命，就不能再睡会儿？

"别睡了！姑奶奶，你昨晚是不是去见纪临昊了？"

林青差点喊破音，比她还崩溃。

阮瑜见他的表情就知道不对，猛然清醒。

大眼瞪小眼半天。

她挤字，声音微微颤抖："我？"

"你被拍了！深夜出现在纪临昊演唱会彩排场馆附近！祖宗，你现在住热搜第一上了！"

林青要疯，他就知道！他就知道阮瑜真的在和纪临昊搞地下情！

周六的清晨六点，热搜里炸了一片，本来想睡个回笼觉的吃瓜群众也被炸清醒了。

他们嗅到了绯闻的气息！

两家团队在忙着公关，澄清倒是好澄清，打死不认就行。可林青和叶萌萌恨不得静脉注射静心口服液，关键是，以后怎么办？！他们敢打包票，阮瑜一定是和纪临昊在一起了！

林青一脸生无可恋："完了。"

叶萌萌也是同样的表情："完了。"

阮瑜没管热搜，第一时间打段凛的电话。

打不通。

她表情比瘫在沙发上那两个还绝望："我完了。"

昨晚，阮瑜回来的时候没让纪临昊的助理小全送她，自己直接在奥体中心附近打车回了酒店。但她刚出场馆就被拍了，拍她的是某个在场馆附近蹲纪临昊彩排下班的代拍，没拍到纪临昊的车出来，反而拍到了阮瑜。

阮瑜将自己裹成了四不像，但素颜露出的一双眼睛还是明显，代拍转手就把图卖给了媒体，一路曝上了热搜。

一时间出现好几个热搜。

什么"阮瑜深夜现身纪临昊彩排现场""阮瑜疑似深夜为纪临昊庆生""阮瑜追星纪临昊"等等。

林青看热搜的时候真是憋半口气松半口气，幸好不是拍到阮瑜坐进纪临昊的车里，不然他真能昏死过去。

传绯闻不要紧，就怕传的是真的。

热搜底下，鱼粉和四季在一致撇清关系，大军压境。

安卓茜打了个电话过来确认，还算冷静，解决擦边绯闻不难。安卓茜和纪临昊的团队商量了下，片刻后来通知，两家都准备发澄清声明，让阮瑜自己单独也发一条。

公关得很快，半小时后，商影传媒的官博和纪临昊工作室迅速发出声明，严正辟谣热搜里提到的恋情，回应只是朋友关系，是行程恰好同城，顺道送生日礼物。

十分钟后，阮瑜也登上大号微博，正面回应。

阮瑜：【偶像只是偶像，请大家不要多想，给偶像添麻烦了！】

没多久，纪临昊工作室又发一条微博，拍出昨晚阮瑜送的生日礼物——一盏精致的仿古牙雕，是南京当地的工艺品。旁边还有一张生日卡片，阮瑜的字体，写着：【纪临昊生日快乐，期待更好的舞台！】

纪临昊工作室：【谢谢@阮瑜送来的生日礼物！】

辟谣再一次上了热搜，评论很热闹。

【只是普通朋友送了普通礼物，场馆里有这么多人，不是恋情哦。抱走我老婆。】

【今天我哥生日，欢迎大家今晚收看演唱会直播的绝美舞台。】

【笑死，这生日礼物上头就差没裱上一句"南京欢迎你"了，阮瑜追星追得有点敷衍啊。】

……

又有两家粉丝翻出去年一整年里两个人的行程对比，除录制唯一的一期综艺外，几乎全错开，即使同城也不在同区，坚定了两人不可能有恋情。

路人吃瓜，黑粉在嘲炒作，而"好多鱼党"嗑了一口糖。

"小心党"则四十五度角凝望天空仰头垂泪，果然，靠嗑假糖强扭的

CP 还是敌不过天选的爱豆粉丝 CP。

上午的热搜闹成一片，阮瑜还得去片场拍戏，发完回应的微博就没怎么看手机。

一场戏拍完，休息间隙，她摸到手机的第一秒就给段凛打电话。

还是打不通。

旁边林青看她一脸闯祸的表情，低声问："小瑜姐，你和纪临昊真没在一起？"

阮瑜深呼吸，开始解释第八百遍："真的没有，我们不可能在一起的！"

"真没有？"林青狐疑。

"真没有！"她笃定，"骗你就让我明早起床头发全秃！"

她的表情实在太惨了，笃定中有紧张，紧张中又带有一丝绝望。

林青看得不忍心："澄清了就好。"

阮瑜压根儿没被安慰到。

"不好。"她木然，"我完了。"

从早上起，段凛就没接过她的电话了。

阮瑜想了想，今天热搜飙这么高，段凛肯定是看到了。被拍的时间恰好是昨晚他给她打电话之后，在她扯谎说要睡的半小时后，被拍到出现在了纪临昊彩排的场馆外。

完了，跳进黄河都洗不清了！

下午没有阮瑜的戏，她就提早回了酒店。她早上被闹醒得早，几乎是回房间的十分钟后就睡着了。

章家鸣拍电影不缺投资，连剧组下榻的酒店订的都是五星级，在南京市中心。

不订房间，谁也进不了。

傍晚，酒店一楼的大厅内灯火辉煌，室内喷泉在灯光下粼粼流光，前台站着三名着黑白西服套裙的女侍应，举止优雅。

旁边那名齐刘海的女前台看见远处旋转门外进来一名男人，压着帽檐，戴口罩，身形颀长挺拔，有着不看脸都难让人忽略的气质。

应该是明星。

齐刘海微笑："先生您好，请出示一下您的身份证。"

男人将身份证递给她。

齐刘海接过一看，即使在酒店里见过不少明星，还是愣了。

她愣了好久才反应回来，急急忙忙登记，把房卡给他，脸颊微红："您的房间在顶层左拐第三间，祝您入住愉快。"

男人冷淡应声，拿着房卡上楼。

人走后，齐刘海维持不住表情，脸色通红，激动地摇旁边人的胳膊。

"怎么了这是？哪位啊？"

"段凛！是段凛啊！我的天！"

电梯内，段凛并没上顶层，径直去了七楼。

十分钟后，房间里，阮瑜睡得迷迷糊糊，隐约感觉有人在敲门。

是林青他们吧？

她随便踩了双拖鞋就去开门，睡得太晕，还在揉眼睛。

一开门，视线散了会儿。

看清眼前的人是谁后，她整个人震惊了，瞳孔地震。

段凛？！

半响，她才艰难出声："你……怎么来了？你怎么知道，我的房间号啊？"

段凛一身黑色大衣，帽檐下露出一双淡漠深邃的眼，垂眸，盯着她看了会儿，没应。

呜，就是这个眼神。

阮瑜直觉自己要完，夯了一片的毛，后撤两步。

"那什么，不然，进来再说？"

刚回头进房间，她想去倒杯水冷静一下，仔细想想该怎么解释。然而没走两步，腰际一紧，她直接被身后的段凛箍过腰拉了过去。

门锁合上的"咔嗒"声响起。

下一秒，阮瑜被他抵了门边。她见段凛的口罩已经摘了，低眼，按着她的后腰，俯身凑近了，眼下的那颗桃花痣异常醒目。

光线有点暗，清冽的木质香拢近。她正紧张着，感觉锁骨被厮磨般咬了一口。

段凛终于出声，音色冷淡："我不能来？"

半小时后，林青去敲阮瑜的门，打算叫她吃晚饭，可敲了半天都没人应。

叶萌萌说："应该是在睡觉吧，打电话也不接。"

"睡一个下午了。"林青继续敲门，"再不起来吃，买的菜都要凉了。"

敲了五分钟，感觉不太对，这睡神都能被敲醒了吧？

林青拍门："小瑜姐？！"

叶萌萌又打了一遍电话，接了。

阮瑜的声音很含混，有点微喘，似乎还在平复呼吸："等下！马上！"

"怎么了？"林青听了会儿，门隔音很好，听不出什么动静。

两分钟后，门打开了。

林青震惊："你在房间里围什么围巾啊？"

阮瑜长发散着，身上还是睡裙，室内暖气开得足，可她脖子上居然正围着一条围巾。

耳朵通红，脸也很红。

叶萌萌一怔，怎么小瑜姐连唇都……

阮瑜眼神飘忽，用手背挡了一下唇："我还不饿，你们先去吃吧，我再睡会儿。"

"你怎么了？"林青察觉出异样。

阮瑜神情自然："什么怎么了？"

两个人看半天也看不出什么，见阮瑜没胃口吃饭，猜可能是受上午热搜的事影响，打了声招呼想走。

阮瑜松了口气，挥挥手："去吧去吧，我等下就来。"

林青和叶萌萌刚要走，忽然视线一错，猛地顿住。

阮瑜也猝然僵住了。

她半开着的门后，自她身后拦出一道手臂。衬衫袖子半挽，露出袖子下肌理匀称分明的一截小臂，手指很漂亮，修长，骨节分明，是男人的手。

男人自身后勾住了阮瑜的腰。

林青和叶萌萌瞠目结舌地往上看，见她身后有一个人。

这疏离的神情，这冷淡的气质，这……这不是段凛吗！

段凛没看两人，自身后抱住阮瑜。他倾身，低头，下颌都快要抵上她的肩，音色低缓："去哪儿？"

此时此刻，世界都安静了。

段凛勾着阮瑜的腰，又往怀里带了带，这才抬眸，扫视两人一眼，视线疏淡。

这什么信息量爆炸的撞鬼场面！有整整十秒，林青和叶萌萌一个音都发不出来，在门口杵成了活化石。

"我……解释一下。"半晌，阮瑜死死忍住了回头的冲动，耳郭烫得要死，这还解释什么啊！

林青和叶萌萌都愣愣地"啊"了一声。

阮瑜深吸一口气："是这样我和他早就在一起了今天他来探班我和纪临昊真没什么你们猜错了去吃饭吧晚点跟你们解释！"

说完，关门，锁上，一气呵成。

房间门口，又死寂了足有三分钟，林青和叶萌萌面面相觑，都从对方脸上读出了天崩地裂的震颤表情。

林青震愕，防火防盗防绯闻，死都没想到会是段凛！还是早就在一起了？！

叶萌萌恍惚，段凛啊！她偶像和她老板居然在一起了！

"快，给安姐打电话，快！"林青最先反应过来。

叶萌萌颤着手拨号码："安姐最近血压还高吗？我们现在就告诉她这事啊？"

"你还想等到上热搜再告诉她？！"

也是。

房间内，阮瑜关门的下一秒就被段凛箍过去抱起，复又摔进床上，整个人陷进柔软的被褥。她刚撑起一点身，就被他欺过来，感觉睡裙直接被他勾着推上了腰腹，丝毫不客气。

视线一暗，更深重的吻堵了过来，继续刚才没做完的事。

阮瑜浑身都在烫，连尾椎骨都发麻了，感觉自己身上被段凛手指抚摸过的每一寸都燥得要命。

房间里就开了床头一盏灯，阮瑜尝试回吻，被段凛捏了下后颈，警告意味般，勾舔着她的舌咬了一下。有点狠了，她被咬得呜咽了一声。

段凛微微往后撤了一点，垂睫，瞥了她一眼，蹙起了眉，眸光淡漠。

呜，生气了，真的生气了。

"错了。"她小声说。

其实阮瑜羞得想死，但也管不了自己的睡裙被撩到哪儿段凛的手指又触在哪儿了，两人近在咫尺的视线对上，她平复急促的喘息，又补了一句："错了。"

"我错了。"她攥了下段凛的衬衫袖子，道歉特别诚恳，"昨天晚上我应该告诉你的，我真的是单纯去给纪临昊送生日礼物，就……你打电话来的时候，我怕你误会才……不对，也没误会。"

段凛盯着她，没回应。

阮瑜继续说："我没想到当时他会跟我表白，但我拒绝了。我说我，有喜欢的人了。"

真的是怎么都没想到纪临昊会喜欢她。

她事无巨细地把昨晚的事复述一遍："下次不去了，真的。"深吸口气，态度好得快汪出泪来，"对不起。"

又是片刻的寂静。

阮瑜见段凛一直没应，只是低眼看她，漆黑密长的睫毛敛着眼，情绪未明，手指却动了。

她感觉段凛触抚着腰际的手指往下，勾到了薄薄的一角布料，整个人猛地僵滞。

她耳朵滚烫，忙伸手去攥住他的手指。

"还有，我以后再也不瞎叫了。"没招了，阮瑜想哭，"就，昨天我看到你在机场被女粉丝叫那什么，我有点不舒服。以前我那么叫纪临昊，你肯定也不舒服。"

段凛没继续动作，修长手指捏了下她的指肚，终于平静出声，音色还是冷："叫什么？"

阮瑜想死。

"老公……"她眼神又开始乱挪，憋字，"叫你，老公。"

须臾，下巴被段凛屈指抵了一下，她被迫抬头，对上段凛的视线。

段凛问："以前叫过他多少次？"

阮瑜："……"

这怎么记得住啊？

"很多次吧。"

她被段凛的眼神看得紧张，想了想，商量："以后不叫别人了，就只叫你。这样行不行啊？"

片刻后，他淡淡地问："就打算这么哄我？"

"那……你想怎么哄啊？"她又商量。

阮瑜想不到了，她看着段凛疏离的神色，忍着羞涩，仰了仰头，想主动亲他一下。

她刚想撑起身，手腕就被他紧握住，按着。

"别动。"

段凛的声音勾了点儿哑，凑近，咬了咬她的下唇，连下颌线都像绷着欲色。

她不动了，一僵，脸滚烫，想滚床底下去。

锁骨又被舐咬了一口，段凛即使隐忍着，还是发了狠。

"别招我。"段凛的气息欺过来，低头，几乎贴着她的唇开口，"我克制不了。"

他隐忍着起身，进了浴室。

阮瑜从床上爬起，将被推到腰际的睡裙拉下去，低头看了一眼，全身都是细碎暧昧的吻痕。

她扯了个枕头，埋脸，身上触感没消，稍微动一下都觉得不对劲。手指、颈窝、腰腹、大腿、脚踝，甚至心口处，似乎还残留着异样的触感。

不知道段凛进去洗了多久，阮瑜一直埋在枕头里，意图捂死自己。

水声停了。

有脚步声，随后，床垫微一下陷。她感觉自己被吻了一下耳郭，抬起头，脸还是红的，羞耻加上憋的。

段凛刚洗完澡，漫着清冽的水汽，衬得他眼底下那颗痣更勾人。

视线交错，她诚恳地问："你不生气了吧？"

"没生气。"

"这还没生气啊？"阮瑜咕哝，"没生气那你刚才这么狠。"

想起以前她黑他的时候用的词了，黑道太子爷是真的。

段凛一顿，微蹙眉："疼？"

也不是疼。

见他真不气了，阮瑜坐直了点，没吭声，扯起一点裙摆给他看，真正的控诉就是无声似有声。

段凛低眼一瞥，她白皙的小腿上都是红痕，小腿肚上还有一道浅浅的齿印。

咬她的那一下，细腻的触感和她细微的颤抖都还记着。

须臾，段凛平静地问："哪里狠？我对你做过最狠的事，不过就是在床上咬你。"

好，行，别说了！

阮瑜连滚带爬下床，要去洗澡，又被拦腰箍回去。

呜。

晚上八点，林青和叶萌萌在阮瑜房间门口转悠半天，围着走廊绕了两圈，还是战战兢兢地给阮瑜打了电话。

"小瑜姐，刚才统筹送明天的通告单来了，我给你从门缝底下塞进来？"

他塞小广告呢？

阮瑜马上说："别别！你直接过来吧。"

"能过来吗？"林青提心吊胆。

"能！"

两人如释重负，去敲阮瑜的门，开了。

一进去，他们见阮瑜浑身上下都遮得很严实，浅粉色高领卫衣搭白色绒裤，脚上连袜子都套着。

林青和叶萌萌沉默，不是很想知道她为什么这么穿，可想象力它不听使唤！

段凛刚在落地窗边接完电话，倒了一杯水，递给阮瑜，又扫向两人："坐，谈谈？"

林青和叶萌萌充其量就是助理，谈不了这个。段凛的气场太足，两人对视一眼，最后还是叶萌萌开口。

叶萌萌很谨慎："小瑜姐，你和段老师是什么时候在一起的？"

好，重点来了。

既然被发现，阮瑜就坦白了："按道理说可能是两年半以前吧。"

林青和叶萌萌两人一愣。

阮瑜在酝酿什么："是这样，我们已经领证很久了。"

长久的死寂。

林青喃喃："完了，全网要瘫痪了。"

叶萌萌自言自语："完了，世界要末日了。"

阮瑜看两个人一副没缓过来的样子，有点心虚地喝了口水。忽然记起什么，她好奇地看向段凛："对了，你怎么会知道我的房间号啊？"

"问了章导。"段凛低头，替她擦掉唇边的水痕，"英影是出品方。"

阮瑜想起来了，对啊，他是电影的投资方。

那他来探班岂不是名正言顺？

林青也想起来阮瑜和英影签的那份条件诱人的影视合作约了，敢情这不是白占便宜，这是在送羊入虎口啊！

叶萌萌则脸色通红，偶像私底下这么撩的吗？啊，妈妈，她今天亲眼看到偶像被拉下神坛了！

在场每个人都不在一个世界里。

最后还是安卓茜一个电话拯救木乃伊二人组。

林青把手机给阮瑜："小瑜姐，安姐的电话。"

阮瑜接过，有点心虚。

当初她没和安卓茜提起领证的事，是因为那会儿她还把段凛看成对家，拒绝承认这事。后来等两人在一起了没说，也是不知道该怎么提，毕竟一坦白就是领证两年，这谁受得了啊？！

阮瑜挑关键的信息一五一十说了，安卓茜那边静默良久，不是很冷静："这样，你先让我消化两分钟。"

消化完，安卓茜按太阳穴，异常严肃："小瑜，现在你和段凛的事还不能公开，原因我不说你也知道。等过两年你的人气和作品口碑都稳定下来，再考虑这事也不迟，再说，段凛那边应该更不想公开吧？"

听阮瑜迟疑，安卓茜惊诧。

段凛难道想公开？

安卓茜问："我听林青说段凛过来了？他还在你旁边吗？"

跟击鼓传花似的，手机到段凛手里。

阮瑜听段凛和安卓茜聊了几分钟，光听他这边的对话听不出什么，聊得很平静，等到手机被递回给她，安卓茜深叹一口气。

"半年内……"安卓茜退让，"至少半年内不行。"

阮瑜傻了："不是等过两年吗？"

"你能说服段凛，我巴不得你一直不公开。"

电话那边，安卓茜又在按太阳穴，其实刚才段凛说得没错。

她不想让阮瑜公开，无非是因为恋情公开后会掉流量，而在圈内拿流量换资源几乎是默认的潜规则了，即便阮瑜是商影老总的亲女儿，也不能单靠背景吃下那些好资源。

但是，等公开后，阮瑜那些丢掉的资源段凛能给补上吗？能，真的能。

这些资源不是指商务代言，不是利，阮瑜不缺钱，真正的资源是指影视资源，是名。

而按长远发展来看，电影永远是更高一筹的艺术载体，意味着青史留名。这也是数不清的明星挤破头都想挤进真正电影圈的关键原因。

段凛背靠圈内的影视公司巨头冬影娱乐，自己手底下的公司又在三年内签下数个一线大腕，更别提他本人在电影圈内混得风生水起，认识这么多大导。

后台背景硬，本人实绩又高，要捧阮瑜不是说说而已。

等公开后，说不定阮瑜还能借着他的人气拉一波国民度。

安卓茜想得很明白。

最主要的是，段凛竟然不介意公开，甚至随时都能公开。

实话说，安卓茜动摇了。

可一想到公开后要做的公关和要面临的骂声，她就头疼。

段凛刚出道就是实绩演员，流量是后来的附加，可阮瑜还没有从流量小花成功转型。

再缓缓……

阮瑜捏着手机，有点不懂：不是啊，怎么才给缓半年？

挂了电话，她仰头看段凛。

"你真的想好了啊?"她已经能预见腥风血雨了,"不是,你会掉粉的,说不定还有特别多脱粉回踩的。"

段凛没应,随手帮她把翻进去一角的卫衣领口抻平。

"我等你准备好。"

阮瑜刚想点头,下巴被他的手指抵着捏了一下。

段凛又淡淡地说:"但等不了太久。"

"哦……"

今晚段凛推了通告过来,明早还有戏。他连着接了几个电话,待不了多久,要离开。

离开前,他拉过阮瑜的手腕,俯身在她嘴角一触而过。当着人前,没吻太深。

在场的林青和叶萌萌表情各异,还是没适应过来这坦白即领证的爆炸消息。

大佛走了,开始秋后问审。

叶萌萌面颊绯红,倒吸一口凉气:"小瑜姐,我感觉在做梦,我天,你们瞒得太好了!段凛真的会谈恋爱啊?"

一想不对,不是恋爱,是领证结婚!

"祖宗,我全球直播吃专辑成吗?"林青想起来阮瑜的誓死承诺,原来一开始他就提防错了人,直接疯了,"我现在宁愿你和纪临昊有什么,也别和段凛有什么!"

"你不要欺负我记忆力差好吧,你明明之前还说黑红也是红。"阮瑜翻旧账。

林青心口疼:"那是我以为你们不可能!你知道段凛粉丝有多厉害吗?!你要被骂死了!"

"别提醒我这个噩耗了,我知道。"阮瑜咕哝。

废话,她当然知道啊!

林青想起阮瑜以往接到段凛电话那一副波澜不惊的表情,奥斯卡小金人都要颁给她!

他赶紧摸手机:"等会儿,让我看看段凛过来有没有被拍。"

"我已经把群聊名称改了。"旁边叶萌萌也摸出手机。

阮瑜一看,叶萌萌把原来"今天小鱼跃龙门了吗"的助理群聊名称改成了"今天小鱼全网黑了吗"。

阮瑜退出微信,爬上微博看了一圈。

早上她和纪临昊的绯闻热搜已经退了,只有两家团队的澄清声明仍挂在热搜榜的后排。热搜挂了一天,点赞数早破了百万,评论区里还是很热闹。

热搜底下,还有营销号带话题发起相关的投票微博蹭热度,投一次票微博就自动转发一次,转发数都过万了。

阮瑜点进转发,差点要摔手机,热转第一居然是"D"!!

段凛的那个小号?

他那条微博也是投完票以后自动发的，时间是今天上午，一算时间，应该是来南京的路上。

D：【# 你觉得纪临昊和阮瑜会发展恋情吗 #，我投给了"不会"这个选项。】

自从去年这个账号在阮瑜的生日直播上一砸重金后，蜂拥而来的鱼粉已经将账号主看成了圈内的氪金大佬，吃瓜路人也纷纷关注。现在账号已经有二十多万的粉了。

大佬平时只会转发阮瑜的微博，简单的"转发"两个字，从来没说过别的废话。

鱼粉感动涕零：【我圈氪金大佬人狠话不多，低调不炫耀！还不吃假绯闻的爆料！呜呜呜，是九亿流量明星的梦中情粉了！能跟大佬一起追星真的好快乐！！】

这条投票微博下都是鱼粉的鼓掌。

【给大佬递茶！大佬说得对！】

【大家把小瑜独美打在评论区里。】

【大佬还缺朋友吗？整天替你数钱的那种！】

【啊啊啊，好想知道大佬现实里做什么工作啊！！】

阮瑜心说：不，你们不想。

第三十章
– 你今天晚上特别好看

兵荒马乱的一晚过去，过生日的过生日，澄清的澄清，阮瑜又回归到片场酒店两点一线的作息。

但林青和叶萌萌还没缓过来，甚至第二天的反应更强烈了，他们看她的眼神差点让她以为自己是什么濒危保护动物。

安卓茜打来电话。

"给你接了两个外出通告，有一个在南京，你那边下戏了能直接赶过去拍摄。"安卓茜又叮嘱，"恋情的事捂着一点，短期内别被拍了。"

阮瑜说："好。"

也拍不了，她和段凛一南一北隔了两个剧组，平时只能打电话。

林青现在就非常紧张阮瑜打电话。

只要她在片场，在摄影棚，在任何公众场合接起段凛的电话，林青比她还忐忑，防贼似的防有人偷听。

阮瑜翻了个白眼："你现在这样，不知道的以为你和段凛有点什么。"

林青想起什么来："所以去年在珠海那会儿，你参加那档电竞综艺决赛那一晚，不是和纪临昊在一起，而是和段凛？"

"是啊。"阮瑜坦然。

他真蠢，真的，到现在才发现全是被自己忽略的细节。

林青吸氧祈祷，来点好消息吧。

隔周，阮瑜接到了导演冯斌的电话，自从《小家》杀青后，她偶尔和冯导聊两句，都是必要交谈，没再有什么联系。

这次，他打电话来也不例外："阮瑜，告诉你一个好消息。"

"上半年的时候我和李导把剧报名送审了白茉莉奖，送的第三十一集，昨天内部的评审消息出来了，你在最佳女配角的入围名单里。"冯斌笑着调侃，"童知知，先提前恭喜你了！"

阮瑜一愣："白茉莉奖？"

"对！"

　　冯斌带到的恭喜消息的确可靠，两天后的中午十二点整，电视节的官博正式公布了本届白茉莉奖的入围名单。

　　名单一出，全网媒体齐发通稿，名单的奖项提名连上各大平台的热搜。

　　鱼粉本来是想吃瓜看热闹，然而在点开入围名单后一看，全体傻了，啊，小瑜入围白茉莉奖的最佳女配角了？

　　有不太懂白茉莉奖的粉丝，被科普了一遍后，也纷纷跟着号起来。

　　作为国内屈指可数的国际性电视节，每年举办时都万众瞩目，电视节一共办五天，在这五天里将有五个单元的参赛入围作品接受组委会的评定，并于最后一天从入围名单中评审出获奖名单。

　　白茉莉奖是国内公认的三大电视剧奖项之一，每一届的入围和获奖名单必然受到吃瓜网友和各家粉丝的热议。

　　阮瑜此次入围中国电视剧单元组的最佳女配角，当初冯斌送审的是《小家》第三十一集，她回头又重看了一遍。

　　这一集的主线剧情是知知爷爷的生日大寿，而在三代同堂给爷爷过生日的那晚，全家争吵，过去积攒的矛盾和怨怼一夜之间爆发。是非常有冲突和看点的一集，一干戏骨对飙演技，话题度热烈，她记得当晚野榜单台的收视率甚至破了 3。

　　那一集还有她的哭戏，剧播时热搜底下都是夸她演技大好，接住了老师们的戏。

　　她演技确实大有进步，但没想到能入围白茉莉奖。

　　全体鱼粉惊喜地冲进热搜底下，还没撸袖子，却发现热评前排已经被菱角占了！

　　才想起来，段凛也在此次的入围名单中！

　　去年最爆的两部剧，一部是都市家庭教育剧《小家》，一部则是宫廷权谋剧《盛唐》。

　　作为特邀出演，段凛在《盛唐》中的戏份不多，演的还是一位权倾朝野的佞臣，戏份到中期就杀青了。可耐不住他国民度高演技好，在角色立起来后，观众又爱又恨，剧播时的讨论度竟比老戏骨主角们还要高。

　　他入围白茉莉最佳男配角，意料之中。

　　两家粉在评论区相见，分外眼红，忍了。

　　提名即肯定，鱼粉对阮瑜能入围白茉莉已经太满意了。毕竟同入围最佳女配角的其他几位演员都是中生代戏骨，稍年轻一些的也是童星出身，科班演员，想获奖太难了。

　　名单出来当天，阮瑜的微信消息里一列恭喜。她刚拍完戏，挨个回了，翻到底下，一顿。

纪临昊：【小瑜，恭喜你。】

那天，她和纪临昊把拒绝的话说清楚后，两人再没聊过。而她这段时间忙着拍戏赶通告，很久没追星了，也没主动想起来去看爱豆的最新动态。

爱豆是爱豆，也只能是爱豆。

阮瑜：【谢谢！】

回得很官方，这次也没加什么可爱的表情包。

她满意，私下再联系是不可能了，那就祝爱豆以后星途顺利吧。

旁边林青还没激动多久，脸色一变："段凛也入围了？"

"是啊，怎么了？"

林青志忑忑盘算："入围酒会、走红毯、颁奖典礼，这些可能有交集的场合你务必跟他保持距离！就算装不成陌生人，也得装成不熟的前同事，不能让你俩的粉丝找出任何蛛丝马迹！"

阮瑜没好气地说："我有那演技现在就不止入围白茉莉了，我应该在奥斯卡。"

电视节的前三天是作品展，抢到票的观众和受邀参展的来宾都在现场，一共五个竞赛单元组，每一部入围作品都搭有展台。场馆一楼是展台区，二楼是观影区，各个放映厅内全天候播放入围白茉莉奖的影视剧，观众能观影，组委会评审也在场。

这次《小家》荣获白茉莉奖五项提名，呼声极高。

第一天开展，剧组总导演冯斌和几位主角都出席了展会。阮瑜还在剧组里拍戏，过不去，在剧组接受媒体采访时只能现场连线。

连轴转拍了几天戏，等到第四天，她请假飞去参加提名酒会。

傍晚，阮瑜和剧组其他主创人员一起走红毯，接受媒体拍照，进场馆内的酒会厅。

比起明晚的颁奖盛典，今晚的提名酒会更像是内部酒会，比较随意，不对外放票，受邀出席的都是入围演员。

偌大的厅内灯火璀璨，每张圆桌上都立着各个剧组的铭牌。厅内觥筹交错，交谈声四起，阮瑜跟着冯斌他们在安排的席位坐下，旁边一桌正好是《盛唐》剧组。

刚入座，《盛唐》剧组的导演王乃安过来打招呼。

聊了几句，冯斌笑道："我看你们剧组那几个主角，有一半都没来？"

"今晚来不了，"王乃安跟他碰杯，"段凛他们都还没回国呢，明天才能到。"

阮瑜在旁边听，她昨天和段凛打电话时他还在尼泊尔拍戏，一早就知道他今晚来不了。

"小瑜，能合一张影吗？"忽然有人轻声搭话。

眼前长发女孩脖子上挂着工作人员的牌子，看着像粉丝，表情紧张又激动。

　　阮瑜眼睛弯弯，说："好。"她和女孩合照了几张。

　　女孩表白："我是你的粉丝！我们全家都喜欢看《小家》，你的知知演得特别好，恭喜你入围！"

　　"好，谢谢你。"

　　她笑靥很甜，被夸得有点不好意思。

　　女孩局促地问："小瑜，能再抱一下吗？"

　　"可以啊。"阮瑜礼貌地抱了抱她。

　　女孩激动得整张脸通红，啊啊啊，小瑜本人真的好宠粉啊！

　　当晚合照被发在了粉丝超话里，文案里一串感叹号，词穷夸阮瑜"本人特别香特别漂亮人特别好"。

　　鱼粉呜呜地哭：【"女鹅"怎么这么好！感觉还能再粉一万年！】

　　【都在期待明天的白茉莉奖，不求拿奖，只要能让我们看到仙女出场就够了！】

　　翌日下午，电视节闭幕式红毯上，巨星云集。

　　电视台和各大视频平台从红毯仪式就开始直播，一直直播到晚上内场的白茉莉奖颁奖典礼。晚上六点，红毯开始，路人看热闹，各家粉则守着直播等自家偶像出场，网络直播间的弹幕刷得密密麻麻。

　　鱼粉翘首等待，晚上六点半，终于到《小家》剧组走红毯。

　　直播里，阮瑜跟在副导演李昆宁身后走上红毯，在签名板上签名，转身，对着一众媒体的闪光灯大方微笑。

　　她乌黑长发盘成髻，一身象牙白的纱裙，一字肩的领口露出精致锁骨，裙身掐腰，印花刺绣的纱裙裙摆曳地。

　　一时间，满弹幕都是鱼粉的号叫：【啊啊啊，太美啦！小瑜今天真的是仙女！】

　　等进了内场，远处看台上，观众席间的鱼粉也在现场尖叫。阮瑜听见了，抬头看过去，看不太清楚，但弯眼招了招手。

　　可很快她就笑不出来了。

　　她正跟着剧组其他主创被工作人员引到席间，看见第二排中央的座位靠背上贴着她的名字。她左边位子贴着剧组另一男演员的名字，再往右边一看，不对，那贴的不是"段凛"吗？

　　"怎么了？"副导演李昆宁见她僵住，问道。

　　"没……"

　　阮瑜维持着自然表情，入座。

　　右边位子还是空的，段凛他们还没入内场。

　　刚才在红毯候场区看到段凛了，但媒体太多，她就瞅了一眼，后来一眼都没往他那边看，怕被拍出点什么。

　　偌大的礼堂内场，灯光璀璨，人声喧哗。颁奖典礼还没正式开始，在场嘉宾各自聊天，不时有明星入场，看台席间的粉丝就扬起一阵呐喊表白声。

忽然，身后远处的看台席上爆发出一阵前所未有的激动尖叫声，几乎响彻全场。连正转头聊天的一些明星都停了声，往入场口看。

阮瑜心说她看都不用看就知道是段凛来了！

一抬头，果然。

《盛唐》的剧组刚入场，人群中的段凛一身剪裁修身的黑西服，近一米九的身高在一干明星中仍孤拔出众。

她就看了一眼，迅速撤回目光，拉开手包，摸手机。

不看了，玩手机玩手机。

手机在振个不停，全是来自"小瑜今天全网黑了吗"的群聊。

林青和叶萌萌在后台，显然也看到直播了，简直比阮瑜还草木皆兵。

叶萌萌：【小瑜姐，等下记得要和段凛保持距离！】

林青：【最好一眼都不要瞟！被拍传绯闻就完了，可不能今天就公开啊！】

阮瑜：【晚了，他等下就坐我旁边。】

过来了。

阮瑜余光瞥见右边一排空座位来了人，随后她右边的座位有人坐下。他们正在聊天。

"阿凛，还是你的粉丝厉害啊，都快叫破音了。

"对了，典礼完了你是留一天还是马上走？"

"要走。"是段凛的声音，一贯的沉静。

就在身旁，离得很近。

阮瑜心跳特别快，但面上自然地专注玩手机，看回群聊，发现林青和叶萌萌没再回复了。

大概是在吃速效救心丸。

此时此刻，看台上以及直播屏幕前的菱角和鱼粉已经傻眼了，两家光是撞通告就已经够窒息了，没想到座位还会被排在一起，还是挨着坐！

段凛和阮瑜都是现下的流量话题人物，有媒体第一时间截屏发稿：【自《无声惊雷》后，段凛阮瑜再度同台，双双提名白茉莉最佳配角，也算是一种别样的缘分啦，看内场图，两人坐在一起是不是很养眼呢？】

这话无异于煽风点火，菱角和鱼粉都认定这是对方买的炒作捆绑通稿。

菱角冷笑：【我哥三金影帝用得着捆绑你家十八线女糊花？】

鱼粉嗤声：【我"女鹅"豪门名媛犯得着下贴你家卖艺老演员？】

一片硝烟中，"小心党"悄悄地举起了小旗子。

他们活了！

要知道自从今年二月份的电影宣传期过后，段凛和阮瑜在公共场合就再也没交集了啊！其间除了一颗合约糖以外什么都没嗑着，呜呜呜，整整四个月了，他们终于等来了"小心党"的春天！

画面里，左边的段凛眉眼深邃，西服笔挺，右边的阮瑜肤白胜雪，纱裙绰约，再差一条头纱就是婚礼现场。

不仅同框了，同的还是世纪婚礼的框！

菱角和鱼粉吵到一半，发现"小心党"已经嗑上了，直接掉转炮火。

【没看到两个人都在各自打电话？前同事罢了，不熟，滚！】

林青和叶萌萌也发现了，阮瑜正在打电话，视线往左边看，像在找什么人。而她右边的段凛，也在兀自打电话。镜头离得远，看不清表情。

"她给谁打电话？"林青有点蒙。

"不知道啊。"

三十秒前。

阮瑜还在专注玩手机，发现屏幕上跳出段凛的来电时，浑身一滞，差点没把手机扔出去。

她接了，没立刻把手机凑到耳边，而是装模作样地拨号码，这才真正接了，视线往左边挪："啊……"

坐在她左边的男演员正在和前排聊天，闻言回头，见她在通电话，绅士一笑，又继续回身聊。

段凛一顿，淡淡地问："怎么不看我？"

看什么看啊！阮瑜紧张得要死，声音特别低。

"不能看啊。"她咕哝，"就，不是商量好了，公开场合别太明显的吗？"

段凛没应。

片刻，段凛才问："月底你们要转场去洛杉矶？"

不是，他不会真打算这样聊天吧？

憋了半天，阮瑜小声说："对，拍一个月就回来了。"

"下个月我杀青，休息一段时间。"段凛音色低缓，"过来探班，可不可以？"

阮瑜眼睛亮了亮，忍着回头看的念头，死死压住翘起的嘴角，想了下："那会被拍到的吧？"

"不会。"须臾，段凛平静地说，"那就公开。"

阮瑜想起刚才段凛入场时看台处菱角疯狂的尖叫声了，怎么办？想给自己提前上炷香。

段凛说："别紧张。"

"本来一点都不紧张，你打这个电话，我反而紧张了。"阮瑜停下挠扶手的小动作，"那什么，你别看我啊。"

静默一会儿，段凛才应："忍不住。"

阮瑜是真的紧张，一眼都没向段凛那边看。

一通电话下来，什么含笑浅笑客气微笑，什么喝水撩头发理裙摆，她能遮掩的动作都做了。

只有脑海里在疯狂滚弹幕。段凛他怎么这么光明正大啊？！

她开始严肃思考，长痛不如短痛，不如找个黄道吉日公开算了。这种高空走钢丝的无间道再来两次，她心脏病都要复发了好吗！

此刻，直播间的弹幕滚得还要凶。

刚才镜头扫给段凛和阮瑜，两人都在各自接电话，全程无眼神交流。

路人唏嘘，演员果然厉害，明明两人在《无声惊雷》里的对戏暧昧默契十足，现在却跟陌生人没什么区别，看着尴尬都要破屏而出了。菱角和鱼粉也疯狂刷着"别问问就是不熟"，一扫刚刚的不快，舒服了。

"小心党"呜呜流泪：【够了够了，本来就是假的，能同框就巨甜了，还要什么自行车啊！】

一直到最佳男配角的颁奖。

内场灯火通明。大屏幕上，正在轮播此次提名最佳男配角的五段戏份。

最后一段是段凛，来自《盛唐》剧集的中期，他饰演的佞臣终于被推上刑场，连累全家斩首。

佞臣本来阴冷着神色，临刑前冷眼听着判刑的痛斥，毫无愧意。可听见小女儿的哭声，他神色动了，低头，兀自一笑。

这是一段由笑转哭的悲戏，段凛脸上还化着厚重苍老的妆，可神情的每一寸都转变得非常自然，将穷途末路的挣扎和悲怆展现得淋漓尽致，看得人直起鸡皮疙瘩。

弹幕刷疯了，不得不承认，有人就是天生为银幕而生的。

台上，德高望重的中生代男演员打开信封，笑着念：

"获得本届白茉莉最佳男配角的是——

"段凛。恭喜段凛！"

几乎是毫无悬念。

观众席上的尖叫声一阵高过一阵，阮瑜总算能看段凛上台领奖，压着雀跃，客气地鼓掌。

段凛的获奖词很短，甚至说得没刚才菱角的尖叫声久。他下台，又是一阵轰动。

紧接着的是最佳女配角。

台上，颁奖嘉宾正聊着天："让我们看看哪几位优秀的配角演员贡献了她们精湛的表演……"

第三段是阮瑜在《小家》里的片段，哭戏。

家人在饭桌上的争吵被她以摔杯子为点猝然打断，是一段冲突爆发的哭戏。

播完这段，大屏幕短暂切到席上的阮瑜。

她朝镜头弯眼一笑，心里快尴尬死，就怎么说，当众看自己撒泼打滚的戏，还是有点不适应。

直到放完剩下的两段，女颁奖嘉宾含笑着说："我宣布，本届白茉莉最佳女配角获得者是——

"阮瑜！祝贺童知知！"

哈？！

阮瑜蒙了。

男颁奖嘉宾又说："组委会的评价是，'笑中带泪的演绎，完美呈现青春期的蜕变'。有请我们的知知上台，发表获奖感言！"

后台，林青刚喝的水倒了一身，没来得及擦。

"天啊？！"

"获奖了？！"叶萌萌餐巾纸递一半，眼眶一下红了，"真的？真的啊！！！"

看台区，鱼粉都傻了，足足死寂两秒，才爆发出声声尖叫。

"啊啊啊，小瑜好棒！"

"恭喜阮瑜啊——"

"小瑜加油！小瑜厉害！！！"

有鱼粉已经激动哭了，前两天还在提名即肯定，今晚就获奖了！

打死都没想过会获奖！角逐这么激烈，谁敢想啊！

阮瑜还在蒙。她上台得穿过《盛唐》剧组，刚茫然站起往右拐，走了两步，裙子似乎被拉扯住了。

她回身低头看，曳地的纱质裙摆被自己座椅下的什么突起给钩住了，一层纱衣撕开了一道裂口。

那瞬间脑子没转过来，她居然还在想：完了，要给品牌赞助赔钱了。

下一秒，有一只手探下，手指修长分明，随手替她把裙摆给解了出来。

阮瑜抬头，对上座位上段凛的眸光。

视线交错。

段凛容色敛淡："恭喜。"

"谢谢。"

阮瑜维持住镇静的表情，都不知道自己怎么上的台。

万千光束打在她的身上，熠熠发光。

她凑近话筒，沉默了，紧张，没词。

救命，她压根儿没准备获奖感言啊！！

视线一探，近处满场都是含笑注视着她的演员们。远处观众席上也人头攒动，应援灯牌和闪光灯不断。

很短的一瞬间，她几乎没多思考，就在第三排找到了正盯着她看的段凛。那种紧张的感觉好多了。

缓了下。

"真的特别意外，我今天其实都没准备获奖感言。"她看着段凛，迅速措辞，语气诚恳，"首先要感谢冯斌导演，感谢剧组里的每一位老师，以及我的经纪人和团队……"

捋顺了。

阮瑜还有空在那儿想，段凛今天真的有点好看，好看到离谱，刚才一直没仔细看真的亏了。

他平时本不长的刘海抓起，原本就深邃的五官轮廓在光线下越发英俊，是菱角常吹的，"连光都偏爱的那种电影脸"。他西装笔挺，打着黑领结，盯着她的眸光沉静如墨。

"最后要感谢我的粉丝，感谢你们过往曾支持我的每一个决定，也希望你们在未来会尊重我的每一个选择。"

镜头给阮瑜，她眼神清澈笃定，一身白纱裙，在台上沐浴着光辉，漂亮得惊人。

鱼粉快激动得哭死了，还在弹幕里掐架的也不掐了。

一些粉龄长的老粉哭得最厉害，呜呜呜，他们真的是一步步看小瑜成长过来的啊！从全网黑到勇敢澄清，从命悬一线再到病愈出院，小瑜能一步步走到现在，私底下有多努力他们猜都能猜到！

他们只不过是被光吸引罢了！

直播间的弹幕都是鱼粉铺天盖地的"好好好"。

今晚的热搜随处能见白茉莉奖的话题，而阮瑜荣获最佳女配角的话题也很快上了热搜，一路冲上了高位。

非科班演员出身，出道仅两年半就拿到了白茉莉奖的最佳女配角，简直是八倍速成长，和童知知一样，名副其实的"蜕变"。

回酒店的车上，林青和叶萌萌刷着微博，眉开眼笑。

"早知道应该逼着你准备获奖稿！上台时间太短了，本来还能再说两段。"

"幸好小瑜姐你反应得快，不然……"

叶萌萌也想接话，猛地停了，沉寂半晌，她颤声："这……这是什么？"

"什么？"

林青过去看，也傻了。

阮瑜还在回恭喜的消息，听他们没声了，抬头见两人一副活化石的僵硬脸，好奇地凑过去："怎么了？"

叶萌萌看的是一条微博。

半小时前，一位网友发了一张图，是在今晚的白茉莉奖颁奖典礼上的一张抓拍。

【# 白茉莉颁奖典礼 # 不是他们任何一个人的粉，就是觉得这张图绝了，不放出来可惜了。】

图是在远处看台上照的，但胜在博主相机好，像素清晰。

清晰到，画面里的段凛和阮瑜脸上的表情都清清楚楚。

是她裙子被钩住时，段凛俯身替她解裙摆的一幕。

阮瑜侧对镜头站着，回身看段凛。而段凛背对着镜头，却拍到了侧脸。两人之间是颁奖台上照过来的光，正逆着光对视，像有情愫流动，无论是光影还是氛围都美得像电影画面。

这张神图已经被转了三万了。

直接出了圈。

论坛里，"小心党"喜极而泣。

【太美了太美了太美了，给我把般配打在公屏上！】

【白茉莉你不是白茉莉，你是婚礼现场盛放的红玫瑰啊！！】

【这是什么？结婚典礼吗？】

【明天他们可以是假的，但今晚一定是真的。】

从不追星的路人也在首页刷到了这张图。

有……有点好嗑。

毫无防备地，段凛和阮瑜的这张出圈神图跟着当晚的白茉莉奖一起，带了"你嗑过颜值最高的 CP"的话题，直接冲上了热搜。

鱼粉的眼泪都没擦干，看到被关注大 V 转到首页来的双人图，瞬间炸了一池鱼塘，他们冲进热搜里，和同样挎袖子的菱角撞了个两脸蒙。

以为又是对家买的捆绑热搜，可一看转发评论，全是姨母笑嗑糖的纯路人和别家粉。

【这两个真的都是我不粉也觉得好看的明星，好养眼！】

【我能说我看《无声惊雷》的时候小嗑过一段时间吗？剧情太虐了，意难平，呜呜呜。】

【笑得我嘴角拉不下来，收壁纸了。】

【这张截图！！阮瑜说获奖感言的时候好像在看段凛啊。】

还有人截出今晚颁奖典礼上的一幕，阮瑜在台上领奖时有一镜横拍，视线看向的地方不偏不倚是段凛的方向，而段凛也恰好在注视她。

鱼粉一口老血梗在心头，只能脸上笑嘻嘻地解释：【小瑜只是当时太紧张找不到定点，恰好某演员的位子又在前排中央罢啦，哈哈。】

菱角反应过来，训练有素地加入：【段凛平时一直都这么绅士，教养好罢了，恭喜哥哥获得白茉莉最佳男配角。】

双人图出圈，这一波任谁也没想到。

小心党嗑晕了：【今晚大胆过年，感谢各位来参加我们内娱颜值天花板 CP 的婚礼，谢谢，谢谢！】

图转得沸沸扬扬，外人都在嗑糖调侃，但谁也没当真。不是绯闻，不用澄清。

但林青和叶萌萌看得浑身冷汗，只想静脉注射静心口服液，因为是真的啊！

阮瑜没管他们，在接电话。

"你到机场了吗？"

那边，段凛的背景音嘈杂，他应道："刚到。"

"刚才忘记说了，恭喜你啊。"阮瑜心情超好，声音都扬着雀跃。

"当时在想什么？"

她有点蒙："啊？"

段凛一顿，问："看我的时候，在想什么？"

"哦……那时候啊。"阮瑜看到林青和叶萌萌投过来的目光了，顶着双人组，有点不自然，还是坦诚地说，"就，想你吧。"

她非常笃定："我感觉你今天晚上特别好看，真的。"

段凛那边没接话，半晌，才声音低缓地问："来找你？"

阮瑜一滞："你不是要赶飞机回去吗？"

"不回了。"

段凛听起来挺平静，但她忽然莫名有点虚，那瞬间就像被捏了一下后颈。

"可那什么，我晚上还有庆功宴。"阮瑜看面前两人一脸想冲过来夺手机的胆战心惊，迟疑，"不找了吧？"

林青和叶萌萌看阮瑜又聊了几句，挂了电话，似乎没打算再在今晚来一场私下碰头。两人劫后余生地舒了一口气。

"你们这么紧张干吗，不是没被传绯闻吗？"阮瑜又看了一遍那张神图，呜，好看，保存了，评价，"这也不能算吧，这真是意外，我表情管理挺好的啊。"

"确实没传实质性绯闻。"林青看手机，心梗总结，"只不过就是过去一个小时这张图出圈被转了七万次，你和段凛的双人超话多出一万粉，排名上升五位，你们俩的粉丝正在满世界追杀CP粉。"

叶萌萌瑟瑟发抖："小瑜姐，你的粉丝还说，三年吃素换你和段凛老死不相往来，这辈子再同框一次就手刃经纪人和团队助理。"

阮瑜心说：涨工资，明天就涨工资！

白茉莉奖的话题热闹了两天，阮瑜参加完《小家》剧组的庆功宴，又扑回《路人甲乙》的剧组继续拍戏，偶尔接一两个外出拍摄通告。

《路人甲乙》已经拍摄到后半期，她和伍英豪饰演的外甥女和舅舅在国内的戏份拍得差不多了，按剧本，剩下的剧情场景大部分都在美国好莱坞，要出国取景。

七月初，阮瑜跟着整个剧组转场，当天晚上抵达洛杉矶国际机场，坐接机的包车去好莱坞。

好莱坞就在洛杉矶的市郊，不远，从机场过去一个多小时就到了。虽然阮瑜的护照上早就盖过美国的戳，但对于她本人，这里真是第一次来。

来载主角的司机是美籍华裔，特地带他们沿着日落大道开，操着一口不太标准的普通话跟他们聊了一路。阮瑜往窗外看，沿街都是棕榈树，路边不时有印着电影海报的广告牌一闪而过。

城市灯火通明，靠着海湾，三面环山。远处山上也有荧荧夜景，不少富豪和好莱坞明星的山庄豪宅就建在那里。

旁边伍英豪听不懂司机的口音，一直在皱眉："你港咩啊？"

司机用英文问了一句，伍英豪总算听懂了，恍然大笑，两人没什么障碍地聊起天来。

阮瑜开了车窗，窗外的夜景更鲜活真实了，有点新奇。

好莱坞啊！

到好莱坞的第一天，整个剧组在酒店倒了一天时差。翌日下午，新的监制带着他的摄制团队进了组。

《路人甲乙》是英影和冬影联合出品的片子，由于有海外戏份，所以当初在立项时就找了一家洛杉矶当地的电影公司合作，新监制就是这家电影公司派来帮忙安排拍摄行程的人手。方便借用当地的摄影棚，也好调度群演。

新来的监制叫约翰尼斯·加兰，白发寸头，身形魁梧，但笑起来很有感染力。阮瑜总感觉这名字怎么听怎么耳熟。

"加兰啊！拍《亡命酒徒》系列片的那个导演！"叶萌萌激动科普，"天，怎么请到的啊！"

知名的好莱坞商业大片导演。

怎么请到的?

阮瑜想了想段家的产业，也给叶萌萌科普："大概还是……有钱吧。"

她看过剧本，在好莱坞拍摄的这一段剧情内容还不少。

两年前，口吃舅舅将攒了数年的老婆本借给了好兄弟，有大几十万，却没想到好兄弟一分没还，听说那人最近在好莱坞当群演，决定亲自追债。舅舅想去好莱坞追债，外甥女想去追梦，误打误撞之下就这么恰好同行了。

好莱坞是出了名的电影城市，众多知名电影公司和制片厂都设在当地。两人在某拍摄片场外转悠了半天，意外被人叫去试镜群演，说要拍一段抢银行的戏，演抢劫犯。

试镜通过得特别顺利，换戏服，拿道具，舅舅还真跟着兴奋的外甥女去当了群演，还是实景拍摄。两人在导演的指挥下冲进场地，举枪威胁强迫拿钱一系列操作行云流水，等拿包的时候才发现不对劲。

路人不是群演！银行是真的银行！枪居然也是真枪！

那几个压根儿不是剧组工作人员！他们替别人抢了银行！！

接着是一段被警察带走后的兵荒马乱，口吃舅舅的费力解释和外甥女的五毛钱英文笑料百出，当初阮瑜翻剧本的时候笑得不行。

章家鸣想让电影过明年春节档的院线审核，所以拍摄进度很赶，新监制进组的当天晚上就开了机。

他们的很多戏都要街头取景。好莱坞一年四季游客爆满，就算片场拉起来还是有不少人在远处围观，不过外国人比较多，华人不多。阮瑜的知名度还没到全世界刷脸的地步，能认出她的就更少了。

在好莱坞，伍英豪饰演的舅舅还会有一段单独的爱情邂逅，他的戏份比阮瑜多。拍到后来，阮瑜戏份轻松了，有时候一天就一场戏。

不用赶别的拍摄通告，下戏了还能和林青他们组去逛街。

不戴口罩也没事，不会有人围观。偶尔有中国游客认出她，也闹不出太大的轰动，签名合影一条龙，他们就能笑眼盈盈地挥挥手离开。

阮瑜简直喜极而泣，呜呜呜，这样的公费旅游通告她还能再接一百个！

但一周下来，逛得差不多了。

跟她想象中还是有点不一样。

好莱坞其实是一座很小的城市，街边随处可见的就是影院和潮牌店，高端商业街很多，像那种乐器行和电影相关纪念品店也到处都是。等她把该打卡的星光大道和环球影城那些一一打了卡，兴奋劲已经过了。

后期剧组的拍摄几乎都在棚内，一些过海关和警察局的戏都是棚景，阮瑜又回到了酒店片场两点一线的日子。

半个月后，安卓茜打来电话。

"我看你们的拍摄进程，是不是快杀青了？"

"对，拍完这里的戏就杀青了。"阮瑜想了下，"应该再有四五天就回来了。"

"先不着急回来。有一家品牌的系列香水想签你当他们的品牌大使，"安卓茜报了一个牌子，是阮瑜熟悉的某奢侈品牌，"广告要在纽约拍，等你那边电影杀青，我让人过来安排合同接洽，你们正好拍完广告再回来。"

阮瑜说："好，也行。"

安卓茜聊了几句通告，又笑："是不是后天过生日？你今年的生日不能在国内过了，生日那天发一个 Vlog 当粉丝福利吧。"

阮瑜心说对啊，她都快忘了后天是自己的生日了！

"拍 Vlog 啊？"

"是，随便拍一些你的日常就行，倒不用太私人，平时吃饭化妆都能拍，到时候让林青替你剪一下，粉丝爱看这个。"

挂完电话，酒店房间的门被敲响了。

开门，是同组的女演员姚珊。姚珊在片中饰演舅舅在好莱坞邂逅的华裔女明星，这几天才进组。

"小瑜，晚上我们去看音乐会，我助理多买了两张票，你要不要一起去？"

阮瑜一想晚上也没什么事，明天也没戏，便答应了："好啊，在哪里？"

"露天剧场，开车半小时就到了。"

傍晚，阮瑜捎上叶萌萌，和姚珊他们去看音乐会。

音乐会办在好莱坞露天剧场，整片露天剧场依着山丘建立，靠近山丘脚的是圆拱式的露天舞台，万人观众席一直从山丘脚蔓延上山丘腰。

在台上表演的是某洛杉矶摇滚乐队。姚珊定了前排的座位，现场气氛好得要命，人声喧沸，旁边还有观众看表演看到中途和另一半求婚，掏出戒指的刹那，尖叫声一片。

阮瑜头一天拍 Vlog 就有了素材，全程兴奋举手机，没拍自己，都在拍表演和观众。

拍到一半手机没电了，就没管。

准备回酒店已经是晚上近十一点。

车上，叶萌萌看手机，"咦"了一声："林青给我打了两个电话，我没听到。"

阮瑜问道："他怎么了？"

"他没说事，就是让我们快点回去。"叶萌萌看微信。

剧组住的酒店在市中心，整个十二楼都是剧组包的房间。几人刚出电梯，就见林青在走廊口晃悠。

见阮瑜过来，他如释重负："可算回来了！"

姚珊笑了："怎么了这是？"

林青尴尬地笑了笑，对阮瑜一阵挤眉弄眼。

"Vlog的事吧？知道，拍了拍了。"阮瑜没在意，以为他在提醒这个，摆摆手往自己房间走。

"不是！"哎哟，他的亲祖宗！林青拦住她，"是来人了！"

"啊？"

"出品人。"

阮瑜还是蒙，她怎么知道哪位是出品——

等会儿？

林青忐忑："两个小时前来的，估计现在和章导在楼下酒吧聊天。"

姚珊问："我们的出品人是谁？"

"英影高层？冬影高层？"旁边的助理猜测。

还能有谁啊！阮瑜顿时紧张，段凛来了？！

她瞬间记起来了，他好像是说过会来探班，但怎么没提前告诉她啊？

几人正往里走，身后的电梯一声"叮"响。

"去年我去过一次。"电梯里，章家鸣还在聊天，抬头一看，笑着示意阮瑜，"喏，你等的人到了。"

"段凛！"姚珊低呼。

阮瑜一眼就看到了章家鸣身边的段凛，他一身简单白T恤搭黑色长裤，没有任何遮掩，眸光正落在她身上。

视线相接两秒，段凛径直向她走来，驻足，容色沉静，淡淡地问："怎么不接电话？"

众目睽睽，光明正大。

林青和叶萌萌心脏当场停跳，旁边姚珊和助理几人也傻住了。

"没……我手机没电了。"半晌，阮瑜憋出一句，还想挽救一下，微笑打招呼想离开，"那我回去充电了，你们聊你们的。"

话音刚落，手被牵住。

段凛牵过她的手，对章家鸣颔首致意："下次聊。"

"好好，不打扰你们了。"章家鸣笑着回道。

阮瑜有点没缓过来，机械地看段凛，听他问："哪一间房？"

鸦雀无声。

好一会儿，阮瑜才机械地把房卡摸出来递给他："这个。"

在场众人就这么眼睁睁地看着阮瑜被段凛一路牵回房间，除了章家鸣，剩下所有人都呆若木鸡。

他们刚才吃到了什么惊天巨瓜？！

姚珊讷讷："段、段凛和阮瑜他们……"

林青和叶萌萌也目瞪口呆，死都没想到段凛会这么毫无顾虑啊！

林青看向章家鸣："章导，您……"

章家鸣一笑，承认："我知道，你们不也早知道了？"

两人闭嘴。

"刚才她在音乐会上买的纪念品忘拿了，现在给吗？"姚珊的助理愣愣地举着手里的袋子。

"哦哦，给我吧。"叶萌萌接过。

等所有人浑浑噩噩散开，叶萌萌过去敲阮瑜的门，敲了半分钟，没人开。

林青一把拦住她，欲言又止："别敲了，今晚不用给了，估计没时间。"

叶萌萌和他面面相觑，突然脸色涨红，觉得也是。

两人幽幽叹气，各回各房间。

妈妈，这提心吊胆的日子什么时候是个头啊？！

房间内，听到敲门声总算停了，阮瑜紧绷的神经终于松了点。可她还没来得及再确认他俩到底走了没，就让下唇被咬的那一下触感倏然拉回神。

五分钟前。

她一脸僵滞地被段凛牵进房间，倒水，刚喝完一口想说话，就被他攥过手腕吻了下来。

此刻尾椎抵着桌沿，硌得有点不舒服。

她稍稍动了动，感觉段凛的气息微一后撤，箍着她后腰的手往下循，似乎是摸到了冷硬的桌沿。下一秒，她的大腿被段凛托起，直接抱坐在了桌台上。

对视须臾。段凛低头，鼻尖蹭过她的唇缝。凑得近，她鼻息间隐约是他身上那股淡淡的木质香。

"去哪里了？"

"就……我和姚珊他们去看音乐会了。"阮瑜心跳快得要死，细喘着平复了下，记起来什么，感觉不对，"你的新电影不是还要两天才能杀青吗？"

段凛语气平淡："提前了，昨天杀青。"

她"哦"了一声，又想起刚才好像没看到邵立："你助理没有跟过来吗？"

下巴被轻咬了一口。

"只有我。"

她后知后觉地心情雀跃，但视线乱飘，想起一个更关键的："那，章导早就知道我们的事了啊？"

段凛应声："上一次探班。"

上一次是哪次？

阮瑜分神回忆了下，想起来了，哦，五月二十号。

她去纪临昊演唱会彩排被拍的那一次……

没想完，她猝然一滞。

两人此刻额际相抵。段凛按抚着她后颈的手指往下，勾到了什么，解开。

感觉肩膀处一松，阮瑜呼吸一滞，人傻了。

她今天穿了一条长袖的连衣裙，正面看着没什么，但裙子背后有处圆形镂空的设计，露了一小片背，肩背上方的布料以系带系起。此时被解开了。

丝质的衣裙，一解就松。

"有汗……"阮瑜看向段凛，刹那间大脑空白，想到什么说什么，"我今天出汗了，要那什么，先洗澡。"

说完悔得要死。

不是，她在说什么啊？什么先洗澡啊？！

段凛一顿，盯了她片刻，喉结滚了一滚。他没应声，扶着她腰侧的修长手指动了动，不轻不重地捏了下。

阮瑜被捏得僵硬，感觉段凛的气息往颈后拢，似乎是咬开了遮覆在她肩膀那一块的布料。

肩头微凉，她立即问："你要不要，倒时差啊？"

"老婆。"段凛的声音近在耳侧。

他的音色是一贯的淡漠，却莫名勾了点儿慵懒。

"我……"阮瑜一时间局促得要命，摸到手边正在充电的手机，解了锁塞给段凛，"我们刚才看的音乐会，我拍了，感觉还挺好看的，你可以看看。"她烫着耳朵，憋字，"你先，等一下。"

说完，她看也没看段凛，几乎是连滚带爬滚进浴室，关门。

段凛抬眸，见她头也不回地跑了，穿着条樱桃红的碎花掐腰裙，背后系带松解得七零八落，乌黑长发扫过肤色白皙的肩头。

直到浴室水声响起，他才收回目光，低头，看她给的视频。

是办在露天剧场的摇滚音乐会，观众席间呐喊声沸反盈天。

中途有人求婚。

镜头给不远处的求婚情侣，周围全是起哄"Marry him"的尖叫声。

阮瑜的声音也贴近收音，扬着轻快的笑意："嫁给他嫁给他——"

浴室里，阮瑜洗了十分钟的澡，又冷静了十分钟。

做足心理建设，她总算好多了。但临到出去却震惊了，不对啊，自己的睡裙和内衣呢？

没带进来。

"段凛。"阮瑜裹着浴巾，把门开了一条缝。

她死死维持镇静："能帮我拿一下睡裙吗？就，我好像叠在枕头旁边了。"

等了十几秒，响起叩门声。

阮瑜要接，探出的手腕却被握住。浴室门开，她被段凛一路牵至床边，坐下。

她装的镇定全没了："啊？"

段凛盯着她，微俯过来，伸指擦掉她额角淌下来的细小水痕。

他淡声问："帮你吹头发？"

"哦……好。"

阮瑜稍稍垂着脑袋让段凛帮自己吹头发，一声没吭，快紧张哭了，脑海里连脏字都不蹦了，看起来就格外乖驯。

刚洗完澡，她每一寸的皮肤都泛着红。段凛的指腹触过她温热湿软的颈侧，察觉到她细细地颤了下，连耳郭都通红了。

吹完，段凛倾下身，在她额角一吻而过，低声说："我去洗澡。"

音色含着哑，像勾了欲。

等浴室的动静重新响起，阮瑜翻出内衣，抓过睡裙，换上前脑子里忽然就蹦出一句——

反正等下也不会穿，反正上一次也被看得差不多了。

她又想：不是啊，虽然……但是……

羞耻。

真的就是羞耻。

她换完，爬上床，整个人埋进被窝缩成一团。缩在漆黑的被窝里，她很紧张，脑海疯狂闪回。

拍《无声惊雷》的床戏那会儿她恶补了哪些来着？记不起来了啊！还有，这里隔音好不好啊？隔壁住的谁来着？姚珊还是廖鹏宇啊？

在被窝里憋了不知道多久，濒临窒息的前一秒，阮瑜感觉床的另一边微微下陷。

须臾，头顶有光。阮瑜没继续埋在被窝里当鸵鸟了，仰头，见段凛压着床沿，单膝屈身，眸光正落在她脸上。

随后，他俯撑过来吻她。

吻落在眉尖，阮瑜下意识闭了闭眼，嗅到了段凛身上漫着清冽水汽的沐浴液味道。

全身的感知全在他若即若离的触吻上。

从眉尖一路游弋下，到眼睫，脸畔，鼻尖，再吻上唇。

气息交错，唇齿纠缠。

房间亮着灯，阮瑜心跳快得连眼睛都没睁。她感觉自己从被窝里被剥开了，骤然间腰际一紧，被抱起一点，箍过去贴近了。

段凛含吮着她的下唇厮磨舔舐，指腹蹭过她的脸畔，抵开唇齿深吻。她绷着神经，闭眼毫无章法地回吻了下，却被段凛毫不客气地咬了咬舌尖。

室内幽静，仅有暧昧细微的水声，很细，融着更低的喘息声。

但阮瑜就只能听见自己剧烈的心跳声。

良久，段凛的气息微撤开寸许。

吻往下，下巴，锁骨，再……

阮瑜倏然睁眼，看他，整个人臊得想死，第一反应是拿手背捂唇，咬着自己的指节。

段凛抬眼，眸光漆黑深沉，一顿："怎么了？"

"我怕……出声。"她羞耻感爆棚，声音含混，特别小，"不知道那什么，隔音好不好。"

"别咬自己。"

她的手腕被握住，拉开。段凛又循过来凑近了，两人呼吸相闻，他的指腹蹭在她下唇，轻按了按，音色低缓："张嘴。"

"啊？"阮瑜茫然。

话音刚落，她感觉自己的睡裙被推上腰腹，又被勾着往上。

阮瑜的齿间下意识咬住一角——是自己的裙摆。

她一下子反应过来，全身都在烫。

下一秒，她见段凛贴近了，垂睫，吻她咬着裙摆的唇。咫尺相隔，明亮灯色下，他双眸如浓墨，眼下的那颗桃花痣异常勾人。

阮瑜的视线根本不聚焦，手也不知道怎么放。她到处乱看，往段凛身上看了一眼，定住，又猛然收了回来。

他只下搭了一条浴巾，身上肌理线条分明而流畅，衬着光色，漂亮是漂亮，但每一寸都像绷着欲色。

段凛蹭着她的颈侧，厮磨着舔咬："疼了告诉我。"

阮瑜压根儿不知道自己在想什么，可能就是空白，只能含混地喊出他的名字。

接下来一系列的事，大脑都是一片混沌空白。

阮瑜感觉自己就像一条砧板上的鱼，根本不知道怎么配合，只能任段凛予取予求。

到后来，她眼泪簌簌往下掉，睫毛湿成一簇簇的，泪痕也乱七八糟糊了满脸。

疼，太疼了。

阮瑜嗓子已经哭得有点哑，连哽咽声都发不出来，悉数被段凛堵成了细小的呜咽。

他俯身吻她，说了几句什么阮瑜没听清，好像是哄她了，但她难受得要命，哭得只能听见他说的几个字。

他叫她："老婆。"

音色不复冷淡，低磁而深哑，透着欲色，而且一直在哄她，可动作却丝毫没客气。

段凛盯着她的视线，太直勾勾了。

阮瑜浑身上下没有一寸不在烧，心跳快得吓人，哽着声，胡乱扯过旁边的枕头捂脸。

抵死缠绵。

漫长的时间过后，段凛终于放过她。

本来好好的，阮瑜困到眼睛都睁不开，抽噎着想睡，茫茫然却感觉段凛又在吻她。这些吻细细碎碎，却如摧枯拉朽般烧过每一寸神经。

她艰难睁了眼，下意识往后蹭，小声说："你别过来了。"可眼尾湿红，声调也跟水磨一般。

她从额际到耳边的碎发已经被细汗浸湿了，被段凛慢慢吻过。

旖旎未消，阮瑜的脚踝再次被握住。她对上段凛的眼，他垂着眼睫，密长的睫影掩不住眸底的直白露骨。

食髓知味。

最后，阮瑜被抱去洗澡，穿上干净睡裙，从浴室被抱出来。

段凛没抱她上床，而是来到房间门口，抵了抵她的额头，低眼看她："开门。"

"开门？去哪里？"阮瑜蒙了。

"我的房间。"

她立即想下来自己走："哦，好。"

"别动。"段凛的手指按捏了下她的腿窝，"不难受？"

阮瑜不吭声了。

其实浑身难受，还没力气。

但也不能就这样让他抱着去他房间吧？

段凛没让她自己走，抱她进电梯，上顶层，再进套房。

所幸电梯里没人，走廊上也没人。可监控能看到什么，阮瑜不是很想知道，她只想死。

她今晚是真的用尽了毕生的羞耻额度。

最后陷进柔软的床里，疲惫和困意席卷而来，她又瞅了眼壁炉旁的立式座钟，都快四点了。

段凛在洗澡。

她在水声中迷迷糊糊睡过去，没睡死，模糊间感觉有窸窣声。随后，耳郭又被温热气息贴近了，厮磨般吻了片刻。

他的音色低缓而喑哑，叫她："老婆。"

阮瑜连一根手指都抬不起来，却浑身敏感。

呜，别喊了，都有心理阴影了。

"不要了。"她睁不开眼，哭腔未消，哽了哽，小声商量，"就算我明天没戏，你也……不能这样吧？"

阮瑜感觉自己攥着被单的手指被松开，牵起来。

下一秒，左手无名指微凉，触到了一个什么东西。

阮瑜茫然一秒，强撑着困意睁眼，往下看，愣了足足五秒才看清，是无名指被段凛戴上了一枚戒指。

设计简约，戒台托着切割精细的无色钻石，在灯光下熠熠闪光。

尺寸刚好。

她又愣愣看段凛，没反应过来。

“原来想等明天生日给你。”他容色沉静，“等不及了。”

段凛替她戴好戒指，倾身过来，敛眼，蹭了一下她的鼻尖，问：“以后我们补一场婚礼，可不可以？”

第三十一章

– 谢谢你能重新认识我

　　实在太困，最后阮瑜都不记得自己闭眼前一秒咕哝了些什么，一觉睡到自然醒。

　　翌日，她迷迷糊糊要醒，刚稍稍翻身，瞬间就因浑身上下异样的难受而清醒了，盯着眼前杏灰色的枕头一角，杵了半天才回过神。

　　卧室内光色昏暗。半响，她才机械地往旁边缓缓瞅了一眼，段凛不在。

　　阮瑜动了动手指，左手从被窝里探出来，无名指上的戒指还戴着。

　　款式简约，设计得却非常漂亮，在昏昧的房间里闪着细碎的微光。

　　她本来想摸索自己的手机，猛然想起来，昨天好像只有人被段凛抱进来了。一看座钟时间，快中午十二点了。

　　阮瑜还没从这种铺天盖地的羞耻感中缓过来，卧室门被推开。

　　段凛径直过来，把水杯搁在床头，俯身凑近了，吻落在她的嘴角，带着很淡的薄荷味。

　　"还早。"段凛看她，替她在腰后垫了一个枕头，"还想不想睡？"

　　阮瑜摇摇头："你什么时候醒的啊？"一开口，声音还是有些沙哑。

　　她一滞，光速闭嘴。

　　段凛稍顿："还难受？"

　　阮瑜没说话。

　　"很疼？"段凛蹙了蹙眉，"哪里不舒服？"

　　"你，别问了！"她几乎在挤字，羞耻得想哭，一大清早的耳朵又开始烫，于是诚恳发问，"你能不能说点别的？"

　　段凛低眼看她的唇，似乎还微肿着，伸指抚擦，音色舒展："下次轻一点。"若有似无地带了餍足。

　　阮瑜默默盯着段凛的手指，脑海里不受控地开始闪现昨晚的细节，迅速打住。

她吐字艰难："我想换衣服。"

段凛应声。

她忽然又爬起来攥住他的衣角："等下，那什么，你先别去拿了。"

"怎么了？"

什么怎么了！阮瑜仰头，半天才憋出四个字："我的房间……"

根本不能看啊！

段凛淡声接话："我叫过客房服务，清理了。"

"哦。"

阮瑜臊得都没看段凛，缓缓坐回去。段凛却盯着她袖口处露出的一截，细白的小臂上隐约是暧昧红痕，他下颌咬肌紧绷了一瞬。

阮瑜刚想松手，腕际倏然一紧，视线刹那暗了。她感觉下巴被抵了一下，就见段凛欺过身来，她没来得及出口的话直接被堵进了唇齿。

室内光线昏暗，没褪尽的旖旎全翻涌回来了。

唇齿纠缠，该亲的不该亲的地方，像上瘾一般，全被极尽温存地触吻了个遍。

最后等阮瑜真正去楼下餐厅时，已经是下午近两点。

这个点，酒店偌大的内部餐厅里就零星几个人。座位是那种欧式的红丝绒垫靠椅，很软，她靠着差点没感动落泪，舒服多了。

"小瑜姐！"

叶萌萌刚进餐厅，远远就见阮瑜在那儿发呆，坐过去，环顾一圈，问道："你怎么一个人在这儿？段老师？已经走啦？"

阮瑜想到点什么，顿时不太自然："没走没走。"他下来可能还要一会儿吧？

"我和林青他们去海滩了，"叶萌萌兴奋低呼，"就那个马里布海滩，遇上安东柯勒了！《七日逃杀》的男主角！本来早上我们要叫你，但给你发微信你没回！"

"对，我没看到。"

叶萌萌才发现有些不对劲："小瑜姐，你怎么穿这么多？"

阮瑜和叶萌萌面面相觑了几秒，绝望着脸，耳朵发烫。

你说呢叶萌萌？快别问了啊！

刚才出房间前，阮瑜用遮瑕把露在外边的痕迹遮了个遍，怕还是明显，又套了一件白色的运动防风外套，拉链拉到底。

叶萌萌慢半拍，才恍然，脸色通红。

"林青他们呢？"

"他、他们……"

来了。

远处餐厅入口一阵喧闹，林青跟着剧组其他演员们一起进来。今天统筹只排了给伍英豪和姚珊的对手戏，剩下几个配角和零星工作人员都留在酒店，在外逛完一圈，组团来喝下午茶。

剧组住的酒店在市中心，山庄式酒店，往餐厅窗外看是酒店的泳池和花园，往远处俯瞰，能望见两条街外的洛杉矶中国剧院的建筑尖顶。

本来应该是特别惬意的一个下午。

直到林青也坐下，还没说话，餐厅里人声静了一秒。

在场众人就这么看着段凛从餐厅入口进来。

段凛仅瞥了一眼，目光定在阮瑜身上，走近，入座。

剧组里大多数人都不知道昨晚段凛来了，紧接着见段凛在阮瑜身边坐下，举止亲密，有几人震惊得连表情都维持不了，都是一副见鬼的惊愕脸。妈呀，他们到底撞破了什么绝密天机！

昨晚在电梯口的情景重现。

林青和叶萌萌又想吸氧了。

一顿饭吃得很僵硬，全餐厅就只有身处暴风中心的两个人看起来还算正常。

远处不时有吃到一半的工作人员回头看阮瑜这桌，还有男演员过来和段凛寒暄，中途甚至有外国游客认出段凛，笑着来跟他打了一声招呼。

能认出很正常，好莱坞的游客里不缺电影发烧友。前年《成名无望》于北美上映，在极度排外的北美电影市场揽下五千万美元的票房，对华语片来说，已经是非常好的成绩了，更别提段凛代言高奢手表的地广还曾铺遍了各大国际机场。

即便在国外，段凛也是行走的警戒灯。

阮瑜心说她看到了，林青别对她拼命挤眉弄眼了，她能不知道要低调收敛吗？可她拦不住段凛啊！

她面色镇定，其实也紧张得要死，剧组里的人还好，口风严不会往外倒，但别人说不准。

毕竟，段凛提出探班那会儿就说过，被发现就公开。

同一桌的林青和叶萌萌各拿了一杯苹果醋，边喝边看两人吃饭，走又不敢走，怕等下来人了闹轰动。他俩就全程看段凛随手给阮瑜添菜调酱汁倒水，人家容色敛淡，他俩如坐针毡。

吃到一半，阮瑜想起段凛应该挺忙的，好奇地问："你要在这里留多久啊？"

"陪到你回国。"

她"哦"了一句，过了事后的尴尬期，涌起了一点迟来的雀跃，想了下："但我杀青以后还回不了国，要去一趟纽约，有广告要拍。"

段凛侧过脸看她，淡淡地回应："也陪你。"

对面两人拒绝的眼神已经被逼成镭射光波了，阮瑜装瞎，反正嘴角就忍不住翘。压了下，她心情超好地继续吃饭。

刚咬了一口蛋，她听段凛平静地说："年底办婚礼？"

猛然一阵响动，林青慌乱站起，是苹果醋不小心全倒身上了。

餐厅里所有人都往这边看。

叶萌萌表情失控，阮瑜也彻底傻了。

"啊？"阮瑜差点咬舌头，猝然转过头看段凛，"什么？"

段凛抬手，拨开她咬进唇边的耳发，低缓重复："年底办婚礼。昨晚不是答应过我？"一顿，"戒指呢？"

阮瑜大脑一片空白："我那什么……暂时收起来了。就这样戴着，不太方便。"

阮瑜震惊，昨晚？

林青和叶萌萌更震惊，戒指？

阮瑜反应过来好像有这回事。昨天段凛把戒指给她戴上的时候，确实问过婚礼的事，她当时困得不行了，问什么都应，几乎对他予取予求。

此时侍应生过来了，忙换掉林青腿上的餐布，拿了一杯新的苹果醋给他。餐厅内的人还在注意这边，就差没拍照了。

桌上一片寂静。

"对、对了，小、小瑜姐，"林青颤声，冒死转移话题，嗓音虚弱，"安姐让我提醒你今天给粉丝拍 Vlog。"

段凛抬眸，淡淡瞥了一眼，倒是没蹙眉。

叶萌萌心里嘤呜一声，偶像好冷好飒好凌厉！！

话题就这么被揭过。

明天是阮瑜的生日，今天要拍一支 Vlog 给粉丝当福利。她的微博粉丝快涨到三千万了，最近《小家》在双台重播，暑期档的收视率还颇高，又为她吸了一拨新粉。老粉和新粉翘首以待，都在眼巴巴地等她在生日这天营业。

本来是由叶萌萌给她录 Vlog，但段凛在，DV 就交到了他手里。

阮瑜慢慢逛了一圈酒店内部。餐厅吃甜点，酒吧尝调酒，影院看老电影，晚上卸妆，都由段凛帮她录了。

等晚上，林青把她自己录的露天音乐会连带着段凛给录的日常整理一遍，剪出一段七分钟的 Vlog，零点一过就替她发在了微博上。

刚发出去，鱼粉在评论区疯成了傻子：【啊啊啊，是新鲜的小瑜啊！】

【被素颜狙击到了啊，笑得好灵，老婆我好想你！！！生日快乐！】

【我哭成望妻石！仙女下凡真的辛苦了，宝贝生日快乐！】

【哈哈哈，洛杉矶这么冷吗！"女鹅"穿得好多！！】

【啊啊啊，我死了我死了，这是什么男友视角！给小助理加鸡腿！！】

【糖分超标了，老婆老婆老婆老婆！】

……

林青被"男友视角"的那条热评吓出一身冷汗，又仔仔细细把视频拉了三遍，没发现剪进去半点段凛的身影，才死里逃生。

阮瑜的这支 Vlog 甜得过分，跟她往常在综艺和出活动时都很不一样，虽然她在视频里没说话，但出镜的一颦一笑都透着甜。再加上可能是助理

给她刻意拍的男友视角吧，反正鱼粉是疯了：【啊啊啊，"女鹅"在生活里居然比镜头前还要甜八百倍！】

【这哪是"女鹅"自己过生日！这是在给粉丝过情人节吧！】

Vlog很快出了圈，热搜里的路人被甜了一脸：【漂亮妹妹好可爱，感觉已经隔空吃到蛋糕了！】

酒店房间内，阮瑜刷了会儿微博，鬼使神差地，又去看了一眼论坛。

"小心党"也刷到Vlog了，在"小心夫妇"楼里刷了满屏的回复。

【鱼平时对助理都这么甜的吗，我忽然枯萎，所以她和凛是真的不熟吧！】

【想什么呢姐妹！我们本来就在嗑假的啊！】

【都让开，我来嗑！众所周知，凛的生日是10月24日，1+0+2+4=7，正好是这支男友向Vlog的视频长度！微博又是卡着零点更的，零谐音是凛（不许杠我前后鼻音，我是对的），所以这是鱼在向凛表白啊！】

【姐妹，牛啊。】

【我活了，小心是真的！】

【是真的！四舍五入视频是段凛拍的！】

阮瑜腹诽：服气。

一过零点，微信消息不断跳出。阮瑜挨个回了生日祝福，发现林青和叶萌萌正在助理群里戳她。

林青发了一张热评截图：【网友都在说男友视角，吓死了！我差点以为我把段凛剪进去了！】

叶萌萌：【@小瑜姐，段凛今天说的年底办婚礼不会是真的吧？】

阮瑜：【别问我啊！我也不知道！】

林青：【你们没商量好吗？】

阮瑜回忆昨晚，自己当时可能真的答应了：【那就是真的吧。】

片刻，几乎没事不聊天的安卓茜冒头。

安卓茜：【血压不好，以后你们聊这种事可以屏蔽我。】

叶萌萌：【刚才我挤了半管的牙膏。】

林青：【我又把水倒身上了。】

浴室的水声停了。

阮瑜坐在床边，抬头，见段凛刚从浴室里出来。他披着黑色浴袍，走近了，漆黑发梢正滴着水，水痕顺着额际一路淌进他弧度流畅的脖颈里。

他敛眼看她，连声音都含着水汽："生日快乐。"

阮瑜点点头，犹豫伸手，给段凛看了一眼。

左手手指上是他送的那一枚戒指，阮瑜还有点不好意思，迅速撤回："我又戴上了，谢谢你的生日礼物啊……我还挺喜欢的。"

段凛盯着她，没应。

她又想了想："你自己有吗？结婚戒指应该是要一对的吧？"

"不是结婚戒指，是求婚戒指。"

阮瑜一愣："啊？"

段凛低眼，眸光仍落在她身上，须臾，他维持着当下的位置，没坐上床，而是在她跟前虚屈而下，像极了单膝跪地的姿势。

不对，就是单膝跪地。

阮瑜顿时傻了，不是，段凛干吗啊？？

她刚想去拉段凛，却被他反握住手腕。

他轻捏了下她戴戒指的手指，淡淡地问："我们认识多久了？"

阮瑜瞬间被问住，计算很快，按理说应该是——

"有十二年了吧。"

段凛没接话，指腹在她手指间一蹭而过，平静地说："我认识你两年半了。"

真的，阮瑜发誓那一刹那自己的心跳猝然空了一拍。

她迟疑："为什么是……两年半啊？"

"两年前的一月份，我回公寓的那个晚上，"段凛简扼地说，"你在书房里打游戏。"

她蒙了，真不记得了。

"当晚，我原本想赶你出去。"

阮瑜记起来了。哦对，她第一次知道阮大小姐鸠占鹊巢那次啊。

"你说不会再找我，我以为你只是为吸引注意。"段凛记得清楚，沉静叙述，"但并不是。"

他还记得她当时抬头看他的眼神，笃定，坚决，还带了一丝说不明的懊恼，却很干净清澈。

段凛并不是辨人不清的人，相反，在圈内多年，他早能在打第一次照面时摸清对方的性格。

那时候，他却在思忖自己对阮瑜的过往印象。

从前他与阮瑜在私下接触不过几次，在往年为数不多的记忆里，似乎全是她极尽骄纵任性的模样。性格如此，他不予置评。

但往日模糊的印象却在朝夕间被推翻，在相处中，像被重塑成了另一个人。

"当初和你领证，我说过，和你的结婚证于我而言仅是几张纸的关系。"段凛视线停留在她脸上，寸许未挪，继续说，"所以一开始我并不在意。"

阮瑜不知道怎么接话，莫名很紧张。

"无论如何，在重新认识你以后，我不想我们只有几张纸的过往。"

"不是纸啊，是结婚证。"阮瑜忍不住说点话缓解紧张。

段凛应声："所以，想补给你一个完整的过往。"

阮瑜愣愣地看段凛。

其实她也差不多。

知道和段凛领证的时候没觉得有什么，还在想就是一本本子罢了，而且到后来她得知自己都要死了，谁还管什么结婚证啊。

视线交错，段凛却收了目光，低头循着她的手指吻上来。

有点痒，她蜷了下手指，感觉尾椎骨都在发麻。

他又吻上她的手腕。

"求婚和婚礼，都想补给你。"段凛看她，衬着光色，他眼下那颗桃花痣格外明显，"要不要嫁给我？"

静默片刻，阮瑜"哦"了一声，感觉耳朵在烫，都没怎么想："好啊。"

她诚恳地说："谢谢你能重新认识……"

话没说完，她腕际骤然一紧，视线蓦然暗下，气息逼近，剩下的"我"字被堵进了唇齿间。

被箍紧腰腰压进床里的时候，阮瑜紧绷着腰线，攥了攥段凛的睡袍，很细微地闷哼了一声。

段凛的唇微微撤开，垂眸，复又吻了一吻。

"嗯？"他声音带了点儿喑哑。

嗯什么啊！阮瑜感觉到他的动作，绷紧了脚背，想哭。

"不行，还难受。"她又想埋枕头了，艰难憋字，"不舒服，不能……"

段凛盯着她看了一会儿，喉结滚了一瞬，最后隐忍着，只浅尝辄止地吻过她的眉尖，解渴般，游弋触碰。

"答应了。"段凛含吮着咬了下她的耳郭，问，"我们年底办婚礼？"

半晌，阮瑜说："好。"羞耻是羞耻了点，但她一双杏眼明亮，特别开心。

她补完刚才那句："谢谢你能重新认识我啊。"

段凛吻她的眼："生日快乐。"

阮瑜的生日当天有戏要拍，是棚内戏，一天都在厂房里。晚上生活制片准备了生日蛋糕，整个剧组在棚内替她把生日过了。段凛也在。

《路人甲乙》剩下来的戏份都是在棚内，连拍戏途中的三餐也是靠片场的餐车解决，点心和饮品都是棚内自助，几乎不出片场。因此除了做餐的服务生和外招的群演，片场没别人。

接下来几天，段凛都陪阮瑜在片场待着。她的戏开拍，段凛就在监视器前敛眼看画面，下了戏，牵她回休息区，看人。

"阿凛，你给我当副导演好了，这片子肯定行。"章家鸣太满意了。

剧组里其他演员都在心里呐喊：不不不，不行不行啊！

有段凛这尊大佛杵在剧组里，他们压力山大。

想七年前段凛刚出道那会儿，圈内人对他的印象只留在第一部戏就出演孔明坤电影二番的新人上，此外就是好像和冬影老总有点亲戚关系，没别的了。

而后对他的印象则是流量。可自从段凛接连斩获三金后，他在演艺圈里的身价剧增，此次又是电影的出品人。双重光环下，众人一开始在片场喝口水都有压力。

但没过多久，所有人发现段凛在片场时眼里压根儿没别人，就只管阮瑜。

两人的关系简直太明显了，没有人不好奇。有演员旁敲侧击去问助理，林青只能尴尬笑笑回不清楚。

算起来，他和叶萌萌也只比别人多知道一个两年前领证的秘密，至于怎么认识的，怎么领的证，真不知道。

太私人了，没问。

就这样，整个剧组都藏了一个能让全网瘫痪的惊天大秘密，从只有阮瑜的助理二人组提心吊胆，变成了全剧组提心吊胆。

"小瑜姐，我昨天和林青聊天来着。"片场，叶萌萌趁着段凛不在，悄悄坐近阮瑜，"要是你和段凛真的打算年底办婚礼，那该捂到什么时候公开啊？"

阮瑜幽幽地说："你们还没发现吗？"

"什么？"

"他现在心里就没有捂着这件事啊！"阮瑜语气沉重，又正色，纠正，"不对，是一开始就没有，所以我也不知道能撑到什么时候。"

叶萌萌惊恐。

阮瑜问："我打算给自己再买一份保险，怎么说，给你们也买一份吧？"

话虽这么说，但她这几天在剧组里肉眼可见地心情更好了。

在国外拍戏遇到媒体的概率极小，最近又是拍难遇上路人的棚内戏，以前她和段凛拍《无声惊雷》的那段日子像是复刻回来了。

《路人甲乙》的两位主角戏份正式杀青的当天，整个剧组在好莱坞当地办了杀青宴。阮瑜跟剧组主创和工作人员打过招呼，下午分道扬镳，坐飞机去纽约。

去机场的路上没看到段凛，林青忐忑地问："已经回国了？"

"不啊，他也去纽约，但不是同一次航班，他要明天才到。"阮瑜在回段凛的微信，"纽约人太多了，华人也多，他一出机场肯定被认出来，不能一起走。"

林青一愣："人多吗？我怎么觉得你目中无人呢？你俩一前一后，万一被发现了怎么办啊？！"

阮瑜冷笑，挑错反问："目中无人这么用的吗？成语字典被你撕了？"

叶萌萌问："小瑜姐，那你们怎么见面啊？"

"他应该在酒店里等我吧？"阮瑜想了想，双眸亮起，心情特别好，"我这叫金屋藏金，不可能会被发现的好吧。"

林青腹诽：金屋藏金？我看成语字典是被你撕了！

傍晚落地纽瓦克机场，果然，阮瑜走出机场的时候就被几位中国女孩认出来了。阮瑜没做什么遮掩，在国外戴墨镜口罩反而更显眼，就丝毫没架子地打招呼，给那几位留学生签了名，展颜挥挥手，走了。

航站楼已经有专车来接机，一路进曼哈顿区。三人先去下榻酒店，歇脚片刻，晚上去品牌公司确认拍摄剧本和分镜。

安卓茜替阮瑜谈成了某高奢品牌香水的大使，合同和方案都是提前定好的。这次品牌方要拍一版国际版的广告，一半外景一半棚拍，算了下，三天就拍完了。

段凛还在洛杉矶。晚上回酒店，阮瑜把酒店地址发给他，心满意足地睡觉。

翌日一早，阮瑜先和品牌方的拍摄团队在酒店见面，化妆做造型，再一同去时代广场。

广告外景取景纽约时代广场和附近的第五大道，白天的拍摄都是外景。

阮瑜以前追星打榜时对"时代广场广告屏"特别熟，但亲自来实地看还是第一次。这片曼哈顿最繁华的街区到处都是高楼商场，沿街的高楼外满挂着巨幅广告屏，车流和人流熙攘不断。

阮瑜要拍一段她在街边路过的场景。

场景一开始，她化着精致的妆，全身上下无一不搭配完美时尚。而一路走，她需要一路解放自己的这种"精致"。

镜头里，她目不斜视地摘下耳环给路边看报的路人，摘下项链给街边开着车窗的司机，手镯、戒指、外套，甚至高跟鞋，也一并走一并脱。直至素净到全身上下只穿一条白色丝裙，推进街边一家神秘的商店为止。

群演就位，在时代广场和第五大道的拍摄内容持续了一整天。

上午就有华人在远处认出阮瑜，当即激动地拍照发朋友圈。不过一小时，"阮瑜在时代广场拍摄广告"的消息就上了国内晚间的新闻和热搜。

林青和叶萌萌一直在心惊胆战地刷新闻动态，不是刷她，而是在刷段凛的。

生怕段凛也被拍到来了纽约，到时候网友一联想阮瑜，两人要真被扒出点什么，恐怕等回国后在机场就要被菱角给手刃了。

所幸没有。

林青不放心地问："段凛来了吗？"

"上午八点的飞机，应该已经到酒店了吧。"阮瑜喝了口水，回忆。

居然没被拍到？

林青惊诧，其实阮瑜心里也不太确定。

她在纽约要拍三天的广告，要是段凛也跟着一起在酒店里待三天，那肯定只能到晚上才见面了。

出门容易被发现，但只待酒店又有种委屈他了的感觉。

她不是没提过这事，不过段凛好像不太在意。

阮瑜不想了，专心拍广告。

当天晚上七点临近收工时，随行的华裔翻译过来找阮瑜，笑着说品牌方的广告制片要请她在第五大道某餐厅吃饭，称是全纽约最好的法国餐厅。但阮瑜心不在焉，一听吃法餐就礼貌婉拒了，说要回酒店吃。

别了吧，吃法餐多费时间啊。

拍摄团队还在那边收工，街边人流格外喧闹，她摸出手机，给段凛发微信。

阮瑜：【我今天拍完了，你在酒店吗？】

段凛：【在哪儿？】

阮瑜：【在第五大道这边。】

转头看，身后不远处就是一家高奢品牌总店的橱窗。她对着街标拍了一张，发给段凛，又附了一个定位。

段凛：【等我。】

他不会真想在外面吃吧？

一行人正在三角街口处，工作人员将篷车从停车点开过来，拍摄团队迅速收机器设备上车。片刻，翻译又过来问要不要将她和助理送回酒店。

"不用，不用，酒店挺近的，我等人，等下自己走回去就行！"阮瑜指了下旁边的林青和叶萌萌，"送他们回去吧。"

被指的两人听见她"等人"两个字就开始响起警铃。阮瑜在街上拍外景拍了一天，已经被路过的华人认出来好几回，怎么，这祖宗还想晚上跟段凛双人逛街？！

不走了，都陪她等。

十五分钟后，一辆黑色SUV停在街边。后座车窗摇下，阮瑜眼睛亮起来，霓虹街景照映出车里人的轮廓，是段凛。

"上车。"

还没来得及说一句话，林青和叶萌萌就这么看着阮瑜上了车，有种目睹亲女儿被卖的惊愕感。

呆愣半天，叶萌萌先出声："他们干什么去？"

"我哪儿知道！"林青惊了，"哪里来的车啊？！"

"不知道啊！"

段凛坐的不是纽约街上常见的黄色出租车。司机刚才也摇下了车窗，看着是一名亚裔，还穿着得体西装，显然也不是网约车。

车上，阮瑜其实也有点蒙，好奇地看段凛："你打的车吗？"

前座的司机能听懂，借着后视镜看了一眼她，友善地笑了笑。

"朋友。"段凛回道。

他牵过她的手，摩挲到手指上的细疤，一顿，抬起。借着车窗外的街灯霓光看清了，段凛蹙起眉，脸色冷了，问："什么时候的伤？"

阮瑜解释："就，下午摘戒指的时候不小心蹭到了，那个戒指上的装饰有点硌。没事，一点都不疼。"

段凛敛睫盯了须臾，侧眸，又问："累不累？"

"不累。"她摇摇头。

段凛又问："饿吗？"

"也还好。"不对劲啊，阮瑜忍不住咕哝，"你不会是打算卖了我吧？"

闻言，段凛的修长手指勾了一下她弯起的小指，刚才眉眼间的疏冷淡了大半。

"约了一个人，带你看看。"

没多远，车很快拐进一片繁华的街区。道路两旁，亮着各式各样高端精品店的霓虹广告牌，商业大厦鳞次栉比。街口立着硕大的牌标，她看清了，是"Madison Avenue"。

麦迪逊大道，纽约极知名的商业街。

车停在一家店前。

阮瑜往外看，店面居然占了街边的一整栋楼，楼身上下都是绿松石色和纯白色的设计，简约明净。

过往行人川流不息，有进隔壁高奢品牌店的，但没人进这家店。

店名亮着白色荧光，"Oleg Ward"，一个人名。

阮瑜视线抬了一下，总算知道为什么没人进店了。

三楼有一面宽阔的玻璃橱窗，橱窗里，三位假人模特身上都拖曳着繁复而精致的婚纱。

这是一家婚纱店。

阮瑜真的足足愣怔了十秒没反应过来，感觉自己是不是看错位置了，又转头看向对街。

对街也是一家高奢精品店，可通透大开的橱窗里陈列着各式皮鞋和皮革制品。段凛总不能是带她来看皮鞋的吧？

"是要试婚纱啊？"她转头看段凛，呆滞地问。

段凛点点头："今天设计师也在，去见一面？"

阮瑜其实特别眼熟"Oleg Ward"这个名字，但她现在一时想不起来了，她现在的感觉比遇到游戏还没开局系统就自动判赢的情况还要蒙。

不是紧张，也不慌，就是空白，大脑一片空白。

憋了半晌，她忽然问："那，我们明天就公开啊？"

"不是，只是带你见设计师。"段凛摩挲过她的手腕，一顿，又直接回她，"如果你想，今晚就可以公开。"

"哦。"

阮瑜真的蒙，不知道是怎么被段凛牵进了婚纱店的。

他的那位亚裔朋友绅士地为他们引路，纯白色的磨砂玻璃门打开，眼前一下子就阔然起来。

店内，绕过足有三人高的品牌幕墙进去，偌大的一层大厅宽阔而通明，装潢大方简约，入眼都是纯白和淡金色的设计铺色，简约得都显空旷了。

此时的一层没什么人。他们刚走进，身穿黑色制服的白人女孩迎过来，熟稔地和亚裔男人打招呼，又看向阮瑜两人，笑着用英文问是否有预约。

亚裔男人和女孩聊了几句，又回身示意段凛和阮瑜两人。女孩立即捂嘴看向段凛，给的回应非常夸张，惊喜地爆了一句："Oh my god（天啊）！"

不一会儿，一名穿白色西服的金发女人忙过来，盛情邀请他们往里走。

阮瑜一脸蒙。

"他还没有来，马上就到。"亚裔男人给阮瑜解释，中文不太标准，有口音。

她大约猜到了，"他"指的应该是段凛约的那位设计师。

段凛低头，看她的表情，简单介绍了两句亚裔男人。男人叫黎方，美籍华人，算不上多熟的朋友，是这家品牌在曼哈顿总店的高级咨询师。

太蒙了，真的。阮瑜被段凛牵着，点点头，又抬头悄悄问："他们是认识你吗？"

"不算认识，也是刚知道我们。"

那怎么这么惊讶啊？

她愣愣地猜测："那，是因为你和设计师很熟吗？"

段凛应声。

"这家品牌在亚洲业务的独家代理，是京生国际。"

京生国际……京生？京生集团旗下的？

段家的啊？

阮瑜"哦"了一声，懂了，但没太大的感觉，因为就没往脑子里去。现在她完全是条件反射性对话，想到什么问什么。

半晌，才缓回来一点，她环视一圈，后知后觉地有了实感。

就真的是婚纱店？

四周开阔，墙边，设计感十足的纯黑色衣架上，隔开挂着一排排各式各样的婚纱。处处可见高阔的镜子，悬镜、立镜，甚至还有三人高的柱状六面镜，衬得空间感十足。往里走是宽敞的试衣间区，配备独立分割的试纱展示区域，男士休息区就在一旁。

金发女人没带他们去休息区，而是沿着曲回的旋转楼梯一路上楼。

楼梯是绿松石色，雕花的镂空扶手上满簇着白玫瑰，她上楼梯时还能嗅到一点淡淡的香气。是新鲜的花。

到处都是简约而典雅的，婚礼的感觉。

"一楼到二楼都是成衣，三楼以上是高级定制的婚纱系列。"黎方一路走一路介绍，笑容恭敬，"我们没有电梯，你们辛苦了。"

往上走，阮瑜看到人了。

楼上的结构与一楼差不多，上到三楼后，几乎每一层都能看到有来试婚纱的女孩从远处的衣架间经过，白色裙摆又消失在假人模特后面。身后，店内的助理跟着帮新娘挑选，随行来的朋友在拍照，低叹声不断。

阮瑜全程一口气提着，生怕撞上有华人新娘看见她和段凛在逛婚纱店。每次瞅一眼就低头，赶紧走赶紧走！

突然，手指被段凛轻捏了一下，他音色沉静："别紧张。"

"……不行！我紧张。"最初那种茫然褪去后，现在就是紧张，阮瑜感觉手都有点出汗，小声咕哝，"我一点都没准备，就……你什么时候想到要来这里的啊？"

"上周你说要来纽约，就想到了。"

阮瑜心跳很快："那怎么都没告诉我？"

段凛说："先前没定下来。今晚设计师才到曼哈顿，所以想带你见他。"

对了，设计师。

她没想太多："所以我们今天是要订婚纱吗？"

"看你喜欢。"段凛侧过头看她，一顿，声音低缓，"如果不喜欢，就不要。"

正领着他们上楼的黎方听见了，回头尴尬地笑了笑，肯定颔首："请放心，新娘一定会喜欢。"

三楼以上都是婚纱系列，但金发女人却没停，直接带几人上七楼。

七楼是顶层，横隔着一整面磨砂玻璃门，需要刷卡进。

眼前的装潢和构造与楼下截然不同，除了最里处有试衣间，偌大的平层几乎没打任何隔断，会客区、工作台、满墙的设计稿，以及一排排挂着婚纱的衣架和随处可见的模特假人都能被一眼看尽，俨然是一层工作间。

看到底，是一整墙的落地窗，遥望着麦迪逊大道的对街。各色广告牌的霓虹灯影晃得人眼花缭乱，享尽曼哈顿上东区最繁华的夜景。

但阮瑜没看，她只震惊地盯着工作台后，墙上那巨幅海报里的那个男人，瞳孔地震。

天，终于想起来"Oleg Ward"是谁了！

与此同时，酒店。

"打还是不打？"叶萌萌抱着手机踌躇。

"这才八点半，打！"林青叹气，"肯定得叮嘱她一句别被拍了，要是他俩今晚被拍，明天就有段凛的粉丝飞到纽约来杀人你信不信？"

叶萌萌信。

电话打过去，很快就接了。

叶萌萌忐忑地问："小瑜姐！你和段凛在哪儿啊？"

半分钟后，叶萌萌表情开裂地看林青，拿手机的手微微颤抖。

"小瑜姐说她在婚纱店，好像是准备试婚纱。"

"还说，让我帮忙带东西给她。"

闻言，林青感觉好虚弱。

他们还在担心两个人在街上被拍，这就已经逛进婚纱店了！

还带东西，带条命给这祖宗行不行啊！

等叶萌萌按地址风风火火打车到麦迪逊大道，进了眼前的高定婚纱店，又被带上顶层，进工作间，撞上正交谈的阮瑜他们时，她彻底傻住了。

"Try it on（试试看）。"

工作间内，头发花白的设计师起身，从自己衣架上挑了一件抹胸人鱼款婚纱，和善地示意阮瑜。

旁边的金发助手忙接过，要带阮瑜去试纱。

阮瑜瞅了一眼旁边的段凛，又看到刚进来的叶萌萌，眼睛倏然亮起，来得正好！

阮瑜把叶萌萌一并拉进了试衣间，厚重的帘子一拉，顿时与外隔绝。

"小、小瑜姐，刚才那个是奥列格·华德吗？"叶萌萌激动地悄声问，已经完全忘了过来的目的，"奥列格·华德啊！"

"是啊，就是他。"

阮瑜可算松了口气，简直太玄幻了！

她本来以为段凛带自己来只是试一下婚纱，毕竟要是真到年底办婚礼，现在也确实是时候准备起来了。而先前段凛说要带她见设计师，她其实一直都没听进去，因为太蒙了。

她心里不断在想，怎么就来试婚纱了啊？

但等看到那张海报，才猛然回过味。不对啊，"Oleg Ward"的设计师，那不就是奥列格·华德本人吗？

就算是不懂时尚圈的路人都多多少少听过这个名字，特别是女孩们。

奥列格·华德今年六十多岁，当年开创的个人品牌"Oleg Ward"自成立之初的定位就是高定婚纱，而到如今，他顶尖婚纱设计师的名声享誉全球，品牌也是三大时装周上的常客。

身为并不常见的男性婚纱设计师，他从一干知名女性设计师中拔尖而出，现今的成就与婚纱女王Vera Wang齐名，品牌的高端旗舰店早已开遍全球。

阮瑜第一次知道他，是因为热搜。

早年西班牙皇室储妃大婚的那条婚纱上了国内热搜，当时美上了热搜第一，连带着婚纱设计师也被评论里的时尚圈粉丝科普了一遍。

后来，又有各种女明星在婚礼上穿"Oleg Ward"高定婚纱的新闻被曝上热搜，一条高定要数十万到近百万，国内网友才彻底被科普了这位国际婚纱设计师。

但那不一样。

"Oleg Ward"的婚纱都是高定，但那些女明星们穿的，并不是由奥列格·华德本人裁剪过的婚纱。

每年奥列格·华德都会在高定时装周上展示发布新设计的婚纱，等下了时装周的T台，那些婚纱系列的样品就成了摆在旗舰店里的新款。

想买婚纱的新娘们可以去旗舰店试纱，在确定了心仪款式和细节后，品牌会按照新娘的尺寸，重新手工做一件私人订制的完美婚纱送到新娘那里。

但这些高定是由品牌旗下的其他专职人员手工制作的，不再经由奥列格·华德的手。因此只要付得起钱，就能拿到"Oleg Ward"的高定婚纱。

而能让奥列格·华德本人来剪裁，甚至是量身定做地设计一款全新婚纱的，屈指可数。

"我的天！怎么能联系上奥列格的啊？！"叶萌萌疯了。

阮瑜回忆刚才的聊天，说："段凛联系的。听说他前两天好像在纽约办春夏成衣秀吧，就顺便过来了。"

"不对啊，小瑜姐！为什么能让他顺便过来？"

"因为有钱吧。"

"那得要多有钱啊？"叶萌萌惊叹。

"不知道，不清楚。"阮瑜蒙混三连，跳过话题，看到婚纱想起来，"对了，那个带了吗？"

"哦，带了，带了，给！"

阮瑜让叶萌萌帮忙回酒店房间拿了胸贴，穿婚纱要用。

奥列格给的抹胸人鱼款婚纱是美国的均码，上身太大了，试纱出来的时候她身后夹了好几个大夹子，才掐出腰线。

她刚一出来，正和奥列格聊天的段凛抬眸，视线就定在了她身上。

她和段凛对视两秒，特别不自然地挪开了，救命，他的眼神也太那什么了。

"啊啊啊，好看！小瑜姐你超好看！特别好看！"

叶萌萌兴奋得脸颊潮红，满是惊艳。

奥列格也笑着夸了几句，仔仔细细围着阮瑜打量了一圈，在深思熟虑款式的契合度。

真的，没有多少女孩会拒绝婚纱。不管嫁不嫁人，这辈子都想穿一次这种如梦似幻般的礼裙。

阮瑜站在面前的三开镜前看自己，也感觉特别不真实。

这条人鱼款的婚纱通身象牙白色，剪裁典雅高贵，全缎面的材料上身非常软。处处是细节，美得不像一件婚纱，而像一件精雕细琢的工艺品。

助手帮阮瑜束起一头乌黑长发，挽了一个低马尾，又拿了条蕾丝刺绣的头纱给她戴上，拍了几张照。

阮瑜看段凛，有点不确定："怎么样啊？"

段凛没应，看她的目光却寸许未挪，双眸深沉如墨。

阮瑜心想：这个眼神……呜，不问了！

接下来，奥列格又让她试了几款，舞会款、垂纱款，高领长袖的剪裁、一字开肩的剪裁，曳地尾的裙摆、蓬蓬纱的裙摆等等，连着试了二十多套，才满意喊停。

助手给阮瑜量尺寸，记录完毕，把平板电脑给奥列格。

三人在黑色沙发边坐下。奥列格确认了几句细节，问两人对婚纱款式、颜色以及面料等等的想法。

阮瑜其实没什么要求，都说好，因为都好看，是真的好看。

最后谈起了婚礼的主题以及时间地点。这些全部都还没定，阮瑜挨近一点段凛，小声问："我们要办在哪里？"

"随你。"段凛低头问，"想去哪里？"

她想了会儿，想到了！眼睛亮晶晶的。

"那就法国吧。"

段凛点头："好。"

事无巨细地聊完，奥列格还要赶晚上的航班回法国，再次补充了一句期限，说从设计稿到最后婚纱完成需要四到六个月，并祝他们备婚顺利。

走前，叶萌萌难抑亢奋地问奥列格要到了签名，当晚华裔咨询师黎方又亲自送他们回酒店。

林青见叶萌萌一副要疯的样子，心都提到嗓子眼了，在私底下找她。

"拍了？"

叶萌萌嗯嗯点点头："拍了！"

"真被拍了？在哪儿被拍的？！"

"婚纱店！"叶萌萌开手机给他看，满屏的仙女，少女心泛滥，"奥列格·华德要给小瑜姐亲自设计婚纱！我是不是在做梦啊？！"

林青一头雾水，看完。

酒店房间内，阮瑜的微信接连收到数百张叶萌萌发来的照片，全是不久前在她试婚纱时拍的。

叶萌萌：【呜呜呜，小瑜姐我想哭！】

叶萌萌：【我想看婚礼！在奥列格·华德的婚纱面前，就算公开会被粉丝打死都没遗憾了！】

阮瑜给她回了五个感叹号：【不要诅咒我！】

"在看什么？"

段凛接完电话了，倒了一杯水，从落地窗边过来。

"全是叶萌萌拍的，你看看。"阮瑜把手机递给他，又瞅一眼，她试纱的时候刚拍完广告卸妆，"但我今天没化妆，化了妆再穿，应该还会好看一点吧。"

段凛淡淡地说："看过。"

"啊？"

"看过你化妆穿婚纱的样子，"段凛看她，深邃的双眸似乎染上一点笑，衬着那颗桃花痣，刹那间异常勾人，"很好看。"

他什么时候……

哦，对。

阮瑜默默和段凛对视两秒，想起自己和纪临昊拍婚纱MV的那茬了。

等会儿！她莫名有点心虚："都两年前的事了，你怎么翻旧账啊？"

段凛没应，盯了她一会儿，拿走她手上的水杯，搁在床头。

须臾，他俯过身凑近了，却没吻，若离若即地蹭过她的鼻尖。

"不是翻旧账。只记得你那一幕。"段凛屈指抵了下她的下巴，音色带了点儿沙哑，"记到现在。"

"哦。"

现在段凛的眼神，太凶了。

阮瑜耳朵在烫，感觉不太妙，开始瞎扯："我有点那什么……饿。"

"下午我们那个广告品牌方制片跟我说，他们今晚在餐厅有预订来着，说是什么纽约最好的法国餐厅。"她眼神乱飘，"我们现在去可能还来得及吧？要不去试试？"

阮瑜的下巴被轻咬了一口，她正撑着床沿的手腕也被握住，感觉段凛的手指在她脉搏处抚蹭摩挲而过。

他平静地问："先试试我？"视线却丝毫不平静。

阮瑜一句话都憋不出来，手腕刚动了动，就被段凛箍紧了，下一刻，直接被欺进床里。

满床的旖旎，厮磨纠缠。

最后，阮瑜连哭都哭不动了，湿红着眼睛打哭嗝。

她习惯性地把脸埋进枕头，但段凛这次却不让了。

阮瑜浑身烧得要命，眼泪掉得乱七八糟，泪痕还没干，就被段凛慢慢吻掉，黏腻磨人得过分。

她是真的不想哭，但真的忍不住。呜，段凛他居然比那天还要狠。

阮瑜迷迷糊糊要睡，感觉腰际被箍紧，颈窝又贴附上若有似无的吻。

"为什么选法国？"

什么法国？阮瑜茫茫然了半晌，才记起来了他在问婚礼地点。

她困得要死，艰难揉了下眼睛，声音还隐约哽着哭腔："因为……在那里认识你了。"

是放下成见，真正认识段凛的时候。

第三十二章

– 将不可能变成可能

　　就这样，开始准备婚礼成了水到渠成的事。

　　两天后，阮瑜拍完在纽约的香水广告回国，和段凛的航班错开。刚一下飞机，她就被机场里常年代拍明星的站姐团团围住，还有点恍惚。

　　回来了。

　　在公寓里倒了一天时差后回公司，阮瑜被大大小小的通告砸了一脸。

　　她扫了一眼自己八月的行程，挤得密密麻麻，都是要还的，呜呜呜，果然在国外拍戏闲的那一个月不是白闲的！

　　阮瑜一整个八月都在忙，拍摄通告和商务活动不断，又要看一堆新剧本，几乎忙得脚不沾地。忙事业，也忙私事。

　　从纽约回来的一周后，她就收到了奥列格的邮件，他将婚纱手稿发了过来。

　　奥列格的手稿非常简单，寥寥几笔就出了设计，和他在曼哈顿工作间里贴的一墙手稿风格相似，却又不尽然。

　　是一条 V 字开肩的宫廷礼服，设计了蕾丝刺绣的镂空七分袖，胸衣部分拉出下腰线，裙摆保留了宫廷礼服的夸张设计，是极尽奢华风格的层次感蓬纱搭大曳地。

　　婚纱背部有一处镂空露背设计，自典雅中勾出几分现代感。

　　光看手稿，就已经能够想象到成品的惊艳了。

　　八月末，婚纱的胚衣做好了，需要再次上身试尺寸。

　　奥列格人在法国的工作间，而阮瑜这段时间忙到和段凛见面的机会都没有，就更别说亲自过去试胚衣了。因此没过两天，奥列格的助手将胚衣从法国带过来，一行人在上海的酒店房间里碰面。

　　胚衣特别简单，只是礼服的雏形，仅是最底部裹着身的一层缎面，但每一寸布料都严丝合缝。阮瑜试穿后刚刚好，贴胸掐腰，分毫不差。面料非常舒服，触上去滑得像牛奶。

"小瑜姐好看！这白色好衬你！婚礼上肯定特别漂亮！"叶萌萌一直在替她拍照，一个劲地夸。

阮瑜没一点包袱，对叶萌萌比心抛飞吻："谢谢，谢谢！婚礼邀请你做伴娘。"

"啊啊啊！"

胚衣的缎面不是纯白，而是复古的象牙白，衬得阮瑜本来就白皙的皮肤越发细腻，随手一拍都好看。

旁边的林青又喜又忧，一颗老母亲嫁女儿兼事业粉的心忽上忽下，公开还在提心吊胆呢！怎么就试上婚纱了？

趁着阮瑜在给段凛打电话，林青漠然问叶萌萌："说好一起防火防盗防绯闻，你怎么叛变到对面去了？"

叶萌萌"嘤呜"一声，奥列格亲手设计的婚纱啊！呜呜呜，偶像太浪漫了，她已经嗑成了"小心党"！

所有事都在有条不紊地进行着。

鱼粉敲锣打鼓地喜迎小瑜从章家鸣导演的新片剧组杀青出来，过了一个月密集营业的神仙日子，又含泪送"女鹅"进了新剧组。

阮瑜新接了一部宋朝背景的古装正剧女主角，饰演长公主。这部戏由擅导宫廷权谋戏的王乃安执导，名导配大制作团队，真正的好资源。

定妆照出来的时候，鱼粉被美得嗷嗷直号：【啊啊啊，小瑜一定拍戏顺利，新剧爆火！】

"小心党"也在一片欢天喜地中呜呜嗑糖：【我们重点不一样。】

王乃安不就是导《盛唐》的导演吗？那段凛不也拍过王乃安导演的戏？你看那联合出品名单里是不是还有一个"英博昭行影视文化有限公司"？他们这不就又嗑到糖了吗！

鱼粉冷笑，上次生日 Vlog 嗑糖的账还没算呢，又来？

鱼粉冲进"小心夫妇"的超话才发现，超话居然有十万粉丝了？

三个月前超话粉丝还是两万，怎么多了这么多"小心党"？

窥屏了一圈，超话里的"小心党"似乎是从白茉莉奖那晚开始壮大的。有不少"小心党"是因为段凛和阮瑜那张出圈神图进了坑，一开始只是单纯在嗑两人的颜，可后来补了两人的合作通告后发现，哇，有点香啊。

"小心党"齐心协力找糖吃，没放过两人从综艺到合作电影的每一个细节，越嗑越香。

【BG 神颜，内娱一绝。】

【同框即发糖，互动一句，子孙满堂。】

【他们不是不熟，只是在用生命装不熟罢了。】

【一个热知识：鱼在上升期不可能曝恋情，凛的粉丝太凶没有女星敢跟他传绯闻，所以我们的房子不会塌，姐妹们放心嗑！】

【我的复活卡集齐了，我开始嗑了。】

网上热闹非凡，阮瑜安心待在横店拍戏。

一晃进组一个多月。

阮瑜拍古装戏每天都要起早做造型，一做就三四个小时，平时空下来的时间不是在补觉就是在背台词，连上网冲浪的时间都少了。

片场，休息间隙，她忽然想起来："对了，林青，下周我要跟剧组请一天假。"

"下周？下周没外出通告，干吗去？"

阮瑜哼哼，说话掷地有声："回京城，过生日！"

林青跟她大眼瞪小眼半天，猛然记起来了，下周要到段凛生日了！

"祖宗，你悠着点，你是不知道这几天你俩的粉丝掐得有多厉害。"林青心口疼。

阮瑜想不通："没道理啊，按理说我们都三个多月没同框了？"

林青摸出手机想给她看看战场，刚刷了一下，下一秒，整个人傻了。

阮瑜忍不住说："你这表情有点离谱了吧。"

林青瞪着屏幕，嗓音都是抖的："金金金……"

"什么？"

"金雁奖提名！你被金雁奖提名了！"林青差点跳起来，激动得要破音，"金雁奖提名最佳女主角！你……"

就在两分钟前，第三十五届中国电影金雁奖组委会公布了本届金雁奖的入围名单。

提名公布，《无声惊雷》获最佳故事片、最佳导演、最佳男女主角、最佳男女配角、最佳编剧、最佳美术、最佳音乐等九项提名，领跑金雁奖。

段凛获最佳男主角提名，阮瑜获最佳女主角提名，出道仅三年，她就携第一部主演电影冲进了金雁奖！

名单一出，平地起惊雷。

过了五分钟，阮瑜的手机开始不断嗡声振动，汹涌如潮地全是恭喜的消息。

她回都来不及，傻了，再次确认："我？金雁奖啊？我啊？"

"就是你！货真价实的金雁最佳女主角提名！"

金雁奖入围名单的通稿在全网传得沸沸扬扬，作为华语三大电影奖之一，绝对是今年下半年的大热话题。

这一次，《无声惊雷》凭借九项提名领跑金雁奖，菱角和鱼粉一时间都激动得忘了还在掐架，都在热搜里欢欣鼓舞地庆祝。

论坛和超话里，眼看着段凛和阮瑜又有机会同框发糖，"小心党"也不忙着嗑了，由衷为电影和演员们高兴。

当初谁还没为《无声惊雷》掉过眼泪呢！

阮瑜快忙疯了。

金雁奖提名一出，剧组里的其他演员纷纷来贺喜，没来得及回的微信消息攒了一列。安卓茜也打来电话恭喜，顺带着提了一嘴各种纷至沓来的邀约和合作。

林青见阮瑜翘着嘴角在那里回消息，眼里的雀跃都能溢出来了，也为她高兴，直到看了一眼，才发现这祖宗是在给段凛发微信！

他开始头疼。

这会儿两家粉圈热火朝天，已经提前过起了新年。

鱼粉被天大的惊喜砸得眉开眼笑，为庆祝小瑜入围金雁，正在普天同庆搞抽奖。

菱角则在忙着给自家哥哥搞生日应援。

下周就是段凛的二十八岁生日。

段凛已进组两个多月。菱角都知道他在拍一部犯罪悬疑剧，整个剧组一直驻扎在长春。因为是电视剧，所以相关物料不会捂得太死，偶尔还能爆出几张片场路透图。

但路透图根本缓解不了相思苦啊！好在今年有某品牌方联合两大视频平台，要为段凛办一场生日见面会，地点在京城。

段凛的生日才真是普天同庆，粉丝的应援铺天盖地。阮瑜到首都机场的时候，随处都能见到机场广告屏里的生日应援图。

她向剧组请假两天，回京城给段凛过生日。

她先回了公寓。

要等段凛办完生日会才能见到人，她也不干等，就自娱自乐在书房打游戏。摸到宝贝鼠标键盘的一刹那，她差点没感动到汪出泪来。

"小瑜姐，生日直播要开始了！"叶萌萌抱着泡芙进书房。

"来了来了。"

两人一猫窝在客厅沙发里看直播。

生日见面会晚上八点开始，在京城某剧院。台上，主持人还在热场，粉丝席间就已经呐喊声不断。等主持人请出段凛，现场的激动尖叫声都快掀翻了剧场的屋顶。

此时直播间的弹幕已经厚到积了满屏，全是菱角的表白和路人吃瓜。阮瑜关了弹幕，才看清段凛今天穿的什么——纯黑色圆领卫衣搭同色长裤，一贯的极简风。

但根本压不住段凛颀长挺拔的好身材，他身高腿长，稍稍挽起的一截袖口露出极为流畅漂亮的小臂肌理线条，菱角快号窒息了，线上线下全在表白。

"小瑜姐，我能不能问你一个问题？"叶萌萌好奇地问，"你看到段凛粉丝表白他，会感觉不舒服吗？"

"会啊！"阮瑜特别坦然。

段凛的女友粉简直多到离谱，在公开行程上追着他喊"老公心肝宝贝"的也多得要命，简直就是她以前追爱豆的狂热形象翻版。

但那不一样。

有四季表白纪临昊，她会高兴。但要是换成段凛被疯狂表白，她感受了下，别别，不了吧。

"但是我看段凛不怎么和粉丝互动的呢。"叶萌萌是观众粉，只追剧不追星，不理解，"怎么会有这么多狂热粉丝？"

阮瑜心情超好地看直播，想了想："别说了，我都懂。我可能问过自己这个问题不下八百回了吧。"

以前她是段凛黑粉的时候，还嘲过对家粉被下蛊，追一个成天高冷摆谱的黑道太子这么真情实感，就离谱。

但现在有点能理解了。

段凛虽然对粉丝高冷吧，但举手投足能见好教养，身上那种气质装不了，和圈内大多数明星都不太一样。而且他那股恰到好处的疏淡距离感，就怎么说，真的很蛊人。

最重要的一点。

她盯着直播，正巧镜头拉近，给了台上的段凛一个放大特写。在无任何美颜滤镜的直播镜头下，他随眼一瞥，五官轮廓英俊深邃，画面有如电影截图。

阮瑜斩钉截铁地说："还是因为脸好。"

整个生日见面会持续不到一小时，过了粉丝互动和问答环节，就开始播放粉丝群像祝福的剪辑视频，放完粉丝的祝福接着放英影艺人的。最后切蛋糕，直播结束。

段凛的生日直播上了热搜，直冲高位。

阮瑜翻了下热搜，段凛回一趟京城有如世外高人出山，各家媒体逮着机会在后台疯狂采访，采一条放一条。热搜里的采访视频不断。

他回来应该还要一会儿。

旁边的叶萌萌抱着平板看剧，看完两集回头一看，阮瑜已经窝在沙发里睡着了。

为了向剧组请假不耽误进度，她前两天没少赶戏，肯定累。叶萌萌给她披好毯子，蹑手蹑脚要离开。

她开门，正好在门口撞上偶像。

叶萌萌忙轻声说："段老师，小瑜姐她睡着了，那我先走了。"

睡得迷迷糊糊时，阮瑜恍惚间感觉身体一轻，被人捞过抱了起来，鼻间嗅到一点熟悉的淡淡木质香。

她下意识攥着那人肩膀处的衣料，慢慢艰难睁眼，仰头看，段凛！

阮瑜双眸亮起来了："几点了啊？"

"十二点半。"段凛把人箍紧了点，低头抵了下她的额头，淡问，"进去睡？"

"哦。"

不对，她意识迅速回笼："完了完了，时间过了。"赶紧补救，"生日快乐！"

段凛应声。

阮瑜被一路抱回卧室，刚睡进床里，立马就不老实地爬起来要去客厅找手机，却被段凛直接勾过腰拉了回去，一下跌坐在他腿上。

他音色低缓："不困了？"

"不是啊，我的生日礼物还没送。"她来不及害羞，商量着说，"在我平板电脑里，你等我下。"

她把平板拿回卧室，戳进相册，递给段凛："看看！"

相册里没多少图片，原来有的没都被清干净了，只剩下一些房产楼盘的宣传广告截图。

阮瑜简直太满意了，这些可都是她含辛茹苦抽时间挑出来的楼盘啊！！

集齐市内高级公寓和近郊富人区的别墅，户型各样，总有一款是段凛喜欢的吧？

她看向段凛，眼神格外认真笃定："我，送你一套房子吧？"

呜，好爽！

段凛仍坐在床边，一一看完照片，抬眸盯她："为什么送我房子？"

"因为……我想不到送你什么了。"阮瑜是那天逛论坛看到"小心党"在讨论塌不塌房子，才忽然想到可以送房子！

她继续说："你要不然先挑几套，有时间去看一下，然后我送你一套。"

盯了她一会儿，段凛随手将平板搁在旁边。

"太贵了。"

是很贵，有一些花完她的积蓄也买不下来，可能还要问家里借。

但是阮瑜坚持："我的那条婚纱应该更贵吧？"还有戒指，她想了下，"而且，为你花钱我还挺开心的。"

段凛没应，她又被攥过手腕，直接拉了过去。

这回没坐腿上，阮瑜直接被箍着腰摔进柔软的床里，见段凛厮磨着贴近了，下一秒，感觉毛衣衣摆被推上了腰腹。

他的手指修长温热，含勾带欲，意味分明地触抚过每一寸地方。

她一下就浑身绷紧了，止不住地有点颤抖。

"你要不要啊？"

段凛凑近了，敛眼，下颌咬肌微微动了动，将吻未吻，勾了点儿沙哑："两个人住？"

"对的……吧。"

和晚上在生日直播里看到的疏淡神情不一样，此刻段凛的视线一直黏着她，双眸像酝着化不开的浓墨，连眼下那颗桃花痣都似有温度。

真的，特别不一样。

"等下，"阮瑜紧张攥住段凛越触越往下的手，心跳快得要死，忽然想起件事，"我还有问题！"

段凛反手握住她，指腹抚蹭她的手腕，吻却没停，循着她的眉尖触吻下来。

他音色淡漠，却莫名带点儿懒："什么？"

"我以前听说，你有什么……"她被亲得闭了闭眼，努力措辞，"依恋障碍，应该不是真的吧？"

这应该是她最后没搞清楚的问题了。

"是有。"

她蒙了："啊？"

还真有？！

话音未落，腰侧被轻捏了下，阮瑜被捏得差点吭出声。

她不信！反正她是一点没感觉出来。

想起来，这还是以前在《成名无望》的首映礼上，同组女演员陈戈给她透的料。陈戈当初说什么来着？

——"听我导师说是心理医生建议他多感知，多与人交流之类的，他才想学表演。"

阮瑜忍着正亲昵的羞耻，好奇地问："我听说，你是因为这个所以学的表演，那你现在呢？"

段凛平静地说："当初是由于障碍才学了表演。现在是因为兴趣。"

阮瑜"哦"了一声，心想：那他的依恋障碍肯定是已经好了。

确实，没有热爱，也不可能达成这种成就吧。

她更了解段凛了，感觉好像又多了一点共同语言。

"我现在也喜欢演戏了。"她双眸晶亮，说话坦诚，"我喜欢体验人生的感觉。"

段凛没接话，气息自她颈窝处往后。下一瞬间，阮瑜感觉自己的耳郭被含吮着咬了一口，瞬间滚烫。

"不一样。"

阮瑜没反应过来："什么不一样？"

"爱上演戏，让我体验别人的人生。"段凛简单解释，一顿，他贴着她说话的声音沉缓，格外勾人，"爱上你，我才体验人生。"

今年金雁奖的入围名单掀起一大片话题热潮，《无声惊雷》电影本身及主创人员显然身处话题中心。孔明坤无愧于"奖导"的名号，一出手就是九项金雁提名，业内的哗然声此起彼伏。

全网热议，吃瓜路人都在押最终奖项花落谁家。

早在五年前，段凛就凭借出演孔明坤的电影《无知年华》而斩获金雁奖最佳男主角，这一回棱角的心情还稳得住。能拿奖那肯定好，不拿奖也算二次提名金雁，已经是锦上添花的加冕了。

鱼粉则更稳，激动的心情全给提名了，提名即肯定啊！奢求能拿下三金之一才真的是做梦！连想都不敢想！

"小心党"真是恨铁不成钢，高喊着怎么两家纯粉都没我们有事业心！

片场。林青无时无刻不在关注两家粉圈的动态，看得心惊肉跳，不放心地转向阮瑜："你……"

"知道了，知道了。"阮瑜看剧本头也不抬，摆了摆手，"我肯定不在金雁奖上出纰漏，放心吧。"

很快到金雁电影节的开幕仪式。

今年的金雁电影节在福建厦门会展中心的某展馆区举办。

电影节为期五天，头一天是开幕仪式，前三天都是影展及组委会评审，第四天下午则在主场馆内举办提名表彰仪式。与白茉莉奖的入围酒会不同，金雁奖的提名仪式非常正式，所有提名在列的人员一定会到场。

最后一天，下午开始走闭幕式红毯，晚上则是最终正式的颁奖典礼。

官方自电影节两周前就开始公布此次参加电影节的明星名单，每天参展的名单不一。各圈群星云集，不乏名声如雷贯耳的那些名导制片以及国家级老演员。

名单上公布，《无声惊雷》剧组将会出席最后一天的闭幕式红毯。

两家粉都在掰着手指算，熬过提名表彰仪式，熬过闭幕式红毯，再熬过当晚的颁奖典礼，目测到今年年底都不用再跟对家同框硌硬了！今年终于能过个好年了！

"小心党"是真提前过年了，都在潸然泪下，呜呜呜，同框即发糖！

提名表彰仪式当晚，电视台全程直播，收视率一路飙升。

收视率高是高，但确实也有点无聊。长达两个小时的提名表彰仪式没什么看点，受提名者一一上台，走流程般接受颁奖证书与提名奖杯，发表感言，再间或穿插舞台表演，仪式就算是走完了。

可菱角和鱼粉异常满意。

全程仪式下来，自家宝贝连句话都没跟身旁的对家说过，什么叫不熟？这就是大写的不熟好吗！

"小心党"也满意。

数过了，这回两人对视了四次，比白茉莉奖那晚还要多出两次。

【金雁奖对视四次，白茉莉奖对视两次，四除以二等于二，二是爱，除了爱还是爱啊！】

【四减二还等于二，对你爱爱爱不完！！】

【我笑到吐，姐妹们都好土，我好爱！】

……

翌日，闭幕式红毯将于下午四点半开始，就在今晚颁奖仪式的主场馆外。

当天一早，红毯边围起来的拍摄区已然熙熙攘攘挤满了人，各家媒体和粉圈站姐代拍举着长枪短炮，满脸的激动，都在翘首等待。

酒店房间里，阮瑜被妆发师沈芳飞按坐在化妆镜前，思量片刻。

"行了，宝贝我要你全场闪光。"沈芳飞铺开一列化妆刷，无比娇嗔地点了点镜子里的阮瑜，"即使拿不了奖，也是今晚的女王。"

阮瑜放下咬了一半的苹果，无比配合："来吧来吧。"

等终于化完妆，阮瑜出房间门。

在走廊里，她正好跟剧组其他被提名主创碰面。此次被提名最佳男配角的倪父饰演者高书杰仔细打量她，竖起了大拇指："阮瑜，今天特别漂亮啊。"

她弯起眼，落落一笑："谢谢，谢谢！"

沈芳飞给她绾起低马尾，化了一个极清透的底妆，却挑了最正红色的口红，还特地将她的泪痣描画点出。妆容层次分明，浓淡相宜，连卷翘纤长的睫毛都透出高级感，还搭了一条银色流苏露背裙。

这件衣服是品牌赞助的高定，人鱼线条的裙摆垂及脚踝，每一寸都勾勒出曲致身材，每一穗流苏都剔透闪光，配上无色钻石耳坠与项链，闪得不行。

那边，孔明坤正和段凛边聊边走过来，看见阮瑜，"哦哟"了一声。

"看来倪书今晚是女主角啊。"孔明坤笑着说，"有信心吗？"

阮瑜看到段凛的眼神，有点不好意思了，回道："那肯定是没有啊。"

段凛的眸光落在她身上片刻，径直走过来。

他刚靠近一点，阮瑜挪开了。

段凛低眼看她，一顿，像是很细微地挑了一瞬眉。

呜，不是说好了在酒店里也不互动的吗！

真不是阮瑜草木皆兵，他们住的酒店是金雁奖官方安排的，就在会展中心附近，肯定有粉丝和媒体能混进来。

一行人走向电梯。她和段凛前后隔了四五步的距离。

段凛停下，回身看她，她也跟着停下："啊？"

"会不会冷？"

阮瑜摇摇头："不冷，不冷。"

十一月的厦门气温还行，等会儿走完红毯进场馆肯定也不冷。

但段凛似乎并不是想问她，而是多盯了她须臾，神色沉静："很好看。"

"哦……那，谢谢？"

身后的叶萌萌脸红低呼："我天，段凛的眼神都快扒光小瑜姐了！"

林青没好气地说："你可以再大声点，楼上的人还没听见呢。"

叶萌萌脸色绯红地闭嘴。

《无声惊雷》的剧组被排在下午六点走红毯。阮瑜跟着孔明坤他们坐车从酒店进会展中心，到金雁奖的场馆区内下车，过安检，先一路走去建在红毯源头的等候场馆。

身后不远处，安保拦着的隔离带外，里三层外三层地围了乌压压一片人，全是进不了场馆区只能蹲点的各家粉。

远远见到他们下车，人群中的菱角和鱼粉骤然爆发出一阵阵尖叫。

"啊啊啊，段凛！！"

"段凛啊，我爱你！！！"

"小瑜颁奖典礼加油加油！"

"啊啊啊，宝贝你是最棒的！！"

……

尖叫声太激烈了，两家像在比赛似的。阮瑜本来想回头和鱼粉打声招呼，又被菱角一阵阵激昂汹涌的表白声给摁死了念头。

还是别了，不知道的以为她挑衅呢。

红毯等候场馆内，明星们自后门鱼贯而入，而前门则连着金雁奖的红毯。出了前门，就直接上红毯。

偌大的馆内是分区的一排排休息座，没上红毯的明星们在各自走动聊天，人声嘈杂。三区那边，有工作人员举着"无声惊雷"的牌子，示意孔明坤他们过去休息。

一过去，他们就被若干采访媒体和工作人员中的粉丝给围住了。媒体举机器，工作人员举手机，撑着他们不断地拍。

阮瑜今天穿了一双近十厘米的细跟高跟鞋，是临时换的。她本来是要穿一双裸色高跟鞋，走前沈芳飞不满意，直接翻了一双备用的银色高跟鞋给她，配她的裙子。

新鞋走得她有点不太舒服，就一直坐在座位上休息。

面前站了一堆人，全是举着手机对她拍的馆内工作人员。

工作人员应该是被要求不能打扰明星，但有女孩悄悄出声："小瑜，加油呀！"

"好啊，谢谢你。"

阮瑜笑得双眸弯弯，漂亮得惊人。

"小瑜姐，要不要喝水？"叶萌萌过来。

"不用，现在不喝。"

那边，一些媒体们采访完孔明坤和段凛他们，纷纷转过来，趁着上红毯前的最后一点时间来找阮瑜。

"小瑜，我们能到那边去做个专访吗？"

阮瑜说："好。"刚站起来脚就崴了一下，被叶萌萌忙不迭地扶住了。

"没事吧，小瑜姐？"

阮瑜迅速站正，摆摆手："没事，那我先过去了，要上红毯了过来喊我！"

走红毯还早，阮瑜被媒体揪到角落采访了近二十分钟。

有的人表面满脸微笑接受采访，实则一直在悄悄扭脚踝调整站姿！想哭。

呜呜呜，这鞋穿着也太难受了吧！

"小瑜姐！马上要到你们了！"叶萌萌和林青赶过来。

阮瑜如释重负，对媒体歉然一笑，拉了一把两人："走走走。"赶紧走！

她抬头找了一圈剧组的人，孔明坤他们都准备出红毯的门了！在等她。

她赶忙快走了两步，忽然脚腕一扭，猝然一阵钻心的疼，整个人都不受控地往旁边崴倒。身边林青和叶萌萌差点扶她不及，猛然吓了一跳。

嘶，疼，太疼了。

阮瑜几乎整个人攀着叶萌萌的肩臂，没站直，很清晰地倒吸了一口气。

"怎么了，怎么了？"

"崴到脚踝了？"

阮瑜忍了下，面上还挺镇静："没事，还好。"

她缓过来点了，想站直，发现不对啊，低头一看，左脚鞋跟崴断了？！

林青和叶萌萌兵荒马乱地扶阮瑜就近坐下，扬声和孔明坤打了声招呼。那边剧组的人过来了，不远处的媒体和工作人员也纷纷朝这边看。

"还能走吗？"林青焦急疯了。

阮瑜俯身探了一下鞋跟，真崴断了。她面上还是微笑，声音却透着绝望："别别，我又不是维密天使，高跟鞋断了还能走T台。"

叶萌萌急哭了："那怎么办啊？我的鞋子你能穿吗？"

"你想让她穿球鞋上红毯？"那辛辛苦苦做的造型白做了！林青疾声，"快去问问工作人员有没有能借的！快！"

叶萌萌火急火燎地赶去了。

"怎么了这是？"孔明坤他们过来。

阮瑜忍疼，指了下自己的脚："不好意思啊，鞋跟断了。"

她一抬头就看到了段凛。他蹙起了眉，要直接过来，被她一个眼神顿住了。

别！

她很久没对段凛装可怜了，特别迅速地挤了一个求救的表情，杏眸耷拉成水汪汪的小狗眼。她的表情被剧组的人挡着，媒体拍不到。

上一次用还是在《无声惊雷》的路演途中，效果斐然，这次也一样。

段凛无声盯了她须臾，眉宇仍蹙着，眸光扫过她泛红的脚踝，神色有些冷了。

场馆外的红毯上尖叫声源源不断，现场主持人的声音隐约传进来。

"接下来让我们欢迎走上红毯的最佳故事片提名剧组《无声惊雷》，欢迎最佳导演提名的孔……"

林青真的要疯："我去跟调度说一下！"说着就爬似的跑走了。

阮瑜道歉："不好意思，我……"

"小瑜姐！借到了，借到了！"

叶萌萌拿了一双银色的高跟鞋过来，鞋跟没她原来那双高。

阮瑜快速接过来，也不管有没有人在拍了，脱了鞋，俯身就要换。

"小了！"一穿进去就发现小了，她轻声问，"借的几码的？"

叶萌萌眼眶都急红了，忙小声说："她说是五码的！"

"我穿六码。"

阮瑜没想到叶萌萌借了一双更小的！

她今天就是灰姑娘的姐姐吧！

她面上没表现出来，俯身穿了半天，想硬套，但太慌了，怎么都塞不进去。

孔明坤看出不对劲了："怎么了阮瑜？鞋子有问题吗？"

外面场控重复第二遍了，也不知道林青找到人没有。

"没没……"阮瑜正低头穿鞋，垂睫，声音还含着笑，"鞋跟有点滑，等我——"

一道阴影罩落，下一秒，脚踝被握住了。

男人的手指修长，指节分明，很漂亮，也很熟悉。

阮瑜傻了，想抽脚都来不及，僵滞着抬头，见段凛屈膝在她身前，捞过她的脚踝，将她使蛮力套了一半的高跟鞋脱了。

他指腹触了一瞬她泛红的脚踝处，抬起头看她，冷淡地问："疼不疼？"

阮瑜呆住了。

众目睽睽。

四周的人声都安静了，那瞬间，仿佛世界都寂静了。

人全傻了，甚至有两个媒体扛不住机器，差点砸地上。

没人说话。

五分钟后，林青冲进来，发现三区已经被密密匝匝的人围住，叶萌萌正慌乱地从人群中挤出来。

"我让调度往后调了两位！"林青额头全是汗，一愣，"怎么了？"

叶萌萌一副闯了大祸的惶恐表情，声音颤抖："林、林青！！世界末日了……"

世界末日都没这么恐怖。

等林青和叶萌萌又一路从人群中挤进内围，发现四周所有人都高举着机器和手机在拍，连过来看热闹的一些明星都在拍！

低压的吸气声和惊愕声此起彼伏，人群自觉撤出一片空圈。在圈内的中心，阮瑜神情僵滞地坐在休息椅上，表情管理完全失效，一脸空白地看着身前的段凛帮她穿鞋。

她已经借了一双尺码合适的灰杏色高跟鞋，段凛容色很淡，屈膝，非常自然地捞过她的小腿给她穿上，并抬眸问："还能不能走？"

半晌，阮瑜憋话："能。"

一阵惊呼，是有人的手机不小心掉地上了。

孔明坤笑叹："唉，糟糕了啊。"

林青猛地趔趄了下，叶萌萌颤着唇，都不约而同地在人群中迅速巡视一圈，找到了不远处同样有如世界末日表情的段凛助理，邵立。

邵立已经在哆哆嗦嗦掏出手机了。

"给安姐打电话！快！"林青急声说。

此时，线上直播间和各大平台论坛内的粉丝及路人摩拳擦掌，正在激动吃瓜今天的金雁奖。听主持人延迟了《无声惊雷》的红毯顺序，还在奇怪，就被铺天盖地跳出来的消息和推送给挤蒙了。

一时间，直播弹幕，微信消息，论坛新帖，各大平台的推送，像全世界约好要在同一时间刷存在感一样，全在弹消息。

【天啊，出大事了！！！】

所有人在第一时间赶去吃瓜，点开段凛在金雁的红毯候场馆内为阮瑜穿高跟鞋的视频，看傻了。

世界仿佛寂静一秒，紧接着如宇宙大爆炸般，全炸了！

林青眼看着"段凛给阮瑜穿高跟鞋"的话题直窜上全网各大平台的热搜，十分钟不到就飙至第一。刚点开微博刷了一分钟，什么都刷不出来，一片空白。

服务器瘫痪了！

不止。

很快，线上直播间的观众人数开始飙升，弹幕密密麻麻得根本看不清字，片刻后，满屏的弹幕像被拦腰斩断，屏幕画面定格在主持人报幕《无声惊雷》剧组将走上红毯的下一秒。弹幕和声音都戛然而止。

直播间也炸了？！

电视直播成了唯一的去处，不过须臾，电视台收视率暴涨。画面里，正在直播金雁奖的红毯现场。

现场。红毯边熙熙攘攘的人群中接连响起手机的消息通知和来电铃声，媒体在接同事的电话，代拍和各家站姐粉丝在看朋友轰炸过来的消息。

"让我们欢迎走上红毯的最佳故事片提名《无声惊雷》剧组，欢迎最佳导演提名的孔明坤先生，以及最佳男主角提名的段凛先生，最佳女主角提名的阮……"

音乐扬起。在主持人激昂带笑的介绍声中，《无声惊雷》受提名的主创人员走上红毯。

六点半，天色已近擦黑，红毯边的闪光灯却亮如白昼。

所有人显然刚得知段凛在馆内为阮瑜亲密穿鞋的消息，粉丝一时震愕得忘了尖叫，媒体先是小声议论，这是什么年度劲爆的一手话题？！随后兴奋得连举设备的手都在抖，快门声密匝。

呐喊如潮，像吼似的。

"段凛阮瑜看这里！看这里，谢谢！"

"段老师看这里！小瑜看一下！"

还有更直接的："请问两位是有恋情进展吗？！"

阮瑜除了蒙还是蒙，面上全凭肌肉记忆在露微笑，但脑海一片空白，内心弹幕刷了满屏的"完了"。

她身边就是段凛，已经忘了避嫌了，就条件反射地跟着他走。

刚换的高跟鞋舒服多了，但鞋带反复蹭着崴了的脚踝，磨得她还是疼。

她走得有点慢。

旁边段凛微侧过头，淡淡地瞥她一眼。一顿，段凛靠近她的右侧肘臂屈出一角，示意她挽。

阮瑜把手挽上去的刹那间，连快门声都滞了一瞬。只是一瞬，红毯媒体的采访声和呐喊越发亢奋凶猛！

接下来一行人走红毯，在签名板留名，接受采访，进内场。

阮瑜都不知道自己怎么就坐下了。

自《无声惊雷》剧组入场后，后方远处，看台席间，粉丝的尖叫声快掀翻了场馆。隔得实在太远了，只能听见偶尔爆发出破音的一两声，或是在叫段凛的名字，或是在叫阮瑜，情绪极为激烈高亢。

真的，阮瑜拿生命发誓，听着绝对不可能是高兴！

她的手机在叶萌萌那里，根本不知道现在什么情况，余光瞥见不少明星的视线都在往这里瞟。

阮瑜侧过头，视线和身边的段凛相接。他低头，略略一瞥，问道："脚还疼不疼？"

"没事，不是很疼。"都这样了，阮瑜也不遮掩了，表情含笑，声音特别绝望，"完了，完了，怎么办啊？"

段凛仍在注意她泛红的脚踝，神色冷着，蹙了蹙眉。

"撑一下。"他又稍顿，"公开。"

此时此刻，金雁奖的电视直播收视率已经攀上了新高，曲线还在不断拉升中。

网上直播间涌入的在线观众也在飙升，但还是没抢救回来，画面依旧一片黑。

晚上七点半，场馆内熠熠通明，主持人在台上热场，颁奖典礼正式开始。

现在谁还有心思看颁奖典礼啊？

所有人直觉今晚要吃一口惊天大瓜，都在死盯着电视直播画面，焦急等导播切嘉宾席的画面，就想看段凛和阮瑜那边到底什么情况！

微博瘫痪近四十分钟，救回来了。

一大波流量从微信和各大论坛往回涌。

"段凛给阮瑜穿高跟鞋"高高挂在微博热搜第一，话题早爆了。

网友捧着瓜都不敢下口。

要知道自段凛出道以来，实质性的绯闻连一条都没有，更别说在公开场合和女明星亲密互动了！而且还是单膝跪地亲手给人穿高跟鞋！！

热搜底下全是路人一片"震惊我全家"的声音，菱角和鱼粉迟迟没赶来，两家粉看完视频就像当头被敲了一重锤，如遭雷击。

菱角想解释说因为我哥绅士助人吧，可穿鞋这举动已经远远超过正常交际的范围了，想骂女方故意引导炒作吧，但视频根本做不了假，是哥哥主动蹲下给换的高跟鞋!

鱼粉想解释是因为当时我"女鹅"太惊讶才没踹开男方吧，可后来红毯上挽臂的动作压根儿就不像是不乐意，倒像是茫然不定的时候抓了一根浮木。"女鹅"居然这么信任他?

两家粉的心直接沉到深渊底，崩溃了，不要不要，千万不要是我们想的那样啊!

快告诉我们这一波只是入戏太深吧? 是吧是吧?

在围观路人的一脸蒙中，在两家纯粉的崩溃中，"小心党"颤颤巍巍揭棺坐起，有如年逾古稀的濒死老人被塞了一颗还魂丹，缓缓嚼吧嚼吧。不，不敢咽!

【谁能告诉我这是真的吗? ? 】

【@鱼 @凛如果今晚这只是孔明坤的强制联姻，请你们尽快通知我，我不想大梦一场空。】

【是不是 AI 换脸? 是不是 AI 换脸? 容我先冷静冷静。】

【呜呜呜，姐妹们我已经嗑了，是假的也打死不吐了。】

……

"小心党"还在惊天巨糖中恍恍惚惚，两家粉圈已经大地震过一阵了。有个别激进不理智的菱角二话不说黑了头像，扬言要脱粉。

但很快，菱角中的多数理智大粉迅速缓回来了，训练有素地稳定内部粉群。

段凛连着数年稳坐顶流宝座不是没有道理。

像他这样演技流量并存的明星本来就少，而在这个年纪实绩能打成这样的，如今放眼内娱就他一个。

最初菱角被段凛的颜值吸引，而后又被段凛如同爽文般的升级过程摁死在坑底。老粉陪了他八年，早躺平了。

这场关系中，本来就是粉丝需要他多一些。

但没想到会是阮瑜啊!

还是有菱角觉得硌硬: 【好，就算哥哥跟谁在一起都可以，可为什么非得是阮瑜那个爱炒作的!】

鱼粉顾不上内讧了，一致对外: 【炒作什么呢? 我"女鹅"是名媛千金，犯得着贴着你哥炒作? 看上你哥什么了? 】

林青和叶萌萌看得心惊肉跳，忙去问安卓茜怎么办。

安卓茜给自己做了几个月的心理建设，热搜出来的时候倒没晕，按了半天的太阳穴，冷静许多。

"我跟郭彬那边商量过了，这事两家团队都控不住，只能等他们两个回应。"

谁都预测不了事态会怎么往下发展。

林青无奈: "完了。"

叶萌萌哭了: "我们要被粉丝给剀了!"

场馆内，颁奖典礼仍在进行，台上正在中场表演。

阮瑜坐在位子上，稍微动了一下脚，感觉自己崴过的脚踝已经肿起来了，好疼。

又疼，又紧张得要命，有种在世界末日里苟延残喘的感觉。

旁边递过来一瓶水，段凛已经替她拧开了瓶盖。

阮瑜已经放弃装陌生了，接过水喝了一口，看段凛，转移注意力，悄悄问："你感觉，我们剧组这次能拿几个奖回去啊？"

段凛的眸光落在她身上，问："获奖感言背了没有？"

"这次背了。"但她一点都不紧张这个，坦诚地说，"但是我肯定不行，我觉得你说不定可以。"

历史上金雁奖还没有二次拿奖的影帝，即使这次网上对段凛拿下最佳男主角呼声很高，但谁都知道可能性极小。不过说不定呢！

阮瑜问："你背感言了吗？"

"忘了。"段凛接话，"在想别的。"

不能是在想怎么公开吧？阮瑜问："想……什么啊？"

此时，嘉宾席的镜头向这边扫过来，她刚想撑着扶手稍微坐端正一点，就被段凛倏然握住了手腕。

"脚别动。"段凛又扫了一眼她的脚踝，长眉紧锁，神色似乎比往常更疏冷。

他抬头和她对视一瞬，才回她："想带你走，现在。"

与此同时，林青和叶萌萌要疯！

怎么还没正式公开呢，就光明正大牵上手了啊！他们知不知道外面都闹成啥样了！

最佳女主角的颁奖表彰要开始了。

台上，两位开奖演员聊天笑着说了几句，转身示意大屏幕。

"获得第三十五届中国电影金雁奖最佳女主角，评委会提名的是——陈鹭，《活到老》；万芳梅，《围城谜事》；阮瑜，《无声惊雷》……"

念到阮瑜时，大屏幕上放起一段哭戏，是影片中倪书在客厅发脾气砸完花瓶的一幕。

屏幕里，阮瑜整个人都缩在轮椅中细微颤抖，哭得连下巴都在抖，眼泪无声，压抑得狠了，连爆发都是沉重的。

——"我想活着，可你们不让……不是我想死。"

观众恍然记起来了，这是电影在前期的泪点片段之一啊！

虽然《无声惊雷》是一部文艺爱情片，但单拎出倪书这个角色，阮瑜在片中的个人演技也一点不比其他戏骨差。当初电影上映时就有知名影评人夸赞过，是"进步神速的演技"。

放完六位最佳女主角的提名，大屏幕上切到六个镜头，都是在场被提名女演员的实时画面。

阮瑜看到了自己，露出一个标准微笑，点头致意，心里却在哭。

呜，脚踝怎么越来越疼了啊！

疼得都有点走神。

"第三十五届中国电影金雁奖，最佳女主角奖，授予——"

男演员接过名单卡，看一眼，含笑：

"阮瑜！《无声惊雷》！

"恭喜阮瑜！有请阮瑜上台领奖——"

全场掌声如雷，看台上骤然爆发出一阵阵激烈的尖叫声，难以置信。

阮瑜都没反应过来，还是隔着段凛的孔明坤探身过来，笑容满面地拍了拍她的肩，把她拍回神："阮瑜，恭喜恭喜！"

屏幕前的鱼粉差点扔了手机，是小瑜吗？！金雁最佳女主角是小瑜吗？！

"评委会评语，阮瑜在影片《无声惊雷》中突破自我，表演自然真实而生动……"

"恭喜。"

她还有点没缓过来地往旁边看，段凛在看她，眉眼总算舒展了些许。

阮瑜在全场瞩目的视线里站起来，不知道怎么上台的。上台前似乎和孔导拥抱了一下，还抱了身边的段凛。

一触即收的拥抱。

段凛在她耳边淡淡补了一句："上台小心。"

拿到金雁奖杯和获奖证书，阮瑜凑近话筒，往前环视一圈，入眼的馆内，满席间都是人。

阮瑜欲言又止，刚动了下唇，却发现前不久背的获奖感言全忘干净了。

不是……就这么，拿奖了？

金雁奖最佳女主角？

脑海里除了空白还是空白，什么紧张，什么脚疼，全没了——可能疼还是疼的。

不然当掌声再响起的时候，她都没法解释自己为什么会哭。

屏幕前，鱼粉已经狂喜到连看刚才自家"女鹅"和段凛抱那一下都不硌硬了，看阮瑜上台领奖，一身银色人鱼流苏裙在灯光下光色流转，耀眼得不像话。

但下一秒，她刚贴近话筒，噎了噎，眼睛刹那就红了。

不久前对外还暴躁凶得要死的鱼粉彻底慌了，粉了小瑜这么久，除了在剧里，没见她哭过。录综艺再苦再累的时候，赶活动肉眼可见疲惫的时候，包括在年度盛典和白茉莉奖获奖的时候，她都没哭过。

一时间心疼死了。

看台上有鱼粉哽声高喊："别哭啊！小瑜别哭啊！小瑜加油！！"

"不好意思……我有一点激动。"

但阮瑜根本克制不住，就一直在掉眼泪。她迅速缓了缓，表情管理是做到了，也弯出微笑了，但眼泪收不住。

她在模糊的视线中找人，找到段凛了，第二排的左侧。

熟悉感和莫名的安定感涌上来，背过的获奖感言也逐渐记起。

"我在以前就想过，如果有一天我出演电影的女主角，会是怎样的场景。"

阮瑜哭，屏幕前的鱼粉也跟着呜呜呜哭，真的根本就没想到能拿奖！这可是金雁影后啊！！

她每说一句感谢词，鱼粉也跟着号一句。

什么，感谢段凛？

算了算了，也先谢谢吧，毕竟是和她搭戏的男主角。

"最后，也要感谢我的粉丝们。"阮瑜平复了下，继续说，"还是想说，感谢你们过往曾支持我的每一个决定，也希望你们在未来会尊重我的每一个选择。"

镜头下，她的眼神剔透而坚定，还带着泪，虽然在哭，却哭得异常漂亮。

鱼粉的心情又是感动又是复杂，好像明白"女鹅"说这话是什么意思了。

"感谢你们，陪我把不可能变成可能。"她语气特别诚恳，"也感谢你，陪我把不可能变成可能。"

导播循着阮瑜的目光，适时把镜头切给了嘉宾席间的段凛。

段凛也在看她，神色敛淡，眸光却深邃，和在场所有人一起鼓掌。

这一瞬，两人的眼神，不知道用什么词来形容。

大概是，连光影都恰到好处，只为烘托两人之间的情愫。

鱼粉和菱角一时间都哑了声，难以琢磨自己的心情。

"小心党"已经哭成泪人了，先前一直不敢信，现在真的真的信了，是真的！

神啊，我们嗑到真的了！

今年金雁奖最佳男主角的角逐比往年任何一届都来得激烈，入围名单中有柏林影帝康正杰，东京影帝郎博，以及已经揽获华语三金的段凛。

台上两位女演员在拆信封时，路人和粉丝的一颗心提上了天花板。

阮瑜紧张得要死，连妆哭没哭花都没管，还是旁边段凛给她递过纸巾。

"第三十五届中国电影金雁奖，获得最佳男主角的是——"

"康正杰！《走北平》！"

听第一个字被报出来的刹那，阮瑜攥着纸巾，立即泄气。

其实在意料之中。

迄今为止，往届就没有能拿下两次金雁影帝的男演员。至于金羚奖和金蜂奖，能拿下两次影帝的也是至少隔了十几年，但还是感觉……

"……以及段凛，《无声惊雷》！恭喜！"

"恭喜康正杰，恭喜段凛！有请两位上台领奖！"

阮瑜一愣："哈？！"

这回连现场所有的明星都惊愕了，两个影帝！是"双黄蛋"？！

今年金雁奖的最佳男主角居然出了"双黄蛋"！是金雁奖史上第一次啊！

菱角预想了无数可能都没料到是这种结果，围观吃瓜的路人和别家粉也惊了，今天晚上怎么回事？怎么能有这么多爆炸新闻？！

两位影帝上台领奖，依次发表获奖感言。

到段凛，镜头给特写，大屏幕上，段凛的眸光往前落在不远处。

画面切到嘉宾席间的《无声惊雷》剧组，孔明坤入镜。

孔明坤无声笑了笑，拍了拍旁边的阮瑜，示意阿凛这份高兴可不是冲着他来的。

脱离戏外后，段凛很少有这样的神情，平时疏离淡漠的气场全敛了，双眸染了一点若有似无的笑。

"感谢你陪我，"段凛的最后一句，沉静重复，"将不可能变成可能。"

当晚金雁奖颁奖典礼结束不过半小时，全网的热搜都炸了。

段凛和阮瑜的双人话题高居第一。前十个话题里一半都是金雁奖，而金雁奖相关的话题，又是一半都与两人有关。

舆论激沸。

今晚谁也别想睡！

十一点半，菱角发现段凛微博上线了。

三十秒后，段凛发了一条微博，仅配一张图。

图里是晚上金雁奖颁发的奖杯，金色的杯座上刻的不是"最佳男主角"，而是"最佳女主角"！

路人也刷到微博了，看清文案后，即使有准备，还是惊得连手机都没拿稳，连连惊呼出声。

文案仅是简单的四个字。

就四个字，却能让见者瞳孔地震——

段凛：【恭喜太太。】

下一刻，鱼粉还没来得及反应，发现自家"女鹅"也上线了。

阮瑜发的是一张颁给金雁奖最佳男主角的奖杯照片。

阮瑜：【恭喜先生！】

第三十三章
- 偏偏要在一起

酒店房间，落地窗前，沙发座。

阮瑜刚放下水杯，就清晰地"嘶"了一声。

"很疼？"坐在斜边的段凛正托起她的脚踝搁在自己膝盖上，闻言动作一顿，抬眼看她。

"有点，"不行……她诚实了，"疼！"

段凛蹙起了眉，淡淡地问："去医院？"

她想也不想："别别，不用的啊，我应该不是骨折什么的吧，敷一会儿就好了。"

她怕。这时候酒店楼下肯定有媒体和粉丝堵着，去什么医院啊！

等冰袋贴上红肿的脚踝，阮瑜下意识地想抽气，忍了。段凛的动作根本不重，阮瑜就刚敷上那会儿被冰了一下，随后好多了。

两人放桌上的手机都在疯狂嗡鸣振动，自公开微博发出去以后一秒都没停过，还在不断跳出消息。

段凛没看，指腹轻蹭过她的脚背："新戏什么时候杀青？"

"应该，下月初吧。"阮瑜想了想，"杀青完可以稍微休息一段时间。"

段凛低声问："回一趟我家？"

她对上段凛的视线："啊？"

"商量婚礼的事。"

须臾，她"哦"了一声，忽然有点不好意思："好啊。"

冷敷片刻，段凛轻捏了下她的脚趾，复又托着她脚踝放下，抬眼盯了她一会儿，撑着沙发扶手，凑近了。

阮瑜见段凛倾身过来，虽然深邃的眉眼间是一贯的淡漠，但她感觉出来了，他心情很好。

气息交错，她的视线还没重新聚焦，唇上蓦然一软。

这个吻比以往都要绵长腻人，厮磨得很深。

唇齿纠缠。

片刻，段凛的气息稍稍撤开，鼻尖擦过她的脸，盯着她，喉结滚了一瞬。

"我那什么……脚，还是不行。"阮瑜攥着他的衬衫袖子，喘得急促而细微。

须臾，段凛应声，凑近了，吻她的下巴。

敲门声顿起。

阮瑜猛地一震，往后缩的时候一下就扯到脚踝了，疼得倒吸了一口气。

"别动。"

慌急的敲门声还在响，与桌上手机的来电嗡鸣声交替着。段凛瞥她一眼，又贴上来吻了一吻。

两分钟后，房间门外的林青终于等到开门，他胆战心惊地看了眼段凛，顾不了这么多了，事急从权，进门后径直找阮瑜，颤声说："瘫痪了！"

"不要诅咒我。"

"是微博！微博又瘫痪了！"林青赶紧把手机给这祖宗，"看看，看看！"

在段凛和阮瑜各自发出那条恭喜微博后的十分钟里，话题以光速飙上了热搜第一，直接爆了。几分钟不到，平台界面卡成了一片空白，服务器又瘫痪了！今天第二次了！

现在各大搜索平台的热搜第一全是"段凛阮瑜恋情公开""段凛阮瑜疑似结婚"等等。

一时间，论坛里、朋友圈、空间贴吧，网友反应都是此起彼伏的震撼。

猜到了。

眼前的微博界面确实瘫痪了。

阮瑜咕哝："没什么好看的吧，什么都刷不出来。"

她看完林青的手机，又去翻自己的，满屏满屏的微信消息轰炸，从下午走红毯攒到现在，根本看不完。

"我以为你们只是会公开恋情！"林青有些虚弱，"怎么就全招了啊？！我心脏病都给你们吓出来了！"

"反正早晚都会被扒出来，早说晚说没差别啊。"公开都公开了，阮瑜心态还挺稳，安慰，"过阵子就好了，放心放心。"

好什么好？

林青要疯，他是有准备了，但网友没有！一上来就公开疑似结婚，这谁受得了？

安卓茜那边给的回复是"不公关"，这时候不公关胜过所有公关。饶是两家团队有安卓茜和郭彬这两个赫赫有名的金牌经纪人，这会儿也做不了什么，已经在随波逐流等舆论过去了。

段凛接完电话过来，阮瑜想了下，主动把手机给他。

屏幕上是纪临昊发来的微信。自从上回把话说清后，她和爱豆就没怎么聊过了。

上一次还是她生日那天，纪临昊发了句祝福，她礼貌回了一句"谢谢"。

毕竟爱豆还是真情实感追星过很多年的爱豆，说开以后也不能像和小墙头那样，连普通朋友都做不了。

最新聊天记录就两句，全是今天的消息。

纪临昊：【小瑜，你和段凛在一起了吗？】

纪临昊：【你们已经结婚了？】

段凛接过，扫了一眼，替她回了。

阮瑜：【是。】

段凛给她倒了一杯水，问："会不会紧张？"

"不紧张。"

发微博的时候可太紧张了，现在不了。

看林青在旁边一脸"疯了疯了"的战战兢兢，阮瑜装瞎，忍不住翘嘴角。

就怎么说，一起疯的感觉特别好。

林青不是一个人。

网友已经疯了一大片。

微博在瘫痪了近两个小时后被程序员加班加点地抢救回来，凌晨两点多，舆论沸腾如潮。真的，这时候谁还睡得着啊？！于是全民吃瓜。

下午金雁奖红毯后台穿鞋和挽手臂的事情被爆出，再看晚上颁奖礼上段凛和阮瑜掩都掩不住的互动，所有人都能肯定，两人有恋情已经是不争的实锤了。

可公开微博一发，路人还是大写的震愕：

【什么太太？什么先生？！平时明星谈恋爱会这么在网上公然称呼对方吗？】

【结婚了？！】

【我人傻了！是调侃还是真结婚了？会不会是配合《无声惊雷》在玩梗？】

【我人生头一回在凌晨被我妈拍醒上网吃瓜，段凛和阮瑜牛。】

【段凛结婚了？哈哈哈，我妹妹哭到隔壁邻居都过来敲门你们敢信？】

【这么大的事从来没被发现？】

【恭喜！我的季少安和倪书啊，呜呜。】

……

全网都在等着两家团队再有什么动作，可段凛工作室和商影传媒的官博都很安静。没等来反转和辟谣，却等来了各种导演和各圈明星的评论。

都在阮瑜和段凛发的那两条微博下说恭喜。

显然是已经知道了，或是在私底下问过了。

三个小时内，两人的微博点赞数都迅速破了三百万，转发评论也爆了。

半夜三点，真全民吃瓜。

很快，有人发现在阮瑜的微博底下，知名相声演员吕翰也来评论：【夫妻双双拿金啊，恭喜恭喜！祝福你俩情比金坚，哈哈哈。】

真结婚了！

什么时候结婚的？！

路人蜂拥看热闹吃瓜，菱角和鱼粉即便已经有心理准备，还是傻了，除了错愕还是错愕。

本来从下午开始，经历过"地震"的两家都各自冷静下来了，也慢慢在接受两人在一起的事实。

因为，不能接受也得接受啊！

鱼粉心情复杂，早在白茉莉奖那会儿，鱼圈就达成了"尊重宝贝以后每一个选择"的一致。而且看后台和直播视频里两人的互动，段凛对小瑜似乎真的很好。

而小瑜看他的眼神，喜欢和信任也很明显。

算了，小瑜幸福就好。鱼粉心里其实很难否认，段凛本人确实可以。

目前论曝恋情的对象，能比段凛绯闻还少、实绩还高的同代男明星，暂时在圈内是找不出来第二个了。

菱角也一样。

一路粉段凛过来，是真喜欢他这个人。

追星女孩并不是不讲道理的人，有时候可能只是太爱，一点委屈都舍不得让他受罢了。

讲点道理吧，阮瑜其实也可以。当红一线小花，有人气，对外人设是人美心善，路人缘观众缘都不错，家世也好，现在还多了几项实绩。要知道能在这个年纪拿下金雁影后的女星，历史上屈指可数。

可——

什么，已经结婚了？还打算过一辈子？！

比起粉丝动荡，全网的吃瓜路人显然是另一种兴奋状态。

震惊过后，全是一片激动恭喜。段凛和阮瑜的路人缘都很好，算是屏幕里的脸熟明星了，平时也没花边绯闻，能在一起就真是喜结连理啊！

举网同贺。

翌日还是周一，早高峰的时候微博又瘫痪了一小段时间。平台的程序员边哭边加班，祈求段凛和阮瑜千万别再爆什么大新闻了！

还好，接下来半个月，段凛和阮瑜没再发声。粉丝去看机场代拍和黄牛爆出来的行程，两人都已经各自回剧组继续拍戏了。

可两人的话题热度就没降过。

网友全民化身福尔摩斯，揪着过往的细节一点点扒，还真被扒出了点什么。

原来早在七月的时候，就有一个吃瓜爆料号透料，说是来自圈内人的可靠消息，某当红顶流和某当红新晋一线小花在谈恋爱，顶流最近新戏杀青，还飞去美国给小花探班了。

当时就有人根据行程猜出是段凛和阮瑜，但谁也没信。

现在，网友惊醒。

七月！是七月在一起的？

不止，很快有人在微博发文。

一个见证历史的小号：【啊啊啊，我我我想说！今年五月份我还在南京洲际酒店当服务前台（已经离职了离职了），五月二十号那天下午在酒店里看到段凛了！因为本人实在太太太帅了，我记得特别清楚！！关键是，那时候阮瑜拍戏的剧组还在我们酒店，你们品品！】

所有人都品出来了，所以段凛是去给阮瑜探班的？！

五月就在一起了？

又一个爆料，类似"我妈妈牌友的女儿的同学的妈妈"在京城某心外医院住院部 ICU 上班，听说阮瑜住院命悬一线的时候，段凛隔三岔五从横店跑到医院看她！还是凌晨！只能在 ICU 探视室看阮瑜！

这话放到以前没人信，这什么苦情剧虐恋桥段你也敢往真人身上编？

现在，不会是真的吧？

所以去年下半年就在一起了？

一时间，各种小道消息源源不断涌出来，什么"我有一个朋友说""我听说"的爆料遍地走。

爆料可能不可信，但板上钉钉的实锤不能不信。

有网友翻出阮瑜录《戏游记》时候的事，阮瑜因为传言校园霸凌被全网网暴那会儿，当时她写的节目感言没一个人敢转，但段凛转了！

那时所有人都以为段凛只是配合节目公事公办，确实也不会真有人因为转发迁怒段凛，就压根儿没深想。

现在想想，那可是前年年初的事情啊！

与此同时，"小心党"的眼泪已经从南半球流到北半球，飞上天在宇宙里哭出了一片新银河。

呜呜呜，是真的，真的真的是真的！

探班糖嗑到头晕，由此一推，阮瑜的生日 Vlog 还真有可能是段凛给录的！所以才会这么甜啊！！《无声惊雷》能拍得这么好单单是演员与生俱来的 CP 感吗？不，还有一部分是真爱啊！是真爱啊！！

所以说，他们以往嗑的假糖可能全是真的啊！

欣喜若狂都不能表达这种飞升上青天的幸福感，全体嗑晕了。

这场全民的福尔摩斯运动又壮大了一拨"小心党"，圈内来了大手，有跳坑的大手第一份见面礼就是写歌，写给"小心夫妇"的原创曲，叫《小心心事》。词曲都太好，还上了某知名音乐平台的榜单。

不久后就有剪辑大手用歌剪了一个同人向视频。

【小心夫妇我们会永远在一起，陪彼此将不可能变为可能。】

这个冬天还没过，"小心党"就早早迎来了春天，论坛和双人超话一片过年了。

【我失语了，我是在做梦？我是在做梦？】

【做梦都做不到这么香，我第一次知道甜哭了是什么感觉！我真的在哭！！】

【@凛 @鱼，是这样，我替你们挑了十档搞对象秀恩爱的明星真人秀，看看喜欢哪个呢？我们可以集资出通告费的（对不起并出不起）。】

【我给那双断鞋跟的高跟鞋磕个头，给金雁奖磕个头，鞋鞋雁雁你们就是我的再生父母。】

【半个月前的我：还嗑还嗑嗑？半个月后的我：就嗑就嗑嗑！】

……

就是狂欢。

狂欢之余，还有个问题。

等会儿，这对神仙CP到底什么时候结婚的？

相比网上闹成一片的沸沸扬扬，阮瑜从金雁奖回来后又扑回剧组，在横店里过起了闭关拍戏的平静日子。

不过也没那么平静。

现在在横店和酒店外蹲点的媒体比以往要多出数倍，而网友都在猜阮瑜和段凛的恋爱史，抓心挠肝，媒体都想采访她拿下第一手大新闻。

而每天在片场外等她下班的鱼粉仍旧热情不减，网上撕归撕，缓冲期过后，还是尊重"女鹅"的选择，支持"女鹅"的事业。媒体要拥上去拍阮瑜时，鱼粉纷纷在高喊"别挤小瑜"。

阮瑜是真的感动，对鱼粉鞠了一躬，非常诚恳地说谢谢，再弯着双眸，挥挥手上车。

鱼粉爆发出一阵尖叫声，有不少鱼粉立即红了眼睛。

在某些时刻，追星其实是双方的成全，他们趋光追那颗星，星星也因为他们的爱意而越发明亮。追着光，永远是温暖大过戾气。

看鱼粉的情绪缓和，没有最初那种手刃团队工作人员祭天的杀意了，慢慢地，林青不忐忑了。

忐忑的人从林青变成了阮瑜。

十二月初，新戏杀青，安卓茜给她放了一周的假。杀青当天，她从横店回京城，段凛也从剧组请假出来。

隔天，她跟着段凛去了段家。

阮正平从新加坡回来了，段凛的父母也回来了。

自从段爷爷退休后，家中独子肩负起了家族产业。段凛的父母是强强联姻，在揽过京生集团母公司的大权后，夫妻俩整天忙得神龙见首不见尾，国内海外到处跑，过年都几乎不着家。

其实这算是阮瑜第一次见到段凛的父母。

她特别紧张，两家人在熟络聊天的时候，她就全程微笑点头。

段凛的眉眼有三四分像他爸爸，但多数还是像妈妈。段父看着挺严肃，聊天过程中几乎不怎么接话，而段母则相反，段母长得非常漂亮，看着端庄大气，笑得也很温和。

温和是温和，但总也带着客气。不管是和蔼地和阮瑜交谈也好，和段爷爷交谈也好，甚至和段家大哥段谨成和段凛说话的时候，也多少带了点不常相处的生分。

有点知道段凛以前为什么会有依恋障碍了。

两家人吃了一顿饭，在餐桌上谈起婚礼的事。两家都是旧识了，段爷爷也喜欢阮瑜，段凛父母没意见，将主动权给了段凛。

最后婚礼定在开年的二月，在法国。

吃过晚饭，阮瑜在段家住一天，就睡段凛的卧室。

洗完澡，喝水的时候，她想起来了刚才在餐桌上的话题："对了，那段菡她是以后都不回来了吗？"

"过来。"

段凛捞过毛巾替她擦头发，隔着柔软的毛巾捏了下她的耳郭，将她脖颈至锁骨的水痕一并擦拭干了，才淡淡地回道："不清楚。"

其实阮瑜也都快忘了段菡了。

前年段菡校园霸凌那事被挖出，在两家的商议下，还是私事公办。段菡因为被商影起诉诽谤罪成立而拘役两个月，赔偿两百万，过后又因种族歧视而身败名裂。

再往后，阮瑜就再也没理过段菡的新闻。

去年的某天叶萌萌倒是提了一句，说段菡结婚了，但阮瑜没管，当时觉得不关她的事。

今晚饭桌上，段爷爷又提了，说婚礼可能到不齐人，指的是段菡。

两家人都知道段菡曾对阮大小姐做过的事，一时尴尬。

段父接了一句"养胎就不用奔波了"，段爷爷叹了一口气，说是。

阮瑜听说了，去年段菡嫁给了某意大利籍的服装设计师，是段菡以前在大学学院里的同学，他们婚后就迁去了意大利。

没想到已经怀孕了。

回神后，阮瑜见段凛拿过吹风机，欲言又止。

"怎么了？"

她环视了一圈，半晌，仰着头伸出手："要不要，抱一下啊？"

段凛容色沉静，低头看她，很细微地挑了挑眉，稍顿，深沉如墨的双眸中含了欲色。

须臾，段凛随手将吹风机搁在床头，欺过，阴影混着隐约的清冽木质香拢过，箍紧了她的腰。

相拥片刻，阮瑜直接被毫不客气地抵进了床里。

段凛咬了下她的锁骨，音色低缓："想说什么？"

她还抱着段凛的脖子，看他的杏眸里衬着光。

"也没什么。"她有点不好意思，没看段凛，把脑袋埋进他的肩颈处，"就是，想说以后我们住的房子还没定吧？"

她又抬眼瞅了一圈。

段凛的卧室装潢和他最初给人的印象一样，极简、单调，甚至有些冷。

其实段凛的大哥段谨成也差不多，看着很冷。当初她第一回来段家的时候，就感觉段凛再过十年，肯定和段谨成差不多，冷漠而强势，独身，没另一半。

不过段谨成不时还会露出温和的笑，段凛似乎看着比他哥还要疏冷。

但也只是第一眼看上去。

现在她知道段凛为什么会变成当初这样，又亲身感受他逐渐从第一眼的冷漠到现在的不一样，反正就觉得想抱。

段凛问："想要什么样的房子？"

"不是说好了，让我来买的吗？"阮瑜认真想了下，"其实什么样的都可以。"又纠正，"不对，是不管什么样我都喜欢。"

段凛捏了下她的后颈，稍稍往后撤开，看她，一顿："都喜欢？"

"喜欢。"阮瑜总算措辞完了，眼神不乱飘了，看着段凛露出一个笑，眼里全是雀跃，心情特别好，"谢谢你当我的家人啊。"

也让我当你的家人。

翌日，阮瑜被床头连续不断的手机来电振动音给闹醒。她困得要死，闭眼摸索着给按了好几回，嗡鸣声还在那儿锲而不舍地叫嚣。

没法，她艰难接起，低气压："大清早你最好有什么急事不然我做梦都不会放过你！"

声音还有点哑。

"清早什么清早！中午了姑奶奶！"林青语气焦急，"打你几十个电话了都不接，公寓里也找不着人！你还在段凛家里？"

行吧，阮瑜揉了会儿眼，从床上坐起来了。

"对啊，我不是跟你们说了吗？我这两天要来见段凛的父母。"

林青震愕："那、那还真是段凛的家？"

"那？"她顿觉不对，"那，是什么？"

"你和段凛！你们被拍了！昨晚你们是不是一起去泰生港湾了？！"林青疯了，"今早六点媒体又拍到段凛的车从泰港开出来，现在网友都在猜你们的婚房买在那里！"

阮瑜听蒙了，手机开了免提，直接切屏到微博，一看话题榜，"段凛阮瑜深夜出入泰生港湾"的话题正高高挂在热搜第一，什么？！

林青难以置信，又确认一遍："段凛他家真住在泰港？"

"是啊。"

"那他家里是——特别有钱？"林青颤声。

"可能吧。"

废话，这让她怎么回啊！

反正迟早瞒不住。阮瑜边爬起来按窗帘，边思考了下，又模棱两可地说："他可能是京生老总的亲儿子吧。"

林青那边足足寂静了三秒，声音发颤："是、是我想的那个京生集团？"

"对吧。"

挂断电话，阮瑜在床上缓了会儿，总算是清醒一点了。

卧室的窗帘已经徐徐拉开，正午的阳光正盛，从落地窗遥望出去能瞰见外面一片亭台楼阁的中式庭院。

正值冬季，眼前私家院落里的长青草木还是郁郁葱葱，曲水园林，影壁浮雕，美得像一幅画。

室内温暖明亮，阳光遍洒。床头搁着一杯水，床尾凳上叠着她要穿的干净衣服，昨晚的狼藉已经被段凛收拾了。

真醒了，阮瑜爬去床尾。她刚伸手要拿衣服换，余光一看，手臂上都是残留的暧昧红痕。

早上段凛走的时候她应该是醒了会儿，被亲醒的。

手机又在嗡鸣。

她瞅了眼，亮起眼睛，接起："你到长春了吗？"

段凛那边背景音很嘈杂，似乎在片场，还有人在拿喇叭高喊着收道具。

"刚下戏。"

过了一会儿，安静许多，段凛问："什么时候醒的？"

"就，刚刚吧。"阮瑜迅速揭过这个话题，"我们好像被拍到了。"

段凛应声。

"那个热搜，是不是要处理一下啊？"这段时间她算是见识到网友的显微镜功力了，"你家里可能会被扒出来，应该不太好吧？"

段凛语气沉静："介意被人知道？"

"没啊，我肯定一点都不介意。"阮瑜是在想段凛，"可你都瞒了这么久了，我觉得，你和爷爷他们应该还挺介意的吧？"

不然也不会瞒这么久吧！

等了片刻，段凛的声音像带了点儿疏懒，有一种说不上来的舒展："爷爷？"

"啊？怎么了？"

"不介意。"

"以前是不方便，现在是不介意。"段凛一顿，音色似乎舒展些许，"不是第一次被知道家事，不用瞒。"

第一次知道家事，指的是他们公开那事吧？

阮瑜莫名有点害羞，半晌"哦"了一声。

挂完电话，一看时间，哪里还早啊，都快下午一点了。

阮瑜没急着下楼，又切回微博看了眼，她和段凛的话题还稳稳霸占着热搜第一，又爆了。

这大半个月以来，两人的话题热度丝毫未减。这届中国电影金雁奖的影帝影后出自同一部电影不说，居然还在获奖当天公开喜结连理了！本来所有人都以为这是因戏生情，但越扒越觉得不对！不像啊！

网友隔三岔五能扒出来一个新瓜，两个人怎么好像从两三年前就已经有那么一点猫腻了呢？

啊啊啊，想知道，抓耳挠腮地想知道他俩到底从什么时候开始的。

自从段凛和阮瑜公开关系后，不知道有多少娱记如狼似虎地盯着两人的行程。昨晚段凛从长春回京城，下飞机后就被数家娱记盯上了，娱记跟私家侦探似的，一路跟着团队的商务车出航站楼。

没甩脱。

中途娱记紧跟着连换了两次车的段凛，总算跟到了目的地。

京城的东安街首，大运河河畔，赫赫闻名的富人豪宅区！

段凛的车顺畅无阻地开了进去，娱记都只能在外等。没等到段凛出来，却又来一辆熟悉的车。仔细一看车牌号，这不是经常接送阮瑜的商务车吗？

这辆车进不去，被拦在占地宽广的豪宅区外，不一会儿，人下来了。那人虽然裹大衣戴口罩，但娱记火眼金睛立马认出，还真是阮瑜！

蹲守在暗处的娱记激动揣着大新闻，坚持不懈地挺到第二天清晨，总算等到段凛的车重新出来。

拍照，全网发稿，直飙上热搜。

网友热议：

【是说他俩在泰生港湾买房了？】

【泰湾不卖明星啊，不会是阮正平给买的房吧。】

【段凛差阮瑜这点买房的钱？】

【泰湾啊！一套得多少钱了解一下！】

……

两人被拍的富人区叫泰生港湾。网友可太熟悉了，国内都有名的顶级豪宅区，上过好几次热搜。

泰生港湾在京城这种寸土寸金的地方占地面积极广，却只有二十套房，全是独栋的国宅大院，每套还配备近两千平方米的中式私家园林。

当时网友爆哭，能住进泰湾的都是什么神级富佬啊！

现在网友简直要好奇死了。

【段凛和阮瑜不会真住在泰湾吧？到底是谁买的房子啊！还有他俩什么时候买的？怎么连个水花都没有啊！】

舆论持续发酵：

吃瓜废猫：【你们看 @财经达闻 News 新发的采访视频了吗？不是专访正片！是花絮！我命令所有人都快去看！】

《财经达闻》是一本知名的财经杂志期刊，最近做了一期青年企业家的人物专访，文字版发在杂志正刊上，视频版则发在了官博。

采访的是冬影娱乐的老总段谨成。

采访视频一共十分钟。前面都是专业性极强的深度访谈，后十秒，剪进了一小段花絮。

画面里，正式采访已经结束，工作人员在收话筒，镜头后的记者笑着问："仅代表个人，可以问您一些题外话吗？"

段谨成颔首："你问。"

"刚才我们也谈到了，您说您非常重视明星流量所推动的经济效益的转化。"记者好奇，"可据我所知，冬影娱乐在三年前解放了旗下最具流量的签约艺人段凛，而且是没到合约期就和平解约。艺人还带走了贵司最得力的经纪人，从此独立门户。"

"是。"

记者不解："可贵司就没有尝试挽留过吗？还是说，这是双方在私下协商后的结果呢？"

记者的问题，同样也是当年所有人都想问的问题。

段凛从冬影解约，冬影居然真就这么放人走了？而且还白送一个金牌经纪人郭彬！到底是老东家人好，还是另有原因啊？资本家真的这么良善？

当初还传出一个版本的小道传闻，说段凛为了从冬影解约，还签了一份长达十年的卖身合同，以后的片酬商务还是得分冬影一半。

这个太离谱了，一看就是编的。后来什么传闻都有，又拿不出实锤，就不了了之了。

记者想起来这陈年旧茬，很想知道。

"作为艺人，段凛已经为公司带来过非常可观的利益，公司很感谢他。往后他应该是有自己的发展打算，这个公司不会强加干涉。"

段谨成的笑纹温和，下一句是："作为我的亲弟弟，我当然也会全力支持他独立门户。"

记者听傻了。

网友也看傻了。

什么？亲弟弟？！

段凛是冬影老总段谨成的亲弟弟！

一时间，不管是菱角还是吃瓜路人，都震惊了。

然而还没完。

爆料在网上沸腾不到半天，有位知名的财经博主甩出一条爆料。

【如果大方向没错的话，段凛和京生集团可能有点关系，你们慢慢扒吧。】

京生集团？谁能不知道京生集团啊！

集团起初靠开发地产起家，一本万利，现在集团的产业早就覆盖了方方面面。集团的前董事长段京生更是常年稳坐国内富豪榜的前列，说是商界传奇都不为过。

等下！段京生？

一旦给了方向，还真有福尔摩斯网友顺着往下找线索。

当年京生集团在港股上市时，段京生也举家去香港发展过一段时间。段京生家人的隐私被护得很好，只知道当时他其中一个孙子在香港贵族学校华英书院读过书。

网友真的很闲，翻遍华英书院那几年对外公开的信息，还真从茫茫学生中找到了一个非常有用的名字：段谨昭。

和段谨成就差一个字啊！

于是满世界在喊：【有毕业照吗？谁有那一届的毕业照？】

段谨昭毕业，那都是十年前的事了。

没过一天，匿名论坛里还真有以前同届毕业的学生放出毕业照。照片里，在一干穿着西服拍毕业照的学生中，所有人几乎是毫不费力就找到了那名极为脸熟的少年。

可以笃定，是学生时代的段凛。五官轮廓简直不要太有特点好吗？不可能会有人和段凛撞脸啊！

而对上的名字正好是段谨昭。

网友瞠目结舌，又忽然想到一件事。

以前阮瑜被曝校园霸凌的时候，不是也在华英书院念书吗？算了算，也没差两三年吧。

两个人是同学？早就认识了？

难不成段凛和阮瑜还是青梅竹马！

此时此刻，吃瓜路人和菱角都齐齐惊傻，连鱼粉也呆若木鸡。

就五分钟前，鱼圈地震。

起因是鱼圈备受敬仰膜拜的那位氪金大佬。

氪金大佬已经很久没出现了。本来大佬会转发每一条小瑜相关的微博，而在一个月前，小瑜拿下金雁奖最佳女主角那晚发了和段凛的公开微博，可大佬没有转发。

从此以后就没再出现过。

有鱼粉猜测大佬肯定是受打击了，毕竟女明星的男粉多多少少会对女星有一点情愫，更何况是像大佬这样真情实感砸了几百万来追星的男粉啊！

于是就有鱼粉留言安慰。

今天小瑜离婚了吗：【大佬别难过！可以跟我一起等小瑜离婚呀！小瑜本人还是非常非常值得粉的，呜呜呜。】

这条留言留了挺久了，逐渐被时不时来大佬评论区逛的鱼粉给赞到了前排。

而就在五分钟前，大佬上线回复这条留言了！

回了两个字。

真就只有简明扼要的两个字。

鱼圈地震——

D：【不离。】

第三十四章

- 我们结婚吧

"小瑜姐，真的啊？！"

摄影棚内，阮瑜第五次从手机屏幕上抬起头，第五次耐心地回答叶萌萌："真的真的，别问了，再问就烦了！"

叶萌萌目瞪口呆，第六次倒吸凉气："段凛的爷爷真的是段京生？你们真的认识十几年了？"

阮瑜点点头。

"我天！段凛这哪里拿的是娱乐圈爽文男主的剧本啊，明明是超级英雄大片里的男主角！"

阮瑜好奇："为什么？"

"本来可以好好继承家业，却非要进圈演戏普度广大影迷！"叶萌萌迷妹式星星眼。

行，阮瑜有点不忍把段凛学表演的真相告诉叶萌萌了。

手机还在不断跳出微信。阮瑜点开，一条条看。

段凛的家世在网上都快被福尔摩斯网友探完老底了，全网吃瓜，有不少圈内明星也在偷偷用小号追进度。一些和阮瑜熟的人，还旁敲侧击地发消息来问她。

一波未平，一波又起，段凛的微博小号也因为他回复鱼粉的那一条被扒了出来，热搜直冲高位。

网友万万没想到氪金粉居然会是段凛！

热搜底下，所有人都五体投地：【段凛阮瑜你们俩到底有多少秘密是我们不知道的！这句"不离"也太简单粗暴了吧！难道这就是京生集团太子爷的底气吗！】

段凛的小号瞬间被压境的吃瓜大军湮没，都拿着放大镜观察，发现小号的点赞转发全是阮瑜相关，除了这些，别的什么也没有。不对，还有一个！

阮瑜和纪临昊全网传绯闻那天，段凛的小号还给"你觉得纪临昊和阮瑜会发展恋情吗"这个话题投过"不会"的选项！

哈哈哈！！

越扒越觉得段凛和阮瑜好甜！

现在几乎所有人都能肯定，段凛就是段谨昭，而段谨昭就是段京生的亲孙子了。

原因无他，都被扒成这样了，热搜和各大平台的消息推送一条接一条，也没见任何一方出来澄清辟谣，似乎都秉持了默认的态度。

很快又有知情人出来爆料，验证猜想：【网友猜的基本都是对的，不过段凛和阮瑜当年同校差了三届，在学校里没有交流，但听说两家在私下里的确有来往，可能是两家长辈有故交吧。】

两家有故交，那就是青梅竹马啊！

一时间，什么从小定终身，什么阮瑜为爱入圈的版本传得满天飞。

见到在热搜里嘲两人隐婚的黑粉，连路人都忍不住把"般配"两个字打在了评论区：

【人家两小无猜青梅竹马，郎才女貌天生一对，轮得到你们这些路人来反对？】

问就是般配。

鱼粉心情复杂，越扒越能看出来段凛对小瑜是真的好。怎么办，他们似乎能接受段凛了！三金影帝加豪门太子的配置也有点太离谱了吧？还是青梅竹马！

菱角也疯了：【都知道哥哥以前接受采访的时候只提到家里是做生意的，但怎么都没料到做的是全国，不，全世界的生意！我们何德何能粉上哥哥！】

【呜呜呜，哥哥不是人间理想，哥哥是人间休想！】

【如果是青梅竹马，可能之前还真的不是炒作。勉强承认，剥离炒作的恶感滤镜后，阮瑜确实还可以了，关键是哥哥喜欢啊。】

如今菱角对哥哥的要求不高，拜天拜地拜神佛，不退圈就好，谁知道哪天哥哥就回去继承家业了！

在一片散尽的硝烟中，"小心党"扬起大旗站了起来。

他们边哭边嗑，逢人就鞠躬问好：

【呜呜呜，给你一张过去的 CD，都给我听听他俩这该死的爱情！】

【我是在嗑糖吗？我是在围观神仙爱情！！】

【神啊，我可以永远单身，但鱼和凛必须给我一辈子锁死！】

……

网上一片沸腾，很少有明星在曝光关系后能引起这么长时间的高度关注，以往网友还会模仿明星官宣的文案玩梗，但这一对，他们模仿不来也羡慕不来。什么叫天造地设？这就是啊！

整个十二月，吃瓜网友热闹，阮瑜也忙。她忙着赶各种通告，拍摄要赶，品牌活动不能落，年末盛典也要去。

即便忙成这样，媒体还是拍到阮瑜抽时间去给段凛探班了。

这回终于能光明正大探班，媒体偷拍的探班视频里，片场，段凛刚拍完一条戏走向阮瑜，两人不知道说了些什么，紧接着段凛牵起阮瑜的手，替她翻袖子，而阮瑜也没闲着，仰起头在跟段凛说些什么，双眸明亮，笑得特别甜。

阮瑜身上那件袖子过长的外套一看就是段凛的，视频里两人的相处非常自然，是不撒人工糖精的那种甜，看得吃瓜路人不由自主姨母笑。

一年接近收尾，十二月底，阮瑜总算能稍微休息几天。

公寓，安卓茜打来电话。

"晚点我让林青把下个月的行程安排发给你，看看还有没有想调的。"安卓茜知道阮瑜最近要忙私事，"像元宵晚会那种重要通告不能推，其他的我都替你筛过了。对了，我这边还在给你谈那档综艺，你们决定好了的话，下个月就能录制。"

阮瑜一愣："综艺？"

"对，一档明星夫妻真人秀。"安卓茜诧异，"我听说是段凛团队那边有接触意向，还以为你和段凛已经谈过了，原来你们还没定？"

阮瑜可太蒙了："没！他今天杀青回京城，我问问。"

安卓茜说："那行。我看过了，节目制作团队不错，拟邀的其他几对夫妻档嘉宾也有话题度，是可以考虑，你们商量好就行。"

当天下午，段凛新戏杀青。

阮瑜本来想等人回来，还能赶上一起吃晚饭，可当晚京城暴雪，段凛从长春飞回来的航班延了又延。她在召唤师峡谷大杀四方了几个小时，打游戏都打累了，然后转战客厅沙发看跨年夜的晚会，都不知道什么时候睡着的。

阮瑜做了一个梦，迷迷糊糊中，被泡芙一阵谄媚腻嗓的"喵"声给叫醒了。

门廊那边有"咔嗒"的开门声，下一秒，泡芙踩着她的腿就像只离弦之猪似的窜了出去。她坐起揉眼睛，抬头见到进客厅的段凛。

对视几秒，她还有点蒙："你怎么在啊？"

段凛拎着黑色长风衣外套，垂眸淡淡地瞥了眼正扒拉裤脚的泡芙，然后将眸光落在阮瑜身上。

他走近了，在沙发边屈身，平视她："不是给我钥匙了？"

阮瑜半天才"哦"了一声，双眸亮起，逐渐从梦里回到现实，缓过来了。

"你的。"段凛将带的东西给她。

"什么？"

"顺路买了。"

阮瑜打开纯白色的长礼盒，是一束新鲜欲滴的小向日葵，在室内融了雪气。她最喜欢的花。

"对了，晚饭！"阮瑜心情超好，下沙发想往厨房跑，"你是不是还没吃饭来着？我给你留了。"

没走两步，阮瑜被段凛攥着手腕拉了回去。他倾身拥过来，箍紧了她的腰："不急。"

那就先抱一下。

她双眸晶亮，回抱段凛的时候还破天荒黏人地往他颈窝里蹭了蹭，很快被段凛抬指抚捏上后颈，侧过头，低眼看她。

"怎么了？"

阮瑜诚恳恳地说："就，我做了一个，比较惨的梦。但现在不惨了，感觉特别开心！"

段凛盯了她一会儿，眸色深了。他低首垂睫，凑近了，吻落在她温热的颈窝处，细细厮磨，问："梦到了什么？"

"我梦到去年的这个时候了，"阮瑜语气含混，"梦到我没醒过来，你也不在。"

阮瑜其实还有一点难过。

在梦里，还是去年的跨年夜。她不在医院，而是在帐篷里醒来，是周萱叫醒的她，让她出去看流星。山顶夜幕下漫天的流星暴，一切都没变，但一切又都变了。

明明家人和朋友都在身边，但她还是难过，总感觉忘了点什么。

在梦里不知道忘了什么，反正就是很难过。

直到刚才真正醒过来，看到进客厅的段凛，阮瑜才猛然想起来忘记了谁。

对啊，是他啊。

原来不知道从什么时候开始，段凛对自己来说，也已经是很重要的人了。

段凛的吻擦过她的下巴，语气淡淡的："不会不在。"

电视还开着，时间已经是凌晨一点，跨年晚会早就放完了，在放凌晨档的电视剧。

段凛一早吃过飞机餐，但还是解决了阮瑜留的晚饭。

餐桌上，阮瑜说："下午安姐跟我说综艺的事了，我们真的要上那档节目啊？"

"还没定。"段凛回道，"看你。"

吃完，段凛收碗，清理残局。

餐桌边，阮瑜正抱着平板看安卓茜发过来的节目策划案，就被段凛自身后虚虚拢过。

段凛俯身，下颌轻抵了下她一侧肩膀，视线也落在平板屏幕上。

"前两天节目组找上我，原本想今天向你提。"段凛音色低缓，"要不要去？"

"那不是，所有人都知道我们要举行婚礼了吗？"

她下午就看过节目策划案了。

这档夫妻真人秀叫《我们结婚吧》，是黄桃台新制作的一档节目。最近可能是因为她和段凛的事，明星夫妻的关注度很高，各个台都开始做起了明星夫妻的综艺，形式不一。

《我们结婚吧》拟邀四对婚期相近的夫妻，节目组分别录制。内容其实很简单，就是在明星夫妻准备婚礼前的一个月随行跟拍录制，录点日常和准备流程什么的，如果明星允许，还会录婚礼现场。

节目已经预热一个月了，概念先导片出来的时候受关注度挺高，大家都喜欢吃瓜明星的私生活，更喜欢吃瓜感情生活。

不过嘉宾名单一直没出来。

阮瑜当然没问题，但她还是有点心虚。原来以为婚礼是偷偷在国外办完就算了，没想到连着流程都要上电视啊！

段凛应该不喜欢被拍私生活吧？

过去一个月安卓茜那边收到好几档夫妻综艺，阮瑜想也没想地婉拒了，就是感觉段凛应该不会接。

"不隐婚。"

阮瑜迅速回神："什么？"

"不想和你隐婚。"段凛又侧过头，吻了吻她的下颌，"但接看你。"

阮瑜想了片刻，心跳加速，嘴角翘起："哦，那好啊。"

"对了，还有！"提起婚礼，她又想起件事，雀跃中带了点不好意思，"那什么，婚纱到了，你等一下。"

时隔五个月，由奥列格·华德为阮瑜设计的婚礼主纱终于出了成衣，还要上身调整一次。

昨天奥列格本人亲自将婚纱从法国带过来，一行人还是在酒店碰面。阮瑜试穿后丝毫不差，上身效果惊艳，奥列格很满意，旁边的叶萌萌也一直在激动捂嘴尖叫。

但阮瑜还是想先给段凛看看。

正好奥列格有事在中国要多留两天，不急着把婚纱带回去做最后的微调，阮瑜就先把婚纱收过来了，放在衣帽间。

换完，她从卧室里出来。

客厅里，段凛刚喂猫粮起身，抬眸一扫，视线就定在了刚换完婚纱出卧室门的阮瑜身上。

对视良久，谁都没有说话。

"怎么样啊？"阮瑜被段凛看得有点耳郭发烫，忍了，转一圈给他看，"合适吗？"

段凛没应，盯了片响，径直过去，在离她四五步开外的面前顿足。

婚纱是一袭复古的象牙白，宫廷礼服式的大曳地，设计极尽奢华。

V字开肩，蕾丝刺绣的七分袖增添几分典雅，镂空露背的设计又勾出一丝别样风情，胸衣往下箍出一把细腰，自V字腰线以下再盛放开张扬而热烈的大蓬纱裙摆。

每一寸花纹刺绣，每一处铂和丝绸，无一不显精致。

阮瑜知道婚纱特别漂亮，但一直被段凛用这种眼神看着，还不接话，就不确定了。她紧张！

"其实这条和之前我换的那几条都不太一样，穿上还挺重的，这条没有裙撑。"婚纱裙摆全是一层层数不尽的薄纱叠出来的，华丽却繁重。可能太重了，她穿上是真紧张，没话找话，"奥列格说头纱还没做完，要等……"

"我爱你。"

声音戛然而止。

世界都像是寂静了下来。

段凛在阮瑜面前驻足，容色敛淡，看她的眸光却一眨不眨，深得像窗外正簌簌落雪的漆黑夜幕。

静了须臾，他又沉静重复："我爱你。"

没有别的词，却抵过万千句夸赞。

阮瑜也瞅了段凛一会儿，她不想的，但听他话音刚落的刹那，鼻尖还是骤然一酸，眼睛不受控就红了。

"别哭。"段凛走近了。

婚纱裙摆太大，不能强行抱她，他蹙了蹙眉，只能伸指替她擦眼泪，音色也带了点沙哑："哭什么？"

不行，她控制不了。

阮瑜泪眼模糊，握着段凛的手腕，根本停不下来抽噎："我以前，就是，去年的这个时候，许过一个愿。"

"什么？"

在另一个世界，睡在帐篷里的时候，听见外面似乎下起流星暴的时候，她许过一个愿。

——"即使以后再也遇不到，也希望他可以过得很好。"

可就是遇到了。

以前人生中根本不可能发生的事，以前打死也不会想到能喜欢上的人，如同那场似奇迹般的流星暴一样，就这么发生了。

就像一场偏差。

偏偏之差。

偏偏喜欢。

偏偏要在一起。

阮瑜哭得有点收不住，眼睫湿成了一簇簇的，连视线也糊成一团。

蓦然间，手腕骤然一紧，被段凛拉过去，还是抱住了。

两人之间隔了裙纱，抱得并不那么紧。但她还是伸手抱住了段凛的脖子，眼泪全蹭他的毛衣上，断断续续回道："我也是。"

"我也……也爱你。"阮瑜哭得乱七八糟，但特别开心，"谢谢你。"

如果遇见你是百分之一的不可能，爱上你是万分之一的不可能。

那么谢谢你。

终于有一天，陪我将不可能变为可能。

番外一

– 小心夫妇

一月初，大型明星夫妻真人秀《我们结婚吧》的嘉宾名单公布，当晚微博热搜直接爆上了第一，其他各大热搜趋势直飙，全网热议。

《我们结婚吧》将邀请四对婚期相近的明星夫妻，跟拍录制明星夫妻在婚前一个月的准备流程与日常互动，节目已经预热了一个多月，早有观众翘首以待，但没想到真等到了大惊喜！

先导预告片分四条发，隔十五分钟发一条。第一对是知名歌星邵竟华和曾当红的女影星席秋，这是两人在已婚十五年后的重办婚礼，网友们纷纷高呼爸爸妈妈辈的青春回来了。

另一对是小有名气的年轻男女演员，两人因戏结缘，闪婚。两人在一起的消息还是在节目先导片里公布的，掀起了一阵小范围的讨论热潮。

而下一对则更有话题度，昔日一线流量喻嘉柏和圈外女友地下长跑五年，终于借节目公开婚讯，网友哗然。

喻嘉柏这一对，吃瓜声多过祝福声。

最后一对，当视频里粉底白字跳出"小心夫妇"四个字时，网友差点以为自己看错了。

下一刻，画面一切，见镜头前的沙发里坐着活的段凛和阮瑜两人，所有人都傻了，节目组居然真请到了段凛和阮瑜！我的妈，黄桃台的预算是要上天啊？

这两位已经是全网熟知的面孔了，从去年年底到今年开年热度丝毫未减。

镜头里，段凛神色沉静，一身纯黑色圆领卫衣搭同色长裤，阮瑜则是礼貌微笑，一身奶白色毛衣裙。这两位同框坐在一起，不对视都让人感受到那种无法言表的甜，简直天仙配。

介绍完嘉宾，屏幕上打出一个问题：【你们知道你们的CP名叫什

么吗?】

　　阮瑜想了想,有点不太好意思,还是诚实地说:"我知道。"

　　话音一落,旁边的段凛微转过头看她,问:"什么?"

　　"就……小心夫妇啊。"

　　段凛一顿:"小心夫妇?"

　　沉默了几秒,阮瑜说:"我看过一些视频,弹幕里都在说小心夫妇。"

　　段凛平静接话:"哪里能看视频?"

　　阮瑜不说话了,全程没看段凛,只对着镜头维持标准微笑。画面几乎像静止一样延了几秒,随后,她整段垮掉,看着镜头诚恳地问:"老师,刚才这段能掐了吗?重录一次,我能不能就当不知道啊?"

　　屏幕上打出一句:【没问题,我们做节目很"小心"的。】

　　这段没剪,原模原样放出来了。

　　段凛和阮瑜的整段先导预告不过三十秒,刚一放出,不过十分钟就引爆了舆论热潮:

　　【哈哈哈,阮瑜居然看过"小心夫妇"的剪辑视频?官方发糖甜死同人系列。】

　　【她害羞了她害羞了她害羞了啊,我一个路人看得满脸姨母笑!】

　　【@段凛,我吃瓜攒下来的"小心夫妇"同人文同人视频全存着呢,私我拿资源,哈哈哈。】

　　【就喜欢这么懂的节目组,给剪辑师加鸡腿。】

　　【啊啊啊,节目快播吧,我跪地磕头了!】

　　……

　　一时间,全网的舆论焦点都在新综艺《我们结婚吧》和节目里段凛和阮瑜这一对上,路人争相吃瓜,而两家粉已经慢慢接受了两人在一起的事实。毕竟是自家宝贝接的通告,还能借机看到宝贝在私底下的模样,不管怎么心情复杂,节目播出也一定会看。

　　最激动的是"小心党",还没真正过年就已经锣鼓喧天鞭炮齐鸣,恨不能挨家挨户敲门发喜糖。

　　【呜呜呜,神啊,我们嗑的CP要结婚了!内娱这些年来出过这种事业爱情双丰收的美丽CP吗?!没有!】

　　先导预告片播出后的第一秒开始,所有人都在催节目组。催录制,催后期,催定档,网友高喊着:【节目组的宣发都不用做了,只要能顺利录制完,内容不剪直接发我们都能追着看完!】

　　《我们结婚吧》边拍边播,节目组在赶生死时速,从录制到剪辑报审开播不过一周。等一月中旬,过完年,第一期在万众翘首下开播。

　　首播于黄桃台,每周六周日各播一期。节目第一期播出当晚,收视率蹿上新高,野榜直接破了2。

　　一期共有九十分钟,每对明星夫妻各占四分之一的时长,前三对各有话题度,边播边跟着上热搜。段凛和阮瑜被剪在了第四部分,到了两人的部分，收视率径直飙上了峰值。

一晚上，两人的相关话题不知道屠了多少回各大平台的首页和热搜榜。

画面开场，还是段凛和阮瑜同坐在沙发里接受节目前采的场景。和先导片时的背景有些不同，这回两人看着不像是在摄影棚内，倒像是在家里的客厅。

开播不过几分钟，两人坐的那张沙发就上了热搜。

有眼尖的网友扒出沙发是某世界顶级手工定制家居品牌的鸵鸟皮限量款。很快，又有网友根据两人背后落地窗外的园林景色，推断出录制的地点很可能在泰生港湾那一片的豪宅区。

吃瓜网友在扒家具，而两家粉和"小心党"在盯着互动。

画面里，阮瑜喝了口水，眼睛弯弯地看镜头，介绍："我和段凛认识有十几年了，结婚是近几年的事。"

"四年前的十月份领证。"旁边，段凛容色敛淡，简扼接话。

阮瑜又低头喝水，才抬起头微笑："对。"

此时此刻，网络转播平台的弹幕疯了。

【四年前？！】

【哈哈哈，我的天！结婚都四年了最后还是靠本人公开的？】

【青梅竹马天生一对。】

【甜死我了！我流量够，从相识到相爱这十几年具体展开说说呢。】

……

开局就王炸，全网震惊。菱角和鱼粉虽然知道两人已经结婚，但亲耳听到承认青梅竹马、领证四年的事，还是疯了。

本以为又要艰难缓个十天半个月才能接受，可接下来一系列的画面，却让两家粉都陷入缄默。

谈起对婚礼的进程，阮瑜又捧着杯子喝水："其实这段时间我和段凛工作上都会比较忙，不过婚礼的时间和场地差不多已经定下来了，希望一切都能顺利吧。"

段凛接过阮瑜放下的水杯，自然牵过她的手："一切顺利。"

又聊了几句，阮瑜小声说："不行，还是有点紧张。"

段凛安慰："不紧张，有我。"

不经意的眼神骗不了人，段凛和阮瑜两人之间偶尔的对视，倒水递杯子时的默契，交谈时自然流露的熟稔和亲昵，都在无形中抚顺了粉丝的毛。

节目采访里，被问及对彼此的了解，段凛和阮瑜都回答得很具体——对方的性格、身上的闪光点、一些小习惯，了如指掌。

原来私底下宝贝也是这样的人，和他们喜欢的样子分毫不差，甚至听上去更好了。

在这个世界上，会有人比他们还了解和喜欢自家宝贝。如果这人是宝贝要余生共度的对象，好像也不错。

这回是真的勉勉强强满意了。

慢慢地，弹幕里"只看段凛""只看阮瑜""什么时候离婚"的那些偏激言论锐减，满屏都是嗑糖和恭喜的祝福声。

节目的第二波热议高潮是在段凛和阮瑜见家长的时候，小年夜，节目摄像经过允许，跟拍两人进了泰生港湾。一路取景，穿过私家园林进别墅，餐桌上，坐着段家和阮家两家人。

镜头扫到主座上坐的不是段京生是谁？！阮正平和段谨成也在，旁边那对面孔陌生的夫妇是不是段凛他爸妈啊？！这是什么大佬聚会的名场面！

画面里，两家人聊得其乐融融，当着节目摄像没聊太私密的话题，多数时候是在聊婚礼的事。

段凛坐在阮瑜身边，后期剪到的画面里，不是段凛在给阮瑜剥虾倒水，就是阮瑜亮着双眸凑过去和段凛闲扯聊天。两人的互动丝毫不刻意，甜就一个字，"小心党"已经号了无数次。

其间，阮瑜在招呼节目摄像大哥入座吃饭，后面的镜头就没再拍了。

摄像大哥在脱外套准备上桌。结束录制前，阮瑜帮忙接过机器，自己举着。

她带着肉眼可见的好心情，凑近镜头皮了一下："因为现在是小年夜，快过年了，也不知道节目播出会是什么时候，那就先祝大家新年快乐！"

鱼粉被"女鹅"突如其来撑近的脸美得心跳骤停，啊啊啊，小瑜太可爱啦！

阮瑜没皮够，又转向旁边的段凛："说两句吧？"

看段凛的脸出现在大屏幕上，完全是一种美学享受。

段凛将刚剥完的虾搁进她的碗里，抬眸扫了眼镜头，说："新年快乐。"一顿，"新婚快乐。"

镜头抖了一下，黑掉了。

黑屏中蹦出一个粉色小心心，画面切转，开始放节目的片尾。

片尾弹幕里，不论粉丝还是吃瓜路人都在号，新年快乐，他们可真的太快乐了！

《我们结婚吧》播出仅一期，话题沸腾，全网都在蹲守翌日晚八点播出的第二期。

竟然真又守到了更猛的料！

第二期播出，是阮瑜结束在京城的拍摄通告后，生活助理告诉她定做的婚纱头纱和婚鞋到了，奥列格在酒店等着给她。

一开始观众都没反应过来，直到镜头跟着阮瑜推开酒店的门，见到房间里那位白发寸头的美裔设计师时，节目后期给设计师身旁画了一个"奥列格·华德"的标签。

所有人才猛然记起，是开创高定婚纱品牌"Oleg Ward"的那个奥列格·华德？是那位世界级的顶尖婚纱设计师？

真的是他。

阮瑜在酒店房间里换完一身，从浴室出来。

奥列格·华德亲自量身剪裁设计的婚纱，搭配高定头纱和婚鞋，美得惊人。

换完婚纱，阮瑜和奥列格·华德聊了几句，又给段凛打视频电话。

镜头切到跟拍段凛的画面。段凛不在京城，看背景应该是在摄影棚内，两人聊了片刻，奥列格也在旁用英文插了几句，看样子，一行人像是已经认识许久了。

弹幕密密麻麻，全是惊愕和难以置信，段凛和阮瑜的婚礼居然请到了奥列格·华德为婚纱做设计剪裁！

阮瑜的那条宫廷礼服婚纱以坐火箭的速度上了全网热搜，还不止，节目在中国播出不到两小时，奥列格新设计婚纱的话题又蹿上了外网推特的世趋第一，全世界见证了这一袭极尽奢华精致的婚纱的首次公布。

外网全在夸漂亮，道恭喜，微博热搜底下的评论也是一片喧沸。

【我慕了，奥列格专门亲自设计的婚纱是真九亿少女的梦了吧。】

【啊啊啊，你们发现没有！视频通话里段凛看阮瑜的眼神好勾人啊！我人没了！】

【看得我嘴角疯狂上扬，不知道该魂穿谁。】

【绝了绝了，他俩以后的小孩子得多好看，呜呜呜！】

【妈妈，我的心已经穿梭时空飞到婚礼现场了！！】

……

第二期播出当晚，全民凑热闹，话题都在段凛和阮瑜以及那条婚纱上，各大平台的推送也在发，朋友圈也在发。

都在感慨：不是炫富，是真豪门，不是秀恩爱，是真的甜。

《我们结婚吧》播得如火如荼，一时节目话题热度无两。

舆论的焦点中心是段凛和阮瑜这一对。两人在录节目的同时还有其他通告，虽然同框不频繁，但每一幕相处日常都能让人甜出姨母笑，就连工作休息间隙打的视频电话都能让人品出甜味。

全民嗑糖。

阮瑜也切身感受到了，自打节目播出起，她手机里发来的恭喜消息就没停过。

这段时间以来，她也看过两期《我们结婚吧》，发现节目组的后期属实神速，一周前录制的内容，一周后就能剪辑完毕做好后期直接送播了。

但看了两期，她不看了，磨着牙想暗杀节目组的剪辑老师。

看的时候，她全程都在脑内疯狂滚弹幕，满屏的"这段居然给剪进去了""这怎么也剪啊"等等。

这种当众秀恩爱的感觉太羞耻，导致她有几天给段凛打电话，都想躲着节目组的摄像。

不过因为婚期将至，阮瑜和段凛的联系越来越频繁，见面也成了家常便饭：一起看婚房、飞法国拍婚纱照、顺便和法国那边的婚礼策划师定场地流程、准备婚礼……

节目组不能剪进婚礼太细节的部分，就只剪两人的互动。

观众几乎是跟着节目摄像一起，参与了段凛和阮瑜整场的婚礼筹备。

他们的婚房买在市中心的一片高级住宅区内，顶层复式。跟拍摄像不拍婚房装潢的细节，但拍下了段凛屈身为阮瑜换拖鞋的一幕。换完拖鞋，段凛凑近了，非常自然地吻了阮瑜的额头，牵她进门，旁若无镜头。

飞法国拍婚纱照的那一次，在巴黎的香格里拉酒店。

跟拍摄像跟着婚礼拍摄团队到酒店套房外的露台，遥瞰远处就是塞纳河畔的埃菲尔铁塔和香榭丽舍大道，一行人在露台取景拍照，节目摄像拍下段凛给阮瑜披外套的一幕。过后，阮瑜又将助理给的热红茶递给段凛，表情雀跃。

谁看了不号一句"小心夫妇"是真的？

节目播到最后，所有人都在期待着两人的婚礼。

婚礼办在三月初，初春的好时节，法国没那么冷了。

得知婚礼在法国举行的时候，"小心党"都举旗沸腾，想起了《无声惊雷》里倪书和季少安最高光的那段法国时光。

【是真的感动，从戏里嗑到戏外，从角色悲剧到美梦成真，呜呜呜，这可是我们共同见证过的爱情啊！】

各家媒体都想追去法国拍婚礼，可苦于没收到邀请函。婚礼上唯一一家媒体名额给了《我们结婚吧》节目组，不录像，只能拍照。

阮瑜的打算和段凛差不多，当天来一家媒体就够了，毕竟婚礼只是两个人的仪式，太高调了反而跟时装周走红毯似的，就离谱。

林青听完，有种嫁女儿的心酸怅然，叹气："还不够高调？全世界都知道你和段凛要结婚了！"

"那行吧，我再高调点儿。"阮瑜神秘兮兮地说，"段凛那边的伴郎团定了，我这边的伴娘团还没定，不然你也来当我的伴娘吧？肯定能上新闻！"

伴娘团之一的叶萌萌兴奋鼓掌："好好好！"

林青腹诽：这祖宗女儿还是赶紧给我嫁出去吧！！

婚礼筹备进行得有条不紊，三月初，正式婚礼的前两天，阮瑜和段凛飞到法国巴黎。

他们还是住在香格里拉酒店。

订的是套房，房间的装潢都染着漆金雕白的法式风情，酒店送来了名贵红酒和花束，祝福两人的婚礼。

晚饭后，阮瑜刚和阮正平聊完天，回房间，瞅见大厅内桌上的红酒已经开了，倒在醒酒器里正醒着。

段凛人呢?

她找了一圈没找到人,索性给自己倒了一杯酒,跑露台上看风景。

酒店离埃菲尔铁塔非常近,露台上正好能看见夜色下金色的塔身。三次来巴黎,第一次是为拍戏,第二次是为拍婚纱照,今晚比起前两次格外悠闲,可又史无前例的紧张。

阮瑜趴在白雕栏杆上看了半天市中心的夜景,忽然身后一暖,被连人带毛毯地一起拥住了。

隐约的清冽水汽感袭来。

段凛刚洗完澡,用毛毯裹住她,下颌轻抵了下她的颈窝,附耳问:"冷不冷?"

"不冷不冷。"她摇摇头,双眸亮起,"我刚刚没看到你啊。"

"在洗澡。"

阮瑜"哦"了一句,偏头把手里酒杯递过去:"那,你要不要喝这个?我感觉还挺好喝的。"

这个角度,她看不太清段凛的表情,就感觉箍在腰际的手臂紧了一紧。

他淡淡地问:"很好喝?"

"真的好喝,你试试。"她真诚安利,酒杯又往后凑了一下。

安利没被接住,手腕却被攥住了,下一秒,阮瑜被段凛握着手腕转回去,后腰抵在栏杆处,视线蓦然一暗。

酒杯被搁在栏杆上,毛毯掉落在地,吻压了下来。

唇齿纠缠间,两人连气息都是红酒微醺的醇香。

良久,她被段凛打横抱起。进内厅前,她抱着段凛的脖子,又指了下露台外。

"我记得,之前在法国拍《无声惊雷》最后一场戏的时候,倪书和季少安就在那里跳舞。"阮瑜被亲得视线乱飘,烫着耳郭,没话找话,"其实我还那什么,挺喜欢这个故事的……还很感谢主角原型。"

没有倪书和季少安,也不会有孔明坤找她来演《无声惊雷》,也就不会有她之后对段凛改观的一系列事情了。

段凛说:"我不喜欢。"

"啊?"

段凛抱着她,低头一下一下吻她的额角,声音低缓,还莫名带了点儿慵懒:"老婆,我不是季少安。"

"我知道你不是啊。"阮瑜被段凛这句喊得尾椎骨发麻。

"如果你是倪书,"段凛神色很淡,"不选择一起活,就只有一起跳,没有别的选择。"

阮瑜听懂了。

她想了下,是羞耻了点,但还是诚实地说:"那我也……只想和你在一起。"

没有什么将时间暂停在最好的说法。

只要在一起，今后的每一天只会越来越好。

婚礼当天，下午在凡尔赛宫外的橘园举办草坪婚礼，晚宴招待会则办在宫内。

午后有阳光，巴黎的室外并不是特别冷，西装革履和长袖伴娘裙能应付过来。婚礼现场，宾客满座，由近百人的法国花艺师团队打造的现场花艺精致奢华，盛大而隆重。

草坪和喷泉相映衬，瑞士湖波光粼粼，巍峨的凡尔赛宫与到场的宾客一同见证这场婚礼。

唯一被邀请的《我们结婚吧》节目组摄录团队已经拍疯了，从婚礼一开始，媒体图拍一张发一张。

此时国内正是晚上八点，吃完晚饭，全民都焦急等着吃瓜这场"世纪婚礼"。节目官博发出来的现场图，每一套都在几分钟内被激动转发过了万。

现场宾客不多，全是圈内和新郎新娘交好的熟面孔，随手就能指出一个名导或一线大咖。奥列格·华德人在法国，也受邀在列。

伴郎团的三位伴郎大家都认识，是平时和段凛关系好的大腕男演员；伴娘团则是阮瑜的助理叶萌萌，以及戴茜和陈戈两位女明星。

国内热搜不断。

草坪上，交响乐团奏起礼乐。乐声响，众宾客纷纷转身往后看。

远处，阮瑜一袭象牙白的大曳地婚纱礼服，正挽着阮正平的手臂，手捧花束，踏上香槟玫瑰和铃兰铺就的花毯走向尽头。

尽头的婚礼宣誓台上，站着段凛。

林青远远看到阮瑜一路走过来，走近了才发现她一双杏眸红着，林青的眼睛也跟着红了。

这回是真嫁女儿了。

走到红毯尽头，阮正平也红着眼眶，和蔼地把阮瑜的手交到段凛手里，拍了拍两人："段凛，我就这么一个女儿，以后要交给你了。"

段凛颔首，沉静地说："谢谢。"

阮瑜本来不想哭，还想拿出点领证四年的从容感觉来。但这种场合，真的没多少人能忍住。

她忍不住，哭得泪眼模糊，被段凛牵上宣誓台。

"别哭。"

段凛伸手擦掉了她眼角的泪痕，捏了捏她的手指。

"小瑜姐，别哭啊。"一侧的伴娘团里，叶萌萌也在哽声低喊。

片刻，阮瑜抬头看段凛，泪眼中跃着雀跃，特别高兴："段凛，我好开心啊！"

段凛应声，眉眼深邃，回道："我也是。"

接下来，两人于浪漫的奏鸣曲中，宣誓誓词，交换戒指。

欢呼声四起，掌声喧沸如潮。

当天晚宴结束，国内的清晨，段凛和阮瑜接连上线，发了一条带图的微博。

配图是少有的九宫格，两人的婚纱照和结婚证一起，美得令人惊羡。

配文很简单。

段凛：【祝太太新婚快乐。】

阮瑜：【请先生多多照顾！】

是很好的一个春天。

番外二
– 另一个时空

段凛醒了。

卧室内，厚重窗帘仅拉上一半，清晨的天光昏昧如浓雾。落地窗外暴雨如注，床头摆钟正指向五点四十五分。

他按习惯往身旁循，枕边一片空冷，没有人。入眼是他在金台国际的公寓卧室。段凛有三年多没回来住，此刻醒神时，顿了一瞬，才回忆起来。

昨天是新电影的首映礼，电影在前期点映的票房口碑喜人，庆功宴上，导演钟远荣多碰他几杯。

段凛不嗜烟酒，上一次醉到这种程度，是在五个月前的婚礼晚宴上。

六点，助理邵立准点敲开公寓的门，带了早餐过来。

"凛哥，今早的航班取消了，京城雨下得太大，上海那边也在下暴雨。"邵立心里直犯嘀咕，今年这台风怎么就上京城来了，简直怪象。

接着，他忙恭敬转达经纪人郭彬的意思："看天气预报，这两天京城可能都出不了机，彬哥说可以调整一下通告安排……"

正喝水的段凛平静听完，搁下杯子，他淡淡地问："昨晚，怎么送我回这里？"

邵立忙回道："是我们看你不想住酒店，就来这儿了。"

邵立也想起昨晚的新电影庆功宴了。组里的某个女配角全程都在向凛哥献殷勤，对方是美裔演员，很是开放，大有等晚宴结束后黏着凛哥回酒店的意思。

这些年圈内想贴着凛哥炒作的女明星不要太多，动了真感情的也不少，但对此，凛哥一贯都是疏冷且不耐烦。

怪就怪那美裔女演员实在贴得太过，赶都赶不走。邵立他们怕有媒体蹲守在酒店门口拍照，看段凛隐约是醉着，就送他回了在金台国际的这套公寓。

段凛说："下次直接回君庭。"

"君庭？"邵立愣怔，面上迟疑，"是，合生君庭？"凛哥在那儿也有房子？

凛哥的家世背景整个团队都知道，他在京城共三套房产。本家在泰生港湾，他自己名下的两套高级住宅，一套在金台国际，一套在碧璋园。什么时候在君庭也买了一套？

邵立一头雾水，见段凛捞过沙发上的西装外套，是昨天首映礼上穿的那一件。

段凛修长的手指循进西装内侧口袋，须臾，蹙起眉，问："戒指呢？"

戒指？

"什么戒指？"

"婚戒。"

邵立人蒙了，如遭雷劈："婚、婚戒？！"

段凛平时在工作期间不戴婚戒，却会将戒指收在身边。一枚简约低调的男士素圈，是阮瑜当初挑的。

"我和阮瑜的婚戒。"段凛简单解释一句，倒没冷脸，但神色有些淡了，问邵立，"今天怎么回事？"

"我……"

邵立一下就慌了，在段凛身边工作这么多年，他头一回像个傻子，什么话都没听懂。

阮瑜？阮大小姐？那个作精大小姐？

犹豫好半天，邵立才战兢着出声："凛哥，那位阮小姐，不是早就不在了吗？"

落地窗外雨势越来越大，瓢泼一般往玻璃窗上砸，客厅内却死寂无声。

片刻的缄默，段凛看邵立。

"你说什么？"

"我记得，"邵立心里担忧，硬着头皮斟酌回话，"阮瑜她在四年前就已经不在了。"

暴雨如泼。

段凛一眨不眨地盯着邵立，在明如白昼的灯光下，骤然绷紧了下颌处的咬肌。

良久，他几乎是一字字地问邵立："什么叫不在了？"

邵立惶惶然，还是把话接了下去——

"四年前，跟你领证那天，她就因为突发心脏病，过世了啊。"

早七点的京城，疾风骤雨，天幕低垂。黑色商务车一路开进南三环，在安保严密的豪宅区前被拦下。

邵立下车和安保交涉了半天，无果。安保也为难，他们这车的车牌号既不是合生君庭的登记住户，也没预约，即便是天大的大明星也不让进。

"凛哥，不成啊！还是进不了。"邵立坐回副驾驶座，担忧地回头。

后座，段凛没应，低头打了个电话。

半晌，披着雨衣的安保冒雨赶来敲车窗门。

"哎哎，段先生！不好意思，能进了，能进了。"安保刚接到通知，赔着笑脸，"但您这……车实在是开不进去，要不请您跟我走吧？"

"辛苦了。"

段凛微一颔首，直截了当地开门下车，身影一下湮没在漫天暴雨中。

"凛哥！伞！伞！"

邵立追不上人，远远看着段凛淋着暴雨，径直上了安保的巡逻车，进住宅区，只好悻悻然坐回车里。

"出什么事了？"车内，司机转头，和妆发师小群面面相觑，都不记得段凛在君庭有房子啊，又问邵立，"打算看房？"

邵立说："不知道。"他心里提着一口气，也满腔疑惑。

这架势哪里是看房。凛哥打从一早就格外反常，刚才在车里虽神色不显，但气压低得可怕。

三人在车内等了四十分钟，段凛回来了。

"凛哥，毛巾！给。"小群忙递毛巾。

车内。段凛浑身淋透，漆黑的碎发贴附着额角，水痕一路往下淌，全身没一处是齐整干燥的。

八月的雨，让人狼狈且彻骨寒冷。

段凛没接毛巾，说："去碧璋园。"

段凛在碧璋园有房产，但邵立知道他一直没怎么回来住。几人上电梯时，邵立见他直接按了二十七楼。

邵立压气儿提醒："凛哥，是二十八楼。"

段凛一言不发。

等电梯门打开，邵立和小群对视一眼，赶紧跟出去。

碧璋园是一层一户的高级楼盘，出电梯，过短廊，门铃响了半晌，一位阿姨模样的人开了门，见到浑身湿透的段凛，愣了。

"常姨，谁呀？"

公寓的年轻女主人从里间出来问，没想到敲门的是个家喻户晓的大明星，难以置信地确认了三遍，又惊又喜，回头就喊自己老公。

这一家人搬进来住了近四年，不承想楼上就住着段凛。

接下来的场景活像一场粉丝见面会，女主人又是热情递毛巾又是递热茶，想请段凛进屋坐坐，但没成。

段凛甚至都没上楼回自己公寓，复又去地下车库，让司机径直把车开出了市区。

全程没说一个字。

京城郊外陵园，滂沱雨幕中，公墓墓园的一座座碑像雨水下的孤屿，零落在四处。

几人在雨中找到阮瑜的墓碑。

阮正平将女儿的墓买在了妻子余青淑的墓旁，黑色石碑上刻着生卒年月，卒年在四年前的十月五日。

当年十月的那天，是她刚和他领证的时候。

段凛回忆——

两人从民政局分道扬镳的不久后，在他去机场的路上，接到她昏迷被送往医院的消息。

此前，她这样装病昏迷的路数重复了太多次，那一次他本不打算理会，可临到安检，却忽然改了念头，没有来由。

现在计算起来，一切的转变，一切的异样，似乎悉数是从那天开始。

漫天的暴雨。段凛屈身去盯那块乌黑冰冷的碑面，面无情绪，伸指在阮瑜的名字上缓慢摩挲。

而她却早在那天就不在了，四年前就不在了。

外套口袋里的手机在不断振动，而段凛的视线寸许未挪，像丝毫未觉。

如果她在那天就不在了，如果她只是一场长达四年的梦。那么，这四年来的所有回忆，他脑海里关于她的音容笑靥、喜好习惯，包括五个月前的那场婚礼，分分秒秒，都仅是一场梦？

因此，本该是他和她的婚房里住的是别人，她的公寓里也换了人。

是梦。可梦太清晰，她太真实。

斜后方的邵立见段凛兀自在阮瑜的墓碑前立了半晌，捏着伞柄的力气明显狠了，连骨节都泛着白，可是以拇指抚擦墓碑的动作却轻而缓慢——像舍不得。

邵立实在摸不准现在这情况，又不忍打断，眼见着段凛口袋里的手机振动停止，自己的手机开始振起来。

接起，是经纪人郭彬打来的，安排临时的通告调动。

"凛哥，有一个拍摄通告提前了，今天下午在市内棚里拍，等等我们……"邵立后半句被吓得没说了。

此刻段凛瞥过来的眼神太疏冷了。

虽然神情仍是一贯的淡漠，但眼底漆黑深沉一片，尾末似乎擦着血色般的红，是雨雾都掩不住的怅然与寂静。

死气沉沉。

邵立不知道怎么就在心里冒出这个词，自己都给吓了一跳。

今年这场直上京城的台风来得实在是疾猛，雨泼如倾盆，人撑伞在雨里站一会儿就会被淋得一身湿透。半小时后，邵立跟着段凛回车里。

司机开着车载广播，正播着天气新闻。

"据气象学家预测，今年以来登陆我国的最强台风牡丹，将自南向北影响台湾、福建、浙江、上海、山东、京城……这也是目前我国气象史上的最强台风，请听众朋友们务必严防安全，开车注意路况……"

车里只有广播声，司机见气氛不对，讪讪然关了，重回寂静。

车没发动，司机看后视镜："我们去哪儿？"

段凛没应。

司机又看妆发师小群，小群看邵立，谁也捏不准。

"凛哥，是出什么问题了吗？"邵立是真担心了。

缄默良久，段凛终于出声，神情平静得几近异常，一字一顿着问："阮瑜呢？"

其他三个人被问傻了，都不知道怎么回。

邵立小声开口："凛哥……"

"我问你，阮瑜呢？"

段凛的音色极为低哑，竟然像在求人。

公寓客厅内，邵立急得团团转，等郭彬从市区外坐高铁赶过来时，已是当晚十一点。

"怎么回事？"

"彬哥！不知道啊！我们也搞不清怎么回事。"邵立心急如焚，示意紧锁的卧室，压低声，"凛哥在房间里呢！就早上喝了一杯水，到现在什么话也没说。"

段凛反常，今天一天的通告悉数置之不理，整个团队都急，也没办法。郭彬忧心忡忡去敲门，没人应声，金牌经纪人跟做贼似的凑近门缝窥了眼，立刻皱眉："什么味儿？"

烟味。

空荡而冷寂的卧室内，没开灯。透过落地窗可以俯瞰国贸 CBD 的繁华夜景，整座城市在暴雨的冲刷下，熟悉却也陌生。

段凛斜靠坐于落地窗旁，地上熄了不少烟头。

他仅瞥了一眼，垂眸，容色沉静，又咬了烟，继续抽。

在这个梦里，没有阮瑜。

阮瑜的人生在四年前戛然而止，过去整整四年，她杳无音信。

段凛兀自翻着新闻。

记忆里，她那些拍过的综艺、演过的电影，此时此刻全换了人。

冰冷的屏幕上是铺天盖地的历史。自己曾与她合作的综艺、演过的戏，相同的角色已然换成了其他的女艺人，有的平平无爆点，有的仅是小有水花。屏幕上缺了她那副鲜活灵动的模样，像一场怪异而拙劣的模仿。

卧室里的电视屏正亮着，在放《无声惊雷》。

段凛面无表情地盯着屏幕。这个梦里，《无声惊雷》依旧拿了奖，只是女主角却不是她，男女主角的亲密戏份也被删改得七零八落。

而记忆与梦截然相反。

当初，在《无声惊雷》送电影局审片的期间，段凛一直在争取能最大限度保留片中感情戏的完整性。

是他的私心。

出演《无声惊雷》时，段凛明白自己未曾尽到一个演员的专业职责。他入戏很少。

片子里的情感剖白、眼神流露，很大程度源于他的本心。

世界在观影见证。

烟燃尽，段凛掐灭了烟，扫一眼，抬手关电视。

偌大的卧室又浸入一片死水，窗外骤雨如砸，室内寂静如一场默剧。

早在很多年前，段凛与段谨成对坐闲聊。段谨成掸了掸烟灰，笑了笑，对他说：“年轻人别太挑剔，碰上合适的小姑娘不如试试，别到最后跟我一样孤独终老。到时候等咱兄弟俩老了，只能在养老院过下半辈子，那日子得多难熬。”

依恋障碍一直是段凛的心结。

即便在学表演后，状况有所好转，可他在私底下仍旧孤独而冷漠。

阮瑜不同。

他第一次真正注意到她，就是在这套公寓里。

她在书房打游戏，一个人也玩得异常热闹，情绪饱满，鲜活生动。

段凛在脑海中清晰描摹出阮瑜的模样。

她笑起来很好看，一双杏眼弯起，眼角眉梢俱是灵动的雀跃感，连哭也漂亮，湿润的睫毛一簇簇奔落下来，伤心的、委屈的，以及……难耐的。

一颦一笑，一举一动，每一个细微的表情似乎都在牵扯着旁人的情绪。

她面对困境时的果敢勇气，罹近生死前的坦然乐观，一切的一切，让段凛没办法再冷眼旁观。

头一回琢磨出了与人共情的滋味。

她是他的共情，是他的羁绊。

段凛绷紧了喉骨，淡漠的眉眼间隐约有倦色。

他想：无论过去，无论未来，她不可能与自己毫无交集。

只是梦。梦醒后，她还好好活着。

落地窗外的雨下个不停，暴雨连同夜幕一起湮没星光与晨光，天亮不起来。

一整晚，段凛维持着靠坐的姿势没动，一时回忆起许多事，像确认，又像自我说服。等到小心翼翼的敲门声再次响起，段凛瞥了眼座钟，六点。

又是清晨。

“凛哥，你醒着吗？”门外是邵立的声音。

片刻，又换成郭彬：“阿凛，出什么事了这是？”郭彬斟酌着问，“是私事的话，我就不问了，这两天的通告我都替你延了，但今天下午英影的股东会你还是得参加一趟……”

段凛没应，眸底长夜一般的漆黑。

梦醒了。

卧室门开的刹那，守在客厅的团队几人闻声看去，都吓了一大跳。

段凛身上还是昨天被雨淋了几回的那套短袖长裤，连换都没换。门一开，烟味更重了，闻着像是那种辛辣的外烟，邵立和小群相觑无言，震惊，凛哥不是从来不抽烟的吗？

这一宿得抽了多少烟啊？！

下午，去英影的路上，商务车内鸦雀无声。

司机频频往后视镜看，张口活络气氛："京城都多少年没这么下过雨了，这雨下到什么时候是个头呀！"

"我看天气预报说下午能放晴，飞机今晚就能飞。"小群回道。

郭彬说："天气预报什么时候靠谱过？通告再缓两天吧。"

聊完，所有人一阵缄默。

邵立去看后座的段凛，见凛哥阖眸小憩，没接话，低压着冰冷气场，比过去任何一次都要平静——平静得几近骇人。

郭彬把段凛这两天的通告全推后了，但下午在英影的股东会推不了。

英影这几年一直在准备 A 股上市，公司在上个季度刚过证监会的发行审核，接下来就是无休止的股东会议。作为控股股东，段凛需要到场。

公司坐落在东三环商区内，车拐进地下停车场，电梯刷卡，一路上行。

段凛很少来英影，他是公司的最大股东，也是当红顶流。电梯上上停停，其间不少艺人和经纪人纷纷诧异，随即殷切笑着致意。

高层，郭彬正并肩跟段凛自走廊穿行，余光见他忽然驻足。

"怎么了？"

段凛的视线落向右手边的小会议室。透明的玻璃幕墙内，一女孩正在和男人激烈讨论着什么，看模样气得快要浑身多毛，就差要翻白眼，被旁边女助理扯了下衣袖才憋住了。

静静地看了几秒，段凛问出今天第一句话："那人是谁？"

"哦……他，杨啸啊。"郭彬认识那男人，"去年我从皇娱挖过来的经纪人，你年会那儿碰到过的。"

"另一个。"

郭彬一愣，反应过来段凛在问那女孩："她？"那就真不熟了。

"公司新签的艺人？"郭彬一想，"也不像，敢跟经纪人叫板的艺人还真少见。"

杨啸看见会议室外停着的段凛两人，忙赶出来。

"段老师！彬哥！"杨啸笑得客气，"好久不见啊。"

郭彬问："你跟里面那个女孩儿，你俩吵什么呢？"

"没，小事，小事……"

杨啸支支吾吾，郭彬大概听明白了。

几个月前英影的星探挖了一个男网红进公司，签在杨啸手底下。那网红先前是靠在短视频平台上拍微电影火起来的，迷妹不少，而谁也没想到签英影前和前东家还有合约没断干净，这不，如今前东家的人找上来了。

那网红最近靠着英影的资源在拍一部古偶网剧，有小火一把的潜质。

杨啸想着前东家不过就是一个做新媒体起家的小工作室，也闹不出什么风浪，打算把这事私了，所以就约人过来谈。

来谈的女孩叫阮软，就是那网红先前签的工作室合伙人之一。

旁边，杨啸擦着冷汗一个劲儿道歉，说保证会把事办妥。

段凛的视线隔着玻璃，与会议室里的女孩目光相接。

女孩孬毛的表情一滞，眼神复杂，非常不自然地拿起杯子喝了口水。

段凛容色淡漠，盯了会儿，收回目光。

"走吧。"他没再过问。

股东会持续了一整个下午。

会议室，落地窗外，整座城市下着雨。雨势显然小了，可还是乌云密布，分不清昼夜。

段凛全程紧蹙着眉，回忆着刚才那一幕。

她在紧张时会不断喝水，放下杯子时，小指也会习惯性地挠掌心。

他又回忆起，似乎见过那人。

前年，阮瑜还在重症病房时，他似乎潦草瞥过一眼。

之所以会有印象，仅仅是因为觉得她像阮瑜。

身边的一切，与阮瑜有关，却又无关。

像一场荒诞的梦。梦醒时分，才发现阮瑜也许只是潜意识里的捏造幻象。

可她曾那么真实。

再一次尝试在脑海中描摹有关她的过往，段凛蓦然一顿，竟开始记不太清了。

有秘书进来续咖啡，刻意在段凛身边停留一会儿，脸颊绯红，将咖啡杯递过去。

"怎么了吗？"秘书见段凛神情有异，柔声问。

"阮瑜呢？"

"什、什么？"

"我找不到她。"段凛看着窗外越来越小的雨，音色沉静。

甚至，开始记不清她了。

秘书怔然，粉了哥哥这么多年，她从来没见过哥哥有这种表情，看着平静而绝望。

会议室内众人的视线投过来，议论声减弱。

旁边的郭彬凑过来问："怎……"

猝然一声巨响！

压抑的情绪骤然爆发，咖啡杯被段凛狠狠砸向落地窗，碎瓷片在玻璃窗上刹那间迸裂成数片，尖叫声、惊呼声，顿时扭曲糅杂作一团。

眼前的景象混乱模糊，灯光晦暗错顿，下一刻，世界的所有喧闹嘈杂声归于寂静。

连日的暴雨终于停了。

再醒时，窗外仍是连绵大雨。

段凛起身，入眼，依旧是他在金台国际的公寓卧室。

六点，邵立带早饭上门。

"凛哥，今早的航班取消了，京城雨下得太大，上海那边也在下暴雨。"邵立汇报，"看天气预报，这两天京城可能都出不了机，彬哥可以调整一下通告安排……"

一模一样的场景，一模一样的对话。

邵立被段凛的眼神盯得有点儿发汗，忙问："通告有什么问题吗？"

良久，段凛才出声："阮瑜在哪里？"

"这个……不知道啊。"邵立犹豫。

阮瑜的行程，凛哥不比他们更清楚吗？

又是长久的停顿。

"取消通告。"段凛去捞沙发上的西装外套，"现在买去义乌的车票，要最近的一班。辛苦了。"

"义乌？"邵立蒙了，不确定地多问一句，"要坐高铁去吗？"

段凛没回，动作稍停，低头，盯着从西装内侧口袋中摸出的那一枚款式简约的戒指。

"现在。"

凛哥疯了。

这是当邵立得知段凛大老远要从京城坐高铁去义乌，再转车赶往横店给阮瑜探班时，脑子里冒出的唯一想法。

当天中午，段凛在高铁站转车去横店的事被媒体拍下，转眼就见新闻，直飙上了热搜。

热搜底下沸沸扬扬，吃瓜群众兴奋捧瓜。

去哪儿？横店！这时候去横店还能见谁？想都不用想，肯定是去见正在横店拍戏的阮瑜啊！

离"小心夫妇"的婚礼过去五个月，两位的双人话题热度好不容易降下来一些，瞬间又被拱了起来。

"小心党"被甜得呜呜哭泣。

【呜呜呜，这是什么穿越暴雨也要去见你的绝美爱情啊！】

阮瑜压根儿不知道这事。

台风天，剧组收工不拍戏，她像条咸鱼一样在酒店房间里睡了一天。

等敲门声响起时，她还在床上懒得不想动。

挣扎了会儿，她爬起来去开门。

见到门外是段凛，她立即愣住了。

段凛风尘仆仆，周身还染着雨天的冰凉水汽，盯着她的眼神格外直勾勾的。

"你怎么来了？"不对啊，她感觉自己没睡醒，"你是怎么过来……"

她话还没问完呢，直接被段凛箍着腰紧抱过去，打横抱起。房间门一关，凶狠缠绵的吻就毫不客气地堵了过来。

什么时候被抱上床的都不知道。

阮瑜还是蒙，烫着耳朵，在平复的间隙艰难挤字。

"你那什么，心情不好啊？"

"我梦见你不在了。"段凛垂眸看她，音色勾了点儿哑。

"哈？"

咫尺距离，段凛屈指抵了抵她的下颌，眸光一寸寸落下去，吻也一点点往下循。

他吻过她的额角、眼睫、鼻尖、下唇。吮咬般吻过锁骨，再往下，到心跳剧烈的胸口。

不是梦。

这个她，鲜活、温热、笑靥生动、体肤滚烫。不是梦。

动作再往下，阮瑜羞耻得要命，下意识伸手阻挡了下。其实她不是真想阻止，却被段凛攥过手腕，惩戒般摩挲舔咬过每一根手指。

手背忽然滴落一点湿意。

借着昏暗的床头灯，她茫茫然看过去，猛地一滞。

段凛这是，哭了吗？

她没见过段凛哭。

"不是……你，"阮瑜顿时有点不知所措，"你怎么了啊？"

段凛又撑俯过身来吻她，眼角有些红，但刚掉过泪，看起来却不显势弱，反而有股晦暗的狠意。

他盯着她的目光很黏人。

这眼神，看着简直太危险了。阮瑜被看得浑身发燥，直觉要完。

果然——接下来的大半个晚上，段凛都没怎么放过她。

这一次，连哄她的词都变了，变成了无数声低缓的"我爱你"。

阮瑜眼泪簌簌往下掉，悔得直哭嗝。

进组两个月啊，就两个月没见，段凛他干吗啊？

人家小别胜新婚，蜜里调油。她和段凛，新婚逢小别，蜜里调砒霜。

救命，真的要命！

长夜旖旎。

一场梦醒了。

会议室里。咖啡杯砸下，一阵尖叫喧闹过后，会议室里死寂无声。

"没事吧？！"郭彬总算反应过来，忙去看段凛的手。

段凛突然发这么大的脾气，各个高管着实被吓一跳，都噤若寒蝉。

秘书也被吓到了，以为是自己的错，不停哭着道歉。

"没事。"段凛回神，见窗边一地碎瓷狼藉，蹙了瞬眉，神情倒没不久前那么疏冷了，淡声问，"谁砸的？"

没人解释。

郭彬观察了半天段凛，确认他是真记不得了，实在担心。

"阿凛，我看你今天状态不好，要不先回去休息两天吧？"

股东会匆匆结束。

郭彬陪段凛往外走，经过这一层的其他会议室时，段凛的眸光往旁边一扫，忽然稍停。

会议室内，女孩是真被气到了，一副想咬人又生生忍下的微笑表情。

她内心的弹幕都滚脸上了，气也气得双眸生动，极富感染力。

郭彬循着他的目光看过去，还是刚才那个小圆桌会议室。室内，杨啸仍在跟女孩谈判，那女孩叫什么来着……对，阮软。

"杨啸应该能解决好，这事太小了，都上不了媒体报道。"郭彬闲聊，"要是你实在担心会对公司有影响，我找时间去跟人谈一谈。"

"不用。"

段凛原本不想理会。

可没有来由地，他脚步稍驻，径直往会议室走去。

会议室内，阮软在心里骂了八百遍眼前的经纪人。

她工作室签的人在合约期间一声不吭地跑去签了别家公司不说，还是她爱豆对家的公司！本来她今天过来是想谈违约的事，可没想到对方一不想放人，二不想付巨额违约金。

就这还谈什么。

阮软起身想走："行，那麻烦贵司过几天收一下律师函。哦对，不用担心收不到，我们会全网通知的。"

杨啸语噎，还想再商量几句，余光见会议室的门被推开了。

阮软上一秒还在心里连坐骂了两句对家，下一秒，抬头就见段凛在距离自己两三步的面前驻足。

她脑海里瞬间滚过对家是黑道太子的黑料传言，心说：不能吧，对家还打算杀人灭口？

阮软莫名有点心虚："干什么？"

段凛垂眸看她，淡淡地问："有没有时间一起吃顿饭？"

"啊？"

"聊聊。"段凛走近，恢复平静，"违约的事，可以再谈。"

这一刻，可能是她鬼使神差，又或者是她脑子不太好使。

对视几秒，阮软说："行吧。"

谈谈就谈谈。

走出英影的时候，阮软习惯性撑伞。

撑到一半，她仰起头一看，收伞了。

今夜云销雨霁，终于放晴。

平行下坠的雨丝终有收晴的一日。

像所有平行世界里，最后我们都会以各种身份、以各种方式，走向彼此。

番外三

——如初见

周一，上班族忙着赶地铁，学生党忙着上早课，在这个忙碌又寻常的清晨，却有一大半的人都在低头看手机。

一大早，各大公众平台的媒体号都在推送着一条爆炸式新闻：

【阮瑜与某不知名男子深夜于高档小区密会5小时！"小心夫妇"疑似塌房？】

这条新闻稿最初由微博上的一个营销号发布，发布不过十几分钟，热搜直接爆了。

娱圈八卦哥：【独家新闻！12月8日晚7点半左右，八哥拍到@阮瑜的私人商务车开进京城某高档小区，不久后就有一位陌生男子下楼来迎接，两人深夜密会，男子更是贴心帮忙拎包。时隔五小时后，当晚12点半左右阮瑜才独自下楼。八哥也忍不住吃瓜了，这是在干什么呢？】

营销号的文案暗示性十足，配图里，全是娱记在某小区楼下蹲点的偷拍图。

正是深夜，隔着一段远远的距离，模糊像素下，隐约能见到戴着口罩和帽子的阮瑜的侧影。在她面前，一名穿黑色羽绒服的陌生男人正体贴地接过她手里的袋子。

动图里，两人聊了句什么，男人似乎还对阮瑜温柔笑了下。

紧接着两人就一前一后进了单元楼。

评论区，十几分钟内涌入上万条网友的评论，有一大半都在震惊发问号。

【什么情况？！阮瑜出轨了？这男的谁啊？】

【不要不要啊！啊啊啊，我内娱唯一嗑的一对真人CP凉了？！】

【救命，这男的看起来根本没段凛帅，身材也没段凛好，阮瑜图他什么？好谜。】

【大家不信谣不传谣，等澄清。】

【笑死，粉丝快别洗了，早就有传言说阮瑜和段凛离婚了，粉丝还不信？娱乐圈里哪有真正的神仙爱情。】

……

一时间，网友激烈热议，吃瓜路人也蜂拥而至。

今年，距离阮瑜和段凛的官宣已有两年。

这两年来，阮瑜出演的一部家庭伦理剧和一部都市情感剧接连爆红，活动和曝光也样样不落，已经坐稳了一线小花的位置。而今年年初段凛出品和主演的新片上映，更是霸屏院线，口碑票房双丰收，预计又是一部要拿奖的好片。

眼看着两人越来越好，黑粉多了，真爱粉更多，"小心党"却陷入了前所未有的低迷期。

原因无他，只因为他们快没糖吃了！

要知道两年前的中国电影金雁奖，两人凭借《无声惊雷》同时斩获当届影帝影后，隔年开年综艺《我们结婚吧》开播，更是带火了一大批同类型的夫妻档综艺。段凛和阮瑜的双人话题热度一时高居不下，那时"小心党"快被一波波的糖给甜疯了。

但自那以后，两人似乎没有要借此大炒热度的念头，反而各红各的，在公共场合的同框逐渐少了。

一时间，黑粉开始大肆借题发挥：【这说明什么？这说明他俩的感情出现了危机，四舍五入，这说不定是已经离婚了啊！】

谣言逐渐四起，今天阮瑜疑似出轨的新闻一出，更是佐证了猜想。

网上热闹如炸开一锅粥。

与此同时，酒店里，一大早就被团队叫起来化妆的阮瑜正坐在镜子前，看微博，差点没把手机给扔了。

"这都什么跟什么啊？！"她瞳孔地震。

"宝贝来，闭下眼。"一旁沈芳飞拿着眼影刷，提醒。

"哦，好。"

"安姐已经在处理了，工作室马上就会发声明澄清。"旁边林青刚挂断电话，也头疼，"什么乱七八糟的！这帮娱记还挺牛啊，这都能给他们拍到！"

阮瑜耐不住了，等上完眼妆，第一时间看发的那条爆料微博，念文案："'两人互动暧昧'……哪里暧昧？不就是钱哥帮我拎了点东西吗？这也能叫暧昧？'看得出来相识已久，交情匪浅'……"

她在心里冷笑：经纪人的老公，我能不认识吗？

就是个大乌龙。

最近安卓茜搬了新家，正好昨天阮瑜没通告，也在京城，安卓茜请她去新家吃个晚饭，她就自己开了车过去。

当时安卓茜在楼上下厨，于是吩咐老公钱荣下来接阮瑜，而阮瑜手里的袋子，正是她上门暖房的礼物。

谁知道娱记居然连这都能跟拍到，还造谣上了。

"发了发了！澄清发出去了！"叶萌萌也在看手机。

这事安卓茜处理得雷厉风行，工作室的声明发得及时，后续的澄清热搜也紧跟而上，前后不到一个小时，网友总算是弄清了事情的始末，恍然大悟。

可即便已经澄清，热搜下还是有不少人暗自嘲讽。

"他们都在说，其实小瑜姐早就私底下和段老师离婚了。"叶萌萌小声说，"居然还有人做了个实锤集合。"

"让我看看。"阮瑜拿过手机，"他们这些洗脑包都是哪里来……"

后半句戛然而止。

她一眼就看到了那条实锤集合微博最上面的一条：

【1 生日疑点：今年 7 月阮瑜生日，阮瑜零点发博，段凛没有像去年那样掐着零点发祝福微博，直到第二天中午才发。有迹可循，我猜那会儿感情就已经出现隔阂了哈。】

"好了，非常完美。"沈芳飞抬起阮瑜的脸看妆容，加入话题，"所以你过生日那天，段凛去哪儿了？"

还能去哪儿？

当然是在她身边。

阮瑜对生日那天发生的种种记忆犹新。

那天她赶完一个拍摄的通告，晚上就回了她和段凛在君庭买的那套房子。各大品牌方和媒体送来的生日礼物堆了一客厅，她正坐在地上拆着，玄关处传来动静，门开了，脚边还在舔毛的泡芙瞬间就喵呜窜了过去。

她转头一看，段凛！

"你怎么回来了？"她蒙了。

段凛一身的黑卫衣搭长裤，戴了口罩，棒球帽的帽檐压着，只露出一双浓墨般深邃的眼，手里还拎了个蛋糕盒子。

他这几天都在内蒙古拍一个宣传片，很忙，两人只有晚上才有时间打个视频。

"想见你。"段凛随意搁下盒子，走近，一眨不眨盯着她看，屈下身，"今天不是过生日？"

阮瑜亮着双眸，面带惊喜："我还以为你回不来。那，你那边的工作结束了啊？"

"还没有。"

"那你……"

话音未落，清冽的木质香拢过来。段凛直接就着半蹲的姿势攥过她的手腕，拥住。

他抚捏着她的后脖颈，垂眸，气息从耳侧贴附而上，缠绵的吻落在她的颈窝。

阮瑜感觉到被他厮磨般咬了一咬，顿时连半个字都说不出来了。

两人因为错开的行程快有小半个月没见面，刚一见面，段凛的吻细细碎碎，力道箍着她的腰，伸臂一捞，轻而易举就将人打横抱起，往楼上的主卧走。

"等等，洗澡！"阮瑜抱着他的脖子，脸红得要死，"我还没洗澡，就，你先让我洗个澡啊。"

段凛淡应，又低头吻她。

"一起。"

从浴室折腾到主卧的床上，阮瑜就没说出句完整的话，想哭。

确实哭了。到后来，她抽噎着想踢开段凛，却又被直截了当握紧脚踝带回去。

段凛缠人得要命，敛眼，全程低了声音哄着，阮瑜把眼泪乱七八糟全蹭在了他的肩膀上。

到底是谁说的小别胜新婚啊？

她看以后是真的不能小别，段凛他也太凶了。

这场旖旎持续到半夜才消减。

模糊间听到猫在挠门，阮瑜挣扎着从被窝里爬起："对了，猫！我还没给泡芙喂猫粮。"

段凛没让她走，搂腰按回来，下颌稍抬，又吻她的锁骨。

"先喂我？"

呜。

段凛的神色还是一如既往的沉静，但她就是能看出来，他眼角眉梢都舒展着，衬着眼下那颗桃花痣，说不出的勾人。

看着看着，阮瑜认命趴回他身上，嘴角也止不住翘起："那你工作都没结束，怎么过来的啊？"

"请了半天假。"段凛声音低缓，"开车过来了。"

她一愣："你自己一个人开车来的？从内蒙古开到这里？"

"等会儿，"阮瑜见他默认，不由得问，"那你不是开了很久？"

从内蒙古到京城，开车怎么都要五六个小时吧？

她又想到什么："你请半天假，明天早上是不是还要继续拍……"

"老婆。"段凛忽地叫了一声。

阮瑜顿住："啊？"

段凛按着她的后腰，丝毫不放过地盯着她的眼睛看，眸光一寸寸游弋往下。

这眼神，太直勾勾了，阮瑜被看得都有种莫名的羞耻感。

她刚想爬起来，就见段凛扬起下颌，凑近了，咬了咬她的下巴，又舔了下。

"生日快乐。"他像是不餍足，音色勾了点儿性感的沙哑，"再来一次？"

那天一整晚，阮瑜都没怎么睡。

前半夜被折腾得迷迷糊糊，困了，正想睡时肚子却叫了一声，于是段凛又抱她下楼吃东西。

他路上带回来的冰激凌蛋糕早就化了，阮瑜压根儿没力气吃，象征性地吹了蜡烛许了愿，后来吃的是段凛进厨房给她做的面条。

吃完，她反倒睡不着了，闭着眼跟段凛在床上有一搭没一搭聊着天。

不知道是惹到他哪儿了，聊着聊着，阮瑜又感觉自己被捏着腰箍过去。触碰，舐吻，往下。

她欲哭无泪，救命，他就一点都不累的吗？

清晨，没睡下多久，阮瑜察觉到额头被人吻过，气息缠绵，带着刚洗完澡的清冽水汽。

段凛好像要走。

具体他说了什么记不起来了，记忆里大概是让她记得吃早饭之类的话。走前，他又欺身下来，格外磨人地吻了会儿她。

阮瑜睡到中午才醒。

这天是她生日，微信里满屏的祝福，都是阮正平和圈里人发来的。她坐在床上挨个回过去，又上微博，发现自己定时零点发的那条生日微博早就涌入了数十万评论，品牌方在争先恐后抢热评，鱼粉热闹得像过了年。

恰好微信弹出一条信息。

段凛：【醒了？】

段凛昨晚一个人开车来京城，清晨返回，没被娱记拍到。

正午，内蒙古的阳光炽热强烈，他到地点，拍了一张草原的风景照给阮瑜。

同样的照片，过后不久出现在了他的微博。

段凛：【生日快乐。@阮瑜】

不同于阮瑜底下清一色的祝福，段凛的评论区前排全是尖叫在喊哥哥终于发微博了的菱角，往下翻，才是快被粉丝大军压没的"小心党"。

段凛顶流的身份屹立不倒，即便官宣结婚，还是数十年如一日地凭借着那张脸和业务能力在暴风吸粉。再加上他豪门太子爷的身份往那里一摆，女友粉反而只增不减。

这两年来，随着段凛和阮瑜的公开互动越来越少，不论是段凛的狂热女友粉，还是两人的黑粉，都在拿着放大镜抠细节。

他们几乎越来越笃定，工作上分这么开，这两人没出现感情危机就怪了。

热搜里的造谣越演越烈，酒店里，林青和叶萌萌急得团团转。

"这条实锤集合的微博都快转发过万了！不能就这么算了。"林青一拍脑袋，回忆，"段老师那天为什么没卡在零点发生日祝福来着？是……拍戏太忙了？"

"对对，那几天他好像在拍那个宣传片《视界》，人文风情纪录片。"叶萌萌为偶像正名。

两人齐齐看向阮瑜，林青又问："真的？"

阮瑜心想他们还是不要知道真相比较好。

"不知道不知道，我都忘记了。"阮瑜感觉耳朵开始发烫，低头装失忆，嘟囔，"反正他不是都发祝福了吗，零不零点有什么关系？让我看看，还说什么了……"

继续看。

【2《偶像有你2》疑点：阮瑜在节目里提到段凛，还直言要掐掉这段，不是我说，两人的这股陌路感已经呼之欲出了吧？】

《偶像有你2》是今年爆火的选秀节目，阮瑜也受到节目组的邀请，作为其中一期的飞行嘉宾出镜，当导师。

其中某个女选手跟阮瑜搭话，提到自己跟她一样也非常喜欢纪临昊老师的唱跳舞台，还说他的新歌非常好听。

阮瑜被女选手迷妹的情绪所感染，微笑附和了好几句，旁边突然有男明星说其实段凛早年也发过几首歌，还出过几个绝美舞台，如果他继续往唱跳歌手发展，说不定还是下一个天王呢。

"哦，对，段凛他……"阮瑜一下打住。

突然想到，段凛平时是会看她出席的节目和活动的。

那他要是看到刚才她夸纪临昊的那一段……

阮瑜直觉要完，果断转向镜头就来了一句："编导老师，咳，刚才我说的那段还是掐了吧。"

她这不是怕段凛又想多吗！

这段当然没掐。播出的当天，节目组还买了一个"偶像有你2_阮瑜追星纪临昊"的热搜，话题直冲高位。

结果就是，隔天，在上海拍完杂志的段凛就来酒店找到了她。

小惩大诫，床上解决，阮瑜为自己的迷妹行为付出了泣血的代价。

可没想到这段在好事者看来，是她跟段凛已经形同陌路的实锤。

阮瑜越看越觉得离谱："这帮人想象力这么丰富，怎么不去拍电影？"

往下看，又是一串似是而非的疑点集锦，说两人近两年的公开活动几乎都是错开，这种有意避开对方的默契，妥妥是私底下已经离了。

其实这是安卓茜的意思。

阮瑜还处在上升期，前年安卓茜就找段凛商量过，大意为，他们的双人话题热度确实高，但过犹不及，建议为了阮瑜长远的发展着想，接下来还是减弱两人在大众面前的绑定形象比较好。

一开始官宣借着他的热度和咖位大幅抬高国民度，现在稳定后又开始重视起了个人发展，阮瑜听完安卓茜为她定的方案，觉得自己就像个典型的用完就扔的渣女。

而段凛那边则回复说按照阮瑜的团队来，一切看她，他没有异议。

所以安卓茜给她接的活动，也是能独美则独美。

这么一来，两家的纯粉舒服了，"小心党"却逐渐连拿着显微镜都找不到糖吃，泪流成银河。

这条疑点集合的微博下，热评第一条。

【今天段凛和阮瑜离婚了吗？快了，嘻嘻。】

"小瑜姐，这怎么办啊？"叶萌萌急了。

林青说："我赶紧去跟公关部说一下，让我们公司发个你俩的撒糖集锦，什么同款衣服什么隔空互动这种，带带舆论的节奏，解释解释。"

"不用了。"阮瑜心说什么大风大浪她没见过，很淡定，"既然安姐都说不用，那就算了，反正闹过这段时间网友就忘了。你们要学会习惯，懂吧。"

林青腹诽：真是祖宗不急，活活急死助理！

临近年末，各大晚会和盛典活动接踵而至。晚上，阮瑜要参加某一线杂志的年度时尚盛典，早上在酒店做完妆造，拍出发照，紧接着就赶往红毯地点，忙得连午饭都只吃了两块巧克力。

红毯两侧，人山人海。媒体在喊，粉丝的尖叫声也一浪高过一浪。

晚上六点，线上直播的观看人数正成倍激增着。

主持人报幕，终于轮到阮瑜。毫无滤镜的直播镜头里，后者身穿一条勾勒身形的墨绿色亮片裙出席，她乌黑长发被尽数卷到一侧，白皙皮肤衬着身上由品牌方赞助的全套高定珠宝，整个人在已经深下来的夜色里白得像是在发光。

鱼粉都感叹，小瑜这是什么清冷系氛围感大美女啊！

走完红毯，签字，接受采访，终于要进场的前一刻，阮瑜却忽然听见了从红毯那边传来的更为激烈的尖叫声。

签名区前，正拍照的各家媒体骚动了。

"谁啊？"

"段凛！"一媒体震惊扬声，"天啊，今天段凛也来？名单里没通知啊！"

"快快，前面让让！镜头让一让让一让！"

阮瑜脸上的营业式笑容一下滞住，顿时回身。

她听错了吧？

谁都知道，段凛这几天在为即将于春节档上映的主演电影跑宣传，前两天还有男粉在现场对他激动高喊老公，全场爆笑，这个小插曲还冲上了热搜第一。

段凛突然出现在盛典的红毯，现场气氛激沸。

阮瑜的手机没带在身上，进了内场后就对后续一无所知。而场外，林青和叶萌萌眼睁睁看着段凛一袭黑西装上红毯，猝不及防，媒体和粉丝的叫喊声直接炸了锅。

"我都找遍了，他们之前给的座位表里没有段老师啊。"叶萌萌又一次对着手机确认。

"临时过来的？"林青眼皮一跳。

叶萌萌和林青对视一眼，联想到早上的阮瑜出轨谣言，都从对方的眼里看到了山雨欲来的惊恐。

今晚的时尚盛典颁奖，主办方一早就确定了出席的明星和奖项名单，像段凛这样今年因档期排不开，连春晚都拒了的大咖明星临时出席，这种情况以前就从来没出现过。

事发突然，确实也没给段凛安排座位。

直到盛典正式开幕，阮瑜都没在场馆内再找到他的身影。

不可能来走个红毯就没下文了吧？那肯定是来领奖的啊！粉丝和闻讯前来的吃瓜网友都蹲守在直播前，翘首以待。

没等到段凛登台领奖，却等到了他出现在台上。

台上。颁完年度电视男演员的奖后，主持人交接，热情洋溢介绍下一位颁奖嘉宾出场。镜头下，万千束舞台灯光汇集，聚在自后台走出的段凛身上。

全场在短暂的哗然后，掌声如潮，看台席那边更是涌起一阵阵尖叫声。

前排的阮瑜看着台上的男人，傻眼了。

她进场那会儿还以为自己是幻听，毕竟段凛的行程她知道得比谁都清楚，而且今天晚上颁奖的奖项早就提前确定了，段凛这个级别，不领奖，也就没必要特地出席。

不是，他怎么突然过来了？

阮瑜已经很久没有近距离看他穿正装的样子。不远处，段凛的视线似乎也落在她这边。

今晚他的造型做得简单利落，不长的漆黑短发向后抓起，露出一双深邃眉眼，往下是一身剪裁精良的衬衫西服，黑领结在通明如白昼的聚光灯下，尽显那股孤拔又蛊人的贵气。

"年度电视女演员荣誉，"段凛隔空看阮瑜，神色沉静，"请看大屏幕。"

四周不少明星侧目，顺着段凛的目光往她这里看。

阮瑜也压根儿没在看屏幕，她早就知道自己今晚要领这个奖，连获奖感言都倒背如流，可现在忘了个一干二净，只顾盯着台上的段凛看。

别问，问就是蒙的。

放完 VCR，段凛俯身凑近话筒。

"有请年度电视女演员，"他一顿，"阮瑜，上台接受荣誉加冕。"

阮瑜不知道自己是怎么上台的。

一片掌声中，她接过段凛递来的奖杯，凭记忆背完获奖感言，要下台，又看向旁边的人。

段凛一手仍旧扣着提词卡，目光盯着她，绅士地伸出另一手臂示意。

"恭喜。"

他这动作像是要拥抱，阮瑜条件反射地就伸手回抱了过去，等到闻到段凛身上那股熟悉的木质香，才惊觉这是在众目睽睽之下。不对啊，前面几个获奖明星有跟主持嘉宾拥抱的吗?

她真的是用尽了毕生的演技才维持住了营业微笑,礼节性抱了两秒,一、二,好了,硬着头皮想撤。

忽然脊背一紧,突然一下又被按着向前。

谁都没料到段凛居然会抬手,将阮瑜重新按入怀里。他低首,下颌微微抵上她的肩头。

这个镜头被数十倍放大在台上的三块巨屏上,全场静默一秒,骤然沸腾!

"我就知道!我就知道今晚肯定要出大新闻!"林青急声,"快,你联系下公关部那边,让他们做一份舆情的实时监测结果给我。"

叶萌萌边手忙脚乱发微信,边说:"嗳,原来段老师是专门来给小瑜姐颁奖的,好苏啊。"

果不其然,当晚段凛在时尚盛典上与阮瑜交颈相拥的一幕直冲上了各大平台的热搜。

现场有人拍下了颁奖的全程,视频里清晰可见,就在阮瑜想要结束拥抱的下一秒,却被段凛出乎意料地抬手按住,继续了这个拥抱。

镜头下,段凛平时被菱角大吹特吹为"撩断心弦罪魁祸首"的手指,正恰到分寸地半扣在阮瑜的后腰间。而后者穿着一条露背勾腰的亮片裙,腰线弧度诱人,衬着男人那双骨节分明又修长的手,特写美得简直就像一幕电影场景。

没有高调宣誓主权,没有刻意秀恩爱,可气氛已经代表了一切。

不过几秒点到为止的拥抱,两人之间那股旖旎和缠绵感却破屏而出,张力十足,神了。

谁说段凛和阮瑜早就在私底下离婚了?

段凛颁奖时候看阮瑜的这眼神、拥抱时候的暧昧,说是新婚也不为过。

早上还全网满天飞的谣言不攻自破,一众断粮已久的"小心党"经历了心潮的大落又大起,枯木回春,把直拍视频来回重看了不下十遍。

【啊啊啊,我不活了!段凛看阮瑜的那个眼神太苏了!】

【今晚全世界都能听到我的心动!】

【@鱼,@凛,两位不要这么见外,都是一家人了,光抱一下不够吧?(我已经快被甜死啦)】

【呜呜呜,我妈妈问我为什么看个手机笑得这么神经质!扶我起来,我还能再嗑五百年!!!】

……

视频热传出圈,一晚上不到破了十万转,不知道有多少"小心党"仰卧起坐,都在评论转发里玩梗嗑糖。吃瓜路人看了都要感慨一句,"小心夫妇"实红。

另一边,阮瑜前脚从盛典离场,后脚就在邵立的掩护下上了段凛团队的车，一起回家。

她干不出来在大庭广众之下秀恩爱的事，觉得好羞耻，热搜底下的评论看到一半，就把手机塞还给了旁边的始作俑者。

"你肯定是故意的。"

听到她说话的时候有点鼻音，段凛扫了眼她裙角下裸出一截的小腿，随手将车内的暖气开高，又解开西装外套，问道："感冒了？"

"啊？"阮瑜低看了眼，嘟囔，"没有……不是，你不要转移话题啊。我今天都不知道你过来了，你怎么都没告诉我？"

段凛脱了外套，倾身过来，遮在她膝上。

"临时做的决定。"

他最近的行程都挤成那样了，阮瑜越想越觉得不对："你不会是因为早上那事，才大老远跑过来的吧？"

想想又感觉不太可能，这么明显的谣言，他不可能当真啊。

"不是。"段凛一顿，抬眸，"不完全是。"

"早上在屏幕里看到你，很想你，想见你。"他声音低缓，"就过来了。"

阮瑜被他这眼神搞得整个人都不好了，心跳加速："哦，可昨天晚上明明才视频过……"

"至于抱你的事。"不太宽敞的后座，段凛又欺身凑近，伸指稍抵起她的下颌，敛眼，好像再说两句就要吻过来，连音色也勾了点沙哑，"是我没收住，不算故意。"

见段凛还要说什么，阮瑜已经二话不说捂住了他的嘴。

好，行，他不用再说了！

一扭头，前座的司机和邵立正安静如鸡地目视着前方，装透明。

阮瑜就算尴尬死也要亡羊补牢，按下按钮，前后座的隔档升了起来。

顿时没了那种被人听墙脚的羞耻感，舒服多了。

她双眸晶亮，还想跟段凛聊聊晚上某个女星告诉她的圈内小八卦，一个"我"字刚出口，随着挡板闭合，手腕就突然被握住拉了过去。

几天没见，段凛的吻缠绵又深入，接近狠了。

阮瑜耳郭烫得要命，不论两人亲过多少回还是感觉强烈，心跳太快了，她反应良久才攥住段凛的衬衫，尝试回吻。

不知过了多久，车开进了合生君庭。

"到了。"司机觑了一眼后视镜，什么都看不到，有些为难，"我直接开进车库？"

邵立也不敢打断，谨慎地说："算了，还是先别急着停车，你多开两圈吧。"

于是，司机和邵立眼观鼻鼻观心，开始绕着这片偌大的高级住宅区兜圈子。

阮瑜对前座两人的内心纠结毫不知情，后座，她正认真翻看着手里的剧本，是十分钟前段凛给的。

本子厚厚一摞，封皮上印有五个大字：《倒带陌生人》。

卡司表：

【剧本策划 - 段凛】

【编剧 - 王学仁、段凛】

【导演 - 段凛】

......

王学仁是圈内赫赫有名的编剧，今年六十有余，曾凭借多部电影拿过几个含金量极高的最佳编剧奖，阮瑜当然知道。

近些年都快隐退了的大编剧，没想到又在这里见到了名字。

而剧本策划，则是最初打算拍这片子的提案人，是段凛。

"这是你写的本子？"阮瑜反复确认，又诧然看向导演一栏，还没缓过神，"你是，打算当导演吗？"

段凛回道："只是尝试。"

阮瑜忽然就想到去年媒体采访段凛的一段，问他在揽获华语三金影帝以后，是否已经满足现状，从长远来看还有什么其他的目标。

当时段凛的回答很简扼，大概意思是，只要有好剧本，以后就会接戏，他并不在乎再次拿奖与否。

末了，他又淡声添一句，他在未来也许会考虑退居幕后。

那时候不光是媒体和粉丝，包括阮瑜，都觉得离段凛做幕后至少还要再过二十年或三十年。

开玩笑，他这么一副近乎完美的神颜，不上大银幕演戏简直就是暴殄天物，这么快就退居幕后不是在冷藏美貌吗？

根本没想到会这么快。

"为什么突然就想尝试导演了啊？"阮瑜茫然抬头。

"不是突然。项目筹备有一年多，上个月才真正定下剧本。"段凛替她理平刚才被撩起的凌乱裙角，抬眼，"一直想拿给你看。"

"哦，好，那我回去就看完它。我刚才看了几段，本子一看就很好。"她有点怅然，"但你开始当导演的话，以后不是就不演戏了吗？你粉丝肯定要难过死了。"

她现在也很喜欢看他演戏的啊。

"谁说不演？"

"啊？"

"剧本缺一个女主角。"段凛盯着她看，眸光深沉如浓墨，"如果你想接，男主角会是我。"

阮瑜一时没反应过来："什么？"

段凛已经凑近，两人视线相对，他捧起她的脸，挨近，额际相抵，鼻端轻蹭了下她的，极近亲昵。

"老婆，"他的气息低缓着融入夜色，像蛊惑，"这是为你拍的电影。"

时间如白驹过隙，又是新年。

四月，有媒体发文，由段凛亲自导演的新电影于南京正式开机。开机宴上，戏骨云集，女主角阮瑜素颜出席，状态非常好。

这条新闻刚一发出，就引爆了全网。

两个爆点，一是段凛这次竟然跨行做起了导演，二是——

"小心党"颤抖着将新闻翻来覆去地看，女主角是阮瑜？那男主角是谁？啊啊啊，是段凛？！

妈妈，他们嗑的 CP 三搭了！

要知道这几年阮瑜和段凛同框过的作品少之又少，两人一搭的电影是《成名无望》，对手戏少得可怜，而二搭的电影《无声惊雷》都不知道被他们重温了多少遍，连台词都能倒着背了。

左盼右盼，有生之年居然真的能等到"小心夫妇"的三搭！

一时间，路人期待，"小心党"狂欢。菱角对哥哥第一部执导的电影万分期盼，鱼粉也同样敲碗等待，他们又有小瑜的新电影看了！

所有人只知道新电影叫《倒带陌生人》，剧组的路透捂得很死，连几位主创的上下班图都泄不出一张。

没办法，只好耐心等。

年末，《倒带陌生人》的先导预告片首发。一分多钟的剪辑内容，以令人咋舌的速度带着话题冲上各大平台的热搜。

预告片里，背景是破败的学校。

穿着破旧棉裙的小女孩正奔跑穿过操场，五官清丽，眼神倔强。无数记忆在她奔跑的途中闪回而过，一幕幕争执、嘶吵、哭泣，以及虐待——她像是在与时间奔跑，很急，跌跌撞撞爬上教学楼的楼梯。

镜头一转，跑上楼梯的小女孩已然长大成了阮瑜。

阮瑜在预告片里的形象令人眼前一震，像是饱经苦难遭遇的少女，浑身是刺，眼神里尽显不屈和锋芒。

回忆却截然不同。

此时闪回的记忆温暖又柔和，是遇见、相处、笑容，以及爱恋。

段凛出现在了她的记忆里。男人的神色总是机械又冷漠，言行却带着截然不同的温暖。

她终于爬上顶楼，画面晃动，喘息着，脚步越来越快，越来越急切，径直冲向栏杆，不带一丝犹豫地——

跳了下去。

画面切黑。下一刻，又重新明亮。

屏幕上，又是最初的小女孩。微风簌簌，她躺在柔软无垠的草地上，茫然睁眼。

眼前，冰冷机械的男人正弯腰注视她，像是已经见过她千千万万遍，调试着，挤出一个生硬却温暖的笑：

"你好。"

【倒带陌生人】

【2月14日，逆转时间。】

电影将在明年情人节全国上映。

网友热议，根据预告片里为数不多的台词和剧情，猜出来这大概是一部与时空有关的科幻爱情片。

在国内，像这样的科幻电影一直是极其冷门的题材。特效难做不说，能将科幻和爱情两个主题结合得十分融洽又打动人的，很少。

可预告片一出来，吊足了所有人的胃口。再一看知名编剧和戏骨云集的班底，所有人瞠目结舌。

电影虽然离上映还有数月时间，却已经引起了一大拨业内人士和网友的关注。

隔年年初，电影进入宣传期，阮瑜和段凛一起，随着剧组其他的主创人员开始频繁跑路演。

实力顶流和当红小花强强联合，还是夫妻档，根本不缺话题度，媒体也乐得捧场。每一场路演，都是人满为患，影院门口也被围观的人群围得水泄不通。

几乎从放映厅出来的每一位观众，看完电影点映都哭红了眼。

反响极其好。

最后一场路演，是在京城。

放映厅内，一众剧组主创在第一排入座，和观众一起观看电影。灯光彻底暗下，厅内窸窸窣窣的激动交谈声渐弱，阮瑜往身边看了一眼，正好对上段凛侧眸看她的目光。

"明天就是正式首映了。"她凑过去，悄声问，"怎么办？我好紧张啊。"

段凛低眼勾上她搭在一边的手指，握住："有信心吗？"

"别啊，都是人……"阮瑜脸热，抽了两下，没抽开，"咳，那肯定是有。"

信心还是很有的。

毕竟《倒带陌生人》自点映以来，影院场场爆满，口碑也出乎意料的好。截至前天晚上九点，还没公映，票房就已经破了亿。

这几天不断有影评人看完提前场，赞不绝口。

更有某知名毒舌影评人发文：【《倒带陌生人》在国内的科幻爱情片领域里，可以说是完成了一次里程碑式的突破。影片源于生活却不拘泥于体验，架空却不流于虚浮，故事精彩，视觉设计感与音乐也是一绝。

【很有诚意的一部片子。段凛不用我多说，很牛。阮瑜和其他演员同样让我感到非常惊喜。】

除了指出几处小瑕疵，居然通篇全是肯定。

大屏幕上，剧情进入开场的第一个小高潮。虽然阮瑜已经看过不知道多少遍，但每一次都会被代入进剧情。

一个身为留守儿童的女孩黄琪，童年期缺少管束，叛逆还早恋，有一天被传统的父亲送去了戒网瘾的机构。

机构是由镇上一座废弃的小学改建的，黄琪在这所所谓的"乖孩子学校"里受尽了严厉折磨和虐待。

直到有一天，她在操场后的垃圾场上遇见了一个衣着得体的陌生男人。

男人有着别人绝对不可能这么对她的温柔和耐心，第一次见面，仿佛就像是已经见过她无数次。他知道她的所有喜好，清楚她的脾气，还能与她有聊不尽的共同话题。

他时隔几个月甚至半年才会出现一次，时间不定，每次却总会在垃圾场的那处，身份神秘。

黄琪在温暖中逐渐被救赎，情窦初开的她很快暗恋上了这个亦兄亦友的男人。

转折发生在某次聊天，黄琪惊然发现，男人好像对两人之前一起经历过的事毫无印象。

他不记得她印象里和他的初次见面，不记得之前她跟他讲过的一部电影剧情，可以说，他的记忆，在每次见到她时，截止到此，往前回溯的两人的每一段相处时光，对他来说都是空白的。

可他仍然认识她，像已经见过了她无数次那样。

为什么？为什么？

电影前期的悬疑感非常重，三条线并行的剧情线十分烧脑又抓人，无论画面还是音乐，以及一众戏骨的演技都轻轻松松调动起了观众全部的感官与注意力，对观影者来说简直是一种沉浸式的享受。

随着剧情进展，戒网瘾机构被查封，小学重新建起。黄琪一天天长大，念书，辍学远行，又回到学校来当老师。

男人已经很多年没有再出现了。因为多年来对男人身份的探究，黄琪开始对物理学和研究时空感兴趣，私底下做过无数次实验，想要寻找对方。

直至影片在中后期的大高潮，一切真相终于被揭开。

原来男人是一个极其仿真的机器人，原来他来自未来，有着穿梭时空的能力，而赋予他这一切的——正是黄琪。

是历经过上万次实验、终于造出与昔日恋人的外形一模一样的、时光机器的、未来的她自己。

造出男人时，黄琪已有七十多岁，因为常年实验接受辐射而癌症晚期，濒临死亡。

可被造出来的男人有瑕疵。他每次穿梭的时间点，只能比上一次更早。

因此第一次穿梭时空，男人见到黄琪的第一面，是在她六十岁的时候。

此后每一次见面，都是一次次往前推，五十多岁，四十多岁，三十多岁……

机器人也从只会按照程序和指令发出机械动作，到学会像人类那样微笑、安慰。

等到终于成为一个像模像样的人，他在一直固定的穿梭地点，遇见最初来到垃圾场的黄琪。

是她赋予了他全部的意识与感知。

你知道吗？我已经看过你千千万万眼。

你初见我的第一面，其实，是我见到你的最后一面。

绝望又带着希望。

全片的细节和伏笔设置得非常巧妙，从节奏到画面和音乐，再到一众演员的演技，都太好了。从大高潮开始，剧情反转再反转，放映厅里观众止不住的抽噎声此起彼伏，哭得根本停不下来。

得知真相的黄琪，并没有放弃有辐射风险的实验。她明白，如果没有实验，没有创造出那个他，也就不会有记忆里温暖至极的童年，更不会有后来刻骨铭心的眷恋与陪伴。

像一个走不出的闭环，残忍却充满希冀。

我非常非常期待，在未来见到你的那一天。

——那你知道吗？

——我的所有热衷，千万次实验坚持不懈的源头，是你。

但这次的轮回，影片给了一个开放式的结局。

已经四十岁的黄琪，在本该毫无进展的一次实验中，因为前几晚都熬了夜，就这么趴在实验台前睡着了。

睡意蒙眬间，窗外微风拂近，吹乱她额角的散发。恍恍惚惚，她感觉有冰冷的触感碰上，将她散乱的头发理到耳后。

镜头拉近，那竟然是男人金属质地的机械手指。

由于实验还未成熟，手指也远远不像最初见面时那样，完完全全是人类的模样。

他的手指轻轻划过她的脸畔，带着无限温柔和眷恋。

黄琪模糊睁眼的刹那，画面切黑。

完全黑屏的画面里，男人的念白与午后的风声一同响起，像声意犹未尽的叹息：

"从前你跟我说过，时间会让人面目全非。总会有那么一天，我会变得不像我自己，你也不是原来的那个你。

"可我爱你，一如初见。"

电影片尾曲，阮瑜听到从后排传来窸窣的抽噎声，全场议论纷纷。

无论听多少遍最后这一段，她都觉得心跳加速，太好哭了。她不由得转头，又恰好对上了段凛的目光。

段凛在电影最后的这句告白实在太深情，那天她还看到有影评人调侃：【这么动真感情的一句，怕不是对着阮瑜本人说的吧。】

阮瑜又想起最初段凛给她本子的时候，说的那句"这是为你拍的电影"。

电影的每一帧，段凛对她的情愫几乎要破屏而出。

整部电影，都像是他写给她的一封盛大情书。

"你是不是知道，我是……"

"嗯？"

"没什么。"阮瑜摇摇头，咽下想问的话，亮着双眸，"我现在一点都不紧张了，而且，我感觉这次电影会大卖。"

段凛盯着她看，瞳眸深浓。

放映厅的灯光大亮，前方，主持人已经上台开始热场，他眼里还是只有她。

"明天情人节，想怎么过？"

《倒带陌生人》的正式首映定在情人节当天，这部片子是阮瑜和段凛第二次正式以主角身份合作，像是个浪漫无比的巧合，遥想《无声惊雷》的上映也正好是情人节。

恰好四年整。

新片果然像阮瑜预料的那样大爆特爆，票房势如破竹，在首周创下了新高。

两人迎来了事业的又一巅峰期。电影还在宣传期间，几乎每天都能看到一干主创在镜头前同框接受采访，一线杂志也开始张罗起了主角的双人封面，其间流出的工作照唯美出了天际。

"小心党"被两人这密集的互动发糖喂到感动涕流，原来还担心他们的 CP 会出现感情危机，现在一看，什么感情危机啊？我们嗑的 CP 领证七年，一如初恋！这绝对 top 级别的甜度和实绩，换别的哪家能做到？

最甜的一颗糖，还要属前两天流出的一段采访。

是某个顶奢钟表品牌的活动，办在瑞士的日内瓦，巨星云集。段凛作为在华唯一代言人，也出席了红毯。

主持人问："在参加完活动后，有什么想做的事吗？是准备在这里逛几天呢，还是……"

"会回国。"

被问到为什么时，段凛用英文淡声说："不放心家人。"

太苏了，红毯边，华人粉丝的尖叫声都快要压过全场。

主持人笑了："我听说了您的新电影非常火，而且您本人还是导演。是什么原因促使您这次跨行尝试执导电影呢？"

就在主持人问出这句话后，全球直播的镜头下，所有人都见到段凛平静的神色一动。

似乎回忆起什么，他下颌微低，沉吟着，抬腕，修长手指划蹭了下鼻梁，深邃眼底极为浅淡的笑意掠过去，随后恢复惯常的冷淡。

"《倒带陌生人》这部片子，是我为阮瑜写的剧本。"

屏幕前的棱角和路人都被段凛刚才那个动作和转瞬即逝的笑给怔住，号疯了：【啊啊啊，他刚刚那个笑！刚才他是在不好意思吗？】

段凛说："所以我希望电影是由我来执导。"

"想告诉她，"他一顿，抬眸看向镜头，声色沉静，"不管是戏外，还是戏内，她都会是我的女主角。"

隔天国内，阮瑜也出席了某个活动。

当被媒体问到昨晚高居热搜第一的段凛隔空表白事件时，她的反应已经比刚看到的时候镇定多了。

"说实话啊，我看到的时候确实很感动。"她坦诚地笑了，"但是你们不知道，他当时在拍'倒带'的时候可公事公办了。不近人情段老师，一条戏能平均让我吃四五个 NG 的好吗。"

现场响起一片善意的哄笑声。

听着像是拆台的话，但周围所有人都被她话里毫不做作的亲昵感给甜到了。

媒体又问了几句。

阮瑜重复："对未来怎么打算的？嗯……这个我其实也还不知道，一切都还不确定。

"但是唯一能确定的是……"

镜头里，阮瑜没有掩饰自己的情绪，笑靥动人，在闪光灯下像是在发着光。

"我非常，非常期待未来的每一天。"

与他领证的第七年，热望不改，厮守永恒，岁岁又年年。

- 全文完 -

后记

　　时隔大概一年，我在为段老师和小瑜撰写出版番外时，自己重新看了一遍这个故事，没想到又被他们的神仙爱情给甜到了，真好。

　　还记得最初在脑海中冒出这个故事的雏形时，是一个深夜。那段时间我三次元比较忙，且正在为我某文的交稿挠破脑袋。众所周知，人就是会在该期末复习的时候玩心大发，在该工作结项的时候到处摸鱼……好的，只有我。所以我在那天深夜一边摸鱼刷着微博的明星新闻，一边忽然冒出了一个灵感：如果一个追星女孩在某天被迫和自己宝贝爱豆的对家有了交集，那会怎么样？想想就是很有趣的一个故事。

　　于是当晚我立即激情敲下几千字，写完睡觉，那几千字就被我搁在了电脑文档里。直到半年后，在我快要忘了这件事时，我又偶然从文档里翻出了这篇文的开头。

　　再一次与段老师和小瑜相逢，那一刻，就像另一扇世界的大门在我面前缓缓打开，这个故事等待续笔已久，因此这回，我想要好好去认识他们。

其实小瑜在我眼里是个很可爱的追星女孩，性格好、热情、善良且真诚，虽然一开始她对自己爱豆的对家意见非常大——可以说是有诸多先入为主的偏见了。于是我们的段凛段老师，在最初就遭受到了他未来老婆许许多多的私下腹诽，默哀。

不过，输在起跑线不要紧，段老师人格魅力最终越过了阻碍；起初有偏见也不要紧，小瑜最后还是在相处中转变并认清了自己的真心。段老师是认知到了爱，小瑜则是感受到了爱，前者是"攫取全世界的幸运，拥抱你"，那后者就是"越过那些年的偏见，爱上你"，本"小心党"看了都不由得抹泪感慨一句：神仙爱情。

故事里还有许多我喜欢的人，比如温柔苏的纪临昊，比如少年气的江星淳，以及可靠一姐安卓茜，老妈子般的林青，小兔子样的助理叶萌萌……感谢这个故事，重温下来我很开心。

闭上眼，他们在我的脑海里、在他们的世界里依旧鲜活无比。

非常希望段老师和小瑜在以后也能好好生活，圆圆满满；也希望看到这个故事的每一个你，在生活里都能万事顺心遂意，终将遇到那一个能与你携手年岁、一直让你坚定选择的人。

最后的最后，非常感谢我可爱的编辑和看到这里的你们。

希望岁月对每一个你们都温柔以待，陪伴你们，将不可能变成可能。

瓷话